文化名家暨“四个一批”人才丛书

温和的重量

中国青年报20年特稿选编

毛浩——主编

中国青年出版社

图书在版编目（CIP）数据

温和的重量：中国青年报 20 年特稿选编 / 毛浩主编
. -- 北京：中国青年出版社，2023.8
ISBN 978-7-5153-7005-7

Ⅰ. ①温… Ⅱ. ①毛… Ⅲ. ①新闻 - 作品集 - 中国 - 当代 Ⅳ. ① I253

中国国家版本馆 CIP 数据核字（2023）第 139613 号

中国青年出版社 出版 发行

温和的重量：中国青年报 20 年特稿选编
主　　编：毛浩

责任编辑：陈敏
书籍设计：中国青年报 + 天壹视觉
出版发行：中国青年出版社
社　　址：北京市东城区东四十二条 21 号
网　　址：www.cyp.com.cn
编辑中心：010-57350560
营销中心：010-57350370
印　　装：北京科信印刷有限公司
经　　销：新华书店
规　　格：710mm × 1000mm 1/16
印　　张：32
字　　数：457 千字
版　　次：2023 年 8 月北京第 1 版
印　　次：2023 年 8 月北京第 1 次印刷
定　　价：79.00 元

如有印装质量问题，请凭购书发票与质检部联系调换
联系电话：010-57350337

捕捉时代表情，洞察世道人心

如果说新闻是历史的底稿

那么本书起草的就是普通人的心灵史

以平民视角和专业精神

去探究时代与人性的宏阔或幽微

目录 CONTENTS

生命之树常绿（代序）

登临四望，时代与人

002 无声的世界杯 _2006
018 万家灯火为谁熄灭 _2007
032 天安门广场的隐秘升旗手 _2010
044 为国家让路 _2011
058 这块屏幕可能改变命运 _2018

浪潮之下，社会与人

074 “搬砖网红”的虚拟与现实 _2016
088 现实版“小偷家族” _2018
102 多一双筷子的事 _2021
116 从“鸟窝”到鸟巢，全世界在听山的孩子唱歌 _2022
130 富士康返乡者的归途 _2022
140 纪念那位粉红色头发的女孩 _2023
152 他上了个假大学，却逆袭成功 _2023

断处皆续，灾难与人

160 回家 _2008
174 最具体的纪念 _2009
186 永不抵达的列车 _2011
198 毕业前的生死课 _2020
212 长夜的尽头 _2020
226 0501 号地铁没有终点 _2021

4

大家钩沉，文化与人

236 只会写自己名字的港大院士 _2010

242 这只摇了 38 年的轮椅，停了 _2011

248 侯仁之：把 102 年的人生绘在地图上 _2013

254 “布鞋院士”李小文 _2014

260 湍流卷不走的先生 _2016

272 叶嘉莹：把不懂诗的人接到诗里来 _2020

5

细嗅蔷薇，亲情与人

290 外婆的“猛虎” _2017

296 老獾舅舅的礼物 _2018

302 妈妈，我带你妈妈回家 _2020

312 团圆了五分之四 _2021

326 一个听力过人的女孩 _2021

6

星宇传奇，空间与人

342 一户人家的村庄 _2007

356 世界归你，我归西二旗 _2018

370 你不知道的北京地铁 _2018

384 深海救援 _2019

400 这个县只有 3 万人 _2021

7

万物有灵，生命与人

416 第 334 个名字 _2010

430 生命的礼物 _2011

442 最后的尊严 _2012

456 重生 _2018

470 协和医院最著名的艾滋病人 _2019

484 重度抑郁后，多活下来的这 9 年 _2020

生命之树常绿

文_毛浩

当我们按照传统分类，来编选一套记录当下的新闻作品集的时候，我们发现了一个严重的遗漏。这就像一只网眼过大的筛子，漏掉了许多价值连城的珍珠。

它们可能没有时效性，看起来也与重大的热点无涉，却以洞察世道人心，呈现出时代的表情。我们姑且称之为广义的“特稿”。

现在流行一种叫作“暖闻”的新闻文体，以好人好事，倡导道德，感动人心。但我们这里收纳的，不是这种心灵鸡汤，如果非要作比，它更像一碗坚硬的稀粥，在细腻的情感下有着恒定的价值内核——这的确很坚硬——我们坚信，社会主义市场经济所遵从的，绝不是丛林法则，不是赤裸裸的利害关系，它要丰富文明得多，它应该是正义，是悲悯，是真善美，是爱。从普通人身上发现不普通，在寻常的命运中挖掘人性价值，这是我们念兹在兹的工作，也是《中国青年报》特稿最能打动人的地方。

有学者研究认为，中青特稿在感性之中内置了理性，只是这是一种不那么功利的价值理性。按马克斯·韦伯的说法，理性可分为“工具理性”和“价值理性”。所谓工具理性，在意的是结果，其取向和标准在于行动是否“奏效”，是否能够引向我们期待取得的成果；而所谓价值理性，在意的则是过程，其取向和标准在于行动是不是“正确”，是否能够合乎我们对特定精神价值的追求。秉持价值理性，这种“柔软的坚硬”构成了中青特稿的独特气质。

常有人夸奖中青报的调查报道，金刚怒目，针砭现实，却少有人关注到她的人文关怀和人性温情，其实我们深谙温和的重量，这是中青报更为深沉的一面。为此我们特意把这类作品选萃，编为一集，列为历史底稿的一部分。

相较经典意义上的新闻报道，特稿表达更感性更细腻，这一方面表现为写作的故事化细节化情感化，另一方面表现为对人性人情人心的开掘更为深入。如果说，新闻是历史的底稿，那么特稿起草的就是心灵史。显然，这是文字样式的上品，而中青特稿则是特稿中的翘楚。

学界常常为特稿是新闻还是文学争论不休，在现实中，我们的作品也时常在各类专业评奖中，被当作皮球踢来踢去，这是因为，特稿在追求“真”“善”之外，还刻意追求“美”——准确地说，是表达的艺术性——而这在传统的新闻理论中，是犯忌的。

新闻学作为一个学科，大致可以算作一门社会科学。一旦成为“科学”，眼前的一切都变成了可分析的因果关系，即便是人的心灵，也成为了心理学的分析对象，但在这时候，对象本身却消失了。

闵特斯堡曾有一个妙喻：面对海水，当我们见到了蒸发出来的盐分，收集了电解出来的气体之时，海水却不见了，我们再看不见堆银卷雪似的波浪，听不到鼙鼓雷鸣似的涛声。因此他认为，只有观照对象本身带着满身细节出现，它才是美的。

实践中枝繁叶茂，学术上宽严皆误，这是特稿的现实处境。正如西谚所云，生命之树常绿，而理论却总是灰色的。不过，反过来想，抵达本真其实就已经完成了认知的任务，追求美则是一种奢侈的雅趣，而且写作者需作数倍的消耗。我常常看到同事为此劳心费神，形销骨立，这从另一个侧面证明，报社所在的海运仓胡同实在是一个理想主义的营地。

我们正在编选的，是一套新世纪20年的新闻作品集，我们力图让它成为历史底稿的一种独特版本。在这套书的逻辑里，我们把发轫于上世纪70年代末的国家崛起看作一个生命体，而新世纪的20年就是它的青春期，蹿个头、长喉结、冒胡须，有阳光灿烂的日子，也有成长的烦恼，那个经济腾飞但矛盾凸显的时期正在过去，我们已经不太长个儿了，开始长心思长脑筋了，而特稿恰恰特别适合作这种毛茸茸湿漉漉的描述和记录。

这20年里，先后有三茬人成年，就时代背景而言，这是他们共同的青春期。青春将逝，我们怀念它。

2023.3.15，于北京海运仓

在时代的交叉路口，

站着一个个人，

演绎着大同小异的故事。

1 登临四望，时代与人

无声的世界杯 _2006
万家灯火为谁熄灭 _2007
天安门广场的隐秘升旗手 _2010
为国家让路 _2011
这块屏幕可能改变命运 _2018

「这场四年一度的全球盛事笼罩了这个城市，
收音机带给大屏幕下的人们一个奇特的世界杯，
一个图像与声音错位的世界杯。」

农民工们坐在至尊国际夜总会对面的马路上，
仰头看大屏幕上的世界杯转播。

2006

无声的世界杯

文／摄＿包丽敏 李润文

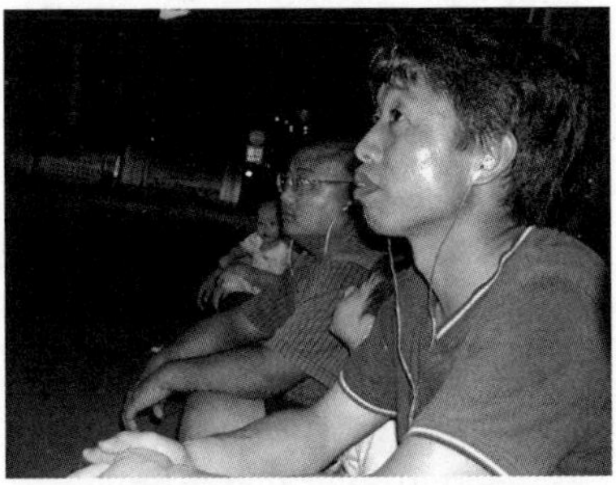

农民工们坐成一溜，
戴着耳机听收音机里的转播。

天下着大雨，6名农民工卷着裤管，打着伞，深夜站在广州街头一个露天大屏幕下，仰着脖子凝神观看正在转播的世界杯。因为大屏幕只有画面而没有声音，为此，他们中的一人专门花65元钱买了部收音机，6个人支着脖子，边听广播电台的直播，边看无声的大屏幕。

其实，农民工看不看世界杯，看不看上世界杯，原本没人关心。但6月中旬广州一家媒体的一则报道，却深深触动了我们。我们联系到写这则报道的记者，试图打听到这几个农民工的联系方式，对方告诉我们，她们也只是路过时看到了这一场景，就写了这篇报道，并未留下他们的联系地址。于是，我们决定前去广州，深夜等待他们的出现。

1

这块大屏幕安装在广州至尊国际夜总会大门的上方。每当夜幕降临，夜总会里穿白制服的服务生和穿红色露背长裙的女招待便忙碌起来。很快，他们的客人坐着奔驰、宝马、尼桑等各种名牌轿车陆续光顾。

夜幕下，大屏幕像万花筒一样呈现着各种花样图案。“尊贵”“激情”“时尚”“梦幻”，几个口号一遍遍在大屏幕上翻飞。

直到今年6月中旬足球世界杯开幕后的某天，夜总会三四百米外的建筑工地上，一位开塔吊的农民工突然看到远处这块大屏幕上出现了德国的绿茵场。

“大屏幕上转播世界杯啦！”消息很快从塔吊工人那里传遍工地。

顷刻间，这个工地上就有4名农民工跑到了夜总会对面，坐在马路牙子上，一人买了一瓶啤酒，仰着脖子沉浸在大屏幕转播的无声世界杯之中了。这几个人并未意识到，他们是在分享全人类一个共同的狂欢节日。

一个当时只是凑热闹的农民工还记得，两个漂亮入时的女孩从他们身边经过，其中一个用四川话嘲笑道：“看，四个傻子在看球呢。”

另一个农民工似乎没听懂，还对着她们高声调笑：“靓妹，来看球！”

那时，这个工地上60层的大楼正要封顶。水电工陶辉那几天连续加班，等到收工已是晚上9点半了。他顾不上冲洗，只是换上一双拖鞋，浑身汗水和着泥浆，就跑到大屏幕下，看下半场比赛。

事实上，陶辉在大楼54层加班时，就不时远远地瞅一眼这边的大屏幕。当镜头拉近时，他虽然看不清球员球衣上的号码，但能看到足球，“看到带球速度”。当镜头推远时，只能看到满屏的绿色。有一天，陶辉实在忍不住了，背着当班的监工偷偷跑到了大屏幕下。

6月13日那天，陶辉终于不用加班，但广州却下起了大雨。“下那么大雨，今天别去看球了。”妻子说。但陶辉抓过一把伞就跑了出去。

世界杯小组赛的比赛每晚9点开始，但那天8点半时，陶辉已经撑着伞站到夜总会对面的马路上了。

他到那儿时，早有一个骑着自行车的人正打着伞抬头仰看大屏幕。接着，陶辉隔壁工地上一个叫老王的农民工也打着伞来了。他拎着一张小板凳，手里还拿着个小收音机。

老王的收音机里也在直播世界杯。他一边看无声的大屏幕，一边听收音机。据说，收音机是他为这届世界杯花了 65 元特意买的。

那天刮着风，雨把陶辉衬衫的后背打湿了。他打着伞站着，直到雨停，然后把伞垫在湿湿的地上，坐在伞上，继续观看无声的比赛。

陶辉举着伞仰看大屏幕的姿势，就是这时被摄影记者抓拍到的，并上了当地的报纸。

据说，夜总会的大屏幕最多时曾吸引来上百名农民工看球。他们占据了夜总会对面的一长溜马路牙子和人行道。一些人来自陶辉所在的工地——正建造的 60 层“富力中心”写字楼，一些人则在夜总会斜对面为铂林国际公寓建造 32 层的商品住宅楼，另一些人在附近修建地铁，还有一些人来自不远处的海关大楼工地。

他们有的铺着凉席，有的垫着报纸。大多数人趿着拖鞋。有人打着赤膊，露出精黑的上身，有人像陶辉一样披着上衣敞开胸，也有人像要出门一样特意穿戴得整整齐齐。

一部分人拿着收音机，将耳机塞进耳朵里。所有的人都仰着脖子在看大屏幕。大屏幕右侧，“至尊国际”大招牌上，七彩的霓虹闪动着，像在跳舞。

下方的大门内，两名身穿白制服的服务生，各将一只手矜持地背在身后，一边将大门拉开，一边优雅地向来客鞠躬。

夜总会似乎没有想到“相当于广告牌”的大屏幕招来了这样一群看客。他们原本只是“转播给过路人看”的。

记者想向这家夜总会探问转播世界杯的详细情况，一位发福的中年男人显得狐疑而又不耐烦地回答：“这跟你们有什么关系？”说完转身便走。

“对不起，你们不能在这里待了，我们管事的下了逐客令了。”一位工作人员客气地说。

此前，另一位工作人员则说："这是显示我们这家夜总会的实力。我们是广州惟一一家有大屏幕的夜总会。"

2

不管怎样，夜总会的大屏幕让陶辉看上了世界杯。他总是趿着一双蓝色的廉价塑料拖鞋，卷着裤管，按时坐在对面的马路牙子上。他的妻子李向云趿着一双红色塑料拖鞋也看球来了，抱着他们9个月大的女儿陶安康。

李向云坐在马路牙子上给陶安康喂奶，或在中场休息时，给远在重庆老家两岁的大女儿打一件鲜黄色的毛衣。

两个女儿的父亲陶辉今年24岁，1.70米出头的个子，憨憨的，上嘴唇还留着一层软软的黑胡须。

"他是我们的'钢杆'球迷。"他的一位工友介绍。不过，陶辉本人从来没有踢过足球。

陶辉就读的山村初中，只有一只足球，也只有一位物理老师和一位音乐老师会玩。学生们总是站在操场上，看他俩一个踢，一个扑。

2002年，中国队在世界杯预选赛中出线。在一位老乡的带引下，陶辉开始看起了足球。同一年，陶辉几乎一场不落地从老乡出租屋里一台17英寸电视里看完了在日韩举办的世界杯。

"足球赛我一看就喜欢。"陶辉说，"够刺激，看他们的带球速度啊、配合技术啊，多好啊！"

不过今年在德国举办的世界杯，陶辉落了好几场。两三百人的工地，食堂里有两台电视，但据说除了播过一次安全宣传片之外，从来没有打开过。一位包工头花200元买了一台14英寸电视，但因为没有安装有线，有时能收到的比赛转播信号很差，有好几叠重影。人们开玩笑说："这里一下可以进5个球。"

工地外的小卖部也有一台电视，不过通常播放电视连续剧。而夜总会的大屏幕，每天凌晨一点半关闭，两三点开始的球赛，大屏幕下的人们看不上。

每天下午 6 点半收工后，陶辉就到工地外买一份报纸。先从体育版的足球版看起，再看邻近的国际版，再看国内版“有没有什么稀奇的事情”。他关于足球的各种知识大部分来自这些报纸。他喜欢葡萄牙队的菲戈，德国队的克洛泽，不喜欢像罗纳尔多这样“耍大牌的”。“贝克汉姆就是帅，好多女孩就爱看靓仔。”陶辉说，“我喜欢技术好的球员。”

3

陶辉今年 2 月来到广州，带着妻子李向云和当时四个多月的小女儿陶安康，加入这个建筑工地。他参与建造的是一座“超五星级豪华写字楼”。

他们一家三口与 7 个男工友同住一个工棚。

8 张床里，陶家三人的那张床加宽了三四十厘米。李向云让这张床比单身男人们的床整洁得多。床头简陋的木架上，整齐地叠放着三个人的衣物，一只闹钟，一卷手纸，还有工友送给陶安康不多的几个小玩具：一个塑料的金发女娃娃，一只简易的塑料小汽车，一只捏一下会叫一声的橡皮小狗。

陶安康刚长出两颗牙，拿到玩具就用嘴啃：娃娃的脚、汽车的轮子和橡皮小狗的屁股。

陶安康在工地的 5 个月里，已经大病一次。那次她得了肺炎，烧了 4 天后，夜里 10 点多送到广州一家医院，那时她的体温已经 40.3 度。医院让交 3000 元押金，可她父母只凑了 800 元。

陶辉央求说：“能不能先治，我们再想办法？”医院先是松口说交 2000 元，最后坚持最低也要交 1500 元。陶辉急哭了。

夫妻俩抱着最后一线希望，决定连夜买火车票回老家给孩子看病。可是火车票卖完了。

“好怕啊！”李向云事后回忆说。凌晨两点多，两人哭着回了工棚。

幸好，哭声吵醒了同屋的一位带班师傅，他立刻找到一位老乡，曾经是乡卫生院的儿科医生，现在广州卖保险。陶安康被连夜送去，这位大姐收了他们 600 元药费，几天后将陶安康治愈了。

“医院真贵！”陶辉摇了摇头说。

事实上，陶辉在这 5 个月里已欠了工友们 2000 多元债务。7 月 3 日这天晚上，陶辉说，虽然他一个月的工资是 1500 元，但从他来工地到现在，“老板”就没有发过工资，总共只领到了 900 元生活费。一周前他又向同在广州打工的哥哥借了 100 元，也已花完了。

陶辉能从食堂里领到一份菜和足够多的米饭，夫妻俩分着吃这只有五六小块肥肉的一份菜。“一个人吃都不够，什么味都没有，只有盐味够。”陶辉笑道。

“哈，吃完饭碗都不用洗，用水冲一下就干净了。”李向云在一边帮腔。有时，她自己买菜偷偷做着吃。不过，自从手头没钱后，他俩又已经连着四五天分吃一份菜了。

4

这个工地的工友们就是吃完这样一份饭菜，冲过澡，然后三五成群地坐到夜总会对面的马路牙子上，跟这个星球上所有正在观看世界杯比赛的人们一起，分享着这场盛大的狂欢。

这时，夜幕下的广州，暑热稍稍退去，数不清的外地人不知从城市的哪个角落钻出来，遍布这个城市，开始各种营生。夜总会两三百米外的天桥上，一个黑瘦男人卷着裤管蹲在水果筐后叫卖。一个胖女人懒洋洋地举着各种透明的文胸带子。年轻的外地小伙凑上来招呼：“欧美打口 CD！”两个少女埋着头坐在地上，请求好心人资助她们读书……

这是 6 月 30 日晚 12 点开始的德国队与阿根廷队的比赛。马路牙子上坐着 40 多个农民工，许多人攥着收音机，戴着耳机。

“冷静点！冷静点！”一个光头朝着大屏幕喊。

德国队进球了。一个光着上身的年轻人兴奋地大叫：“老子进球啦！

老子进球啦！”下半场，阿根廷队也进了一球，人群里阿根廷的球迷也大叫起来，鼓掌，大笑。不知谁大喊一声：“你要输啦！”

9个月大的陶安康也在“看”球。她一边啃着手指，一边呜呜地出声，有时还兴奋得尖声大叫。妈妈逗她：“你是中国第一小球迷！”比赛间隙，工友们逗她：“小妹！”“你这个小丫头！”他们抱着她像飞机一样，一会儿俯冲，一会儿上升，她高兴得皱起鼻子哧哧地喷气，把妈妈逗笑了，说：“怎么跟我们家乡的牛一样。”

当不远处海关大楼尖顶上的时钟指向一点半时，双方的比分还是1：1。眼看点球大战即将开始，大屏幕突然一片黑暗，绿茵场和明星球员顿时消失。

“啊——”人群中响起一片失望的嚎叫。

“这些王八蛋！”有人高声叫骂。

“回去睡觉吧——”有人怏怏地嚷。

很快，人群重又回到附近各自建筑工地的工棚中去，给午夜的广州街头留下一地坐烂了的报纸。

捡垃圾的来了。路灯下，晃动着一个大人一个孩子的身影，他们将烂报纸塞进塑料袋。

陶辉回到宿舍，在阳台上站着，等听收音机的工友报告比赛结果。当地粤语台报告了最后比分5：3。陶辉喜欢的阿根廷队输了。他懊丧地想：“今天晚上白看了！”然后去冲了个凉水澡，倒头就睡。

凌晨两点左右，情侣们还在路边的吃食店吃夜宵，一个中年男人推着垃圾车经过，跟陶辉的那些工友一样，他也戴着耳机。耳机线穿进制服的领口，在路灯下闪着银灰色的光。

5

这场四年一度的全球盛事笼罩了这个城市。一家餐馆进门处贴着标语：“我爱世界杯！”不少饭馆打着广告：“现场直播世界杯！”还有店家橱窗里贴出大幅的球星照。人们的话题离不开世界杯。各家报纸争着出版世界杯专刊。

珠江岸边的酒吧街，悬挂起一串串小足球，江风吹动着一长串各国的小国旗。对岸，海珠广场附近的一家酒吧打出广告：“性感撩人的足球宝贝，狂热的说唱文化，炫目的街舞足球。”

跟陶辉们不同，在这里，人们以另一种方式享受世界杯的狂欢。

这里，人头攒动，劲爆的音乐震耳欲聋，每一记低音都像在人的心脏上踩上一脚。7月1日晚，两台电视正直播英格兰对葡萄牙的四分之一决赛。电视下的小舞台上，身着迷你裙的足球宝贝风情万种。人们喝着三百多元一打的“英格兰队指定饮品”嘉士伯啤酒，以及两三百元一瓶的红酒，每张桌上点着红蜡烛。有人脸上画着英格兰或葡萄牙的国旗。人们塞满了通道，以致侍应们只能挤进挤出。

一个歌手留一撇小胡子模仿张学友演唱。他扭动着身躯，大喊：“来，让我们发泄一下感觉！”台下人群里口哨声和尖叫声刺透了音乐。

足球，美女，音乐，暧昧的灯光，还有酒精。一对年轻的情侣开始热烈地接吻。

凌晨一点半，这里的电视中，英格兰队与葡萄牙队的点球大战开始了。劲爆的音乐暂时停息下来，人们都盯住了电视屏幕。

“每次点球大战都那么残酷！”酒吧的DJ在麦克风里叫道。

但这种残酷，坐在至尊国际夜总会对面马路上的人们感受不到了，因为大屏幕又准时关闭了。

上半场比赛快要结束时，陶辉曾预言：“葡萄牙的小小罗肯定要进球，就他表现最出色。”但最终，他没有看到这样一幕：小小罗将足球捧到嘴边印了一吻，然后一脚将这粒点球送进了英格兰队的球门。

这一晚，陶辉奢侈了一把，他花3元钱买了一瓶啤酒，坐在马路牙子上边喝边看球，“给自己助助兴”。

6

收音机带给大屏幕下的人们一个奇特的世界杯，一个图像与声音错位的世界杯。

大屏幕上转播的是广东一家电视台播出的球赛，“普通话广播台”的直播与大屏幕上的转播并不同步，相差一二十秒。有时，画面上还没有射门，广播里已经进球了。

但当地的粤语台与大屏幕同步。李晓峰是人群中不多几个能听懂当地粤语广播的人之一。这位来自湖南新宁县的33岁农民工，总是戴副耳机，双手抱膝，一个人垫着报纸坐在马路牙子上观看。

他在百米外新建的海关大楼内做墙面油漆。世界杯刚开始，就遇上工期吃紧，老板要求加班，小组赛的前四场他都没看上。这让他有些懊恼。

“你们没说你们要看世界杯吗？”记者问他。

“说了，但他们还催着要交工。”

“他们没问你们，为什么想看世界杯？”

“没问。”

如果没有世界杯，工地上的生活是单调的。“工地上最大的娱乐是玩扑克。”一位工友说。

李晓峰的闲暇时间靠看报纸杂志来打发。每天看报纸要花四五十分钟，除了广告，基本上所有版面都看。他一年买两三百份报纸，每月看六七本从旧书摊上买来的旧杂志，看完后再到旧书摊去换，两本换一本。

他从不读工地办公室里的报刊，因为“你进去他们好像看不起你一样”。

随着世界杯拉开战幕，只要有可能，李晓峰就会按时坐到大屏幕下看球，一场都不舍得落下。并且，他也为此专门买了一只带耳机的收音机。

但是李晓峰从大屏幕下回到他的工地后，却像水珠进了大海般“消失”了。记者到海关工地去找他，询问了10多位农民工，包括衣服沾满着油漆的油漆工人，却没人知道李晓峰是谁。

甚至有一种可能，工地上几乎没有人知道他的姓名，就像大屏幕下另一个球迷“眼镜”。

“眼镜”在大屏幕斜对面的铂林国际公寓工地上当铁工，陶辉雨中打伞看世界杯被记者拍下的那天，据“眼镜”的工友王福利说，“眼镜”也打着伞在现场。但没过几天，“眼镜”便离开了工地，回了老家。同一工棚宿舍里一同干了近半年的几位铁工工友，没有人知道他的联系方式和姓名。

他们只是叫他“眼镜”，只知道他是湖南人。

事实上，这些工友在这里也只有一个代号。一位来自新疆克拉玛依的铁工聂艮盆被叫做“新疆”，来自贵州的铁工王前钢被叫做“贵州”，王福利则被叫做“山东”。

“新疆，你看，这是法国队的亨利！”7月2日晚，王福利指着路过的一家小饭馆里正重播的比赛，招呼道。他似乎有些自得于自己能准确叫出球员的姓名。

他们三人常一起到大屏幕下看球，住同一间工棚，却从不询问彼此的姓名。

“我们从不相互打听对方的家庭、经历。”“贵州”说，“也没人感兴趣。”他在这个城市不下10个工地做过工。“工地就像舞厅一下，如果曲子好，那我们就多跳一曲，曲子不好，我们就换家舞厅接着跳。”

黑瘦矮小的“贵州”就住在“眼镜”的下铺。他只知道，“眼镜”回老家前，有几次，一天干完两天的活，然后夜里看球直到凌晨5点才回工棚，白天再补觉。他并不清楚大屏幕关闭后，“眼镜”又在这个城市里哪个角落找到了看球的地方。

用王福利的话说，在这个工地上，对球的了解，“眼镜”第一，他第二，其他人算不上球迷，就是看看热闹。“喜欢足球，必须有自己喜欢的球星，必须有一支自己喜欢的球队。”对于足球，他喜欢用“研究”这个词。

那是2002年，中国队在世界杯预选赛出线后，王福利亲眼看到青岛五四广场上球迷的狂欢，敲锣打鼓，歌声震天，“整个广场、青岛市都像沸腾了一样”。几个男孩爬上了10多米高的铁塔振臂高呼，对面一个女孩高喊着，“跳下来！跳下来我就嫁给你！”

“究竟是什么东西使这些人疯狂？”王福利说，“从那个时候起，我就开始有意识地研究起了足球。”

除了当班，王福利也是一天不落地到大屏幕下看球。葡萄牙队将英格兰队淘汰出四强的比赛他就是在这里观看的，但等到四强开赛时，他却离开这个城市，去了广东顺德的一个工地。

他们总在流动，常常不知道下一个工地在哪里。下雨那天跟陶辉一同打伞看球的老王，以及一位与他同岁的小伙儿，已经有好几场比赛没有出现在夜总会的大屏幕下了。

7

陶辉有一个奢侈的打算。他跟几个工友约好，等到决赛时，要到远一些的中华广场大屏幕看通宵转播的球赛。晚了可以花 30 多块钱打车回工地，还要买些酒助兴，费用大家分摊。他们甚至商量，也许可以找家酒吧的包间看球，一起承担费用。

“你知道酒吧消费多高吗？”记者问他。

他愣了一下，说：“不知道。”

“如果人均花费 100 元，你能承受吗？”

他想了想，最后像是下了决心似的：“应该可以吧，看决赛可以。”“难得奢侈一下，四年才一次。”他又补充道。

不过，这些计划要付诸实施，前提是 7 月 7 日，“老板”能把答应付清的拖欠工资发下来。即使工资发不下来，哪怕再发 300 元生活费也行。陶辉说，否则，“估计就看不上了，那就等下一届吧”。

他有一个梦想：“等我有了钱，一定要去现场看一场球。”他希望中国能申办世界杯，这样，“去现场看球的费用会低得多。”

陶辉没想到，世界杯决赛之前，他和工友们以这样一种方式争取到了被拖欠的工资。

7月7日中午，“富力中心”工地上几十名工人在四川工人曾强的带领下，上街堵住了工地门口的马路。随后，这位皮肤黝黑、赤裸着上身、穿着大裤衩的矮个胖子，拨打了“110”报警电话。

“是我报的警，我是让你们来帮我们解决工钱问题的。”曾强亮开嗓子，挥动着胳膊向警察呐喊，“我们干了活拿不到钱，没人管，温总理都说了，农民工的工资绝对不能拖欠。有困难，找巡警，巡警就是‘110’！”

这位领头者把记者也叫到了现场，“你们来了就好。”他说。

工人们这一招很快使建筑商坐上了谈判桌。曾强不停地给劳动部门打电话，当地劳动局答复是：当天休息，没人上班。“周五你们不上班，你们到底来不来人，我要告你们行政不作为！”曾强对着电话大吼。

8

曾强也是球迷。陶辉打着伞看球那天，曾强正在加班，只能在大楼里听着收音机里的球赛直播。他心中的偶像是罗纳尔多。2001年罗纳尔多伤愈复出，第一场便进了两个球，从此他喜欢上了罗纳尔多。“现在别人都叫他‘肥罗’，可对我来说，他就像情人一样，有缺点也好看。”

只要有可能，他也跟陶辉一起，坐在大屏幕下，听着收音机观看比赛。他有200度近视，看大屏幕有些模糊，便花了8元钱在地摊上买了一副近视镜。最近，这个剃着光头的粗黑汉子时常歪歪地架着这副方框眼镜。

但曾强不是普通工人。在这个工地200多名工人中，有38名是“我带来的人”。

这位小包工头这样解释他带头“拦马路”的行为：“我要得罪了老板，大不了换个工作，可要得罪了工人，以后自己想带人单干，也没人愿意帮我干了。”

“不想当元帅的兵不是好兵。”他补充道。这位没有读完高中便从四川乐山来到广东打工的27岁年轻人，从工地上一名普通的铁工干起，攒下了七八万元钱，现在，他正准备着将这笔钱作为垫路资金，带着他的人到一个新工地去独立承包那里的铁工活，开始他的“老板”生涯。

大约两个月前，他买了一瓶 32 元钱的红酒，给自己怀着身孕的妻子在珠江边过生日。“来，给你讲点浪漫的。”他说。他给她分析了这项“事业”的前景，“今年干完，我们就有十多万元存款啦。”妻子提议拿这笔钱回老家县城买套房子，开个小店卖花卖水果。

“去你的水果篮子。”野心勃勃的曾强说。除了罗纳尔多，他的另一个偶像是房地产商人赖军，“他就是从带几个人干起，越带越多。”

9

7 月 7 日，工人与建筑商谈判结束，拿到了共 70 余万元工资。一部分工人拿到全部被拖欠的工资，另一部分人拿到了部分工资。曾强说，陶辉属于另一个老板手下，原本 5000 多元的工钱，他只领到了 1000 多元。

“以后再想要回来，估计难了。”他皱了皱眉说。

曾强、陶辉和其他两个球迷工友本来约好了，大家一起打车去中华广场的露天大屏幕看半决赛和决赛，车费和酒费大家均摊。

但是，拿到工资的工人们迅速离开了这个工地，急着到下一个工地去挣钱。7 月 8 日下午，在德国队和葡萄牙队争夺第三名的比赛开始之前，陶辉也带着妻女匆匆搬到了下一个工地。

陶辉搬走时没跟曾强打招呼。工棚里，满地狼藉，陶辉那张加宽的床只剩下光光的床板，还有床头上一个装辣椒酱的空罐。

“这就是工地，”胖子曾强摊了摊手说，“这就是我们的生活。”

陶辉的新工地依旧在这个城市里。“城市不太好，太吵。也就是交通好。你要有 50 万，在城里算不了什么，可你在老家要有 20 万，人家都愿意听你的。城市的竞争太激烈了。”7 月 3 日，陶辉坐在大屏幕下的马路牙子上接受采访时这样说。

“可是我喜欢城市。”他的妻子插嘴说，“我不喜欢山区，这里看着舒服一点，连走路也舒服。”

“可是你看别人舒服，别人看你不一定舒服。”陶辉笑着反驳。

“这里能看到的人也多。”李向云接着说。

“可是看的人多是多，真正接触的人并不多，能沟通的又有几个呢？”陶辉接着反驳。

“那也不错啦！”李向云有些不高兴了，“总比山区好。”

10

曾强突然发现，7月9日凌晨，只剩他一个人看半决赛了。陶辉搬走了，另外两个球迷工友，一个回了老家，一个也搬去了新工地。这两场球赛，他们不知道会在哪里看。

而他自己，也被老板派到另一个住宅工地，连夜加班赶工期。他心里惦记着半决赛，偷偷跑了出来。他进了一家洗脚房，本想奢侈一回，花25元钱边洗脚边看世界杯，可是，这里的一位女顾客正霸着电视看连续剧。

不过，这天曾强获得了意外的惊喜。他在新工地附近发现了一个酒店的露天大排档，将电视投映到一块幕布上，并且接上了音响。虽然幕布比至尊国际夜总会的大屏幕要小得多，但却是曾强今年看的第一场有声的世界杯。

他没有坐进排档里喝啤酒，只是坐在路边的树下，远远地看比赛。因为在洗脚房花了25元之后，他的钱包里当时只剩下15元钱了。

但是7月10日凌晨，法国队与意大利队决赛时，他请记者坐进了排档，要了5瓶啤酒。他周到地招呼：“要不要吃点什么，点吧。”接着摇了摇钱包，说：“100块钱我还是消费得起的。”

“两支球队都是防守进攻型，好看！”这个胖子光着黑黑的膀子，兴奋地说。

点球大战中，法国队败北。他快乐得大吼起来。这是曾强希望的结果，因为此前法国队曾淘汰了他喜欢的巴西队。胖子说：“这下我可以睡个安稳觉了。”

他将剩下的啤酒一饮而尽，然后伸出手来跟记者握了一握，总结似地说：“感谢你们陪我看了一场精彩的足球。”

此时，天已微亮。四年一次的全球足球盛宴，随着电视画面中绚丽的焰火熄灭也已曲终人散。曾强着急着要赶回工地去。这一天，他要把在工棚里同住了许久的怀孕的妻子送回老家待产。工地上还要继续加班，有很多活等着他干。

（原载于 2006 年 7 月 12 日）

「停电造成的经济损失虽然巨大，

可面对危急关头的生命，

这一切都可以放弃。

‘公共利益’固有泰山之重，

可有时它在面对个体生命危难时，

便如鸿毛之轻。」

获救女子缓缓降落地面。高剑辉／摄

2007

万家灯火为谁熄灭

文 _ 包丽敏

这是深秋的一个傍晚。夜色缓缓向四周弥散，几辆闪着红色警灯的警车和消防车由远及近渐次鸣声大作，一下撕破了平西村的宁静。“快去看啊，来了好多人！”消息在村民中间飞快地传递。

转瞬间，警车、消防车、公务车甚至私家车，几十辆车浩浩荡荡向一个方向汇集。从村里、镇里、区里甚至几十公里以外的广州市相继赶来的人，很快在一个点上汇聚起几百人，在国庆长假的最后一天，搅动了广州市花都区花山镇的这座村庄。

紧张的人群不时很费力地仰起脖子往上看，因为他们视线聚焦的目标是如此之高：在村水泥道旁的一块玉米地里，在那座相当于16层楼房一般高的高压铁塔的顶端，在好几条22万伏的高压线路丛中，架着一个人。

在薄暮中，塔底的人群只能依稀辨认出，这是一个女人。她骑在绿色角钢搭成的铁塔顶端，仅凭几根交错的铁条支撑着身体的重量，摇摇欲坠。

现场几乎没人认识她。警方只能从围观村民七嘴八舌提供的信息中了解些许眉目：这是一个外地女人，看上去精神恍惚。10月7日下午，她先是跳进村里的一个鱼塘。鱼塘水很浅，只没到她的胸部。她爬出鱼塘，全身湿透，又在村里转了几圈，在17时30分前后，开始攀爬这座高压铁塔。

一名村干部刚好路过，赶紧喝令制止。但他越是叫喊，女人反而爬得越是起劲。据说，她只花了10多分钟，就爬到了铁塔顶端。她在铁塔两侧像手臂一样伸出的横担上来回移动，有几次，她还伸出手去够最顶端的架空地线。

没有人确切知道她为什么要这么做。人们推测，她想自杀。

“她是傻子吗？！”围观的村民中有人发出这样的疑问。

“她死定了！”有人嚷道。

塔底下的人们，“心时刻提到嗓子眼上”：每一分钟，她都可能从50米高空突然坠落，惨状万分地当场死在他们面前。

原本这个轻松而平静的长假即将结束，人们正准备着重新投入上班的日子。但那名村干部那天下午拨打的110报警电话，却无异于一条紧急动员令。为了这个素不相识的陌生女人，许多人从饭桌边被叫到现场参与营救，有些人正等着开饭，有些人则刚吃到一半。

铁塔上的女人也许没有料到，她自己打算放弃的生命，这个她初来乍到的陌生城市却并不打算放弃。在随后的几小时内，人们为此进行了某种意义上的全城大动员。

停电可不是拉一下闸那么简单

她只是在高耸的铁塔上呆着，有时动一动身体，换一换姿势，有时还向下张望几眼。没有人知道她心里在想什么。

警方在距铁塔约30米外拉起警戒线。不止一个警种出动。民警在现场维持秩序，疏散围观人群；交警在外围维护道路交通；甚至还调动了特警，因为消防队唯一的安全气垫在不久前的一次营救中被毁，他们送来一只橘红色的安全气垫，铺在塔底，以防塔顶的女人突然坠地。在通往现场的各个道路岔口，也布置了警力，使赶来参与营救的人们不致迷路。

塔顶的女人也许看到了6名身穿橘红色特勤服的消防队员的到来。18时过后，在微微的夜色中，他们开着庞大的消防车火速赶来，还紧急调来一架如巨人之臂般的消防云梯。

这天下午，广州市公安局消防支队第五大队花都中队的这些小伙子，原本刚刚帮助一户居民摘除了房屋外的马蜂窝。在回消防队的路上，他们接到了这个紧急出警电话。他们通常在发生火灾、水灾、交通事故，以及各类自杀时紧急出动，有时还会帮人们开门取钥匙。但这一次营救，是他们遇到的前所未有的新挑战。

消防云梯的垂直极限高度只有 54 米，而云梯车距离铁塔约 20 米，巨人之臂无法够到铁塔顶端。

“当时只能靠人工徒手攀爬去救人。”消防队员事后回忆说，“但我们没上过这样高的铁塔。”事实上，他们此前徒手攀登的最高纪录只到过 20 多米。

更可怕的是铁塔上的高压导线，它们像一枚随时可能引爆的炸弹。22 万伏高压导线的安全距离只有 3 米。如果铁塔上的女人沿着横担进一步逼近导线，或者她纵身跳下，或者失足跌下，所有这些过程中一旦与导线距离小于 3 米，便会触电，导线将因此短路，不仅能让她“瞬间炭化”，而且整个铁塔也将因此带电，危及爬上铁塔的救援人员的生命。

前来营救的人们最初试图用最小的代价化解危机——说服她自己爬下来。他们通过喇叭用粤语和普通话轮番朝高空喊话，让她用肢体做出示意。但她没有任何反应。

暮色渐渐笼罩大地，吞没了铁塔顶端那个浅色的人影。随着时间流逝，人们担心，她也许已经没有体力自己安全地爬下铁塔。

只有派人上去营救了。

那么就意味着必须停电。

来自消防队的意见：“如果不停电绝对不能上，我们要为战士的生命负责。”

然而停电对一座城市意味着什么？工厂的生产线将因此停止运转，医院将有可能不能再施行手术，居民区的电梯将无法升降，红绿灯会因此失灵，交通会发生混乱，路灯也将大片熄灭，如果正好有大规模的集会，还容易发生挤压踩踏……而广州市建在花都区的国际大型航空港白云机场，那些起落的飞机，也有可能受到波及。

停电，城市将为此承受损失。数十万人口将为此遭受影响。

“停电可不是拉一下闸那么简单。”花都区供电局运行部主任董选昌说。

以前，我们紧急处理的只是设备，但这一次是人

董选昌开车走错了两个路口后才找到这里。在他供职电力部门10余年的经历中，一旦输电线路出现问题，他和同事们总是第一时间赶去现场。商家搞庆祝活动用的大气球或者大横幅挂上了输电线路，龙卷风刮起铁皮屋上的铁皮碰到了线路，运输船只不小心撞坏了线路等等各种意外，甚至线路底下农民们种的桉树长势过快，也都有可能导致电网的某一局部失灵。

而眼下，董选昌和同事们遇到了他们此前从未经历过的意外，“以前，我们紧急处理的只是设备，但这一次是人。”这让他们备感棘手。

看起来，在董选昌和他的同事负责运行维护的1400多个电线杆和电塔中，这个女人似乎只是随意爬上了其中的一座，但受到她威胁的，却是花都电网中的两条主干“大动脉”。

从云贵地区西电东送过来的电力，沿着中国南方电网50万伏的超高压线路，一路输送到这座铁塔约30公里外的换流站，在那里转成22万伏，“拐”进这两条高压线路，再输送进花都区。而整个花都区近1000平方公里辖区所用的绝大部分电力，总共由3条这样的输电线路供给。

这意味着，为了救这个女人，需要切断花都区3条“大动脉”中的两条，也意味着，将停止花都区一半以上的电力供应。

至少半个花都将陷入黑暗。

而仅剩的一条“大动脉”，是修建于上世纪80年代的老旧线路，它从200多公里外的韶关一路穿山越水而来，没有人能保证，它在长途的跋山涉水中不会因为突然的风雨或雷击或人为施工破坏等各种不测而跳闸。

那么，最坏的打算是，整个花都将陷入黑暗。

“我们供电部门承担很大的压力，政府也承担着很大的风险。”花都区供电局副局长莫文雄说，“停与不停，必须由政府来决定。”

毕竟人命关天，哪有见死不救的道理？

21 时 30 分前后，不停电的情况下能采取的所有营救措施均宣告无效。女人还悬在 50 米的高空。很长一段时间，她斜躺在铁架上。也许她干脆在黑暗中闭起了眼睛，也许她能眺望到这个城市灿烂的灯火，或者，她正俯视那些像蚂蚁一样匆匆汇聚到她脚下的人群。

人群一直在紧急动员中。

120 救护人员早已在现场待命。消防队员早已在现场待命。供电部门的抢修队伍早已在现场待命。

区供电局的领导到了。市供电局应急办公室的领导到了。花山镇镇政府能出动的干部都出动了。区政府应急办公室主任赶来了。一位副区长赶来了。3 位区委常委赶来了。3 位常委中，有当天负责值班的区委纪委书记，有区委办公室主任，甚至还有区武装部长。“谁知道呢，当时现场说不准就有可能需要调动部队来帮忙。”区政府应急办公室主任杨志强事后说。

现场组成了临时指挥部。在一条排水沟附近的农田里，摆上几张折叠椅，就是指挥部所在地。指挥部把一家当地电视台记者的摄像机“征用”了，充当望远镜来监测塔顶的营救对象。

消防车上的探照灯照亮了现场。人们不敢将灯柱对准他们的监测和营救目标，怕强光给她造成某种意想不到的刺激，只是偶尔将光柱移上去晃一下，看一看她在铁塔上的动向。

指挥部在紧急磋商。他们在来来回回的电话中与不在现场的相关人员磋商。他们向上级机构层层汇报。

莫文雄的手机打爆了。这位副局长不得不把一位下属的手机电池给“征用”了。

因为这两条“大动脉”不仅主供花都地区用电，还是连接韶关和广州的省内电力大通道，这样的主干线路停电，“需要大动作”，花都区调度没有决策权，广州市地区调度“也说了不算”，调度权在广东省调度中心。

停与不停，三级供电部门经过紧急论证，已经做好两手准备，备好应急预案。“我们有责任把可能面临的风险、预计造成的影响和我们的应对措施一一提交给区政府，供他们决策。”莫文雄事后说。

最后的拍板在花都区区委区政府。

有关领导重点询问：“白云机场供电能不能保证？”

供电部门答复：可以保证。

区纪委书记钟国雄事后表示，当时的权衡中，只要能保住这座国际航空港，其他的损失是可以承受的。

“毕竟人命关天，哪有见死不救的道理？更何况我们是一级政府。”

来自不同渠道的消息显示，当时“从上到下一致同意停电救人”，“停电还是不停电，没有争论”。花都区委书记潘潇和代区长林中坚也发来指示：“救人要紧。”

当晚22时10分左右，董选昌在一旁听到副区长戴新爵用粤语大声说：“我们以人为本，停电救人吧。”

听到政府官员这样的表态，他感到有些“吃惊”，“心里挺感动的”。

这个城市的灯火一片一片地为她而熄灭

然而停电确实“并不是拉一下闸那么简单”，更多的人将被动员起来。

为了尽量减少损失，花都区供电局工作人员紧急就位，开始逐一致电辖区内重要用户。数千条短信同时发出：“为了救人，需要紧急停电处理……请全区工业用户准备。”

中国移动花都分公司接到求助电话：需要向广大市民短信通知停电消息，不致引起市民恐慌。

总经理钟伟雄带着几名技术骨干赶来与区政府信息中心汇合，紧急搜集齐所有花都区移动用户资料，导入区政府的“政务信息机”。他们商定，这些短信将不用移动 10086 端口发出，而使用政府的发送端口，因为“如果民众看到是政府的端口，会比较放心”。

这个建于两年前的平台，此前只对党政机关工作人员发布信息。这一次，这台原本用于办公的设备第一次用于大规模发布，向公众亮相。

“因紧急抢险需要……我区部分区域停电，不便之处，敬请谅解。”近 100 万个移动用户，包括这位花都分公司老总在内，当晚收到了区政府发送端口发来的停电通知。

花都电视台滚动播出停电通知。通知预告了最坏的可能，“花都电网仅剩一条 220 千伏线路供电，若此线路再受不可抗力影响而跳闸，花都地区将全部停电。”

“这其实是要让全体花都区市民都要为停电救人做好准备。”区供电局副局长莫文雄解释。

区供电局向省调度中心申请紧急停电。

从 22 时 30 分左右起，从低压到高压，输电线路开始依次逐级切断：220 伏（380 伏）——1 万伏——11 万伏——22 万伏。

为了让这两条从铁塔上女人身旁经过的“大动脉”停下来，花都电网无数条“小血管”和难以计数的“毛细血管”先后被切断。整个花都电网共 41 万千瓦负荷，在半个小时内切掉 23 万千瓦。

大约半个花都的行政区域内，路灯大片大片地熄灭，交通信号灯失灵，城市的霓虹瞬间消失。

就在距离这个命悬一线的女人三四公里外的花山镇，一家通宵营业的网吧里，七八十个客人面前的电脑同时黑屏。因为老板将手机落在车里，没有及时看到停电通知。这家网吧的突然停电导致 4 块主板和 3 块硬盘损坏，而当晚营业额损失上千元。

几家美容美发店提前结束营业。“24 小时营业大旅店”的灯箱广告熄灭了。人们点起了蜡烛。

居民小区里，一位姓唐的女老师早早睡下，却因为电风扇突然罢工，在夜里11时过后被热醒了。她困得双眼睁不开，却不得不给她3岁的女儿扇扇子，扇子一停，小女儿就开始哭闹。她听到有人热得睡不着，到黑了灯的街道上去散步乘凉。

“总之是麻烦死了。”水果摊老板老刘抱怨说。当晚他至少少做了一半生意，整个市场黑乎乎的，想吃宵夜也没处吃，回家睡觉又没有空调，“热得要命”。不过，“反正救人嘛，无所谓啦。”他咧开嘴笑。

在这个大小工厂密集的地区，像老刘这样的水果摊主、卖茶蛋和煮玉米的小贩、烧烤档老板和各色小摊主都等着那些夜里两三点下班的工人们前来光顾，但这个晚上，他们大多不得不在一片黑暗里提前收摊。

大大小小的工厂主也在蒙受损失。新华街一家五金机械加工厂原本要组织大约20个工人加班赶货，据称当晚因为停电，少生产3吨产品。不过在这家老板看来，政府这次行动“很人性化”，完全可以谅解。

一家箱包生产企业，几条原本24小时运转的生产线不得不停下来。“没办法，”它的老板有些无奈地说，“毕竟是救一个人嘛，又不是救一头牛。”

当半个花都陷入黑暗时，只有白云机场、居民密集的中心城区、大商场、大型的生产企业如东风日产、党政机关、驻军部队、电台、电视台以及医院等等，依旧维持着供电。

一家22层高的大酒店启用了自备发电机，在一片黑暗的包围中，依然闪着霓虹。

没有人知道，这天夜里，这个女人在50米的高塔上，是否看到她脚下这个城市的灯火一片一片地为她而熄灭。

半个花都陷入黑暗，生命之光却因此大放异彩

她依旧骑在铁塔的顶端。当探照灯柱晃上去时，塔底的人们看到一个白色的影子。这期间，她脚上的一只鞋掉了下来。

现场之外，为了实现这次停电，供电部门的区调、地调和省调正通力合作。作为中国南方电网广东电网公司的一个下属单位，仅靠花都区供电

局的力量，根本无法让这两条“大动脉”停下来。

甚至周边的区域电网也必须为此调整运行方式。这意味着，不仅整个花都电网为此面临风险，周边区域的电网也将为此承担一定风险。韶关、英德和佛山的调度中心也紧急加入合作。

“各级调度必须密切配合，如果在应急过程中稍微出现失误和疏忽，有可能造成大面积的全区域的停电，而且一时难以恢复。”莫文雄说。

在不同城市的不同调度室里，人们按照应急预案里的程序一步步进行操作。

这套程序从 22 时 30 分前后开始，在大约花费了一个多小时后，终于由省调度中心统一调度，在这两条线路分别位于白云区和花都区的两侧变电站里，工作人员紧急到位，两边一起配合操作，先将这两条线路的断路器切开，再将两侧的隔离刀闸拉开。最后，在一系列现场操作完成之后，将线路两侧接地，把余电导入大地。

至此，两条“大动脉”终于真正停了下来。

这时，已经是深夜 23 时 50 分。

女人拒绝了他们递过来的葡萄糖水，但没有拒绝安全带

现场之内，23 时 58 分，营救人员整装受命营救。由花都区供电局送电班 32 岁的工人王成作向导，消防队 20 岁出头的义务兵吕文波和士官谢展强，背上 15 公斤重的缓降器、一条 100 米长的安全绳、一只备用头盔和一部对讲机，开始徒手向塔顶攀登。

在已经营救过五六十人之后，这是两位消防员第一次在这样的高空救人。攀登的过程没有保护，他们“心里有些紧张”，互相提醒脚下有没有踩实。最初他们还戴着棉纱手套，但抓起角铁来很滑，没有手感。

塔上风很大，他们感到塔身在旷野里轻轻摇动。“幸好是晚上。”谢展强后来庆幸说，否则心里容易害怕。

塔底的人们“心都悬了起来”。

借着探照灯的余光，他们小心翼翼爬了上去，途中没有黑暗。在距离女人10米处，他们停下来。女人正斜躺着，用大腿夹住铁架，显得很无力。无论他们怎样问话，女人始终不说一句话，只是点头或摇头。

他们问她饿不饿，女人摇头。问她困不困，她点头。“那我们带你回去休息。”消防队员这样安抚她。

当他们到达塔顶，女人拒绝了他们递过来的葡萄糖水，但没有拒绝安全带。

8日0时30分左右，当这个女人在铁塔上呆了大约7个小时后，塔底的人们从对讲机里听到报告说已经给她系上安全带，几乎全都松了一口气，“救人总算基本成功，心里终于踏实了。”区纪委书记钟国雄事后说。

直到这个女人靠着缓降器缓缓降到地面时，人们这才看清他们为之紧急动员的营救目标。她穿一件白色带蓝条的短袖T恤，一条深色牛仔裤，扎着一只麻雀尾式的辫子，浑身泥污。她依旧不说一句话。救护人员迅速把她抬上担架，送进了医院。

当最后一名消防队员双脚踩到地面时，区领导带头鼓掌，塔下响起了热烈的掌声。

现场人员陆续撤离。8日凌晨2时30分，供电部门开始逐渐恢复供电。3时23分，两条“大动脉”全部恢复送电。9分钟后，花都电网恢复正常运行方式。

这座城市重新恢复了正常。

参与营救的许多人，直到日后才从报纸上获知了这个搅动了整座城市的女人的姓名。她叫廖固求，39岁，湖南安化人，是一个16岁男孩和3岁女孩的母亲。

有人质疑，一个女人“绑架”了一个城市，花费如此代价救她，到底值不值？

北京一家都市报则评论道：“‘花都停电救人’让生命更显尊严。”评论说：“不难想象，对广州这样一个经济发达、人口密集的城市而言，大面积停电意味着什么。然而，更要想到，停电造成的经济损失虽然巨大，

获救女子缓缓降落地面。高剑辉／摄

营救现场。范舟波／摄

也会给成千上万市民的生活带来不便，可面对危急关头的生命，这一切都可以放弃，'公共利益'固有泰山之重，可有时它在面对个体生命危难时，便如鸿毛之轻。"

也有评论称："半个花都陷入黑暗，生命之光却因此大放异彩。"

另一家媒体评论道："每个人生命本身无贵贱之分，国家、地方……应该动用可以利用的一切资源抢救草根的生命。"

然而也有舆论质疑，这样充满危险的高压铁塔，为何没有足够的设施用于阻碍非专业人士的攀爬。与其不惜代价救人，不如平时做好防范。对此，花都供电局副局长莫文雄回应说，没有经过专业训练的正常人很难攀爬，而从技术角度上讲，要完全防范这种风险，目前不现实。

由她搅动起来的是是非非，廖固求本人并不知道。她在享受了政府的"人道主义关爱"之后，随即面临着法律的处罚。10月8日上午，她从医院被送往花山镇派出所。因为涉嫌扰乱公共秩序，根据《治安管理处罚法》，她被处以10天行政拘留。

在拘留所里，最初几天她情绪不稳，有时哭闹，有时用家乡话胡乱说着什么。

从她嘴里透露出的有限的信息是：来花都之前，她在湖南老家跟丈夫吵了一架。丈夫说她挣不了钱，她认为他不要她了。

她的一位老乡说，9月30日，她托人在平西村一家制衣厂找到一份工作。没有人知道，一个星期后，她究竟为什么会爬上高压铁塔，让这个城市因她而蒙受了估计以百万元计的损失。其中，仅电力部门损失的电量即达60万度。

"外地人来打工，也是花都的一分子，哪怕是过客，也是一样的。"花都区纪委书记钟国雄事后这样表示。

确实，对这个城市而言，廖固求只是一个过客。10月18日，她走出花都区拘留所，带着身上仅有的"家当"：人民币59元5角、一串黄色手链、一块手表，以及一把钥匙。

她的丈夫从湖南接到通知赶来，已经等在拘留所门外，要带她回家乡。

这个瓦匠留着小胡子，穿一件廉价西装，笨拙而拘谨地掏出一包廉价香烟，递给拘留所的警官。他只是木讷地笑着说："谢谢政府救了我的老婆。谢谢啊！"

而他的老婆则坐在拘留所门口，紧闭双眼，简短地叫喊着"不要回去"或者"死了算了"。她被他半抱半推地弄上警车。警车一路送他们前往火车站。

对于被营救的这个女人，这座城市也许不会再有机会了解更多的信息，甚至都无法确切地搞清楚，她是否精神正常。但明确无误的事实是——她是一条生命。

而此刻，平西村也恢复了往日的宁静。只有那座铁塔下，还扔着消防队员的一副棉纱手套，以及廖固求掉下的一只白色旅游鞋。

（原载于 2007 年 10 月 24 日）

「能有幸在天安门广场升国旗 26 年，

我是共和国最幸福的人。」

国旗护卫队迈着整齐有力的步伐走向天安门广场。赵世贤／摄

2010

天安门广场的隐秘升旗手

文＿张伟

第一次把国旗升到旗杆顶上时，胡其俊觉得全中国都能看见它。这种感觉并不突兀，因为在那天，新生的政权正度过它第二个生日，胡其俊一定像它的所有拥护者一样，为这个不寻常的日子感到欢欣鼓舞。不过，那一天对这个 22 岁的普通电工来说，还意味着更多。

他“又高兴又害怕”地站在天安门广场的旗杆下，花了两分钟时间升起了一面国旗。这面国旗不但宣告 1951 年国庆节正式到来，也宣告一个普通人个体生命荣耀的开始。

时隔 59 年回顾胡其俊主持并完成的那场仪式，多少会让人觉得有些寒酸。要知道，在当时现场既没有嘹亮的音乐，也没有整齐壮观的仪仗队，甚至也没有人围观，更不会有人来合唱国歌。对那些近期曾在天安门广场体验升旗盛况的人来说，1951 年 10 月 1 日天安门广场的升旗仪式是很难想像的。当胡其俊扳动旗杆上的开关，看着国旗缓缓滑到旗杆顶端时，太阳已经快要升起来了，广场上十分冷清。

从那一刻起的 26 年里，电工胡其俊便正式成为天安门广场的升旗手。既没有乐队，也没有掌声，26 年里，每当有节假日、盛会和庆典，他都会独自一人用略有些机械的动作扳动开关，在这个国家的心脏升起国旗以示庆祝。也有时候，他还要降下同一面国旗，为突如其来的哀悼渲染悲伤。

每当做完这一切后，胡其俊会骑上自行车，穿过大街和胡同，回到家里，或者是回到他那日复一日的本职工作中。他仍然是那个普通的北京电力局工人，领着普通的工资，住着普通的平房宿舍，只在重要的场合才舍得穿上自己的呢子料中山装。他甚至连一块手表都买不起。

当他升旗的生涯在1977年结束后，并没有多少人注意到这一切。时代在变迁，许多人开始不远千里地来到天安门广场，只为亲睹国旗升起的那一刻。今天，人们见惯了阵容庞大的仪仗队，也习惯了国旗升起时相伴的国歌声。以至于胡其俊和他那些冷冷清清的升旗仪式，因为年代久远，已经很少再有人提及。

当然，不是所有人都忘了他。比如，一个叫邢华琪的军人在自己的文章和书里，反复讲述着胡其俊的故事。哪怕在胡其俊已经去世3年以后，他仍然坚持认为：如果胡其俊一个人的升旗仪式一直保留到今天，“那将是世界上最动人的升旗仪式”。

升旗

1951年10月1日那天凌晨，当胡其俊第一次走向天安门广场的国旗旗杆时，广场上的警卫因为从没见过他，好说歹说，就是不让他靠近。

头一天晚上，北京电力局政治供电科这个新考进来的年轻人，突然接到领导的任务：从明天开始，由他担任天安门广场的升旗手。

当时，对这面镶嵌着五颗金色星星的国旗，人们远没有今天这样熟悉。事实上，在相当长的岁月里，除了一些特殊的日子，天安门广场上并不升国旗，只有当五一、十一、元旦、春节、国内重要会议、重大外事活动或国家治丧的时候，才会升起或降下国旗。

不只是国旗，一名经历过那个时代的老人曾经回忆说：旗不是随便升的，而是由上面通知，那时候，甚至连广场上的建筑“它们什么时候挂彩旗和亮灯，也都是由上面通知的”。

由于升旗的系统是由电力控制，升旗这个差使理所当然地被交给了懂电的人。开国大典，毛泽东站在天安门城楼上按下开关，国旗就升起来，那个开关就是由胡其俊所在的北京电力局设计的。因此，此后升旗的任务就由北京电力局负责。在胡其俊之前，他的同事陈鸿年也曾经担任过升旗手。

如今，没有人能说清楚，为什么是胡其俊当选。他的家属们后来猜测，也许是因为他成分很好，人也上进。总之，作为无数枚螺丝钉中的一枚，胡其俊被拧在了这根旗杆下。他在一篇文章里仔细地记下了第一次升旗的紧张感。第一次从天安门管理委员会领回国旗后，他“心里开始七上八下，高兴、害怕，都涌在心里头，一整个晚上脑子里一遍遍地过升旗的程序”。

尽管胡其俊心里充满紧张和神圣感，他第一次升旗的经历实在称不上庄严。当时，因为激动而一夜没合眼的胡其俊必须把国旗放下，手脚并用，才能费力地翻过旗杆周围一米多高的汉白玉围栏，进入升旗台。随后，他必须蹬着底座边上的配电器箱盖，爬上两米高的基座，然后小心地挑好站立点，稳住身子，再用铁丝把国旗的旗杆一点点捆扎在升旗杆上，这才能跳下来，喘口气。

等东方透出亮光，他把国旗升上去，还要再花费同样的力气翻出围栏，跑到远处去看看国旗的高度是不是合适。看完不放心，还要再爬上天安门城楼，去打量一下自己的成就。

不过，尽管有些费劲，据胡其俊事后回忆，完成这一切以后，他觉得“比喝了二锅头还带劲儿”。

从此，在完成日常工作之余，胡其俊负责起天安门广场上那面标志性国旗的升降。他在这根旗杆底下爬进爬出，爬了 26 个春秋。那时候，升旗没有固定的时间。胡其俊甚至连手表都没有，他只能通过清晨的鱼肚白或者傍晚的晚霞来确定大概的时间，遇上雨雪天气，就只能凭感觉。那时候，升旗的现场也并没有那么庄严，有几次，碰上开关恰好坏掉，胡其俊只能用尽全身力气，把国旗用手拉到竿顶。要是碰上有行人凑巧来到周围，胡其俊还得一边升旗，一边回答他们好奇的询问。其中问得最多的一个问题是：毛主席当时站在天安门城楼上，怎么能把国旗升那么高？

因为时间过得太久，又缺少见证者，关于胡其俊升旗的很多细节已经很难追溯了。自从 2007 年胡其俊去世后，他那些由国旗映衬的故事细节也一并被带走了。

人们唯一能确定的是，就在这个不起眼的年轻电工，骑着他那辆绿色飞鸽牌平把自行车，一次次穿行在天安门广场和右安门宿舍之间的过程中，他所服务的这个国家发生了很多事情。随着他一次次把那面红色绸缎做成的国旗升起和降下，天安门广场上逐渐建起了人民大会堂、人民英雄纪念碑。与此同时，他和所有人一起迎来一次次大会、庆典，或者悼念，感受着政治风云的变化。

有些事和他切身相关。比如，毛泽东接见红卫兵这样的“重大国事活动”进行之前，他会事先得到通知，早早地把那面国旗升起来，和领袖一起接受万人敬仰。

有些事情和这个小人物并没有太大关系。1953 年，斯大林逝世的消息传到中国，胡其俊得到通知，要为斯大林降半旗——这是新政权第一次为一个人降半旗。胡其俊并不知道到底该怎样执行：是直接升到半旗，还是先升到竿顶，再降下来？

那时候，没有电视，也没有报纸来学习这些，但胡其俊凭自己的感觉解决了这个问题。他先把国旗升到杆顶，然后降下来，约摸停在第二节旗杆的中间位置，就固定了下来。此后，他还特意跑远了，看看旗子的高度，觉得满意了才离开。

这个独自琢磨出来的降半旗标准后来成了惯例，并被写进了国旗法。20 多年后，周恩来、朱德、毛泽东先后辞世，胡其俊一次又一次地在天安门广场降下半旗。他儿子已经记不起，当时胡其俊有没有痛哭流涕，“时间太久了”。

这已经是 1976 年。那个当时满怀激情的年轻人如今已到中年，他那辆自行车后来给了儿子，他的单位也逐渐配上了三轮摩托车和北京吉普。那个当年初生并且朝气蓬勃的政权也经历了诸多风雨，正在迎接一个完全不同的时代的到来。

胡其俊

回想起来，就连胡其俊的儿子胡克军也很难说清楚，升旗在多大程度上改变了父亲的生活。由于一年中需要升旗的次数并不太多，更多时间里，胡其俊像所有普通工人一样，在自己电工岗位上工作。

尽管升旗的经历以后被看得十分光荣，当年，胡其俊并没有因为这个任务捞到太多好处。直到很多年以后，他凭借自己的工作资历升为副科长。除了升旗之外，这名电力局政治供电科的员工，还要负责天安门和中南海地区的“电保”。每当有重大活动，他经常要带着保密任务，到各个会场去保障电力供应，有时候离家一个月，也不能和家人联系。

也有时候，他会负责驾驶天安门城楼上的小电梯。他曾经在这个电梯里碰见毛泽东、朱德和周恩来。不过，这个把保密要求挂在口头上的山东男人，通常把这些回忆都藏在心里。

同事们回忆，胡其俊人比较开朗，喜欢开玩笑。但胡克军回忆，一旦回到家里，父亲几乎从不谈起自己的工作，有时候别人问起来，他也非常严肃，拒绝回答。以至于有几次，他的妻子为此懊恼地埋怨他。也许是受这影响，关于国旗的故事，并没有多少通过胡其俊的口传下来。

胡其俊家人与国旗有关的一个记忆是，每到要升旗的那一天，胡其俊怕自己起得太晚，会叮嘱妻子一定喊他起床。

因为经常在天安门广场执行任务，胡其俊不时会拿回一些他在天安门上拍下的照片。不过，他当了 26 年升旗手，却没有一张照片记录他升旗的场景。当时，这个升旗手也并不受人关注，根本找不到任何一篇关于他的报道。

对胡其俊来说，这荣耀无比的升旗工作，更像是他日常职责中寻常的一部分。升旗并不轻松，根据专门研究国旗的专家估算，整面国旗与旗杆加起来，足足能有 15 公斤重，如果碰上下雨天，旗子被雨打湿，再重上一倍也不止。加上天安门广场风大，升旗变得十分辛苦，胡其俊曾不止一次向别人回忆，因为国旗容易兜住风，他经常被从基座上连人带旗吹下来。而碰上下雪天就更麻烦，因为旗杆的基座上太滑，很难站住脚。

在一次接受采访时，胡其俊还能记起，1956 年 10 月的一天，他在大雨中升起国旗的情景，过了很多年后仍然忘不掉那时候多么费力。

出于安全考虑，大多数时间里，降下的国旗会收藏在当时的天安门管理处办公室。不过，也有些时候，因为第二天要起早升旗，胡其俊会在升旗的前一天，把国旗用布包好，捆在自行车的后座上，骑个半小时赶回右安门附近的家里。

据说，当往自行车后座上捆国旗的时候，他总会嫌这旗子捆得不够牢。而一进门，他则会把国旗叠得整整齐齐，藏在家里最安全的地方——衣柜里。

起码在那 26 年里，通过胡其俊的手，这面象征着国家的旗帜时常在一户普通人家的衣柜和最受瞩目的广场上空来回切换，没有让人觉得有什么不妥当。

变迁

1977 年 5 月 1 日劳动节，48 岁的北京电力局职工胡其俊像往常一样，又一次把国旗升到了天安门广场上空。

不过这一天，胡其俊显得比以往要正式。他特意换上了一身涤卡衣服。傍晚，当他降下旗，把它送回天安门管理处的办公室，然后骑着自行车消失在长安街的人流里时，属于他的一个时代也结束了。

或者说，由一个人升国旗的时代结束了。从这天开始，北京卫戍区接手升旗的工作，国旗班代替了胡其俊，天安门广场的升旗从此告别了“业余”时代。据人们后来形容，当胡其俊离开时，他自行车后座上一直用来绑国旗的绳子，“空空地散落在一旁”。

国旗班每次升旗先是有两个人，后来又增加到 3 个。他们穿着军装、手持国旗走出天安门时，比胡其俊要正式得多。不过，起初，当他们走到长安街上时，遇上红灯，总要为长安街上的自行车和汽车让道。并且，他们和当年的胡其俊一样，每次都要翻过护栏，才能进入升旗台。

1991 年，当国旗护卫队代替了国旗班负责升旗时，旗台进行了改造，已经不需要翻越护栏才能进入了。胡其俊用过的 22 米高的旗杆，如今变成 32.6 米高，升旗的人数也从 3 个，变成了 36 个。

国旗研究专家、原总政办公厅编研室主任邢华琪曾经花费很长时间，追寻与胡其俊升旗相关的那段历史。他觉得，在胡其俊那个年代，升旗是一件朴素的事情，因为那个时候，天安门和国旗，在人们心里还没有那么重要的象征意义，“要知道，当时，天安门前是可以开卡车的”。

从 2000 年前后开始，邢华琪突然将个人的研究兴趣转向国旗。他回顾与国旗有关的历史后认为，在胡其俊升旗那个时候，应该也不会有太多人在升旗的时候唱国歌。事实上，他回忆起，在“文革”期间，因为田汉被打成反革命，由田汉作词的国歌，连词都被改掉，到“文革”结束后才又恢复。

在邢华琪看来，国旗是在此后才逐渐在人们心里获得崇高地位的：1983 年，教育部下文要求中小学举行升旗仪式；1984 年，洛杉矶奥运会在国内开始有了电视直播，中国人第一次通过电视看到国旗在国外的赛场上升起。邢华琪还记得那时的情形，他觉得这确实能大大提升人们内心的国家自豪感。

“国旗逐渐成了爱国的象征、政治的象征”，邢华琪觉得，随着仪式越来越隆重，形式逐渐大于一切，邢华琪自称喜欢看俄罗斯的升旗仪式，仪仗队并不是整齐划一地前进，而是故意来回跑，显得没那么僵硬。他也很欣赏一些国家的元首在看体育比赛时手持国旗大喊的场面，“显得那么自然”。

“如果一直让胡其俊升旗升到最后，或者起码升到他退休”，邢华琪说，“那么这会变成一种传统，会让他的升旗变成世界上最打动人的升旗仪式。”

对升旗仪式所发生的变化，胡其俊的儿子胡克军则感到振奋。“你不得不承认”，胡克军感叹，“这是国家强盛的重要标志，国力强了，对升旗重视了，自然就会形成一种规模。”

不管怎么说，属于胡其俊那个年代的“业余”升旗已经成为历史。每天早上，天安门广场上挤满了前来观看升旗的人，由于人越来越多，后来不得不采用安保力量将人群分割开，以免发生混乱场面。而那些经过严格训练的升旗手们也开始被人追捧，帅气的国旗护卫队战士，成为很多人嘴里津津乐道的话题。

胡其俊不再担任升旗手以后，有时也会来到这里，变成观看者中的一员。有时候他是自己来，也有时候是陪着儿女。胡克军回忆，父亲只和他去看过一次升旗，他们一起站着看完了过程，父亲没有发表什么评论。

不过，熟悉胡其俊的人都知道，在他生前，他几乎每年都会去天安门广场看升旗仪式。尽管多数时候，他都是默默走去，站得远远的。

寻找

2002 年的一天，当邢华琪在北京市南城找到胡其俊时，当年的升旗手已经变成一个普通的退休老人，他在一家私营老板的仓库里看大门，每天能挣 20 元钱。他对这一切很坦然，邢华琪回忆，当时头发花白的胡其俊说，自己喜欢默默无闻、自食其力。

退休后的胡其俊，住在北京宣武区一栋老房子里，里面“空空荡荡，几乎什么都没有”。过去的保密习惯一直延续下来，他很少跟家人谈起往事。在媒体报道以前，儿子胡克军丝毫不知道他的父亲曾经是天安门广场的升旗手，甚至不知道父亲从事的具体工作是什么。有一次，胡克军偶然发现父亲有很多在天安门城楼上拍的照片，问起来，他也只是一带而过，没有正面回答。

尽管已经过去了很多年，胡克军觉得父亲还是活在当时的氛围里。他知道了父亲的故事以后，曾经屡次劝他赶紧写点东西，发表在报纸上，却总是被断然拒绝。父亲像当年背诵保密口诀时一样严肃地强调，“组织要求保密”。

不过，胡其俊和国旗的这段历史，还是被人逐渐地拼凑了出来。

最开始找到胡其俊的，是国旗护卫队第 8 任班长赵新风。1993 年的春天，赵新风为了写一段与国旗有关的历史四处找材料，无意中听说了胡其俊的故事。

当时，胡其俊已经退休。为了找到他，赵新风先到天安门管理委员会查了资料，又找到北京市供电局，“一点儿一点儿刨根儿”，才找到了胡其俊当时的一个同事，然后找到了胡其俊。当年的“业余”旗手，面对新一代的专业升旗手，终于讲出了自己的往事。

胡克军还记得，在那之后，父亲与国旗的联系逐渐多起来。天津一所小学曾经把胡其俊聘为课外辅导员，让他为孩子们进行爱国主义培训，讲讲过去的故事。还有一次，有人组织了国旗的设计者、缝制者以及升旗手胡其俊，一起到各地作演讲。

这段时间，一直被深埋在心里的国旗，一度被胡其俊贴在了胸前。那是两面小国旗，当时，他参加了赵新风组织的报告团，每个团员都会发手掌大的小国旗，可以黏在胸前。胡克军说，这成了他父亲生前最珍惜的东西之一。胡其俊也开始频繁地接受记者们的访问，“从中央的到地方的，都来了”，不过讲来讲去，却都是那几个类似的故事。

第一次听说胡其俊的故事时，邢华琪刚刚将研究兴趣转向国旗。当他发现，有一个升旗手独自升了 26 年国旗时十分惊讶，因为这和他印象中的升旗仪式差别实在太大了。

于是，他找到了胡其俊，并且一头扎进了胡其俊作为升旗手的那个年代。他翻看照片，询问细节，试图让当时的画面清晰起来。他发现，胡其俊有意无意中创造了很多“第一”。

他第一个从金水桥上走出来升国旗。如今，这个路线已经成为升旗仪式的正式路线。但对当年的胡其俊来说，那是因为存放国旗的天安门管理处就在金水桥里面，那是他的必经之路。

他第一次在天安门广场降下半旗。

他第一个以太阳升降为标准来升旗和降旗，尽管只是目测。这对他来说并没太多深意：作为一个“业余”的升旗手，这是最方便和自然的做法，以便让他既可以升旗，也不耽误自己的工作。后来，这种做法被延续下来，并且进行了细化。人们甚至动用了科学测量，专门编排了“国旗升降时刻表”，以确定准确的太阳升降时间。

2005 年，在邢华琪的邀请下，胡其俊来到军事博物馆，参加一场关于国旗的书法摄影展，并且担任现场解说。当年担任升旗手时，他偶尔也会在天安门广场向人们介绍国旗，但这一次，已经隔了几十年，当年的升旗手如今变成一个身材并不高大的垂暮老人。他说：“能有幸在天安门广场升国旗 26 年，我是共和国最幸福的人。”

当时也在现场的邢华琪看到这一幕。他深深地感到，属于胡其俊的那种特殊的升旗方式，已经随着那个时代远去了。

离别

2010 年 8 月 2 日，胡克军坐在新居的楼下，穿着一件大红色的衬衫，试图总结自己父亲的一生。不远处，是一座名为“红旗大学”的函授学校，2007 年 10 月 1 日，胡其俊就在位于那座学校后面的旧居里辞世。

“我父亲应该算是一个传奇人物”，胡克军艰难地挑选着字眼儿，“但可惜他留下的故事太少了，用现在时髦的话来讲，他是个低调的人。”

这个低调的人曾经保留下自己参加大小会议的证件，叠起来足有半米高，但却从来不开口讲这些故事。只是有一次，当得知胡克军不小心遗失了其中的一部分时，他才略有些心疼地表示了抗议。

这些证件，有“八大”的出入证，也有其他各种宴席和会议的出入证，记录着这个电工的一段辉煌历史。不过，作为这段历史的一部分，他的升旗手经历在其中没有留下任何痕迹，没有一张照片，也没有一篇报道。

“对他来说，升旗应该就像是一个组织安排的政治任务，一个默默无闻的保密工作，”胡克军说，“他只是像完成其他任务一样完成它。”

胡克军在父亲的遗像前。殷楠／摄

国旗覆盖着胡其俊的遗体。中国国旗网／供图

等到来采访的记者多了，胡其俊表面上并不在乎，私下里却悄悄把几乎所有有关自己的报道剪下来，整齐地码放在一起。有一次，《国家电网报》的记者采访他并发表了报道，胡克军怕他看了激动对心脏不好，就没有带给他，谁知道他见到胡克军的第一个问题就是：报纸给我带来了吗？

胡其俊去世以后，胡克军在他的遗物里发现了所有这些文章的剪报："他看起来满不在乎，事实上心里却把这件事看得比什么都重要。"

2007 年 9 月 30 日那天，胡克军斗胆问了一贯沉默的父亲一个问题："在天安门工作那么多年，你离毛主席最近的时候有多近？"

这一次，胡其俊回答了他，并且讲述了他与主席肩并肩的往事。但他并没来得及讲更多。当天晚上，他突然问家人：今天是几号？当得知是 9 月 30 日的时候，他对胡克军说，明天是 10 月 1 日，该升旗了。

但这一次升旗他是看不到了。第二天 11 点，国庆节，78 岁的胡其俊去世。他的遗体被一面国旗从头到脚覆盖着。这面国旗还是别人特意送来的，当时，胡其俊家里并没有国旗。

他曾经一次又一次升起的这面国旗，在这个国家上空飘舞过 26 年。从那之后一直到他离世，这面国旗一刻也不曾离开过他。

（原载于 2010 年 8 月 11 日）

「“我们不指望北京人吃水的时候感谢我们。”
何肇胜说，
“只要对国家利益大，
再让我搬家，我也会继续搬的。”」

1984 年，何肇胜（二排左二）一家人在水库边合影。
受访者 / 供图

为国家让路

文 _ 付雁南

对于何肇胜而言，离开祖辈生活的故乡好像并不是多么悲伤的事情。两个多月前，当他又一次坐上汽车，迁离河南省淅川县丹江畔的老家时，这位 75 岁的老人没有流泪，甚至没有流露出一点不舍的表情——至少，在他自己的记忆里是这样的。

“这都是为了国家。”他笑着，仿佛在描述一个再简单不过的道理，“哪有个人的小利益不服从国家大利益的？”

为了服从这个“大利益”，他的大半辈子都在迁徙。按照南水北调中线工程的规划，从 1959 年开始，何肇胜先填写志愿移民去了青海，几年后，又按照组织安排返回河南老家，其后再南下湖北荆门，后又返乡。这一回，他第三次离开家乡，和镇上的几千名移民一起，搬迁到了 500 公里外的河南辉县市常村镇。

“有啥舍不得的，离家里也就是千把里路，不太远。”何肇胜豪气地说。

但他已经老了。时间和迁徙都在侵蚀他的生命。皱纹几乎占领了他面庞上的每一寸皮肤，腿上的伤痛也如同上涨的河水一样将他渐渐淹没。走路的时候，他拄着拐杖，步履缓慢，老式蓝布裤子的裤管看起来空荡荡的，裤脚下露出一截皮包骨头的小腿。

如今，这个瘦弱的老人平静地坐在新家的院子里，他希望这是自己最后一次搬迁，希望能在这片陌生的土地上安稳地走完这辈子最后的路程——哪怕再也没有机会落叶归根。

“我志愿到边疆去建设祖国……”

很难用什么办法抹去半个世纪的岁月，把何肇胜重新想象成一个20出头的年轻人。那个时候，在丹江边祖辈传下的小木房里，他刚娶了媳妇，生下了第一个孩子，尽管早早夭折。有时候，他会搭上一艘往返于两岸的小木船，花5分钟时间摆渡到对岸，凭着自己满身的力气，给家里挑回大捆大捆的柴禾。

在他的记忆里，那时的丹江并不像现在的水库那样，有着一望无际的清澈水面。它只是汉江一条普通的支流，奔腾着从家门口流过。何家这个小伙子并没有意识到，这条河会给自己的人生增添那么多的波折。

1959年3月，何肇胜所在的下寺公社召开了一次全社大会。会上宣布，县里将选拔一批年轻人去青海省，支援西部边疆建设。

何肇胜和大部分村民都觉得这是个好机会。“大跃进”中，持续的大炼钢铁之后，饥荒已经初露端倪。相比之下，会上描述的青海生活更加令人向往：去的人每个月都能吃“国家供的粮食”，还能拿工资。

当何肇胜回忆起自己当年写在志愿书上的豪言壮语时，他下意识地挺直了腰杆，嗓门也大了起来：“我志愿到边疆去建设祖国……”

年轻人并不知道，自己前往青海的真正原因不是“支援边疆”，而是为正在修建的丹江口水利工程做准备。在此之前一年，周围17个县的10万名民工通过一场“腰斩汉江”的大会战，依靠人力投掷的粘土、沙石，土法建成了一道大坝。在“大跃进”干劲冲天的气氛中，湖北省甚至提出设想，希望将丹江口水库工程提前在1959年完成，“放一颗巨大的卫星，向国庆十周年献礼”。

按照规划，工程完成后，水库的水位会上升到170米，周围几个县的村庄都将沉入水底。面对紧迫的移民任务，何肇胜所在的南阳地区领导最终想到办法，组织原本没有“支边”任务的村民们前往青海，支援边疆。

“这都是后来才知道的事情。”何肇胜说。稀疏的白发短短地贴在他的头皮上，被午后的阳光勾出一层金色的光晕。

52 年前，他还是个毛头小伙子，浑身有着使不完的劲头，准备在一个“新天地”里大显身手。那年 4 月，他和老婆郭富琴因为“身体好、劳动力强、各方面条件都不错”获得批准，和 500 名年轻人一起，带着对“吃公粮”的憧憬，踏上了离家的路。

这是一场漫长的迁徙。除了用作路上口粮的 10 斤馍干，人们不能携带任何行李。他们先徒步走了一天一夜，来到汽车站，然后坐汽车到了最靠近铁路的许昌市。在那里，年轻人们领到了对抗高原严寒的被子、棉袄，然后登上开往西部的列车。

在那之前，何肇胜从没有坐过火车，他并不知道，自己所在的那个“比自家房子还大”的车厢，其实是货车。当时，500 名年轻人按性别被安排在两节车厢里，角落摆着一只马桶，上厕所需要在众目睽睽之下完成；周围没有窗户，除了一扇门和几扇顶窗，没什么能透气的地方。

如今，这些经历只被他轻描淡写地提起。饥荒中，村里差点有人饿死，相比之下，“这些苦不算啥”。“更何况，那时候我还年轻。”老人笑道，“又不像现在年纪大了，怕死在外面。”

5 天 5 夜之后，火车到达兰州。他们很快又换上了大卡车，在车斗里坐了两天，才到达最终目的地：青海省循化撒拉族自治县。

被安置在一间饭店暂时居住下来时，念过 5 年小学的何肇胜突然发现了不对劲的地方：路边横幅的标语内容，写的不是“欢迎支边青年”，而是“欢迎河南移民”。

“我们不是来支援边疆吗？咋变成移民了呢？”何肇胜急了，赶忙向管理他们的负责人打听。

很久之后，他才得到回复：“河南人多，青海人少，我们要搬到这边来帮他们搞建设。”

1959 年，共有来自丹江口库区的 8000 余名青年被确定为支边移民。前后两年的时间里，他们和 1 万多名家属一起，从中原腹地的故乡，迁移到了 2000 公里外的青藏高原上。

所有移民全部回家

当一个人上了年纪的时候，过去的一切痛苦仿佛都变得不重要了。何肇胜的感觉尤其明显。他跟晚辈们一遍又一遍讲起自己过去搬迁的经历，可语气中却带着“为国家做贡献”的莫大骄傲。

为水库搬迁了大半辈子，老人自己并不清楚这水库的来历。1952 年，时任水利部部长的傅作义和苏联顾问布科夫一起来到汉江调研。在这次勘察中，同行的百人专家组一致认为，两岸山峦绵延的丹江流域，是建大坝、修水库不可多得的好地方。

一年后，毛泽东在探讨三峡工程时提出了另一个设想：“南方水多，北方水少，能不能借一点给北方？”在这一“南水北调”的最初构想中，丹江与汉江的交汇口，再次成为修建水库的最佳地址。

可对于何家一样祖祖辈辈生活在丹江畔的人们而言，这些消息，他们至死也无从知晓。

1958 年 6 月，湖北省和长江流域规划办公室联名向党中央、国务院报送丹江口水利工程的设计方案。水库还被赋予了浓厚的政治意义：它是新中国第一个自主设计、自主施工的大型水利工程，同时，还背负着“为三峡练兵”的使命。

按照当时的规划，水库将淹没湖北、河南的 3 个县，共有 38.3 万人需要移民。就在何肇胜和老婆移民青海的第二年，他的父母也按照组织要求，搬迁到青海循化的这座农场里。

在这片陌生的土地上，何肇胜一度觉得，生活要重新展开了。因为“懂文化”，他被任命为连队文书，享受连级干部待遇，每月工资 35 元。他领着一同迁来的移民在农场里垦荒，并且在 1961 年有了自己的大女儿。

当然，他也常常会怀念起老家。最起码，家里气候好，一年能种两季庄稼，而寒冷的青海只能种一季。每当这时，他就不断安慰自己："其实这儿和家里没什么不一样，青稞就相当于小麦，胡麻像芝麻一样可以榨油，洋芋和家里的红薯也差不多嘛！"

可移民的问题却不断显露出来。当地农场土地贫瘠，气候干燥，移民们的生活变得越来越困难。根据当地移民局干部所作移民志中的记录，短短一年之内，约有 5000 名移民非正常死亡。许多人趁着晚上偷偷逃跑，最后却死在了回乡的路上。

1961 年，何肇胜在农场接到了新指示：青海不适合办农场，所有移民全部迁往新疆。不过，等他们把所有东西集中起来准备出发时，省里却突然来了第二道命令：所有移民全部回家。

当时已经是连级干部的何肇胜看得出来，"这肯定是中央的命令"，但没有人给他更多解释。事实上，直到今天，对于当时家乡库区发生的那些变化，他仍然一无所知。

1958 年到 1961 年，为了追求工程进度和工作量，干劲十足的工人们将各种原料填入大坝，其中包括石渣、软土，甚至连装沙土的竹筐都填了进去。1961 年底，水利部的质量检查组发现，大坝上有 17 条性质严重的"基础贯穿裂缝"，而全部的裂缝加起来，一共有 2463 条。

1962 年，中央召开了七千人大会，纠正大跃进中的错误。会后第二天，作为"错误"之一的丹江口水利工程被要求暂停。青海移民随即接到命令，开始返回家乡。

三年的时间，铁路已经通到西宁了。他们徒步 5 天走到西宁火车站，坐火车到许昌，然后领了 10 元路费自己回家。等回到自己阔别三年的老家时，何肇胜清楚地记得，"刚好赶上秋天收苞谷"。

一些现实的忧虑也掺杂在回家的强烈喜悦里。何肇胜发现，家里的房子还在，可里面祖辈传下来的家具，有些已经被人搬走，另一些则被丢到了大炼钢铁的熔炉里。

大坝修好后拦下的河水，竟会淹了自己的家

喜悦并没有持续多久。尽管重新住上了自家的房子，种上了自家的地，可每个人的心里都没有踏实的感觉。

关于水库建设和移民的消息已经越来越明确地传开了。“大家都知道，再过两年大坝修好了，水还要淹上来，我们还要移民。”何肇胜回忆说。

一些过去的线索也因此变得清晰起来。去青海之前，河床中间一直停着一艘大船，“现在想想，才知道是清河堤，准备修水库”。而何肇胜也想起，1958 年前后，自己的老父亲一直在给修大坝的民工做饭。可当时老人一直以为，修大坝只是为了发电。

“谁能想到啊，大坝修好后拦下的河水，竟会淹了自己的家。”何肇胜说。

1964 年，停工两年的丹江口水利工程开始复工，何肇胜一家也再次成为库区移民。按照政府安排，因为水库的受益者主要是湖北省，所以由湖北省负责安置来自河南的移民，而何家也在这样的安排下搬迁到了湖北荆门。

如今，刚刚完成第三次搬迁的何肇胜总爱跟周围的人讲起当年搬迁的故事。那时，为了让移民工作顺利进行，县里专门抽调工作人员，组成了一个“搬家宣传队”，在每个生产队派驻两人，有思想不通的，“就给他解释解释”。

“真有人思想不通吗？”有人在一旁问。

“当然没有。”老人呵呵笑起来，“那时候的人胆子小得很，屁大点事谁敢问啊！”

1966 年 3 月，何肇胜一家第二次踏上了移民的路途。身为生产队长，他随先头部队坐汽车提前到达，而家里的父母、老婆，还有年纪尚小的 3 个孩子，则与其他村民一起，先坐船再换汽车，足足晚了几天才到。

每个人都觉得，自己再也不会回来了。他们交出了生产队的拖拉机，交出了房屋的钥匙，甚至还把公社的 10 头牛都运了过来。

这一回，移民们很快发现，自己已经不是上一次“吃公粮”的支边青年了。国家补贴的粮款越来越少，后来干脆直接取消。而当地分配给移民的土地，或者是长势不好的瘦田，或者干脆不蓄水，没法栽水稻。

因为粮食不够吃，移民们只能大声背诵毛主席语录相互勉励：“忙时吃干，闲时吃稀，不忙不闲时半干半稀。”

更严重的是，在这里，移民成了不受欢迎的“侵入者”。接受移民的生产队社员曾经在何肇胜面前大声抱怨：“河南的移民是为了国家利益，可不能光让我们大队负担这些啊！”

连政府也无力协调这些矛盾了。在他们移民3个月后，“文革”爆发，负责丹江口移民工作的长江水利委员会主任林一山被打倒，政府工作几近瘫痪。1967年，为了争夺水源，河南移民甚至和当地的村民发生了暴力冲突。

“对方喝醉了酒，拿枪指着他（移民）的头。然后……就开枪了。”当何肇胜说起这些往事时，呼吸急促了起来。他停下来狠命咳嗽了一阵，然后大口大口地喘着气，干瘪的脸涨得通红。

那段时日，他自己的生活也陷入困顿。家里孩子多，加上年迈的父母，却只有夫妻俩两个劳动力，每天白天黑夜地干活也完不成工分，哪个生产队都不爱要他。几年下来，何肇胜发现自己不但没有积蓄，反而欠了生产队好些钱。

“实在过不下去了，我当时只想回家。”何肇胜说。他脸上原先那种骄傲的表情已经不见了，一种茫然的神色逐渐占据了老人的脸庞，很久都没有褪去。

这是何家祖祖辈辈生活的地方

严格说起来，这个时候，何肇胜已经没有“家”可以回了。在1973年丹江口水库蓄水之后，他祖辈生活的老房子已经被淹在水底。

可他还是想回去。尽管他知道，回到老家，肯定还要受好多罪。“受罪也要回去，至少我不用再欠生产队的钱了。”

在他之前，很多同村的移民早就背着被子，趁着天黑直接跑回了家。可何肇胜却想得更多。1974 年，他给自己办了个假证明，在生产队办好了户口迁移的手续，才和全家老小一起，坐着汽车来到荆门，又换火车、轮船，一路奔波之后回到自己面目全非的家乡。

他认不出来这里了。住过的房子、锄过的田地、石桥、街道，还有村口标志性的“下寺”，里面漂亮的灰砖房、转角楼，所有记忆里的东西都不见了，眼前只有一片漫无边际的水面，覆盖着自己对故乡全部的印象。

可并没有太多时间用来伤感。全家人在山坡上露宿了一晚，第二天一早，何肇胜就找到当年没搬走的亲戚，借来工具搭起了一座简单的小草棚。后来，他又想办法找来些木板，夹着泥土做成简易的屋墙，10 口人这才重新有了一个自己的“家”。

土地是最严重的问题。原来的田地早已被埋在水底，对于这些偷偷跑回来的移民，县委书记在他们的反复要求下最终拍板：可以留下来，但每个人只能在山坡的荒地上开 1 亩地。

于是，那些远迁外地的移民重新聚在了这面名叫乔家沟的山坡上。解放前的何家庄、解放后的下寺公社都已经不见了，“沿江村”成了他们新家园的名字。

何肇胜的孩子们并不理解为什么一定要回到这里。他们对“故乡”几乎全无概念，只知道“在荆门吃大饼，回来只能吃红薯干”。山坡上的田地种不了麦子，只能种玉米、花生，还有大片大片的红薯。每年收成后晒出的 1000 多斤红薯干，就是这一家人第二年最重要的口粮。

如今，回忆起那几年，何肇胜发现自己几乎每顿饭都在吃红薯：蒸红薯、烤红薯、红薯汤，偶尔有些白面，也要把红薯粉掺进去，做成灰扑扑的红薯馒头。

“吃伤了，现在一看红薯就想吐！”他说。

可面对孩子们的抱怨，他总会耐心地告诉他们，这里是“何家祖祖辈辈生活的地方”。“而且，红薯有什么不好？”何肇胜提高了嗓门，“南瓜、红薯、龙须草，这是我们淅川的三大宝呢！”

日子就在这片贫瘠的土地上慢慢过着。一开始，何肇胜在山上摘野果、抓蝎子蜈蚣，送到城里卖了，凑出孩子们的学费钱。慢慢的，他又把目光放到丹江水库，在水里支了一张小小的网，办起了水产养殖。

这片影响他整个人生的水库总算给他带来了些好处。到了上世纪80年代，何家添置了捕鱼船，加上养鸡、养猪，生活不那么拮据了。1990年，何肇胜花了1万多元，把家里的草棚子重盖成了一排七间的红砖房，因为“盖了房子，才有人来给儿子说亲事”。

3个儿子、3个姑娘先后结了婚。何肇胜的父母、妻子相继去世，他和儿子、儿媳住在同一个院子里，做点农活，带带孙子。生活平静流淌，如同家门口平静的丹江水面。

国家需要你搬，你小利益能不服从大利益？

然而何肇胜始终清楚，自己的生活并不会这样一直平静下去。当时的水库只有蓄洪发电的功能，要想实现南水北调，水库的大坝还要继续加高，水位也还要继续提升。过去的十几年，村里关于水库移民的传言从来就没有停止过。

1993年，何肇胜看着一群陌生人在水库边调查了半天，他知道，自己可能又要搬家了。果然，过了几年，正式的消息下来，第三次搬迁的目的地，是河南省北部新乡地区的辉县市。何肇胜回忆，自己听到消息的时候神色平静，仿佛只是听到了一件无足轻重的小事。

“我对搬迁可没什么顾虑。”他说，“你舍不得可不行，就是金坑银坑，国家需要你搬，你的小利益能不服从大利益？”

这一回，搬迁不再像前两次那样“突然袭击”了。全家人足足在等待中生活了十几年，因为担心补偿政策无法执行，何肇胜没再翻修房屋，也没添置家具，每一天都凑合着得过且过。

他已经是七旬老翁了。衰老像水库上涨的水位一样明显：他耳朵背了，

1990 年，一家人在刚建成的新房前合影。受访者 / 供图

2010 年，三代同堂的全家福。受访者 / 供图

讲话要大声喊才能听清；气管炎好像越来越严重，没说几句话就会抖心抖肺地咳嗽起来。前几年，他又在屋后的山坡上不小心摔断了腿，平常总时不时“钻心地疼”。

“我老了，可能撑不到搬家的时候了。”2008 年，在接受采访时，他曾经这样说道。

可他最终还是等到了这一天。今年 6 月，当收拾行李准备搬家的时候，他不断劝说家里的人，卖掉院子里的树、水库里的鱼，还有捕鱼船和三轮车，“响应国家号召，轻装搬家”。

“简直搬家已经搬出经验来了。”儿媳半开玩笑地说。

这位 75 岁的老人几乎没有表露出什么“故土难离”的情感。听说身体不好的人可以坐着救护车提前 5 天搬家，他立刻报了名收拾好东西。可临走的时候，医生一检查，又建议他休养几天再走。“被打击积极性”的老人因此在家里发起了脾气，“像个小孩一样”。

儿子和儿媳总打趣他觉悟高，“比党员还党员”。何肇胜自己也时常说起，在青海当干部的时候没有入党，是“一辈子的遗憾”。

6 月 24 日，搬家出发前两天，听说有领导来视察，老爷子又早早来到了沿江村村头的广场上。“我耳朵不好，怕离得远了听不清楚。”他说，“提前来能占个前排的好位置。”

几个小时后，河南省副省长刘满仓来到现场。登上主席台之前，他见到了站在台下的何肇胜。

“你搬家情愿不情愿？满意不满意？”刘满仓问。

“满意！我上过青海，下过荆门，还是这次搬迁的政策最到位，宣传最透彻。”何肇胜说。

他还记得，在青海的时候，自己一家 5 口人只能挤在一间 20 多平方米的木板房里；在荆门，原定的建房标准没有执行，他们住的“统建房”仍然是土墙、木门，阴暗寒冷。这一回搬迁，总算不一样了，儿子在安置标准的基础上又添了些钱，买下了一栋 170 平方米的大房子。

“我还没看到这次的房子，但我儿子看到了，他很满意。”何肇胜有点激动地补充道，“感谢共产党！”

刘满仓听得连连鼓掌。在随后的正式讲话中，这位副省长还专门停下来，向台下这位一辈子都在搬迁的老人表示感谢。

只要对国家利益大，再让我搬家，我也会继续搬的

在辉县常村镇的“常春社区”，何肇胜的生活重归平静。移民土地还没有拿到，儿子儿媳抓紧时间在十几公里外的工厂里找了份工作，孙子孙女们也在新的学校里上学了。大部分时间，老人只是一个人坐在家里看电视，或者拖着自己带伤的腿，在社区里和邻居们聊聊天，讲讲过去的故事。

他的故事比水库更加久远。按照族谱的记载，何家先人从清朝雍正年间来到淅川丹江河畔，随后在这里繁衍了 200 余年。不过，荆门那次移民之后，整个大家族的人被拆到了不同的生产队，从此分崩离析。而这一回的移民之后，何肇胜一家也被分隔得越来越远了。3 个女儿或者住在海拔高的地方，或者住在县城，都没有选择搬迁，只有留在家里的两个儿子和他一起搬了过来。

“年轻人，四处跑跑也好，反正现在交通也方便。”何肇胜说着，仿佛在安慰自己。

儿子儿媳倒是很怀念住了 30 多年的老家：那里有山有水，站在山上望出去，心情就特别好。刚搬来辉县市的时候，他们怎么都不习惯，总觉得到处都是灰，天空也是灰蒙蒙的，看不远，让人“心里着急”。

晚辈们总想带来些“家里的味道”。他们试着从老家门口移来一棵樟树，可最后没能养活。他们还带来了些老家特产的柏木，准备将来用作老人的寿木。因为何肇胜常说，搬来辉县市之后，自己总算能一劳永逸，在这里安稳下来了。

他们更想带来的是家里的水。儿媳妇总念叨，老家的水清凉凉、甜丝丝，从水龙头接出来就能喝，不像这里的水，怎么喝都觉得“辣嗓子”。可想归想，大家谁都不知道，自己还有没有喝上家乡水的机会。

就在他们新家不远处，一条刚刚挖好的河道从公路下方穿过。按照南水北调中线工程的规划，那条改变了何肇胜一家人命运的丹江水，即将从水库中淌出，沿着河道一路北上，最终流到天津、北京。

“我们不指望北京人吃水的时候感谢我们。”何肇胜说，“只要对国家利益大，再让我搬家，我也会继续搬的。”

斩钉截铁地讲完这些，他颤颤巍巍地撑住拐杖，试了好几次，才勉强从小板凳上站了起来。52 年前那个曾经满怀豪情奔赴边疆的年轻人，如今已几乎连路都走不动了。

（原载于 2011 年 9 月 21 日）

「王红接希望学生们看到外面的世界，

给他们目标，看到更多可能，更让他们焦虑，

击碎他们的惰性——

“在我们这样的贫困县，

投资教育，

是防止贫困代际传递最好的办法。”」

禄劝一中学生在上直播课。

2018

这块屏幕可能改变命运

文/摄_程盟超

这近乎是两条教育的平行线。

一条线是：成都七中去年30多人被伯克利等国外名校录取，70多人考进了清华北大，一本率超九成，号称“中国最前列的高中”。

另一条线是：中国贫困地区的248所高中，师生是周边大城市“挑剩的”，曾有学校考上一本的仅个位数。

直播改变了这两条线。200多所学校，全天候跟随成都七中平行班直播，一起上课、作业、考试。有的学校出了省状元，有的本科升学率涨了几倍、十几倍——即使网课在城市早已流行，还是令我惊讶。

过去两年，我采访过广西山区的“零一本”县；我也采访过北大的农村学生；我自己在山东一所县中度过三年，和同学们每天6点起床，23点休息，学到失眠、头疼、腹泻，“TOP5、TOP10”仍是遥不可及的梦。

我理所当然地怀疑，学校、家庭不同，在十几年间堆积起学生能力、见识、习惯的巨大差异，一根网线就能连接这一切？

开设直播班的东方闻道网校负责人王红接说，16年来，7.2万名学生——他们称之为“远端”，跟随成都七中走完了高中三年。其中88人考上了清北，大多数成功考取了本科。

那种感觉就像，往井下打了光，丢下绳子，井里的人看到了天空，才会拼命向上爬。

1

为了验证他的说法，11 月，我到了直播的两端——成都七中和近千公里外国家级贫困县的云南禄劝第一中学。

在车水马龙的成都武侯区，成都七中林荫校区安静伫立 50 多年了。它像一所小而美的大学，学生们在音乐课上选修钢琴、尤克里里；教学楼通透的玻璃幕墙里张贴的海报，是清华的竞赛、香港中文大学的入学资讯和一本独立音乐杂志的征稿启事。

炫目的高考成绩只在不太起眼的苗圃边用几行小字展示着。午休时，学生会去露台上的咖啡座，在鸟鸣声中看书，聊会儿天。

相比之下，仍在扩建的禄劝一中更有生机，或者说——闹哄哄的。学生们在课间跑着去室外的厕所；午晚饭时跑着去买面包，要么捧着冒热气的泡面；老师跑着在教学楼里上上下下，但要留心旁边初中刚被兼并的老教学楼。它的门太矮，会撞到头。

禄劝一中把去年直播班里考上清北的两个学生的名字，用加大加粗的黄色字体印在了校门口的巨大红色招牌上。

课堂里是另一副架势。成都七中的学生上课下课，总热衷讨论问题。他们被允许携带手机和平板电脑，用来接收教辅资料。当老师展示重要知识点，学生齐刷刷地用它们拍照。

但在禄劝一中，有的学生会突然站起来，走到教室后面听课。不用问，我也知道他们太困了——有的女生即使站着，也忍不住打哈欠。

也有人趴着睡觉。高一有很多盯着屏幕却不知所措的眼神。屏幕那端，热情洋溢的成都七中老师提出了问题，成都七中的学生七嘴八舌地回答。可这一端，只有鸦雀无声的寂静。

禄劝一中的校长刘正德很坦诚：禄劝的中考控制线是 385 分，比昆明市区最差的学校还低大约 100 分，“能去昆明的都去了。”

县教育局局长王开富告诉我：在这个 90% 是山区、距离昆明只有几十公里的小城，十几年前，“送昆明”形成攀比之风。

“恶性循环的开始。”我想。去年在广西，一个县考不上一个本科生，老师跟我哭诉“花钱都买不到生源”。

“我没想到我这么差。”和禄劝一中高一的女生王艺涵聊了两个小时，她把这话重复了 6 遍。她是镇里中考的第一名，还曾是数学课代表。但这次期中考试，考成都七中的试卷，除了语文，其他科都没及格。

她说现在的英语课，除了课前 3 分钟的英文歌，其他完全听不懂。她以为某篇课文还没讲，其实老师早讲完了。她花半小时做成都七中出的阅读题，查很多单词，密密麻麻地填在题目的缝隙里。然后对答案——全错了。

据说高一上学期，不单禄劝，大部分直播班的学生完全跟不上成都七中进度。成都七中连续三节英语课让山区的学生一头雾水——一节讲英文报纸，一节是外教授课，一节听 TED 演讲，都是全英文。

“觉得自己真没用啊。”王艺涵的同班同学刘承燕说。

2

我是周末随班主任家访时见到刘承燕的。从县城到她家，要走上一个多小时的蜿蜒山路。这还是距离县城较近的镇子——有些镇，要开 4 小时的车。

她家是那种农村常见但城里人不太容易想象的样子：阳光和风从木头房顶里漏进来；家里到处是化肥袋子，有些积了厚厚的灰；屋旁边是猪圈，招来不少苍蝇。

家里除了她，只有爷爷奶奶。坐在这间屋子里，我不确定询问刘家父母的职业是否礼貌。

班主任先开了腔，“开班 3 个月，父母一次都没接触到。”

刘承燕告诉我，父母在昆明打零工，把打火机从工厂运到市场，平时一两个月来次电话。

她奶奶在旁边笑，“能考个大学就太好了。”

好几位禄劝的老师跟我抱怨：大多学生父母在外务工，只会说“好好学”。有的孩子出了问题，班主任反复致电，家长就是不来；还有家长在电话里直说，孩子就不是学习的料。

据说今年考上北大的那位学生，两岁留守，跟爷爷奶奶生活。直到大学快开学，班主任才第一次见到前来致谢的学生父母——开始还想埋怨父母不够关心孩子，后来一看，当爹的手指早就累成了残疾，伸不直；两口子在福建给人杀鱼，一个月赚 5000 元。

落差确实存在。成都七中的大部分孩子来自优渥的中产家庭，家长要花很多时间为学生规划学习和课余生活，甚至帮他们争取和“诺奖”获得者对话的机会。

一位学生休息时会去练拳击、游泳，保持好的形体。班里女生会自制插花、香皂送给老师，还在老师嗓子不适时机敏地递上润喉糖，“素质和情商都很高。”

“优秀的孩子离不开优秀的家长。”一位老师强调，自己的工作压力在于，“其他学校，师生‘尽力’就可以了，但在成都七中不行，要高效。”

教师授课如果让学生觉得不满，可能一两个月就被家长投诉，然后遭到撤换。除了成绩，他们还要培养学生的逻辑和兴趣。

我在成都七中随机听了几堂课，几乎都是公开课水准。语文老师讲“规则”主题的议论文，先播放重庆坠江公交的视频，然后让学生自行讨论、发言。谈及秋天的诗歌，旁征博引，列举了五六种秋天的意象。历史老师搜集大量课本上没有的史料分享给学生；政治课紧追热点，刚建好的港珠澳大桥已成了课堂练习的分析材料。

今年的广西理科状元曾楷徽高中三年就是上直播班的。他说，很多学科都会一次性传来十几张试卷。试卷纯手工拟定，每个题考查很多要点，没有任何题型重复。高考应试时大有裨益。

这在县中可能吗？我曾在北大遇到过一个农村娃，他说老师有时醉醺醺的，总爱让他们自习。在那个“零一本”县，很多学生都听得出，老师讲错了。有老师晚自习布置测试卷，直到高考，卷子没有讲评，连标准答案都不曾发。

王红接刚把直播课引入一些学校时，遇到过老师撕书抗议。有些老师自感被瞧不起，于是消极应对，上课很久才晃进教室，甚至整周请假，让学生自己看直播。

远端的孩子透过屏幕，感受着这些差距。禄劝的很多学生至今没出过县城，听着成都七中学生的课堂发言“游览”了英国、美国，围观他们用自己闻所未闻的材料去分析政史地。

一位山区的名列前茅的高三女生说：“没办法，贫穷限制了想象力。”

3

一块屏幕带来了想象不到的震荡。禄劝一中的老师说，高一班里总充满哭声——小考完有人哭，大考完更多。有人在教室里抹泪，有人跑到办公室抽泣。不少学生一提考试就发抖。虽然早就预告了成都七中试题的高难度，但突然把同龄人间的差距撕开看，还是很残忍。

禄劝的王艺涵听说成都七中平行班的成绩不理想。一问，人家平均“只有”103 分；他们班，30 分。“数学完全跟不上啊，绝望啦。”

老师帮着重建心态，除了“灌鸡汤”，还安慰学生：只要熬过高一，就会突飞猛进。最近校园里流行的故事是，今年上北大那位，高一也考 30 多分，跑到办公室里哭。

那学生的班主任告诉我，这是真的。

恐怕在高一，禄劝一中没几个学生敢考虑北大。2006 年，刘正德刚到禄劝一中当校长，学校当年计划招 6 个班，结果只凑齐 4 个。学校一年有 20 多个学生考上一本，很多家长把孩子送来，要求很简单——平安活着。

我问王艺涵“理想”，她觉得没什么用——初中时立志考昆明，结果惨败。儿时好友大多在昆明市区，不联系了，她很失落。如今班里要写理想大学贴墙上，她就跟风填了浙大，虽然完全不觉得自己能考上。

刘承燕倒是明确地痴迷数学，说自己理想职业是数学老师。这是镇初中的老师告诉的出路，除此之外，她无法想象擅长数学还能做什么。

在成都七中，情况很不一样。成都七中被直播班的何启田也痴迷数学。他提前修习了高数，为这门艺术的流畅折服，想进一步深造。

这里面有深思熟虑：他的父亲是工程师，何启田幼时总去他的办公室做作业，觉得环境枯燥无聊；母亲则是医生，曾险些遭遇伤医事件。他觉得这些工作“没意思”。

成都和禄劝的老师都说，只知道“好好学习”不够。没有明确志向，为了学习而学习，很容易动力不足。但对于没成年的孩子，“立志”这码事，全倚仗环境。

我知道，农村的孩子不是没“志向”，只是更现实，和城里人挂在嘴边高大上的玩意儿不同。

比如禄劝一中那名优秀的高三女孩，她父亲不在了，母亲在镇卫生院拿一份微薄薪水。她哥哥曾是禄劝一中的年级第四，能上一本。但因为没钱，他放弃入学，现在打工供她读书。这是她苦学的一大原因。

今年夏天，有个云南男孩在工地上收到了北大录取通知，走红一时。我奔波了几千公里找他聊了聊，得知他父亲3年前得了肾结石，以为是绝症，打算见儿子最后一面就放弃治疗，却意外在如厕时忍着剧痛把结石排了出来。知道那件事后，他“有了学习的动力”。

有人指责农村孩子没有志向，他们恐怕没见识过那种普遍的、近乎荒诞的闭塞。我曾遇到过农村女孩被大学录取，却不知道这所学校一年的学费要上万元——于是就失学了。

还有一个理科生，农村孩子，为了成为所在高中的首个北大学生，被高中老师鼓励，稀里糊涂填报了一冷门小语种。他大学成绩很不理想，毕竟，“我之前都不知道地球上还有这个国家”。

我把这些事分享给禄劝的学生，他们听后都很沉默。

王红接希望学生们看到外面的世界，给他们目标，看到更多可能，更让他们焦虑，击碎他们的惰性。

然后只需做一件事：重建。

4

王红接十几年间去过很多教育凋敝的小城。师生们总抱怨：努力，但出不了成绩。

“其实效率很低。学生偷着玩，老师也不批改习题，不了解学生。”他发现，很多地方的教学是黑箱——都说要改进，但不知从何抓起。

据他介绍，早在 2002 年，四川省就将远程教育作为促进公平的重要举措，成都市教育局和成都七中很下力气。

直播带来压力，也是动力。成都七中考完试，老师们彻夜批改、分析上百份试卷，第二天就讲评。很多地方老师提出这要一周完成，简直不可思议，但现在必须跟上，整个学校紧凑了起来。

崭新的教学方法冲击着这些老师。

“学生们有对比了。”一位禄劝一中的老师说，“我们也得变，不然学生议论。”

一些远端的老师声称，虽然不用“亲自讲课”，但为保证跟上进度，1 个直播班的工作量，约等于 3 个普通班。

这些老师琢磨出一些方法，比如整理成都七中老师事前发送的课件，编制成学案，布置成头一晚作业让学生预习；课上盯着学生的表情，记录下疑惑的瞬间，琢磨着课后补足；屏幕那端偶有间隙，可以见缝插针给学生解释几句。

为跟上进度，禄劝一中把部分周末和平日直到 23 点的自习安排了课程，帮学生查漏补缺。有老师连上 20 个晚自习。

“每天凌晨 1 点到家，6 点去学校，在家只能睡个觉。”另一位老师说，自己 6 岁的孩子，每周只有半天能见到爹。

“真的累。觉得自己这么穷，每天忙啥呢？”有老师嘟囔着，下一秒话头一转，“唯独上课不觉累。看到学生，讲话声就大起来”。

一位年轻的数学老师戏称，自己有好几个“人格”。为让学生没有违和感，当成都七中的直播老师严肃，他助教就严肃；下一届老师幽默，他就开朗些。

还有一位班主任称，他为了帮学生减压，每周一、三、五的深夜会带学生去操场跑步，和不爱说话的学生一起站在讲台上大喊“我是最棒的”。

直播课时，成都七中老师提问，他要求本班学生也站起来回答——开始没人愿意，他就找了个纸箱，塞上带编码的乒乓球，抽签。

“再去其他班，也能教好。”县教育局局长王开富说，一大拨儿年轻老师被直播培养了出来。

禄劝一中一位老师说，教出好学生，录取率高了，被人称为“名师”，“是一种教师特有的虚荣心。”

“什么是幸福？就是得天下英才教育之。”一位谢顶、穿着旧衣裳的中年男教师，坐在小椅子上说这话，我却丝毫不觉得可笑。

5

禄劝一中主教学楼的大厅里有排玻璃橱窗，今年张贴的是：全县中考前257名学生报考昆明学校就读，生源严重流失情况下，我校1230名学生，二本上线634人，一本上线147人。

他们甚至特意加粗了一行字，“低进高出，我们从不放弃。”

这里面有暗自较劲——和昆明比，也在和成都比。

网校会定期招募远端学生去成都七中借读一周。禄劝一中的几位学生去“留学”时，被同学们安排了任务——观察“天才”们的生活。

此前他们听说，成都的孩子是“天才”，平时不熬夜，下课能逛街。

两天后，小视频传回，是成都七中学生中午留在班里自习。回来后，禄劝一中的学生感慨：“天才”们不仅是天才，也很刻苦。他们有规划，会自己琢磨报哪些辅导班。

如何追赶"天才"？只能比他们更刻苦了。

在禄劝一中，直播班的大部分孩子会在3年里，每天只睡四五个小时。一位班主任站在"为理想和尊严而战"的鲜红标语下叹着气告诉我，他的一项工作是凌晨来教室，把那些还在学习的学生抓回寝室。

不过回寝室也不意味着休息。王艺涵每天0点30分熄灯，但很难睡好，心很不安，因为其他舍友上了床，也全都开着小台灯，趴在折叠桌板上继续学。她总觉得被落下了。

这所学校不乏苦学的故事：有年级第一得了阑尾炎，动完手术第三天就要来考试；还有同学为省时间，不吃饭，最后快得厌食症了。

在四川甘孜州的直播班，老师批评学生晚睡，有学生回答，"我得守住阵地。爸爸因为你在家长会上表扬了我，病减轻了不少。我要让他彻底好起来。"

你可以说这样苦读很不科学。但在这儿，一个穷地方，改变就这样发生。禄劝一中高三的前两名学生告诉我，只看卷面成绩，他们已和成都七中的"天才"们相差不大。

3年的漫长竞赛，他们一步步追了上来：高一勉强及格，高二渐渐从100分，上升到110、120……直到现在，满分150分，能拿到140分。

王红接观察了16年，最后得出结论：不要觉得偏远地区的孩子基础差，"他们潜力无限"。

通常情况是，学生用一两个月适应成都七中的节奏，高二开始进步，高三复习时，把前两年学的知识巩固住，成绩会突飞猛进。

这出乎我的意料。我曾经认为，9年义务教育外加环境的巨大差距，很难在3年内弥补。但禄劝的老师笃定地说，他们高一的单科平均分，和成都七中平行班差50分；到高三，最好时仅差6分了——可塑性和希望都存在。

我能感受到的是习惯的改变。高三两位学生说，经过3年，他们早已知道预习复习。有时自己取舍作业，提高效率；也在课间有针对性地做偏科的习题。

他们屏幕里的成都七中老师总说，“预习是掌握主动权，是为了和老师平等地交流。”

一位远端老师发觉，学生跟随成都七中上课后，愈发爱提问题，午饭时教师办公室总挤满了人。有的老师买了饭，却进不了教室，只能在走廊里站着吃。

“高一还偷玩手机，翻墙逃课。到了高三，主动提问，自己找题做。”刘正德说，直播班的师生们在校园里忙碌，其他班也被影响。如今普通班也都静心学习。

直播班真有那么大的作用？我把这个问题抛给禄劝县教育局局长。他想了想，觉得它激发了本有的潜能，“是催化剂”。

6

两边的孩子差距到底有多大，老师一开始也没底。

禄劝的老师说，听直播课时，成都那边的老师有时会突然关掉麦克风，嘴里却飞快念叨。他开始以为是在藏掖知识点，后来才知道，那是在用四川话骂人，骂学生调皮、不扎实、不做作业。

他一下释然了，“原来成都七中也骂人。”

我和成都七中被直播班的几位学生聊了聊，发现他们不乏同龄学生的普遍烦恼。一位男生说，入学头一个月，答题时想到上万人在看直播，他紧张得手心冒汗。

和大部分男生一样，他喜欢游戏，但上了高中再没痛快玩过。晚上9点半放学，回家做点扩展题，有时也要深夜1点睡下。他们周末要上各类补习班，最喜欢美术、体育这类“休息脑子”的课。

有成都七中学生在班级交流区里写道，“我希望有三只手，一手抓高考，一手忙竞赛，一手握生活。”

但远端学生对成都七中的“天才”们，更多还是遥远的崇拜感。成都七中学生经常会收到远端学生添加QQ好友的申请，微博上甚至有他们的

“表白墙”。里面都是溢美之词，他们觉得自己并没那么优秀，因此颇为不安。

在禄劝这边，几乎每位学生都能叫出几位“崇拜”的成都七中学生的名字。

禄劝一位班主任好几次看到学生给成都七中的孩子写信，但从未阻止。他觉得自己的学生享受不到优渥的条件，但和他们接触，至少能多分动力。

成都七中任课老师有时特意将远端优秀的作业拿到本班展示，直播给上万名学生看。一位老师记得，她曾在班上直播了云南山区一位女生的作业。后来听说，那个班所有学生当场激动到哭，接下来一个月全在拼命学。

有成都七中老师感慨，“远端学生的质朴、感恩，是城市少有的。”有人回忆，他去远端学校做分享，学生们从校门口夹道欢迎，一个个含着泪，挤过来拥抱。

成都七中老师间流传着几个故事：比如有人去九寨沟旅游，找了个兼职的年轻导游。对方见面一愣，高兴得满脸通红，惊呼“老师”，无论如何不肯收钱，合张影就行。后来问清了，这是每天看自己直播的学生。

去成都交流后，禄劝几位“留学生”也感慨良多，回来后在班会上讲了4个多小时。

最主要的内容是，成都七中的学生更有目的性，知道为何而学。人家早就有了感兴趣的专业，甚至对人生有了规划，“早就开始学托福，高考只是一步路。”

一些禄劝的老师得到启发，高一就给学生发志愿填报手册，教他们向前看。

我不确定这些东西会在3年里带来哪些改变。高一的王艺涵还很丧气，她觉得成都七中的学生太优秀了，自己永远做不到，“就算我变优秀，人家不知道跑哪边了。”

但在高三的两位学生那里，我得到了不同的答案。其中一位坚定地说，要比成都七中的同学更强。

另一位男生说，自己没想和成都的“天才”们比。自己明白和他们的差距，但每个人都有自己的生活。他确实比以前更努力，也进步了。努力是为了活得开心。

7

曾经有北大的农村学生告诉我，她幼年时听朋友讨论麦当劳、肯德基，被人问牙不整齐，为什么不矫正，全都只能低头沉默；到了北大，同学们说自己在洛杉矶、旧金山，或者世界各地度假，她还是插不上话。

禄劝今年考上清华的那位学生说，他要继续熬夜才能跟上进度。有大城市的同学告诉他，“考清华还蛮简单啊”。

但我也看到了乐观的一面。有位考上西安交大的山区女生在回忆里写道：她在大学出演了话剧，是因为直播班组织过情景剧表演；在新学校成绩不错，也多亏在高中养成了预习的习惯。

王红接声称，一些直播班学生，历经 3 年全英文教学，口语出众，在大学获益良多。

我想，至少这群孩子经历了 3 年的心理建设，到大学会适应很多。

更长远的影响可能还在山沟里。王开富和刘正德 12 年前合计着推行直播班，经费不够，硬着头皮上。彼时王开富有朋友把孩子送去昆明，因为缺乏父母关注，成了游荡的痞子。当爹的痛心疾首，和他说禄劝教育不行。

他很生气，“搞一辈子教育，只求最后别被人骂。”

12 年后，这届高一，12 名已经被昆明市区学校录取的学生，开学后主动申请转回禄劝。十几年来，小城第一次迎来生源回流。

“如果凋敝的学校总没起色，学生一入学就能看到 3 年后的结局，那他和他的家庭，都会自暴自弃。”

这是王红接的结论。几年前，四川一位贫困县的干部曾拜访他。那位身高超过 1 米 8 的壮汉几乎哭着说，县里教育改善后，生源回来了，跟着学生出去的家长也回来了，整个县城又有了人气，“房价都涨了。”

王开富给我展示了一组世界银行的数据：高中毕业人群的贫困发生率只有 2.5%。

四川汶川中学正和成都七中同步备课。

据他说，禄劝县的年财政收入为 6.1 亿元，但县里、市里都注资教育，使得全县教育支出反超财政总收入 3.5 亿元。用了多年时间，实现了高中阶段教育全部免费，毛入学率 90%以上。

“在我们这样的贫困县，投资教育，是防止贫困代际传递最好的办法。”

所以，如何看待教育？它可能是先苦后甜，付出才有回报的等价交换。就像王开富给我讲起他自家的故事。那时他还年轻，兄妹五人是村里最穷苦的。直到他考出来，当了老师，又亲手教妹妹考学，找到工作。

但我也相信，直播班故事的成立，还依仗于某些额外的善意。一如某位成都七中老师，结束分享，离开远端学校时，一转头，发现全校学生，乌压压一片，全站在各自教室的窗前，和他挥手告别。

直播或录像，他们都听过他的课。

他愣住了，然后开始哭。他从未想象过自己能有那么多学生，“好几百人，可能要上千……”

负责网校的王红接和我说起这事儿。“你知道吗？这个学校，其实只交了一个开通直播班的钱。”他笑着说，他早就知道学校其他班都在“偷录”直播，各自播放。“但没关系。所有人都很开心。”

（原载于 2018 年 12 月 13 日）

人是一滴水，在社会的海洋里才能留存，

冷也是它，暖也是它。

2 浪潮之下，社会与人

"搬砖网红"的虚拟与现实 _2016
现实版"小偷家族" _2018
多一双筷子的事 _2021
从"鸟窝"到鸟巢，全世界在听山的孩子唱歌 _2022
富士康返乡者的归途 _2022
纪念那位粉红色头发的女孩 _2023
他上了个假大学，却逆袭成功 _2023

「在工地的卧室里，

小伟最喜欢的一段笔记本摘抄来自《平凡的世界》：

“我们出生于贫苦的农民家庭——

永远不要鄙薄我们的出身，

它给我们带来的好处将使我们一生受用不尽。”」

石神伟在工地上坚持健身。受访者 / 供图

“搬砖网红”的虚拟与现实

文＿程曼琪

“小伟火了！”当一条条展示着自己矫健身姿的“微博热门”、“门户头条”从四面八方的朋友那儿汇到石神伟的手机上时，他正在泉州工地上淋雨。

石神伟，手机短视频 App 快手上的“搬砖小伟”，因为端午节期间微信公众号“X 博士”推送的一篇文章《残酷底层物语：一个视频软件的中国农村》开始被许多人关注。

去年 3 月，也是在泉州的这片山间工地上，他第一次体会到“火了”的感觉。那会儿他在修天王殿，已经玩快手半年左右。

山里网络很差，几十秒的视频，传了半小时。那会儿，他还没开始演练日后吸引更多眼球的花样跳杠，而是在下班后的工地旁光着膀子做了一个倒立俯卧撑。

出乎意料的是，这条倒立俯卧撑的视频火了，播放量越来越大，随后被快手推荐到了热门。

在那之前，石神伟只有2000多粉丝，关注他的人大多是街头健身同好，视频的播放量和评论都不多。而这回，播放量很快就达到数万次。

震动提示音不断响起，那是一条条新评论。石神伟不断点到信息页面，不断用拇指下滑刷新，一排排的“666”（表示玩得溜），“强”像浪一样上涌。

不顾第二天早上5点半就得起床干活，当晚他刷手机刷到夜里12点。“特别兴奋，特别激动！”回想起第一次上热门的情景，石神伟呵呵笑着。

他没有跟任何工友说这件事，他当时并不觉得这值得一提。而这次热门却渐渐影响了他的生活轨迹，作为粉丝迅速增长的快手红人“搬砖小伟”，一年来，农民工石神伟相继迎来了第一次挣广告费，第一次坐飞机，第一次上电视节目……

“X博士”的那篇文章抛出了一个命题：当下中国城市和农村之间存在“结界”，权力、资源不相流通。文章以小伟作为这种“隔绝”的注脚。

但小伟觉得好笑：“他说我不会像那个什么pi酱一样——我也不知道那是谁——获得投资，说我绝望。我绝望啥啊？把我逗欢了。”22岁的小伟，笑起来摇头，捋头发，眼睛眯成线。

日常在山里修仿古建筑，他不知道号称“2016第一网红”的Papi酱，这似乎是印证了“X博士”提到的“隔绝”，但另一方面，他认为自己改善了生活，和绝望不沾边。

去年参加《中国梦想秀》的时候，小伟记忆最深的是周立波说：“我很喜欢你的状态，看得出来你很满足。”小伟自信地回答：“我也喜欢我的状态。”

1

网络上一次改变小伟的生活是在他十五六岁的时候。

如今成为新财富风口的“网络游戏”行业，在当时被许多人认为是“误人子弟”的“电子海洛因”。从混合着香烟和泡面味道的小网吧里，走出了一个电竞传奇“SKY”李晓峰，还走出了千千万万个小伟——因沉迷游戏而荒废学业的“被误子弟”。

初三住校后，小伟玩得尤其凶。夜里老师来寝室查房，他和室友穿好衣服，盖着被子假睡。老师一走，一屋子 12 个男孩，大部分都会翻墙出去包夜。

学校所在的那个村有 3 个网吧，全是民房改造的“黑网吧”。每个网吧也就坐 20 人不到，供不应求，常常爆满。

从晚上 8 点到凌晨 6 点，上 10 个小时网要 6 块钱。“大白都没刮”的土坯房里，烟雾缭绕，孩子们一边打游戏，一边抽烟、争吵、爆粗口，甚至打架。

小伟喜欢和人组队玩《地下城与勇士》，他特别享受 4 人联手刷怪物，打 Boss 的感觉，这时候一定要大喊：“你快点发包”“你怎么这么傻”……这样才过瘾。

到早上 5 点半，十几个一起去网吧的朋友会启程荡回学校，路上吃碗粉当早点。

上午的课一般不听，堆高一摞书安心睡觉。到中午，洗把脸，吃点东西，人才清醒。

周一、周二一定会去包夜，那两天他刚从家领了一周的生活费，手头宽裕。到周末，没钱了，小伟和朋友就特别节约，吃早点的时候会多拿几个馒头揣着，中午继续啃。实在弹尽粮绝了就找食堂赊着。周末回家的时候骗奶奶说，又要交书本费、考试费啦。

对当时为何沉迷网络游戏，小伟解释这是一种风气，“大家都上网，你不上没有共同语言。”在网吧里，别人分烟过来，小伟也接着，他抽了第一口，呛得难受，之后再没抽过，但每次仍然乖乖接着，“你拒绝，你就看不起他。”然后顺手分给下一个人。

网络游戏里肆意征战的快感也吸引着小伟。他性格内向，现实生活中没有太多朋友，在网上杀怪、和人 PK，会很满足。

上课的时候，没钱的时候，饿着肚子的时候，小伟会想象自己游戏里怎么升级，怎么赚钱，怎么提升自己。他算不清自己在游戏里充了多少钱，“只要口袋里有钱就会充掉”。

全身心投入游戏的他，倒也挣得了自己想要的地位，刷了不少装备和怪物，挣了几千万游戏币。他本想靠这个补贴现实生活，却第一次尝到了社会的艰险。

被骗得最狠的一次，他用 2000 万游戏币和人换真钱，这本该值 200 元人民币，但对方给了他一个假网站链接。

“感觉这个社会真特么阴暗，特别绝望。”小伟本来指着这 200 块钱吃饭。

没办法，只好回去再骗一次奶奶。奶奶完全管不住他。小伟所在的湖北大冶市龙角山村，许多人以外出修建仿古建筑为业。多年来，小伟的父母和叔伯辗转全国，修建着各种寺庙、牌坊。小伟一年最多见父母两三次，他奶奶最忙的时候，得照顾 4 个孙辈的饮食。

即使睡过了许多课程，“差生”小伟依然对老师爱憎分明。他讨厌英语老师，其“罪状”是严厉，作业多。化学老师则是小伟的最爱，因为他除了讲课，还讲很多人生道理。比如农村的男女比例严重失调，提醒男孩子不好好努力，就讨不到老婆。小伟最喜欢他的那种微笑，很平易近人，很真。

不出意料，小伟没考上高中。2010 年的夏天，在家玩了一个月后，他踏上父亲的老路，走向了工地。

2

回想过去，他并不为荒废学业而难过，最后悔的是通宵上网对身体不好。

他认准了自己不是读书的料。小伟的亲姐姐读到了大专，在天津做会计，小伟并不特别羡慕。小伟的一个堂兄读了大学，现在也和他一起在工地上干。

以前小伟沉迷网络的时候，他奶奶劝他：“上了学，就有好工作，就能在办公室里坐着。”小伟评价这种想法“很传统”。

但第一次到工地，“不用坐办公室”的重体力活，把 16 岁的小伟累坏了。

他那时还没长到现在1米7的个子，体重也刚过100斤，没有强健的二头肌、胸肌和条块分明的腹肌，稍微吸口气，“排骨有几根都数得清楚”。

“搬东西、刨木头，那家伙受不了，手上都是泡。”他的工头，也是他的大伯，记得小伟当时的样子。大伯将自己定义为“手艺人”，包括小伟，他收了七八个学徒。

小伟那会儿特别怕大伯，因为自己瘦小干不好活，大伯经常声音洪亮地在工地上骂他笨。小伟想过夜里坐火车逃跑，但没钱。

工地在青岛崂山的一座山上。山里没有厕所，要到树丛里解决。有一次中午，小伟就在树丛里被蜜蜂叮了一下，疼得全身抖。一不小心，他滑到了一个荆棘堆上，大腿被划了好几道血口子。

工友劝小伟中午休息下。但是他不敢告诉大伯。用卫生纸擦了下伤口后，他换了条裤子，继续上工。

小伟至今还清晰记得那个下午，漫长的5小时不知道怎么忍下来的。天气很热，汗水淌到血口子里，过盐般痛。

刚开始，小伟还有点想念游戏，但工地挺偏远，周围没有网吧。又过了两三天，他就完全不想了，实在太累。

一个半月后，小伟拿到了人生的第一笔工资，2000多块钱。挣钱太不容易了，他觉得不能再用到网游里，当年回家就删了自己所有的号。

回忆起自己的第一个工地，小伟感觉特别亲切，他时常佩服自己怎么就挺过了那段艰难的日子。在远离故乡千里之外的青岛，他第一次想到父母在外面打工有多不容易。

那时有两个村里的同学和他一起来工地。苦中作乐的是，他们累了一天后，会聚在一起吐槽，今天这个又被砸到脚了，那个又踩到钉子了。

他们一起看到了海。在那天上山途中看到远处的蓝色海水前，小伟不知道青岛是临海的。坐在汽车靠窗位置的他，赶忙拿出手机照了一张。

最幸福的是下山采购的日子，可以和朋友一起找个小饭馆吃点好的，喝个小酒，趁醉“吹一会儿牛”。

有一次夜里，小伟和两个朋友走到半山腰的工地，月亮很圆，星星也好，他们来了兴致，决定一起爬到山顶。夏夜的山风特别惬意，喝着可乐，听着《涛声依旧》，小伟第一次看到了青岛的全景。

“我靠，青岛那么大！”小伟形容当时像突然看到了另外一个世界，“感觉自己微不足道，很渺小，没有钱。”三人说着城市真好，漫无边际地畅想何时能在城里买房。

本来小伟打算，一定要请假去海边看看，他还没去过海边，但最终也没找到时间。那张海的照片，也随着小伟的旧手机，灌入了江苏盱眙的一个仿古牌楼里，掉进混凝土就捞不出来了。

小伟听说盱眙盛产小龙虾，本来想去吃，但工地在高速路口，离城很远。和至今仍未到达的海边一样，小龙虾也要等以后了。

3

现在被封在盱眙某个高速路口的手机，除了存储着初次见到海的照片，也存储着小伟的初恋记忆。

初中毕业之后，小伟处了第一个女朋友，是他的初中同学。

开始总是很好。小伟用第一笔工资给她买了个手机。他们常用手机QQ 聊天，他在家的时候，她有时会做了饭送到他们村。哪天早上她说饿了，他就兴冲冲买点吃的，骑车带过去。

后来女孩去了一个城市，在烧烤店做服务员，她看同事的男朋友在城里挺体面，挣得也多，心里渐渐不平衡。

“现在农村有这个风气。男女比例失调，相亲都问有没有房子。”房子是指在城里买房，农村盖的不算。小伟认为女朋友离开他，就和自家在城里没房有关。

2012 年的分手，成了他开始“街头健身”的一个重要契机。

他在网络上找到了新的精神家园：百度励志吧。

在泉州工地的卧室里，床位的一叠书中，小伟翻看得最多的是《方与圆全集》，这本书教人如何处事、说话、设定目标，在现实获得成功。

夹在几册书之间的，还有一个辗转多地的黑色笔记本，小伟用它摘抄励志段落和语录。

封面上写着两句话："每一个不曾起舞的日子，都是对生命的辜负。""人不自控必自毁。"这两句话也经常出现在"搬砖小伟"的快手视频中。

小伟最喜欢的一段摘抄来自《平凡的世界》，他是在百度励志吧的一个帖子里看到这本书的："我们出生于贫苦的农民家庭——永远不要鄙薄我们的出身，它给我们带来的好处将使我们一生受用不尽；但我们一定又要从我们出身的局限中解脱出来，从意识上彻底背叛农民的狭隘性，追求更高的生活意义。"

这是小伟最喜欢的角色孙少平说的。小伟觉得孙少平身上有一种野性，他不甘于在村里待着，觉得远方有一种东西在呼唤自己。小伟也欣赏孙少平的工作态度，他不怕吃亏。

他曾把这段话作为视频配文发到快手，成就了自己的第一个"大热门"，播放量超过 200 多万次，点赞 17 万次，一下子加了 4 万个粉丝。

怀揣和孙少平相同的不甘平庸，小伟无法像其他工友一样，安于玩手机，看小说。一次偶然的机会，他看到一个国外健身视频，便也想跟着学。

很快，他加了一个健身 QQ 群。2012 年，他开始参照网上教程和群里的指导学习动作。第一个动作是"双力臂"——两手一起发力，把整个躯体撑到杠上，这个动作整整练了 3 个月。

顺风旗、俄式挺身、龙旗……脚手架是现成的单杠、双杠，日复一日的训练，他学会了越来越多的动作。

小伟渐渐产生了这样一种工作态度：工作是热身，训练才是真正磨练意志的时刻。在搬木头或组装大梁的时候，小伟会默默想这能锻炼到哪块肌肉。由此他认为，自己不是在为别人工作，而是在为自己工作。每天 5 点半起床，一天工作 10 个小时便不那么难熬了。

2013 年前后练得最投入。在江西宁都，他拉坏了宿舍上铺的铁栏杆；在湖北野山关，他从钢管上跳下来时，踩到了一颗钉子；在西安，他第一次练单杠倒立，失误，头和脖子着地，被工地老板大骂了一顿。

容易受伤，有时候进步也很慢，健身有很多灰心的时候。但只要两三天不练，小伟又觉得很不自在。想到自己会进步，他便贪念倒立俯卧撑时，脑袋酸胀的感觉；享受躺倒在床时，肌肉翻滚酸痛的感觉；用力过猛有时会导致牙龈出血，他漱了口，来日继续。

看了《方与圆全集》等书，他也开始考虑人情世故。天热的时候，他会给工地的师傅买冰雪碧。这样别人对他训练，对他做工都会多包容着点。

回想起过往的初恋，他接受了“拜金”的现实设定，在一条视频的配文中，他写道：“其实冰冷的城市里没有真正的爱情，有钱就有爱情，有钱人终成眷属。”

这有点像前些年小伟听的“喊麦”（一种在快手等网络平台流行的音乐说唱形式）中的歌词：“现实的社会有一种物质叫金钱，有一种人类叫做女人。”

这首歌最后的落点是指责女人的背叛：“此次录音献给那些因为金钱背叛男人的女人们。”而看了许多励志书籍后，小伟的观念是，很多事情要找自己的原因，他继续写道：“我们也不要抱怨女人现实，拜金，谁不想自己过得好一点呢。”

在同一条视频中，他抑扬顿挫地说：“我看着她远去的背影，摸了摸自己空空的口袋，真的特别想扇自己几巴掌。没钱爱情都不会有。”

4

就在第一个倒立俯卧撑上热门后没多久，小伟迎来了自己的第一个广告。此时，他已经靠发各种励志健身视频积累了十几万粉丝。

一个卖鞋子的微商给小伟私信，请他在主页为自己做广告。他声称自己一个月卖 2000 多双鞋，绝不是骗子。

“你一挂一个月多少钱？”微商问。

“别人多少钱？”

“粉丝多的，差不多1万吧。”

“那5000吧。”

“太高了。”

“那4000吧。”

“好！”

小伟惊了，其实他是随口说的，4000块这么多钱，抵小伟大半个月工资，那人怎么会答应。

“你把支付宝给我。”微商说。小伟那会儿还不知道什么是支付宝，他当晚下了支付宝的App，绑定了银行卡，当看到账户余额多了4000元的时候，他才终于放心。这不是当年骗他2000万游戏币的那种把戏了。

“这是要逆袭的节奏啊！”这件事小伟没有告诉任何人，也没有特别庆祝一下，就是一晚上偷着乐。

去年夏天，小伟又陆续参加了《极限勇士》和《中国梦想秀》，他第一次坐上了飞机。也是在舞台上，“逆袭之路”遇到了考验。

正式录制前的彩排中，小伟的第一个动作，跳杠360度抓杠，就没抓住。一瞬间，小伟觉得莽夫有点失望，莽夫是小伟在网上认识的好友，国内的街头健身达人。

回到酒店，小伟快崩溃了。如果明天第一个动作就不行，怎么和快手粉丝交代？他开始后悔贸然前来，单杠比工地的钢管细，他不适应，很多动作也并不是特别熟练。

第二天上场前，小伟望着高高的天花板，满眼明晃晃的大灯。手里的汗把镁粉都浸湿了，不得不又涂一遍，感觉和上刑场一样。

第一个动作，跳杠360度，手一滑，心里一个咯噔——竟然抓住了。

“特别感恩，恨不得亲自己两口，”小伟说，“后面的动作我都有信心了。”临结束的时候，小伟还即兴加了一个“头挂杠”的动作。

“幸好过了，要不世界都灰暗了。我当时想，再失败的话，我一辈子再不参加这种节目了。”小伟说得特别决绝。过了会儿他又说：“说实话，也没有那么大的问题。其实编导说可以补录。”

小伟“健身励志之路”的脆弱之处，还包括如影随形的伤病。他背部曾严重拉伤，脊椎轻微错位，由于工地条件有限，他也很少做足防护措施。他只知道，现在自己不能停下。

在录制《中国梦想秀》的前一晚，莽夫问小伟，如果明天周立波问他梦想是什么，他怎么说？“要是说给我房的话，他会给吗？”小伟开玩笑道。

5

刚开始玩快手的时候，小伟没想过赚钱，看到别人点赞，说他牛，他就高兴。

而在粉丝逐渐增多，能提供经济收入之后，他有了新的动力，开始研究如何上更多热门，如何维系粉丝，如何拍创意广告，他学得很快。

音乐要配好，标题要取好，时间不能太长，最好不要超过 1 分钟——这是小伟总结出的热门规律。

其实从 3 年前开始，他就用过多款视频软件。当时移动视频没有这么发达，小伟就用电脑上的“会声会影”剪辑健身集锦传到优酷上。

“学会声会影特别麻烦，英文特别多，选项特别多。小影、快手就特别容易上手。”小伟像一个 IT 人士一样点评道。

现在，小伟熟练地掌握了一套用手机编辑视频的流程，简单的就直接用快手拍，复杂点的，就用小影制作好，导入电脑，再用格式工厂软件转换成快手的格式，放到快手目录下。

前阵子在陕西的一个工地，小伟有很多相对满意的视频，因为那会儿一起打工的表弟在帮他做摄影师。比起固定机位，摄影师能更好地找角度，追踪运动。

表弟迅速掌握了各种拍摄手法，比如先拉一个近景，拍局部肌肉，再换一个角度拍全身动作。他干脆把自己的快手名改成了“御用摄影师”。

表弟偶尔还会灵光乍现，想出一些极妙的标题。最让小伟津津乐道的是这一个：“工地惊现装酷墨镜男，徒手攀爬 20 米钢管，吓傻摄影师”。

这条视频很快就获得了 20 多万的播放量。

前阵子，当“搬砖小伟”的粉丝突破 100 万时，他也学着别人做了一次粉丝回馈：抽取 100 名关注者，送出 30 根室内单杠，30 根双杠，40 包辣条。这花了小伟 5000 多元，为了确认粉丝的收件信息，他忙到夜里 2 点。

他总是想在自己的视频里加些亮点。比如在裤子两边塞几条卫生纸“飘带”，戴一副酷酷的墨镜，或在红色的安全帽上用黑色记号笔画出“阿迪达斯”的标志。

最新的创意是用记号笔把一块板砖画成苹果手机，有品牌标志，有摄像头。让一个工友假模假样地拿着拍自己。

回到住的地方，室友是小伟的老伯。小伟在床上“蹦啊跳啊”的时候，老伯见怪不怪地看着手机小说。小说是一个带点玄幻色彩的“草根逆袭”的故事，讲述一位寒门子弟如何当上省委书记，他有一种靠股票赚钱的异能，所以十分清廉。

虽然在快手上收获了 100 多万粉丝，但在现实生活中，工地上锻炼的石神伟始终形单影只。

他反而很享受这种状态。到成都的时候，坐在车里看街上的行人，他觉得他们脸上写着疲惫。他喜欢在山里修庙，正好自己默默健身，“追求自己想要的。”

在“搞创作”方面，最能和小伟玩到一起的反而是家乡的小学生。小伟在自家房子前装了一个室外单杠，在受益于新农村建设补贴的联排新房里，他还收拾了一个“训练室”，有单杠、双杠、瑜伽球等器材。

他在家的时候，村里的四五个小学生会乐呵呵地跑到这个训练室来“健身”。这个村子有不少年轻人仍在全国修庙，这些小学生便成了第二代“留守儿童”。

11 岁的小强、小浪已经会做引体向上了，俯卧撑也特别标准，鼻子能点地。小强在快手上开了自己的号，取名叫“搬砖小强”。

小伟最欣赏的是小强拍创意广告的逼真演技，小伟会和小学生一起设计大致剧情，台词由他们临场发挥。小强扮演过戴墨镜的黑道大哥，脏话说得习以为常。

6

每天上那么长时间的工，下班后要训练，做家务，还要处理快手的私信、评论。小伟特别忙，根本没空刷微信朋友圈。

但他还是看到了“X 博士”的那篇文章——《残酷底层物语：一个视频软件的中国农村》，朋友特意告知他的。

“S 博士到底是谁呢？”小伟总把“X 博士”说成“S 博士”。

有文章反驳说，“X 博士”选取的快手用户太过“猎奇”。但小伟认为，那种自虐、低俗的，的确容易比较获得关注。

一个月以前，在快手“包场”的是“刘娇娇”，这个女孩在快手上表演电钻吃玉米，最后电钻突然卷到了她的头发，几秒之间，前额中央掌心大小的长发就全没了，露出了白白的头皮。

这段视频很快被播放了 100 多万次，给“刘娇娇”涨了 40 多万粉丝。

但据小伟一年多的使用经验，自虐在快手还只能排第三热门，第一是搞笑段子，第二是美女视频。而自己做的励志“正能量”，属于相对冷门的类型。

快手上的自虐情形和他体验过的农村生活很不一样，“快手上是极端的才能火。就是别人看热闹的地方。”小伟说。

至于“X 博士”说小伟“会是怎样的绝望”，他感到好笑。小伟并不讳言，快手上的广告已经为自己带来了数万元的收入。平时工地上包吃住，远离城市花不出钱，一个月 7000 左右的工资，加自己快手上挣的钱，他都存起来了，做以后的打算。

这样算是逆袭了吗？

小伟想了想说：“没有，只是有了一点改变。”接着他又笑了，“逆袭了也是这个命啊。性格改不好了，自己开心就可以。”

这几日泉州阴雨连连，小伟穿着一件蹭满土的白色短袖，裤子被钢管划得长短不一。虽然他有很多微商寄来的样鞋，但平时他都穿一双黑色布鞋。

“我不能依赖快手，每天光靠快手打广告没意思，万一哪天软件封了呢？这是一个辅助，懂吗？”

他房间的地上放着一根室内单杠，这是他的下一步打算——开淘宝店。半个月前，他已经激活了自己的店面。这根单杠是样品，他试了下质量不错，已经进了 140 根到老家。

他同时考虑着这样几件事：一星期前，一个电影编导邀请他 7 月去贵州拍戏；端午节期间，有个运动节目联系他 18 日去北京选角；因为“X 博士”那篇引起广泛关注的文章，好几家媒体记者联系他要求采访。

一个蜘蛛爬到床头，一条蜈蚣从行李箱上蹿过，屋顶先是传来嘭嘭的撞击声，然后是一串什么东西四散滚开的声音。

小伟说那是老鼠，半夜他经常被这家伙吵醒，现在已经习以为常。

“现在上热门好难，要创新啊！”夜雨淅淅沥沥，小伟坐在床上轻轻自语。他拿出手机，回复了一条称赞自己的私信。

（原载于 2016 年 6 月 15 日）

「两个人共同的身份是留守儿童。
兄弟俩在幼年都遭遇了父母的抛弃，不同的是，
马昊在 15 岁那年从寄养的叔叔家离开，一路流浪。
亮亮被扔给了收废品的爷爷，直到遇到马昊，
“哥哥每天晚上抱着我，
我们一起看星星，他给我讲故事。”」

马昊被捕半年后，亮亮回到了曾经的“家”。那里已被瓦砾和荒草覆盖。*受访者 / 供图*

2018

现实版“小偷家族”

文 _ 袁贻辰

22 岁的流浪汉马昊迫切地想要留住这个家。

这个头发黏成一团、衣服散发臭气的男人，在去年年末陆续砸了 30 余辆汽车的车窗。烟酒、数码产品甚至食物，他悉数偷走。他需要钱，他要养活一个家。

“家”就在陕西渭南市郊的一片草丛里，那里是城市化还未涉足的荒地。半人高的杂草和垃圾堆隔绝了这里与不远处的高楼大厦，赃物和食品包装袋、铺盖、牛奶等散落在草堆各处。

这个“家”的一切都是偷来的，除了 9 岁大的“弟弟”亮亮。他们没有血缘关系，3 年前，从四川流浪而来的马昊在这里遇见了 6 岁的亮亮。之后，兄弟俩把家嵌进了这座城市的缝隙。

警察在草丛里查获了价值达数万元的赃物。兄弟俩分工明确，那些高档烟酒和数码产品交由亮亮去销赃。亮亮还不怎么识字，但已能分辨各类数码产品。

渭南市公安局临渭分局巡特警大队便衣侦查中队中队长周佼，为这一系列性质恶劣的砸车盗窃案感到震惊。最疯狂的一夜，马昊连续砸了渭南市区的 11 辆车。

依法逮捕马昊后，她不断梳理案情，一个更令人讶异的事实浮出了水面——从某种程度上讲，亮亮像是昨日的马昊。

两个人共同的身份是留守儿童。兄弟俩在幼年都遭遇了父母的抛弃，不同的是，亮亮被扔给了收废品的爷爷。而马昊则在 15 岁那年从寄养的叔叔家离开，一路流浪。

9 岁的亮亮说，自己害怕销赃，也知道偷东西“是不对的”。但比起这些，他更怕失去这个偷来的“家”，怕失去那个从天而降的“哥哥”。

我就看看他心里有没有我

准确一点来讲，马昊真正的家在 600 公里外的陕北，尽管他已经 7 年没回去了。离家后，他在北京卖唱过，也在四川和陕西乞讨过，没有明确的目的地。渭南不过是流浪之路的一个临时落脚点，并没有任何不同。

他在这里遇见亮亮。一开始，他只不过是托在路边放炮的亮亮，顺手帮自己买一些食物。后来，他们好几次在这座城市的荒地相遇，亮亮见了“熟人”兴奋起来，拉住马昊的手，“哥哥我们一起玩吧？”

马昊愣住了。因为蓬头垢面的外表，他极少白天外出，他不喜欢人们的指指点点，也极少与人说话。接受讯问时，马昊告诉周佼，一开始他并不想陪亮亮玩耍，甚至“不想和任何人说话”。只是，当时才 6 岁的亮亮总是缠着自己，一口一个“哥哥”，他拗不过，就陪他去了还未建好的公园。亮亮一遍遍地坐积满灰尘的滑梯，笑着，叫着，他坐在不远处看着。

天快黑了，马昊问亮亮：“什么时候回家？”

6 岁的男孩一言不发，只摇了摇头。

亮亮是非婚生子，母亲生下他不久后就离开了。后来，外出打工的父亲组建了新的家庭，不包括他。他成了留守儿童。前几年，为了一家人的生计，爷爷奶奶带着亮亮举家从河南民权搬到了渭南。他们把家安在了废品之中——跛脚的爷爷接手了老乡的废品回收生意，喜欢喝酒打麻将；有精神疾病的奶奶不能干重活，时不时躺在蛇皮口袋上傻笑。

他一点也不想回到那个废品堆里的“家”。他冲着马昊说，自己没有爸爸妈妈，至于爷爷奶奶，“反正也不会来找我”。

兄弟俩开始同进同出。马昊带着亮亮去公园摘葡萄和梨，在树荫下吃水果打瞌睡；刮风的天气去荒地里的垃圾堆，看着大风把塑料袋、垃圾和灰尘卷成一团，“龙卷风啊”，亮亮大喊；下雨天，他领着弟弟去草丛深处，那儿有被雨水打湿了翅膀的小鸟，扑腾扑腾地扇动翅膀，终于，鸟儿飞起来了，亮亮忍不住鼓掌。

正值夏日，马昊的床安置在草丛深处的电房房顶，要抵达那里，需要在一段 2.5 米高的围墙上行走几十米。身高不到 1 米的亮亮说，自己一开始很害怕，踩着砖头爬上围墙，一步一步挪动，“快吓死了，不敢往下看”。可眼前就是哥哥的家，咬着牙就走过去了，“多走几回我就不怕了”。

独自流浪的生活突然硬生生挤进来一个孩子，开销成了让马昊头疼的事。他带上亮亮，往城中村的巷子里钻，有人开门乘凉，有人支着麻将桌打牌，他们趁机浑水摸鱼，小偷小摸。被抓住是常有的事，不过，对方瞧见瘦小的亮亮都会心疼一番，往往只批评几句就放他们走了，连警也没报。

马昊后来坦承，自己是故意带上亮亮的。“抓住了，弟弟不用负法律责任。别人还会同情我们。”

但连续的失败消磨了他的意志。他从前常常饥一顿饱一顿，白天捡垃圾，夜里偷东西，不用为一个孩子的三餐发愁。他想离开，渭南本就只是他途中的一站。在亮亮最爱的滑梯前，他告知了亮亮这个消息。

6 岁的孩子扑到他身上又闹又叫，“哥哥你不准走，你走了我再也不帮你买吃的了。”自从兄弟俩混在一起，买饭的活儿都派给了亮亮。

一天，马昊悄悄地躲在了远处的草丛里，“我就想看看他心里有没有我”。亮亮在那儿左等右等也不见哥哥的踪影，天快黑了，这个孩子终于爆发出哭声，“哥哥，你不要走，你不要走啊。”

这个流浪汉心软了。十几年前，他的父母离婚，母亲离开了榆林老家，收好行李走上山路。当年同样只有 6 岁的马昊就跟着母亲后面，一路跑，一路哭喊。他求妈妈不要走，可直到最后，母亲也没有回头。

他觉得，自己和亮亮两个瘦小奔跑的身影一点点重合了。

不冷，哥哥每天晚上都抱着我，我们一起看星星，他还给我讲故事

兄弟俩决定在草丛里安家。

垃圾和蚊虫是他们的邻居，兄弟俩雨天到附近废弃的电房里过夜，夏日爬到房顶乘凉，冬天则用捡来的木板和塑料壳做床。

他们一起去垃圾堆里捡气泡膜，比谁按出的声响更大。靠近围墙的地方有一片瓷砖拼成的空地，马昊给弟弟买了辆遥控赛车，亮亮操纵着赛车躲过一块块砖头，他就坐在不远处陪着。

“他高兴，我就高兴。”接受讯问时，马昊难得地抬起头，他笑着告诉警察，“他（亮亮）说就喜欢跟我在一块儿。”

亮亮很敏感地发觉，哥哥似乎变了。一直沉默寡言的哥哥突然啰嗦起来，他不再允许自己吃零食。以前，他玩滑梯和看龙卷风时总被催快点，因为哥哥要“赶时间”。后来，他把哥哥给的零用钱弄丢了，哥哥只说“丢就丢了，没啥”，又塞给他几十块钱，顺带嘱咐一句，“不能买垃圾食品”。

过去，哥哥一入夜就埋头看手机，跟“四五百个人聊天”。不知从什么时候开始，他开始带着亮亮遛弯，出门的时间往往是凌晨，街上空无一人，亮亮在前面跑，时不时停下脚步，回头望望哥哥。马昊在后面慢悠悠地走着，偶尔开口：“慢点。”

他们曾碰到酒醉的路人，对方冲着亮亮一通骂，后边的马昊听见了，从路边折下一根树枝就冲了上去。这个身高只有 1.6 米出头、驼着背畏畏缩缩的流浪汉冲到亮亮前面，嘴里骂骂咧咧的，一步也没退。

亮亮很少回自己原本的家了。偶尔一次回去，都是为了更换充电宝。他的爷爷直言，孙子是一匹“小野马”。他也曾经出门找过，可卖废品的人等着，自己又跛着脚，找着找着就疲了、乏了，“反正他早晚还会回来的。”

57 岁的爷爷坦言，自己已“无能为力”。他给儿子打电话，说孙子天天夜不归宿。他想让对方每月寄钱，自己好带着一家人回河南老家。可电话那头的儿子只是沉默。许久，儿子才开口：“我真的没有那个能力。”他组建家庭没多久，小儿子刚出生，岳父岳母一家身体也不好。

“算了，算了。”电话断了。亮亮和爸爸已经 3 年没见了。

腿疼发作时，亮亮爷爷会喝 42 度的白酒来“麻痹神经”，他不敢去看病，全家人都指望着他，指望着每个月收废品挣来的一两千元过日子。他们在废品收购站租的房子只有 10 平方米左右，老两口、亮亮和亮亮的堂妹住在一张床上。逼仄的屋子终年不见阳光，老鼠从床边跑过。

他不知道孙子在想什么。喝了酒后，他的脾气很大，打骂孩子都没有少过，“娃咋不体谅家里的难处呢？”

“孩子被迷住了。那个人有手机，不像我只有老年手机。”他很肯定地告诉中国青年报·中青在线记者，亮亮离开家的原因，是手机。

尽管和亮亮的新“家”只隔了几百米，但他从未踏入过那里。

那个“家”比起废品收购站的屋子还要简陋，可亮亮却找到了久违的快乐。他在这堆垃圾里度过了两载春夏秋冬。渭南的冬天，夜里气温常骤降至零摄氏度以下，天空不时飘雪。周佼问过亮亮，“冬天你睡在草丛里，冷吗？”

“不冷，哥哥每天晚上都抱着我，很暖和。”孩子说。

“你们每天晚上都干啥呢？”她接着问。

孩子的脸上露出了神采，“我们一起看星星，他还给我讲故事呢。有时候，哥哥还给我唱歌。”

钱是唯一困扰兄弟俩生活的因子。马昊决定砸车窗盗窃。这一次，他拒绝了弟弟跟从的要求。一个人频繁地在深夜走上街头，扛着撬杠，砸开车窗。

他说：“不要学我，以后大了会被抓的。”

那个草丛里的“家”一点点被偷来的东西组建起来。马昊被捕后，警察在草丛中找到了各类高档烟酒和笔记本电脑，还发现了大量还未开封的牛奶箱。其中许多箱因为雪水的浸泡，包装盒都生出了褶皱。

那也是马昊偷回的。他砸开了一家商店的玻璃窗，搬运了 20 多箱牛奶。

监控视频里，他胳膊夹着、手上拎着，一夜间运了好几次。他有个很朴素的心愿，要让亮亮每天喝上两盒牛奶。

“哥哥说我个子不高，要被人欺负，喝奶可以长身体。”亮亮说。

后来不找（妈妈）了，因为心里没有了

第一次和马昊打照面时，周佼压根儿没想到，眼前这个流浪汉是这一系列砸车盗窃案的主谋。他看起来太脏太弱太瘦了，甚至分不清性别。他的衣服像一块破布，是挂在身上的。他头发很长，在脑袋上结成了一个油污大包，警察用力一抓，大包分毫未动，以至于他们猜测，马昊也许是个道士。

被捕时，马昊编造了一整套谎言，年龄、姓名、经历全是虚假的，直到通过技术手段找到他的真实信息，他才哑口无言。他埋下头，无论周佼问什么、说什么，都不肯抬头。

直到说起那个没有血缘关系的弟弟，他忽然情绪激动，眼睛里有泪花。

那一瞬间，周佼意识到，也许这两个人的关系已经远远超出了自己的想象。在当地“关心下一代工作委员会”工作人员的陪同下，她询问亮亮案情细节，对方同样满口谎言，一会儿说“和哥哥很久没见了”，一会儿说“不知道哥哥在偷东西”，可当她跟孩子提到“想要哥哥早点放出来，就应该把东西都还给别人”时，这个孩子扯下了挂在脖子上的玉石，掏出了兜里的转运石，“能不能把哥哥放出来？”

亮亮如今 9 岁了，还没有上一年级，字也识得不多。但他能清楚地分辨苹果手机的型号，也知道有划痕的笔记本电脑和手机最多能卖多少钱。他用一个不透明的塑料袋装上手机和电脑，再塞满瓶子，如果碰到人问，就答“这里面都是捡来的瓶子”。

“他感知不到脏、善、恶这些东西，他没有明辨是非的能力，却能感受到谁对他好，谁对他重要。”周佼说。

那些经验都来自于马昊。大多数时候，他们各玩各的手机，马昊看电视剧，亮亮打游戏——游戏也是马昊教他玩的。他困了就睡，睡醒了先喝一包牛奶，再去附近的小餐馆买饭。

偶尔，马昊会跟弟弟分享自己此前的经历。他告诉亮亮，当年自己在北京卖唱，原本一夜能挣一两百块钱。可一天晚上，他被一群混混抢走了当晚所有收入，混混还用刀捅伤了他。

怕极了的他没有报警，心里只有一个念头：赶紧离开。他去地下通道售卖自己的音响。音响是15岁离家时他用偷出来的钱买的“饭碗”，从他初中辍学一路卖唱就跟着他，有几年了。不到万不得已，他不想卖。

夜深了，有人问他，“一百块卖不卖？”“不卖！不卖！这个要卖几千块。”

“妈的，给你一百块你还不卖。”说完，那人冲上去和马昊扭打在一起。

他的音响没了。马昊去网吧过夜，有人瞧见这个身材瘦小的男生，主动打招呼，“你当我弟吧，跟我混得了。”他同意了。两个人一同上网熬夜，第二天一早，马昊醒了，身上的钱一分未剩。

那是他最后的积蓄。此后，未满18岁的马昊开始在全国流浪。

“哥哥跟我说，这个世界坏人比好人多。”亮亮说，马昊从不让他一个人在夜里出门，因为“有的人连苹果也会抢”。

用亮亮打开话题后，周佼注意到了马昊身上的绝望感，“这么多年，他家里人不关心他，（他）又在社会接触了大量阴暗面的东西，所以才让他那么消极，对生活完全不抱希望。”

十几年前，马昊曾一度发了疯地想找妈妈，他多次离家出走，但每一次都被家人抓回来。后来，有关妈妈的消息越来越少，他“不找（妈妈）了，因为心里没有了”。

因为父亲外出务工，他和姐姐曾被寄养在叔叔家。马昊的姐姐告诉周佼，自己的弟弟当年“很善良”。母亲离开后，弟弟一度变得沉默寡言。进入青春期后，马昊发现了自己对音乐的热爱，他试着向父亲提出，自己想学音乐、做歌手。

这个想法遭到了父亲强烈的反对。再大一点时，马昊变声了，他厌恶自己不再清澈的嗓音，认为自己永远失去了做歌手的梦想。

“他恨家里所有的人。”马昊的姐姐说。

讯问马昊时，周佼见到的是一张平静的脸。这个年轻人说话嗑嗑巴巴，甚至不敢抬头与她对视。心理医生诊断后认为，马昊如今“严重自卑，存在语言交流的障碍”。

只有聊到亮亮时，马昊的话会多一些。他时不时询问亮亮的情况，又忍不住说：“不想让他看见我现在的样子。”

也许亮亮永远不会知道，他的哥哥其实已经打算离开，只不过是“离开这个世界”。马昊已经计划好了，多干几笔，多攒一些钱留给弟弟。钱差不多了，他就找一个下雪天，喝点酒，一个人脱光衣服躺在雪里，“什么也不知道，然后就冻死了”。

那是他透露过的、为自己设想的生命结局。

你把他给我关起来！

案件发生后，马昊的亲属从陕北匆匆赶来。但22岁的马昊告诉周佼，自己唯一的要求是，“不见任何一个家人”。

周佼想解开马昊心中的疙瘩。她问对方，“不见亲人，难道你打算出去后再做老本行么？”

对于马昊，周佼的心情很复杂。一方面，身为成年人的马昊应该为自己的违法行为付出代价。但另一方面，这个年轻人却在最应该接受教育的年纪流浪，一路遭遇相对阴暗的人和事，始终没有一只手将他拽回来。

她认为，从某种意义上讲，因为有了亮亮，才让马昊重新获得了对生活的渴望，也正是因为想为弟弟多留一些钱，他才会疯狂地砸车，导致最终被抓。而这，又阴差阳错地打乱了他自杀的计划。

这名从警11年的警察找到马昊的亲人，希望和对方谈谈这个年轻人的遭遇，可对方见着周佼却说，“能不能花点钱把人弄出来？”

这种态度她并不陌生。9年前，她曾办理过一起未成年人犯罪案件，

马昊在指认现场。受访者 / 供图

马昊所盗的部分赃物。受访者 / 供图

3 个不满 14 岁的少年和几个 18 岁上下的青年结成了一个盗窃团伙。他们白天挤在一间小旅馆，夜里出去盗窃自行车和电动车，赚了钱就去上网。在网吧，这群孩子学会了抽烟、喝酒以及赌博。

她所见到的未成年犯罪案件当事人，有人长在单亲家庭，有人是留守儿童。有的结成了团伙，也有人独自犯罪。但共同点是，他们都缺乏关爱，缺乏经济来源，很多人性格自卑敏感。

一个男孩是开摩托车抢劫的“飞车党”。周佼抓住他后问，“你不怕单手抢的时候翻车吗？不找个伴儿吗？”

“我不找，找了的话，如果他被抓住，肯定会供出我来的。”他表示，自己不相信任何人。

因为年龄的原因，那 3 个盗车的未成年人接受批评教育后，就被亲人带了回去。可没过几年，她又和这群孩子打了照面。那一次，他们因为抢劫被依法逮捕。去年，这群已经成人的孩子又一次和周佼碰面。在“扫黑除恶”行动中，他们再次被抓。

这五六个孩子贯穿了周佼迄今为止的11年从警生涯。一开始，这名警察讲究办案的结果和效率，这些孩子犯罪的动机并不在她思考的范畴之内。直到一次又一次碰见这群孩子，周佼心疼地想，自己旁观了一群青少年二次乃至多次犯罪，却什么也没做。

许多曾被忽略的细节被她重新翻了出来。有家长曾经当着警察的面怒斥孩子，“我回去弄死你。”还有家长怒气冲冲地吼周佼，“你把他给我关起来！”

在周佼看来，这就像一个恶性循环。孩子犯了错，家长往往想的是推给学校和公安。“可关了又如何，一样治标不治本。这些孩子出去以后还是你的孩子，还是要回家，你不去了解孩子想什么、为什么要这么做，只是一关了之，能行吗？”

“光靠公安机关去打击去处理，未成年犯罪案件能彻底解决吗？”她问。

“他们在社会底层不断地扭打、挣扎。随着年龄增大，不断犯罪，直到被关进监狱。”她还记得，八九年前遇到的那群孩子，最后一次见面时，他们中有人得了乙肝，有人得了肺结核，可没人说得清自己的病是怎么得的。

这次面对马昊和亮亮时，周佼觉得，自己一定得做点什么。“我只想让孩子回来。要把他继续放在外面，真的就完蛋了。”一次和亮亮闲聊时，这个孩子说，自己“不想见爸爸”，也“不认识妈妈”，至于爷爷奶奶，“最起码比我爸妈好”。

她时不时给孩子带去食物和牛奶，同时下决心，要让亮亮重回校园。

只是，亮亮的爷爷提起孙子依旧头疼。常常一个不留神，孩子又跑得没了踪影。他只能向儿子求援，通过电话，亮亮和父亲有了难得的一次交流。

“我跟你说，你再不听话，我回去收拾你。”父亲说。电话这头的亮亮始终没有回应，过了很久，他点了点头。

她给孩子照了很多照片，却不知道能发给谁

和周佼相熟之后，亮亮后来才告诉她，其实，警察们带着马昊去草丛里追赃的那一天，亮亮就在不远处。隔着几十米，他爬在一道围墙上远远地看着。

第二天他又去了那里，哥哥没有回来。第三天还是没人。

他固执地在那儿等了好几天。

法院今年宣判，马昊犯盗窃罪，判处有期徒刑四年六个月，并处罚金三万元。

半年过去，亮亮带着中国青年报·中青在线记者故地重游，荒草和瓦砾已经覆盖了他们曾经的小窝，站在两米多高的围墙上，他找不到自己曾经的家了。

了解到亮亮原生家庭的情况后，周佼开始替亮亮在渭南上学奔走。她带着孩子重新办理学籍、补打疫苗、买保险、做体检……周佼自己也有一个正在上幼儿园的女儿，她很清楚，“别的同龄孩子都是天真烂漫，有哪个家长会愿意让自己的孩子和亮亮在一起上课呢？将心比心，谁都会担心自己的孩子被带坏。”

可她还是想试试。

公办的渭河小学最终接纳了这个超龄学生。班主任王艳老师也嘀咕过，“我会不会一天到晚都忙着‘破案’啊？”这个孩子的顽皮程度超出了她的想象，第一天见面时，亮亮在校长办公室里上蹿下跳，一会儿在沙发上蹦跶，一会儿钻进茶几里，王艳闻到了亮亮爷爷身上的酒味，出言提醒，亮亮一脸开心地扭头问她，“你是狗鼻子吗？”

聊到最后，王艳和周佼达成了共识，不管怎样，先试一试，不要轻易放弃这个孩子。

当在这座城市流浪两三年的亮亮终于得到一张课桌时，王艳发现，她给亮亮讲过的规矩和道理，这个孩子竟然悄无声息地消化了。下课离开教

室，亮亮会主动把凳子挪进去，不发出声响；午休时，他即使睡不着也会把头伏在桌子上；放学后接他的家人总是来得很晚，有别的小朋友等急了，亮亮会把自己剩下的那份零食递给对方，还顺带哄哄那些弟弟妹妹。

与之相对的，是这个孩子依旧敏感而自卑的内心。课间，她看到亮亮想加入其他小朋友一起玩拉圈圈的游戏，却又不好意思开口。她在远处就悄悄向其中的男孩招手，告诉对方，“你们跟哥哥一起玩好不好？”

男孩听了，麻溜地跑回去，一把抱住了亮亮。

在班里，所有同学都叫亮亮“哥哥”，他过去的经历没人关心，王艳发现了孩子绘画上的天赋，还让其他小朋友围过去欣赏亮亮的画作。靠得近了，有爱干净的女生忍不住想开口，她盯着女孩，轻轻地摇了摇头。

班里曾发生一起“盗窃案”，同一天有 3 个小朋友的东西被偷，站在讲台上的王艳连眼神都没有投给亮亮，“我必须去相信他，我要让他知道，老师没有怀疑他。”事实证明，事情跟亮亮没关系。

在王艳看来，不仅是亮亮在学习重新融入学校，其他小朋友和他们的家长也获得了珍贵的一课——学习去包容、理解、接纳那些弱势底层的人群。家长委员会的其他家长时不时给亮亮带些吃的，还为他凑过一次书费，学校做活动时，他们还特地给亮亮拍了许多照片。

王艳的电子相册里，有一部分全是亮亮的照片，那里记录了孩子每一个阶段的成长，足有几百张之多。她给他照了很多照片，却不知道能发给谁。亮亮的爷爷总是喝得醉醺醺地来接孩子，奶奶更是路都认不清，孩子的父亲她至今没有见过。

其实，她本来差一点就能见到孩子的父亲了。那次，一向寡言的亮亮话多了起来，他告诉王艳，“我爸爸过几天就回来了。”

王艳在孩子脸上看到了期待和笑容，可一天两天过去了，还是没能等到那位父亲。

亮亮原本准备了很多话要跟父亲说。他还给自己素未谋面的弟弟准备了礼物。那是一个小书包，“我从我叔那儿看过视频，我弟可小了，很可爱的。”

作为孩子的班主任，王艳也很想和孩子的父亲交流一次。“仅靠周警官和我，对亮亮一年两年可以如此，三年四年呢？换了班主任、回了老家，亮亮又该怎么办？他会不会再一次盗窃？”她想让孩子的父亲“意识到自己的责任”。

这个暑假，亮亮的叔叔结束了外地的打工，回到废品收购站帮忙。亮亮的生活也忙起来了，他时不时跟着叔叔一起去网吧待着，那儿有一群叔叔的朋友。他还负责为这群人买食物和水，东西很重，他曾在电瓶车上失去重心摔了下去。

渭南市公安局临渭分局巡特警大队大队长卫英康，也在一直关注这起案子的后续进展。他认为，“人的因素是千变万化的，更重要的是从制度上去保障。”他希望，从法律层面和制度层面能动员社会各方面的力量参与，“来共同挽救案件里的弱势群体，同时形成常态化的机制”。

“预防很重要，但绝不是公安一家可以承担的。需要司法部门、孩子的家庭乃至全社会形成合力。”他说。

不管怎样，眼下亮亮的生活总算回到了正轨。前些日子，周佼忙完一个案子，顺道拐去了渭河小学。六十几个孩子正在大教室里排练节目，9岁的亮亮个儿高，站在最后一排，一堆孩子比划着，周佼凑近一听，他们正在唱《我爱我的家》。

她的眼泪一下子就下来了，她不知道人群中的亮亮是否能理解歌词的意思。她只清楚，这里才是这个孩子应该待的地方，这里就是孩子的“家”。

亮亮偶尔还会想起那个草丛里的家，想念半年未见的哥哥。

他会问每一个来看望自己的人，“哥哥什么时候能回来？”得到确定的答复后，他又忍不住自言自语，到时候哥哥也许“头发变短了”，自己“会不会认不出来了”。

（为保护当事人隐私，本文亮亮、马昊为化名）

（原载于2018年8月8日）

「即便是最难的时候，
收养者陈小峰也没有中断哑巴的烟酒。」

2021 年 11 月 16 日，湖北省老河口市薛集镇陈庙村，在陈小峰家养鸡场前，
从河北省泊头市赶来的亲人见到都红江（中），拥抱痛哭。
老河口市公安局 / 供图

多一双筷子的事儿

文 _ 朱娟娟

都红江在一个雾天消失，又在一个雾天归来。

已经没有人能够说清这位聋哑人当初是如何从河北省去了湖北省，他的一些经历仍是一团迷雾。已知的事实是，2008 年 10 月 4 日清晨，河北省泊头市四营镇都李泊洛村村民都红江打算去五六里地外的姑妈家。当地盛产鸭梨，他从家门口的梨树摘下一筐梨，绑在自行车后座。吃过早饭，他骑上车，迎着浓雾出发了。

姑妈没能等到这些鸭梨。都红江这个时年 40 岁的男人，自此消失了。

一年多之后，湖北省老河口市一家电器厂的工人陈小峰下了班，从厂区出来，看到了他。

1

根据陈小峰的回忆，那是 2009 年年末的一个傍晚，路边一个只穿单衣和拖鞋的男人引起了他的注意。男人看起来四十来岁，背了个编织袋，拖鞋裂了几条口子。白天刚下过雪，雪渍还没干透。

陈小峰问他冷不冷，男人边摇头，边比划。他要去哪里、吃饭没有、有没有地方住？陈小峰打出个“吃饭”的手势，男人使劲儿点头。陈小峰带他来到附近一家小炒摊，点了两份炒饭。男人狼吞虎咽，把自己那份一扫而光。

陈小峰一下子想起10年前，自己也曾这样“吞”过饭。

1999年春节过完，他17岁，第一次离开老河口，去广东省潮州市打工。他本来要去一家工厂，介绍人临时变卦，联系不上了。他就在厂门口傻等。他身上只剩30多元钱，工厂在郊区，附近没商店，他不敢走远去买饭或买水，生怕一挪步就会错过介绍人。连续两天，他饿了就吃点从老家出发时带的、路上没吃完的饼干，渴了就忍着，晚上就在厂门前打地铺。直到厂里一位表叔带他去吃了饭、找了落脚之处。

面对这个狼吞虎咽的流浪汉，陈小峰当时感到很为难。他平时住在工厂宿舍，没有多余的铺位。放手不管，又于心不忍。最后，他让这个陌生人坐到自己摩托车后座上，带回了30公里外薛集镇陈庙村的家里。

那时，陈小峰27岁，孩子5岁，妻子在浙江杭州打工，“一家人负担大得很”。因为不知对方来历，他也不放心，跟厂里请了几天假，决定先在家帮着安顿一下。

他和父母打开了都红江随身携带的编织袋，里面除了脏衣服，其他什么也没有。他们收拾出床铺，找出干净衣服给他，打来热水让他洗澡。都红江接过衣服，但不洗澡也不刷牙。陈小峰决定再观察几天。不知道他的名字，一家人就统一称他“哑巴”。

第二天，他们发现，吃饭时，哑巴只吃面前碗里的菜，从不在盘中抄来抄去。陈小峰的父亲陈丰全给他倒酒，他用双手接过。敬酒时，他总将自己的杯口端得低些。吃完饭，他还帮忙端碗收筷，连续几天如此，也愿意洗澡、刷牙了，“看着是个本分人”。

陈小峰很想知道他是哪里人，怎样可以帮他回家。在这之前，他没有与聋哑人打过交道，只得尝试比划着“问”。哑巴比划不出，被问得多了，举起双手猛拍自己的头部。

担心他大脑可能受过刺激，陈小峰不敢再问。当天，陈小峰找来纸笔，引导他写字。但哑巴只会写“都”“江”“四”“川”4个字。想着2008年四川刚经历大地震，会不会是从都江堰逃难来到这里的？陈小峰去派出所报案，想要查个清楚。户籍民警向市公安局报备，联系四川公安调查，也没能查到有效信息。

陈小峰的父母在家守着一亩多地务农，有时在附近打零工。眼看春节快到了，一家人决定，让哑巴先在家住着，“反正也就是多双筷子的事儿”。

陈小峰发现，哑巴腿上有几道伤口，已经化脓，有时还用手按着肚子。陈小峰带他去了村卫生室，后来又去镇卫生院住院，治了约莫一个月后痊愈。

医药费花去1000多元，陈小峰结了账。

母亲孙金莲唯一担心的是，邻居们会不会不乐意。

邻居陈丰举记得，刚听说陈家收留了一个来历不明的聋哑人，邻居们一度有所防范。他们暗中观察了一段时间，普通的农活儿这人都会做，而且个性随和，不讨人嫌。

“人不坏，还聪明，邻居们平时一起相处，他基本能懂我们的意思。又勤快，他不比一个普通劳力差，帮做很多事。”陈丰举说。

陈小峰这样向大家解释：“他没地方去，又是个哑巴、听不见，先让他跟我们一起住着。”

2

这个陌生人进家第二天，陈丰全就发现，他会喝酒，也抽烟。

陈小峰是烟酒不沾的。回工厂上班前，他把哑巴带到村里小卖部买烟。哑巴拿的是10多元一包的“好烟”，陈小峰月工资2000元，跟他比划“烟可以抽便宜点的”。哑巴就改拿五六元一包的。

陈小峰跟店主交代，如果哑巴来买烟酒，记在他账上。

那年，陈小峰家刚盖起楼房，因为钱不够用，二楼的几间房没有安装房门。过年时，为了多挣些钱、节省开支，他妻子没有回家，在厂里加班。

妻子并不知道哑巴的存在，直到一年后回家，才发现家里“多了个人”。

按照陈小峰的说法，“这不是多大的事儿”，况且哑巴没处去、人也不坏，就让他先在家住着，同时继续帮他寻亲。妻子觉得“也有道理”，没有多说什么，继续出门打工。

时间久了，哑巴像生活在自己家一样。周边有人家盖房，他也会去砌砖、提水泥；有人家办红白喜事开流水席，他去灶边烧火。别人给他工钱，他摆手不收，留他吃饭，他也回家吃。

哑巴来的第三年，陈小峰夫妇有了女儿，家里负担更重了。

2015 年，周边有村民养殖蛋鸡挣了钱，陈小峰拿出几万元积蓄，找亲戚借了些钱，开起一家养鸡场。养鸡场在离家四五百米的一处荒坡上。他们平整地面、盖起厂房、搭建生产线、赊来饲料与鸡苗，哑巴也一起干。工地夜里得有人守护，陈小峰就在荒坡旁搭间窝棚睡觉，哑巴在旁边陪着。

陈小峰“运气不太好”：鸡长大下蛋了，禽流感来了。这批蛋鸡，赔了 20 多万元。

养鸡场有 5 间房，仓库、厨房之外，陈小峰住一间，哑巴住一间。那阵子，陈小峰日夜躺在床上，闭门不出。哑巴做好饭菜，端来热水，陈小峰不吃也不喝。

叔叔来劝他，“这样躺着，欠下的债咋整？你和哑巴两人的开销咋整？”

消沉了一周，陈小峰决定到镇上打零工，每天工钱 100 元。

即便是最难的时候，陈小峰也没有中断哑巴的烟酒。有时他给哑巴零花钱，哑巴拍拍口袋比划，意思是有钱、不用给。

陈小峰想过，在周边给哑巴找点活儿做。但他没有身份证，与人沟通不便，没人要他。

“光靠打零工还不了外债。”七八个月后，他找银行贷款，养了第二批鸡，这次挣了几万元。但第三批时，新冠肺炎疫情来了。2020 年 2 月，鸡蛋一摞摞堆在仓库，越积越多。一天夜里，“轰”的一声传来，新捡的一批鸡蛋倒落，碎了一地。

哑巴陪他连夜收拾。那几个月，哑巴负责喂鸡、捡蛋、装箱，陈小峰在外送货。这一批蛋鸡，又亏了。

陈小峰养殖蛋鸡，“三批亏了两批”的事情，跟当年他“带回个哑巴”一样，周边人都知道。即便如此，一些商贩仍愿意赊鸡苗、饲料给他。

这不是陈小峰第一次创业。在母亲眼里，儿子“是个苦命人”。

他上初中时，一次家里拿不出学费，姨父送来钱救急。想着自己学习不好、家里还有个小他一岁的弟弟，他作了决定：不上学了。

退学后，他购进一批文具，在村里的小学门口摆摊。有的学生钱不够，就赊给他们。有的迟迟不还钱，他也不忍心讨要，“那时候的农村娃娃，有的连中午饭都吃不饱”，账款于是不了了之。他第一次“做生意”，以失败告终。

3

薛集镇地处鄂豫交界，东面和北面与河南接壤，是“一脚跨两省”之地。这个人又是从哪个方向来的呢？

一次，陈丰举的孙女在家拼装中国地图，正好哑巴到他家串门，陈丰举让他指认自己是哪儿人，哑巴指向贵州。陈小峰跑去派出所请民警查询，仍旧没查到。

陈小峰为哑巴寻亲的想法，一直没有中断。他解释说，“并不是想让哑巴走”，只是想着他一个聋哑人，独自在外这么久了，肯定也有想家的时候，“家人肯定也念着他呢”。

几年里寻亲无望，陈小峰和妻子商量，给哑巴办个身份证，户口就挂靠在他们家。他们去派出所，没能办成——这是一个暂时失去了合法身份的人。

但从这家人的心理上，哑巴已经在家里“落户”了。他们逢年过节会带他一起走亲戚。陈小峰有时临时在外吃饭，都会打包一份，带回家给哑巴。哑巴把零花钱用来理发，不会乱花。过年了碰上拜年的小孩，他拿来发压岁钱。

孙金莲有时去镇上赶集，会给哑巴带双鞋。哑巴身高 1.73 米左右，比陈氏父子高出不少，鞋子穿 43 码，是“全家脚最大的”。

在家里，哑巴喜欢看战争题材的电视剧，陈小峰也一样。起初，陈小峰没钱买电视。农村的夜晚没什么娱乐活动，他俩有时去邻居家看电视。时间久了，陈小峰担心打扰别人。2016 年，他买了一台，安装在养鸡场的“客厅”。他认为“哑巴很聪明”，因为教他用遥控器操控电视，“只教了两遍，就学会了”。

哑巴后来也表现得对回家没什么信心了。养鸡场旁种着几棵大树，他跟村民们开玩笑，指指树又指指荒地，意思是以后自己死了，就麻烦大家砍下这几棵树做棺材，他就“永远躺这里”了。

也有闹矛盾的时候。

哑巴爱喝酒，一天两顿。一个夏夜，他在外喝多了酒，边走边挥舞空酒瓶，还敲别人家门。不少人家被吵醒了，第二天一早来找陈小峰说理。陈小峰有些生气，比划着警告他以后不许这样了。到了午饭时间，他不见了。

陈小峰和父母出门寻找，直到第三天才在邻村一户人家找到。他独自蹲在别人屋檐下，看到陈小峰，还不理睬。陈小峰又好气又好笑，拍拍他的胸脯，又拍拍自己的，意思是“我的心你还不懂吗”。哑巴跟他回了家。

这次，陈小峰想了个办法：他找出废旧包装盒，裁下小块硬纸板，用黑色签字笔写下自己的地址、手机号，再用透明胶带一层层缠得严实“防水”，放进哑巴的衣服口袋。以后如果走丢了，就拿给别人看。

担心联系牌遗失，陈小峰一共做了 6 个备用。

4

2020 年冬天，湖北省推行“一村一辅警”，薛集派出所到陈庙村调研，在村委会与村民们推荐下，陈小峰当了辅警。村里有精神病人 13 人、孤寡老人 10 人，都是他重点走访的对象。当上驻村辅警，陈小峰接触到了更多警务知识。

2021 年 11 月初，村民们开始接种第三针新冠肺炎疫苗。苦于没有身份证，哑巴一针也没打上。陈小峰再次动起了给他寻亲的念头。

几年里，民警通过人像比对等手段，多次为他查询身份信息。一次，查询到四川省有一个男子身份信息与其相似度高达 97%，打去电话询问，家人称“人在家好好的，没走丢”。2021 年 9 月，民警查询到另一个人的身份信息与他相似度较高，继续查询，结果显示对方已接种过新冠肺炎疫苗，显然并不符合。

这一次，民警带上哑巴来到老河口市特殊教育学校，希望手语教师能够帮上忙。

但他没有接受过专业的手语教育，手语老师也不太明白他的意思。

看来又没有太大希望了。突然，他拿过一张纸，试图在纸上写字。在民警与手语老师帮助下，纸上先是出现了歪歪扭扭的“都”“江”二字，随后，他又在“都”和“江”中间画出两个上下连在一起的半圆，疑似绞丝旁。

会不会是人名？在当地，“都”姓并不多见。户籍民警周馨根据经验推测，绞丝旁的字中，用于人名较多的是“红”。民警们以“都红江”为关键词，通过公安部门户籍信息系统查询，显示全国叫这一名字的有 9 人，分布在黑龙江齐齐哈尔、浙江绍兴、河南滑县等地。逐个比对，最终发现河北泊头市的一名人员信息与其高度相似。

老河口警方联系上泊头警方，请求核实。恰好，泊头市四营派出所民警苏晨辉对一位叫都红江的走失村民情况有所了解：都红江 1968 年出生，2008 年走失，走失前，其父母已去世，家中还有姐姐妹妹。

亲人中，最早通过警方得知都红江“有可能找到了”的，是都红江二姐的儿子穆海明。

苏晨辉发来湖北警方传送的视频与照片，穆海明一眼认出这是舅舅，“模样变化不大，就是稍微苍老了些”。穆海明当即给大姨、三姨、小姨每家打了电话，通报“这一特大喜讯”。据他回忆，电话里“每个人都哽咽了，吵着要马上动身，立即去湖北认亲”。

这天是周五，两边警方合议，慎重起见，再做些核实工作。等到周一，双方再通过视频连线，确认后就办理认亲。

都红江的亲人早已“炸开了锅”。挂完电话，大家迅速分工：大姐都英平、二姐都英随、三姐都英兰、小妹都英敬去四营派出所，配合警方进一步核实。6个外甥、1个外甥女，一拨儿去定做锦旗、到时带给湖北警方，同时给“恩人”准备特产；另一拨儿上街去给舅舅买新衣新鞋。各家选定代表，准备周一视频认亲完毕，即刻出发前去接人。

他们准备的心意，是几箱牛奶和泊头特产的“十里香”白酒。

都红江的外甥都春辉在郑州工作，接到消息后，反复跟妈妈确认。母亲告诉他，看了照片，“千真万确”。这个25岁的年轻人当即向公司请假，准备周一从郑州开车，与表哥们在高速路口会合，一同去接舅舅回家。

11月13日和14日这两天，对都家人来说，兴奋又漫长。他们期待着，周一上午的视频连线早一点到来。

5

13年来，都红江的失踪，一直是全家人心中的痛。

都红江天生聋哑，没能上学，也没成家。父母相继去世后，他住在父母留下的房子里，大姐、三姐就嫁在本村，离得不远。2008年10月4日那天晚上，都红江没回家，家人以为姑妈留他住一晚。第二天，他还是没着家，一问，姑妈根本没见着他。一家人这才慌了。

全家人除了上学的孩子，全部请了假不上班、放下地里的活儿，分头到周边寻找。全村在家的村民也自发出动寻人。

都春辉记得，那年他12岁，“上百号人找遍附近百十里地，连续找了大半个月”。

家人找到市里的电视台、报社打出寻人广告，在周边张贴寻人启事，没有消息。

他们想过最坏的结果。有一段时间，全家人特别留意、甚至害怕电视或网络上播报的车祸消息。有一次，新闻里说吉林省有一辆卡车撞了人、寻找受害者亲属，听那外形描述“特像咱舅”。几个外甥找到这条新闻，回放画面，一帧帧比对，确认不是舅舅，才稍微松下口气。

有时，在外看到流浪汉，都家人都会上前仔细看看。有流浪汉流落到村里，这家人也会给对方盛饭盛菜，照料一阵，同时把都红江的身份证照片拿给他们看，询问是否遇到过。

这张证件照，是都红江走失前不久照的。姐姐和妹妹担心他不能说话，在外受罪，常常对着照片抹泪，自责没有照顾好他。

后来实在没办法了，四姐妹去算卦。算命先生告诉她们，“等着吧，说不定哪天就回来了”。

最近几年，家人们通过短视频平台发布过寻人信息，依旧没有得到任何线索。

“一年又一年过去，舅舅还是没回来。”都春辉说。小时候，爸妈农忙，他是舅舅帮着带大的。他总忘不了，舅舅给他做饭吃，舅舅带他去小卖部买零食，舅舅牵着他、抱着他。

每到过年，乃至平常日子里的家族聚餐，大家都会给都红江盛一碗饺子，留好座位。穆海明说，可能每个人都预想过最坏的结果，但又都留有一丝希望。

走失前，都红江在村里“口碑不错”。他爱给人帮忙，别人会的，他也会，犁地、割麦、砌砖、盖房，样样干。外甥们说，舅舅在家时，为了谋生，跟人学习了盖房的手艺——这足以解释，当他流落到湖北，可以很熟练地帮人家盖房。

在都李泊洛村，都家是大姓，10 多年来，年轻人外出务工，年底回到家也会牵挂，他们会问的一个问题是，“哑巴叔回来了吗？”

6

得知这次“极有可能”帮哑巴找到亲人了，陈小峰“一时间心情有些复杂”，替他开心，又舍不得。

他把这个消息第一时间比划给哑巴，“但他好像没听懂”。晚上，他们照例一起吃饭、看电视。

11月15日一早，天气晴好，薛集派出所民警来到陈小峰的养鸡场门口，与四营派出所民警进行视频连线。隔着屏幕，起初，都红江有些茫然，当镜头拉近，看到那边的姐姐、妹妹和外甥，他“扑通”一下跪在地上，双手枕在额前哇哇大哭，随后对着镜头连连招手、边拍打着自己胸脯，使劲点头，嘴里不断发出“巴巴”的声音。

这是陈小峰“第一次见哑巴哭”。也是第一次知道，他收留了12年的哑巴，名叫都红江，河北泊头人，出生于1968年，比他大14岁。

镜头那边，都红江的亲人也哭成泪人。他们决定立即动身。穆海明开一辆车，带上3个表兄弟和小姨，从四营镇出发。都春辉算好时间，当天下午从郑州驾车出发。

这天下午，陈小峰看到，都红江在院子里走来走去，难掩激动。晚饭时，都红江比划着告诉他，自己“舍不得”陈小峰。

第二天，两人不约而同提前半小时起床了。都红江跟往常一样，清理鸡舍，给鸡喂食，又打扫了院子，围着养鸡场转了好几圈。半个月前，陈小峰养在养鸡场的狗下了崽，眼看天气一天天冷起来，都红江找出一件旧衣服，在厨房角落做了个狗窝，再把狗崽子们一只只抱进窝里。

10时30分许，在老河口警方带领下，两台河北牌照的小车驶进养鸡场。一下车，看到哥哥，头发也已泛白的妹妹哭着跑向哥哥，都红江先跪倒在地。外甥们也哭了。

陈小峰眼圈红了。

见完哥哥，都英敬转身看到陈小峰，此前，他们在视频里“见过面”。都英敬双腿跪下，拉着陈小峰的手哭着连声说“谢谢，谢谢大恩人”。外甥们跟着跪了一片。陈小峰单膝跪地，连忙扶他们起身。

外甥们手忙脚乱帮舅舅换上新衣、新鞋。都红江一早就收拾了行李——陈小峰买给他的衣服装进一个纸箱，还有过年时的一双新鞋，他只穿过一次。

11 月 16 日，湖北省老河口市薛集镇陈庙村，
都红江（右三）与家人、陈小峰（右一）、民警坐在一起。
老河口市公安局 / 供图

11 月 21 日，湖北省老河口市薛集镇陈庙村，
陈小峰在自家养鸡场给鸡喂食。
朱娟娟 / 摄

中午，都英敬提出，请陈小峰一家和周边邻居一起去镇上餐馆吃饭。陈小峰建议“整点酒”，都红江给他、给每个人敬了酒。饭后，都英敬结账时发现，陈小峰已跟老板打好招呼，把账结了。

下午两点左右，一家人准备出发。陈小峰给都红江准备了两条烟——是他刚来时，最爱抽、只抽过几次的那种“好烟”，一个新保温杯。

保温杯里泡好了他平常喝的绿茶。都红江没用过保温杯，陈小峰手把手教他，提醒“喝之前不要被烫到”。

陈小峰的父母，还有附近抱着孩子的村民、提着竹篓的妇女、穿着棉袄的老人，都来道别。人们边笑边抹眼泪，挨个跟这个一直不知道身份的人郑重握手。他们放慢语速，用老河口方言告诉都红江的家人，“得空了再回来玩”。

都红江上车了，陈小峰上前一步，从兜里掏出1000元钱，塞向他的口袋。家人推辞，小峰说“一点心意，回去买点烟抽”。

车门关了，发动机响起，都红江示意外甥等一下。他打开车门下车，跪在地上，郑重给陈小峰磕头。陈小峰赶紧扶起，拍拍他的肩，右手比划了几个动作。都红江点了点头。

7

都红江回家时，又是一个雾天。

这次又是全村震动，只不过，有一种失而复得的喜悦。

11月17日清晨，外甥们连夜开了10多个小时车后，把他带到了村口。

村民们敲锣打鼓迎接，路边两棵老树牵起红色的横幅：“欢迎都红江回家”。鞭炮噼啪作响，串串白烟融进雾色里。

亲人们抱着他搀扶在一起，痛哭不已。在家人与乡邻们包围下，他们彼此上上下下打量了一遍又一遍。

都红江没有上过学，亲人们只能在他的手势中连蒙带猜，大致知道：2008年10月4日那天雾很大，他去姑妈家路上不知怎么喝了些酒，继续赶路时酒劲儿上头，倒在路边睡了一觉。醒来后，雾还是很大，他迷了路。

他是怎样流浪了一年，出现在老河口，仍然没有人知道。

都红江走后，陈小峰有点不习惯了。十几天过后，在养鸡场里，都红江的房间里还保持原样，他没能带走的衣物洗净晾干了放在床铺上，牙缸搁在一台旧冰箱上，没喝完的半壶自酿葡萄酒立在墙角。

煮面条时，陈小峰会习惯性地多下一点，放进锅里才想起那个“哑巴”已经回去了。

每隔一两天，陈小峰会和穆海明视频连线一次。穆海明告诉他，舅舅回去后，全家先是摆流水席，请全村人吃饭庆祝；而后，全村人又挨家挨户接舅舅吃饭。舅舅有了新户口本，低保和残疾证手续也在办理中，村里还准备为舅舅维修房子。

陈小峰对记者说，他虽然很想念都红江，但从没有主动联系过穆海明，“咱不能打扰他的生活，但又盼着知道他现在过得怎样”。

为防止都红江再次走丢，家人给他买了部手机，教他只要手机震动就赶紧回家。他很聪明，学了两次就会了。这一点，陈小峰是经记者转述得知的。

得知此事后，他沉默几秒，第一句话是“他们怎么没告诉我”，像是错过了什么重大消息。他随后说，“要多教教他，以前我给他备过对讲机，他喜欢乱按。”

都红江回家后，衣服口袋里仍带着陈小峰做给他的联络牌。“仅从这点，就能知道小峰叔把我舅照料得多好。”穆海明感慨。

只有陈小峰和都红江才明白，临别时，他们所打的一个手势是什么意思。严格来说，那是个“秘密”。那天上午，亲人们还没赶到，做完手头所有能做的活儿，哑巴将养鸡场钥匙交到陈小峰手上。陈小峰示意他“放到老位置”。告别时，他右手的手势，意思是，“回去后，想这边了随时回来，自己拿钥匙开门”。

（原载于 2021 年 12 月 1 日）

「你都没见过世界，

不是这个世界渺小，是这个村子好渺小。」

合唱团在开幕式现场。李隽辉 / 摄

2022

从“鸟窝”到鸟巢，全世界在听山的孩子唱歌

文_马宇平

全场安静下来，国家体育场5万多人等着这个时刻：2022年北京冬奥会开幕式上，希腊语的《奥林匹克颂歌》响起。没有伴奏，这一次，演唱它的是44个中国孩子。

从任何一个角度衡量，全世界正在注视的都算不上是一流的合唱团：4个月前，他们中的多数人刚认识简谱。

孩子们来自太行山深处的河北省保定市阜平县，那里一直属于中国的欠发达地区，两年前刚刚消除了绝对贫困。音乐老师从5所乡村小学里挑了两遍，勉强凑成一支两声部的合唱团。

挑选这些孩子时，让孩子们唱一首会唱的歌，唱得最多的是《上学歌》《卖报歌》和《没有共产党就没有新中国》。

经过几个月的排练，这支合唱团登场了。开幕式总导演张艺谋对记者评价，他很喜欢这些孩子的表演。“我觉得这是天籁之音，它真的是传递了我们今天新时代的新面貌——人民的下一代的新面貌。”

筹备开幕式时，张艺谋突发奇想，邀请大山里的孩子，站在这样的舞台上，用希腊语演唱会歌。他的想法得到了北京冬奥组委的支持。

张艺谋说，第一次听到这些孩子的歌声时，包括他在内，大家都非常

感动，“孩子们特别的真诚，特别的淳朴”。工作人员为他们的胸前装饰了喜气洋洋的虎头，通过这些虎头虎脑的孩子提醒大家，这届冬奥会适逢中国农历虎年。

学了两三个月后，12 岁的合唱团成员李隆恩还对不上每句歌词的中文意思。她是团里最大的孩子之一，最小的只有 5 岁。她听老师说，这首歌“歌颂强健的身躯和不朽的奥林匹克精神”。至于歌词中的“溪谷和山岳”，她再熟悉不过，她在那样的地方长大，也从那样的地方出发。

李隆恩出生在一个叫“钱沟”的地方，四年级的顾站豪对“顾家沟”周围的地形和野生动物了如指掌，他以前上学要沿着土路翻过一座山。这次到北京前，“宋家沟”的李天雨最远去过同一个乡镇的马兰村。

1

梁佑麟是合唱团里为数不多的去过首都北京的孩子。他被电视上海洋馆的广告吸引，母亲带他坐了 3 个小时的大巴去了一趟北京。

对那座大约 300 公里外、举办了两届奥运会的城市，他的印象是，“没什么山，树也很少，交通很堵”。

梁佑麟就读于大岸底小学，学校在贯穿中国南北的 207 国道边，用巨大的挡板隔离噪音。路的另一侧是山。

音乐老师来选人的前一天，梁佑麟刚结束国庆节假期——骑着自行车在村道上炫技，家里的两只狗跟在后面“护卫”。父亲梁刚如今在县城里开公交车，有空时会带儿子用自制的鱼竿去河边钓鱼、捉王八，去附近的航空教育基地看飞机和大炮。

梁佑麟喜欢日本特摄电视剧《奥特曼》，长大了想去当兵，“守护和平和正义”。

他对奥运会的了解大部分来自于体育课。2008 年，北京举办夏季奥运会时，他还没有出生。他从课堂上知道，北京奥运会的奖牌叫“金镶玉”；在北京，美国游泳运动员菲尔普斯获得八枚金牌，是迄今为止在单届奥运会上拿到最多金牌的人，而黑皮肤的牙买加人博尔特刷新了男子百米赛跑的世界纪录。

另一名女同学印象深刻的是 2020 年东京奥运会，她最喜欢铅球运动员巩立姣。“她是我们河北人，我觉得她很可爱，”这名四年级女生说，巩立姣比短视频平台上那些“网红”好看。

这些孩子从形形色色的视频里获得一些对外界的直接认知。阜平县全境都是山，学校和村庄嵌在山谷里。梁佑麟的家在眼药沟村，半山腰上，靠着公路，到学校有三四公里路。

李隆恩家在另一座山的更深处。路不好走，人们沿着河谷底，踩着河里的石头出山。夏季暴雨来临前，家里要提前储备好粮食、药品和水，雨一旦下起来，谷底的积水漫到大腿，人要在山上的家里困几天。

种着玉米的小块耕地分散在山上，人们从山上的水洼引水浇地，经济作物大多选红枣，枣树抗旱，通常只需定期杀虫。但有一年，连枣树都旱死了。

钱沟村这个地方有沟，但是没有“钱”。2012 年，钱沟村人均可支配收入为人民币 900 元，不及全国农村平均水平的 1/8。

父母们都在尽力把孩子送出大山。李隆恩读一年级前，母亲张红霞带着两个孩子到镇上租了两间民房，每年租金 2000 元。她和姐姐可以就近读镇上的小学，不用走 1 小时山路了。

过去几年里，中国在减贫中实施了一项“易地扶贫搬迁”的举措，将这类住在深山里的居民迁出。一项为此实施的 5 年计划完成了 960 多万人的迁徙。李隆恩也在其中。她搬到了镇上，不需要租房了。

对于在北京冬奥会的表演，父母们所知甚少。他们几个月里只知道“有老师要来学校，然后选一下，让孩子们唱歌”。

老师选人时，梁佑麟兴奋又紧张，他先是不知道要准备什么歌曲，选定了又怕唱不好。他喜欢参加这种活动。他是这支合唱团里极少数接触过乐器的孩子。

“能选上更好，选不上，咱就当锻炼，下次还有机会。”母亲赵星宽慰他。赵星在隔壁村当信息员，月收入1500元左右。她曾经拉着儿子去离家40里路的县城报名绘画兴趣班，想让他静下心来。

但梁佑麟最终被一组架子鼓吸引。赵星尊重了儿子的意见。价格是3000元,花了她两个月工资。每周六,她带儿子去上课,每学期学费800元。

姥爷“赞助”了一台手拎音响，本来是放在农用三轮车上听歌用的，后来摆在架子鼓旁，供梁佑麟练习时放伴奏用。有一次，学校举行儿童节演出，梁佑麟想去表演架子鼓，他去敲了校长办公室的门，争取到了表演机会，架子鼓坐着农用三轮车去了学校。

这一次，梁佑麟和来自阜平县城南庄镇石猴小学、井沟小学、马兰小学和八一学校的70余名学生，进入了合唱团初选名单。他所在的大岸底小学有7名学生入选，占了全校学生的近十分之一。

2

《奥林匹克颂歌》源自一首古希腊乐曲，由诗人塞马拉斯作曲。1896年，雅典举行的第一届现代奥运会，首次使用了这支乐曲。后来，根据国际奥委会的决定，1960年以来的每届奥运会开幕式，都会演唱这首庄严的奥林匹克会歌。

2018年平昌冬奥会和2020年东京奥运会，这首歌曲的表演者都是著名歌唱家。北京打算让奥林匹克会旗在这些山野孩子的歌声中升起，是一个挑战。

“阜平要举全县之力，首先就是抽调老师过来。”县城里“最高学府”阜平中学的音乐教师苏志艳和另一名同事是第一批到达镇上的“外援”。

八一学校音乐教师高玥在网上找到了这首歌曲的五线谱，“翻译”成第一版简谱。随后，在当地支教的北京市崇文小学原特级音乐教师付宝环把简谱进行了“难度系数调整”，从四个声部改为两个声部，结尾处变成三声部。

拿到谱子时，苏志艳觉得太难了。歌曲有三个篇章，比孩子们平日接触的要长，最难的是，整首歌经常升半个调再降半个调，“曲里拐弯的”。

“即便是经过多年音乐专业训练的人，组成一个比较成型的合唱团，也需要一段时间磨合和排练。”苏志艳说。

但当地的音乐教育并不完备。2016年，退休教师付宝环从北京到阜平支教。她原以为自己是负责培训音乐教师的，到了才发现，她是唯一的音乐教师。

两所小学共享了一架电子琴，付宝环通常在一所学校上完课，就得抱着琴坐车去另一所学校。她每月能保证给每个年级上一堂40分钟的音乐课。时间有限，没法从最基础的乐理知识教起。只能快速地完成一首歌曲的教学，让学生“感受到其中的快乐”。

苏志艳要做的第一件事就是选人，在初选出来的学生里选出更适合合唱的。她做过小学、初中和高中音乐老师，“孩子一上眼前就知道他（唱得）行还是不行”。

她记得，第一个走上跟前的孩子，见到老师开始犯怵，没发出声来。第二个也是这样。

苏志艳决定换一种方式，5个孩子一组，一组一组地唱他们熟悉的歌。

“好，声音有了，但调跑得找不着家了。”苏志艳听完两组就停了面试，建议先上课。哪个更适合合唱，哪个更有潜力，她上一周课之后会知道。

接下来的一周，孩子们做呼气吐气的呼吸练习，学发声，从唱“do re mi fa”开始练音准。

“他们很渴望音乐，这是最重要的。他会很努力地跟着你学，一遍遍地尝试。”苏志艳说。

音乐老师们后来惊奇地发现，那些“让学音乐专业的人都提心吊胆的”变调处，孩子们几乎不出错。他们靠耳朵和记忆力，记下了整首歌曲的正确曲调。

合唱队员集中在八一学校学习，单独编班，除了每天5个小时的声乐练习，他们的文化课一节也没有落下。团里的二年级学生只有4个，但这不妨碍他们拥有独立的小教室和课程表。

高玥是音乐老师也是生活老师，她和孩子们一起住在电教室、机房改造而成的宿舍。刚开始，天刚黑，就有孩子会哭，想家了。情绪会传染，其他孩子开始跟着哭。一个二年级孩子哭起来，说“想语文老师”，至于语文老师姓什么她不记得。父母离异，她和妈妈待的时间不长。

其中一个孩子，唱歌唱到一半跑出教室，跟老师说“头痒”。她头上生了头虱。她告诉老师，爸爸在北京打工，妈妈已经给自己用过除虱药了。老师谨慎地一遍遍帮她用篦子清理，以防止头虱在团里制造更大麻烦。

入团后，梁佑麟表现得比较平静，但一到周四就自称头疼，需要父母接回家。后来，母亲发现那是他因为想家使出的伎俩。

“如果你很想去唱歌的话，就要坚持，”母亲告诉他，“这点苦都吃不了，那就别去了。”打那后，梁佑麟每周六天的训练从未缺席。

他想去北京，读高中的哥哥梁佑麒反复叮嘱他，机会很好，要好好训练，不要被刷下来。梁佑麒还希望弟弟能通过这次演出，“意识到学习英语的重要性”。

“‘麒麟’，就是寄托望子成龙的心情吧。”梁佑麟的爸爸解释两个儿子名字的意义。

3

2021 年 10 月中旬，这所乡镇小学里出现了真正的希腊语。北京外国语大学欧洲语言文化学院教师秦烨臻和助教林嘉濠到达阜平，教孩子们希腊语。

保定学院音乐舞蹈学院院长张红玉也带着教学团队到了学校，团队分两拨，分别负责上下半周的训练。

来不及从 24 个希腊语字母开始教，秦烨臻和助教决定用孩子们最容易接受的方法，用拉丁字母反拼希腊语字母，那看上去像汉语拼音的变形。

为了让孩子们提起学语言的兴趣，也更习惯希腊语的咬舌音与咬唇音，教学楼里的移动黑板上多了一些常用的希腊问候语，比如“早上好”“谢谢”“晚安”。

5年级的王锦洋记得，学校发的歌片上有简谱和拼写的希腊语发音，被他翻烂了。他睡觉前都在用希腊语默背整首歌。刚学歌的时候，他唱得不好，放假回家时，他用关键词“奥林匹克颂”或“奥林匹克会歌”在网上检索，搜到过雅典、北京和东京奥运会上的视频。其他的队员也是这么做的。

从那时起，他们猜测，合唱团的排练可能和奥运会有关。

但老师们从来不提奥运会的事儿。他们对记者解释，一是怕给孩子们压力，二是出于保密需要。

一名训练时没跟上进度的孩子担心被刷下来，她哭着跟父亲讲，“不就是去张家口吗，到时候你带我去，他们在台上唱，我在台下唱。”

被老师表扬的时候，王锦洋会想象自己在奥运会的舞台上演唱。“我肯定会去北京的”，他认为。

不过，与运动员通过竞争取得奥运会资格类似，合唱团的孩子在接下来的几个月里会经历一个淘汰的过程，会有一部分人不能上场。半个月后，人员就减到了50个。

孩子们问过这个问题：为什么有淘汰？

北京冬奥组委一位工作人员试着这样解释：“你们了解奥运会了，知不知道很多运动员是作为替补的？”

11岁的顾站豪举手抢答过这个问题：“我知道，我就觉得我们是替补队员。”他还解释说，曾有一次集体活动，在他前面的11个小朋友生了病，于是他和其他人就补上了。

顾站豪的偶像是短道速滑运动员武大靖。武大靖比赛的视频他看过很多次，解说词都快背下来了。播到冲刺那圈，他站在家里的沙发旁，边看边模仿。

关于奥运，八一学校体育教师李楠在课上讲过，“不是每一名运动员都会成为奥运冠军，但每一位为目标努力的人都值得尊重”。她希望学生们能体会《奥林匹克宪章》中，现代奥林匹克之父顾拜旦提出的奥运精神——“相互了解、友谊、团结和公平竞争的精神”。

而在合唱团里，苏志艳告诉孩子们："合唱里只有我们，没有我。"

在一个早晨，五年级的徐鸿涛不得不回到原来的班级——他被合唱团淘汰了。他瞥见和自己一起回来的女生脸上挂着眼泪。不过，他强调自己"有点难过，但没有哭"。

那天，对他来说，一次合唱的"奥林匹克"结束了，但另一场"奥林匹克"即将开幕：当天下午，他参加了陆地冰壶社团的活动，那关系到一场校际比赛的选拔。

4

从陆地冰壶这样的运动中，这些孩子已经见识过奥林匹克的威力。2015年，北京携手张家口市，获得了2022年冬奥会的举办权。自那以后，这些河北孩子接触的冰雪运动多了起来。农村小学没有条件建冰场，但开了轮滑课和陆地冰壶课，举办了"冰雪运动会"。

李楠专门做了课件，给学生们讲奥运会。她发现，一到播放比赛录像的时候，班里立刻变得安静。

关于冬奥会的内容，李隆恩记在了笔记本的扉页，比如中国选手王濛10次打破世界纪录，杨扬有59个世界冠军头衔，武大靖是平昌冬奥会冠军。

过去，李隆恩这样的孩子当然也滑过冰。冬天等着雪下厚了，化了，又冻了，结成一个冰瀑布，孩子们穿着肥棉裤从冰上溜下来。那是他们的冰雪运动。

2020年，在阜平县八一学校，河北省宣布向农村小学发放10万双轮滑鞋，每所学校按最大班容量配给。

穿着这双"战靴"，顾站豪参加了2021年阜平县青少年轮滑大赛。比赛场地是塑胶跑道，他觉得"不如在水泥地上滑得快，鞋都被卡住了"。

那次，李楠带了13名孩子去比赛，拿到名次的只有两三个人。学生们输了比赛，躲在她身后掉眼泪。她给大家讲奥运冠军张继科、刘翔、林丹的故事，希望这些人"对伤病、对比赛的态度，和他们展现出来的奥林

合唱团成员在做发声练习。马宇平 / 摄

合唱团员在休息日回到村里，躺在蘑菇大棚的保温被上休息。马宇平 / 摄

匹克精神”能够产生作用。

陆地冰壶是奥运冰壶项目的普及版。2019 年，李楠带着“进场前没摸过陆地冰壶”的学生们参加县里第一届陆地冰壶比赛，拿了第一名。学生们只在赛前热身时“一人试了两个壶”，李楠根据从体育教师培训会上带回来的资料，又在网上找些比赛视频，给学生讲比赛规则和动作。

第二年，这所学校购置了一套陆地冰壶器材，训练场地设在学校食堂。天气足够冷的时候，学校还用土办法建造“雪跑道”——老师和家长们把雪收集起来，用车拉到学校的操场上。再租来一台造雪机，保证雪道的厚度。学生们可以穿着轮滑鞋在上面运动。

冰壶比赛的“冰赛道”相对容易，校长们的经验是，在陆地冰壶的赛道上铺上一层塑料薄膜，赛道四周立上挡板，然后向中间洒水。水冻成冰后，再继续浇水……直到赛道能够举行冰壶比赛。

因为合唱，顾站豪和 4 名队员缺席了 2021 年冬天的轮滑比赛。李楠安慰他们，“轮滑比赛经常有，去唱歌这件事几十年都不一定有一次。”

李楠没有对学生讲的是，她和朋友也曾去申请做冬奥志愿者，但落选了。她“很想和冬奥会这件事有关系”，很羡慕自己的学生。“如果有机会去参与，哪怕去当一个小小的志愿者，当一个简单的服务人员，都会觉得非常自豪。”

5

其实，第一个接到“北京冬奥组委”电话的阜平县城夏学区校长刘凯，最先知道演出场地是在“鸟巢”。不过他并没有告诉学生们。

鸟巢是 2008 年北京奥运会的主会场，合唱团的孩子只在网上见过它。

刘凯记得，2021 年 9 月中旬，他接到一个陌生来电，对方自称“北京冬奥组委”，想去学校看“马兰小乐队”演出。他怕是骗子，没答应，告诉对方，“请发函联系教育局”。

马兰小乐队在阜平小有名气，成员来自铁贯山旁的马兰小学。这所小学只有 90 余名学生，4 年前才有了一名正式的音乐教师。

小乐队已经成立了近 16 年。78 岁的邓小岚是创立者和唯一的指导教师，从北京退休后，她来教马兰村的孩子们唱歌。这里是她的作家父亲邓拓工作过的地方。邓拓用过的笔名“马南邨”，就是“马兰村”的谐音。

邓小岚到村里回访时，发现“这里的孩子什么歌都不会唱”，心里很不是滋味，决定来教他们。

她从亲戚朋友手中“搜刮”闲置的乐器，小提琴、手风琴、竖笛、小号，搜罗来一件就往马兰村背一件。刚开始的几年，村里还是土路，铁路也不发达，她早晨 7 点从北京的家里出发，傍晚才能到达。

22 岁的孙志雪曾是小乐队里的竖笛手。她记得，在那个雨天会漏雨、课桌后面堆着木柴的教室里，自己第一次按响琴键。如今，她已经从北方民族大学音乐学专业毕业，毕业论文是研究莫扎特《G 大调第一长笛协奏曲》的演奏技巧。

小乐队练的有中外民歌《雪绒花》《山楂树》《送别》等，也有波切里尼的《小步舞曲》。邓小岚按美国民谣《乡村路带我回家》的曲子填词了一首马兰村版的《回家》，她希望孩子们长大离开家乡后，或许能想起这首歌，少一点漂泊感。

乐队招收队员不设门槛。只要想学音乐，都能来。但乐队规模总那么“小”：老队员升学走了，新队员补进来。早些年，孩子们站在自家的猪圈旁练习过小提琴，也在芦苇茂盛的河谷里举办过音乐节。

邓小岚想办法给孩子创造机会，带他们外出表演。2008 年北京奥运会后，她带着马兰小乐队成员参观过鸟巢。

24 岁的刘爱玲是那年参观过鸟巢的孩子之一，如今在读大学。她对记者回忆，那是她第一次坐火车，第一次知道“地铁是在地下走”。见到鸟巢时，她的观感是“和我们村树上的鸟窝可真像啊”。

现在，又一批孩子要去鸟巢了，这一次是去登台。

随着排练的深入，入选者们也逐渐猜出了那个秘而不宣的表演场合：奥运会。

6

很多细节都在告诉这些孩子，他们的演出是重要的。随着冬奥会临近，中央音乐学院的教师来了，长年在国家大剧院演出的手风琴演奏家也来了。

合唱团成员杨子蕊的姐姐杨子璇是高中生，她很羡慕妹妹的机遇，连着问过好几遍，“真的是冬奥会吗？”

杨子璇小时候学过声乐、架子鼓，在镇上、县里、市里、省会都演出过。她的独唱保留曲目是台湾励志歌曲《酒干倘卖无》。有时她会跟着老师去商家庆典现场表演，舞台是皮卡车的后斗。车开到一地，铺上红毯，搭好台阶。

她嘱咐妹妹，登台的时候，要把嘴唇涂红一点，这样自己在电视机前好认出她。她还抓紧给妹妹介绍冬奥会的中国运动员，万一在现场能见到他们。

“因为要保密”，杨子璇没跟自己的同学说妹妹要去冬奥会。她想着，等冬奥会开幕了，她要告诉所有人。

11 岁的杨子蕊在县里学过舞蹈，已经考过 8 级，还坚持上演讲与口才课程。她在合唱时的表情总被老师夸奖。最近一次期中考试，她考了年级第二名，“合唱没有影响学习”。

她的母亲读过大专，如今在井沟小学对面开了家小超市。这位母亲说，希望孩子们好好学习，多见世面，将来像舅舅一样，考上名牌大学，读研究生。

去北京前，李隆恩跟着母亲赵红霞回山沟里的“老家”放松了一天。她捣碎了一袋饼干做鱼食，爬树、捞鱼、放羊都是她擅长的事。

“家”的原址已经复垦为耕地。两年前，他们在镇上分了一套四室一厅的精装修房子，有 125 平方米。农具没舍得扔，存在了山顶一间未拆迁的房子里。

赵红霞在北京待过几年。1999 年，她还没结婚，到北京打工，每个月赚三四百元。她用赚来的钱报了西式糕点培训班。按照计划，学成后她会留在北京，成为高级饭店或者面包房的西点师。

但没学几天，她就被亲戚喊回家，嫁进了大山里，成了3个孩子的妈妈。

她做面食的手艺没有丢。孩子上学后，她考取了驾照，开着皮卡车追着集市跑。从网上找货源，批发箱包，卖“整个城南庄镇找不出第二家”的款式。箱包摊旁，她做的烧饼供不应求，一天最多能卖200个烧饼，用掉20斤面粉，每个烧饼赚2角钱。新冠肺炎疫情紧张时，集市临时关闭，她就到山上打零工，给树苗刷白剂以帮助它们过冬。

搬出大山，她和丈夫有新的事要愁，家里喝的水、吃的菜、做饭用的煤气都要花钱。他们和其他孩子的父母一样，能从事的工作雷同。父亲们开挖掘机或在工地打零工，母亲们在政府提供的扶贫岗位做保洁，或者在家门口的“扶贫车间”做简单的手工活儿。一名合唱队员的母亲，工作是缝围裙的口袋，每做一件挣5分钱。

赵红霞觉得自己这一辈子都在为别人活。女儿要去北京唱歌，她高兴，更多的是感到轻松。孩子全权交给学校，行李箱、衣服、鞋子，连喝水的水杯都由学校提供，家里不出一分钱。她也能腾出时间多做点活儿。她不想限制女儿，“有多大力，尽多大力支持”。

带孩子们到北京演出前，高玥向北京来的老师逐一请教，该为孩子们准备哪些物品。她26岁，读大学时去过北京，没去过鸟巢。

对于这次表演，她的期待不算太高：“首先希望他们能唱准。然后上台之后，稍微勇敢一点。”

进京前的一个周日，李天雨回到宋家沟，在好朋友祝梓轩家写完了作业。他们后来爬到山上，从那里俯瞰，村庄尽收眼底。“感觉这个世界好渺小啊。”李天雨感慨。

祝梓轩捏着石子在地上划着，对他说：“你都没见过世界，不是这个世界渺小，是这个村子好渺小。”

在这些山里孩子的奥林匹克选拔中，祝梓轩落选了。他在作文本上给李天雨写过一封信。“到时候你可要把去表演的故事给我讲讲，人多不多，舞台大不大？”

（原载于2022年2月4日）

「我们开大车的这帮人太有血性了。」

高旗在路上遇到的免费物资和老乡留下的纸条。受访者 / 供图

富士康返乡者的归途

文_李强 焦晶娴

卡车司机王桂政在高速公路上停车，
拉上四位返乡者。受访者／供图

看见一些人拎着行李往高速公路入口走时，山东卡车司机王桂政非常诧异。

“河南高速上可以走人？”他一时没弄明白。开卡车4年，他第一次遇见这种情况，打电话询问朋友，才知道这是一群离开郑州富士康的人，打算徒步回家。

这天是2022年10月30日，他前一天刚从青岛运来一车生活和防疫物资，到郑州航空港经济综合实验区（以下简称“航空港区”）。30日早上，他本该去港区的一个物流园装货，但临时接到通知说那里出现疫情，他又订了许昌的货，装车时间是31日凌晨4点。于是，他打算沿着京广澳高速公路一路向南去许昌，如果碰上顺路的返乡者，就捎上。

“咱这车一脚油门出去好几公里，比他们这样走省劲。”王桂政心想。就这样，他的“鲁”牌卡车，驶上了河南的高速公路。

很多人走了

同一天，23 岁的富士康打工者高旗，和他的工友一起选择了返乡。

离开之前，高旗在位于航空港区张庄镇的出租屋里经历了为期 7 天的居家隔离。富士康航空港厂区是富士康在郑州的三大厂区之一，也是这次出现返乡人群的厂区，这里有 20 余万富士康员工，有人住在员工宿舍，有人在附近租房住。目前没有官方统计数字表明有多少员工离开。

高旗是一名派遣工，刚来富士康航空港厂区三个多月，在负责品质保障的部门上班，每个月工资 3000 多元。干足三个月时，他拿到了一笔 7900 元的“返费”（劳务派遣公司在员工做到约定工期后，额外支付的奖金——记者注）。在继续干的第 4 个月，遇上了这场疫情。

富士康某部门办公室的一位工作人员告诉记者，今年 4 月出现疫情的时候，厂区还能对部分楼封闭管理，食堂也能一人一桌，“现在正是生产旺季，刚招完一批人，人太多了。”

10 月 31 日，富士康相关负责人接受《河南日报》采访时表示，富士康航空港区在 10 月 13 日启动了闭环管理，10 月 17 日开始错峰就餐、错峰上班，10 月 19 日餐厅停止堂食，免费为员工提供一日三餐。

高旗记得，他在 10 月 21 日被告知同栋楼有租客感染，要在出租屋隔离。同一天，富士康开始施行“核酸 + 抗原”一天两检。此后的 7 天，每天会有人来进行核酸检测，他跟妻子主要靠方便面、馒头、“老干妈”过日子。

厂区里不断有人确诊被拉走隔离。有 7 年工龄的富士康员工张宇发现，起初，10 月 13 日左右，有车间出现确诊病例后，整个车间 2000 多人会作为密接被接走隔离，但到 17 日前后，车间出现确诊病例后，仅确诊者本人被隔离，对密接人员进行快速筛查，检测结果为阴性的，继续上班。

他还发现，由于一些楼栋封控人数增多，不少楼道里堆积了大量餐饮垃圾，无法及时清理，一些物资被放在宿舍指定位置后，无人分发。恐慌开始跟随着那些消息的扩散蔓延开来。

网络上也开始流传“（富士康）郑州园区约两万人确诊”的消息。10

月 26 日，富士康科技集团发布声明表示，该消息为严重不实信息。而据 10 月 30 日晚间，“郑州发布”的消息，本轮疫情传播速度快，但病毒载量低。“截至目前，富士康厂区未发生重症感染现象，疫情总体可控。”

不少接受采访的富士康打工者称，他们被流言所困，难免有些害怕。

张宇告诉记者，10 月 27 号上午，他得知同宿舍的 8 人里有 2 人核酸混管采样结果为阳性，抗原快筛结果也为阳。第二天，他做了抗原检测，结果为阴性，就继续去车间上班了。

“如果请假，不仅没有饭领，旺季津贴也会受到影响。”张宇说，每年 7 月至 10 月公司会发放旺季津贴，车间会有额定产量。他也想过离郑返乡，但如果无故旷工，他这个月 9500 元的旺季津贴就拿不到手了。他在老家洛阳买了一套房子，想用这笔钱来装修。

10 月 29 日晚上，他被送往航空港区的隔离酒店，张宇说，那天晚上是他多天来“第一次睡上安稳觉”。也是在那一天，他从同事发的视频里看到，有员工开始离开富士康。

在富士康，有不少派遣工，为“返费”而来，一些人因为尚未干到约定工期，还没拿到“返费”，并未选择返乡，但也有一些人，没拿到“返费”就走了。

沿着高速公路返乡

刚刚解除居家隔离的高旗，从房东那里得到的消息是，“最低要封两个月”。房东劝他走，他的领导也劝他走。他与妻子商量后决定，像一些人那样，顺着高速公路徒步返乡。

流言疯传之后，不少人担心如果不走，第二天就走不了了。一位开车返乡的富士康员工告诉记者，“我一开始没有很想走，能干一天是一天。富士康每个月 7 号就发工资，不会推迟一天。”最后，她还是决定与两位老乡一起沿着省道回家。

30 日上午，高旗与妻子轻装上路了，二人的核酸检测结果一直是阴性，出发前还向100公里以外的老家登封进行了报备。他们穿着秋装，戴着上班时留存下的N95口罩，背包里装着一条秋裤、三包方便面、三根火腿肠、一大瓶矿泉水，还有充电宝和手电筒。

“路上断断续续一直都有人。”高旗告诉中青报·中青网记者，在航空港区的路上，随处可见带着行李的富士康打工者。

他们有两辆汽车，但由于没有离郑证明，车没办法上高速，他们将车停在港区边界一处返乡人群集散点附近，再步行回登封。

集散点在京广澳高速公路大桥下，打算徒步回家的人们在此寻找同乡，结伴而行。他也开始寻找徒步回登封的人。他记得，一位来自周口的大姐四处询问老乡，能否一起走，“最起码是个老乡，走路有个伴儿”，也有人到达返乡集散点时，却检测出“抗原阳性”，告诉他人不要靠近。

那时，郑州周边不少县市——禹州、长葛、西华、伊川、襄城等地的新冠肺炎疫情防控指挥部都发布了《致郑州富士康工作人员的一封信》。信上表示，“家乡人民时刻牵挂着你们，做好了迎接你们回家的准备”，但返乡前需要报备。不少县市为步行返乡的人设立接站点，甚至派车前往郑州接人，再回老家隔离。

临近中午，高旗一行六七人沿着“步行模式”导航的路线出发了。起初，他们兴致很高，也很有劲头，主动选择避开人群，少给沿途的村庄添麻烦。但他们很快发现，最初的五公里路，走错了，那段儿路是往南的，去往南阳方向，而登封在航空港区的西边。

也正是在那段路上，高旗遇到了许多徒步返回南阳的。南阳市距离港区超过200公里，即便是不吃不喝，徒步也需要两天两夜才能抵达。他们也遇到了在乡道上巡逻的人，拦下他们，并告知，担心影响村里人的安全，这里不让过，“但给我们准备了吃的喝的”。

他们的队伍不得不回到返乡集散点，重新出发。这次决定按“驾车模式”导航，沿着京广澳高速一路向南，再转向商登高速一路向西，尽可能少与人群接触。“导航显示驾车40分钟就到了，但是步行不知道要多久。”高旗说。

在返乡集散点重新出发时，他们这支徒步队伍扩大到十余人。他们就这样贴着高速护栏，在应急车道上，朝家的方向一步一步走着。

卡车司机王桂政一驶上京广澳高速公路，就看到四位在高速上徒步返乡的大姐。他起初还不太敢靠边停车，这在高速上是危险的，但看到一辆半挂式卡车停下，把几位徒步返乡者接到车厢里时，他也决定这么做。

这辆“鲁”牌的卡车停在了那 4 位大姐的前方，王桂政招呼她们，“我这个车就两个座，拉不了你们。你们要不嫌弃，去厢里边儿也可以。”四位大姐一个劲儿地表示感谢，有三人要去许昌，有一人要去临颍，恰好顺路。王桂政最后还是决定，让她们把行李放在车厢，人在驾驶室后排的上下铺挤一挤，还拿出自备的云南白药让她们用。

一路上，越来越多的徒步返乡队伍出现在王桂政的视野里，然后被他的卡车甩在身后。他告诉中青报·中青网记者，有些队伍前后有警车一路护送，路上还有许多 120 救护车一辆接一辆地跑。

王桂政还注意到，有一些卡车在高速公路上停车，招呼路边的返乡者上车，有些车厢是敞篷的，有些是密闭的，车牌有黑龙江的，辽宁的，安徽的，陕西的，山西的，“我们开大车的这帮人太有血性了。”

将 4 位大姐送到临颍县和许昌市的集中隔离点后，已将近下午 4 点钟，王桂政还记得，那时她们脸上的笑容，跟他在高速公路上停车时看到的笑容一模一样。

35 岁的王桂政决定再回一趟航空港区，继续拉人。他算了算时间，下一批货的装货时间是 12 个小时后，路线也熟悉了，他还有足够的时间再送一趟返乡者。

这一次，他在京广澳高速上一路走一路停，停了七八次，接了二十多人。送完第二拨人，天已经快要黑了，他又回到航空港区，继续拉人。他这一趟把目的地定在漯河，遇到人就摇下车窗，招呼路边拎着行李的人，“我到漯河，顺路就上车”。

“不管顺路不顺路，他们都上来了。”王桂政说。

乡间补给点与高速顺风车

高旗一行在从京广澳高速转向商登高速时，散成了两拨人。

一拨人有些走不动了，决定在路边的草丛歇歇脚，高旗与妻子跟另一拨人继续前行。

他们遇到很多同样从富士康出来的年轻人，有的困了就躺在高速公路护栏外睡上一觉。

他们也遇到很多司机停下车不多说话，“硬塞吃的喝的”，有的人会透过车窗把面包撒到路边，而在高速公路上，隔一段儿路就会出现可以免费领取食物和水的“补给点”。

一家开在开封市尉氏县大马乡李家村的购物中心，就在门口的乡道上放置了一个货架，摆上面包、矿泉水、热水和卫生巾，向富士康返乡者免费提供，还牵出电线和插座，供返乡者给手机充电。

购物中心老板娘梁小素告诉中青报·中青网记者，过去的 4 天，她眼睁睁地看着那些年轻人从 20 多公里外的富士康徒步经过，有的家就在附近乡镇上，有的只是路过，目的地是许昌、鄢陵。那些返乡者也都戴着口罩，不多停留，不多说话，不多添麻烦。

梁小素在购物中心前的路边摆放的免费物资。受访者 / 供图

她三年前从富士康离职，跟丈夫在李家村开了这家购物中心。过去的几天，她没算过从购物中心搬了多少物资免费发放，还有一些附近工厂的老板前来购买牛奶、方便面、纸巾、面包等，送去不远处的国道上，那里有更多返乡者经过。

10 月 30 日这天中午，梁小素看见一位 40 多岁的中年妇女走到这里，狼吞虎咽一口气吃了 5 根香蕉，她的眼泪当时就流出来了。她还留意过一个脚被磨起泡的女孩儿，接到电话说，会有车来接她，她便在补给点充电，一二十分钟后，电话里的人告知她，不来接了，“当时她就哭了”。

梁小素也看到一位当地的好心人，穿着防护服，开着车，在门前的公路上一趟又一趟地接送返乡者。

白天，徒步返乡的高旗一直没有拦车，或搭顺风车的念头。他们走累了就休息，休息一阵就继续走。就这样一路走一路歇，从白天走到夜晚，大家体力越来越差，行进的速度也越来越慢，但还在咬牙坚持。

“今天我才知道，步行走 10 公里很不容易。”高旗说，等到晚上，一行人慢慢都吃不消了，也意识到夜里在高速上徒步风险很大。天黑之后他们开始拦车，一路走一路拦，不知道招过多少次手，但愿意停下来的车并不多。

晚上九点多，一辆小货车在他们招手后停了下来，司机穿着一身防护服，让他们挤进了车厢，他们仿佛抓到了救命稻草一般上车了。高旗从那位司机处得知，这是一辆往登封市送中药的车。

20 多分钟后，车子将高旗等人送到了距离登封市唐庄收费站不远处的高速公路边。他们连声道谢，并表示想留下司机的联系方式，被婉拒了。

这天夜里，王桂政送最后一拨返乡者到漯河市再返回时，已是晚上九点半。

这一路，上了高速后，王桂政没敢停车。天黑之后，高速上停车的风险比白天大得多，“车上不只是我自己，车厢里还有人，害怕他们受伤”。但去往漯河的路上，他仍然看到有徒步返乡的人。

王桂政将车开到漯河市一处高速出口，停车“卸下”车厢里的所有人。

郑州富士康港区枣园公寓部分员工被转运。受访者 / 供图

返乡者抵达登封市唐庄收费站后，被接上转运大巴。受访者 / 供图

“他们大部分都到漯河。”王桂政说，但还有更远的，最远的返乡者是到南阳市的。但他不能再往南去了，他第二天凌晨 4 点还要去装新一批的货，送往杭州，“我也是上有老下有小”，而且再往南的路，他也不熟悉了。

在那个高速出口附近，王桂政注意到，当他从车厢里“卸人”时，当地的交警和路政都看到了，“也没拦，也没过来说我。”他说，自己知道人货混装是不合法的，从考驾照那天开始就知道，但还是有很多卡车司机冒着被感染、被开罚单、被扣驾驶证分数的风险，送返乡者一程。

他与那些返乡者分别时，有人希望留下他的联系方式，有人想给他塞车费，都被他拒绝了。“我就这么大能力，能帮一点儿是一点儿。”王桂政说，“只能帮到这里，也别嫌弃。把我自己家扔了，纯粹在这儿帮忙，我肯定也做不到。”

10 月 31 日，富士康相关负责人接受媒体采访时表示，针对部分有返乡意愿的员工，公司已联合政府统一组织人员和车辆，在严格落实疫情防控规定前提下，帮助返乡员工做好个人防护，安排核酸检测，确保员工点对点有序返乡。

当天，郑州航空港区疫情防控指挥部发布消息称，已要求富士康落实“四方责任”，有序恢复生产生活秩序。同时，富士康园区正在陆续恢复员工餐厅堂食。

这天早上，王桂政又开着他的卡车上路了，路上他遇到徒步返乡的富士康工人，还是像前一天一样，停车招呼，顺路捎上。

高旗跟妻子到登封后住进了隔离点，隔离点的早餐里有木耳炒黄瓜、玉米、小米粥、炒笋瓜，还有鸡蛋，午餐里有红烧肉、青菜和豆腐。他们在免费隔离点安心地睡了一觉。

（应受访者要求，文中高旗、张宇为化名）

（原载于 2022 年 11 月 1 日）

「希望大家远离网络暴力，

为网络暴力能得到彻底终止而呼吁。

愿逝者安息，天堂没有网暴；

生者坚强，人间自有真情。」

图为郑灵华。

（经家属同意，此照片仅在中国青年报使用）

2023

纪念那位粉红色头发的女孩

文 _ 耿学清

在郑灵华手写的遗书中，她留下了一幅铅笔画：一个哭泣的小孩席地而坐，从脖颈到肚脐的胸前，四根明显加粗的线条矗立，扎成一道“牢门”，里面站着一个哭泣的小孩，扶着“栏杆”向外张望。

这可能是郑灵华生前最后的心理投射。2023 年 1 月 23 日，兔年大年初二，郑灵华自我结束生命，卒年 23 岁。

她在遗书中说，“内心创伤，由于吃药已经记不太清了”。生前，她吃大量抗抑郁的药。在她“尽力罗列”的原因里，第一条就是“网暴”。

郑灵华是网络暴力的受害者——直接原因是她“染了粉红色头发”。

2022 年 7 月 13 日，郑灵华收到华东师范大学研究生录取通知书，她赶到医院把这个好消息告诉躺在病床上的爷爷。当她把祖孙俩的合影发在小红书平台后不久，意想不到的事发生了——照片陆续被抖音平台的多个营销号、百家号平台上的一个认证博主盗用，随之在网络上扩散，因为她师范院校学生的身份，有网友针对她的粉红色的头发提出批评和谩骂。

尽管她在数天后向来自网络的恶意“妥协”——将头发染回黑色，但是网络暴力依然给她造成心理创伤，她发来的一份医疗诊断显示抑郁状态。

作为记者，我曾经报道过郑灵华遭遇网络暴力以及维权的经历。最初联系到她时，郑灵华不仅对营销号、自媒体充满敌意，并且对机构媒体也有些畏惧——她告诉我，一家媒体未经过她同意发布的报道使事件恶化发展。

在这次采访过程中，我很谨慎，一个受过网络暴力伤害的女孩，重新对媒体、对记者敞开自我时，我必须要保护并对得起这份信任。

整个采访有些琐碎，郑灵华一直把记忆追溯到童年，还讲了一直隐藏于她内心的许多事。在寻找报道配图时，她开心地挑选了多张粉色头发、黑色头发的照片，大多数是在图书馆、自习室学习的场景。

报道刊发后，她在朋友圈转发了这篇稿子。她在律师的帮助下发出了律师函，并打算起诉那些网暴者。我和郑灵华、公益代理律师金晓航一起建了个 3 人微信群，以对维权进展保持沟通，群名叫作“反击网暴”。她告诉我，她很高兴又可以重新把注意力集中在学习上。

报道结束后，我与郑灵华成为好友。她经常向我征求一些在校期间和生活中的建议，例如加入社团、朋友间的琐事等。这几天，当她离世的消息在网络上流出，许多看过此前我那篇报道的朋友和媒体同行发来消息、致电，核实真假或是希望获得家属及知情人的联系方式跟进，也有人劝我写一点什么。

对于这些，我和金晓航都不约而同地拒绝了。当我提到郑灵华不希望媒体再介入的遗嘱时，很多机构媒体都表示理解。郑灵华出事后，金晓航协助家属处理了许多事，但对郑灵华的死，近一个月来，他一直对外守口如瓶。

郑灵华在遗书中明确提出不再希望过多地占用公共资源。但是，郑灵华去世的消息还是经报道后，在网络空间“炸开了”。她的亲友也不断接到来自陌生人和媒体的电话、信息，不堪其扰。

对郑灵华的离世，很多人在网上表达同情、激愤、不平，但是又难以找到应该受到批判、为她的不幸负责的主体。

这也是我在采访中多次听过郑灵华表达的——遭遇网络暴力后，她不知道为何有那么多污言秽语涌向她和爷爷的照片，像暗地里砸来的石块。

她更不知道背后的那些手为何要将这些石块掷过来。

最终，郑灵华被这些乱石压垮了。

在采访中，我听她聊过自己的家庭、求学、情感的点点滴滴，以及对未来的美好畅想。

郑灵华由爸爸、爷爷和奶奶抚养长大。她表示，在她成长的路上，爷爷是她最坚强的依靠。

她喜欢音乐，也非常刻苦，获得过许多专业上的荣誉和奖励。去年，她从浙江师范大学保送至华东师范大学读研。她希望在研究生毕业后，成为一名小学音乐教师——她热爱音乐，喜爱和小朋友在一起。

她经常打工、兼职赚取一点家用，也用来交纳假期外语课和舞蹈课的学费。她在接受采访时抱怨，一所学校请她给学生培训合唱比赛，迟迟不肯结算本已压得很低的劳务费。

在她微信朋友圈、微博发布的照片和唱歌的视频里，她总是灿烂地笑着、愉快地唱着。她与徒步中互相指路的陌生人成为好友，也与和她在网络上理论过的网友成为朋友。

她以为，任何人都能用“讲理”明白事理、理解真相。她跑到许多盗用她个人信息的账号底下留言、发送私信，希望对方删除盗用的照片、向她去世的爷爷道歉。但有些时候，对方并不理会，或是变本加厉。

我曾不止一次劝她不要一个个面对那些逞一时口舌之快的“网络流氓”，把维权事宜交给律师。她尝试过，但当打开不同的社交账号时，看到涌来的网络侮辱，还是难以忍受，特别是提到她爷爷的内容——网络暴力并未因她主动维权、向平台投诉、亮明律师函、通过媒体呼吁、提起诉讼而终止，有些施暴者反而变本加厉，持续对她攻击。

郑灵华在微博中提到，一个 IP 属地为浙江的网友，在她受到网络暴力一个月后，依然到发布律师函的微博下嘲讽，在经过举报封禁后，又更换小号和平台持续对郑灵华“辱骂和骚扰”。

维权中最难的是搜证、固证。由于是自诉，一切证据要靠她和律师搜集、固定。最初，她将 15 张微博截屏照片、165 张百家号截屏照片以及 1

份刻录的抖音视频光盘加以公证，留作证据。后来，需要公证的证据越来越多。

郑灵华曾经问我，是否了解同样发生在杭州的“女子取快递被造谣”的案件，是如何从自诉转为公诉的。她希望自己的案子也能这样。

郑灵华最后一次联系我是在 2022 年 9 月 28 日，她向我咨询在校入党的事情。10月份以后，她没有再主动联系我。偶尔看到她朋友圈动态时，我感觉她的状态很好。在学校读书、上课、唱歌……似乎一切都在向好。

现在看，事实并非如此。从 10 月份起，她的抑郁症在加剧，诉讼维权也几乎陷入停滞。并且，她不得不离开学校去治疗。

不能学习，让她“看不到未来”。她在遗书中说“我真的想好好读书，恢复社会功能”。在她的遗书中，还附着一份返校申请。

郑灵华习惯在社交平台上每天打卡，比如坚持外语学习，比如维权进展，会在朋友圈记录。她朋友圈最后的打卡内容是 2022 年 11 月 24 日：“抗抑住院 Day1 笑容一定会回来的。”

只是，这个打卡只坚持了一天。不到 2 个月后，她选择离开了这个世界。

关于后事，郑灵华生前说——

她希望在葬礼现场播放《La vie en Rose》这首歌。

她希望她的朋友们都能来，一位好友来读她的生平。

她希望大家都不要伤心难过，如果她曾经为大家带来过快乐，请延续下去。

她希望能和爷爷埋在一起。

她还希望，能有人帮帮她的爸爸，让他的生活更加斑斓，比如养一只小狗。她的遗憾是没有养到小猫。

经郑灵华家属同意，最后，我们将郑灵华公益代理律师的声明原文发布于此——

我是网络暴力事件受害人郑灵华生前名誉权案件的代理人，浙江楷立律师事务所的金晓航律师。感谢广大媒体朋友和网友们对郑灵华同学的善意与关心。现回应大家的关心，我再次受郑灵华家属之托，沉痛地告知各位：郑同学已于2023年1月23日不幸离世。面对网络暴力，郑同学渺小而不屈，平凡而坚强。她生前曾表示，不希望因为自己的事过多占用公共资源。今后除了国家有关部门依法介入的情况，郑同学的家属亦不想再提及此事。逝者已逝，希望各位尊重逝者本人遗愿和家属意愿，还郑灵华的亲友以安宁。最后希望大家远离网络暴力，为网络暴力能得到彻底终止而呼吁。愿逝者安息，天堂没有网暴；生者坚强，人间自有真情。

以下是报道原文，原载于2022年7月27日《中国青年报》

一夜之间，郑灵华在网络上突然多了许多个“身份”：陪酒女、夜店舞女、不正经人、妖精、红毛怪……以及更多污言秽语出现在网络留言里——只因她染了粉红色的头发。

头发染成粉红色时的郑灵华。受访者 / 供图

“我想在拍毕业照的时候更好看一点。”现实中，郑灵华的身份是浙江师范大学2022届本科毕业生，她至今不明白发色怎么惹到那些网暴她的人。

这个出生于1999年的女孩，被保送研究生后，拿着录取通知书给病床上84岁的爷爷一个惊喜，拍了照片和视频发到社交平台作纪念。

不知是谁，“搬运”了她的内容，迅速在网络扩散。有人攻击她师范生的身份和录取她的华东师范大学。有人造谣“老人带病考取研究生，还娶了一个小女生”。一些营销号看到流量高，贴上“专升本考上浙大后爷爷哭了”的字幕，卖专升本培训课……

郑灵华又气又怕。她删掉了个人账号中能看出个人信息的标签，隐藏了那条视频，以及多个证书的照片——担心这些优秀证明再被拿去做广告。

7月23日，郑灵华告诉中青报·中青网记者，经过复杂繁琐的维权后，她公证了上千条严重侮辱性的内容，准备起诉网暴者，她“不想放过每一个网络暴力的人”。

像许多年轻人一样，郑灵华活跃在微信、微博、B站、小红书等多个社交平台。她在社交平台分享个人动态和旅途见闻。例如7月14日，她独自到杭州九溪徒步、寻找一条“很美的瀑布”。她将沿途拍的照片发在微信朋友圈，把剪辑的vlog短视频发在B站。视频点击量只有几十次，这是常态。她并不热衷追逐网络流量，自称是一个“没有什么人关注的小透明up主”。

类似这样的记录，在她上大学期间一直持续。对于郑灵华来说，在网上“分享自己的生活片段”是一件很正常的事。

在号称“70%用户是90后”的小红书上，7月14日前，郑灵华受到关注最多的一篇是关于“如何保研逆袭”的文章，记录一个“学渣”如何开启“咸鱼翻生路”，向学弟学妹们分享保研的几个关键节点。她在文章开头说，“希望能帮助到每一个曾经和我一样迷茫的你”。

她在微博认证信息为“音乐博主”，与音乐爱好者交流翻唱的歌曲。这里也像一个情绪树洞和“无情的打卡机器”，她喜欢发一些不愿让亲人朋友看到的内心波澜，最近在打卡雅思英语学习。

在这些平台发布的内容，有时会重合，但是各有侧重，串在一起，是一个

95后女生的网络世界，零碎、欢快、美好，也有失意、忧愁和彷徨。

仅仅一天，这个持续数年的世界就坍塌了。

7月13日下午4点半，郑灵华在家拿到华东师范大学的录取通知书。她没舍得拆信封，想让病床上的爷爷第一眼看到。

老人去年12月因脑梗、心梗、肠癌中晚期住院。因为当地出现新冠肺炎疫情，郑灵华一直未能到医院看爷爷，只能通过网络视频见面。

在接受记者采访时，郑灵华愿意花大量时间讲述她的爷爷，以此证明“生命中这个小老头”对她的特殊意义。

郑灵华6个月大时没了母亲，父亲忙，她主要由爷爷照顾。从记事起，爷爷就天天围着她转，送她上学、接她放学，买菜、烧菜、洗衣服全都是他一个人，“替代了妈妈的角色”。

老人退休后在路边支摊修自行车，也做些木工。郑灵华每到期末回家，爷爷总会给她一些现金，让她存起来。她不知道一个老人家怎么挣到钱的。郑灵华说，“现在想好难过”。

中考前，郑灵华参加美术集训班，爸爸不同意报名，爷爷偷偷塞给她报名费。高中时，音乐老师听她唱歌有天赋，建议她转学音乐。音乐生需要练钢琴，爷爷用他的退休金为孙女买了一台。

“在我们这样的家庭拥有一台钢琴是不容易的事。”郑灵华说，在她每一个关键人生节点，爷爷都在支持她。继续读研，也是爷爷对她的一个心愿。

她原打算请护工阿姨把信封带到病房，麻烦保安叔叔拍一段爷爷看通知书的视频。医院的保安、护士听了她的情况，查看她的核酸检测阴性证明在24小时内，允许她进入病房。

郑灵华哭了。她感激好心的保安与护士。她曾经想去病房照顾爷爷。姑姑告诉她，病房里1个护工照顾3个病人。如果进去的话，住的地方也难找到，老人吃喝拉撒、翻身擦洗，一个女孩子做不来。她问姑姑，是不是“只能在爷爷去世的时候见到他？”

郑灵华见到爷爷时，泪又涌了出来。

“这不是（你）孙女吗？孙女叫什么名字啊？”护工趴在老人耳边大声说。

老人躺在病床上，鼻子中插着管，看着他养大的孩子。

“华华……”老人终于叫了出来，用力抬了一下头，郑灵华泣不成声。她说，爷爷瘦了，视力模糊，有时神智不清。他戴上眼镜，依然看不清字。郑灵华一个字一个字地将通知书上的内容读给爷爷听。

那天下午5点和晚上9点半左右，她把照片，以及与爷爷短暂相聚的视频和爷爷年轻时的照片剪辑的vlog，分别发在不同社交平台上。

“我考研的动力之一是能够让爷爷亲眼看到我上研究生，并以我为骄傲。”她在朋友圈中写道。

她睡了一个懒觉——这是连续上了6天雅思课后的休息日。她到九溪徒步，一直走了27公里，晚上9点半回到家。

手机上，小红书不断冒出提示。那条小红书“笔记”火了。当时已经有6万多个（条）点赞和评论。

私信里的留言让她心跳加速。“刚刚有人盗你照片，就是你给爷爷的录取通知书。”一位网友私信给郑灵华说。

另一位网友向郑灵华发来截图，他看到短视频平台上一个叫“** 学姐”的账号盗用郑灵华的图片和事迹，改成“专升本考取浙大”，推销“笔记”、卖书。

引发网暴的郑灵华社交网络内容截图。
受访者／供图

顺着网友们提供的线索，她在抖音上看到“** 在路上（教育）”“** 学姐”等账号。那条留念内容的标题、文字说明遭到篡改。

“我以为就一个号在路上，原来那么多号叫‘某某在路上’。”郑灵华搜索发现，那些“** 学姐”“** 在路上”“** 备博中”等账号存在一批相似的、成规模的号，发布的内容多是不同的人或拿着通知书，或在学习——她只是其中一个，信息备注介绍多为专升本、普通学校考到名校，可以“无偿分享笔记”。

一名上当的学生发来聊天和转账截图。他本来想学习大学英语六级课程，通过私信了解，对方让他加微信，随后开始兜售课程和抽奖活动。他向一位“**学姐”转账1680元购买课程资料。对方收款后未再回复。

郑灵华首先想到打110报警。当地警方建议，先通过社交平台投诉，如平台无法处理或无法满足维权要求，警方再处警或到派出所做笔录。她连夜拨打客服电话、通过邮件投诉侵权账号。

“有人认识咱们学院的郑灵华学姐吗？她的个人信息和一些相关资料似乎被无良营销号盗走，炒热度挣黑流量了。”一名学弟发朋友圈找她，“底下的评论更是没眼看”。

这名学弟在百家号看到一个拥有30余万粉丝的账号，认证信息为“知名幽默博主、媒体人”。

该账号于7月14日下午4点52分发布了一条“我的硕士录取通知书”的动态，只有3张配图，分别为郑灵华俯着身子和爷爷说话、一张握着爷爷手的特写和华东师范大学研究生录取通知书的内页。“郑灵华”3个字也未打马赛克模糊处理。

郑灵华看到那些“没眼看”的评论时几乎要晕倒。最上面的一条评论是“一个研究生，把头发染得跟酒吧陪酒一样”，得到2000多个赞。上万条评论中，许多网友针对她的发色。由于该博主只有一句介绍，一些网友分不清郑灵华是图中的老人还是女生，误认成“老少恋”对其一顿辱骂。

郑灵华突然成了网络靶子。有网友指责郑灵华“吃人血馒头”，“拿自己爷爷炒作”，说“老爷子走慢了”。他们放大到群体攻击，称师范生、艺术生“不学好”，“不配当老师”，“国家该取消艺术生”，“染发的都不是好人”。

被网暴前，郑灵华曾在短视频中告诉大家一个“活了22年才领悟的小秘密”：如果有人说你不好，那就把他删掉，这样你就很完美啦。

显然，这条人生经验不足以抵抗网络世界野蛮的一面。她的名字被公开，远不是一删了之或是闭上眼睛可以装作看不见。

遭遇网暴后连续多日，她在雅思班无法集中注意力学习，严重失眠，吃不下饭。她没有想到事情会这么严重，几天时间收到过去22年都未见过的脏话。网上的事态快速发酵，承受者只有她一人。

7月14日起，郑灵华在社交平台上似乎换了一个人，言语间充满疑惑和愤慨。

她在英文学习中曾看过“slut-shaming”（荡妇羞辱）一词，当时没有专门去理解这个贬低女性的词，这次令她感受深刻。她发微博质问道：很想问一句，“荡妇羞辱”和“造谣他人”真的会开心吗？

接受采访时，她告诉记者，“还是没有办法消化这些（侮辱）言语。”

郑灵华担心亲人朋友受到波及，也担心母校浙江师大与即将就读的华东师大名誉受损，担心未入学便因此被学校“开除”。

亲戚看到网络恶评，说她“多事”，为何要发带老人的视频？她一度想到自杀。

郑灵华不后悔发了爷爷打开通知书的视频。“可能20年、30年后回看，我依然会流泪。”她说，这就是在特殊节点的纪念，每个人都有这样的节点。

维权的路依然艰难。她检索、捕捉网暴者和营销号的侵权内容，也要和某些平台繁琐甚至“故意为难”用户的投诉规则斗智斗勇。

一个短视频博主拉黑了郑灵华，她在退出账号后才能搜索到侵权内容。在许多“正义网友”的举报下，一个营销号隐藏了侵权视频，没过几天又放了出来，评论第一条点赞量增加4000多个。

郑灵华想在某平台认证个人账号，让更多人关注到这件事，认证至今未通过。她写了一篇《侵权人欠我爷爷一个道歉》，她试图把有关维权进展的留言置顶在文章下方，经多次置顶审核后，系统通知“评论置顶未通过”。

有平台的网络投诉入口十分难找，她通过搜索才发现那个几近透明的按钮。平台需要她提交身份证正反面照片、以及加盖公章的相关函件。“我哪里有公章？”郑灵华说。

她希望侵权者删帖、道歉、赔偿。她花费4000元，将15张微博截屏照片、165张百家号截屏照片以及1份刻录的抖音视频光盘加以公证，留作证据。其中3150元是她带了好多节课才挣到的，郑灵华希望“至少可以把公证费赔偿给她”。

7 月 24 日，郑灵华在杭州图书馆学习，
头发已染回黑色。**受访者 / 供图**

在最艰难时，郑灵华从帮助她的网友那里感受善意。她在网友留言中挑选温暖、积极的话读给爷爷听，好久没笑过的爷爷居然笑了起来。

浙江律师金晓航愿意为郑灵华免费代理。他能够体会郑灵华与爷爷的感情。2014 年，金晓航通过司法考试，最希望自己的外公能够知道，“我跟她的心情也是一样的，也希望老人能以我为骄傲”，当时老人已经去世。

金晓航表示，普通人发起维权、反击网络暴力并不容易，最难之处在于难以找到网暴者即侵权人的具体信息，只能通过先起诉网络平台公司，要求平台公司提供侵权人的身份信息。

郑灵华要面对的，是无数难以定位的网暴者、营销账号，以及多个互联网平台。

“我不会倒下的，更不会自杀。”郑灵华说，她希望那些“侮辱教师行业、音乐生、华东师范大学、爷爷、和我”的网暴者一个都逃不了，“我的战斗才刚刚开始。”

7 月 23 日晚上，郑灵华接受完采访后，把粉色头发染回了黑色。

（原载于 2023 年 2 月 21 日）

「“2023 年，
草薰风暖，
少年昂首阔步走向未来。
学生也将做一束光，
更愿意做萤火，
将希望传递。”
萧博这样写给“网课老师”罗翔。」

罗翔的视频截图。

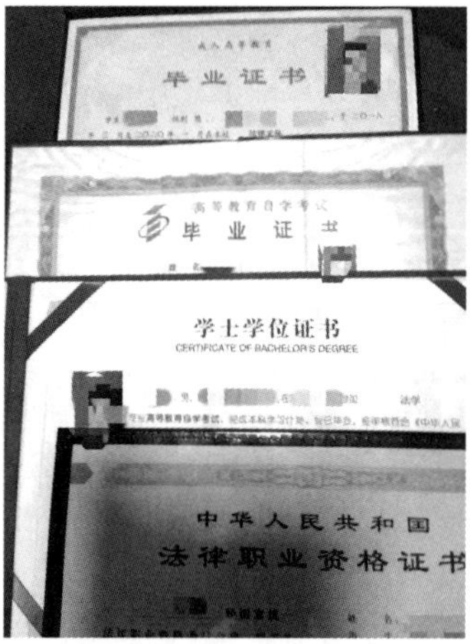

萧博取得的证书。李隽辉 / 摄

2023

他上了个假大学，却逆袭成功

文 _ 刘言

萧博（化名）上了个假大学。学校只有两栋楼，六七十个同学，课上教授的是高中知识，“一点都不像大学的气氛，感觉比高中还小。”

来自某中部省份的萧博在2017年的高考中失利，离本科线差了几分，他想复读，却赶上了下一届高考课程改革，复读班为了升学的比例不愿接收他。

正难过时，萧博的家长接到了一个招生老师的电话，自称某名牌大学招收预科班，可以“先上车，后补票”，通过学校内部组织的考试就能“升入”该重点大学，只不过学费要10万元。

家人为他报了名。来到学校以后，萧博隐隐感到不太靠谱。那年年底，他想报名英语四级考试，却怎么都不成功。按照高中同学的指点，他试着在中国高等教育学生信息网（学信网）上查找自己的学籍信息。结果并没有。

他更加怀疑学校的真假，面对疑问，学校负责人搪塞他，这是个预科班，最后的考试通过才能成为那所名校的正式学生。

萧博开始在网上查“过来人”的经验帖。他发现，媒体曾报道过，一些不法分子假借“预科生”名义进行招生，实际上相当于高考复习班，考生根本未取得录取资格，需要在下一年参加普通高考或者成人高考被录取后才能获得学籍。

“赌这个班的真实性跟赌博没有什么区别，不如及时止损。”他申请了退学，由于缺乏社会经验和法律知识，只能“死缠烂打”，学校负责人退还了1万多元。

萧博成长在一个单亲家庭，他担心，这次上当让家人自责，就向家里隐瞒了这个消息。

这个当时只有18岁的男孩，只想去一个陌生的城市，避免遇到熟人。2018年年初，他来到了北京。

地铁上，萧博打电话的口音吸引了一位同乡。这位同乡是一个大专毕业生，那时刚考上公务员，他热情地邀请萧博去接替他的职位，去北京一所985高校图书馆里的咖啡馆打工。

“感觉他是非常厉害的人，也很激励我。”萧博答应下来，他下定决心，要改变自己的命运。高等教育自学考试是萧博了解到的一条道路。“我们国家的教育制度，始终会给一个想读书的人读书的机会，尽量弥补你和别人的差距。”

就这样，他下定决心迈入北京市教育考试院的大门。这天是2018年3月17日，北京结束了145天的无降水记录，迎来初雪。但一切喜悦都与萧博无关。来这里进行自考现场确认的人流里，大都是三四十岁的成熟面孔，只有几个看上去像是自己的同龄人，萧博心里又难受又迷茫。

对萧博来说，这并不是一个容易的决定。多个辅导机构的数据显示，自学考试的通过率仅有10%左右，多数人没有坚持下来。而他为自己制订了更高的目标——5年内通过自考拿到本科学历、通过国家统一法律职业资格考试（以下简称“法考”）并考上研究生。后两者的难度甚至更胜一筹。

像种子一样默默生长

之所以报考法学专业，萧博的原始动力就来自这次被骗，“不懂法没法维护自己的合法权益。”

但这个选择并不容易。法学的知识体系庞大而繁杂，他需要一边工作，一边在两年内完成法理学、刑法学、民法学等16门课程的学习，每半年通过4门课程的统一考试。想要最终获得学士学位，还要通过论文答辩，并在此之前取得专科学历。为此，他还参加了成人高考，同时进行法律文秘专业的函授大专的学习。

萧博工作的咖啡馆并不大，藏身于一所985高校的图书馆，只有十几张卡座。老板感动于他的努力，同意他把仓库收拾出一个3平方米左右的小隔间，支起一张折叠床，解决了他的住宿问题。除去吃饭，他一月能省下四五千元。

尽管每天要待在咖啡馆15个小时，他能从中攒出4个多小时的碎片学习时间。

时间久了，常来咖啡馆的学生都知道这里有一个在准备自考的店员。

在和他们的交流中，萧博感受着大学生活的不同。与普通高校里的期末考试不一样，自考的成绩不包含“平时分”。试卷则来自题库的抽题组卷，也不会有老师划重点、给PPT，题目很有可能出自书本的犄角旮旯，这就要求他在半年内要对一本书的知识点全方位掌握。平时的学习中有疑问，他也无法找老师请教，只能在网上浩如烟海的资料中检索梳理，自己探寻问题的答案。

图书馆每晚10点闭馆，萧博9点半就赶着把店里收拾好，打扫干净操作间，早早睡觉。第二天凌晨3点多起床，坐在店里开始一天的学习。偌大的图书馆只有一盏台灯亮着，走路有巨大的回声，“寂寥无人的感觉，会让人感到绝望和落寞。”

每当压力累积到一定程度，他就逼自己放下书，到操场上撒欢。一边跑步，一边在空中挥舞手臂，像打拳击一样，“旁边人看我像在发疯。”畅快地发泄完，他再回去继续复习。

萧博还要瞒着家人，不让他们担忧。“告诉了他们，也不可能改变现在的处境对不对？”萧博反问，“不如让自己埋在黑暗的土壤下面，像一颗种子一样默默地生根发芽，最终长成一棵参天大树。”

“世界上的另一个我”

萧博也总有坚持不下去的时候，2019 年年底的一个凌晨，他看到了中国政法大学教授罗翔在法考培训中的一段话。

罗翔讲述了辅导司法考试的一个学生孙志（化名）的经历：高考没考好，被人骗了，有人跟他说，你只要交钱，就可以先上车后补票。后来他进入一个学校读书，有学生证、饭卡、学生宿舍，4 年后也有毕业证，但最后发现毕业证是假的。这个考生考上研究生、通过法考后，因为毕业证是假的，都作废了。

萧博内心只感觉：“这就是世界上的另一个我啊！”

故事的结局是，孙志用一年半的时间通过了本科自考，又重新参加法考，通过了，又再次考上了研究生。

2020 年 3 月，已经参加工作的孙志也看到了这段视频，“感觉说的应该是我”。他给罗翔写邮件，感谢他曾告诉自己，经历一些挫折是为了更好地体会人生的意义。

罗翔告诉中青报·中青网记者，事实上，孙志仅考研就参加了 3 次。第一次因为毕业证的问题成绩作废。2016 年，他第二次考研，结果进入复试后，他被学校告知，他的自考还没有取得本科毕业证，属于同等学力考生。而该专业并不招收同等学力考生，他的复试资格也随之被取消。在寻找调剂院校的过程中，罗翔给了他一些帮助和指导。

孙志选择再战一次，2017 年，他终于考上了一所 985 高校。

萧博感到，这段视频像一束光打到了自己的世界里。

事实上，他的身边从来不乏奚落和嘲讽。有的人觉得，只为了一张自考本科的文凭，他没必要选择这么难的专业，根本来不及考完；有的人嘲笑他，正儿八经学了 4 年的本科生都不一定能考过法考，他“净想美事”。

将希望传递

2020 年年初，萧博陆续通过了自考课程的考试，回了老家，又投入到法考的备考中。根据法考的改革方案，他幸运地成为了最后一届有资格报名法考的自考生。

这是难度更大的一门考试，有报道称，其通过率在10%左右。每天晚上6点，萧博骑着电动车出门，送外卖到晚上10点，以满足自己吃饭和购买学习资料的开销。回家睡到3点继续起来复习。

他坚信勤能补拙。除了听课，萧博每天要做100多道习题，把错误的题目总结出来，放在一个文档里。不到一年的时间里，他做了1.8万道选择题，记了4个错题本。

2021年，他一次性通过了法考，他还特意去当年那所“假大学”看了看，那里早已人去楼空。学校旁便利店的老板告诉萧博，他退学半年后，学校就被勒令关停，负责人也被警方带走。

他去年报考了一所985大学的全日制法律硕士。今年3月，他进入了复试。自考本科的学历让他在考生中颇为显眼。有老师特意问起这一点。“我就如实说出来，不去掩盖什么。”讲述过程中，复试的老师们会时不时点头，在他们的微笑和目光中，萧博读出了善意和期许。

3月31日，长期的焦虑和学习养成的作息习惯让萧博在凌晨3点半醒来，在这个于他有特殊意义的时刻，打开了那所高校的网页。萧博的名字出现在拟录取名单上。屏幕前，泪水已经铺满了萧博的脸。他的“五年计划”终于完成。

回想自己一路以来的经历，他花了半个多小时，用手机一字一句地打了一段近700字的留言，发送给了自己的“网课老师”罗翔。

“2023年，草薰风暖，少年昂首阔步走向未来。学生也将做一束光，更愿意做萤火，将希望传递。”萧博这样写道。

3月31日早上6点51分，罗翔将萧博的留言转发在自己的公众号“罗翔说刑法”上，此后的几天时间里，3万多人为他的故事点赞。

“包括自己在内，人生难免灰心沮丧，所以我们需要彼此鼓励，彼此祝福。”罗翔说。

（原载于2023年4月8日）

灾难的一粒灰，

落在人身上就是一座山，

再巨大的悲伤都比不过一个具体的悲伤。

3 断处皆续，灾难与人

回家 _2009

最具体的纪念 _2009

永不抵达的列车 _2011

毕业前的生死课 _2020

长夜的尽头 _2020

0501 号地铁没有终点 _2021

「“我要带儿子回家，不能把他丢在废墟里。”

这个原本貌不惊人的男子身上，

突然间散发出一种平静的力量，

“我只想，我每走一步，他就离家近一步。”」

背着儿子尸体的程林祥 。

2008

回家

文＿林天宏　摄＿贺延光

1

在前往地震重灾区映秀镇的山路上，我第一次遇见了程林祥。

那是 5 月 15 日下午大约 2 点钟的时候，距离 5·12 汶川特大地震发生已近 3 天。大范围的山体滑坡和泥石流，摧毁了通往映秀镇的公路和通讯，没有人知道镇子里的情况究竟怎么样。我们只能跟随着救援人员，沿山路徒步往里走。

那已经不能称之为“路”了。连日的大雨，把山路变成了沼泽地，每踩一步，大半只脚都会陷进泥浆里。无数从山上滚落的磨盘大的石头，在人们面前堆成一座座小山。

救援者几乎每人都背着 30 斤重的救援物品，在烂泥浆和乱石堆中穿行。他们一边要躲避山上不时滚下的足球大小的碎石，一边要防止一脚踏空。在脚边十余米深的地方，就是湍急的岷江。那是雪山融化后流下的雪水，当地人说，即便是大夏天，一个人掉下去，“五分钟就冻得没救了。”

沿途，到处是成群结队从映秀镇逃出来的灾民。他们行色匆匆，脸上多半带着惶恐和悲伤的神情。这时，我看见一个背着人的中年男子，朝我们走来。

这是一个身材瘦小、略有些卷发的男子，面部表情看上去还算平静。背上的人，身材明显要比背他的男子高大，两条腿不时拖在地面上。他头上裹一块薄毯，看不清脸，身上穿着一套干净的白色校服。

同行的一个医生想上去帮忙，但这个男子停住，朝他微微摆了摆手。“不用了。”他说，“他是我儿子，死了。”

在简短的对话中，这个男子告诉我们，他叫程林祥，家在离映秀镇大约 25 公里的水磨镇上。他背上的人，是他的大儿子程磊，在映秀镇漩口中学读高一。地震后，程林祥赶到学校，扒开废墟，找到了程磊的尸体。于是，他决定把儿子背回去，让他在家里最后过一夜。

紧跟程林祥的，是他的妻子刘志珍。她不知从什么地方捡来两根树干，用力地拿石头砸掉树干上的枝杈，然后往上缠布条，制造出一个简陋的担架。在整个过程中，她始终一言不发，只是有时候略显暴躁地骂自己的丈夫：“说什么说！快过来帮忙！”

担架整理好后，夫妻俩把程磊的遗体放了上去。可担架太沉，他们抬不上肩膀，我们赶紧上去帮忙。

“谢谢你。”她看了看我，轻声说道。原本生硬的眼神，突然间闪现出一丝柔软。

在那一刻，我的心像被什么东西狠狠揪了一下。

因为急着往映秀镇赶，我不能和他们过多交流。望着夫妻二人抬着担架，深一脚浅一脚离去的背影，想到这一带危机四伏的山路，我决定，从映秀镇回来后，就去找他们。

2

5 月 16 日，我从映秀镇回到成都。从那天开始，一直到 21 日，每隔几小时，我就会拨一次程林祥给我留下的手机号码，但话筒那边传来的，始终是关机的信号。

5月21日上午10时，在结束了其他采访后，我和摄影记者贺延光商定，开车前往水磨镇，去找寻这对夫妻。

从都江堰前往水磨镇的那段山路，已经被救援部队清理过，勉强能够通车。但这几天，余震始终没有停止，路上又增加了几处新的塌方点，很多路段仅能容下一车通过的宽度，路旁不时可以看到被巨石砸毁的面目全非的各种车辆。去过老山前线的贺延光说，这些车就好像“被炮弹击中了一样”。

路上，我们还经过了两处很长的隧道。地震给隧道造成了严重的破坏，在车灯隐约的照射下，能看到山洞顶部四处塌落，裸露在外的巨石和钢筋张牙舞爪。隧道内还有一些正在施工的大型车辆，回声隆隆，震得人耳膜发胀。

黑暗中，我突然间意识到，数天前，程林祥夫妻走的就是这条山路，抬着儿子的尸体回家。在四周一片黑暗的笼罩下，他们会是怎样一种悲伤与绝望的心情？甚至，他们俩能够安全到家吗？

到水磨镇后，我才终于松了一口气。

镇上的许多居民说，数天前，他们都看到过一对夫妻，抬着儿子的尸体经过这里，往山上去了。但他们不认识这对夫妻，也不知道他们住在哪里。

水磨镇派出所的一位警察说，本来，他们可以通过全国联网的户籍档案，查到程林祥的住址。但现在，镇上没有电，网络也不通，没有办法帮助我们。

程林祥没有给我们留下详细地址，但在之前简短的对话中，他曾告诉我们，他的二儿子程勇，在水磨中学上初中。

果然，水磨中学的很多老师都认识程磊和程勇。他们告诉我们，程林祥的家，就在小镇外山上几里地的连山坡村。

和映秀镇比，地震给这个小镇带来的破坏不算太严重，两旁还有不少比较完整的房屋。前方的路已经不能通车，我和贺延光小心翼翼地穿过满是砖块和瓦砾的街道，沿途打听前往连山坡村的道路。

3

下午 3 时许，在山下的一个救灾帐篷前，我们终于找到了程磊的母亲刘志珍。

刘志珍已经不太认得我们了。但当我们告诉她，那天在映秀镇的山路上，是我们帮她把担架抬上肩膀时，她原本陌生的眼神，一下子变得热切起来。

“对不起，对不起。”她开始不住地向我们道歉。因为她觉得，那天在山路上，她对我们很冷漠，“有些不够礼貌。”

这天下午，有部队把救灾的粮食运到镇上，她和程林祥下山去背米。老程已经先回山了，她听村子里的邻居们说，都江堰有很多孤儿，便聚在这个帐篷前，商量起收养孤儿的事情。

“这几天，我心里空荡荡的。”在带我们回家的山路上，这个刚失去爱子的母亲边走边说，“有人劝我再生一个，可我觉得，这也是浪费国家的资源。不如领养一个孤儿，然后像对程磊一样，好好对待他。”

我们都沉默了，实在不知道该说什么好，只能跟着她，沿着泥泞的山路往上走。

程林祥的家，在连山坡村的半山腰上，一座贴着白瓷砖简陋的三层小楼。这本是一个四世同堂的大家庭，程磊 96 岁的曾祖母还健在，爷爷奶奶还能下地干农活。这对只有初中文化的夫妇，原本在镇上的一个建筑公司打工，他们每个月收入的一半，都要用来供养两个孩子上学。

程林祥还认得我们。“我们家盖房子，没和别人借一分钱。”他颇有点骄傲地说。而更让他骄傲的是，两个儿子都很懂事，在学校的成绩也都不错，前一阵时间，他还在和妻子商量着外出打工，为兄弟俩筹措上大学的学费。

但现在，一场大地震之后，原本洋溢在这个家庭里的圆满的快乐，永远地消失了。

4

地震发生的时候，程林祥夫妇都在镇上的工地里干活。一阵地动山摇之后，镇上的一些房子开始垮塌，夫妻俩冒着不断的余震，往家里跑。

家里的房子还算无恙，老人们也没受伤，没多久，在水磨中学上课的二儿子程勇也赶到家里。他告诉父母，教学楼只是晃了几下，碎了几块玻璃，同学们都没事。

夫妻俩松了一口气，他们并不清楚刚刚的地震意味着什么。程林祥甚至觉得，远在映秀读书的程磊“最多就是被砖头砸了一下，能有什么大事呢”。

但从外面回来的邻居们，陆续带回了并不乐观的消息。镇上的房屋垮了一大半，通往外界的公路被山上滚下的巨石堵住了。村子活了七八十岁的老人都说，他们一辈子都没见过“这么大的动静”。

在持续不断的余震中，夫妻俩忐忑不安地过了一夜，13 日早上 7 时，他们冒着大雨，前往映秀镇的漩口中学，寻找在那里读高一的大儿子程磊。

通往映秀镇的道路，已经被连夜的山体滑坡摧毁，许多救援部队正在徒步赶往这个和外界失去联系的小镇，夫妻俩跟着部队一路小跑，上午 11 点钟，他们赶到了映秀镇。

可呈现在这对满怀希望的夫妻面前的，却是一幅末日景象。

程磊就读的漩口中学，位于镇子的路口。此时，这座原本 6 层的教学楼，已经坍塌了一大半，程磊所处 4 层教室的那个位置，早已不存在了。

整个镇子变成一片瓦砾场。幸存下来的人们，满脸惊恐的表情，四处奔走呼喊，救人的声音此起彼伏。连夜徒步几十里山路，刚刚赶到的搜救部队，都来不及喝一口水，就投入到了救援中。

夫妻俩穿过人群，来到了漩口中学前。逃出来的孩子们，在老师的帮助下搭建了一些简陋的窝棚。他们找遍了窝棚，只遇到程磊班上的十几个同学，他们都没有看见程磊。其中一个同学告诉程林祥，地震前，他还看见程磊在教室里看书。

那一瞬间，夫妻俩觉得好像“天塌了”。

他们发疯一样地冲上了废墟，翻捡起砖块和碎水泥板，用双手挖着废墟上的土，十指鲜血淋漓，残存的楼体上坠落下的砖块，不时砸落在身边，他们却毫无感觉。

5

夜幕降临，映秀镇依旧下着大雨，什么都看不见了。

夫妻俩无法继续搜寻，和程磊班上的孩子们挤在一个窝棚里。懂事的同学们都上来安慰他们，说程磊不会有事的，他可能藏在某个地方。还有同学宽慰说，如果程磊真的不在了，“我们都是你的孩子”。

但夫妻俩什么话都听不进去，一整天，他们粒米未进，一口水也没喝，只是望着棚外大雨中那片废墟发呆。

夜里的气温越来越冷，程林祥只穿了一件短袖衫，刘志珍穿了一件外套。她犹豫了一下，还是把外套递给了学生们。那天晚上，这件外套传遍了窝棚里的每一个孩子。

14 日早上，天刚刚亮，彻夜未眠的夫妻俩突然升起一个希望的念头：程磊有可能已经回家，他们只是在路上彼此错过去了。想到此，夫妻俩一刻也呆不下去了，急匆匆步行 4 个多小时，回到了水磨镇的家中。

可儿子并没有回来。

这天晚上，刘志珍仍是难以入眠。凌晨三四点钟，以前从不沾酒的她，灌下一大口白酒，昏昏睡去。

天快亮的时候，昏睡中的刘志珍突然间听到一个隐约的女人声音：“你的儿子还在里面，明天去找，能找到的。”她一下子从梦中惊醒。

这一夜，程林祥也做了一个梦，他模模糊糊地看到，儿子正一个人坐在教室的角落里看着书，还抬头冲他笑了一下。

于是，天刚刚亮，夫妻俩又抱着一线希望，再往映秀镇。他们随身带了一套干净的校服，和一条布绳，想着要是儿子受伤了，就把他背回来。

但残酷的现实，瞬间打碎了夫妻俩的幻想。

6

发现程磊的时候，他的尸体，被压在一块巨大的水泥板的缝隙里。

那是15日上午10点钟左右，程林祥夫妻又站在了漩口中学的废墟前。“像是冥冥之中有人在召唤”，程林祥绕到了废墟的背面，走到了一块水泥板前，他把身子探进那条20公分左右的缝隙，便看到了儿子和另外两个同学的尸体。

夫妻俩顾不得哭，他们想把程磊的遗体从缝隙中拉出来，可是缝隙太小了。

夫妻俩跑下废墟，向跑来跑去的救援部队求援，刘志珍一次又一次地给经过的人们下跪，把膝盖跪得青紫，可并没有人理会他们。只有一个士兵过来看了看，无奈地说：“现在我们要先救活人，实在顾不上，抱歉。”

程林祥不知从什么地方捡来了一根铁镐，这个父亲用力地砸着那块巨大的水泥板。半个小时后，水泥板逐渐被敲成了碎块，他俯下身去，把找寻了两天的儿子，从废墟中拉了出来。

从程磊倒下的姿势，可以推测地震发生时的情形：他和两个同学从教室跑出，但楼体瞬间塌陷，顶上落下的水泥走廊，把他们压在了下面。

程磊的身上没有血迹，他的致命伤在头部和胸口。后脑上有一个拳头大的伤口，数吨重的水泥板，把他的胸骨全部压断。

母亲想给他换上带来的新衣服，但程磊的全身已经僵硬。夫妻俩跪在他的尸体前，抚摸着他的手脚，一遍遍地呼唤他的名字。

几分钟后，程磊的四肢竟慢慢地变软，母亲把他身上的脏衣服扯下，为他套上了干净的校服，然后在头上裹上了带来的薄毯。

程林祥把儿子背到了背上，他停住身，掂了掂儿子身体的重量，走上了回家的路。

7

在采访中，我问了程林祥一个很无力的问题："你想过吗？回去的路上会有多危险？"

"我要带儿子回家，不能把他丢在废墟里。"这个原本貌不惊人的男子身上，突然间散发出一种平静的力量，"我只想，我每走一步，他就离家近一步。"

可那时走过映秀镇山路的人都知道，沿途的山上，会不时滚下碎石，余震不断，路滑，脚边就是湍急的江水，正常人走路都很艰难，而程林祥的背上，还背着近一百斤的儿子。

正在长身体的程磊，身高 1. 65 米，已经比父亲高出了 2 厘米。趴在父亲的背上，他的双脚不时摩擦着地面，每走几步，程林祥就要停下来，把儿子往上掂一掂。刘志珍在丈夫身后，托着儿子的身体，帮助他分担一些重量。

程林祥把儿子的双手绕过脖子，轻放在自己的身前。一边走，程林祥一边和儿子说话："幺儿，爸爸带你回家了。你趴稳了，莫动弹啊。"

儿子的身体在背上起伏着，带出的一丝丝风响，像是一声声呼吸，掠在程林祥的脖颈上。有那么一瞬间，他甚至觉得儿子还活着，还像小时候那样，骑在爸爸的身上，搂着爸爸的脖子。

程林祥的力气原本不大，在工地上，别人一次能背二十块砖头，可他只能背十多块。可此时，他似乎觉得"身上有使不完的力气"，背着儿子一步步地往前走。

在路上，有好几次，他都险些被山上滚下的石头砸中。但那些石头只是擦身而过，落进下面的江水里，发出沉闷的声响。

"我知道，幺儿一定会在天上保佑着我，让我们安全到家。"程林祥心中默默想着。

那天早上，在遇见我们后，刘志珍制造了一副简陋的担架。在比较平缓的路段，她就和丈夫一起抬着儿子走，当担架无法通过时，程林祥依旧把儿子背在背上，一步步爬过那些巨大的石块。

一路上，程林祥常常滑倒，程磊的遗体摔到了地上。他一边和儿子道歉，一边把他重新背起。

许多迎面而来的救援者，在遇见这对带儿子回家的夫妻后，都向他们伸出了援手。有几个士兵帮助他们，把担架抬过了最危险的一个路段，还有人给了他们一瓶水，但程林祥并没有收下，他瘦弱的身躯，再也无法承受多一斤的重量。

此时，通往映秀镇的水路已经打通，人们可以坐着冲锋舟，在都江堰的紫坪铺水库和映秀镇外五公里的汶川铝厂码头来往。渡口上有很多等船的灾民，但当知道程林祥背上背的是死去的儿子时，人们默默地为他们让出了一条路。

冲锋舟溅起的水花，不断打在程磊的身上，细心的母亲连忙为他擦去水渍，船上的人们也默默地看着他们。

晚上8点，程林祥夫妻带着儿子，终于回到了水磨镇。闻讯赶来的邻居们从他们肩上接过了担架，那一刻，夫妻俩突然间觉得身上的力气消失得干干净净，他们一下瘫软在地上。

他们的肩膀，已经被树干上未除干净的分岔，扎出了一个个血洞，但那时，他们察觉不出一丝的疼痛。一路上，也自始至终没有掉过一滴眼泪。

8

在采访中，程林祥和刘志珍都拉开衣襟，给我看了他们的肩膀，上面划着一道道深紫色的还未愈合的伤口。

但我能察觉到，更深的伤口，其实刻在这个家庭每个成员的心里。

程磊的奶奶这些天一直在后悔，程磊离开家的那天，去摘家里樱桃树上的樱桃，她怕树滑摔着，狠狠骂了程磊几句。

“我的好孙子啊，”这个老人仰天痛哭道，“你回来吧，奶奶让你摘个够啊！”

程林祥的爷爷，要把自己已经预备好的棺材让给程磊用，但程林祥阻止了他。他知道，如果用了老人的棺材，程磊走得会不安心的。

但程林祥也满心遗憾。因为突如其来的死亡，来不及向棺材铺的木匠定做，他只能买到一口顶上有一处烧焦痕迹的棺材。“不知道儿子会不会怪我。”他内疚地说。

15 日那一整夜，程家所有人都静静地坐在家后面的小山坡上，十几位邻居也陪着他们，没有人说话。中间的担架上，躺着程磊穿着干净校服的遗体。那天晚上，月亮很圆很亮，程林祥可以很清楚地看到，在月光的抚摸下，儿子脸上的表情，如熟睡般平静。

16 日早上，天色慢慢放亮，程林祥放了一挂鞭炮，然后和二儿子程勇一起，把程磊的尸体轻轻放进了那口有烧焦痕迹的棺材里。

程勇和哥哥的感情很好，兄弟俩从小到大都住在一个房间里，即便在盖了三层的小楼后，还是不愿意分开。

这时，程勇发现，哥哥本是伸直的手指，突然间握成了一个拳头。他呼唤着哥哥的名字，把他的手指一根根拉直。然后，他亲了亲哥哥的脸，把一个手电和两本书放在了哥哥的头边，慢慢合上了棺盖。

在回忆这些事时，刘志珍一直抱着一个土黄色的镜框，里面镶有许多儿子年幼时的照片。偶然间有泪水滴在上面，她赶紧用袖子擦去。

可长大后的程磊不爱照相。最新的一张照片，还是他一年前参加中考时的报名照。这些天，她一直把它放在口袋里，不时地拿出来看一看。

9

在亲人们断断续续的回忆中，我逐渐拼凑出程磊完整的样子。

这是一个很清秀的大男孩，小时候，常有人笑话他长得像“女娃”。他的脸上有两个小小的酒窝，笑起来总是很羞涩，很内向，不大爱和陌生人说话。

程磊的成绩一直不算太好，但初三那年，他突然和父亲说，自己要好

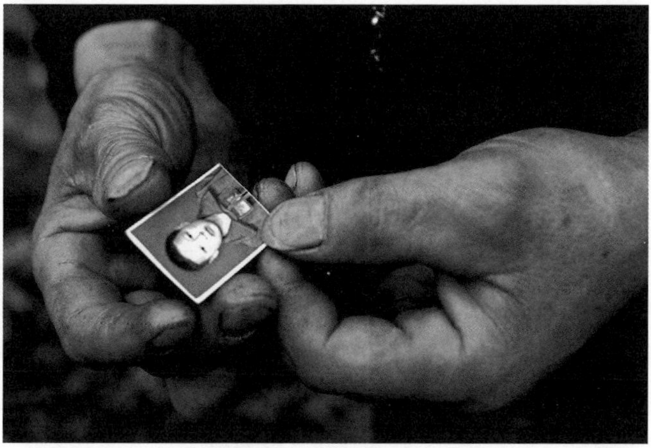

亲人悲伤地端详着程磊的照片。

好读书，以后准备考大学。初三下学期，他的成绩开始突飞猛进。去年7月，他考上了当地最好的高中，上学期，他的成绩是班上第一名。

因为父亲总在镇上打工，程磊和母亲呆的时间更长，性格受母亲的影响也更多一些。他常帮母亲打扫房间，洗衣服，没事的时候，爱和母亲坐在堂屋的饭桌前，细声细气地说话。母亲一直喊他“幺儿”（注：小儿子），即便有了二儿子程勇后，也没改口。

程磊的理想曾让母亲感到吃惊。今年春节前的一个晚上，他突然告诉刘志珍，自己以后要当一个山村教师，“去帮助那些山里的穷孩子们”。

“当山村老师很苦的。”母亲说。

“苦也苦得值得，我不怕。”程磊回答。

他脾气很好，和班上的同学们一直处得很融洽，从来不像同龄的一些男孩一样喜欢打架。他体育不好，开家长会时，老师还劝过刘志珍：“程磊老是一个人在教室看书，你要劝他出去活动活动啊。”

程磊的手很巧。在他的书架上，还摆着几件他自己制作的手工作品。

他很爱护书本，从来不在书上打折或者乱写字。那些纸制的台灯、笔筒，都是他从废挂历上裁下的纸张做的。

春节时，母亲给他买了一件红黑相间的羽绒服，衣服大了，程磊有些不高兴，母亲还安慰他：“你一直在长身体，明年这个时候，衣服就能穿了。”

这几天，家里人收拾出程磊生前穿过的衣服，满满当当地放在他的床上。父亲和二弟程勇怕刘志珍睹物思人，想把这些衣服丢掉，可刘志珍坚决不同意，说是要留个念想儿。

刘志珍已经好几夜睡不着了。她只是躺在儿子的床上，摸着他的衣物，喝些白酒，才能隐约入睡。她总是希望自己能做梦，在梦里儿子能够出现。可每天早晨醒来，等待她的，都是失望。

“幺儿，”她轻拍着程磊的坟头，小声说道，“妈妈现在只有一个念想儿，妈妈晚上做梦的时候，你来陪妈妈说说话，好不好？”

她说这些话的时候，父亲程林祥一直在边上垂着头，用手拭去不断涌出的眼泪。

本来，在整个采访过程中，我一直抑制着不断涌上的悲伤。因为我知道，自己只不过是一个记者，一个旁观者，也许我永远也不可能真正理解这个家庭，这个母亲失去至亲、爱子后的悲恸和痛苦。

但就在这一刻，我突然想起千里之外的父母，在知道我来震区采访后，他们那彻夜难眠的焦虑的脸庞，再也控制不住夺眶而出的泪水。

10

程磊的坟，就在家后面几十米的山坡上。

这是一块几十平方米比较平缓的空地，一面朝着山下，边上有条小河，风景很好。坟边的树林里，有鸟儿在枝间跳动，发出清脆的鸣叫。

程家在这里有几亩田地，离家的前一天，程磊还在这里帮着奶奶收割油菜。小时候，他很喜欢和小伙伴在这儿玩耍，吹吹风，钓钓鱼，偶尔抓住一只小鸟，他会把鸟儿喂饱，然后放走。

但现在，这里只有一座用石头垒起的小小的新坟。坟前没有墓碑，只插着几束已经熄灭的香。地震后，家中找不到完整的容器，父亲找到一个缺了大半个角的白瓷盘，上面放着两块芒果味的威化饼干，当作祭品。

程磊并不爱吃这些零食，但地震后，路断了，食品供应上不来，找不到他生前最爱吃的苹果和桔子。这让家人们觉得心里很不安。

“会慢慢给他补上的。”刘志珍说，“以后，我们一边种田，一边陪着他。一家人还是在一起。”

离坟不远，就是程家住的救灾帐篷。通讯中断后，他们只能通过一台小收音机，来了解外面的信息。5月19日的全国哀悼日，一家人觉得也应该做点什么。

村子里找不到旗杆，也没有国旗，他们便在帐篷边竖起一根竹竿，在竹竿的中部捆上一块红布，就算是下半旗了。每天下午的2时28分，这户农民就在旗杆下站上一会儿，用自己的方式，来表达对死难者的哀悼。

偶尔有微风吹来，这块微微抖动的红布，和天蓝色的帐篷布，构成了山坡上的一缕亮色。

这天傍晚6时半，在这根竹子制成的旗杆下，摄影记者贺延光为这个大家庭，拍下了灾后的第一张全家合影。除了被亲戚接去外地避难的二儿子程勇外，这个家庭的成员——曾祖母、祖父、祖母和程林祥夫妇，全部在场。

程磊也没有缺席，母亲一直捧着那个土黄色的镜框。在母亲的怀里，他面对着镜头，依旧露出羞涩的微笑。

5月11日的那个上午，这个懂事的大男孩洗掉了家里所有的脏衣服。吃过午饭后，他从父亲那儿接过100元钱生活费，叮嘱正在院子里学骑摩托车的弟弟注意安全，然后挥手微笑着和母亲作别，跳上了前往学校的汽车。

一天后，突如其来的大地震，把他淹没在倒塌的教学楼里。

（原载于2008年5月28日）

「这里的内容没有悲壮热烈和宏大喧嚣，

只是关于一个花季少女的追忆，

以及一个悲伤绝望的家庭如何奋力继续生活。」

胡慧姗纪念馆内景。毕克俭／摄

2009

最具体的纪念

文 _ 张伟

整个房间都是粉色的，一种浅浅的、像新开的桃花一样的粉色。这是这个 15 岁女孩最喜欢的颜色，她有时把嘴唇和指甲涂成这种颜色，用这种颜色装饰右脚的鞋子，或者涂抹最心爱的笔记本扉页。现在，人们只能凭借房间里不多的展品，来想象这个女孩。这些展品，包括一条绣满了小草莓的粉色围巾，一面粉色的小镜子，和一个画着小猫的粉色水杯，被随意摆放在这间只有 19 平方米的纪念馆里，讲述一场短暂的生命过程。

这也许是世界上最小的纪念馆。它只有不到 5 米长，3 米多宽，中等个头的人踮起脚就能摸到屋顶，来访者走进门，一眼就能扫尽所有陈设。修建它的目的，也不是纪念什么重大历史，或歌颂某个了不起的人物，而是怀念一个普普通通的生命。

一年多以前的汶川特大地震中，这个叫胡慧姗的女孩被埋在了废墟下。在 87150 名遇难者中，她是很不起眼的一个。

“她只是一个平凡的小女孩，没有什么故事，也不震撼。”就连纪念馆的修建者刘家琨也这么说。

但他还是决定为胡慧姗建一座小小的纪念馆，尽管他从没见过这个女孩，也讲不出任何一个关于她的故事。

“我不想把它搞得悲戚戚的”，不过是想“布置一个女孩的闺房”

拉开厚重的黑铁门，走进粉色纪念馆里的人们，即便仔细寻找，也未必能发现什么伤痛的痕迹。

墙上到处挂着女孩的照片，从咿呀学语的年纪开始，多半是张牙豁口，后来知道害羞了，笑容开始变得含蓄。梳子是小鸟形状的，发带是心型的，用旧了的羽毛球拍仔细地用胶带缠住，写给爸爸妈妈的信上画满了笑脸。

毕竟，这里属于一个活在美好年纪的少女。她留下的，哪怕是遗物，也提供不了太多悲伤。

“我不想把它搞得悲戚戚的，”刘家琨说。他不过是想“布置一个女孩的闺房”，让这里成为一个娇艳的、宁静的处所。

在许多人眼里，陈列在纪念馆里的这 15 年可能过于简单。2005 年 12 月 9 日，她加入共青团，第二年的 4 月 3 日，因为成绩好，学校为她发了一张喜报，这已经是能说清日子的最重要经历了。

其他事情听上去都鸡毛蒜皮。比如，2007 年中秋节，她给爸爸妈妈写的信里，调皮地祝爸爸帅气、妈妈漂亮。地震发生前 4 个月，她领到了学校新发的校徽。甚至，你能在这里，找到这个女孩曾经用过的餐券、医疗证、防疫证、独生子女证……

不过，仔细翻检这些昔日的生活碎片，还是能发现一个少女曾有过的梦幻般的岁月。

这岁月藏在被翻了很多遍的同学录里，里面用五颜六色的笔填满了“越来越漂亮”、“开心”的祝福，偶尔也有人调侃她“越来越暴力了”。

这岁月被记录在她最后一个学期的考核表上。在自我评定栏里，这个女孩自称“不太爱举手发言”，“有时爱看课外书”。她希望“下学期争取改进”，把几项“良”变成“优”。

人们已经很难知道，她到底有没有来得及看完 2008 年 5 月号的《萌芽》杂志。但可以确知的是，她总在《读者》上用笔画下一条条标注。在这梦幻岁月里，读书和写作是胡慧姗最喜欢的事。这个爱读韩寒作品、渴望成为作家的女孩，书架上放着《羊脂球》，也放着《格林童话》，她还喜欢在一些青春小说里，让自己经历各种冒险。

像所有同龄少女一样，有些时候她也会显得忧愁。在已经被压坏了的眼镜盒内侧，可以看到她哀怨地写道："冬天还是来了，还是将我遗忘了。"或者，是在课本的封面上，她字迹潦草地写着"我们的爱……过了就"这样没头没尾的句子。

不过，打起篮球来，她毫不含糊。她是班里的女篮队长，也是乒乓球高手和羽毛球爱好者，以及跆拳道学习班的学员。

和许多地震中的遇难者一样，胡慧姗充满梦想的岁月突然终止，原封不动地封存在这些遗物上。

遗物是母亲刘莉收集好的。这个心碎的母亲，收拾出许多记忆：女儿还在肚子里的时候，她用银币替女儿打的手镯，里面刻着"胡"字；圣诞节时送给女儿的围巾已经起毛了；女儿熬夜拼起的拼图一直摆在家里的床头；甚至，女儿用过的牙刷和穿破了的红色球鞋，也都没有丢掉。

她翻出了女儿的钱包，里面装满了女儿和同学嬉皮笑脸的搞怪照片，还整齐地装着70元钱。这些钱，是胡慧姗准备存下来给刘莉买生日礼物的。

有些东西碎了。一个 HelloKitty 的音乐盒，怎么按都按不响。CECT 牌黑色手机和粉红色 MP3 屏幕都压出了裂痕。

它们的主人也不再有机会实现想象里的人生，尽管她曾经在一篇爱情小说里，像模像样地描绘自己 10 年后的生活："二十五岁，那时我已有了自己的丈夫跟孩子，丈夫很爱我，孩子也很可爱。"

写完这段话后没多久，这个情窦初开的小姑娘，就被一场突如其来的地震掩埋了。

"以前从来没听说过给普通人修的纪念馆"

纯粹是出于偶然，在成都开公司的建筑师刘家琨，知道了被埋在废墟下的都江堰少女胡慧姗。

地震发生 3 天后，刘家琨来到都江堰市聚源中学的废墟上，那是他所知道的离成都最近的重灾之地。

不远处，是只剩下半截的楼房和挖掘的机器。一群哭哭啼啼的父母站在废墟上祭奠子女，几乎每个人都捧着一张照片。太阳很大，他忍受着飞扬的尘土和瓦砾缝里渗出的腐烂气味，第一次听到了胡慧姗这个名字。

“所有人都在哭，”刘家琨回忆。胡慧姗的妈妈刘莉并不是最惨的一个，“还有的家里，双胞胎全没了”。

不过，这个穿着黑色上衣的女人掏出两样东西，吸引了他。装在塑料袋里递到刘家琨面前的，一样是胡慧姗的脐带，另一样是她最早掉下的乳牙。

“你可以想到我们有多么爱她，”保存着女儿每一件成长证物的刘莉号啕大哭。她语无伦次地追忆着女儿，丈夫胡明则在旁边不停地劝她。这个当过兵的 43 岁男人脸上没什么表情，也没掉一滴眼泪，只是反复念叨一句话：“那么多娃娃都没了。”

短暂的接触中，刘家琨只对胡慧姗这个名字留下了很笼统的印象：孝顺、学习好、多才多艺——“就像所有父母嘴里的好女儿一样。”

不过，这对父母却给这个成都男人留下很深的印象。母亲的细腻和具体，父亲的冷硬和骄傲，这对不太协调的夫妇，“不知道为什么抓住了我”。

分别时，刘家琨和他们互相留了电话。尽管此后很久都没再见面，但他却一直想着这对夫妇，希望能为他们做点什么。他想了很多办法，也许可以给他们钱，也许可以替刘莉治好哮喘。

不过，作为建筑师，他觉得自己最在行的，还是为他们的女儿修一座纪念馆。

这个念头是突然间钻进刘家琨脑子里的。起初，这只是一个念头，而且，有若干理由可以打消这个念头。他不知道这个要求会不会很唐突，他甚至不知道怎么修：“以前从来没听说过给普通人修的纪念馆。”

但这个念头挥之不去。尤其是，作为一个 7 岁孩子的父亲，他自认为了解所有父母的感受。他甚至不敢想象这一切发生在自己身上，“假如是我……”一想到这儿，他就赶紧打住，不敢再往下想。

他越来越相信，对亡女的纪念，是给那对夫妇最好的安慰。

那时，他正主导着一个项目，把地震中倒塌的废墟重新收集、熔铸成低成本的“再生砖”，用来建新房子。这个建筑师觉得，自己过上了一种分裂的生活。每天，他都要在北川等地一些大的废墟间来回穿梭，“面对的都是大废墟、大场面，是硬的，很冷的，工程的东西”，但一闲下来，他就忍不住去构思那一个“小的，温暖的，为普通女孩修建的纪念馆”。

到后来，他干脆怀疑起自己的性格来：在面对生存的现实时，“我是不是太过诗情画意了？”

一个多月后，当他在都江堰市的一顶救灾帐篷里再一次见到胡明和刘莉时，他向他们提出了这个设想。因为怕被拒绝，他甚至有些吞吞吐吐，低着头不看对方的眼睛。

他没有想到，刘莉居然一下子跪在了地上。他手足无措起来，嘴里嘟囔了半天，也没说出什么来。

反倒是一直沉默、从不肯接受任何帮助的胡明这一次拍板答应了。他淡淡地对刘家琨说：除了女儿，其他东西“都是身外之物”。

“让大家都来关注普通人的生命”

自从答应让刘家琨替女儿修建纪念馆后，整理女儿遗物就成了刘莉最主要的生活内容。3 个月后，当地一名记者来到她位于都江堰市一座楼房 3 层的家里时，这个 40 岁的下岗女工，正一样一样仔细清点着女儿留下的东西。

有些从小就保存着，另一些则是地震后从废墟里挖出来的。所有这些，都被她记录在清单上面。

有时候，她还忍不住写下遗物背后的故事，即使这些故事别人未必在意。比如她记得，其中一支破损的睫毛膏原本是她的，女儿爱臭美，总是拿来打扮。地震前的一个星期六早上，胡慧姗不小心把这支睫毛膏弄坏了，担心挨妈妈骂，但刘莉却拿了一支新的给她。

在一盘磁带后面，她又标注：里面那首“布拉格广场”是女儿自编自导自跳自唱的曲子，“获得全校第一名”，还得到一个乒乓球拍作为奖品。

刘莉同意把这些东西交给刘家琨，并在胡慧姗的纪念馆里陈设出来。刘家琨和他承诺的纪念馆，已经成了这个母亲最大的期待和安慰。

她并不知道，这时候，在成都的刘家琨，正在为这座纪念馆发愁。这毕竟只是一个普通女孩的小小纪念馆，在最开始，这样一座纪念馆，甚至根本找不到落脚的地方。

在胡慧姗所在的都江堰市，刘家琨甚至想不出什么理由来报批一块地。他连试都没试，因为这名建筑设计工作室的老板凭着自己的经验判断，那只会白费力气。

承诺建这座纪念馆，他只用了不到 5 分钟。但为了这块地，他为难了好几个月。他一边忙活自己的工程，一边发愁，“这个包袱越来越重”，因为不想让胡明和刘莉知道，他甚至不怎么和他们通电话。

终于有一天，刘家琨想到了樊建川。这名商人在成都市大邑县的安仁镇，拥有一片属于自己的博物馆群落，并且正在那里修建地震博物馆。

在即将落成的汶川地震博物馆边上，樊建川为胡慧姗的纪念馆划出一片地。这是一片几年前栽下的小树林。刘家琨觉得，“这简直是世界上最好的地方了”。

今年 2 月 13 日前后，当刘莉发短信告诉刘家琨自己又怀孕的消息时，胡慧姗纪念馆，刚好也在这块选定的地段上动工了。

材料选的是最普通的砖和水泥。外表则保留了最原始的灰色——只是水泥的颜色，没经过任何处理，仔细看，还能看得出涂抹的痕迹。

“一定要选最朴素的做法。”刘家琨这样解释。他决定把纪念馆的外形设计成帐篷的样子，“就是地震后最常见的那种救灾帐篷”，因为地震后，他一度满眼都是帐篷，相信这形象可以承载一种普遍的记忆。

有的建筑师建议他增添些设计感。但他拒绝了，觉得“那样太表现自我”。尽管建筑师总是容易炫耀技巧，但刘家琨觉得这一次不行，因为他要纪念的人，“本来就是一个最普通的民间女孩”。

建筑工人的水平也不高。有一次，照着图纸修起来的地面，居然比图纸要求的低了一半。但刘家琨却挺满足，要知道，最开始拿到图纸的那家施工队嫌“工程又小，要求又多”，没过几天就把图纸退回来了。

刘家琨一开始就想修一个小纪念馆。其中一个理由很现实，他觉得自己“没那么多钱”修建大的。另一个理由是他向胡慧姗的父母解释时说的。当时，面对不住抽泣的母亲和沉默不语的父亲，他发表了一通演说：“如果做成一个大的，就成了国家工程了。咱就修一个小的，让大家都来关注普通人的生命。”

“给一个人建的一个纪念馆，难道不是最有意义的事吗？”他的结语用了一个反问句。

这个小小的纪念馆得到了许多人的支持。房子太小，钢材和铝管不能批量买，只能一根根定做，结果很多材料别人都没要钱。到最后纪念馆主体建成，刘家琨算了算，花的钱“大概有六七万元，不到 10 万元”。

尽管造价低，但早在决定修建胡慧姗纪念馆的时候，樊建川就向刘家琨保证过它的“级别”。当时，樊指着旁边花了 3000 万元修建起来的汶川地震博物馆说，到时候，两个的级别是一样的。

“一个悲伤绝望的家庭如何奋力继续生活”

起初，刘家琨并没打算把纪念馆内的墙壁涂成粉色，“我一个大男人，哪里欣赏得了这个”。

但刘莉在电话里定下了这个颜色，原因是“胡慧姗喜欢”。于是，刘家琨就在油漆商人的众多种粉色油漆里，挑中了其中一种“名字很浪漫”的。

出乎意料的是，“外面的静默和里面的娇艳”构成了一种冲突，感染了很多人，连他自己都喜欢上了这种搭配。

事实上，这个 50 岁出头的男人觉得自己“完全不了解 15 岁的女孩是什么样子”。他自己有很多年没接触过这个年纪的女孩了——也许从来都没接触过，因为他年轻的时候，“男孩和女孩接触是很少的”。

他自称是个生硬的人，“尤其不知道怎么面对女性感情细腻的表达”。他丝毫不清楚一个15岁的女孩会喜欢什么颜色，说什么话，以及怎样表达感情。于是，他找来工作室里最年轻的女实习生，请她帮忙布置。

许多布置是由这个女孩完成的。有一次，她还在胡慧姗的一本字典里发现了一个“小秘密”。在胡慧姗的名字下面，有人用不同的笔迹写道：“给我你的爱。”她好奇地猜测着这行字背后的故事，但故事已经被主人公带走了。

题写“胡慧姗纪念馆”馆名的是刘莉。为了这几个字，这位母亲练了很多遍。在一本女儿留下的绿格子作业本上，她用圆珠笔、红水笔和粗炭笔足足写了50多遍，每一个部首都反复练习。

一开始，她把落款写成“妈妈刘莉敬题”，然后又改成“妈妈刘莉题”。这个已经开始带点笑容的女人边写边说：“我要把女儿写活了。”

属于胡慧姗的纪念馆建成了，她的父母也正在努力开始新的生活。这对悲伤的夫妻，带上女儿的照片去了云南，那是胡慧姗生前最想去的地方。

去年9月，他们将女儿的骨灰埋葬在集体公墓里，紧靠着她的同学们。那一天，刘莉穿上了女儿以前最喜欢自己穿的衣服。她对着胡慧姗的照片说：“上帝保佑你再投胎到我肚子里，我一定把你生得长命百岁。”

怀孕那天，刘莉激动不已。她高兴地对丈夫说：“终于怀上了，要养胖点。”而一向沉默的胡明也露出了难得的笑容。

尽管还从未到过胡慧姗纪念馆，刘莉却参与了纪念馆的许多布置。馆门外要栽一棵树，她选择了金桂，因为花虽然开得小，但挺“茂盛”，很像自己的女儿。而且，她觉得“这说明胡慧姗在我们心里是很‘金贵’的”。

每个人对纪念馆都有不同的理解。刘家琨的很多朋友，也加入到这场纪念中来。一位雕塑家决定，将刘莉保存下来的女儿的一颗乳牙做成雕塑。画家何多苓画了一幅画，他在一张巨大的白色画纸上，用铅笔为胡慧姗画了一幅素描头像。他觉得，这个巨大的留白，很符合这座纪念馆的调子。

诗人翟永明也听说了这件事，特意打来电话征求意见，她要写一首关于胡慧姗和这个纪念馆的诗，希望在里面提到刘家琨的名字。后来，女诗人的手抄诗稿贴在了纪念馆的墙上。她用有些潦草的字迹写道：

但愿我从未出生
从未被纪念
从未被母亲抱在怀里

刘家琨觉得，这是整座纪念馆里，“最愤怒”的一件展品。在一本介绍纪念馆的小册子里，他这样描述这个小小空间：“这里的内容没有悲壮热烈和宏大喧嚣，只是关于一个花季少女的追忆，以及一个悲伤绝望的家庭如何奋力继续生活。”

“对普通生命的珍视是民族复兴的基础”

如果不经指点，掩映在小树丛里的胡慧姗纪念馆，很不容易被人发现。

在纪念馆的左方，是著名的汶川地震博物馆，里面陈列着“地震名人”的各种纪念物。它的右方，有一个“文革”题材的博物馆。往前走不远，还能看见一系列抗战主题博物馆。而由官方出资的一座巨大的地震纪念馆，据说也正在规划，即将在这附近动工。

与这些存放着关于国家、民族历史记录的巨大建筑相比，胡慧姗的纪念馆悄悄躲在一旁，既不宏伟，也不复杂，甚至显得有点寒酸。但刘家琨觉得，这无疑是他设计过的最有意义的作品。

此前，这位小有名气的设计师，作品主要是设计文化博物馆，或者办公室，全部是受委托的作品，由别人出钱修建。

但这个自己出钱修建的小小纪念馆却不同，因为这一次，是他的“个人叙事”。他觉得，这个设计的意义，超越建筑之外。

尽管他表示，最初修建纪念馆的原因，只是为了完成胡慧姗父母的一个心愿。但当一个法国记者问他：你知道这是个象征吗？他的回答是：我知道，现在它成了一个象征。

“为一个小女孩修的纪念馆，是超越这个小女孩本身的，”刘家琨说，他已经意识到，“这也是为纪念和尊重所有的普通生命。”

在以前的灾难中，死掉的人常常只是个名字，或者是个数字。但胡慧姗纪念馆建成后，他觉得“就好像走进了这个名字”。

虽然他对这个名字背后的女孩并不真正熟悉。有时候，他会用“小女孩”来代替这个名字。他看过胡慧姗的照片，唯一的印象就是“还比较好看”。但对她的性格，他只能转述刘莉说过的“阳光、孝顺、聪明”这些笼统的概括。

不过，当他看着她的遗物一件件排开时，仍然感受到了一个“具体”的生命。

作为设计者，他并不否认，别人来看这个纪念馆，并不一定是为了“平凡女孩”胡慧姗。

熟悉的朋友看过纪念馆，很少会对他评价什么。偶尔会有人在离开之后，发来短信说“很感动”。他认为，这是一种“朋友间的默契”。

但宏大和喧嚣还是找上了这座小小的纪念馆。很多人来过之后，并没有对胡慧姗留下什么印象。相反，他们来问纪念馆的设计者：“这背后是不是还有什么深意？”

“没有什么深意。”刘家琨就这样回答。

不过，尽管一直在强调修建胡慧姗纪念馆的用意很单纯，刘家琨还是发现，这座为纪念一个普通女孩而修建的建筑，无可避免地被许多人作了更多的解读和引申。

甚至，他的一些朋友和支持者，也会发表这样的观点。而找上门来的记者们，则更加直接地问他这个问题。

他回应道：“我不讨厌象征，但我讨厌宏大的、政治性的象征。我觉得这个纪念馆是对个体生命的象征，而生命是超越政治的。”

“那些用政治来解读的人，对个体生命同样是不够尊重的，因为他们必须在个体生命之外添上其他的东西。”他皱着眉头说道。他一直认为，那些过度强调个体生命的政治意义的人，和那些把个体生命当做数字而漠视的人，背后有同样的逻辑，“只不过是一条绳子的两端”。

而这一切，和15岁的遇难少女胡慧姗，和为她而建起的纪念馆，根本没什么关系。至少，刘家琨是这么认为的。

因为尚未对公众开放，胡慧姗纪念馆的铁门总是锁着。

大多数时候，这个女孩的故事还被定格在门内的粉红色寂静里，只有当慕名而来的人找到管理员，打开锁，才能得到短暂的展示。

刘莉一直在等待纪念馆开馆。在家里，她也一直保持着女儿房间的原貌。有时候，她会在电话里告诉别人，现在这个孩子在肚子里也挺调皮，动得挺厉害，像胡慧姗当年一样。她决定，如果生个女儿，依然叫胡慧姗。

但这位母亲并不知道还要等多久。由于缺少通风，几天阴雨过后，7月3日这天，前来整修的工作人员打开纪念馆的铁门，发现陈列在其中的有些物品已经有点发霉。胡慧姗的英语等级证书上，字迹已开始变得模糊。摆放在书桌上的书本和笔记本，纸张已经变软、发潮，而那件白色跆拳道练习服，和蓝黑色的耐克双肩背包，都散发着潮湿的腐气。

不过在网络的虚拟世界里，关于这个纪念馆的消息和照片已经开始流传开来。在这流传过程中，设计者刘家琨的一句话被一次一次地引用：“对普通生命的珍视是民族复兴的基础。”

（原载于2009年7月8日）

「我们在记录这个时代，
而这个时代是由小人物组成的，
他们是一个个具体的人，
他们的故事同样很重要。」

“7·23”甬温线特大铁路事故路段已清理干净，恢复通车。李震宇 / 摄

2011

永不抵达的列车

文＿赵涵漠

7月23日7时50分

在北京这个晴朗的早晨，梳着马尾辫的朱平和成千上万名旅客一样，前往北京南站。如果一切顺利的话，这个中国传媒大学动画学院的大一女生，将在当天晚上19时42分回到她的故乡温州。

对于在离家将近2000公里外上学的朱平来说，“回家”也许就是她7月份的关键词。不久前，父亲因骨折住院，所以这次朱平特意买了动车车票，以前她是坐28个小时的普快回家的。

12个小时后，她就该到家了。在新浪微博上，她曾经羡慕过早就放假回家的中学同学，而她自己“还有两周啊”，写到这儿，她干脆一口气用了5个感叹号。

“你就在温州好好吃好好睡好好玩吹空调等我吧。”她对同学这样说。

就在出发前一天，这个“超级爱睡觉电话绝对叫不醒”的姑娘生怕自己误了火车。在调好闹钟后，她还特意拜托一个朋友“明早6点打电话叫醒我”。

23日一早，20岁的朱平穿上浅色的T恤，背上红色书包，兴冲冲地踏上了回家的路。临行前，这个在同学看来“风格有点小清新”的女孩更新了自己在人人网上的状态：“近乡情更怯是否只是不知即将所见之景是否还是记忆中的模样。”

就在同一个清晨，中国传媒大学信息工程学院的2009级学生陆海天也向着同样的目的地出发了。在这个大二的暑假里，他并不打算回安徽老家，而是要去温州电视台实习。在他的朋友们看来，这个决定并不奇怪，他喜欢“剪片子”，梦想着成为一名优秀的电视记者，并为此修读了“广播电视编导”双学位，“天天忙得不行”。

据朋友们回忆，实际上陆海天并不知道自己将去温州电视台实习哪些工作，但他还是热切地企盼着这次机会。开始他只是买了一张普快的卧铺票，并且心满意足地表示，“定到票了，社会进步就是好”。可为了更快开始实习，他在出发的前几天又将这张普快票换成了一张动车的二等座票。

23日6时12分，陆海天与同学在北京地铁八通线的传媒大学站挥手告别。

7时50分，由北京南站开往福州、途经温州南站的D301次列车启动。朱平和陆海天开始了他们的旅程。

后来，人们知道陆海天坐在D301次的3号车厢。可有关朱平确切的座位信息，却始终没有人知道。有人说她在5号车厢，有人并不同意，这一点至今也没人能说得清。

几乎就在开车后的1分钟，那个调皮的大男孩拿起手机，在人人网上更新了自己的最新信息：“这二等座还是拿卧铺改的，好玩儿。”朱平也给室友发了条“炫耀”短信：马上就要“飞驰”回家了，在动车上，就连笔记本电脑的速度也变快了，这次开机仅仅用了38秒。

D301上，陆海天和朱平的人生轨迹靠近了。在学校里，尽管他们都曾参加过青年志愿者协会，但彼此并不认识。

朱平真正的人生几乎才刚刚开始。大一上学期，她经历了第一次恋爱，第一次分手，然后“抛开了少女情怀，寄情于工作”，加入了校学生会的技术部。在这个负责转播各个校级晚会、比赛的部门里，剪片是她的主要任务。

室友们还记得，她常常为此熬夜，有时 24 个小时里也只能睡上两个钟头。一个师兄也回忆起，这个小小的女孩出现在校园里的时候，不是肩上扛着一个大摄像机在工作，就是捧着一台笔记本电脑做视频剪辑。

就像那些刚刚进入大学的新生们一样，这个长着“苹果脸”的女孩子活跃在各种各样的课外活动上，她甚至参加了象棋比赛，并让对手“输得很惨”。

有时，这个“90 后”女孩也会向朋友抱怨，自己怎么就这样“丧失了少女情怀”。随后，她去商场里买了一双楔形跟的彩带凉鞋，又配上了一条素色的褶皱连衣裙。

黄一宁是朱平的同乡，也是大学校友，直到今天，他眼前似乎总蹦出朱平第一次穿上高跟鞋的瞬间。“那就是我觉得她最漂亮的样子。”一边回忆着，这个男孩笑了出来。

可更多时候，朱平穿的总是在街边“淘来的，很便宜的衣服”。当毕业的时节来临，朱平又冲到毕业生经营的二手货摊上买了一堆“好东西”，“那几天，她都开心极了”。

她平日花钱一贯节俭，甚至每个月的饭钱不到 200 元。这或许与她的家庭有关，邻居们知道，朱平的父亲已经 80 多岁，母亲 60 多岁，这个乖巧的女儿总是不希望多花掉家里一元钱。

就连这趟归心似箭的回家旅程，她也没舍得买飞机票，而是登上了 D301 次列车。

“车上特别无聊，座位也不舒服，也睡不痛快，我都看了 3 部电影了。”朱平在发给黄一宁的短信里这样抱怨，“我都头晕死了。”

在这个漫长而烦闷的旅途里，陆海天也用手机上网打发着时间。中午时分，朋友在网上给他留言，“一切安好？”

他十分简短地回答了一句，“好，谢。”

在陆海天生活的校园里，能找到很多他的朋友。这个身高 1.7 米的男孩是个篮球迷，最崇拜的球星是被评为“NBA 历史十大控球后卫”之一的贾森·基德，因为基德在 38 岁的高龄还能帮助球队夺取总冠军。

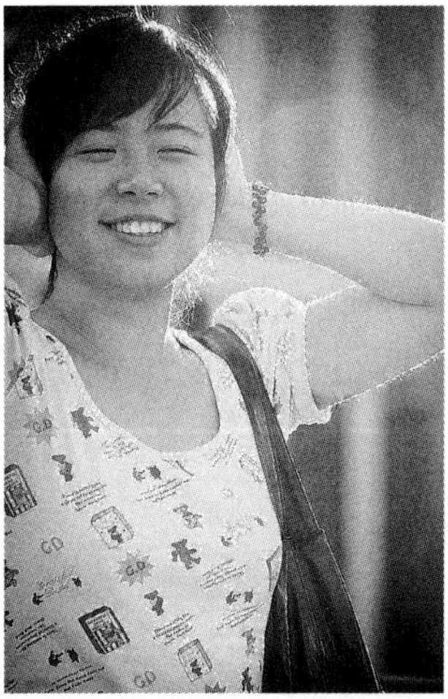

朱平

陆海天

师兄谢锐想起，去年的工科生篮球赛上，陆海天的任务就是防守自己。那时，谢锐还不认识这个“像基德一样有韧性”的男孩，被他追得满场跑，“我当时心里想，这师弟是傻么，不会打球就知道到处追人。”

其实，在篮球场上，这个身穿24号球衣的男孩远不如基德那样重要，甚至“没有过什么固定的位置”。可在赛场内外，他都是不知疲倦的男生。他曾担任过中国网球公开赛的志愿者，“对讲机里总是传出呼叫陆海天的声音”。志愿者们在高近10米的报告厅里举办论坛时，也是这个男孩主动架起梯子，爬上顶棚去挂条幅。

学姐吴雪妮翻出了一年前陆海天报考青年志愿者协会时的面试记录。在这个男孩的备注里，吴雪妮写着：“善良，任务一定能够完成。”

甚至就在离开学校的前一个晚上，他还在饭桌上和同学聊了一会儿人生规划。据他的朋友说，“陆海天最讨厌愤青，平时从来不骂政府”。如果不出意外，他可能会成为一个记者，冲到新闻现场的最前线。而第二天到达温州，本应该是这份规划中事业的起点。

在这辆高速行驶的列车上，有关陆海天和朱平的信息并没有留存太多。人们只能依靠想象和猜测，去试图弄清他们究竟如何度过了整个白天。“希望”也许是7月23日的主题，毕竟，在钢轨的那一端，等待着这两个年轻人的，是事业，是家庭。

7月23日20时01分

人们平静地坐在时速约为200公里的D301次列车里。夜晚已经来临，有人买了一份包括油焖大虾和番茄炒蛋的盒饭，有人正在用iPad玩“斗地主”，还有人喝下了一罐冰镇的喜力啤酒。

据乘客事后回忆，当时广播已经通知过，这辆列车进入了温州境内。没有人知道陆海天当时的状况，但黄一宁在20时01分收到了来自朱平的短信：“你在哪，我在车上看到闪电了。”

当时还没有人意识到，朱平看到的闪电，可能预示着一场巨大的灾难。

根据新华社的报道，D301 前方的另一辆动车 D3115，遭雷击后失去动力。一位 D3115 上的乘客还记得，20 时 05 分，动车没有开。20 时 15 分，女列车长通过列车广播发布消息："各位乘客，由于天气原因，前面雷电很大，动车不能正常运行，我们正在接受上级的调度，希望大家谅解。"

有人抱怨着还要去温州乘飞机，这下恐怕要晚点了。但一分钟后，D3115 再次开动。有乘客纳闷，"狂风暴雨后的动车这是怎么了？爬得比蜗牛还慢"。将要在温州下车的旅客，开始起身收拾行李，毕竟，这里离家只有 20 分钟了。

20 时 24 分，朱平又给黄一宁发来了一条短信，除了发愁自己满脸长痘外，她也责怪自己"今年的成绩，真是无颜见爹娘"。可黄一宁知道，朱平学习很用功，成绩也不错，"但她对自己要求太严了，每门考试都打算冲刺奖学金"。

已经抵达温州境内的朱平同时也给室友发了一条短信："我终于到家了！好开心！"

这或许是她年轻生命中的最后一条短信。

10 分钟后，就在温州方向双屿路段下岙路的一座高架桥上，随着一声巨响，朱平和陆海天所乘坐的、载有 558 名乘客的 D301，撞向了载有 1072 名乘客的 D3115。

两辆洁白的"和谐号"就像是被发脾气的孩子拧坏的玩具：D301 次列车的第 1 到 4 位车厢脱线，第 1、2 节车厢从高架上坠落后叠在一起，第 4 节车厢直直插入地面，列车表面的铁皮像是被撕烂的纸片。

雷电和大雨仍在继续，黑暗死死地扼住了整个车厢。一个母亲怀里的女儿被甩到了对面座位底下；一个中年人紧紧地抓住了扶手，可是很快就被重物撞击，失去意识……

附近赶来救援的人们用石头砸碎双层玻璃，幸存者从破裂的地方一个接一个地爬出来，人们用广告牌当做担架。救护车还没来，但为了运送伤员，路上所有的汽车都已经自发停下。摩托车不能载人，就打开车灯，帮忙照明。

车厢已经被挤压变形，乘客被座位和行李紧紧压住，只能发出微弱的呼救声。消防员用斧头砸碎了车窗。现场的记者看到，23 时 15 分，救援人员抬出一名短发女子，但看不清生死；23 时 25 分，一名身穿黑白条纹衫的男子被抬出，身上满是血迹；然后，更多伤者被抬出列车。

有关这场灾难的信息在网络上迅速地传播，人们惊恐地发现，“悲剧没有旁观者，在高速飞奔的中国列车上，我们每一位都是乘客”。

同时，这个世界失去了朱平和陆海天的消息。

在中国传媒大学温州籍学生的 QQ 群里，人们焦急地寻找着可能搭乘这辆列车回家的同学。大二年级的小陈，乘坐当晚的飞机，于凌晨到达温州。在不断更新着最新讯息的电脑前，小陈想起了今早出发的朱平。他反复拨打朱平的手机，可始终无人接听。

黄一宁也再没有收到朱平的短信回复。当他从网上得知 D301 发生事故后，用毫不客气的口吻给朱平发出了一条短信：“看到短信立即回复汇报情况！”

仍旧没有回复。

因为担心朱平的手机会没电，黄一宁只敢每隔 5 分钟拨打一次。大部分时候无人接听，有时，也会有“正在通话中”的声音传出。“每次听到正在通话，我心就会嘭嘭跳，心想可能是朱平正在往外打电话呢。”

可事实上，那只是因为还有其他人也在焦急地拨打着这个号码。

同学罗亚则在寻找陆海天。这个学期将近结束，分配专业时，陆海天和罗亚一起，凭着拔尖的成绩进入了整个学院最好的广播电视工程系。这是陆海天最喜欢的专业，可他们只开过一次班会，甚至连专业课也还没开始。

朋友们想起，在学期的最后一天，这个“很文艺的青年”代表小组进行实验答辩，结束时，他冒出了一句：“好的，over！”

“本来，他不是应该说‘thank you’吗？”

陆海天的电话最终也没能接通，先是“暂时无法接通”，不久后变为“已关机”。也就在那天夜里 10 时多，朱平的手机也关机了。

在这个雨夜，在温州，黄一宁和小陈像疯了一样寻找着失去消息的朱平。

约 200 名伤者被送往这座城市的各个医院，安置点则更多，就连小陈曾经就读的高中也成了安置点之一。

寻找陆海天的微博被几千次地转发，照片里，他穿着蓝色球衣，吹着一个金属哨子，冲着镜头微笑。但在那个夜晚，没有人见到这个“1.7 米左右，戴眼镜，脸上有一些青春痘”的男孩。

那时，陆海天就在 D301 上的消息已经被传开。朋友们自我安慰：陆海天在 D301，这是追尾车，状况应该稍好于 D3115。另悉，同乘 D301 的王安曼同学已到家。

人们同时也在寻找朱平，“女，1.6 米左右，中等身材，着浅色短袖，长裤，红色书包，乘坐 D301 次车”。

人们还在寻找 30 岁、怀孕 7 个月的陈碧，有点微胖、背黑色包包的周爱芳，短发、大门牙的小姑娘黄雨淳，以及至少 70 名在这场灾难中与亲友失去联系的乘客。

一个被行李砸晕的 8 岁小男孩，醒来后扒开了身上的行李和铁片，在黑暗中爬了十几分钟后，找到了车门。周围没有受伤的乘客都跑来救援，但他只想要找到自己的妈妈。后来在救护车上，他看到了妈妈，“我拼命摇妈妈，可妈妈就是醒不来。”

追尾事故发生后，朱平的高中和大学同学小潘也听说了朱平失踪的消息。她翻出高中的校友录，在信息栏里找到朱家的电话。24 日 0 时 33 分，她告诉 QQ 群里的同学，她已经拨通了这部电话，可是“只有她妈妈在家，朱平没有回去过”。

这位年过六旬的母亲并不知道女儿搭乘的列车刚刚驶入了一场震惊整个国家的灾难。“她妈妈根本不知道这个消息。”小潘回忆通话时的情景。朱妈妈认为，女儿还没到家可能只是由于常见的列车晚点，她已经准备好了一桌饭菜，继续等待女儿的归来。

凌晨 3 时许，黄一宁和小陈分头去医院寻找已经失踪了 7 个小时的朱平。他们先是在急诊部翻名单，接着又去住院部的各个楼层询问值班护士。

广播仍然在继续，夜班主持人告诉焦急的人们，只有极个别重伤者才会被送往温州医学院附属第三医院和附属第一医院。而在那时，黄一宁根本不相信朱平就是这“极个别人中的一个”。在医院里，死亡时刻都在发生。

当黄一宁看到，一位老医师拿着身份证对家属说，这个人已经死了，他的心里紧了一下。有的死者已经无法从容貌上被辨识，一个丈夫最终认出了妻子，是凭借她手指上的一枚卡地亚戒指。

可朱平却像是从这个世界上消失了，谁也不知道她的下落。

当小陈最终找进附一院时，他向护士比划着一个“20 多岁，1.6 米高的女孩”时，护士的表情十分震惊，“你是她的家属吗？”

那时，小陈突然意识到，自己之前抱有的一丝希望也已经成为泡沫。他从护士那里看到了一张抢救时的照片，又随管理太平间的师傅去认遗体。女孩的脸上只有一些轻微的刮蹭，头发还是散开的，“表情并不痛苦，就好像睡觉睡到了一半，连嘴也是微微嘟着的”。

他不敢相信这就是自己的“包子妹妹”。但是，没错。他随后打电话给另外几位同学，“找到朱平了，在附一院。”

黄一宁冲进医院大门时看见了小陈，“朱平在哪里？”

小陈没说话，搂着黄一宁的肩膀，过了好一会才说，“朱平去世了。”

两个男孩坐在花坛边上，眼泪不停地往下掉。小陈又说，“可能是我王八蛋看错了，所以让你们来看一下。”

黄一宁终于在冰柜里看到了那个女孩，她的脸上长了几颗青春痘，脖子上的项链坠子是一个黄铜的小相机，那正是他陪着朱平在北京南锣鼓巷的小店里买的，被朱平当成了宝贝。

那一天，他们一起看了这条巷子里的“神兽大白”，“就是一只叫得很难听的鹅”。那一天，朱平炫耀了自己手机里用 3 元钱下载的“摇签”软件，还为自己摇了一个“上签”。

“你知道吗？我们俩都计划好了回温州要一块玩，一起去吃海鲜。可是看着她就躺在太平间里，我接受不了。”回忆到这里，黄一宁已经不能再说出一句话，大哭起来。

7 月 23 日 22 时

朱平是在 23 日 22 时 44 分被送到医院的，23 时左右经抢救无效后身亡。

21 时 50 分，被从坠落的车厢里挖出的陆海天，被送到了温州市鹿城区人民医院。据主治医生回忆，那时，他已经因受强烈撞击，颅脑损伤，骨盆骨折，腹腔出血，几分钟后，心跳停止，瞳孔放大；在持续了整整一个小时的心肺复苏后，仍然没有恢复生命的迹象，宣告死亡。

在 D301 次列车发生的惨烈碰撞中，两个年轻人的人生轨迹终于相逢，并齐齐折断。这辆列车在将他们带向目的地之前，把一切都撞毁了。

天亮了，新闻里已经确认了陆海天遇难的消息，但没人相信。有人在微博上写道："我不敢相信也不愿相信！希望有更确切的消息！"

陆海天才刚刚离开学校，他的照片还留在这个世界上。这个总是穿着运动装的男孩有时对着镜头耍帅，有时拿起手机对着镜子自拍，也有时被偷拍到拿着麦克风深情款款。

直到 24 日中午，仍有人焦急地发问："你在哪？打你电话打不通。"也有人在网络日志里向他大喊："陆海天你在哪里？你能应一句么！！！"那个曾与他在地铁站挥手道别的朋友，如今只能对他说一句："晚安，兄弟。"

朱平失踪的微博也仍在被转发，寻人时留下的号码收到了"无数的电话和短信"，一些甚至远自云南、贵州而来，他们说，只是"想给朱平加油"。

可那时，朱平的哥哥已经在医院确认了妹妹的身份。他恳求朱平的同学，自己父母年岁已高，为了不让老人受刺激，晚点再发布朱平的死讯。那几个已经知道朱平死讯的年轻人，不得不将真相憋在心里，然后不停地告诉焦急的人们，"还在找，不要听信传言"。

这个圆脸女孩的死讯，直到 24 日中午通知她父母后才被公开。悲伤的母亲再也说不出什么话来，整日只是哭着念叨：“我的小朱平会回来的，会回来的。”

黄一宁也总觉得朱平还活着。就在学期结束前，她买了一枚“便宜又好用”的镜头，并且洋洋得意地告诉朋友们，“回家要给爸妈多拍几张好照片”。

黄一宁还记得，朱平说过要回来和他一起吃“泡泡”（温州小吃），说要借给他新买的镜头，答应他来新家画墙壁画。“朱平，我很想你……可是，希望我的思念没有让你停下脚步，请你大步向前。”黄一宁在26日凌晨的日志里写道。

他也曾想过，如果这趟列车能够抵达，“会不会哪一天我突然爱上了你”。

阳光下花草、树木的倒影还留在这个姑娘的相机里；草稿本里还满是这个姑娘随手涂画的大眼睛女孩；她最喜欢的日剧《龙樱》仍在上演；这个夏天的重要任务还没完成，她在微博上调侃自己“没减肥徒伤悲”……

但朱平已经走了。

新华社发布的消息称，截至25日23时许，这起动车追尾事故已经造成39人死亡。死者包括D301次列车的司机潘一恒。在事故发生时，这位安全行驶已达18年的司机采取了紧急制动措施，在严重变形的司机室里，他的胸口被闸把穿透。死者还包括，刚刚20岁的朱平和陆海天。

23日晚上，22时左右，朱平家的电话铃声曾经响起。朱妈妈连忙从厨房跑去接电话，来电显示是朱平的手机。“你到了？”母亲兴奋地问。

电话里没有听到女儿的回答，听筒里只传来一点极其轻微的声响。这个以为马上就能见到女儿的母亲以为，那只是手机信号出了问题。

似乎不会再有别的可能了——那是在那辆永不能抵达的列车上，重伤的朱平用尽力气留给等待她的母亲的最后一点讯息。

（原载于2011年7月27日）

「每个人都做自己可以做到的事情，

这个世界就会越来越好。」

董婉婷在医院绘制墙画。受访者 / 供图

2020

毕业前的生死课

文 _ 王梦影

22 岁的武汉女孩董婉婷曾亲笔写下遗书。这位新冠病毒感染者当时走不了路，昏睡一天，醒来后去摸索纸笔，感觉自己正直面死亡的脸孔，在恐惧中落泪。

2020 年 1 月 20 日，她开始咳嗽、发烧。肺部 CT 影像是磨玻璃状阴影。她跑过 3 家医院共计 9 趟，居家隔离一周半，集中隔离 11 天，做过 4 次核酸检测，在重症病房治疗 19 天，每天吞药 40 片，有一天抽了 11 管血做检查。她所在的城市也宣布了“战时”，来自全国各地的超过 4 万专业医护人员加入了战斗。

3 月 10 日，董婉婷的检查结果达到出院标准，转移到隔离点，核酸检测不“复阳”就能康复回家。在这场求生的征途中，年轻的大四女孩找到了很多答案。

1

死亡的阴影最初表现为不确定性，悄然出现在生活里。董婉婷不清楚从什么时候起，心里的疑问越来越大，撑满闷痛的胸腔：我是不是也感染了？

她的庚子年始于一场高烧，睁开眼零点已过，量体温，38.8 摄氏度。

发烧时，她感觉身体沉重，痛觉尖锐。她疲劳，却连着几晚难以入睡，肌肉骨骼都在疼，尤其是后腰。器官出问题后存在感强烈，那是一种难以向健康人描述的难受——她能感到一边的肺泡似乎没有另一边舒展。高烧几天，潜伏几天，又更猛烈地袭来。中途是腹泻。

武汉人的日历一页页翻向春节，新冠肺炎的确诊病例逐渐增多。董婉婷曾听见路人议论着“人心惶惶”，饺子馆里有本地老人为戴不戴口罩争辩。超市里人不少，不知道是为过年，还是因为“封城”囤货。喜庆的歌曲里，夹杂着一个男声播报：“……提醒您勤洗手……”

下电梯时她遇见快递员，对方没有口罩。她送了一个，“怕传染一个辛勤工作的人”。

她是问诊大潮中的一滴水。1 月 23 日，她曾去武汉同济医院，上午 9 点到达，拿到 900 多号，被告知下午 4 点才有可能看上病。后来她去了普爱医院，随着队伍缓缓前挪等待抽血，挪了 3 个小时。她没能输上液——输液要去急诊，而急诊人满了。

大年初一，她起了个大早，又到同济医院。病人不算多。她终于做上了胸部 CT。下午拿到结果：双肺磨玻璃影。她没有哭，甚至没有表情变化，手是抖的。

等结果的 4 个小时内她回家吃饭，看了一会儿电视剧《庆余年》。主人公好像又解决了一个大难题。这段时间她循环播放这部电视剧，平板电脑 24 小时接着电源。哪怕自己在做其他事情，也需要角色对白的声音填补生活背景。

同济医院开了 3 针点滴，她没打上第 3 针。1 月 25 日，武汉市中心城区实行机动车禁行管理，她出不了门了。

在医院输液时，她默默观察着四周的人，回家后记录在日记里。她目睹了一场分别：女人带着五六岁的儿子站在一边，男人在另一边。男人叫了一声：“儿子！”小男孩懵懵的，而女人动了动嘴，终于没有靠近。

另一对夫妻对话：“专家说打白蛋白（或为免疫球蛋白针剂——记者

者注）或许有效。”“干吗啊，这得花多少钱。”“倾家荡产也得救你的命。”

“我一屋里人（一家人）都感染了。”她听见一位老爷爷絮叨，“一屋里。我被隔离在汉阳，我儿子在汉口的医院，我儿媳妇被送到武昌了，巧板眼（不凑巧）还都不在一起。”

她听见一个年轻姑娘打电话，猜测那一头可能是姑娘的家人。姑娘说：“你不要过来！我要一个人隔离！我住酒店，去哪儿都行，反正我不去你那里……这是传染病，会死人的！你们是不是非要传染才罢休，我不回来！”

女孩挂了电话，又哭了。手机还在振动，对方又打进来了。董婉婷也开始落泪。

武汉市第四医院她去了3次。第一次，医院无法接诊，正在紧急改造以适应新冠肺炎收治要求。第二次，她在发热门诊见到8名医生、4个诊室、1个分诊台。以分诊台为中心，病人围了好几层，每层都想更靠近中心一步。“平时武汉人都没什么排队的习惯，何况特殊时期。”第三次是1月26日，医院已恢复基本的秩序。一个护士建议她：没有确诊试剂盒，排队没有意义，回家隔离吧。

几个月前，董婉婷对这一年的期待是毕业设计和研究生申请。当时她不知道，大小仅相当于十万分之一粒芝麻的新冠病毒正在悄然飘荡。

很久以后，她才感觉与这座生养自己的城市命运相连。1月23日，她开始高烧的第二天，武汉“封城”了。在武汉市确诊病例快速增长时，她的病情加重进入隔离，2月17日作为重症患者入院治疗。3月来临后，她的情况有所好转。武汉市新增确诊病例首度跌至两位数。

董婉婷出现感染症状超过两周后，2月8日，中国大陆累计确诊新冠肺炎感染者33728例，超过“非典”时期最终数据，钟南山通过电视节目发话：不能完全证明拐点到来。武汉雷神山医院也开始使用，当天交付1600张病床。这一天，她接到了一个通知她转移的电话。

到达硚口区隔离点时已是傍晚，这里征用了武汉市第一职业教育中心的宿舍楼。

从一楼大厅往外望，她能看到一轮圆月。上下楼几趟，天色越来越浓重，而“月亮一直在那里”，硕大、金黄、很好看。她想起来，这一天是元宵节，春节过完了。

她记得除夕那天，自己极想看春晚，她已经很多年不看这个节目了。

在独自租住的小房间里，她没吃晚饭就躺下了，用平板电脑观看央视春节联欢晚会的直播。开场是歌舞《春潮颂》。色彩泼在屏幕上，明星齐唱“正月里来正月正，锣鼓唢呐鞭炮声”。2013 年起武汉市重启烟花爆竹燃放禁令，窗外的夜没有声响。大概两个节目后，她睡着了。

2

到隔离点的第一天，工作人员指引董婉婷到一楼的储备间领取被褥等物资，没有陪同她上楼，房间任她挑选自行入住。这个隔离点头一天才开放，她属于第二批住户。她从底层开始找起，因为离一层的工作人员越近，“越方便呼救”。其他病人显然思路一致，她一路找到五楼才见到空房。

这里很安静，她偶尔听见走廊里不知是哪一间的住户在咳嗽，“咳得几乎要背过气”。

如果不考虑身体系统里的病毒，一切仿佛大一新生入学。她跑上跑下，领东西送回房间，铺床烧水。房间四四方方带小阳台，被套床单是折痕崭新的蓝色格子布。

被子发完了，只得要了一床褥子盖。董婉婷穿着毛衣和羽绒服裹在床褥里，一夜睡睡醒醒。她觉得武汉这个冬天格外冷，“也可能是心理原因”。

在普爱医院看病时，医院将发热门诊设在空地上的一处单独隔开的小房子里，屋外排着长队。那天风很大，她里里外外穿了 7 层，戴着围巾、帽子、手套。她第一次体会到，冷的极致是感觉不到冷了。

为病人安全起见，隔离点的门不允许关闭，门锁锁舌处包着毛巾防止自动带上。小楼立于开发区中，四周一片旷野，风灌进楼来，尖啸着，门也砰砰应和，”简直像交响乐”。有一天董婉婷看见窗外由暖黄转为青白，鹅毛大雪降下来。

从第一声咳嗽到住进隔离点，她始终没有把病情告诉妈妈。得病的女儿认为有必要保护自己的母亲。公共交通停了，妈妈没有车，无法实际帮上忙。她觉得，告诉母亲，只会让她感到无能为力，白白担心。

疫情则将她和爸爸逼到一起。她发现自己得到了机会更新父女的相处模式。她不隐瞒自己来自一个“不太完整的家庭”。父母在她幼时离异。父亲再婚，又有了一个女儿。母亲辛勤工作，她几乎由外婆带大。

在董婉婷看来，爸爸的关心总带一种不由分说的独断。而她早习惯自己拿主意。她追随爱好考入艺术高中，又进入大学的艺术专业。父亲始终不赞成这个决定，觉得不好找工作。“你没有那个天分。”他劝说，丝毫没有意识到这句话像刀子一样伤人。

这个冬天以前，父女只在年节见面。已经长大的女儿和中年的父亲已不再发生矛盾，他们维持着彬彬有礼的距离。这一次，董婉婷将自己的身体状况告诉了父亲。后者有私家车，能接送她往来医院，车窗外是越来越空旷的武汉。

董婉婷一度不想再去医院排队了，她感觉到徒劳无功，而身体越来越吃不消。父亲则强烈反对，总逼她打起精神再跑一趟。他想救女儿，以他习惯的那种独断的方式。两人常为此发生争执。

其中一次矛盾爆发于两人的通话中，争到中途，女孩此生第一次听到，父亲哭了。

她发现爸爸竟能在哽咽的同时几乎不受干扰地继续输出自己的观点。这一刻，两个人丰沛的情绪让她“震撼”又“痛苦”。她意识到：天哪，爸爸爱我。

3

她在新闻里看见外面的情况，“江汉路一个人都没有”，这是她打记事起从未见过的景象。她从来没有见过比武汉更“火热”的城市。

2019 年，也是这样的冬末春初，她正拿着学校的照相机穿行于这座城市的大街小巷。这是艺术课程《阅读城市》的实践部分。

建筑是热闹的。武汉，160多年前《天津条约》中增辟的通商口岸，如今对外贸易量稳居全国前四的大港口，“九省通衢”。不同的建筑风格在这里摩肩接踵，她拍下照片去书本中对照，认出广东的、浙江的，还有欧洲的。

现代高楼簇拥着“里分”低矮的红色屋顶。里分是武汉在半殖民统治时的租界，现在的城中村落。“比户相连，列里以居”，“里”，就是家的居所。董婉婷的外婆曾在集贤里居住，那里如今已经拆迁。2019年，她在里分租过一个工作室，从早观察到晚。她发现居民多为老人和体力劳动者，不少环卫工人，带荧光条的橙红马甲在巷弄间隐没。居民楼间各种线缆拉得很低，晾晒的各色衫裤飘飘荡荡。黄猫卧在树影和阳光的夹缝里，斜睨着眼。

武汉人，“口头上总是要轰轰烈烈”。武汉话抑扬顿挫，气势惊人，总是显得“很凶”，“汉口话尤其凶”。江汉路是步行街，人头攒动，招牌霓虹，大喇叭放着流行乐，“好像永远有人在吵架”：顾客为价格吵，行人和店家吵。

董婉婷在里分居住时听到最多的也是吵架，父母妻儿，家长里短。路人悠然而过，不觉得有什么热闹可看。吵过了，饭菜香又飘起来。

在她眼中，武汉充满着“江湖气和烟火味”，“烟火味”直接体现在居民楼的建筑外墙上。

2019年军运会后，市容大大优化。此前，董婉婷常见爬着油烟痕迹的街道和水泥墙面。油烟来自热火朝天的重口味厨房，武汉人是“好七佬”（爱吃的人）。

“好七佬”董婉婷“嘴巴刁”，“被武汉惯的”。她会为一口吃的跑老远，去老通城吃煎豆皮，去利济北路买烧卖。菜刀“咚”地一声剁下鸭脖，热干面“刺啦”一声吸入口腔。“过早”（吃早餐）时她一般不化妆，否则会全部花掉。苍蝇馆子，塑料桌椅，空气炎热，汉口的糊汤粉滚烫。她大口啜饮，“汗流到不可思议的程度”。胡椒放得足足的，能把外地人的眼泪辣下来。

董婉婷一直觉得自己不太像武汉人，“说话就不太像，没什么气势”。她觉得自己是“典型的那种艺术生”，内向、敏感，时常担心讲话不如写字表达得清楚。从小到大她只有几个密友，和陌生的世界接触多少让她有些惴惴不安。

在这个火热的城市，她一度有过抑郁的情绪。除了焦虑艺术学习的进展，年轻的灵魂还常陷入宏大的问题。她读加缪的《局外人》，书里的人说，“我以这样的方式生活过，我也可能以另外一种方式生活”，所有的生命无可避免地通向死亡。她审视自己“庸常的、平凡的”生命，问自己：活着的意义是什么呢？

22 岁的女孩还无法给自己答案。

“是爱吗？我不知道。”她说，即使是在写遗书时，她也没能写下一个“爱”字。

高烧的夜里她想起外婆。武汉人管外婆叫“家家”，她查资料时翻到一首湖北儿歌：摆摆手，家家走，不杀鸡，就打酒。搭洋船，下汉口，吃鸡蛋，喝米酒，买对糍粑往转走……一家熬腊肉，百家香闻够。

她的“家家”就像儿歌里唱的那样，总有无穷无尽的好吃食，要送给小外孙。董婉婷的幼年在外婆的老房子里度过，初中时她和外婆一起住在表哥家，夜里常常一起睡在表哥客厅的沙发上。

老太太在董婉婷初三时查出晚期癌症，熬过了一场大手术。家人没瞒她，她也没表现出对死亡的在意。手术终于结束，麻醉药力还未退去，阖着眼的老人嘴里嘀嘀咕咕：红中赖子杠——原来已经在梦里打上了武汉麻将。

董婉婷计划在毕业设计里把对外婆从未说出口的感情表达出来。还没动工，她被病毒困在了家里。她不知道自己能否有机会毕业，甚至不知道自己能否活下来，但某一刻她突然清晰地知道，自己要“利用手边有的一切东西”，把毕业设计做出来。

在任何有力气的时候，她开始造纸。用餐巾纸加水溶成纸浆，再一点点塑形，捏合成手边一件外婆衣服的形状。

那是一件褐色的对襟褂子，穿了多年。油污的浸染使得布料有了雕塑的质感。油污来自无数逝去日子的平凡三餐。

4

她不知道自己这样做，是为了转移注意力不去考虑死亡，还是想为可能的死亡做准备，让自己能留下点什么。或许两者都有。

疫情来之前，她无数次思考死亡，从哲学或艺术的角度。但这一次，她听见自己脑海里的声音，简单而强烈：我想活。那“庸常的、平凡的”生命，她一点也不想舍弃。

这种欲望一度表现为愤怒。

阳光偶尔露面的时候，这个小病人坐在隔离点的阳台上，裹着带过来的唯一一件羽绒服，捧着鲁迅的《呐喊》。夜里，她反复读北岛的《回答》：为了在审判之前，宣读那些被判决了的声音：告诉你吧，世界，我——不——相——信！

转移到隔离点时，没给她多少收拾行李的时间。她爱旅游，“说走就走”，常备洗漱包和简单换洗衣物，省下的时间用在挑书上。一本介绍哲学基础知识的《大问题》，她大一时就买了，这时才静下心阅读。她试着回答书里提出的问题：如果生命还有几分钟，她想打通电话，给谁她还不知道。

与此同时，越来越多的人闯进这个内向女孩沉默的时间线。

学校的辅导员每天在各个群里转发求救信息，也包括董婉婷的。同学加入了接力，把信息扩散出去，没有人知道传播的哪一个节点最终能帮上忙。越来越多号码触到了她的手机，来自同学，也来自陌生人。人们想知道她状态如何，试图提供帮助。

居家隔离期间，发着烧的董婉婷参与了一次毕业设计的线上汇报。她的导师表达了对她进度的不满，这让她非常委屈。导师一贯严格，在她的眼里近乎“苛刻”。

董婉婷畏惧他，也尊重他。他是《阅读城市》课程的任课教师。在他指导下，这个土生土长的武汉姑娘重新发现自己习以为常的城市，色彩在她眼前鲜明起来。也是在他建议下，她尝试用餐巾纸进行艺术创作。

董婉婷告诉导师，自己写了遗书。电话那头，接近 60 岁的老师沉默了很久，对学生说：过 60 年你再想这件事吧。

后来，董婉婷听说老师去找了学校，近乎愤怒地要求救救自己的学生。

在硚口第一职业教育中心隔离点，董婉婷遇见了在大厅里迎接的救援队队长马于飞、隔离点的负责人。她记得马队长对她说："你有什么事情，一定要告诉我。"

马于飞是志愿者，湖北荆州出生，在武汉工作，口音模糊地介于这两者之间。如果不是疫情，45 岁的他当时应该正在英国过春节，与居住在那里的妻子儿子团聚。他此前承包工程，和政府打过交道，从他们那儿听说了开设隔离点的消息。机票被取消后他想，干脆做点儿什么吧，于是来到了这里。

2 月 7 日开放后，隔离点迎来居住高峰，300 多人陆续搬进来。从各个社区驶来的车子，最晚一班常到后半夜 3 点。据马于飞介绍，这时期来的病人几乎都是疑似，"核酸一测一个阳性"，平均待 3 天即会转移去医院。

病人们年龄两级分化，年纪最大的超过 70 岁，最小的 17 岁。隔离点居住过 13 个家庭，都是一家子全部感染，被安置在不能接触的小单间里。

马于飞带队的 70 多位志愿者从早忙到晚，一趟一趟上病区放饭、测体温。累了，就在办公室的折叠床上略躺一躺。隔离点有一个微信群，病人在其中联系志愿者。然而，老年患者大多不会使用智能手机，要牙刷、热水，只能等志愿者上门询问。老年人大多有基础疾病，药物也依赖志愿者购买。硚口区当时只有一家药房营业，一天开门几小时。

整栋楼都在对抗着未知命运投下的阴影。13 个家庭里，有 8 家暴发过矛盾，需要志愿者劝架。马于飞和同事还需要特别注意老年患者的精神状况。他们中的一些已表现出自杀倾向，"撞墙的都有"，好在都被及时救下。

隔离点每天有两位医生。医生的来源并不固定，有些来自外省的医疗队，有些是当地的志愿者医生。

董婉婷接受了 4 次核酸检测。每一次等结果时，她都怀着小小的、几乎天真的期待：也许是搞错了。4 次结果，3 次阴性。后来的新闻提到，不少新冠肺炎患者存在试剂盒假阴性的情况，要配合影像学结果判断。

她的肺正在“溺水”。求助信息显示，当时的她“明显胸痛，淋巴浮肿吞咽有困难，高烧咳嗽，呼吸急促”。发病 1 个月，居家隔离一周半，隔离点隔离 9 天，上报 3 次身体不适，去医院治疗的机会始终没来。2 月 11 日晚，她写下了遗书。

2 月 17 日上午，马于飞来到董婉婷的房间，帮她拿来一盒纸巾。董婉婷一直以为这是一个幸运的转折。实际上，马于飞已经关注她 3 天了。志愿者告诉他，这个房间的女孩儿不再吃早饭了，他觉得情况不对。

马于飞询问了具体状况，为董婉婷找来了医生。医生判断，已经是重症了。董婉婷不知道外面的情况，马于飞则十分清楚床位的紧张，重症之外还有更重的。他告诉中青报·中青网记者，自己动用了一点私人关系。

当天晚上，董婉婷接到消息，连夜转院，到汉阳区的武汉同济医院接受治疗。直到离开，她都不知道马队长究竟长什么样——防护服遮住了他的脸。

马于飞则忘不了董婉婷看向他的眼神，“那种无助”。这个女孩让他想起自己的儿子。

5

在汉阳同济，声音和光又回来了。即使到深夜，医院的灯也不会完全熄灭。她能听见医生护士穿防护服在走廊来来去去，那是一种类似挥舞塑料袋的声音，脚步沉重。但这让她安心。

到达医院后，她给妈妈打电话，告诉她自己确诊新冠肺炎，已经住院。妈妈让她好好养病，语气里没有惊讶。董婉婷突然感觉到，妈妈可能很早就猜到女儿的情况不对，妈妈都知道。

住院的头几天里，她几乎日夜昏睡。治疗的药物带来副作用，呕吐、恶心。慢慢地，她清醒的时间越来越长。医生告诉她，在她身体内，年轻的免疫系统正在药物帮助下与病毒对抗。

她开始发现，自己“骨子里终究还是一个武汉人”。武汉人执着，而她如此执着于活下去这件事。

眼前的一切都让她觉得惊喜：窗外的天空，墙上的日影，包苹果的硫酸纸透过光线的好看颜色。这是她第二次体会这种惊喜。在学习《阅读城市》时，她读到一种遗憾：“常见有人卜居一地数十载，阅尽沧桑却熟视无睹，成了久住的过客，到底没有主人的心情。”

绕着梨子的果柄，她一圈一圈写下日期，从发病到如今活着的每一天。她一天要吞下 40 多片药，抠出一板胶囊，在表面写下自己的隔离日记，又小心塞回去。还有一颗药，她在上面画了一只小小的蝙蝠。

离开隔离点去医院的夜里，导师告诉她：每个人都做自己可以做到的事情，这个世界就会越来越好。

她反复咂摸这句话。医院在病人中招募志愿者协助护士，她犹豫了一整天才去报名。对方很高兴：你是第一个。

这是她从未有过的举动。得病之前，她花了两年才做好心理建设参加班级聚会。她仍旧内向，紧张于人与人的联系，但她已经开始体会到自己需要这种联系，并感谢它。

护士们的任务很重，不仅有医疗上的，还要负责搬运物料、给病人放饭等杂事。防护服笼罩全身，董婉婷一开始分不出他们谁是谁，只能从声音里听到他们的疲惫。后来她发现，防护服遮不住眼睛，每个人的眼睛都不一样。

志愿者大多都是年轻人，她们在身体状况好时尽力协助护士，帮助减轻她们杂事上的负担。妇女节的时候，董婉婷收到落款为“A10 病区全体的医护工作者”的信，写在大红纸上，祝“我们科的小美女早日康复”。随信还有一朵玫瑰花、一盒巧克力。

她们制作了一档音频节目，在医院的广播系统中播出。董婉婷负责组织人员。第一期节目里，有年轻人说：除了生死，没有大事。

董婉婷在医院创作的毕业设计，梨子上记录着她被隔离至今的日期。
受访者 / 供图

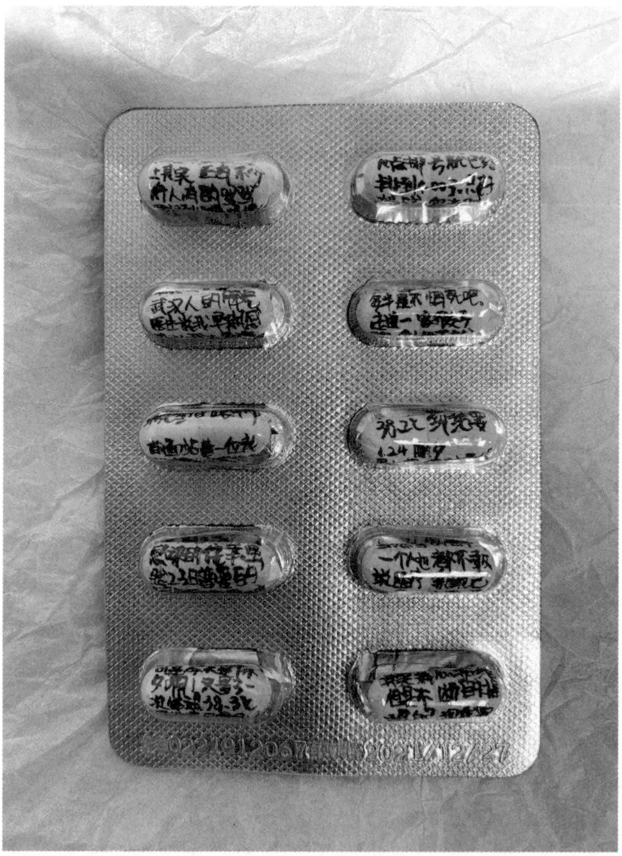

董婉婷在医院创作的毕业设计，胶囊表面写着她的病中日记。
受访者 / 供图

武汉的春天如约来了。马于飞感觉到气温上升，忙碌时衬衣外罩一件夹克就够了。他所在的隔离点，疑似病例大大减少，入住者身体状况普遍不算太差。任务量减轻，志愿者缩减到了26个。他偶尔会想想疫情结束后，自己能飞离武汉，赶上与妻儿迟到的相聚。

大四学生董婉婷每天都在操心毕业的事情。她计划出国深造，但雅思考试已经推迟，申请学校时需要的作品集还没来得及整理。在病房里，再次向导师汇报毕业设计进度的时间点到了，她从头天夜里就开始紧张。女孩试探着说自己的论文不好写，导师回了四个字：按要求写。

走出医院时，她还穿着那身50天没换的粉红色羽绒服。她位于A10病区的床位空了，病区的墙上留下她和志愿者伙伴们的墙画：一只戴着口罩的兔子。这之前，医院经过紧急改造，墙面刷了一遍白。她给医护写了一封“出院信”，因为慎重，写了3遍，“那些难以想象的艰难，除了你们，谁又知道呢……这个生病的武汉，因为有你们，才有解药。”

她接着写道：“不要麻木！……真实，我们谁也不能逃避它，面对是唯一的解答。”

她还是会时时想起外婆，她的“家家”。外婆术后，她一度担心老人的身体。但一年又一年，老太太坚挺着，照顾孙辈，准备着日日三餐。“心大”，“一个典型的武汉人”。

还是有一点不一样。每年春节前，武汉家庭要腌鱼腌肉灌香肠。这是体力活儿，也是外婆的拿手好戏。手术后，老人再也没做过了。

董婉婷觉得这场疫情永远改变了自己，她“变得更勇敢”了。对于那个困扰过自己的宏大问题，她暂时有了答案。或许，她搞错了顺序：“以前我老在寻找生命的意义，因为我觉得，生命要有意义，然后才会有力量。现在我认为，生命本身就是力量。”

武汉将是她“生命中最重要的城市”，而她此刻期待有一天离开，去看看更大的世界——那是22岁的她写在遗书中的愿望。

（原载于2020年3月11日）

「接受肺移植手术 44 个小时后，

他成功脱离使用 62 天的 ECMO，

恢复自主呼吸。」

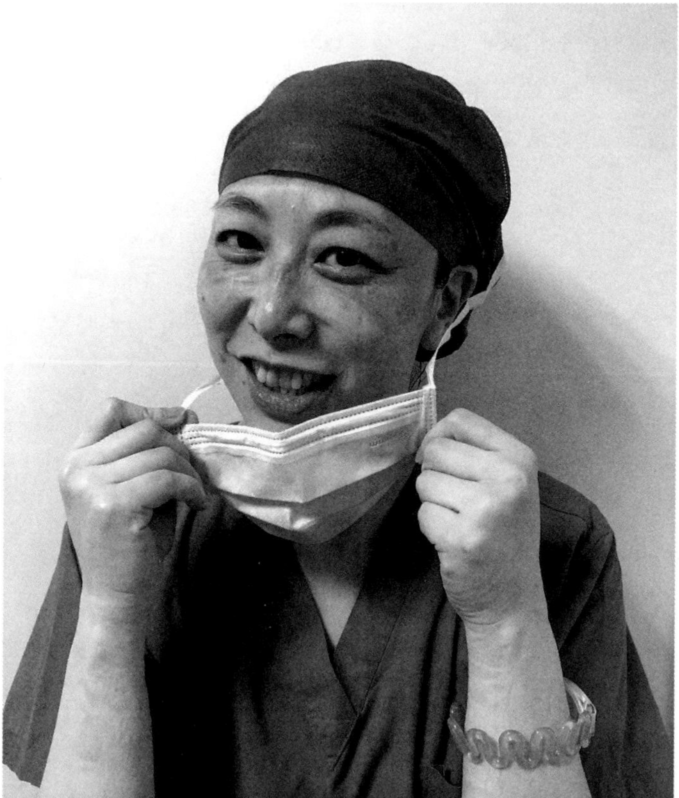

武汉大学人民医院胸外科医生林慧庆。受访者 / 供图

2020

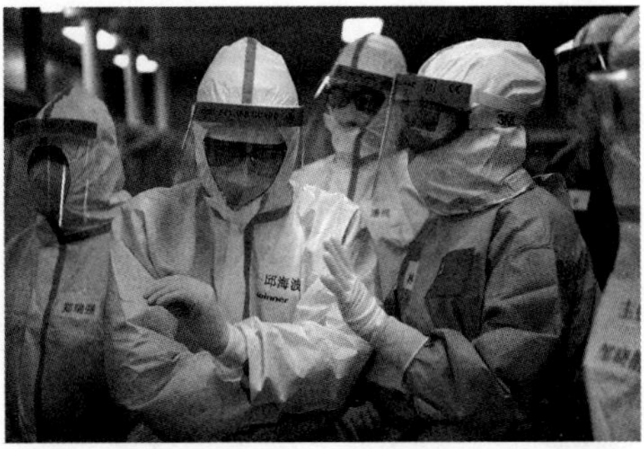

国家卫健委专家组在武汉大学人民医院东院对崔志强进行术前评估。陈浩／摄

长夜的尽头

文＿秦珍子

2020 年春天，这条命是死是活，已经由不得崔志强了。

他的肺不再工作，机器抽出他的血液，加了氧再输回去。

药物让他沉睡了两个多月。这位新冠肺炎重症患者还活着，但活着的条件昂贵又残忍——ECMO（体外膜肺氧合）不能停机，他也无法真正“醒来”。

他陷入了一个漫长的夜，而这夜色还笼罩着很多人。

武汉花楼街，崔志强离家就诊后，女儿崔瑛夜里常常失眠。她因此注意到，医院的通知短信总在凌晨三四点发来，医护人员刚刚忙完。面对全新的敌人，他们没有特效药或是外科办法，没有参考文献，在黑暗中摸索着迎战。重症和危重症领域是夜幕下的沼泽，先进的医疗设备拽着一些人的生命，另一些人则被吞没。

对于“坏消息”，崔瑛早有心理准备。但她还是希望父亲再撑一撑，至少撑到武汉解封，家人能送他一程。在武汉支援的四川大学华西医院重症医学科主任康焰则更敢想，他想在仪器拖住的时间里，寻找转机，让崔志强活。

事实上，针对这类新冠肺炎导致肺纤维化不可逆、离不开生命支持设备的患者，全世界的医生和研究者都在探索。

一种可能性在暗夜中闪着微光。肺不行，别的器官还行，那换个肺，行不行呢？

1

武汉大学人民医院胸外科医生林慧庆试图抓住那一点光。

关于新冠肺炎患者的肺移植手术，早在2月底，她就向医院提交了可行性报告，3天后院领导签字，“同意”。到了4月，国家卫健委开始主导这项工作。

4月里的一天晚上，她见到了崔志强。确切地说，是通过仪器数值、病案资料和医护人员的讲述初步判断，患者有没有条件“换肺”。此前，中国已经完成4例新冠肺移植手术，有患者术后成功脱离ECMO。

快到午夜时分，林慧庆才结束工作，离开武汉大学人民医院东院区。她驾车误入东湖湖区。手机导航失灵，周围一片寂静和黑暗。

几个月后，林慧庆回想那个时刻，觉得是一种隐喻——她很害怕，但必须找到出口。

“你做这个不怕感染吗？”时任科主任曾问她。

“这种病人总要有人做的。”这位两个孩子的母亲回答。

在见到崔志强之前，她曾去金银潭医院现场评估两位患者，看他们是否符合肺移植条件。在研究患者资料后，她理出一份“新冠肺移植评估要求”。

这是一组相当苛刻的条件，包括心肝肾功能要基本正常、凝血功能正常、细菌感染得到控制、多次核酸检测（鼻咽拭子、肛拭子、支气管肺泡灌洗液）持续阴性等。在卫健委专家组一位教授提示下，林慧庆又补充了“患者在清醒状态下同意”条款。

令人遗憾的是，金银潭医院的两位患者，一个患有菌血症，一个有持续性的低血压，都未满足条件。

4月15日，林慧庆又去同济医学院附属协和医院看了6位患者，同去的还有东南大学附属中大医院副院长、重症医学科主任邱海波和国家卫健委医政医管局医疗质量处副处长马旭东。

经过评估，6名新冠肺炎重症患者中有两人符合肺移植条件。但在“神经清醒”后，他们一个点头接受，一个摇头拒绝。

“我们充分尊重病人对生命权利的自主选择。”林慧庆说。

4月16日下午，她得知“本院好像有个人能做移植评估”。那个人就是崔志强。

林慧庆马上出发，她开了一个半小时车，晚上8点多赶到人民医院东院区。“危重症到末期的那些患者，他们真的等不了，随时出现细菌感染，他们就可能失去机会。”

进入ICU病房后，林慧庆翻看了崔志强的全部资料，了解他的感染状况和营养状况。呼吸机监测到的数值显示，崔志强肺的顺应性只有12厘米水柱，不能“像气球一样吸气换气”。她尝试调低ECMO指标，崔志强无法耐受。

这说明他的肺彻底失去功能。“这些都符合肺移植的条件，最重要的是，从3月7日开始，他每次接受核酸检测，结果都是阴性。可以说他已经不是新冠肺炎患者，但有新冠后遗症”。

评估在临近午夜时结束，林慧庆心里有隐约的兴奋和忧虑。崔志强大概率就是她要寻找的病人，但此前，她没有做过病毒性肺炎的肺移植手术，国际上可查的相关文献也只有4篇。

两天后的傍晚，一列火车停靠在武汉汉口车站，陈静瑜踏上站台。

这位著名的中国肺移植专家此前已经完成两例新冠肺移植手术。他将和林慧庆一起，试着终结崔志强的漫漫长夜。

2

夜晚降临的征兆，最初只是一小团磨玻璃影。

除夕吃完年夜饭，65岁的崔志强说身上发冷，有可能发烧。当时武汉已经封城，崔家人感到了恐惧。老幼五口居住在老房子里，房间小，通风不好。崔瑛回忆，怕是“那个病”，家里开了一夜门窗，寒风不停地灌进屋来。

第二天，崔志强到花楼社区医院就诊。CT 影像显示，他的右肺上叶有小面积感染。他输了液，开了点药就回家了。

两周过去了，崔志强还发烧。他再去社区医院时得知，放射科医生被确诊了新冠肺炎，没人拍片子了，这才将自己的情况上报社区。

2 月 6 日，崔志强被接到定点酒店隔离。

崔瑛记得，离家前，父亲吃了一大碗面，“又酸又辣”。她以为父亲很快就能回家，因为“得了那个病怎么会有好胃口”。

一只薄薄的保鲜袋，装着牙刷和充电器，崔志强拎着就出门了。

2 月 7 日，他到武汉市红十字会医院就诊。“太吓人了，到处都是人。”他在和家人联络时说，有人发饭，但座位靠抢，也不能喝水，一旦去洗手间，座位就被人占了。

当天，崔瑛接到通知，崔志强核酸检测“双阳”，确诊新冠肺炎。随后，他的病情迅速恶化，开始出现呼吸衰竭的症状。医院床位紧张，有几天，他在楼上吸完氧，又得下楼坐着。

崔瑛不敢去医院看爸爸，怕自己被感染，“妈妈和我孩子怎么办”。她心中充满愧疚，为过去和父亲的每一次争执而后悔。

2019 年，崔志强刚满 65 岁，拿到老年证后他很高兴，因为可以免费公交出行，带外孙去玩。

退休前，他受过工伤，调到企业工会，“画黑板，写海报”。退休后，他帮女儿带孩子，给妻子做饭。他离开家的日子里，妻子干他平时的活儿，才意识到“他原来那么累”。

在女儿的印象中，崔志强性格温和隐忍，疼爱妻女。他是家里的长子，弟妹有事都会问他。谁家闹矛盾，他会帮着劝。“他不在，没有一点家的感觉了”。

崔瑛每天都问父亲的情况，她意识到，手机网络的另一端，崔志强的信号正在慢慢变弱。他说不上几句话，回复微信的次数也少了。

2 月 16 日之后，父女俩彻底失去联络。那天，崔志强发来信息，说不知怎么回事，特别难受。第二天，崔瑛联系医院得知，父亲上了有创呼吸机，已经不能说话了。

2 月 18 日，呼吸机也无法维持崔志强的血氧饱和度，他的命交给了 ECMO。

“我很感激了，红十字会医院只有两台这个机器，我爸爸用了一台。”崔瑛说。根据她当时了解到的情况，一些新冠肺炎重症患者连两三天也没撑过去，社区里有的一家人全部走了，有的两口子走了，留下孤儿。“最难受的不是得了什么病，而是一家人见不到最后一面”。

回忆那段日子，崔瑛说武汉的天是灰的。有时她听见飞机从头顶掠过，会吓得要命。“我以为国家不要我们了。”后来她在广播里听到，支援武汉医疗队的数量不断增加，忽然意识到，“那些飞机，是来帮我们的”。

3

康焰就在某架飞机上。

3 月 18 日，崔志强转院至武汉大学人民医院东院区，由四川大学华西医院医疗队负责。

“送来的时候病情很重，片子很糟糕，肺的纤维化特征很明显。”华西重症医学科主任康焰说。但他非常想救这个人，因为除了肺不好，崔志强的心脏、肝肾等功能很好，很有希望。而且“他才 60 多岁，在武汉的病人里年龄真不算大的”。

随着治疗推进，这位中国重症医学领域的顶级专家曾尝试着帮崔志强摆脱 ECMO。他把仪器的指标调低一点，期待肺多少能发挥点功能。但结果是，一点都不行。仪器必须维持在“全流量”的水平，崔志强才能不缺氧。稍微停一下机，生命体征的数值就跟着“不对了”。

康焰不死心，他给崔志强的肺拍 CT 片，继续监控仪器的数值。但结果令他无奈，“影像学上没有改变，功能上也没有改变”。他后来回忆，当时没想过肺移植，更想不到这些检测结果后来能成为重要的评估标准。

“我知道困难，就想撑住一天算一天。”这位医生只期待在 ECMO 争取到的时间里，继续治疗，寄望于患者的肺能好转。

4 月 6 日，华西医疗队撤离武汉。康焰不放心，提前去找院领导谈，要把 5 名重症患者托付给人民医院重症医学科主任周晨亮。

“我去他科里会过诊，每天一起线上讨论，他理论和实践水平都相当不错。”康焰回忆，回到成都后，他仍在群里关注每个重症患者的情况，“舍不得退群”。

“这些患者还能到哪里去呢？没有地方可去，如果不能交接好这些病人，华西队就不能按时撤离。”周晨亮说，这些医生对重症患者，一方面重视病情，一方面很有感情。

周晨亮接管了崔志强的长夜。

当时人民医院东院的重症医学科只有 7 位医生，他向医院申请了外科支援，开了动员会：“一定要救回来。”

与此同时，国家卫健委专家组还有 20 人留在武汉，赴各医院处理重症病人。周晨亮记得，北京朝阳医院副院长童朝晖、北京宣武医院重症医学科主任姜利都来过，第一次来，童朝晖就提出了很重要的意见。

也是在那段时间，“重症八仙”的称号开始被人们熟知，代指 8 位驻守在武汉的重症医学顶尖专家。

沉睡中的崔志强不知道，“八仙”中，康焰、童朝晖、姜利、邱海波、郑瑞强都曾站在他的病床前。

“这是个接力的过程。”周晨亮说，“帮病人撑过最艰难的时候，我相信还是有希望的。这个病我们不熟悉，但现在手里的‘武器’比 2003 年（SARS 疫情时）多多了。”

崔志强使用 ECMO 已经一个多月，细菌通过穿刺插管进入他的血液，引发严重感染。感染得不到控制，他会在几天内死亡。周晨亮想给他更换新管子。

这存在巨大的风险。换管出血量大，ECMO 还要停机，患者可能撑不住。此外，“喷溅操作”还有可能让医护人员感染病毒。

那段时间每天下午，周晨亮要参加国家卫健委组织的例行讨论会。专家们对前一天的新冠肺炎死亡患者病历进行复盘，为临床医生提供决策参考。医生们习惯把这个会叫做“死亡讨论会”。

在重症医学科工作了 11 年，周晨亮有职业化的“谨慎”。但在某一次死亡讨论会后，他决定“冒险”。

“无作为让病人慢慢死去，我不接受。做了所有努力，无力回天，我不遗憾。”周晨亮说，“但有作为，需要有人撑着你。”

康焰曾解释过这种“背后的力量”——应收尽收，应治尽治，国家给医生机会，心无旁骛，不考虑经济、不考虑其他，只单纯考虑医疗问题，用最好的方式救病人，甚至要有勇气去冒险，探没人走过的路。

4 月 11 日，周晨亮和几位同事戴上正压面罩，开始为崔志强更换 ECMO 管线。

插入静脉的导管有小拇指粗，拔出后需要按压穿刺口止血。崔志强长期使用“肝素”，凝血功能不正常，周晨亮用上了鱼精蛋白，试图抵消肝素的抗凝作用。

颈内静脉导管更换顺利，股静脉导管拔除后，出血严重。失去 ECMO 支持，崔志强的血氧饱和度持续下降。

周晨亮一边用纱布按压止血，一边摸索着崔志强股静脉的位置，锁定原穿刺孔下方 1 厘米处，“盲穿”一次成功。

ECMO 重新上机，血氧饱和度直接攀上 95。

止血纱布满病床都是，“视觉冲击力很强”。周晨亮回忆，“那是我职业生涯中第一次 ECMO 换管。”

崔志强的血液感染控制住了。仅仅一周之后，这场冒险的意义就凸显出来——它为肺移植手术的条件清单，打上了又一个对勾。

对于医生的尝试，崔瑛从不质疑，她“依从性”很好，信赖每一份医嘱。她还会提前检索一些医学术语，以便节省医生和她谈话的时间。

在内心深处，她接受了父亲可能不会醒来的结果，劝慰母亲：“爸爸要是走了，你和我还能再活 100 年吗？人早晚都会走到那一步，谁也逃不了。”但她又怕遗憾，每天给不可能回复的父亲发短信、微信。手机里与父亲的对话框，留下她一个人长长的独白。

“爸爸，求求你加油好不好？”

“爸爸，我会好好照顾妈妈！”

“爸爸，你在干嘛呀，我们等你回家。”

她记得过去，父亲曾要她答应，万一有天不行了，千万别给他插那么多管子。父亲上了 ECMO 之后，她发短信向他道歉。

4

尽管对父亲即将承受的痛苦有所预料，但崔瑛还是同意了肺移植手术。她和母亲考虑过卖房子，医生告诉她，治疗费用不需个人负担。

“没什么可犹豫了，不做是百分之百没希望，哪怕只有百分之一的希望也要做啊。”崔瑛说。那是 4 月 18 日，医生叫她去谈话，她“见到了一屋子有名气的、厉害的人”。此前，崔志强已通过国家卫健委专家组的评估，针对手术还举行了伦理讨论。

崔瑛把消息告诉红十字会医院，当初治疗过崔志强的医生激动得哭了。

4 月 19 日，一场规模庞大的术前会议在武汉大学人民医院东院区召开。一大早，周晨亮带崔志强拍了 CT 片，跑着送到会场。

林慧庆脑中长长的条件清单，打上了最后一个对勾。在这条足迹尚少的路上，已经集结了一支队伍。人们期待往前走，会看到长夜的尽头。这一晚，林慧庆失眠了。

4 月 20 日下午，林慧庆在崔志强胸口划下第一刀。电刀切开皮下、肌肉层，她看到了他的肺。

那是魔鬼的宅邸，灰中泛黑，“基本没有血色”。受新冠病毒侵害，肺组织已经高度纤维化、萎缩、变小。

外科医生的手触觉敏锐，林慧庆平时能徒手摸出 3 毫米的肺结节。这台手术采用三级防护，她全程戴着 3 层手套，“要让大脑冷静下来，控制

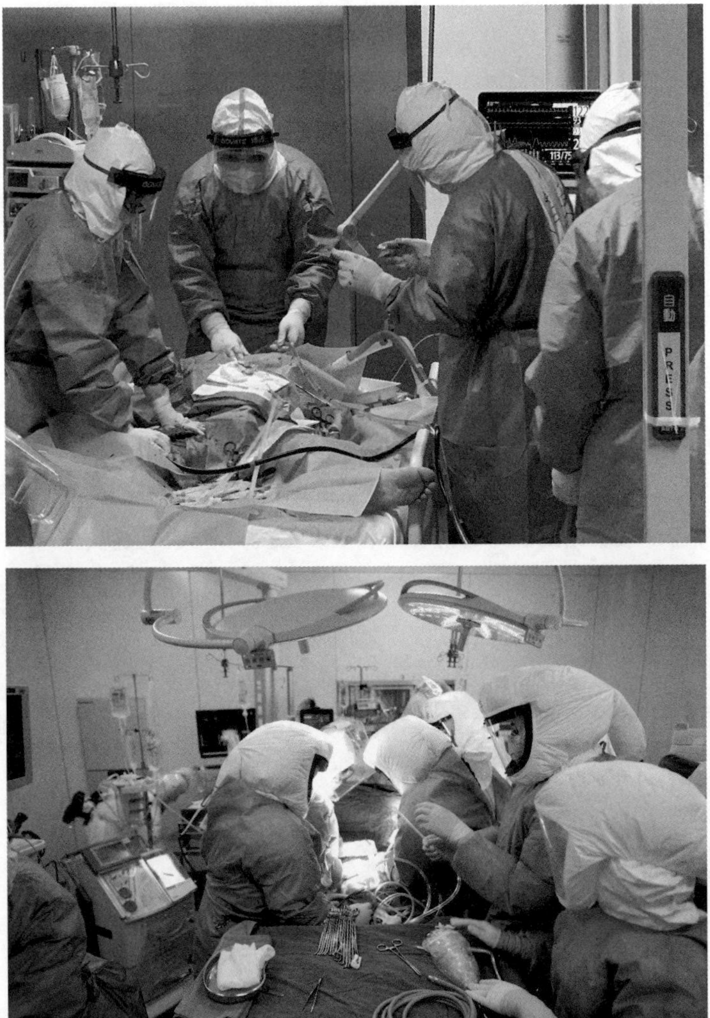

4 月 20 日，崔志强接受肺移植手术中。陈浩 / 摄

每一次切割、缝合、游离的动作”。

触碰到肺部时，她感觉“硬硬的，没有正常肺组织的海绵感”。

为了防止切口出血，手术团队先结扎了崔志强的胸廓乳内血管。

随后，林慧庆手持电锯，伸向面前棒状的白色骨头。她要做的是“第四肋间横断胸骨”，这是肺移植手术开胸的经典切口之一。

戴着四五斤重的正压面罩，林慧庆好像身处隔音层，其他感官也被“一层一层裹起来”。所有医护人员无法用语言交流，生命监护仪器的提示音量被调到最大。

崔志强的整个胸腔暴露出来，“大血管看得到，心脏在跳”。

医生们阻断崔志强的左肺动脉，测试他仅凭右肺能否支撑手术过程。

仪器发出报警声，崔志强的心率下降到每分钟 40 次，高压降到 70 毫米汞柱。

此时，原来使用的 VV ECMO 不够用了，需要用 VA ECMO。简单来说，后者除了能够辅助肺部，还能支持心脏。武汉大学人民医院心外科主任王志维上台，在主动脉上做切口，缝“荷包”，用来固定插管。

“主动脉多粗啊，一旦控制不好血要顶到天花板上去的。”林慧庆打了个比方。VA ECMO 建立完成，崔志强各项生命体征稳定。

“正事儿刚要开始”。医生们接下来要切除病肺，再将新肺接入胸腔，完成“供受体吻合”。

林慧庆打开崔志强的心包，一共有“三处四条”管路需要离断：上下各一条肺静脉、一条肺动脉主干以及支气管。手术用上了“之线切割缝合器”。“相当于一个订书机，钉子打上去（闭合管路）的同时直接切断。”林慧庆解释说，打断支气管之后，肺全部拿出来了，“摸上去疙疙瘩瘩，很重”。

崔志强被新冠病毒摧毁的肺离开了他的胸腔，进入标本盘。

一支早就做好准备的转运团队马上接管了这个“世界上独一无二的标本”。押运人员穿着三级防护衣物，将密封的病肺带上生物标本转运车，送往中国科学院武汉病毒研究所。

后来，研究人员从这个标本中选取了20个位点检测新冠病毒，全是阴性。“我知道有手术后转阳的病例，但崔志强确实给我们争气。”林慧庆说。

手术室里，两位医生开始修剪器官捐献者的供肺。它来自云南，林慧庆的同事、武汉大学人民医院胸外科医生王博专门飞到昆明，把器官转运箱带回武汉，救护车已在天河机场等候，警车一路护航。

崔志强等到的供肺很健康。术前评估，它的氧合指数达到430，捧在手上，“很轻盈”。捐献者只有20多岁。

一切到了最后阶段。供肺主要由陈静瑜进行吻合，要求血管不狭窄、不扭曲、不成角、不撕裂。这一步要使用无损伤血管钳，在吻合肺动脉与左心房，特别是左心房时，钳子的位置不能太靠近心脏，也不能太远。

当管路全部接通时，崔志强胸腔里淡灰色的供肺，瞬间变成柔和的粉红色。新肺看起来运转正常，医生们慢慢放开血流，让它逐渐适应。

“逼近医护人员的极限。”林慧庆说。三级防护下，无法进食进水，手术进行到四五个小时，正压面罩电量耗尽，还要更换电池。手术进行到七八个小时，“我已经开始感到烦躁”。

最终，历时8个小时的手术结束。崔志强的循环、呼吸系统恢复正常，VA ECMO撤下。

崔瑛和家人一直在医院大门外等，等到凌晨。其间他们曾排练，如果有记者来访问，就对镜头整齐说出“感谢国家”。

5

而崔志强说出的第一句话是，“好疼”。

接受肺移植手术44个小时后，他成功脱离使用62天的ECMO，恢复自主呼吸。

夜色在一点点褪去，他从漫长的昏睡中逐渐苏醒。

但由于长期卧床，崔志强的肌力为零，褥疮面积大，还要对抗排异、出血等问题，康复非常困难。

这艰难的一程，李光开跑了。

这位武汉大学人民医院重症医学科副教授1月18日接到命令支援金银潭医院，4月8日刚回来。

从4月20日开始，由他接管崔志强。

“不管刮风下雨，我天天在这儿，周末也跟他在一起，没有节假日。”李光说。崔志强术后初期，他需要不断调试仪器，测试移植肺的功能。ECMO停机后，他又观察了12个小时，才正式撤机。

4月29日，人民医院东院区关闭，崔志强被转到主院继续接受治疗。他从只能转动一侧眼球，恢复到可以手捏橡胶球。他能说“疼”“谢谢”“想回家”。到了6月，他可以唱完一首《团结就是力量》，能自己坐一小会儿。在医护人员的帮助下，他还可以走一段路。他开始聊起武汉的美食，观看手机里外孙的视频。他病房的防护级别调低，能常常见到家人。与妻子久别重逢时，他眼泪一下子涌出来。

康焰在微信群里看到崔志强，“完全是另一个人了”。

这一个人，由6名医生、13名护士、2位康复师和一位心理师组成的团队治疗，他的医疗费累计已超过人民币300万元，全部由国家承担。

“生命留住了，那当然值得。而且不管成不成功，不管什么样的生命，不能拿300万元去比。”康焰说，国家提的就是“集中救治”，最重的患者集中到水平最高、最有能力、条件最好的医院。越是生命垂危，越要给最好的治疗。费用上有国家支持的话，医生和家属都没有顾虑。

“看看病人家属的反应，就知道做这件事值不值得。一些家庭的悲剧就这样被我们逆转了，这就是最大的意义。”周晨亮说，“重症医学发展到今天，我们到底能努力到什么程度，这次的经历完全刷新我以前的认识，有些人我觉得肯定救不过来，最后还是救回来了。

他记得自己到重症医学科后不久，接诊过一个9岁患儿，上了呼吸机。小男孩不能说话，难受时就看看他，他就赶紧调试仪器，让孩子舒服一点。晚上，他睡在男孩对面的床上，不敢离开。就这样守了三天三夜，小男孩终于转出ICU病房。临别时，一只小手从被子下面伸出来，紧紧抓住了他的手。

“我们从没有过言语交流，但他的意思我懂。”周晨亮说，“重症病人在最无助的时候，很孤独，很恐惧，他的身边没有家人陪伴，我们是唯一的依靠。”

崔志强清醒后完全不记得这位医生，也没有人特意去介绍，周晨亮笑着表示“我不需要”。康焰则说：“没在意过这个事，病人康复了，医生就满足了。”

作为 80 后，李光小时候的梦想是当超级英雄，拯救世界。后来，他成了一名重症医学科医生，每天，他把羊水栓塞的、脑出血的、重症胰腺炎的、溺水的、中毒的患者从死神手里往回抢，试着让停跳的心脏跳起来。

他曾接诊一位怀着三胞胎、发生心衰的黑人妇女，“一口气救四个”。也曾在马路上被一位女士拉住，说起他治愈她儿子的往事。

不久前，崔志强接受褥疮手术。疮口 10 厘米 ×12 厘米，术后他不能活动，情绪低落。除了给出治疗方案，李光还要在精神上鼓励他。

“不枯燥，时间长了产生一种特殊的感情。”李光说，“‘老崔’是个历史性的人物，而且我们互相陪伴了这么久。生命至上，不光要说到，还要做到。”

在他看来，新冠肺移植是科学探索，是黑暗中的一点光明，但要到达真正的亮处，路途还很长，很崎岖，甚至充满危险。对这位“超级英雄”来说，下一只怪兽，也许是排异，也许是出血，也许是患者精神上的放弃，很多事他无法预料，但他做好准备迎战。

崔瑛还是很担心父亲，但对这个武汉女子来说，她的城市，天空已经不再灰暗。有天她打出租车去医院，半路司机忽然问她，你爸怎么样了。

她定睛端详，发现那是楼下一位老街坊。崔瑛有点惊讶，她本以为爸爸没什么朋友。

“再来医院我送你。”司机说，“之前不敢问是怕他好不了，等他回家，我们都去表示。”

车程要一个半小时，抵达的时候，崔瑛看到计价器没有读数。

（雷宇、王鑫昕对本文亦有贡献，本文原载于 2020 年 7 月 3 日）

「她对未来的畅想止于一场罕见的暴雨。

有家属痛苦地说，

"城市以后再遇到这些东西咱们都得提前弄，

我们希望生命不是白白失去，

就给大家一个警示……"」

地铁五号线前，有人摆上了菊花。耿学清 / 摄

2021

0501 号地铁没有终点

文 _ 耿学清 杨杰 林子璐 龚阿媛

庞洋洋没有走出地铁。弟弟庞武在郑州地铁沙口路站等了她 7 个小时，还是没有等到。如今，姨妈提起她就哭，“24 岁，对象还没谈呢。”

庞洋洋在郑州一家教育公司上班，2021 年 7 月 20 日 16:53，庞武接到姐姐电话，“雨下太大了，公司提前下班。”下午 5 点多，她到郑州人民医院站地铁口，“全部淋湿了”。

不过再过两站，她就能到家。

根据官方通报，此后的 4 个小时里，在这个夏日晚高峰，郑州最长的地铁 5 号线上，已有 12 人失去生命。

其中有 20 岁的女大学生、28 岁的都市白领、35 岁的年轻母亲和 51 岁的家庭主妇……他们早上告别家人、带上雨具、穿上凉鞋，奔赴一天生活。等到家属再次见到他们，是在医院的太平间。

1

郑州地铁标志以“中”字为主体形象，在官方微博里，有人解释它既表“中原”，又是吉利方言。图案形态对称，象征发展的稳健。

某种程度上，地铁暗示着一个城市的繁华程度，也被市民当成最安全的交通工具之一。

20 日，郑州遭遇历史罕见的强降雨。16 时 -17 时，郑州一个小时的降雨量达到了 201.9mm，突破历史极值（建站以来）。

暴雨冲击之下，地铁 5 号线的一趟列车卡在海滩寺站和沙口路站之间。大三学生郑旺是最后上车的一批乘客，她走入了最后一节车厢。

后来流传于网络的视频显示，这趟列车编号为 0501 号。出事时，列车前高后低，最后一节车厢伤亡最惨重。郑旺说自己以“仰卧”的姿势在水里坚持了半个小时。人们的嘴在水面之下，车厢异常安静。

在这个过程中，她知道，有人已经去世了。

车厢里的灯灭了，有一两分钟的时间，郑旺感到周围的人剧烈地动着，又过了两三分钟，动静没了。一位女士一直试图维持秩序，让大家镇静，最终“死在我旁边”。一位男士临死时抓着她的腿，“我只能告诉自己千万不能松手，一松手我就也死了。”

她印象最深的是一个同岁的姑娘，穿着黑色上衣，短卷发。地铁刚进水，她就开始哭。她俩一路互相安慰，但是根据事后的信息显示，短卷发姑娘死在了她身边。

在感觉快被淹死的时候，郑旺想起那天是自己的生日，“我才 20 岁怎么就死了？”

事后证明，游到前一节车厢的人，大多幸免于难，比如李明。他刚出差回家，拖着行李，一些地铁站陆续停止运营，他想着 5 号线既然能运行，应该没什么事，就跟着人流上了车。

当水快漫到脖子的时候，李明本能地向前游去，没游多远，水开始变浅。“两边的椅子都站满了人。”他只能死死抱住地铁中间的竖杆，用腿夹住，再一点点往上爬，到现在胳膊和腿还一片青紫。“我倒不知道别人，当时我为了活命，就一个念想，不能松手。”

他说，最后一节车厢，“只有两三个人往前游了”。有人尝试往前，被淹了一下，不敢继续。

郑旺选择待在原地，她个子矮，脚踩不到底，一踩空就慌，“车厢的门框完全淹没了，要游过去，（中间）很长时间没有扶手，然后要憋气，没有灯光，没有人拉，而且我不会游泳。”

她的家在焦作，当老家朋友意识到可能出事时，联系了地铁口旁烧烤摊的老板，恳求对方帮忙找人，“怎么样都行”。

下午 6 点多，李明注意到，车厢里人们还在打市长热线，“之后有十来分钟，水全部倒灌进来，淹了。前排的水到胸的位置，有人在里面拍视频、交代后事。后面车厢的根本没那机会。”

经历了三四个小时后，郑旺说自己是最后一个被救出去的。她旁边的短卷发姑娘曾尝试游到前面车厢，“但她可能没有过去”。在遇难者名单里，一位女性的年龄、学校信息、外貌特征和短卷发吻合，家属几乎肯定，那就是她。

郑旺的眼镜丢了，鞋丢了，扔了还在震动的手机。那部手机被短卷发姑娘递过来的塑料袋装着，现在，他们一起消失了。

2

最后一节车厢的幸存者称，外面水差不多下降到腰部的时候，救援人员赶到了。有人看到救援人员有递绳子的、有背人的，“反正只要能把人弄出来，他们都做。”

后来的信息显示，郑州市消防救援支队指挥中心于 20 日 18 时许接到乘客被困的报警，随即紧急调救援人员赶到现场。现场的救援并不容易，因隧道内部分检修道路已无法通行，消防人员用救援绳索搭建绳桥引导群众转移。

幸存者看到，最先救出去的是两三名孕妇，因为长时间泡在冷水里，她们看上去很虚弱。之后救出去的是孩子，再之后是女士，最后才是男人。有人看到一对情侣，男士让女朋友先走，再把路让给其他女士。乘客相互搀扶，能走的搀着不能走的，跟着前面指引的救援队员。

有人记得，每个人都在喊“让晕倒的人先走”。一位年轻的姑娘走不动了，停在那里，不管男女都会说一句，你靠着我就可以。越来越多的人加入救援队伍。郑州人民医院一位试工人员跪地做心肺复苏，救下十几人；郑州市金水区法院执行局的一位书记员撤离后听说后方有人，立马和其他人一起用消防水带编成安全带捆在身上，返回搜寻。

根据郑州地铁官方发布的消息，在地铁员工、应急救援队、公安干警、解放军指战员、义务救援队及热心群众的共同努力下，共解救乘客 500 余名。

芦笛没有出现在那 500 人中。她 35 岁，大高个，一笑俩大酒窝。表妹举着她的照片，“你看我姐长得漂亮不漂亮……这么漂亮的人没有了。”

她是一家公司的出纳，爱节俭，20 块的打车钱舍不得花。亲戚说她是“苦大的”。出事前几天，7 岁的女儿说想要一块电话手表，“可以和妈妈打电话”。她答应了，7 月 29 日，女儿的生日就要到了。

得知即将拥有一块新手表，女儿兴奋地告诉小姨，“我妈妈开始攒钱给我买手表啦”。再后来，女孩说，“我妈妈开始‘询价’啦”。芦笛跟一位在电子产品批发市场的亲戚打听，那里有没有可以用批发价购买的电话手表。

20 日那天，芦笛从中央商务区站上车，像许多上班族一样，她在东边上班，住西边，沙口路站再下一站，是她再也无法返回的家。

7 岁的女儿一直哭着找妈妈。20 日夜里，大人点开地铁进水的视频，小女孩大哭，“我妈妈就在地铁上，我妈妈就在 5 号线上！”芦笛曾带着女儿坐地铁上班。女儿记得清楚，“我妈妈在中央商务区上车，在月季公园下车。”

芦笛的母亲接到消息，从信阳赶来，“一直哭，已经走不了路”。小女孩本来吵着要妈妈，看到姥姥哭，不说话了，“小妮一直跟着姥姥，不吭声。”后来，她问大姑：“我妈在天上，还是地下？”

消失在 5 号线的，还有魏汉的妻子张挽月。27 岁的张挽月是一家药店的店员，丈夫魏汉是邮递员，两家单位挨着，过去的 3 年，他们几乎每天一起上下班。

魏汉是郑州本地人，当过保安和厨师。张挽月下班晚，有时要赶最后一班地铁，丈夫就一直等她。7 月 20 日，因为大雨，她提前下班， 在傍晚走入 5 号线。魏汉那天可以不用上班，但还是选择去接妻子，两人在 5 号线经开中心广场站碰了面，外面的积水已到膝盖。

他们的家在出事的沙口路站附近，出站再走 5 分钟就到了。在地铁上，张挽月还感慨，雨真大，要早点回家躲雨、吃饭、休息。

魏汉哭着对中青报·中青网记者说，他们夫妻二人在 7 月相识，7 月结婚，也在 7 月分离。

出事时，在最后一节车厢，他和妻子冲散了。当时魏汉站在倒数一二节车厢的连接处，远远看见妻子的绿色胶鞋踩在座椅上。车厢里人挤人，魏汉过不去，对着张挽月喊，“老婆老婆，有事没？”

张挽月回应了几句，魏汉没听清。他后来意识到，夹杂在被困乘客呼喊声中的，是妻子留给他的最后声音。

当水涨到胸部时，前面有人拉了魏汉一把，他得以踩在倒数第二节车厢的座位上。

身旁一个女士几次支持不住要下沉，魏汉卡住地铁栏杆，用手拉住那个女生。撑了至少四个小时。他想去最后一节车厢找妻子，但水势上涌后，他在的位置已经看不到后面的车厢。

后来，倒数第二节车厢窗户上方迅速被砸出一个小洞，“不敢砸多，洪水再过来，大家都完了”。他挤出窗户洞，刺状的玻璃划破了腿。

他踩着窗户，被拉了一把，上了车顶，跪着爬向张挽月所在的最后一节车厢。

“没有人砸玻璃，里面全是水，看不到人了。”他喊了好几遍“老婆！张挽月！”没有回应。他开始往前爬，试图从第二节车厢的窗户钻回车里，“前面水可浅了，能蹚水走路。”他看见人流往前走，但看不见妻子，他又被人扶了出去。

在站台上，魏汉等待着妻子。他不会游泳，洪水从站台向车尾隧道流去，一条安全绳伸进隧道，魏汉坐在地上，紧紧拉住绳子，“很多人都在拽绳子”。

李明回忆，救援时看到，消防员从两个列车中间打开一条缝，掀开，留出过人的空间。人们互相背着、拖着、拉着、扶着，离开车厢。

直到最后，有人说，“车厢里没人了，松开绳子吧”，魏汉还是没见到妻子。医护人员抬出两个浑身是泥的乘客抢救，他听到“不行了，这个也不行了”的声音。大厅另一侧拉起了警戒线。

魏汉被劝离站台，到了地铁口，听说乘客都去了安置点，他也跟着去寻找妻子。他后来说，当时已知妻子凶多吉少。当被困车厢，魏汉支撑不住，滑了一下，他那时感觉，也许再也见不到妻子了。

3

在地铁口等庞洋洋时，庞武给她打了100多个电话，直至手机没电。地铁站外，救援人员在抢险，“我就一直在地铁口等。”次日深夜1点多，他还在等。一个穿迷彩服的人告诉他，“底下已经没人了。”

庞洋洋在20日下午5点多上地铁的时候，车就开始临时停靠，母亲劝她下车，她说“关上门下不去了”。17：41，庞洋洋在微信里问弟弟“家里停电了吗？公司停水停电”，随后说“我到了，你现在出来吧”，并提醒弟弟“穿短裤，看着点”。庞武已经下楼，他家的小区与沙口路站只隔一个红绿灯路口。

庞武1.74米，马路上最深的水位已经到了脖子，他在电话里告诉姐姐：“你别过来了。”没有听到回答。

17:52，庞洋洋通过微信发给弟弟三句话“你信号不好”“在地铁口等我下”“地铁临时停车了”。此后，庞武再没收到姐姐的消息。母亲接到了女儿打来的视频，她站在座位上，水已没过胸，“妈妈不要挂念我”。母亲再打过去，无人接听。

庞武赶去最近的郑州市第九人民医院，先到门诊，没找到姐姐。夜里快 3 点，他看到三四辆救护车开到地下车库。担架抬下来一个人，他发消息说，“死人了”。

第三个抬下来的，就是他的姐姐。他先看到一双小白鞋、黑色的袜子，然后是牛仔裤。庞洋洋的上半身被一块灰布盖着，灰布下，是她早上出门时穿的天蓝色针织马甲。

另一名遇难者屈玉霞的家人从网络视频里认出了她。画面上，她和另一位遇难者仰躺在地上，满身泥水。

屈玉霞刚出生那年经历了驻马店“75・8”大洪水，被大人抱着往高处的山上跑，躲避洪水。她后来从驻马店嫁到郑州，在一家护理公司工作十余年，已经当了经理。

在最后时刻，平时不怎么发朋友圈的屈玉霞连续发了四条视频。18:02，“完蛋了！地铁进水出门也不开人心惶惶”，旁边加了一个哭笑不得的表情；18:05，“地铁上水越来越大了”，表情变成 4 个；18:14，“地铁要侧翻了”；18:42，最后一条视频里，屈玉霞没说什么，只有漫过乘客脚踝的洪水匆匆流过。

她的姐姐再看见她时，屈玉霞的身体已经冰冷。黄色心形项链和手上的镯子还在，姐姐记得年前买镯子时，屈玉霞还向她炫耀，“看，你看我自己买的镯子，以后我自己要对自己好一点。”

她对未来的畅想止于一场罕见的暴雨。有家属痛苦地说，“城市以后再遇到这些东西咱们都得提前弄，我们希望生命不是白白失去，就给大家一个警示，为了以后，所以咱现在要好好问到底是啥过程、啥情况。”

7 月 23 日，在郑州市第九医院，对于地铁遇难者家属的追问，郑州市一名官员称代表市政府向家属作了解释和说明。这位官员称，会给家属一个准确、权威的结论。一名郑州地铁集团负责人在现场表示，上级相关部门已经介入调查，他也是被调查的对象。

截至 24 日，郑州地铁 5 号线仍在进行抽排水等施工作业，地铁仍然停运封闭中。5 号线大门前，有市民摆上了悼念逝者的菊花。

（文中郑旺、李明、魏汉、庞武为化名，原文载于 2021 年 7 月 24 日）

山高人为峰，

文化就是人造的峰峦。

4 大家钩沉，文化与人

只会写自己名字的港大院士 _2010
这只摇了 38 年的轮椅，停了 _2011
侯仁之：把 102 年的人生绘在地图上 _2013
“布鞋院士”李小文 _2014
湍流卷不走的先生 _2016
叶嘉莹：把不懂诗的人接到诗里来 _2020

「很多人知道，

大学堂有三宝：铜梯、四不像雕塑和三嫂。

三个宝贝搬不动，移不走，三嫂永远是大学堂之宝，

亦是香港大学之宝。」

袁苏妹

2010

只会写自己名字的港大院士

文 _ 赵涵漠

袁苏妹从没想过，在自己漫长的生命中，也有可能站在舞台中心。2009 年 9 月 22 日，当香港大学向她颁发荣誉院士证书那一刻，这个 82 岁的老太太，“看起来神气极了”。

她被安排压轴出场。这一天与她同台领奖的，有汇丰银行曾经的行政总裁柯清辉、香港富豪李兆基的长子李家杰，以及曾获铜紫荆星章的资深大律师郭庆伟。

与这些政商名流相比，这位老人的履历显得异常单薄：学历，没读过小学，除了自己的姓名，她当时还不会写其他字；工作经历，从 29 岁到 73 岁，在香港大学的大学堂宿舍先后担任助理厨师和宿舍服务员等职。

这场历年完全以英语进行的典礼，此刻因她破天荒地使用了中文。香港大学学生事务长周伟立先用英语宣读了写给这位老人的赞辞，接着又以广东话再次致辞。直到此时，从未受过教育的袁苏妹才听懂，颁发院士的荣誉，是为了表彰她“对高等教育界作出独特的贡献，以自己的生命影响大学堂仔的生命”。

如果不是那一身黑绒红边的院士袍，她看上去实在是个再普通不过的老太太。她走路很慢，弓着背，一副典型的老态龙钟的模样。然而在港大人眼里，这个矮小的女人形象“高大”得近乎“一个传奇”。

有人开始称她为“我们的院士”，但她显然更喜欢另外一个称呼——“三嫂”。因为丈夫在兄弟中排行第三，三嫂这个称谓被港大人称呼了半个多世纪。

“三嫂就像我们的妈妈一样。”很多宿舍旧生都会满怀深情地说出这句话。当然，就像描述自己母亲时总会出现的那种情况，这些年过半百、两鬓斑白的旧生，能回忆起的无非都是些琐碎的小事。

今年70岁的香港电视广播有限公司副行政主席梁乃鹏还记得当年考试前“半夜刨书”，三嫂会给他煲一罐莲子鸡汤补脑。已经毕业15年的律师陈向荣则想起，期末考试前夕高烧不退，三嫂用几个小时煎了一碗凉茶给他，“茶到病除”。

时常有学生专门跑到饭堂找她聊天。男孩子总会向她倾诉自己的苦闷，诸如不知道如何讨女友欢心之类。女孩子也会找到三嫂，抱怨男孩子“只顾读书，对她不够好”。多数时候，三嫂只是耐心地听完故事，说一些再朴素不过的道理，“珍惜眼前人”，或是请他们喝瓶可乐，“将不开心的事忘掉”等等。每年毕业时分，都会有很多穿着学士袍的学生特意跑来与她合影留念。

就连大学堂球队的比赛结果，三嫂也常常是第一个知道消息的人。“输赢都好。”她乐呵呵地说。迎接球队的总是她最拿手的菜远牛河或马豆糕。

那些大学时独特的味道，成为旧生每年聚会时永恒的话题。一位40多岁的中年男人像个孩子一样夸耀三嫂的手艺：“你知道吗，大西米红豆沙里面的西米直径足有1厘米，好大一颗！”

很少有人知道，为了将这些“大西米”煮软，三嫂要在灶台前站上两个多小时。为了让红豆沙达到完美，她只在其中放新鲜的椰汁。而蒸马豆糕时，为了让它“有嚼劲”，她必须用慢火煲1小时，“不停地用汤勺搅拌”。

然而自从上世纪70年代安装心脏起搏器以来，三嫂再也无法继续在厨房工作了，这位已经是5个孩子的母亲从此转做清洁工。男生们历来喜欢在饭堂开派对，每每狂欢到凌晨两三点，尽管这早就过了三嫂的下班时间，但她总是等到派对结束，再独自进去清理地板上的啤酒、零食和污渍。

那个在凌晨的饭堂里独自拖地的驼背老人背影，让许多学生总“不敢忘记”。

直到今天，小女儿卫锦璧还记得妈妈“见学生比见家人的时间还多”。尽管竭尽全力工作，三嫂一家当时的生活仍然十分拮据。她因不舍得花钱坐巴士，有时竟会提着 40 只鸡从街市一路走回山上的大学堂。

虽然父母都在食堂工作，但卫锦璧兄妹自小很少沾光。有时，三嫂会带回家一包切三明治剩下的面包皮，全家人的晚饭就是用热糖水泡面包皮。偶尔，猪油拌白米饭也能当一顿晚餐。

不过，这些记忆却在老人头脑里慢慢开始模糊。经常，她能记起自己 29 岁那年进入大学堂工作的情景，却怎么也说不清自己哪一年退休。

眼下，她最害怕自己患上老年痴呆症，担心不能像现在一样，“记得每一个宿舍旧生的名字”。直到今天，每次受邀参加旧生聚会，就算有人已经移民十几年刚刚回港，她也能一下叫出那人的名字。

“这个是大律师，这个是做生意的，这个是眼科医生。”翻开相簿，她就像介绍自己的孩子一样介绍这些学生。她甚至记得一名只在大学堂住过 3 个月的北京教授，对方曾邀请她一起“打太极拳”，她“怪不好意思地”拒绝了。

今年已经 67 岁的香港赛马会主席陈祖泽，在三嫂的眼里“好文静”，仍然是个“乖仔”。被授太平绅士的梁智鸿，大学时总是“穿着整齐才进食堂吃饭，从来不会穿拖鞋”，只不过“大学时头型就是中分，不知道为什么到今天都没变过”。

有男生甚至称，三嫂至今还记得他们大学时历任女友的名字。

总是开名车接送三嫂参加旧生聚会的陈向荣说：“能够做她的司机是我一生的荣幸。”

这些有关三嫂种种琐碎的“好”，事隔若干年仍然潜伏在旧生们的记忆中。三嫂却说不清自己究竟“好在哪里”。在她看来，“拎出个心来对人”，人生其实就这么简单。在宿舍工作时，她自己的大儿子正在美国读天文学专业，她只是用“母亲的心”去照顾这群同样在外读书的孩子。

如今她早已经退休了，但她其实从来没有真正离开过大学堂。

每年，她会回来制作“宿舍之血”。这种由生抽、老抽、番茄酱、豉汁、胡椒粉、辣椒酱制成的“饮料”，除了三嫂，“没有人调得出那么正宗的味道”。

大学堂的传统节目“拜齐天大圣”，也仍是由她来负责准备香火。

每遇迎新会或开放日，她总要在自家狭小的厨房，制作学生们最喜欢的马豆糕和大西米红豆沙，再由学生们带回去。

这位从没摸过教材的老人，压根儿不曾想到，自己会成为大学堂“迎新教材”的一部分。在名为“宿舍历史”的课程中，每年新生都要学习宿舍之歌：“大学堂有三宝，旋转铜梯、四不像雕塑和三嫂。”

更特别的荣誉出现在2009年6月。一天，三嫂突然收到香港大学校长徐立之寄给她的信，邀请其“接纳香港大学之名誉大学院士衔”。她事前毫不知情，此前，旧生会多次向学校提议给她颁发荣誉院士衔。直至2009年1月，周兆平副校长亲自作出提名。而在此之前，只有“社会名流”才有可能进入这份提名名单。

“我相信三嫂是没有争议的。”这位提名者说。事实证明，三嫂的提名“全票通过”。

3个月后，“不知道院士是什么”的袁苏妹前去参加典礼，坐在面对600多人的台上，她一直试图记住前面的人“走哪条路、何时戴帽、怎样行礼”，生怕“忘记了整个程序”。

她坦承，直到走上台前，“袍子里面的腿一直在抖”。直到听到周伟立提到她曾经因为逃难而失去接受教育的机会时，她感到一阵“辛酸”，最后“糊里糊涂地”接受了副校监的颁授。

当时，观众中20多名“头发都白了”的旧生，兴奋地跳起来鼓掌喝彩，典礼负责人甚至不得不让工作人员走过去，请这些政商两界的知名校友“不要太激动，保持安静”。

次日，旧生们振臂簇拥中的三嫂被《苹果日报》头版以整版报道。此后，她登上了美食节目介绍自己拿手甜品“马豆糕”的做法，在娱乐节目

袁苏妹

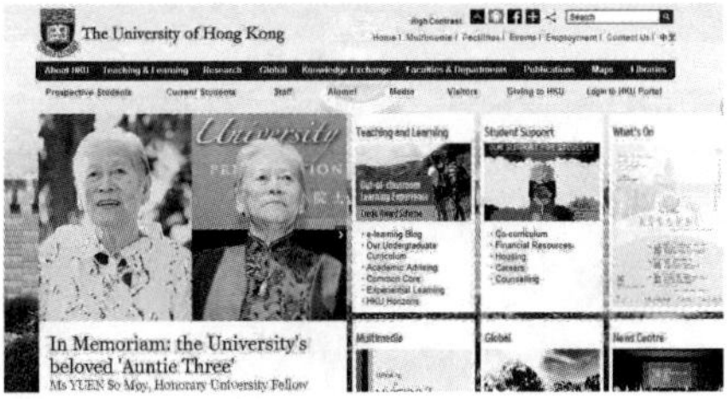

永远怀念您，香港大学名誉大学院士袁苏妹。
（截图来源于香港大学官网）

“东张西望”中被专访，香港各大报章几乎都能找得到三嫂的照片。

授衔赞词中的一段也被各大媒体反复引用：“很多人知道，大学堂有三宝：铜梯、四不像雕塑和三嫂。三个宝贝搬不动，移不走，三嫂永远是大学堂之宝，亦是香港大学之宝。”

然而，这个爱看韩剧的老太太并没有被这些突如其来的荣誉打乱阵脚，尽管有时在街上，她偶尔会被陌生人惊喜地叫住：“你是三嫂吗？恭喜你。”

“我的生活没什么变化。”三嫂一如往常淡淡地说。她仍然居住在北角区一幢建于12年前的公共屋邨，因为家里没有足够高的衣柜，她只能将红边黑底的院士袍和软呢院士帽叠起来，小心翼翼地收藏到盒子里。

大学堂旧生会为庆祝她荣获荣誉院士衔，特意在饭店里摆了30桌酒席，300多个旧生到场祝贺。而她能回赠的，只是一张张自制的、只有手掌般大小的卡片。由她口述、女儿打印的祝福文字，每一字都再普通不过：“读书嘅，学业进步！”“做工嘅，步步高升！”“做生意嘅，生意兴隆！”“揸车、坐车嘅，出入平安。”

只是，这个本来只会写自己名字的“院士”，足足用了两天时间又学写了两个新字。她一笔一画、签了300多张感谢卡——“三嫂”。

（原载于2010年1月6日）

「史铁生用残缺的身体，
说出了最为健全而丰满的思想。
他体验到的是生命的苦难，
表达出的却是存在的明朗和欢乐……」

1995年1月21日，
在“共和国儿女——‘老三届’”综艺晚会上，
史铁生和梁晓声、王刚在一起。
贺延光／摄

2011

这只摇了 38 年的轮椅，停了

文 _ 赵涵漠

史铁生总梦想自己是一个田径运动员，最好有“一米九以上的身材”，并且跑起百米来要超过“九秒九几”。他最爱看的电视节目是田径比赛，他甚至能说出“所有田径项目的世界纪录”。

但因为瘫痪，这个病人已经在轮椅上度过了整整 38 年。2010 年 12 月 31 日，在距离自己 60 岁生日仅仅 4 天的时候，因为突发脑溢血，史铁生带着永不能实现的梦想和未完成的书稿，离开了这个世界。

这个一直自嘲“职业是生病，业余在写作”的男人，终于“辞职”了。

从 21 岁那年开始，史铁生就一直没有逃过病痛的折磨。他把身体比喻成一架飞机，先是作为“起落架”的两条腿瘫痪了，然后像是“发动机”般的两个肾也“一起失灵”，患上了尿毒症。他不得不每周接受三次透析，全身的血液先被抽出来，再被输回去。

经历过 1000 多次的针刺，手臂间肿胀的动脉和静脉就像“3 条大蚯蚓”。他的身体已经虚弱到“甚至就连喝汤时呛了一口，都可能感染肺炎”。就在 2010 年秋天，他为了和朋友聊上一个小时，甚至不得不提前一天整日卧床、养足精神。

评论人潘采夫记得，2005 年，他前去接史铁生参加一个活动，看见他“那么瘦弱”，就提出要把他抱进车里。但这个提议却被拒绝了。

直到现在，潘采夫仍然记得这个作家“努力地抓着把手，靠臂力把自己一点点挪进车座”的样子。回程时，史铁生坐在副驾驶的位置上，费劲地举着个小垫子，想挡住西晒的阳光。

“这一趟可能透支他好几天的精力，我看着揪心极了。”潘采夫说。

可是，在朋友们的眼里，史铁生乐观得“根本不像一个被重病缠绕的病人”。几乎所有采访过他的人都提到，他很少一脸愁容，恰恰相反，他“太爱笑了”，黑镜框后的“小眼睛眯成一条缝，有时还透着几分孩子般的狡猾”。

现在已经是一家杂志主编的许庆亮还记得，2003 年，自己曾去采访史铁生。这个轮椅上的作家从容地谈论着死亡，身体却处在极度虚弱之中。在接受采访一个多小时后，他叹了一口气，说：“对不起，我累了，觉得喘不过气来。”

许庆亮试探地问，病情是否有好转，有没有哪一天可以摆脱透析。史铁生却回答道：“肯定有这么一天，那一天我就死了嘛。”说着，他哈哈大笑起来。

当然，并非从一开始，这个病人就能笑着面对他无法摆脱的梦魇。21 岁时，他“活到最狂妄的年龄上忽地残废了双腿”。朋友们还记得，那时，如果有人嘲笑他的腿，“他恨得想抱着炸药包冲过去”。

当年，史铁生住在一座大杂院的最里面，屋子不到 7 平方米，“除了床和写字台，剩下的空间仅够他的轮椅转个小弯儿”，就连轮椅推出去时，“还擦着门”。

这个年轻病人最常去活动的地方，是离大杂院不远的地坛。每天，他都摇上还吊着用来接尿的黄色塑料瓶的轮椅，在这座荒废的园子里，“一连几个小时专心致志地想关于死的事，也以同样的耐心和方式想过为什么要出生”。

作家徐晓也正是在这里认识了史铁生。那时，她还只是一个 20 岁的姑娘，因为住在附近，每天上下班抄近道穿过地坛。她注意到，那里总是有个年轻人，“黑色的皮肤，厚厚的嘴唇，明显残废的双腿，总是捧着本厚厚的英文词典”。

有时，他也带着本子和笔，到园中找一个少人的角落，“偷偷地写”。如果有人无意中闯进这个空间，他就“把本子合上，把笔叼在嘴里”。

最终，这个古园里诞生了一篇15000字的《我与地坛》。这部探讨生与死、荒废与生长、绝望与希望的长篇散文，打动了无数读者，以至于作家韩少功评价道，“《我与地坛》这篇文章的发表……对当年的文坛来说，即使没有其他的作品，那一年的文坛也是一个丰年。”

作为写作者，史铁生获得了盛名，但作为一个随时都可能离开人世的病人，他却开始失去宝贵的时间。

成名初期，他曾经这样告诉徐晓，“听见敲门就害怕，看见来人就想哭”。有一年冬天，记者们围堵到他家，他不得不受着寒冷，“全副武装，到地坛去逃难”。

徐晓能够理解他的恐惧，“陌生人总要无端夺走他写作的时间”，更何况，“他又不能像个健康人那样一走了之，他无处逃避，因此也无法选择来访者”。

因此，他自制了一张“来客须知”贴在房门上，“史铁生不接受任何记者、报告文学作者的采访；史铁生一听有人管他叫老师就睡觉；史铁生目前健康状况极糟，谈话时间一长就气短，一气短就发烧、失眠，一发烧、失眠就离死不远；史铁生还想多活几年，看看共产主义的好日子。”

可他的病情几乎未曾向好的方向转弯。徐晓曾经这样描述这位朋友遭遇的一切，“1979年，由于下肢麻痹、肾功能受到严重破坏，尿毒症威胁着他的生命，不得不造漏排尿。紧接着，由于肌肉萎缩，血液循环受阻，再加上每天长时间地坐压，褥疮发作，前景是败血症。1986年，前列腺引起的疼痛，使他不得不停止写作整天卧床……冬天，他那毫无知觉的腿，经不起寒冷，如果冻了，就有坏死的可能；夏天，全身的热量只能从上身排出，额头的痱子从来不断……”

年轻时那种想“抱着炸药包”与嘲笑他的人同归于尽的想法，已经慢慢被磨平了。他说起自己的腿，“就像说别人一样”。就在几年前，当这个作家被问及理想的生活状态时，他笑着回答，“我希望住在一个安静的地方，透析中心就在我家旁边”。

那时，他每次都要为了透析花掉四个半小时的时间，前提还是“路上不能堵车”。

在人生的最后几年，史铁生每天几乎只有两个小时的工作时间。写作时，这个病人总是躺在床上，在胸前斜支起一块木板，费劲地在笔记本电脑上敲打。

20 万字的《病隙碎笔》，史铁生整整写了 4 年。算起来，他一天平均只写了 136 个字。而这样的工作，从上个世纪 70 年代起，一直写到了他生命中的最后一天。

根据不完全统计，这种艰难的写作之后，中国文坛留下了属于史铁生的 100 多万字作品，也鼓励了无数的读者。

在 2002 年华语传媒大奖上，这位一辈子囿于轮椅的作家，被评为“当代中国最令人敬佩的作家之一”。授奖词对这个作家作出了最为恰如其分的评价——“史铁生用残缺的身体，说出了最为健全而丰满的思想。他体验到的是生命的苦难，表达出的却是存在的明朗和欢乐，他睿智的言辞，照亮的反而是我们日益幽暗的内心……”

对他来说，死亡从不是个遥远的话题。甚至早在上个世纪末，他就对身后事做出了安排，“墓地、墓碑、花圈、挽联以及各种方式的追悼，什么都不要才好，让寂静，甚至让遗忘，去读那诗句。”

正如他所希望的那样，如今，在北京城东四环一个小区里，他的家门口没有摆放花圈或挽联。家人用一种宁静、镇定的声音婉拒前来采访的记者。一切都没有改变，只是那个摇着轮椅的、虚弱的病人的身影，再也不会出现在这个院子里了。

但还是有人会想起他那永远不曾实现过的梦想。几年前的一年个春天，史铁生最喜欢的美国短跑名将刘易斯来到北京，特意赠送给这个“一辈子都梦想着成为田径高手”的病人一双定制跑鞋。这个体育迷担心场面尴尬，就先乐呵呵地对着偶像说：“我 1997 年去洛杉矶，特意去加州大学体育场（第23届奥运会的主会场），摇着轮椅转了几圈。”

2010年12月31日凌晨，这个病逝作家的肝脏，按照他的遗嘱，被捐献给了一个来自天津的病人。而十几个小时后，2011年的元旦就要来临。

生前，他曾经说过：“死是一件无须乎着急去做的事，一个必然会降临的节日。”也许，在这个节日里，这个病人的魂灵已经告别轮椅，微笑地飞翔着，进入了天国。

（原载于2011年1月5日）

「一个青年能在他 30 岁以前抓住他值得献身的事业，

努力培养他的士节，

这是他一生最大的幸福，

国家和社会都要因此而蒙受他的利益。」

侯仁之

2013

侯仁之：把 102 年的人生绘在地图上

文 _ 张国

距离 102 周岁生日还有一个多月，历史地理学家侯仁之院士结束了在这个世界的长途旅行。

这位徐霞客式的旅行家带走了一个时代——至此，中国历史地理学的“三驾马车”，侯仁之、谭其骧、史念海，都已魂归黄土。

只要再等两天，侯仁之就将见到他主编的全套《北京历史地图集》。这是他主持了 30 多年的一个项目，前两集在 1980 ~ 1990 年代出版，最后一集新近完成。他的学生、北京大学历史地理研究中心主任唐晓峰原定 2013 年 10 月 24 日把全套带给老师，可 22 日下午，侯先生走了。

人们还把《中华人民共和国国家历史地图集》第一册带到了侯仁之的灵堂。据复旦大学历史地理学教授葛剑雄回忆，这部地图集编委会组建于 30 多年前，随着侯先生的离去，19 位编委只余 8 位在世，第一册终于在上个月问世，或许还来不及告诉侯先生。

侯仁之把自己 102 年的人生都绘在这些地图上，他的旅行就在那如沧海桑田变幻的山川、河海、建筑之间发生。他早年在燕京大学历史系师从历史学家顾颉刚、洪业，后来跟随英国当代历史地理学奠基人之一的亨利·克利福德·达比教授攻读博士学位。那是历史地理学在国外诞生的年代。他 1949 年留英归国，成了中国现代历史地理学的开创人之一，扶持着它从“几门学科的边缘中发育成长起来”。

今日学界公认，侯仁之1950年发表的《〈中国沿革地理课程〉商榷》，1962年发表《历史地理学刍议》，第一次在理论上阐明了现代历史地理学的学科性质与研究方法，指出传统沿革地理与现代历史地理学的区别，为中国历史地理学的建立与发展奠定了理论基础。

他还是沙漠历史地理研究的开创者。出于国家治沙的需要，1950年代，他到宁夏河东沙区、毛乌素沙地、乌兰布和沙漠、河西走廊等地考察，“走出了安适的小书房”。

历史系出身的他早已发现自己“对故纸堆中的历史兴趣平平，但是对野外考察却极感兴趣”。他庆幸自己投身“读书加行路的一门学科”。

曾为徐霞客写过小传的侯仁之喜爱旅行。唐晓峰认为，这是侯先生胸臆之中“天然植下的爱好”，是他生活、学业路途中的“另一种驱动力”。

中国长城学会常务副会长董耀会记得侯先生对门下弟子的告诫：在书斋做学问也很重要，但现在不缺这样的学者，缺的是走出去的人。

四处游历的侯仁之对芜湖、邯郸、淄博、承德等名城都做过研究，令他“知之愈深，爱之弥坚”的，还是北京。

在他之前，没有人这样了解北京。他是第一个能说出北京城年龄的人——在1990年的一篇文章中，他宣布北京建城可上溯至30个世纪以前，1990年是第3035年。他在英国写的博士论文，也是关于北京的。

大学时代，他只是受洪业教授的影响，对身处的校园产生了好奇。洪先生对燕大校内明代书法家米万钟的园林“勺园”作了考证，这引起了历史系学生侯仁之对地理考证的兴趣。

其后，侯仁之观察中关村、海淀，尝试以历史地理学家的眼光打量更广的世界。在天津生活时，他探讨过“天津聚落的起源”。因为读了《尼罗河传》，他年轻时一度打算写一部《黄河传》。

在学术之外，侯仁之进入大众视野多源于他“中国申遗第一人”的名号。1985年，侯仁之以全国政协委员身份起草提案，建议我国政府尽早参加《世界文化和自然遗产保护公约》，联合罗哲文、郑孝燮、阳含熙三位委员提交，引起了重视。

他是国内第一个关注这个公约的人。郑孝燮、罗哲文在侯仁之百岁诞辰时总结，此事得益于侯先生对祖国文化和自然遗产的热爱，那种历史地理学家独有的机敏和智慧。

出于对北京共同的钟爱，侯仁之曾与梁思成共事，为北京城的规划和保护尽力。北京的起源地莲花池，以及后门桥、卢沟桥等，都因他的呼吁得到保护。

1993 年，庞大的北京西站即将修建，将成为北京新的“大门”。一个选址方案是在干涸多年的莲花池上，可减少拆迁，也便于施工。而侯仁之早就考证过，莲花池畔是北京城的起源地。

听说此事后，他以八旬高龄现场查勘、呼吁，最终使西站的主楼东移了 100 多米，莲花池保留下来。随后几年他又多次建议恢复莲花池的水源，当面向市领导演示自己绘制的地图。根据他的建议，北京市对莲花池和后门桥做了修缮，2000 年 12 月 21 日举行了修复开园仪式。就在这之前的前几天，侯仁之摔了一跤，但仍坐着轮椅到场。因为总在惦记莲花池之事，他甚至在看病取药时，随手在药盒背面写下自己的想法。

他将莲花池的大幅照片挂在自家的客厅里，这是他晚年的得意之作。

学医只能给个人看病，学历史可以给社会看病——这是侯仁之选择大学专业时，胞弟侯硕之给他的忠告。

然而，一轮轮旧城改造中，侯仁之所收藏的历史地图上的很多建筑逐一被抹去，他和梁思成呼吁保留的北京古城墙被拆。

而他只能倾尽所能，到历史地理中去寻找梁思成、林徽因夫妇描述的“时间上漫不可信的变迁”。

北京大学原常务副校长王义遒对《中国青年报》记者追忆，自己每次去拜访侯仁之，都会听他讲北京的什刹海、鼓楼、地安门，讲北京的水系如何保留，从很远的朝代讲起。在侯先生身上，王义遒感受到强烈的爱国心以及对后辈的提携之心。

评剧艺术家新凤霞对王义遒多次讲过，她从前不识字，侯仁之竟是她的启蒙老师。新中国成立后，这位大学教授鼓励她学文化，亲自教她认字，使她终生难忘。

北大教授邓辉还在读大学三年级时，斗胆将自己的一篇论文寄给侯仁之。两周之后，他就收到了侯先生的亲笔信以及赠书。另一位教授于希贤当年慕名到北大拜访侯仁之，扑了个空，就留下自己研究滇池与徐霞客的论文，写上住址。哪知第二天，侯先生就骑着自行车去找他。

四川师范大学教授李小波记得，初见侯先生，并不感觉紧张，因为他总是笑容可掬，无论与谁交谈，都欠身倾听。侯先生1944年在天津工商学院任教时给学生的赠言，激励了包括他在内的很多人。

侯仁之的赠言中说，一个身受高等教育的青年，尤不应以个人的丰衣美食而满足。“一个青年能在他30岁以前抓住他值得献身的事业，努力培养他的士节，这是他一生最大的幸福，国家和社会都要因此而蒙受他的利益。”

艺术家熊秉明给侯仁之赠过一首诗：“黑板映在孩子们的眼睛里/我在孩子们的眼睛里写字/写了又擦去/擦去了又写/写了又擦/擦了又写/有些字是擦不去的么/我在孩子们眼睛里写字。”

回顾“擦了又写”的人生之旅，侯仁之概括过两次“逆水行舟”的经历，一次是因抗日被日本宪兵队投到监狱，另一次是“文化大革命”中受到批斗。

季羡林生前曾回忆，“文革”时，他和周一良、侯仁之共同挨斗，三人的名字时常成串出现在北大鬼哭狼嚎的广播里，仿佛“三位一体”。

1966～1972年，侯仁之一篇论文也没有写过。“文革”之后，他迎来一生写作的高峰。1976年唐山大地震发生，为躲余震，他在院子里一棵大槐树下支起棚子，以水泥板为桌，伏案工作。妻子张玮瑛说，他的习惯是清早三四点就把当天要做之事扼要记在小卡片上，卡片是剪开的信封或药盒。他的枕头下总有笔头和卡片。到中午时分，他有时会说上一句：“我已经工作了8小时了。”他的状态近乎“全速奔跑”，旺盛精力延续到近90岁。

侯仁之的邻居、语言学家王力曾对女儿王缉慈讲过一件小事。他们两人有次外出，王力的帽子被大风刮走，飞得很远，侯仁之飞快地跑去追了回来。对于这位长跑健将来说，这不在话下。

年轻时的侯仁之保持过多年的燕京大学5000米长跑纪录。他88岁那年获颁美国地理学会的“乔治·戴维森奖章”，并在答谢时称，这样高的殊荣颁给自己，感到受之有愧。如果再年轻一点，他会跑掉，因为他曾是长跑冠军，但如今年老跑不动了，只能接受。

他给同事展示过自己文革时下放江西鲤鱼洲时用过的扁担，讲述如何用它挑起100多块砖走几十里路。82岁那年，他还带师生去内蒙古赤峰市考察，由于大雨冲垮路基，他们坐火车中途返回。那是他此生最后一次野外考察。

他引以为傲的健将体魄终于衰老。侯仁之渐由长跑改为散步，直至95岁坐入轮椅。但他最后的站姿让人很难忘怀：在走路十分困难时，他仍挪着碎步把客人送到门外，几只猫簇拥着他，蹭他的腿。

他在静寂的燕南园61号住了半个多世纪，收留了不少流浪猫。人们猜测，“据说燕南园里所有的猫都到他家院子蹭过饭”。有客人来访，这些猫就前呼后拥迎上前来。告别时，这些猫又陪他送客。

晚年，侯仁之的视线又回到他自谦的学术生涯“微不足道的起点”。这是他终生所爱，他写过《未名湖溯源》，写过《燕园史话》，写过《我从燕京大学来》，连“未名湖”三个大字也是他题写的。家人推他在未名湖畔散步，会让他尽可能接近水面。

葛剑雄最后一次谒见侯先生时，听到老人说，看不到燕京大学的恢复，司徒雷登老校长的骨灰不能在未名湖畔安放，是他生平憾事。

在女儿侯馥兴记忆中，父亲留英回来时，打开一只黑箱子，拿掉衣物，露出的是两个硕大的地球仪，占了大半个箱子。他还带回一辆墨绿色的“三枪”牌自行车。它在漫长岁月里陪伴着侯仁之对北京城的探索。

如今，地球仪和车轮都已停转，侯仁之也停止了旅行，但他谢绝告别。尊重他的意愿，没有举行遗体告别仪式，只是设立灵堂，开放三日，供人吊唁。在他的灵堂里，没有哀乐，只有他平生喜爱的《燕京大学校歌》和《田园交响曲》。

（原载于2013年10月30日）

「面对外界给他贴上的各种标签，
无论是武功盖世“扫地僧”，还是淡泊明志的“五柳先生”，
李小文不作争辩，也“不赞同”……
他手上的“奥卡姆剃刀”是无形的，
概括起来正是“如无必要，勿增实体”。」

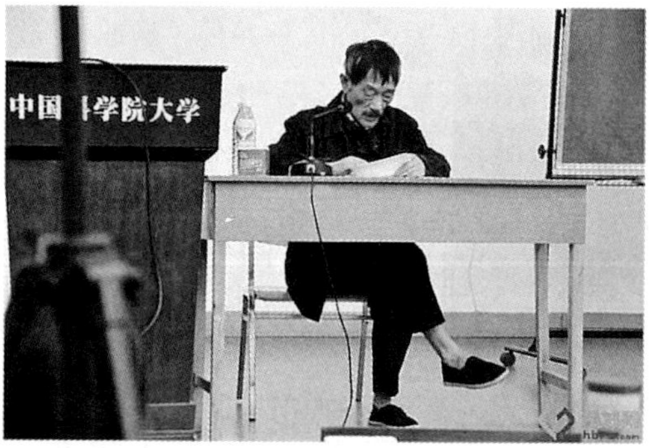

李小文

2014

“布鞋院士”李小文

文 _ 陈璇

对于院士李小文来说，无论是生活还是科研，都应该坚持简单化原则，拿着奥卡姆剃刀，“刮，刮，刮”。

最近，他希望刮掉的是人们对他那双布鞋的惦念，舆论对他的炙烤，以及附着在他身上的各种标签。

用他的话说，“布鞋失火了”。那不过是双极其普通的布鞋，黑面白底，而且款式老旧，是他在成都出差时买的打折货，“80 块钱一双，一下子买了 3 双”。一个多月前，当他踩着这双布鞋，搭配裤脚卷起的裤子和一件黑突突的夹克衫，出现在中国科学院大学的讲堂上时，意外地火了。

布鞋“失火”之后，殃及的是他原本清静的生活。一时间，“布鞋院士”的字眼闪烁在电脑屏幕上，迅速地爬升到搜索引擎的第一位。聚光灯也在寻找着他，家里的电话铃声频繁地响起来，电子邮箱里的陌生人邮件也在增多，不少记者甚至去他所在的北京师范大学地理遥感所“围堵”他。

“太热了，再冷一冷。”前一阵子，他会用此番说辞来婉拒各路媒体的采访。当舆论对他的烘焙跳到一个温热的档位时，他才愿意接受《中国青年报》的采访，“跟年轻人交流一下”。

2014 年 5 月 31 日，坐在办公室沙发上的李小文，脚上没有蹬布鞋。他穿着一双圆头的皮凉鞋，脚仍然是光着的。

此前，有人说他像武侠小说里的扫地僧，“低调、沉默却有着惊人天分和盖世神功”；也有人将他与陶渊明等魏晋名士相提并论，“外表不羁但是有着仙风道骨”；一位大学同学盛赞他，“维护了传统知识分子的风骨、本色、随性”。

然而，对于初次见到李小文的人来说，“狂狷不羁”恐怕难以和眼前这位身形瘦小的科学家产生关联。年过六旬的李小文佝着背，蹲在茶几边上的一角，为客人沏着茶。他还特意询问：“介意用手抓（茶叶）吗？”他拎开水瓶的手微微有些颤抖，但水还是恰如其分地倒在杯子的七分处。

几年前，同样是在这间办公室里，一位采访他的记者端坐在真皮沙发上，而他却矮矮地坐在学生送他的小竹椅上。这位颇有名望的科学家侧着身子，仰面望向记者，还不停地给对方递烟、点火。最后，那位记者不得不感叹，“这可能是世界上最谦虚的科学家了”。

正是这位“最谦虚”的科学家，堪称我国遥感领域的“泰斗级”人物，而且在国际上享有盛名。他创建了“李小文 -Strahler”几何光学学派，硕士论文被列入国际光学工程协会“里程碑系列”。他和他的科研团队的研究成果推动了定量遥感研究的发展，让我国在多角度遥感领域保持着国际领先地位。

不过，这些荣耀，不会被李小文提及。他不擅长侃侃而谈。相反，他在谈话间显得有些局促，抱着左胳膊弯的右手，不自觉地上下摩挲着。由于牙齿被拔光了，他讲起四川普通话来口齿略有些含混。

在聊到熟悉的“时空尺度和地表过程”，他表现得更为自在和轻松。说到兴起时，他的眼睛眯成一条细缝，脸颊上的皱纹就像一把折扇，层层叠叠地收拢起来。嘴唇上黑密的胡须，随着他脸部肌肉的松紧轻微地跃动着。前额灰黑夹杂的头发，在他不经意地抚弄下，有时堆积成“小丘陵”的样子，有时又恢复成了“平原”。

事实上，半天的访谈时间里，几乎没有一句称得上犀利的言论，从这位被描述为“仙风道骨”的专家口里吐露出来。李小文对遥感领域之外的话题，表现出惜字如金的谨慎，“这不是我的专业，我不便多作评价”。

如果请他谈谈“如何看待社会对院士问题的热议”，他以一句“你说得很对”作为回答。

而在4年前，有关“院士”的话题还未像如今喧嚣尘上时，评委会将李小文列为“科学网年度人物候选人”的推荐理由是：言冷心热、心怀天下的他，是不把“院士”头衔异化的最好注释。

在李小文看来，自己的“慎言”跟年轻时的特殊经历有关。读大学时，他写了一篇批驳姚文元的文章“惹下麻烦”，从而总结出“假话不要说，真话也不能随便说”的人生经验。不过，他有意识地自我克制，有时也似乎拧不过骨子里的率直。

四川汶川特大地震后，他看见总理去灾区时，手里拿的是地图，而不是遥感出的现势图，不禁在博客上替遥感界致歉，“我们搞遥感的，真是恨不得打个地洞钻下去，就算地震殉国算了”。当时，有人称赞他敢说真话，“是业界的良心”。

面对外界给他贴上的各种标签，无论是武功盖世“扫地僧”，还是淡泊明志的“五柳先生”，李小文不作争辩，但是也“不赞同”。他说，“有些说法都太拔高了”。

他自感，“初次见面的人对我的印象大多不好”，可能还是“因为不修边幅”。他总结道，“在以貌取人的社会，衣着随便还是会惹些麻烦，吃点儿小亏”，但又紧接着说“无所谓”。

北师大的一位同事回忆，李小文第一次来学院报到时，穿着白衬衫和黑裤子，手里拎着上世纪80年代流行的半圆形黑包，脚上也是一双布鞋，“特别土”。当时，门卫以为他是来推销的农民，毫不客气地将他挡在了门外。还有一次，他去学院领院士生活补助时，斜挎着一个破包，站在财务处的柜台前，被学生误作是“修空调的师傅讨要工钱”。

李小文似乎天然不愿将精力耗费于外在修饰。在四川长大的他从小爱打赤脚，就连恋爱时“见女朋友家人也光着脚”。2001年，在长江学者的颁奖典礼上，他也是光脚穿着布鞋。上世纪80年代，出国留学前特意缝制的两身西装，因为穿在他身上“像是偷来的”，在异国他乡几乎没有派上用场。令他庆幸的是，“幸亏是在美国，要是在讲究绅士风度的英国，也不大好穿得随意了”。

“身上的东西越少越好。”李小文用一种笃定的语气说。他用手上的奥卡姆剃刀，刮去令自己感到繁杂的枝枝蔓蔓。

他难以忍受生活里的琐碎小事。他的一口牙齿在车祸中被撞松，因为不耐烦“一颗一颗地治”，就干脆拔光了事。他不爱管钱，几乎不碰银行卡。有一次，他的银行卡消磁了，“只有本人签字才能重办”，才极不情愿地被家人哄进银行。

他不断地刮去繁冗的社交活动，将自己的生活半径缩减在自由书斋里。有时去外地开会，他也恨不得“白天去晚上就往回赶”。如今，他不爱去办公室，“因为总是会被打扰”。他怡然自得的时刻是坐在书房里思考问题。除此以外，他热衷于让思绪在博客上自由驰骋。

在博客世界中，他会刻意去掉“院士”的光环，以一个名为“黄老邪”的普通网友身份，跟年龄和资历与他相差很多的人平等交流。在这个虚拟的学术江湖里，他倒是显露出几分侠客气质，会不时针对遥感领域的问题“和某某人掐一架”，有时还会怅然地“孤独求败”。

和他最喜欢的武侠小说《笑傲江湖》里的令狐冲一样，他身上经常揣着酒壶。但近两年，因为肝硬化，他开始戒酒。然而，多年以来，他从未打算刮掉的是烟瘾、不愿被束缚的意志以及“不跟风”的个性。

在面聊进行到第 45 分钟时，李小文往烟灰缸里捻灭了第 3 根烟头，这还是他有所节制的数量。这个科学家固执地认为，“吸烟有害健康”没有充分的科学依据。他还会收集“爱吸烟的出租车司机患非典概率低”等说法来论证吸烟的好处，令家人感到哭笑不得。

有时，他的“固执”像烟雾一样，散落在生活的各个角落。他把医院比喻为“善良的专政”，厌恶被束缚在病床和医疗器械上。两年前，心脏骤停的他被抢救过来后，反倒恼怒家人“为何同意在他身上施加强制措施”。后来，他拟下一份“尊严死”的生前遗嘱，还让家人在遗嘱上签字，不允许在他身上使用“呼吸机和心脏电击”等急救措施。

在一些同学看来，李小文从小就表现出“特立独行”的一面，尤其不爱跟风。小时候，他不爱背珠算口诀，干脆放弃学珠算，拿零分也毫不在意，“因为那时候已经看到大人们用计算尺和手摇计算机了”。在美国读研究生时，他的追求始终是及格就行，“考高了就觉得自己吃亏了，尽量把分数压下来”。

在通往科学真理的征途上，李小文性格中的“固执”和“不跟风”糅杂起来，是一种“不盲从”的态度。早年在美国留学时，他敢挑战美国遥感界的权威声音，提出遥感观测中“热点效应”更圆满的物理解释，这成为他的成名作，被国际遥感界称为“20 世纪 80 年代世界遥感的三大贡献之一”。

在专业领域里，李小文虽然争强好胜，但也“愿赌服输”。他和一个学生打赌，“太阳是否可能从东北方升起”。一个科学界的大人物，在小小自然现象的观测方面，败下阵来。不过，在真理是非问题上，他却显得并不固执，坦率地承认，“犯了一个低级错误，打赌输给学生”。

这位著名的遥感学专家，在自己后半段的科研生涯里，没有停止挥动奥卡姆剃刀。他试图回到一些基本但又容易被业界忽视的课题上来，比如“尺度效应”。

他用苏东坡的诗句“横看成岭侧成峰，远近高低各不同”来解释遥感领域的“观察方向和角度”。在他看来，观察活生生的人，也应该遵循此理。

这位勾起人们无限好奇心的科学家，试图刮掉舆论赋予他的刻板印象。追求简单的他认为，那些标签也是压在身上的“一种负担”。

当然，他手上的奥卡姆剃刀是无形的，是一位名叫奥卡姆的逻辑学家提出的思维方法，概括起来正是他所信奉的“如无必要，勿增实体”。

（原载于 2014 年 6 月 4 日）

「早些年，有人问她什么是美。

她说：“美是很抽象的概念，数学也很美。”

如今，她直截了当地说：“能办出事，就是美！”」

李佩

2016

湍流卷不走的先生

文 _ 从玉华

进入人生的第 99 个年头，李佩大脑的“内存越来越小”，记忆力大不如以前了。她一个月给保姆发了 3 回工资；她说现在的电视节目太难看了，“民国的人去哪儿了？”

在她狭小的客厅里，那个腿都有些歪的灰色布沙发，60 年间，承受过不同年代各色大人物各种体积的身体。钱学森、钱三强、周培源、白春礼、朱清时、饶毅、施一公……都曾是那个沙发的客人。

但是有时人来得多了，甭管多大的官儿，都得坐小马扎。

她曾跑遍了半个地球，如今，她的背驼得像把折尺，一天的大多数时光蜷缩在朝南书房的沙发里，困了就偎在电暖气上打盹，即使三伏天，她也觉得冷。前些年，眼看年轻人骑车撞了中关村的老科学家，她还特气愤，跟在后头追。如今，她连站到阳台上向朋友招手的力气都快没有了。

只有牙齿和胃，还顽强地工作着。她的胃曾装过胡适家的肉菜、林家翘家的饺子、钱学森家的西餐，那个时候，厨艺很差的周培源只有洗碗的份儿。如今，她还像年轻时在美国一样，爱吃蒜香面包，用自己的牙慢慢地磨。

她的眼眉越来越低垂，这双被皱纹包裹的眼睛，见过清末民初的辫子、日本人的刀、美国的摩天大楼，以及中国百年的起起伏伏。如今，没什么能让这个百岁老人大喜大悲了。

她一生都是时间的敌人。70多岁学电脑，近80岁还在给博士生上课。晚年的她用10多年，开设了600多场比央视“百家讲坛”还早、还高规格的“中关村大讲坛”。

没人数得清，中科院的老科学家，有多少是她的学生。甚至在学术圈里，从香港给她带东西，只用提“中关村的李佩先生”，她就能收到了。她的“邮差”之多，级别之高，令人惊叹。

在钱学森的追悼会上，有一条专门铺设的院士通道，裹着长长的白围巾的李佩被“理所当然”“舍我其谁”地被请在这条道上，有人评价这个只有几十斤重的瘦小老太太“比院士还院士”。

她被称作“中科院最美的玫瑰”“中关村的明灯”“年轻的老年人”。

“生活就是一种永恒的沉重的努力”

这位百岁老人的住所，就像她本人一样，颇有些年岁和绵长的掌故。

中关村科源社区的13、14、15号楼被称为“特楼”，那里集中居住了一批新中国现代科学事业奠基者：包括1948年中央研究院的9名院士，第一批254位学部委员中的32位，23位“两弹一星”功勋奖章获得者中的8位。钱学森、钱三强、何泽慧、郭永怀、赵九章、顾准、王淦昌、杨嘉墀、贝时璋等人都曾在这里居住。

如今，破败不堪的“科源社区”牌子，“科”字只剩下了“斗”字，老楼的楼道里贴满了“疏通下水道”的小广告，小院里四处堆放着杂物。这里不再是“中国最聪明头脑的聚集地”，而是租住着很多外来打工者，随便敲开一扇门，探出一颗脑袋：“王淦昌？贝时璋？郭永怀？没听说过。”

中关村的房价都快十万元一平方米了。不远处的LED超大屏幕闪烁着最新款的高科技产品广告。

李佩先生60年不变的家，就像中关村的一座孤岛。

这座岛上，曾经还有大名鼎鼎的郭永怀先生。

郭永怀、李佩夫妇带着女儿从美国康奈尔大学回国，是钱学森邀请的。钱学森在1956年数次致信郭永怀："请你到中国科学院的力学研究所来工作，我们已经为你在所里准备好你的'办公室'，是一间朝南的在二层楼的房间，淡绿色的窗帘，望出去是一排松树。""已经把你的大名向科学院管理处'挂了号'，自然是到力学所来，快来，快来！"

回国后，郭永怀在力学所担任副所长，李佩在中科院做外事工作。直至我国第一颗原子弹成功爆炸的第二天，郭永怀和好友一起开心地喝酒，李佩才意识到什么。

1968年10月3日，郭永怀再次来到青海试验基地，为中国第一颗导弹热核武器的发射从事试验前的准备工作。12月4日，在试验中发现了一个重要线索后，他在当晚急忙到兰州乘飞机回北京。5日凌晨6时左右，飞机在西郊机场降落时失事。

当时飞机上十几个人，只有一个人幸存。他回忆说，在飞机开始剧烈晃动的时候，他听到一个人大喊："我的公文包！"后来的事情就不记得了。

在烧焦的尸体中有两个人紧紧地抱在一起，当人们费力地把他们分开时，才发现两具尸体的胸部中间，一个保密公文包完好无损。最后，确认这两个人是59岁的郭永怀和他的警卫员牟方东。

郭永怀曾在大学开设过没几个人听得懂的湍流学课程，而当时失去丈夫的李佩正经历着人生最大的湍流。

据力学所的同事回忆，得知噩耗的李佩极其镇静，几乎没说一句话。那个晚上李佩完全醒着。她躺在床上几乎没有任何动作，偶然发出轻轻的叹息，克制到令人心痛。

在郭永怀的追悼会上，被怀疑是特务，受到严重政治审查的李佩一个人孤零零地坐在长椅上。在当时的环境里，敢于坐在李佩旁边，说一句安慰的话，都需要莫大的勇气。

郭永怀走后22天，中国第一颗热核导弹试验获得成功。

那些时候，楼下的人常听到李佩的女儿郭芹用钢琴弹奏《红灯记》中李铁梅的唱段"我爹爹像松柏意志坚强，顶天立地……"

后来，李佩将郭永怀的骨灰从等级森严的八宝山烈士公墓请了出来，埋葬在中科院力学所内的郭永怀雕塑下面。同时，李佩还将一同牺牲的警卫员牟方东的部分骨灰，也安放在雕塑下面。

“小牟太年轻了，太可惜了，也是为着跟他，所以才牺牲的。”李佩说。

郭永怀走后没两年，十几岁的女儿去内蒙古当知青下乡，李佩到合肥中科大继续接受审查和劳动改造。政治的湍流一次次把她们卷进漩涡。

此后的几十年来，李佩先生几乎从不提起“老郭的死”，没人说得清，她承受了怎样的痛苦。只是，她有时呆呆地站在阳台上，一站就是几个小时。

更大的生活湍流发生在上个世纪90年代，唯一的女儿郭芹也病逝了。没人看到当时近八旬的李佩先生流过眼泪。老人默默收藏着女儿小时候玩的能眨眼睛的布娃娃。几天后，她像平常一样，又拎着收录机给中国科学院研究生院的博士生上英语课去了，只是声音沙哑。

“生活就是一种永恒的沉重的努力。”李佩的老朋友、中国科学院大学的同事颜基义先生，用米兰·昆德拉的这句名言形容李佩先生。

女儿郭芹最后一次见到住楼下的作家边东子，用一双诚恳的眼睛说：“写写我爸爸吧。”边东子后来写了《中关村特楼的故事》，他说：“即使是功力深厚，又如何能写全、写透、写准她了不起的爸爸和同样了不起的妈妈！”

直到1999年9月18日，李佩坐在人民大会堂，国家授予23位科学家“两弹一星”功勋奖章。郭永怀先生是23位“两弹一星”元勋中唯一的烈士。

李佩回家后，女儿郭芹的朋友们都嚷着来她家看“那坨大金子”。该奖章直径8厘米，用99.8%纯金铸造，重515克——大家感慨，“确实沉得吓人”。

4年后，李佩托一个到合肥的朋友，把这枚奖章随手装在朋友的行李箱里，捐给了中国科学技术大学。时任校长朱清时打开箱子时，十分感动。

“捐就是捐，要什么仪式”

在李佩眼里，没什么是不能舍弃的。

几年前，一个普通的夏日下午，李佩让小她 30 多岁的忘年交李伟格陪着，一起去银行，把 60 万元捐给力学所和中国科学技术大学各 30 万。没有任何仪式，就像处理一张水费电费单一样平常。

“捐就是捐，要什么仪式。”老太太对李伟格说。

至今，李佩先生客厅里的茶几还是 60 年前回国时家里的陪嫁。

早年从美国带回的手摇计算机、电风扇、小冰箱，捐了。郭永怀走后，写字台、书、音乐唱片，捐了。李佩先生一生教学的英语教案，捐了。汶川大地震，挽救昆曲，为智障幼儿园，她都捐钱。

有后辈说她对待名利的样子，就像居里夫人把最大额的英镑当书签，把诺奖的奖牌随意给孩子当玩具。

直到前年，郭永怀 104 岁诞辰日，李佩拿出陪伴了自己几十年的藏品，捐给力学所：郭永怀生前使用过的纪念印章、精美计算尺、浪琴怀表，以及 1968 年郭永怀牺牲时，中国民航北京管理局用信封包装的郭先生遗物——被火焰熏黑的眼镜片和手表。

如今，这些东西就保留在力学所的 304 房间，深棕色的门上面写着“郭永怀副所长办公室”。隔壁是“钱学森所长办公室”。钱学森说得没错，从办公室往外看，是一排高大葱绿的松树。只是已经半个世纪过去了。

时间拔高了松树，也馈赠了李佩很多人生的礼物。

当“文革”结束，她重新恢复工作时，已经快 60 岁了。她筹建了中国科学院研究生院（后更名为“中国科学院大学”）的英语系，培养了新中国最早的一批硕士博士研究生。

当时国内没有研究生英语教材，她就自己编写，每次上课，带着一大卷油印教材发给学生。这些教材被沿用至今。

她做英语教学改革，被美国加州大学洛杉矶分校语言学系主任 Russel Campbell 称作“中国的应用语言学之母”。她大胆地让学生读《双城记》

《傲慢与偏见》等原版英文书。所有毕业生论文答辩，她都要求学生用全英语做陈述。

很多学生回忆，李佩先生从不大声训斥学生，却有一种“微笑的严厉”，她把最淘气的学生调在第一排，这种无形的压力让人做梦都在说英语。

如今，在中国科学院大学英语系主任彭工眼里，总给同事带小点心的李佩先生做事果断，是一种“有人情味的果断”。

钱、年龄对她而言，都只是一个数字

这个经历过风浪的女人，在那个年代做了很多擦边的事，有的甚至是“提着脑袋”在干。

1979 年中美正式建交，李佩就向学生介绍美国大学招收研究生的办法，鼓励大家申请自费留学。

刚刚“文革”结束，人才匮乏。李佩就找到那些曾被打成右派甚至进过监狱的英语人才，从事教学工作。事实证明，她的眼光很准。她请出山的“右派”许孟雄，是邓小平同志1979年1月出访美国时英文文件的把关人。

她还和李政道一起推动了中美联合培养物理研究生项目，帮助国内第一批自费留学生走出国门。到 1988 年该项目结束时，美国 76 所优秀大学接收了中国 915 名中美联合培养物理研究生。当时没有托福、GRE 考试，李佩先生就自己出题，李政道在美国哥伦比亚大学选录学生。

1987 年，李佩退休了，她高兴地说，坐公交车可以免票了。

可她没有一天退休，她接着给博士生上英语课，一直上到 80 来岁。

中国科学院大学党委副书记马石庄是李佩博士英语班上的学生。如今，他在大小场合发言、讲课，都是站着的。他说，这是跟李佩先生学的，“李先生 70 多岁在讲台上给博士生讲几个小时的课，从来没有坐过，连靠着讲台站的姿势都没有”。

他说，他一生中遇到过很多好老师，但“我见过的最伟大的老师是李先生”。李先生传授的不仅是知识，而且是“人学”，人格的完善。如果一个教育者只是传授知识，那无非是“从小硬盘变成了大硬盘”。

在马石庄眼里，李先生是真正的“大家闺秀”。她在燕京大学念书，北平沦陷后，她从天津搭运煤的船到香港，再辗转越南，进入云南西南联大。她在日本人的轰炸中求学。

她曾作为中国代表，参加巴黎的第一次世界工联大会和第一次世界妇女大会。她和郭永怀放弃美国三层的小洋楼，回国上船时把汽车送给最后一个给他们送行的人。

“他们这代人回国为的是什么？她一生对教育的关心，对国家命运的关心，不是今天的我们能完全理解的。”马石庄说。

多年的交往中，他感觉这个老太太淡定极了，从没有慌慌张张、一丁点邋遢的时候。“一个人从战火中走出来，经历过无数次政治运动，走过大半个地球，中年丧夫，老年丧女，还有什么让她‘不淡定’、‘不沉静’？”

“100年里，我们所见的书本上的大人物，李佩先生不但见过，而且一起生活过、共事过，她见过太多的是是非非、潮起潮落。钱、年龄对她而言，都只是一个数字。一个连孤独都不惧怕的人，还惧怕死亡吗？”

马石庄说，老人从没跟学校提过一件私人的事儿。

只有一次，老太太给马石庄打电话，说“有一件私人的事求学校”。马石庄心里一咯噔，李先生从没开过口啊。

原来，李先生住的楼后面有一间锁了很久、没人用的平房，李佩希望学校把钥匙给她，她想给小区老人收拾出一个读书看报下棋的地方。

最近，上海大学的博导戴世强带来了苏州豆腐干，顾淑林先生带来了大凉山苦荞米，李佩送给卢鼎厚教授月饼，八九十岁的老人们像孩子一样分享美食，交流怎么使用微信。

只是，李佩先生越来越忘事。在一个半小时的时间里，她7次提醒戴世强回上海后帮她买一瓶瑞典出口的药，临离开的时候大家才知道她是帮照顾她的保姆要的。

“李先生一辈子哪里有过私人的事儿！”马石庄感慨。

他不喜欢用“玫瑰”这样的词形容李佩先生，“太轻太花哨了，李先生是永远微笑着迎接明天的人”。

一个老朋友也认为“玫瑰”太轻了，她说，李佩先生有极大的气场，像磁铁一样，能把周围的东西都吸引过来。

毕业后，马石庄选择了当老师，他说，这种选择是受了李佩先生影响，“从李先生身上，看到了教师就是这个社会的精神遗传基因”。

探求“钱学森之问”

李佩的晚年差不多从 80 岁才开始。

81 岁那年，她创办中关村大讲坛，从 1998 年到 2011 年，每周一次，总共办了 600 多场，每场 200 多人的大会厅坐得满满当当。

她请的主讲人也都是各个领域的“名角儿”。黄祖洽、杨乐、资中筠、厉以宁、程郁缀、沈天佑、高登义、甘子钊、饶毅等名家，都登过这个大讲坛。

大讲坛的内容也五花八门：农村问题、中国古代文学史、天体演化、昆虫、爱斯基摩人的过去现在与未来、美国总统大选、天津大鼓等等。

“也只有李佩先生能请得动各个领域最顶尖的腕儿。”有人感慨。

开论坛是极其琐碎的工作。有时候和主讲人沟通，从主题到时间确定，来来回回要打几十个电话。确定了主题，她就带着年轻的朋友在中关村四处贴海报，她说，不能贴得太早，也不能贴在风口处，以免被风刮跑了。

请来这些大人物讲课，全都是免费的。有一次，她邀请甘子钊院士，“老甘啊，我可没有讲课费给你，最多给你一束鲜花”。甘院士说：“你们的活动经费有限，鲜花也免了吧。”后来，花也是李佩先生自己买的。

等到 94 岁那年，李佩先生实在“忙不动”了，才关闭了大型论坛。在力学所的一间办公室，她和一群平均年龄超过 80 岁的老学生，每周三开小型研讨会，“除了寒暑假，平时都风雨无阻”。这样的讲坛延续至今。

有人回忆，在讨论“钱学森之问”求解的根本出路时，三个白发苍苍的老者并列而坐。北大资深教授陈耀松先生首先说了“要靠民主”四个字，紧接着，郑哲敏院士说：“要有自由。”随后，李佩先生不紧不慢地说“要能争论”。这一幕在旁人眼里真是精彩、美妙极了。

她和老朋友李政道也探讨这个问题。李政道说单用一个“答”字不太合适，所以用了“求答钱学森之问”。李政道说，学习最重要的是要问，“要创新，需学问，只学答，非学问”。

喜欢音乐、年轻时编排过《白雪公主》，演小矮人的李佩先生，也常和李政道谈艺术和科学的关系。

春节时，李政道用炭笔画虎、画狗，当贺年卡送她。他俩认同：“艺术和科学是一个硬币的两面，都追求着深刻性、普遍性、永恒和富有意义。”

当然，李佩先生也有发飙的时候，不管自家客厅里，对面坐的是什么大人物。

她反对大学扩招。她反对现在大学减少英语课时。她对坐她家沙发上的一名大学副校长直摇头，她反对人民大学办物理、化学学院，反对清华大学办医学院。她反对“北大要把 1/3 副教授筛选下去，改革进行不下去”的悲观论调。

她主张教育不能赶热闹。“要坐得住，不要赶热闹”。以前这句话常从郭永怀厚厚的大嘴说出来，他开口讲话时笑意总是从嘴上放射到整个脸部。

在她 90 多岁的时候，她还组织了 20 多位专家，把钱学森在美国 20 年做研究用英文发表的论文，翻译成中文，出版《钱学森文集（中文版）》。对外人，李佩先生常常讲钱学森，却很少提郭永怀，旁人说李先生太“大度”了。

“我一点儿也不孤独，脑子里好些事”

她本可以得到很多荣誉，几十年里，无数协会想让这个能量超大的老太太当会长，她都拒绝了。她唯一拿到手的是一个长寿老人之类的奖牌。

因为访客太多，李先生家客厅的角落摆了很多小板凳。有小朋友来看她，八卦地问：“您爱郭永怀先生什么？”她答：“老郭就是一个非常真实的人，不会讲假话。老郭脾气好，不像钱学森爱发脾气。”

曾有人把这对夫妇的故事排成舞台剧《爱在天际》，有一次，李佩先生去看剧，全场响起了热烈的掌声。人们从她的脸上，读不出任何表情，那似乎演着别人的故事。

这群年轻演员曾拜访过李佩先生。一位演员说，当他见到了郭先生生前最后一封家书，见到了郭先生的自画小像，郭先生不再是那个遥不可及的雕像。他开始明白李佩先生的那句台词了：“我等你，你不回来我不老。”

可“不老”的李佩先生确实老了，她的背越来越弯，开始只是小锐角，后来角度越来越大。

曾经在学生眼里“一周穿衣服不重样”、耄耋之年出门也要把头发梳得一丝不乱、别上卡子的爱美的李佩先生，已经顾不上很多了。

她曾趴在窗边送别客人的阳台蒙满了灰尘，钢琴很多年没有响一声了，她已经忘了墙上的画是她曾和郭永怀相恋的康奈尔大学。记忆正在一点点断裂。

早些年，有人问她什么是美。她说：“美是很抽象的概念，数学也很美。”如今，她直截了当地说：“能办出事，就是美！”

很少有人当面对她提及“孤独”两个字，老人说：“我一点儿也不孤独，脑子里好些事。”

“与其说她忙碌，不如说这是一种忘记。”马石庄评价。

她也过了说理想的年龄。“我没有崇高的理想，太高的理想我做不到，我只能帮助周围的朋友们，让他们生活得更好一些。”她淡淡地说。

相反，她感慨自己“连小事也做不了”。看到中关村车水马龙，骑自行车的人横冲直撞，甚至撞倒过老院士、老科学家，她想拦住骑车人，但“他们跑得太快，我追不上了”。

尽管力气越来越小，她还是试图对抗着庞大的推土机。

在寸土寸金的中关村，13、14和15号楼也面临拆迁命运。李佩和钱三强的夫人何泽慧院士等人，通过多种渠道呼吁保护这些建筑。2012年，北京市政协通过动议案，要求将中关村“特楼”建成科学文化保护区。中关村的居民们感慨：多亏了这两位老太太！

何泽慧院士几乎成了李佩先生仅存的老邻居。院里的老人纷纷走了，钱学森走时，李佩先生还能去送行，等到钱学森的夫人、她的挚友蒋英去世的消息传来时，她已经没力气去送最后一程，只能让李伟格代表她送去了花圈，伤心的她连续 3 个月没睡好觉。2015 年她又给老朋友、101 岁的张劲夫送去了悼词。

何泽慧曾对多次登门、甚至有次坐着小马扎的温家宝说："在这里住惯了，哪儿也不去了，除非上八宝山。"

李佩先生也对旁人说："现在，除了到力学所，我就待在家里，哪儿都不去了。"

如今，"内心强大得能容下任何湍流"的李佩先生似乎越来越黏人，有好友来看她，她就像小孩一样，闹着让保姆做好吃的，离开时，她总是在窗边看好友一步三回头地走远，一点点变小。

摘下助听器，李佩先生的世界越来越安静。似乎也没有太多年轻人愿意听她唠叨，知道李佩这个名字的年轻人越来越少了。

但每一个踏进 13 号楼李佩先生家的人都会很珍惜拜访的时间，会努力记住这个家的每一处细节，大家都明白，多年后，这个家就是一个博物馆。

（原载于 2016 年 1 月 14 日）

「“我是一个生来就属于所谓‘弱者’的女性，
我的一生可以说都是随命运的拨弄和抛置。”
她说，“但是我不跌倒，我要在承受之中走我自己的路。”」

叶嘉莹

2020

叶嘉莹：把不懂诗的人接到诗里来

文_马宇平

叶嘉莹最近一次公开露面是在 2020 年 9 月 10 日，96 岁的她例行给南开大学新生讲开学第一课。坐在轮椅上，她中气十足，调侃自己的头发竟变黑了一些。

她习惯站着讲课，一站就是两三个小时。但现在，她从家里的沙发上起身都需要保姆搀扶。她说自己“生命已在旦夕之间”，但仍要努力做到杜甫说的“盖棺事则已”那一刻。她每天手写论文、指导学生整理超过 2000 个小时的讲课录音。

哈佛、耶鲁等上百所高校都留下过她讲课的身影。刚回到南开讲课时，她的课，教室里要加座，凳子椅子一直加到了讲台上。还有人靠墙边窗口站着，或坐在地上。数学家陈省身、吴大任夫妇也和学生挤在讲台下。

她在台湾教书时也是这种场面。后来，她带着诗词讲遍了半个地球。

她没有大学者高高在上的架子。她给幼儿园的孩子讲诗，也给学者、院士、工人和家庭主妇讲。92 岁那年，她挑选了 218 首古诗词，给儿童作古诗读本，转年又为这些诗词录制了讲解和吟诵。

91 岁时，她还在 70 平方米的住宅里给研究生上课。博士生、硕士生，加上来旁听的人，坐在塑料小矮凳上，每堂课有二三十人。后来，课程和讲座的视频被整理出来放到网上，她一下子成了讲诗词的“网红”。

90 后网友评价“这位 90 岁的老太太讲课有趣”，认为她的书“不卖关子，娓娓道来，文学知识和历史典故很丰富，两口气便读完了三五百页”。

她被称作“穿裙子的‘士’”。她的生日，国内外研究诗词的学者聚在她身边开会，很多大人物都发来贺信。早些年，不喜热闹的她最多与几位好友一起吃个饭。有一年过生日，她负责切蛋糕，南开大学的两任校长母国光和滕维藻坐在旁边。陈省身一定要把给她的祝寿诗藏到生日当天，提前一天到的杨振宁也没得到“剧透”。

作家白先勇称，“叶先生是引导我进入中国诗词殿堂的人”“她站在那里，就是一个贵族。”诗人席慕蓉形容，叶老师在讲台上像个发光体，是《九歌》中的湘水上的女神。

她要把“自己体会到的古典诗歌里边美好、高洁的世界”告诉年轻人，她希望能把这扇门打开，让大家能走进去，把不懂诗的人接到里面来。

1

2017 年，关于叶嘉莹的纪录片《掬水月在手》开拍。拍摄前，导演陈传兴做了大量关于诗词的功课，他想探讨“叶先生跟中国诗词史、中国诗人的大的生命河流之间的相互尊重和呼应”。

陈传兴“每次都要背着一大袋的书，随时要翻开”。拍摄有时不按提纲走，叶先生会即兴提到某一首诗，现场的工作人员开始手忙脚乱地翻资料，担心犯错出丑，尴尬又窘迫。“每次拍摄都非常紧张，感觉就是‘上战场’。”

1954 年，只有中学语文教学经历的叶嘉莹受聘于台湾大学。若以论文著述为录用标准的话，她不够资格。

时任台大中文系主任台静农后来回忆，当年邀聘叶嘉莹到台大任教，是因为看到了她“所作的旧诗，实在写得很好”，所以“就请了她”。

叶嘉莹出生于 1924 年的北平，从小被关在悬着“进士第”匾额的大门里长大，家里保留着满族的“花盆底”和“阿玛”的称呼。

女孩儿玩的荡秋千、溜冰、踢毽子、抓子儿，她都不会，有的根本没见过。她不识字的时候就开始背诗，“所有的精力都用来读书了”。《论语》是她“背诵的最熟的一本经书”。

11 岁时，她跟着伯父学作诗。庭院中的竹子、石榴花、枣花、落日、月影是她写诗的主要题材。“迦陵”的别号也是她从与伯父聊天中得来——清朝的陈维崧，是中国词人里写得最多的，号迦陵。

考入辅仁大学国文系后，她遇见了影响自己一生的老师顾随。

顾随讲课，她埋头一字不落地记笔记。听了 6 年课，她记下 8 大本笔记，此后的 50 余年，她在台湾、美国、加拿大漂泊，只有这些笔记她随身携带。顾随当年评改的习作旧稿、信件、赠诗，都被叶嘉莹作为书法装裱起来，带在身边。

受顾随的影响，她一改善感的诗风，写下“入世已拼愁似海，逃禅不借隐为名”。70 多年后，迦陵学舍在南开大学落成，这两句分挂在月亮门两侧。

她一生中的大多数时候确实无处可逃。1945 年，中国进入全面抗战第八年。敌寇占领下的北平，人们吃又酸又臭的混合面，穿打补丁的旧衣裳。师生在课堂上用诗句相互慰勉。顾随在课堂上将雪莱《西风颂》里的诗句“ If winter comes, can spring be far behind ”改写成中文诗句，“耐他风雪耐他寒，纵寒已是春寒了。”叶嘉莹模仿顾随的风格，用这两句诗写成了一阕《踏莎行》。

12 年后，顾随同样用词牌《踏莎行》填了一阕词。但此时，师生二人已失去联系多年。

1977 年叶嘉莹从加拿大回国，开始整理顾随文集。一向不喜欢麻烦别人的她为此事托关系找朋友。

“内行”人看出来，叶嘉莹讲课、为文与为人都深受顾随影响。中国古典诗词曲研究家郑骞曾评价她，“走的是顾先生的路子，传了顾先生的衣钵”。

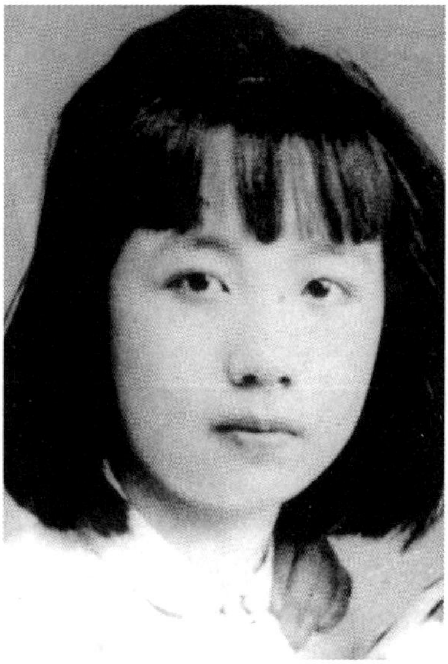

初中毕业时的叶嘉莹。

2

叶嘉莹讲诗词被公认的特点是“跑野马”。

唐朝的皇帝，她一口气说来15个。“小山重叠金明灭”里的“小山”，她能讲上3页纸。

讲哲理诗，她随手把张九龄、陶渊明、朱熹的诗拎出来作比较；讲李商隐的《嫦娥》，她会谈到王国维和王维，比较纯诗人的自哀、哲人的悲悯、修道者的自得；从辛弃疾的词，讲到词的本质，再由词的牌调拐到小令与长调的区别，因此讲了讲柳永，然后再回到辛弃疾的另两首词和用典，结合西方的意识批评理论……最后回到这堂课讲的这首词《水龙吟·登建康赏心亭》。

年轻教师去听她的课，感慨“叶先生‘跑’一大圈还能跑回来，而且几乎不出错”。

品鉴韦庄《思帝乡》里的“妾拟将身嫁与一生休，纵被无情弃，不能羞”，叶嘉莹告诉学生，不要把它看成仅仅是写美女和爱情的小词。做学问和追求理想也需要这种精神，学物理不一定都能获奖，要对自己的追求有终生不渝的奉献。那一年，杨振宁和李政道获诺贝尔物理学奖。物理一下子成了热门，许多学生争着报考物理系。

她在课上感慨，当今世界科学发达，物质享受也越来越高级，可战争的危机到处埋藏着，谁都不知道明天会发生什么事。什么时候人类才有李商隐说的“何当百亿莲花上，一一莲花见佛身”的世界呢？

听过叶嘉莹讲座的学生觉得，叶先生先“降低了诗词赏析的门槛，又手把手领着人进来”。“她讲诗是结合着自己生命的经历，是与生命相融会的感发。”比如叶先生讲杜甫的诗，讲到‘国破山河在’，她是真正体验过的——“七七事变”后，北平沦陷，吃混合面，穿补丁衣，学校更换了教师，英文课程改上日语课，她们在教室按要求把历史、地理课本逐页撕毁涂抹。

顾随说诗的主要作用，是在于让人感动。叶嘉莹在国外的课堂上，也常常给学生用英文“care”，她说要有一颗关怀的心，对人、事、物，对大自然的关怀。

顾随不讲书里写的内容，也不怎么引经据典，完全是自己读诗的感受。叶嘉莹讲诗，也常把自己的感受、情谊放里面。

顾随讲喜欢的作者，也讲不喜欢的。他直言姜夔的词，最大缺点是清空。他认为，一个人做人只是穿着白袜子不肯沾泥，总是自己保持清白、清高，这样的人比较狭隘、自私，遇事不肯出力，为人不肯动情。

“顾先生讲诗歌生命里的感发。”叶嘉莹说。而“生命的感发”也是她研究古典诗词的核心，也是她“终身热爱诗词，虽至老而此心不改的重要原因”。她认为，“诗词的好坏，永远以它的感发的生命的厚薄、大小、深浅为评量的层次。”

讲周邦彦时，叶嘉莹称赞词人的技巧和艺术，但仍要“很真诚地说话”。她说周邦彦这个词人，和苏东坡就差了一点点。两个人同样经历了新旧党争，苏东坡是将自己的得失、福祸置之度外的。而周邦彦最后学到的是明哲保身，“委顺之名，人望之如木鸡，自以为喜。”她觉得周邦彦的词里缺少一种博大的、深厚的感发的生命。

她喜爱辛弃疾，说辛弃疾和苏东坡、陶渊明不同，陶、苏都准备了一个“退”，是穷则独善其身的退。但辛弃疾和杜甫是没有“退”的人，他一生也没有忘记收复自己的故乡和故国，他是坚持要进。

3

叶嘉莹也没“退”。

1948年，叶嘉莹南下结婚，不久跟随在国民党军队里工作的丈夫去了台湾。她未能像老师所期盼的那样，“别有开发，能自建树，成为南岳下之马祖，而非孔门之曾参”。反而在历史的江河中，“随命运拨弄和抛置”。

抵达台湾的第二年，丈夫因为“白色恐怖”入狱近4年，叶嘉莹带着吃奶的女儿一度被捕和接受审讯。她和女儿睡过亲戚家的走廊，住过“房子没有顶棚，屋顶上可以看见木头梁柱”的宿舍。

丈夫失去了工作，她靠在中学教书的收入养活全家。一次课堂，讲到《淝水之战》里苻坚的云母车。下课后，她搭公共汽车回家，等车时，由“云母车”想到李商隐的诗：“云母屏风烛影深，长河渐落晓星沉。嫦娥应悔偷灵药，碧海青天夜夜心。”经历了患难，她和诗人有了心灵上的共鸣，体会那种孤独、寂寞和悲哀。

回到家，她又是那个擦地板，架着竹笼在炭火上为女儿烘烤尿片的人。家里地方促狭，她在走廊边的一个小桌子上备课，椅子一半在屋里，一半在走廊。

丈夫性情变得更加暴戾。晚上，她梦见过自己和两个女儿被丈夫打，陷入遍体鳞伤的弥留境地，梦到母亲要接自己回家，困在一片芦苇荡里找不到路。

因为悲观的心境，她那段时间喜欢读王国维提到的极为悲观的词。这也是她讲授诗词的特点——无论讲诗词还是写论文，都是有自己真的感受、真的体会才会写出来，讲出来。

她想过，一个人真的绝望了，哪种自杀的形式最好呢？有人问她，为什么不选择离婚？她答：我是旧的女子，我还有我的父亲，两个女儿。

“后来我谅解了他，是想到王安石的一首诗《拟寒山拾得》。”她记住的与原诗有出入，但她更喜欢自己记住的诗句：风吹瓦坠屋，正打破我头。瓦亦自破碎，匪独我血流。众生造众业，各有一机抽。切莫嗔此瓦，此瓦不自由。

叶嘉莹从不向旁人透露自己的不幸，外表平和。回忆起叶嘉莹，台湾诗人痖弦想起两件事：一件是在台北远东电影院看电影，他看见相隔不远的走廊上站着一位女子，身穿米黄色风衣，围着淡咖啡色丝巾，衣着合身，清雅脱俗，对周围乱糟糟的人群视而不见似的，如“空谷幽兰”，神情则“意暖神寒”。几十年后他才向叶嘉莹本人确认，那晚在电影院看见的女子就是她。

另一件，是叶嘉莹曾让台湾的新诗人和旧诗人能够破除隔阂，“坐在

上个世纪 50 年代，叶嘉莹与台大中文系学生合影。受访者 / 供图

一起吃粽子了”。

当时，台湾文坛新诗人推崇西方的句法颠倒、意象晦涩的作品，旧诗人认为这些晦涩不同的诗句是故作高深。双方打起了笔仗，甚至“端午节不肯纪念同一个屈原”。

叶嘉莹在文章里，有意解释新旧诗人的困惑。她认为，杜甫的《秋兴八首》的一个特色就是句法的颠倒，“香稻啄馀鹦鹉粒，碧梧栖老凤凰枝”。她解释了颠倒的妙处。“形象的跳接是可以的，语法的颠倒也是可以的”，所写的内容表达得好坏不取决于形式，而是感情是否真挚。

上个世纪五六十年代，国外的学者到台湾后，听叶嘉莹的课，邀请她赴美国密歇根大学讲学。哈佛大学远东系的海陶玮教授正在研究陶渊明，也邀请她到哈佛。

“去加拿大不是我的选择，去美国也不是，结婚也不是。”叶嘉莹说，“但是我先生因为被关了那么多年，幸而放出来了，他离开了海军，没有找到工作。他不想在台湾待了，看到我有机会出去，就坚持让我把孩子先带出去，他也就能出去了。”

镜头前，叶嘉莹平静地回忆着过往。母亲在她 17 岁那年离世。她写《哭母诗八首》，至今都“清楚地记得母亲棺殓时，钉子钉在棺材上的那种声音”。漂泊北美时丧父。讲了那么多关于爱情的诗词，自己却从未经历过爱情，婚姻里她遭受丈夫的咆哮凌辱。

纪录片拍摄持续了 3 年。陈传兴觉得，自己拍摄了一位女性的百年孤独。尽管有学者认为“不能把诗词与叶先生作主客体似的分割”，但公映前，导演组敲定了印在宣传海报上的话，“诗词救了她。”

“诗词的研读并不是我追求的目标，而是支持我走过忧患的一种力量。”87 岁那年，叶嘉莹在给一本书的结语中写道。

4

对叶嘉莹而言，更沉重的打击在 52 岁那年到来。

她曾对大女儿说早点生孩子，我退休了可以帮你带。这是她对自己晚年的另一种设想。

1976 年 3 月，52 岁的叶嘉莹在美国东部参加亚洲学会。她收到大女儿和女婿车祸去世的消息，立即飞往多伦多。回到温哥华后，她把自己关在家里，接连数十天闭门不出。

她在《哭女诗十首》里，写“痛哭吾儿躬自悼，一生老瘁竟何为”，“迟暮天公仍罚我，不令欢笑但余哀”。

参加完葬礼，她回来学校工作。见到同事朋友学生，最多眼圈一红，就低头走过去了。“她的丧女之痛，似乎都用学问和诗词抚平了。”叶嘉莹的朋友刘秉松回忆。

导演组问她，这种抚平，是因为叶嘉莹不敏感吗？

“我觉得她不是不敏感，她对诗词中那些幽微的情感体会得那么透彻，怎么会是不敏感呢？恰恰是古诗词救了她。古诗词给予她生命的精华，让她的生命永远停留在那么高的层次。她的苦痛都被诗词溶解了。”在刘秉松看来，“人生最难就是把自己退到一个位置，用相同的态度去接受一切去轻而化之。”

女儿的离世几乎彻底改变了叶嘉莹的后半生，家庭已经不再是她所谓的牵绊了。

“她觉得上帝听到了她的心愿，但是她有未完成的任务，所以带走了她的女儿。”《掬水月在手》副导演沈祎对中青报·中青网记者说，“她要这样去说服自己或这样去相信自己接下来的使命，其实是以他的亲人的离去为代价的。”

诗词帮助她缓解丧失亲人的痛苦，提醒她还有诗词传承的使命。

女儿去世的第二年，她再次回国探亲。那时“文革”结束。在火车上，她看到年轻人捧着《唐诗三百首》，高兴得不得了。在长城参观时，买到《天安门诗抄》。

“我当时觉得，中国真的是一个诗歌的民族，尽管经历了那么多劫难，还是用诗歌来表达自己。”她觉得“平生学的这点东西”，还可以报效祖国。

1978 年，叶嘉莹给国家教委写信，申请回国教书。

1979 年，叶嘉莹回南开讲学之时，南开大学原常务副校长陈洪只是帮忙提行李的中文系研究生。每次往返加拿大与中国，她都自费坐经济舱，讲课也分文不取。

陈洪坦言，当年叶先生还是有些“囊中羞涩”。自己跟着叶嘉莹去水果摊，3 堆橘子价格不同，叶先生一定买最便宜的。

在北大最大的阶梯教室里，北京大学中文系教授戴锦华跑来听这位北美教授的课。她回忆叶先生讲《古诗十九首》，自己“作为一个女性看到了另外一个智慧的女性师者的美”。戴锦华说，“叶先生是我当时毫不犹豫地选择未来要做教师的重要和直接的推动力。”

叶嘉莹写竖排繁体的板书，一边说一边写，速度很快。因为经常写板书，粉笔灰使她的手指总是皴裂。她的右手拇指和食指上总贴有胶布。

一些听过她的课的朋友，常常告诫她，讲得不要太大声，要节省点精力，注意身体。但她一讲起课来，就什么都忘了。

因自小接受“声闻过情，君子之耻”的古训，叶嘉莹不喜欢过分热闹的铺排。但只要邀请方以弘扬古典诗词传统的重要性劝说，她都答应了。

“虽然我知道国内有不少才学数倍于我的学者和诗人，传承的责任也不一定落在我头上。可是我对中国古典诗歌有一种不能自已之情。”她给大学生讲，也给幼儿园的小朋友讲。密集的时候，隔一天一讲，每次 3 小时。

有的课程录像中能看到她轻微地咳嗽，但是她的语调没有降低或减慢。“如果用我的老师顾随先生常说的一句话来形容我讲课，就是，‘余虽不敏，然余诚矣’。”

她的讲稿被整理出来，有学理工的学生看了一个通宵。

1990 年，叶嘉莹从加拿大不列颠哥伦比亚大学亚洲系退休。她决定捐出退休金的一半——10 万美金，在南开大学设立“叶氏驼庵奖学金”和“永言学术基金”。“驼庵”是顾随的号，“永言”则从她已故的大女儿和女婿名字中各摘了一个字。

前几年，她又捐出了自己的全部积蓄和变卖房产收入。目前已累计捐赠3568万元。有记者来采访，叶嘉莹说，我本来也没有要他们公布。本来是我捐了就是捐了，是校友会他们说出去了。

“我本来要跟你讲学问，看样子你对于学问是没有兴趣的。”面对记者的追问，她很直接地对着镜头回答。

5

叶嘉莹说自己“好为人师”，因为急于把自己所知道的诗词里的好处告诉别人。

她阅读涉猎广泛。中国的、外国的，文学的、心理学的，经典的、畅销的，她都看。

受聘于不列颠哥伦比亚大学的20年间，叶嘉莹几乎每天开车经过西南海边大道。大道右边是高高的森林，左边是住宅区，越过住宅区，是广阔无边的太平洋。退休之后，只要从中国讲学回来，她仍每天风雨无阻地在这条路上往返，去亚洲图书馆看书、研究、撰写新的论著。除了午饭时分到休息室吃自带的三明治和水果，她要待到图书馆关门才离开。

她在海外查着英文字典教书，英文提高了，就去听西方人的课，借西方文学理论的书。她发现西方文学理论中有的说法与中国传统诗论有暗合之处。

叶嘉莹指出：中国传统文论，需要以西方的新理论来补足和扩展。

她讲心与物相感的关系，是中国传统诗词的“比兴”，是西方现象学所说的主客体之间的相互关系。

她讲秦观填词的用字和内心的敏锐时，提出希利斯·米勒的观点——不管小说的内容有多少不同，他总能在不同故事、情节和风格之中，找到作者的本源。她因此解释用词源于“真正心灵情感的本质”。

谈到温庭筠的《菩萨蛮》，一句“懒起画蛾眉”，她讲杜荀鹤和杜甫的诗，也用西方学符号学的观点解释：“蛾眉”就是联想轴上的一个语码。因为“照镜画眉来做托喻，在中国文学已经形成一个传统。可以唤起我们的联想。你一看蛾眉，就能想到离骚中‘众女嫉余之蛾眉兮’，想到李商隐《无题》里的‘长眉已能画’。”

近些年，她发现越来越多的学生本科时读英文专业，然后去国外学西方理论。回国后，将这些理论生搬硬套到自己的文化上。她觉得这不可取，必须先对自己的文化有充分的了解。“理论是荃，目的在鱼。”

她创造了一个名词“弱德之美”，诠释中国古典诗词美感特质的本质性。她说，弱德不是弱者，弱者只趴在那里挨打。弱德就是你承受，你坚持，你还要有你自己的一种操守，你要完成你自己，这种品格才是弱德。

6

很多人在她身上也看到了“弱德之美”。

“我是一个生来就属于所谓‘弱者’的女性，我的一生可以说都是随命运的拨弄和抛置。”她说，“但是我不跌倒，我要在承受之中走我自己的路。”

2000年起，她开始在南开招收研究生。

她不喜欢麻烦别人。回国教书后，她在南开大学校园内独自居住，不请保姆。一次起夜，她在卫生间滑倒，摔断了锁骨，怕影响秘书休息，她在地上躺了4个多小时，天亮才拨对方电话。

为了节省做饭的时间，她让秘书可延涛买好速冻水饺，最多一次买了10斤。可延涛说，叶先生对学问的要求很严谨，但对生活的要求很低，特别是不愿意在吃饭穿衣这样的琐事上浪费时间。她的衣服好多都是二三十年前买的，很旧的衣服，她也从不舍得扔掉。有的破了洞，叶嘉莹就自己拿针线把破处缝好。

沈祎记得，到叶先生家里拍摄时，她捧着饭碗大口吃饺子，但从没有衣着随意、不打扮不收拾的片刻。

一生里，她最看重“教师”的身份。直到91岁时，她还在家中给学生上课。她要求学生读文献原文，多背诵。对于不认真的学生，她会严厉

叶嘉莹在家中客厅讲诗词。

地批评，语气近乎呵斥。但学生如果刻苦认真，即使谈诗谈得笨拙可笑，她也宽容。

接受《人物》杂志采访时，学生钟锦曾回忆，有一次同学们在课堂上各抒己见，一个年纪挺大的师兄说得完全不对路，旁人都听不下去了，但他非常认真投入。一看叶嘉莹，她用书把脸挡着，躲在后边悄悄地笑。

只要血压平稳，学生和朋友们传来的邮件她会在晚饭后逐一回复。哪怕是收到群发的风光图片，她也会一个手指敲打键盘，认真地回复“收到，谢谢”。

热爱古典诗词的陌生学生写信或邮件给她，也能收到她的回应。

从物理系转读古代文学的学生考研失利，写邮件给叶嘉莹。叶嘉莹用家里座机打电话给他，鼓励他不要灰心。还有的学生没奢望过回复，信里没有留联系方式，她便托秘书顺着信件里的信息找到对方。

外出讲座，她每次仍站着讲两三个小时，有学生发现，叶先生腿都肿了。

为了让她有更好的讲课、开会、研究的场所，一位海外学生提议修建一所学舍，就像古代的书院一样。世界各地的学生开始响应。

“他们每个人都出资不菲。”陈洪回忆迦陵学舍的筹建，“若干学生听说了就来了，有学生说所有家具都是我的，有的说所有电器我都负责了。他们都是十几年前甚至三四十年前听了叶先生的课。”

2015 年，迦陵学舍落成。叶嘉莹在海外讲课的录音、录像以及研究资料装在 150 个纸箱分批运回国，大小不一的旧行李箱上贴着注明“资料”的纸条。

这座中式四合院，东邻南开现存最古老的建筑思源堂，西面是国际数学大师陈省身的故居宁园。

《掬水月在手》纪录片大部分场景在此拍摄。看过这部纪录片，戴锦华直言，我们面对叶先生的诗和她本人会“失语”，“所有的语言都显得丑陋”。

有观众想到了叶嘉莹在台北写的一首诗，最后两句“千年沧海遗珠泪，未许人笺锦瑟诗”。叶嘉莹认为，李商隐诗歌凄美，不必因为没人作出笺注引以为憾，而是根本无法笺注，因为诗中幽隐难言又深广如海的寂寞，远非笺注所能为力。“叶先生为文、为人里幽隐难言又深广如海的寂寞，也是我们所难用语言表达的。”

“捧起一把水来，天上的月亮就倒映在水中。水里的光影离你很近但又离你很远。我觉得天下的美都在于一种‘距离’，在你的想象之间，可望而不可及。”叶嘉莹这样解释“掬水月在手”。

一名学生体会过这种美。在南开大学东方艺术大楼，叶嘉莹站在台上讲课，他站在距离叶先生十几米的地方静静听着。“她讲的每句话你都能听懂，词里的美也能领略到，可就是觉得离叶先生那么遥远。”

有人形容这种感觉，“月光很近，但月亮很远。”

但叶嘉莹只谦虚地说，我只是水中之月。

（原载于 2020 年 10 月 21 日）

人性的美好，

往往出现在亲情的软肋处。

5 细嗅蔷薇，亲情与人

外婆的“猛虎” _2017
老獾舅舅的礼物 _2018
妈妈，我带你妈妈回家 _2020
团圆了五分之四 _2021
一个听力过人的女孩 _2021

「有时候，

她是陌生的少女，

身骑猛虎，

在月光下的荒原疾走，

健康、自由、生命灼灼闪光。」

20 岁的妈妈和外婆。王梦影 / 供图

2017

外婆的“猛虎”

文＿王梦影

直到现在我仍然不知道，外婆有没有看见那只老虎。

“有一次，我上山采映山红，可好看了，红艳艳像烧起来一样。突然听到有人喊——有老虎啊！”外婆常讲这个故事，她讲的故事里总有花朵、密林和猛兽。这个故事的结尾被我遗失了。

我们同住在一个小区的同一栋楼里，只隔一个阳台。父母工作三班倒，我常常被托付给她。

“外！婆！”离单元门还有一小段距离，童年的我就迫不及待地扯着嗓子叫唤，脖子上的钥匙随着跑动敲击胸口。我知道，外婆熟悉的脸一定会在四楼的窗口出现，连声回应着，显露出无可奈何的喜悦神色。

在我眼里，她的厨房总是热气腾腾的，从那儿能变出糖醋鱼、肉圆汤、白糖糍粑和玉米面馒头。

她的阳台是片森林。茉莉、月季和丁香更迭开放，连最娇弱的米兰都把自己长成了一棵树。

外婆有一台老式缝纫机。她总有活儿要做，放长裤腰，改短裙子，或是在前襟上添一只小猫。在咔哒咔哒的缝纫机声中，我翻动书页，或是哗啦啦地摆弄专属玩具——一大盒颜色样式各异的衣扣。

好像在时间的开始和尽头我们就是这样了。她是我的外婆，我是她最亲爱的小客人。

外婆的老虎进入了我的梦境，皮毛如同黄金、牙齿雪白、庄严地行走在映山红的花海里。凶猛又迷人。

外婆家里有一种干净而冷清的气息。四壁雪白、书报码成一摞摞、床铺平整得没有一道波纹，木桌椅擦得亮可照人。在这样的屋子里，阳光格外清澈，几点微尘浮在光里。

那可能是医院的气息。外婆做了一辈子医务工作，晚年在县里一家大医院做产科医生。她的科室楼层很高，熏风卷着花香和消毒水气味飘进来，手术病人麻药褪去后的呻吟声和小孩子玩耍的笑声沉在下面。

在这里，我的外婆是别人的“朱医生”，可靠、客气，似乎总有些冷淡。她见惯了生命血淋淋的开场，而她是那个收拾局面的人。

直到自己第一次在婆家度过除夕，我才意识到外婆的很多个除夕是和外公两人度过的——她的三个孩子中有两个女儿。

外婆很少表现出对陪伴的渴求。每次聚会到了散场时刻，子女们纷纷表达不舍，她会露出了然的笑容，“你们都有自己的日子要忙。”

外公 2010 年因癌症去世。两人此生相伴了 54 年。外婆在所有人面前没有表现出太强的情绪波动。她拒绝出席告别仪式，也缺席了每年的祭奠。像以往一样，她并不解释自己的心情。

墓园秋色其实挺美，衰草连天碧。我看到有人哭得近乎晕厥，呼唤着无法回应的某个名字。

我妈告诉我，外婆所讲的那些故事，都有着真实的背景。

外婆出生在皖南大山中的一个小村落。外婆的妈妈、我的祖外婆解放前嫁给了一位秀才做了二房。祖外婆坚持让女儿读书，全村愕然。

每年开学，老师都催促外婆必须交上那 3 元钱学费。她在周五的傍晚出发，走上一天一夜。她终究还是说不出要钱的话，又重新走回学校。

四野无人，月亮照在头顶。

翻看那时候的照片，她有一张令我感到陌生的脸：一头乌发编成辫子直垂到腰，眼眸黑亮如野生动物。

几次拉锯，老师放弃了。外婆坚持着念完了小学中学，考上了镇上的医务专科。

外婆最后一次见到祖外婆的时候，祖外婆已经饿得浮肿了。两个弟妹俱已因饥饿去世。祖外婆吃了外婆磨的炒豆粉后出门劳动，在高高的水车上使不出力气，被一个干部踹了下去。

那一摔并没让祖外婆丧命，却夺去了她的尊严。外婆后来在池塘里发现了她妈妈的遗体。池塘边有三行脚印，一行走到水边，一行不舍折返，这个咬牙扛了一辈子的女人最终还是扭头走上末路。

半年后，外婆拿到第一笔工资。

她逃脱了与村里铁匠的婚约，到镇上的医院工作，做护士，也做助产士。婴儿常在夜里降生，她需要在月色中穿越皖南山区的密林，伴随猛兽的低鸣。

19岁那年，她遇到了我外公。外公是一户农家唯一读书的儿子，那是另一个故事了。那个年代里，男人女人活着都有太多艰辛，女性更难一点。

四代女性，从她们的生活到我的生活，横跨了多少我所不知道的苦难呢？

外婆不是一出生就是我的外婆，这个角色也不该是她这一生唯一的成就。但我很荣幸她是我外婆。

她一直保留着秀才父亲取的名字，“云南”。她一辈子没有去过那里。我替她去过了。那真是彩云之乡。

毕业后我留在北京工作，学会了使用电脑，也学会了挑选口红，每天有挤不完的地铁和做不完的梦。

年节再回家，我总是惊叹，幼时的世界原来这么小啊。和时间一样永恒的外婆，原来已经这么老了。

她总是在我抱怨要减肥时，仔细地端详一番，坚定地对我说：“不胖。”在我离开时，笑眯眯地对我妈说：“我支持她去闯。”

她不喜欢热闹，又努力营造着热闹的生活。她舞扇、练剑、追《甄嬛传》，日程从早到晚排得满满当当。

一次体检，外婆查出了肝癌，晚期。妈妈和舅舅带她辗转各地求医问药。希望像沙子握在手里，越捏紧越少。2015年春节，外婆再次住进了医院。

我们对她隐瞒了病情的严重，只告诉她是普通的肝硬化。只是她太聪明了。儿女们查阅医书、细致制作了配合谎言的全套病例，像被老师检查作业的学生。

外婆最终表示了信服。

化疗导致严重的呕吐、烧心，浑身针扎般剧痛，身体水肿到无法套进衣物。她尽力保全着体面，梳理好所剩不多的白发、忍着疼换上洁净的衣服。她仍然是安静的，只在剧痛的潮头打来时缩起身体，泄漏出压抑的闷哼。

死亡像只灰色的猛兽，藏匿在窗帘的阴影里，点滴的水流里。她这一生与它打过无数次照面。这是她俩的最后一次交手。

雨天，我莫名想起来小时候，外婆在阳台上扯着嗓门叫我妈收衣服。两个人在噼啪掉落的雨点里忙前忙后，哈哈大笑，也不知道有什么高兴的。

病房里，我听到外婆看着灰色的天空叹了口气说，这样活着有什么意思呢。声音非常轻，没有抱怨，更多是感叹。

我装作没听到这句话。活着有多美好，就有多少苦痛。而死亡有多恐怖，也就有多少安宁。生死都是猛兽，我搞不清楚她正在和谁对抗。

病床上的外婆是乖顺的，任由针头扎进皮肤、药液滴进静脉。她从来不提癌这个字，但我和妈妈都慢慢觉得，她心里一清二楚。

陪护期间，我刻意制造着各种笑料，妈妈也配合着浮夸地大笑。外婆总在最后笑起来，似乎回到了我们三个插科打诨的往日，又似乎只是怕我俩寂寞。

我们想保护她，而她想保护我们。

那年3月的一个春夜，外婆终于不用忍受痛苦了，而我终于失去了她。

外婆病重时，吗啡能让她偷得几个小时的睡眠。我坐在病床边的小板凳上揣测她的梦境。她去世后很久，这些想象和我自己的梦粘连到了一起。

在这些梦里，外婆有时坐在窗边的阳光和花影里，花白头发细细拢在耳后，忙活着择菜、缝补的杂事。一如最平凡的那些昨天，暖风熏人，电视机里综艺节目传来闷闷的笑声。

有时候，她是陌生的少女，身骑猛虎，在月光下的荒原疾走，健康、自由、生命灼灼闪光。

（原载于2017年2月8日）

「农民的命，

和“玉米籽”的命一样，

经过秋风的墓穴、经过雪，

经过春天的疼，

“一刻不能停，一刻不能停。”」

作者珍爱的《獾的礼物》。小东／摄

2018

老獾舅舅的礼物

文_从玉华

我的舅舅春节前走了。

他在走的前一个晚上还很憧憬这个春节。他给我妈打电话，春节一双儿女都会拖家带口从打工的南方回来，儿媳妇要生二胎了，这个年会是大团圆。他邀请我妈从北京回湖北老家过年，热闹热闹。

我舅舅是个典型的农民。他长相土气，有鲁迅那样直立的硬茬茬的倔强头发，有《东成西就》中欧阳锋般的“香肠嘴”，有个大肚子，进堂屋，肚子总获优先权。

长相很“闰土”的他种地很烂。放眼望去，一大片田地里，稻子最瘪的、棉花结桃最少的、芝麻最矮的，准是他的地。他更像“地下工作者”，他种的地瓜、花生、土豆，一扯一串，产量惊人。

舅舅家没什么规矩，是孩子们的天堂。他家的大门钥匙塞在一只破棉鞋里，棉鞋挂在外墙上。他家好吃的，藏在堂屋电灯下悬挂的篮子里，那是为了躲避老鼠。知道这些秘密的，不下一个生产队。春天，他家茅厕边的桃树上，盛开一树桃花，美得快成风景区了。

他是孩子王，用棍捅牛耳朵，把鞭炮扔在牛粪上，让孩子们身子卷成被子模样，从堤岸坡滚下来。

他很会吹口哨，无论路边阔大的蓖麻叶，还是扁细的麦叶，他拿手卷巴卷巴，就能吹出好听的声。

他的逗在村子里出了名。他卖豇豆，为了卖相好，把短小的藏里头，长的捆外头，有人说他“狡猾狡猾的”，他反问：“人的短裤不是也穿在里头的吗？”

他走到哪里，笑声就到哪里。一个亲戚摔断了腿，他在医院陪床，整日讲段子，同屋的病人说，“好不容易接好的骨头，快被你的笑话笑断了”。几天后，老远就听见一阵阵爆笑声的护士，轰走了他。

村里的红事白事，离不开他，他像麻将桌上可以充当任何一张牌的“癞子”，救各种急。他干过账房先生，在婚宴上端过盖红纸的菜盘，白事上抬过棺材，吹过唢呐。村里的大小宴席上，他从不讲究排位，不装大，有肥肉吃、有笑话讲，似乎就够了。

其实，日子于他，并不都是蜜。他的第一个孩子夭折了。他开拖拉机，出过车祸。他得过出血热，那是一种老鼠带来的传染病。他得过血吸虫，那是他在水稻田里感染上寄生虫。他的胃，大出血数次，险些丧命。

老婆得了风湿，他四处抓大蚂蚁泡药。老婆不能碰冷水，他就每天挎一篮子衣服去河边，在一群婆娘里，洗衣服。后来，老婆脑梗中风，养猪养兔养鸡，种几亩地，全落在他身上。

这些苦难，最后都成了他笑话的素材。就像他的老乡余秀华说的：“有时，我是生活的一条狗，更多时，生活是我的一条狗。坚强不是一个好词儿，两岸的哈哈镜里，它只能扁着身子走过。”

为了养活一双儿女，盖房子，娶儿媳妇，除了地里刨食，他得出去找活钱。

头脑活泛的舅舅，开着他的农用车，去山沟里贩苹果。没有读过一本经济学书的他，不是拿物换钱，而是拿物换物、物再换物，最后换钱。比如，他卖苹果给山顶的村民，从山顶换板栗、山货，到半山腰换木耳，再到平原，换成大米、玉米，最后卖粮食。经他一手折腾，他的日子似乎总能比别人“多收了三五斗”。

那双握着掉了皮儿的方向盘的大手，就像市场经济无形的大手，调剂着一个小小山区微小市场的平衡。

他待人就像他的堂屋一样敞亮。每年过年杀猪，他都把上好的猪屁股留给我们这些吃不到土猪肉的城里亲戚。他去城里卖菜，把最好的菜留给忙着上班的侄儿侄女，次之卖掉，最差的进他肚子。

他老婆家，兄妹近10个，人情份子钱，是极重的包袱。他省吃俭用，踮着脚，撑一个家的颜面。

他不抽烟不喝酒，腰上老旧的皮带裂口裂得让人担心裤子随时会掉下来。直到最后，儿女给他寄回来的羽绒服、皮鞋，他都没舍得穿。

他的农用车，“突突突”地工作了十多年，直到他离世前一个月，被警察拦下，车太老了，不能过年检，必须没收报废。

他心疼了好几晚。饱含着汗水的麦子并不像诗人说的“一咬，流出一地月光”。农民的日子哪有那么简单。

可日子再苦，他也会偷着找到甜。有时候睡觉前，他会含一颗水果糖睡去，第二天醒来，他说，流的口水都是甜的。终于，晚年，他得了糖尿病。

他穷尽一生，盖了新楼房，进城打工的儿女都没有要。儿子要在浙江打工的城市买房，舅舅拿不出钱，也不支持，说乡下人终归要回乡下的，有多少面粉做多大的馍。儿子在大厂子操作数控机床，心大，咬牙贷款买了房。相比老家的小楼，他更在乎能开着新车，有面子地回老家。

后来，儿子城里的房价翻着跟头地涨，舅舅欢喜，感觉世道变了。

他一生最远去过北京。那是10年前，我接他和小姨来北京玩。他说“鸟巢”真的跟他家树上的鸟窝一样。他第一次去麦当劳吃汉堡，洗了手，用烘干机吹手，他笑着感慨：“要是拉我家的水牛，吹吹这个烘干机，它会啥反应？”

从长城下来，我给他们兄妹俩，每人做了一个印着他们长城照片的茶杯。事后，村里人说，他逢人就端这个“不到长城非好汉”的杯子，请人喝茶。

忙碌了一辈子。最终，65岁的他“像书里写的大人物一样，倒在工作岗位上”。

旧农用车被没收，贩不了苹果了。他就和小姨，找了一份临工，上门给煤气表喷漆、贴二维码，活儿很轻松，兄妹俩每天有说有笑地干活。有一天，他们吃完午饭，在马路边休息，舅舅突发心梗，喊浑身热，他倒在妹妹怀里，不到 10 分钟死去。

文人说，农民的命，和“玉米籽”的命一样，经过秋风的墓穴、经过雪，经过春天的疼，“一刻不能停，一刻不能停。”

他终于停下来了。如今，他的新农用车就停在院子里，还没有来得及装一个苹果。车花了 8000 元，赊账 2000 元。

桌上摆着他新做好的两副弹弓，两个孙子春节回来，一人一个，不打架。家里装上了新空调，等着给就要诞生的新生命取暖，新空调的线耷拉着，包装还没拆，插座还没装。

很多事等着他。他还没来得及教会老伴儿怎样去银行取钱，怎样给手机充值，11 只灰兔子等着他喂。

全村人来给他送行，白事宴席上，人们吃着舅舅种的菜，讲他的掌故，商量着抬棺材时，谁占前头那个最重要的位置。有一个村民说，他走了，晒谷场上，连给我撑麻袋、装谷子的人都没有了。

整个大家族从全国四面八方，赶回老家。大家围坐着在火炉边烤火，炉子上坐着黑黢黢的水壶，冒着白汽，每个人似乎都有一匹布那么长的话想说。

我和母亲赶回老家前，女儿塞给我一本绘本《獾的礼物》。绘本里，老獾死了，动物们聚在一起怀念獾。鼹鼠说是獾教会他剪纸，青蛙说是獾教会他溜冰，狐狸说獾教他系领带……最后一页是，鼹鼠跑到山坡上轻轻地说：“獾，谢谢你。”

舅舅真是像极了这只老獾，死亡不过是穿过长长的隧道，愈跑愈快，最后觉得自己的脚离开了地面，自由了，不再需要身体了。可他留下了很多。

除了怀念他，大家也各自说着打工的不易，很多亲戚十多年没见过了。有个亲戚说，他们一家人在石家庄，用地沟油炸点心卖，每次烧油锅时，就把三四岁的孩子关在卷闸门里，留一条缝，孩子的脏脸和一条狗的脸，从卷闸门下的门缝钻出来，任凭身子怎样爬，也爬不出来。脑补下画面，大家爆笑不止，全然忘掉了这是丧事。

那一刻，舅舅像是一个黏合剂，把分隔多年，分崩离析的家族，又紧紧聚合。

夜深了，散去睡觉时，大家抢着穿舅舅的棉拖鞋，争着盖舅舅用过的花被子，没有丝毫的忌讳。在舅舅的被子里，我和我妈睡一头，60 岁的小姨睡脚头，我摸着小姨的脚，抱怨太粗糙了，镰刀般割手。我似乎几十年没有这么近距离，触碰一个亲戚了。这一夜，没有太多悲伤，很快，鼾声四起。

回到北京，我和我妈关系好了很多，她不再抱怨我买买买，我不再嫌她叨叨叨。我们比以往任何时候，更珍惜对方。我想，那也是老獾舅舅留给我们的礼物：爱家人。

如今，舅舅安睡在一片泛青的农田里，用不了几个月，大片金黄的油菜花就会长得比一个大男人还高，清明扫墓的人，得在花丛里费好一番功夫，才能找到墓碑。这个归宿，对他这样的农民来说，也许再合适不过了。

（原载于 2018 年 2 月 28 日）

「有人觉得我外婆 89 岁了，
救治是浪费国家资源，
但在医生护士眼里，
他们看到的是一条生命，
无差别对待。」

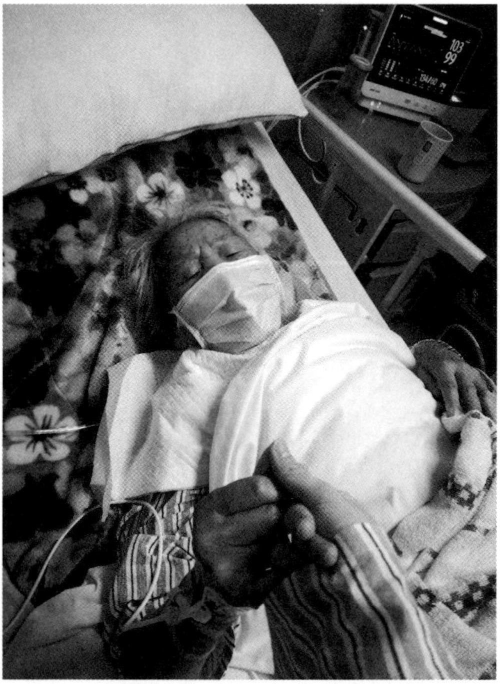

吴尚哲握着外婆的手。受访者 / 供图

2020

妈妈，我带你妈妈回家

文 _ 杨杰

火神山医院没有夜晚。病房的窗户朝着走廊，走廊的那头还是病房。道路还在施工，满是泥泞，素白的建筑间，人们穿着防护服行走。看起来，这里像一个临时搭建的剧组。

吴尚哲就在这里。她是位编剧，一个多月前还在北京的办公室构思医疗甜宠剧，现在，她一家四口每一位都成了疫情统计中的数字：有重症、有确诊、有疑似、有密切接触者。26 岁的她为了照顾 89 岁的外婆，成为少有的从方舱医院转到火神山医院的轻症病人，她对正在隔离的母亲说，“妈妈，我会照顾你的妈妈，然后带她一起回家。”

“死亡卡”

外婆的情况不大好。在火神山医院，她几天不吃不喝，拒绝医护人员的帮助。医院通知家人，若有亲人来照看，老人兴许能重拾求生欲。

而这时，吴尚哲的父母都已成了新冠肺炎疑似病例，一个在酒店隔离，一个在家隔离，垃圾都不能倒。

进入火神山医院照看，必须是确诊的患者。吴尚哲是唯一合适的一个。她的核酸检测结果呈阳性，那时住在武汉客厅方舱医院。

她是 2020 年 1 月 19 日从北京回到武汉的。为了早点回家，她特意改签了火车票，结果到武汉第二天，新冠病毒“人传人”的信息传出，在街道办工作的母亲和她先后发烧、腹泻、呕吐。母亲反复刷新查询，没发现有疑似或确诊病例和女儿同乘一趟车。吴尚哲线上问诊的结果也只是普通感冒加急性肠胃炎。

母女俩久未见面，睡在一张床上，母亲沈馨莹有些后悔让她回武汉，但还是安慰道，“孩子别怕，这事应该不大，很快就会过去。”

城市越来越空，她家临街的房间也变得异常安静，偶尔开过一辆车，架着喇叭里重复叫着“不要出门”。“我们好像在一片乌云之下，不知道雷阵雨什么时候来。”

几天后，外婆突然发烧，情况急转直下。原先她每天两次遛狗，“走得比年轻人都快”，两三天内，突然无法从房间走到洗手间，拒绝进食，白的、红的、黄的，吐了一地。“不去医院，会饿死；去医院，怕感染，痛苦的抉择，两条路，都是死路。”

家里人挑了个夜晚人少的时候，把外婆送到武汉协和东西湖医院。一家人挨个儿查血象，拍 CT。母亲和外婆双肺感染，有炎症，父亲肺部也有感染，只有吴尚哲最轻。

夜里，吴尚哲躺在家中失眠，“以后我的家可能就是个空空的房间，或者他们不在了，只剩我一个。”那是她最害怕的一个夜晚，“明天，我和家人会成为‘疑似病例’上的 4 个数字。”

2 月 13 日查核酸结果，父亲是阴性。紧接着轮到吴尚哲，她没怎么仔细辨认小小的“阴阳”二字，就发到家人群里，“肯定是阴性。”

前一秒还兴奋的父亲，忽然愣住，“不对啊，你怎么是阳性？”他反复确认结果是不是拿错了，“好像我抽到一张死亡卡，他说不行，这个不是你抽到的，家里每个人都希望那张卡是自己抽到的。”母亲被隔离，发来视频，眼睛已经哭肿，后悔让女儿回了武汉。

最终结果，除了吴尚哲，全家人都是阴性。

吴尚哲在朋友圈公布了消息，配了一张比基尼图片。她常以乖巧面目示人，曾经不敢做的事，这一下忽然来了勇气。“如果这是我朋友圈最后一张图片，我希望大家记住最美的一面，记住这张性感悲壮比基尼。”

吴尚哲属于轻症，进了武汉客厅方舱医院。外婆虽然核酸显示阴性，但临床判断症状较重，被送往火神山医院。

在此之前，她最后一次跟外婆交流时，见她斜靠在医院冰冷的椅子上，挂着3瓶点滴，虚脱地哀嚎着“好冷”。吴尚哲把羽绒服脱下，披在外婆身上，外婆突然一个激灵，叫她自己穿着。“我好怕那是我和外婆说的最后一句话。”

方舱最乐观的女孩

进方舱医院前，吴尚哲沐浴更衣剪指甲，还带了一本《托福核心词汇21天突破》。可是，表面笑嘻嘻，洗澡时痛哭流涕，吹头发才想起没用洗发水，“那时发现自己真的很慌。”

进舱第一天，父亲打来电话慰问，吴尚哲说“一切都挺好的”。旁边的大妈不耐烦地接了一句，“都来医院了，有什么好的。”“还是挺悲凉的。”吴尚哲说。

她在方舱每天都能听到哭声。情绪像波浪一样，有高有低，一浪浪打过来，“在方舱跳舞的人，你看到的是他痛苦的浪过后的那一刻，真正的悲痛你看不见。”

吴尚哲见过一个女人在走廊里一边打电话一边哭，她递过纸巾，对方没有接，下意识地后退一步——这在方舱很正常。挂了电话，女人说，她的老公也隔离起来了，没人照顾7岁的孩子。

进来的每个人都想尽快走，有个阿姨以为自己快走了，欢欢喜喜地把剩下的洗发水送给吴尚哲，后来她的核酸又转阳，一字之间，给人惊喜，给人失望。

隔壁64床的大姐常咳得厉害。她圆圆的脸，圆圆的眼睛，烫着栗色小卷发。她和吴尚哲不太聊天，她们俩说得最多的是“今天菜还挺好的”。

住进方舱的第三天，吴尚哲看到护士给 64 床戴了氧气袋。

她直直地望着，64 床发现了她的注视，惨笑一声，“他们说我要转院，应该是病情严重了吧。”她拿饭的手在抖。吴尚哲感到沉重，送给她一个鸡蛋补充营养，看到 64 床狼吞虎咽吃下去，“我感觉她有很强的求生欲，想活。”

她俩的对话第一次深入。64 床的老公得了脑动脉血管瘤，这病凶险，两个月她一直在医院陪着抢救，没想到老公活了，她感染上了新冠病毒，家里还有未成年的孩子。她瞒着自己的妈妈，每天母亲打来电话，她都沉住气假装健康，“先不告诉她了，万一我能活呢？”

“这里的人都不大好，却都在担心着别人。”那差不多是她们最后的对话。那天吴尚哲很累，不久就睡着了，再一睁眼，64 床已经是一张空床。她走后，床头贴的信息撕掉了，吴尚哲甚至来不及知道她的名字。

在这里，吴尚哲让自己尽量心态平和。她发朋友圈说中药一号方像加了薄荷的美式咖啡，二号方像馊掉的意式特浓咖啡。她用 Vlog 记录在方舱的生活，说要向阳而生，做方舱最乐观的女孩。她对着手机自拍，调各种角度。在方舱，自拍成了热爱生命的表现。

她说自己是个臭美的小姑娘，日常活得精致，在公司上厕所，随身携带日本生产的除臭剂，今天用薄荷味，明天用玫瑰味。方舱的厕所像塑料电话亭，连续打开 3 间，如果有一间是干净的，便是她那天“卑微的小欢喜”。

在方舱的最后一天，吴尚哲终于见到了广场舞，“在现场看的时候，特别燃，我一下子就掉泪了。”站 c 位的大妈穿着粉色珊瑚绒睡衣，自信地教大家动作。

“在家里，她跳广场舞可能会遭到家人嫌弃，但在方舱，但凡对生命有追求的举动都会带来好感。”家庭破碎，身体病痛，不掩武汉人的潇洒，“隔着口罩，我都能看见她的笑容。”吴尚哲说，整个疫情的过程痛苦，但片段的截取是快乐的。

火神山“葫芦娃”

“方舱对我来说是避难所”，吴尚哲怕听到家人的坏消息。2 月 17 日，一通电话还是打来了。妈妈告知外婆病危，全家只有她是阳性，能转去火神山医院照顾。

爸爸极力反对。“你不能拿 20 多岁的生命去换外婆 90 岁的生命。”他跟妻子说“千万阻止姑娘去火神山”。直到现在，父亲也不认同女儿的做法，“从道德层面讲，做的是对的，但还是比较鲁莽，是不是有更好的办法解决。”

“对于疼爱孩子的父母来说，一分风险也会放大 100 倍。”吴尚哲说。

沈馨莹听着丈夫和女儿争论，不敢作声。她在隔离的酒店独自痛苦，一边是母亲，一边是女儿，“她都握不住。”

沈馨莹送母亲住院时，没来得及说一句安慰的话。“当时只想着一床难求，我们怎么这么好运气，碰到好的医生收治了，也没求人。”出来后，她想再说几句话，已经不能返回。

20 多天过去了，沈馨莹没见过母亲，“虽然隔离条件不错，但家里不停传来不好的消息，平常亲人能做的，我都做不了。”

“如果这次我妈妈不行了，希望女儿能见她最后一面。”沈馨莹说，“女儿是个编剧，人生该体验的过程，也总要经历。”她试着说服自己。

吴尚哲的父亲立即反驳，“让她体验这个干什么，这是瘟疫啊。”

吴尚哲已经收拾好行李，转院电话迟迟不来，想到最后见到外婆的画面，她蹲在地上嚎啕大哭。

“我想转到火神山也是赎罪。”吴尚哲说，当初外婆发病没有及时送去医院，“她现在遭受的痛苦，有一部分是我的原因。”

她没看过火神山建设的视频，印象中那是离自己很遥远的地方。做了转院的决定后，她也有些后怕，但仍然逞强。2 月 19 日转院当天，她在微博上写了 4 个字，“义无反顾”。

她的父亲“很直男，说话不好听”，那几天，他每天发红包，红包上挂着一句暖心的话，“我爱你们，盼早日归”。

吴尚哲说，自己去火神山并不是冒险送死，而是要把外婆带回来。救护车擦着城市的边过，萧瑟的街道在吴尚哲身后倒退。

“我走的时候，方舱正在唱 KTV，来到这边突然很冷清，很肃穆。”火神山医院有大面积的白色，她透过窗口看到走廊对面的病房正在做心肺复苏，医护人员的手一下一下往下按。

当吴尚哲见到外婆时，老人半昏迷，耳背，她一遍遍用武汉话喊着“家家”（即外婆），拉着她的手，外婆的眼睛慢慢睁开，惊慌地问，“这次是不是挺不过来了？”

吴尚哲摇头，摸着她的额头安慰。后来，老人突然惊醒，震惊中带着愤怒，“你？你怎么过来的？你不要过来啊，会传染的。”

同屋的病友告诉吴尚哲，她来了之后，老人晚上终于没有一直哀嚎了。“外婆年轻时切胆囊，下了 8 个管子，吹了一辈子牛，这次老人真的吓到了。”她看到一个骄傲的老太太，丧失了尊严。习惯性呕吐，让老人拒绝进食，她常常盯着注射剂，看着点滴一滴一滴地流下来。医护来打针，她颤巍巍地想要举手比划一个胜利姿势，又努力摇了摇护士的手，表达感谢。护士的眼眶红了。

吴尚哲开玩笑说自己不是什么孝顺孩子，在家爱吵架顶嘴、好吃懒做，“大概一个月前，我还是个吃苹果都要爸妈削好的娇生惯养熊孩子。现在，我都会给老人换纸尿裤了。”

她千方百计想让外婆吃一口，老太太想喝水时，她把白粥里较清的部分，舀出来喂了进去。呕吐严重时，看到她一打开开水瓶，外婆就一脸惊恐，摇头说“我不吃，我不喝，什么都不要给我”。

外婆喜欢盯着她看，每次注意到外婆的目光，吴尚哲“故意耍宝”，吃饭时努力吧唧嘴，一副享受美食的样子。

她还尝试过用“道德绑架法”劝外婆进食。护士给她拿来米粉，医生把发的一箱八宝粥都送给了她。吴尚哲告诉外婆，大家对她如此好，她一定要吃一口。她跟外婆拉勾、拍照取证。结果第二天外婆还是只把食物含在嘴里，不下咽。

“我当时特别生气，吓唬她，作势要走，就像以前在家里发脾气，假装摔门。”老人只能用悲伤的眼神望着她，吴尚哲后悔自责，“我来的时候有种使命感，只有我能救她。”

外婆伸出大拇指说，“不逼我吃东西，就是这个”。然后伸出小拇指，撇嘴，“逼我吃东西，这个”。晚上，外婆拉着她说了好多话，老人信佛，说，“这辈子我的（恩情）你都还完了。”

2月的最后一天，外婆在夜里忽然失明。“很像《还珠格格》里紫薇失明的片段，她一直让我开灯，我已经开了，但她还是看不到。”吴尚哲想象着外婆的恐惧，听不见，也看不着，像被关在密封的盒子里，担心她丧失求生的欲望。

“前一天还挺有精神的，像个小孩问我什么时候能回家，叫我最初的小名。”逐渐确认自己失去视力后，外婆一直哭叫、摇头，吴尚哲爬上她的病床，牵着她的手，两人在一米宽的床上蜷缩着入睡，老人用大拇指反复摩擦外孙女的手指。

第二天，外婆下胃管，手在空中乱抓，心率忽然升到200。医生说，外婆相当于一直在以极快的速度跑步。六七个护士迅速急救，吴尚哲握着她的手，似乎是能给她的唯一安慰。

“你们家里人说一句话，顶我们说十句。”火神山医护人员的声音透过层层口罩传来，显得闷闷的。

“他们见过无数生死，却珍惜每一个生命，这是我对他们最大的感激。”吴尚哲说，“有人觉得我外婆89岁了，救治是浪费国家资源，但在医生护士眼里，他们看到的是一条生命，无差别对待。”

吴尚哲的Vlog在网上传播开后，医护人员也在手机上关注她。“方舱每个患者都是数字，这里每个医护都是形状。”他们穿着铠甲一样的防护服，看不清面目。在这家临时组建的医院，医生和护士来自各地，彼此不熟识，但他们都知道吴尚哲。

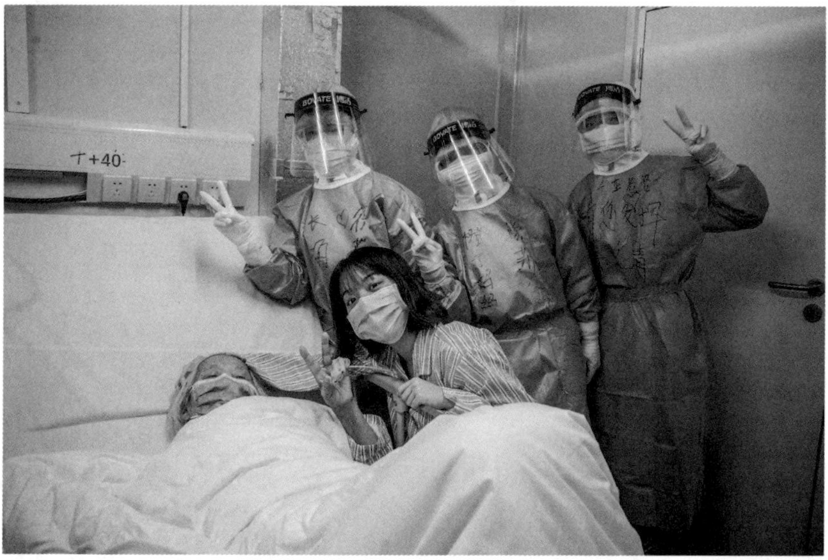

吴尚哲在火神山医院。受访者 / 供图

外婆转去ICU，暂时稳定下来，但仍未脱离危险期。“突然发现我变得有点坚强。”吴尚哲哭了一会，但还能冷静吃饭。她以前一向把情绪写在脸上，哭和笑的阈值都低，被朋友嘲笑脸上有弹幕。沈馨莹说女儿学会了忍住，“对着我妈还在笑，背着脸肯定哭得像个鬼。”

小时候，外婆带着吴尚哲参加某报社组织的小记者活动，外婆头发花白，左右手各拎一个书包，正好被记者拍了下来，发到报纸上，题目是《中国式小皇帝》。

这一回，她的任务是把外婆带回家，“我垮了，我们家就完了。”

在工作室的老师眼中，吴尚哲是个娇娇嗲嗲的女孩子，戴兔耳朵和三个问号的发箍，剧本里积极阳光的可爱女二号形象，参考了她的特质。这次疫情，他对吴尚哲刮目相看。

以前让她流泪的东西，她不会再流泪；以前让她在意的东西，也没那么在意了。武汉封城以来，她陆续删除了200个微信好友，“没有时间精力维护那么多关系。”

她觉得自己一夜长大了，只是长大的方式很痛，不是循序渐进地痛，而是时代的大手拔苗助长，“让我不得不从泥土里伸出来，扯着我的所有情感。”

上初中时，吴尚哲给自己起了个英文名Heroine，既是女主角，又是女英雄。“当时玛丽苏，觉得这个名字可踱了，直到有一天，别人跟我说，这个名字就像一个老外起名‘葫芦娃’。”

她喜欢这个英文名里带着的力量和少年感。现在，“葫芦娃”有了新名号，“火神山女孩”，她成了“肺炎网红”。网友们关注她的日记，说“我们都是外婆的‘云孙子’”。

其中一个网友翻出旧帖，那时外公刚刚去世，吴尚哲不得见最后一面，沉重地写下，“以后要对外婆好一点。”网友在这条久远的状态下回复了4个字：“你做到了。”

（原载于2020年3月4日）

「亲人“意味着全部”，
“比如如果他们生病了，
需要我身上的肝或者肾什么的，
那我用不着想，
我会毫不犹豫把我的给他们。”」

赵计成（左）和二弟在自己居住的屋子里。**马宇平／摄**

2021

团圆了五分之四

文_马宇平

从小到大，赵亮都记得一个叫“连伟”的名字，但不明白它的含义。

他的大部分记忆是残缺的。可以确定的是，他在5岁那年走失，进入国家救助体系，成了一名身世不明的孤儿。直到离开福利院外出谋生，他连最想念的母亲的模样都记忆模糊了，却莫名其妙仍记得“连伟”这个名字。

这个记忆顽固地存在了28年，直到赵亮终于知道，原来“连伟”就是他自己，他真的姓赵，就连他出生的地方也姓赵，是山东莒县一个叫“赵家葛湖村”的地方。

他第一次确认了自己的姓氏，此前的所有记录都不够准确。在黑龙江省牡丹江市儿童福利院里，一份属于他的档案记载，他的籍贯是山东，生于1987年6月1日。籍贯是准确的，因为他与家人失散时只有5岁，能够告诉别人自己从山东来。

除此之外，就连姓氏都是随机填写的。他记得自己最早被送到收容遣送站，在那里，说不清姓名的失踪人口大多以收容登记时的编号作为称呼。这个孩子受到特殊照顾，得到了一个名字。

他还记得工作人员给他起名的寓意，“赵亮”，百家姓的第一个，希望他将来有“亮亮堂堂”的生活。为他登记的生日则是6月1日——工作人员常将这个属于孩子的欢乐节日，作为那些可怜孩子的出生日期。

成年后，赵亮仍会在 6 月 1 日这天喝点酒，庆祝“这个虽然不是生日，但还是有纪念意义”的日子。

1

在赵家葛湖村，这个孩子的失踪曾是一件大事。年过四旬的村民几乎都知道，1993 年，村民赵计成、刘桂玲夫妇带着小儿子去黑龙江探亲，在牡丹江转车时，娘儿俩都丢了。

邻居们还记得，刚出事那几年，赵计成的母亲经常急得骂：一个大男人，怎么出趟门就把两个人弄丢了？

着急的亲戚历数他们不该出门的种种理由。那段时间，村里有年轻人出去当兵，也会在家书里问，“大娘寻到了吗？”

赵亮只是隐约记得，先是父亲不见了，他跟着母亲。天黑下来，母亲还在找路，他在母亲的背上睡了好几觉。他记得母亲背着自己，踩着“两根挨在一起的铁管”过河，想去对岸亮着灯的人家求救。快到河中间的位置，母亲失足掉进河里。她在冰窟里，边呼救边将儿子托起，推向岸边。

根据他模糊的记忆，他曾拽着斜坡上落着雪的枯草往上爬，拽断了，又滑回冰窟的边沿，母亲就再托着他往上爬。

后来，他在一间暖和的房里醒来。屋里没人，他去外面找，看到成片的平房被一条铁轨隔开，在铁路边，穿制服的工作人员拦住了他。

没有人能够佐证他的记忆。随着时间推移，这些片段也越来越模糊。他进了收容遣送站，经常“使劲地想”一些问题，诸如当时父母带自己要去哪里，家在哪里，父母叫什么名字，以及，母亲从河里出来了吗？

没有答案。

后来他甚至怀疑，自己和母亲不是在火车站走丢了，而是被父亲“抛弃”了。

“不然我爸为啥不来接我？”那是一个孩子所能想到的、用来说服自己的理由。他说，自己逐渐忘记了母亲的模样和声音，但时常梦见母亲救自己的画面，哭着醒来。

到最后，他只能记住“连伟”这个名字。

赵计成则记得，1993年农历十月初四，他扛着一袋子从地里新收的花生，妻子背着小儿子，出发去黑龙江给岳母拜寿，顺便让老人看看还没见过的小外孙。他们的大儿子和二儿子，都在姥姥身边生活，已经能挣钱了。早些年，他岳父母带着家人从山东去黑龙江“闯关东”，在距离牡丹江100多公里的林场伐木、打熊、垦荒、种木耳、采野菜，安下了家。

从赵家葛湖村到黑龙江细鳞河林场，有2000多公里路，他们预计要走5天——先坐三轮车到县城汽车站坐长途汽车，去济南换乘火车，在哈尔滨和牡丹江两次中转，到达离林场最近的绥阳站。

赵计成记得，到达牡丹江火车站是十月初七下午，三个人已经在路上走了3天。离目的地只剩下100多公里，他们只要在火车站等一宿，第二天早晨的火车会很快将他们送达。但在牡丹江下车时，三口人被人群冲散了。扛着一大包花生的赵计成被人群推着走。他在火车站周围转悠到天黑，第二天，一个人到了岳母家。

二儿子赵尔永当时19岁，他记得那天见到父亲时，自己刚从山上挖野菜回来。“我当时就想，完了，找不回来了。”他回忆，那时的火车站周边属于“高危地区”，有扒手，也有专门坑蒙拐骗、勒索抢劫的。

转天，赵尔永跟着哥哥、姨父和3个舅舅又坐车去牡丹江找人。他记得，他们去了火车站旁边的派出所，警察建议“先再好好找找”，他们最终也没有正式报案。

“光让你找，让你好好找，可那么大个城市上哪里找呢？”他们找电视台，发现播寻人启事按秒计费，付不起。后来，在晚上10点多的一档广播节目后，播音员口播了这条寻人信息。“播完就说‘晚安’了，效果肯定不好。”赵尔永对中青报·中青网记者回忆。

他们在牡丹江找了近10天，直到花光了亲戚们凑的盘缠。一位算命的“半仙”，也从病急乱投医的这家人手中赚了300元钱。

岳父母没忍心埋怨女婿一句话。赵计成回了山东老家，他想着，万一娘儿俩回家了呢。

2

那个 5 岁孩子完全不记得自己获救的过程。他进了收容遣送站，与没有身份证件的流浪汉、生活无着的精神病人等住在一起。根据档案记载，他 1998 年 5 月进入儿童福利院，以此推算，他在收容站里生活了 4 年多。

他记得，收容站里，人们头挨着脚、侧身挤着睡大通铺，吃混合面的发糕，菜汤上漂浮的白菜会瞬间被夹光。

他颈部的一条伤疤，是那段日子的记号。一名被收容的年轻人搞到了汽油，要学马戏团给大家表演“喷火”。赵亮在旁边端着汽油。表演失败了，汽油泼到他脖子上，烧伤一直到后脖颈。

在那里，他有时一晚醒很多次，盼着第二天能有家人接自己出去。

他记得在不同的收容站生活过，最初的那个收容站有个院子，他听旁人讲在夜里翻墙逃跑的计划。那些人的成功离开，让他羡慕不已。

10 岁那年，赵亮进了牡丹江市儿童福利院。他已经可以记住很多细节：1998 年中国发生了洪灾，很多企业给福利院捐了奶粉和雪米饼，一年都吃不完；读小学四年级前，有专门的生活阿姨帮他们洗衣服、整理房间；过年时有吃不完的“硬菜”，孩子们把盘子里切好的火腿肠装进口袋当零食，苹果和花生用卡车运来；没有零花钱，他想法“以物易物”，通常用一种硬纸片叠的“方宝”，赢到自己想要的东西；他参加了院里的鼓乐队，负责打小镲，没学过乐理，背下了“上上下下”的口诀。

对福利院里上学的孩子，考虑到上学路上的安全，福利院实行集中上下学的形式——所有的学龄孩子按年级排成队，由福利院的老师护送到学校。赵亮反感这种串糖葫芦似的“长蛇阵”，他觉得“被特殊化了”，“同学一看就知道是福利院的孩子”。

“有时在学校和同学们闹着玩，对方会起哄指着你喊‘没爹没娘的孩子'，那时候真的挺受伤的。"赵亮记得，当年身边的小伙伴有的父母离异，有的父亲在矿难中遇难，他很羡慕他们，"因为不管几个月还是一年，总是会有亲戚来看望。"

2005 年，他年满 18 岁，背着铺盖，带着日常衣物离开了儿童福利院。老师介绍他去一家造纸厂做了锅炉工。他至今都觉得那是份不错的工作——挣钱多，能学到技能，考取司炉工证在市场上会"很吃香"。

但他 3 个月后就离开了。学徒工每月到手 300 元，勉强够伙食费。离开时，20 多元的火车票钱是向同学借的。他穿着拖鞋离开，因为鞋坏了，买鞋的钱也没有。

他去歌厅打过工，给客人放点播的歌曲。一次和同事争吵，对方说脏话，脏话里有"妈"，赵亮急了，和人扭打起来。水泼到光盘上。老板要扣他一个月工资。他悄悄离开，连铺盖都没拿。

在社会上，他从不向别人提起自己孤儿的身份，"不想博取别人的同情"。朋友们闲聊，提到"父母"，他会躲开，因为担心对方下一句就问起自己父母。谈恋爱后，直到要见双方家长，他才坦承自己的身世。

他对母亲的思念一天也没有停止。他试着在搜索引擎里输入"寻亲"，到网上发帖，加入了很多寻亲 QQ 群。但他能提供的信息很少，母亲的相貌他都不记得了，失散的位置也不能确定。2003 年以后，原先的收容遣送站被救助站取代，当年的记录和人员都再难寻觅。

2010 年开始，赵亮不再寻亲了。靠打工时学的手艺，他和女友开了一家棉服加工厂，成衣主要销往国外。既是老板又是工人，一年也歇不了几天。

有时候，他路过儿童福利院，会下车在门口站一会儿。他和其他孩子曾在那里玩"跑大锅"的游戏。对那里的生活，他感到怀念，但他也强调，"幸福谈不上，因为对于一个孩子来说，他最想要的东西得不到。"

3

2021 年年初，因为新冠肺炎疫情，赵亮只能居家办公，时间突然多了起来。女友陈婷（化名）鼓动他再次寻亲。他虽然“一点儿兴趣”没有，但还是答应了。

陈婷在网上找到了“宝贝回家”的寻亲志愿者刘红涛，这个人是河南省中牟县的一个村主任，41 岁，2007 年开始帮人寻亲。从 2018 年起，他在抖音上发布了 1800 多个寻亲视频，帮助 100 多个人找到了家。不过，他对记者说，自己还不会用电脑处理信息，直到现在，每条寻人信息，他都工工整整抄写在笔记本上，再制作短视频。

“家里种苹果、山楂，吃葱花饼，奶奶或外婆家里有一棵枣树，自己左眼扎伤过，脚二拇趾短一截。”赵亮按刘红涛的要求提交了“关于家乡和父母的记忆，以及自己一些身体特征”。2021 年 1 月 28 日，刘红涛将赵亮这些模糊的信息和自拍照做成视频，发在网上。

第二天，赵家葛湖村的一个村民和牡丹江市绥阳镇的一位居民——此人是赵计成岳母家的邻居，都刷到了这条寻人信息。他们分别确定这是当年走失的赵连伟，因为他和二哥赵尔永“长得太像了”。

两名用户分别找到了赵尔永，赵尔永一刻也没耽搁，把赵亮的截图发给哥嫂。“我大哥看了一眼，说‘没错，就是了’。”他给刘红涛留了言。

“宝贝回家”的志愿者们见过很多“信息基本能吻合，双方匆忙见面认亲，然后 DNA 亲子鉴定结果出来空欢喜一场”的例子。刘红涛建议他们，先做 DNA 鉴定。

赵亮从网上买了血液检测卡，扎破手指，将血滴在检测卡上，寄到了吉林省的一家 DNA 鉴定机构。在那里，工作人员将他的血样和赵尔永的血样进行了比对。

结果认定，他们是“同一父系血缘关系”。

陈婷也在抖音上发布了那条寻亲视频，巧合的是，这条信息也被那位绥阳的邻居刷到了。最后，没有通过刘红涛，赵尔永直接联系到了赵亮。

他不好意思直接打电话，先加了赵亮的微信。

双方微信视频聊天一接通，赵尔永没再腼腆，直接喊了句“弟”。他甚至觉得不用等 DNA 检测了——弟弟跟他长得太像了。

全家人里，第二个加上赵亮微信的是在山东的大嫂房祥云。她在添加好友申请时写“我是老家这边的”。

“你好”，双方礼貌地客套后，房祥云提议，“我爸在这里，我给你开个视频吧。”她担心老宅里信号不好，特地把赵计成接到自己家新盖的楼房里。

“连伟”，赵亮在视频聊天时第一次听到别人喊这个名字。屏幕里是一个老人，说着他听不懂的方言，但他听清楚了“连伟”。

这一次他明白，那个喊“连伟”的老人，是他失散了 28 年的父亲。

父亲比他想象中要老。15 分钟的视频通话是一次“身份确认”，房祥云在一旁帮忙翻译。赵亮提到小时候记得去过果园，赵计成赶忙补充更多关于果园的事；他描述记忆里老房子的布局，电话这头确认“就是这样的”。房祥云问他现在在哪里，做什么工作，有没有孩子，什么时候回家。父亲大部分时间都在沉默。

28 年前，赵计成回家后，房祥云发现了他的异样：整个人垂头丧气，经常心不在焉，每天对着一张照片发呆。照片里有赵计成夫妇、4 岁的小儿子和彼时未过门的房祥云。那是四个人应大儿子请求特地到照相馆照的，花了十几元，寄到大儿子手中。

这张不全的“全家福”，是刘桂玲留下的唯一一张影像。赵尔永没有与母亲的合影，他翻拍了照片，在电脑、硬盘里备份了好几份。“我妈在我心里一直是照片的样子。”他说。

4

DNA 亲子鉴定结果后，赵尔永和弟弟商量好，只要防疫政策一调整，他们立刻见面。绥化市疫情后“解封”那天，赵亮和陈婷连夜从工厂所在的绥化市赶回牡丹江，开了 8 小时。与此同时，赵尔永从吉林开车 500 公里到了牡丹江。

刘红涛嘱咐陈婷，“录个视频、拍几张照片”，记录下兄弟俩见面的场景，他想放到网上，给粉丝们一个交代。

“没问题，你不说我也会做。那么多人关注这个事情，必须回馈粉丝。”陈婷爽快地答应了。

在约定的火锅店门前，她看到了比他们早到的赵尔永，她让赵亮先下车，自己要拍下兄弟的首次见面。兄弟俩没有拥抱，也没有表情的变化。两人隔着一米远，赵尔永和弟弟寒暄，“路上好不好走？”

陈婷举着手机拍了好久，也没等到“热情感人的镜头”。

赵亮进屋脱掉羽绒服，胳膊上的疤痕暴露出来。赵尔永眼睛一红，什么都没说。

“我还需要问吗，我 17 岁出来闯社会，他受的这些苦我不问也能想到。”他对记者说。

餐桌上，赵尔永板着脸“警告”弟弟，要对女朋友好，不然自己第一个揍他。这是赵亮小时候盼望过的，“犯错闯祸了能有家长揍自己一顿。”

转天，赵尔永开车带着弟弟去了二姨家，那是赵亮和母亲 28 年前未曾抵达的目的地。对方见着赵亮忍不住抱着他哭了起来，赵亮眼睛发酸，没掉眼泪。

“我其实哭不出来了。”赵亮说，自己的眼泪都在等待父母的日子里流干了，后来再怎么想哭也没有了。

在那场团圆饭里，他们把最先刷到寻亲视频的那位邻居请到了上座。

席间，赵尔永和舅舅发生了点不愉快。借着酒劲儿，他们争吵了起来。他不懂为什么弟弟回家这么重要的事，舅舅却以“黄鼠狼咬了家里的鸡鸭”为由，迟迟不肯出现。“我舅叹气，说你弟找回来了，你妈妈呢？还有点埋怨我爸当年没去报案的意思。”赵尔永那天喝得面红耳赤，“断片了”，后来的谈话他不记得了。

舅妈第二天一早拨通了赵亮的电话，向他解释当年他们真的尽力去找了，觉得对不起他们母子。

赵亮跟着哥哥去给外祖父母上坟。他听说，老人去世前，还一直惦记着走失的女儿和没见上面的外孙。

接下来的日子，赵尔永几乎每天给赵亮发信息，内容无非“弟，在忙吗”“吃饭了吗”。房祥云也偶尔把带孙子孙女出去玩的视频发给他，告诉他村子附近新修了广场，偶尔还有热闹的集市。

赵亮每次都字斟句酌地回复。即便只回复“过年好”，也要加个句号。亲戚们纷纷来加他微信，他的好友列表里突然有了姨、舅、哥、嫂、表姐还有外甥、侄子等一大家子亲戚。但他从不主动联系。必须联系的时候，他会请赵尔永帮忙沟通。二哥是他和这个家联结的纽带。

“也许是我的不对，人情关系我不会处理，也许是因为没有真正和家人一起生活过。”两个哥哥离家打工时，他还不满 3 岁，赵亮对他们没有印象。

在儿童福利院生活时，他经常幻想自己能有个弟弟或者妹妹，“这样万一我爸不要我了，我就照顾他，领着他生活。”

事实上，他习惯为别人着想，和人相处时总扮演一个“照顾者”的角色。在工厂，他每天早上提前帮工人烧一壶开水，允许员工自己调整打卡上班的时间。有客人到访，他提前买好水果去车站接，第二天掐着时间为对方点早餐外卖。“我想给他们那些我渴望过的东西。”

5

真正要回家的时候到了。

赵尔永平日主要靠开大货车挣钱，有段时间在机场附近干活，他近距离拍下飞机滑行、起飞直至飞入云端。这次，哥儿俩各自花了 1000 多元买了从长春回家的机票，赵尔永有点心疼，但坐飞机节约时间，弟弟的工厂等着开工。

2021 年 2 月 20 日，在赵家葛湖村，赵计成和弟弟等几位至亲站在院子里等着儿子。

飞机上，赵亮还在盘算，回家见到父亲，要不要哭？这么多年的委屈和怨恨要怎么发泄，是不是要当面狠狠地埋怨父亲几句？

想象的一切都没有发生。父子俩握了一下手，没有哭。他对父亲完全没有印象。关于父亲，他隐约只记得一个场景，自己小时候父亲坐在门口抽旱烟，但他看不清脸。

“我不知道用什么方式结束这些年的分开，然后重聚。”赵亮说，“看到我爸，我能想到我丢了 28 年，他也内疚了 28 年，我们过得都不容易。那些所谓的恨一下子就没了。”

家里远比他想象的破败。父亲住的房间，除了父母结婚时的两个柜子，再没其他像样的家具。木板床四角各立一根竹竿，上面挑着一张雨布。下暴雨时，能防止水落到床上。墙上的水泥只抹了一半，杂物堆在靠边的桌子上。一口挂钟还在认真地走。

“甭管多大岁数，得‘支棱’起来啊。”赵亮对父亲对付着过日子有些不满。

在很多方面，这个家的时间，停在了他和母亲走失的那一年。

当年，赵计成夫妇探亲出发时，原打算至多外出半个月，家里的新房子正盖着，需要人手。等他回来，一间房子盖到半截，他不操持盖下去了，水泥沙子就堆在房前。

直到今天，半截房子仍在那里，赵计成对中青报·中青网记者解释：“没人住就不盖了。”

赵计成把赵亮拉到一边。“这是你的房子，爸一直给你看着呢，”他小声告诉小儿子，“我还有几万块钱留给你。”他把家里的宅基地分成 3 等份，大儿子和二儿子早已盖上了房子。他住的地方，是留给小儿子的。

赵亮觉得心酸。父亲守着破败的房子，像守着宝贝一样等自己回家。“虽然我小时候没有体会过‘父爱’，但现在我觉得很真实。除了温暖，还有点愧疚。”

房祥云也觉得“心里热乎乎的”。她刚来到赵家时，赵亮已经会走路。

婆婆外出，他老是跟在自己身后转悠。他们走失的头几年，她还会经常梦到娘儿俩。她也有些懊恼，赵亮完全不记得她了，这次回来都没和她说上几句话。

赵亮找回了父亲，还有生日，还有一大串亲戚。父亲告诉他，他的生日是八月初十，但不知道是农历还是阳历。远亲近邻都来看他。一个 90 多岁的老人塞给他红包，说这是孩子回家的习俗，她是看着赵亮母亲长大出嫁的。

莒县是一个千年古县，曾是一个小国的都城，“毋忘在莒”就是那里诞生的一个成语，有“不忘前事”的意思。

长辈们劝赵亮将工厂搬回山东，他们已经打听好了几个办厂的地方。他们唯一没问出口的问题是，这些年你是怎么过的?

父亲家里没有地方住，赵亮住在二哥家。亲戚来了一拨儿又一拨儿，他们几乎每顿饭都在饭店吃。他给人敬酒，但参与不进他们的话题。语言是他在这里最大的障碍，他绝大多数时间听不懂人们在说什么。

赵亮很想知道关于自己小时候、关于家庭和那次远行的故事。但即使回到了家，这些他也一句都没问出口。

“我二叔说我小时候淘。我就想知道，我到底怎么淘气，但他话说到这就停了，我就没问。”赵亮说，“老问这些，会让人家误会‘你是来追责的’。”他说不知道怎么和家人相处。

“我最生气的是，孩子丢了，你为什么没想到到收容遣送站这地方去找。”赵亮觉得大海捞针似地寻找大可不必，“按照正常的逻辑，孩子丢了就去这几个地方找，然后到派出所去报案。”

去年，赵亮和女友养的狗在街上被人抱走，他们沿着街道从白天找到夜里两点多，凌晨 5 点又起床去找。后来，他们又去报警查附近路口的监控视频，最终找到了。

赵尔永记得，弟弟试探着问过他“你们当初为什么不找我呢”，只低声提了几次。赵尔永“说不清自己心里的感受”，他叹气，“可能是因为那时候俺们法律意识淡薄，懂得少。”

在老家，赵亮一共待了两天。他没来得及四处转转。他听说山上的苹果树“早推平了”。他对过去有点好奇，“你说我就愿意听”，但他又一句都不想问，“可能还有怨气，可能因为我妈还没找回来。”他想过，如果母亲在家，他想缠着她讲上一天一夜。

信息一点点拼到了一起：赵亮回家后，亲戚们终于知道，他和母亲在那次落水后已经失散了；赵亮则终于知道，他为什么没来由地爱吃葱油饼，习惯了将苹果煮着吃。亲戚们告诉他，那都曾是他母亲的手艺。他的胃还残存着一些与母亲有关的记忆。

28 年前，44 岁的刘桂玲比丈夫更期待那次外出。近 20 年里，她没出过远门，没回过娘家。赵计成知道，妻子想念另两个儿子。老大和老二念完初中就去了黑龙江，跟着舅舅们打工。老三赵连伟是她快 40 岁时生下的，去田里、山上干活时，她把儿子背在背上。刘桂玲话少，勤快，农闲时，还要到村口的作坊里打零工。

那时，赵计成在生产队每天挣两角钱，农闲时他和村里人一起去黑龙江和内蒙古伐木，每天挣 7 元。村里大部分人靠“闯关东”挣下的钱盖房娶媳妇。那条路，赵计成往返过很多次。他清楚记得，两个大人的往返车费一共 124 元，这让他们着实心疼了一把。

回家后，赵亮告诉父亲，自己还想再把母亲找回来，或者能找到当年从冰河里救了自己的人，当面道谢。

全家人都应和着他的说法。尽管他们暗地里都相信，刘桂玲凶多吉少，即便还在世，她也有 72 岁了，她能看到寻找她的信息吗？

赵亮也没告诉他们，他想找到母亲，但内心又希望母亲已经过世了。“不然她到这个岁数，孩子和家人都不在身边，身上和精神上肯定受着折磨过日子，那样的话，我更希望她已经不在了。”

离开家时，赵亮提议，父子三人拍一张合影。照片里，赵亮的手自然地搭在父亲肩头。

前一晚，赵计成攥着两小兜花生和虾米来到儿子的房间。“你带上，我不吃。”他用近乎不可反驳的语气对赵亮说。他又从怀里拿出 10 张面值 100 元“连着号”的崭新钞票，塞进儿子口袋。

他还把家里唯一的一张照片给了小儿子。回到牡丹江后，赵亮把照片锁在了保险柜里。

赵计成保留了属于他的纪念。很多年前，他把妻子和小儿子的衣服收拾到一个包袱里，压在箱底，从不示人。房祥云见过这个包袱，想要拿走，他不让。

“娘儿俩的全部衣服也没几件，不占地方，不碍事，就放这儿吧。”赵计成对中青报·中青网记者说，那时几年才做一件新衣服。

赵亮不知道那个包袱的存在，父亲也没向他提过。

陈婷建议赵亮，可以把父亲接到黑龙江，尽管两人还没买房子，但一起租房也可以。赵亮担心父亲换了环境不习惯，也担心他们跨越不了语言的障碍，沟通不了。不过，他承认自己有了新的牵挂。有时想晚饭时间给父亲打电话，又怕父亲已经睡了。2021 年父亲节这天，他给父亲打了电话，内容主要是“吃了吗”“怎么样”和“注意身体”。

4 个月里，他们通话 3 次，赵计成都记得。提起儿子，他眼里有光，高兴地说，“连伟来过好几通电话啦！”

赵亮现在认为，亲人“意味着全部”，“比如如果他们生病了，需要我身上的肝或者肾什么的，那我用不着想，我会毫不犹豫把我的给他们。”

“现在我只希望我们身体都好好的，一起多待几年就几年吧。”他说，“人生没有几个 28 年。”

疫情冲击了他们的生意，赵亮仍想多赚点钱，把父亲的房子收拾一下。他还打算把户口从福利院迁回老家，把用了 28 年的名字也改掉。他不想再以别的名字生活了。他是赵连伟，那是父母给的名字。

（原载于 2021 年 6 月 23 日）

「“有些人近视，就需要戴眼镜。
有些人腿脚不好，就要拄拐杖。”
他告诉女儿，
“你和别人没什么不同，
每个人都有难题，都需要自己克服。”」

江梦南生活照。受访者 / 供图

2021

一个听力过人的女孩

文＿杨海

26 岁这年，江梦南第一次听到了布谷鸟的叫声。

那是在清华大学校园里，她晨跑时路过树林，一种陌生的声音传入耳朵。她停下来，以便听得更清晰些——重获听力后，分辨脑袋里的声音到底来自虚幻还是现实，是她必须解决的一个难题。

在此之前，她清楚鸟叫是种“好听的”“婉转的”声音，但从未体会过这些形容词的真正含义。半岁时，她就因肺炎用药物不当，导致右耳失聪，左耳损失 105 分贝——几乎相当于能听见直升机起飞时声响的听力。

往后的日子，依靠助听器，她得以生活在并非完全无声的世界里。

“那是种模糊的、混沌的声音。”江梦南努力描述她此前 26 年的听觉世界。

没人知道那具体是种什么样的声响。她是清华大学生物信息学博士，克己的性格，再加上长期的科学训练，让她对“精准”有了种执念。但在有声世界里，她是个不折不扣的初入者，准确形容一种声音，哪怕是常年环绕在她耳边的声音，也是件难以完成的事。

长期以来，她都是用其他方式去“听”。父母从小就教会了她读唇语，与她交流时，你不必刻意放慢语速。她手指触觉灵敏，能感受出声音的不同振动。某些时候，她甚至是个听力过人的女孩，比如在嘈杂的环境里，她会比普通人更容易“听”懂对话内容。

父母还教会了她发声、说话，甚至是家乡湖南宜章县的方言。她没有上过特殊教育学校，而是一直在公立学校读书。她没有因此落下一节课程，甚至跳过级。从结果来看，她的求学经历比大部分人都要顺利，成为家乡小镇上近年来唯一一个考上重点大学，最终到清华念博士的学生。

2018年到清华大学报到前，她做了人工耳蜗植入手术。布谷鸟的叫声、下雨时的哗哗声、晚上的蝉鸣……这些曾经只存在于文字和想象中的声音，和整个世界一起，逐渐变得清晰起来。

1

江梦南出生在一个叫做莽山的瑶族小镇，父母都是初中教师，也是镇上为数不多讲究生活情调的人。他们把诗意寄托在了女儿身上，孩子按民族习俗随母姓，名字是“岁月静好，梦里江南”的意思。

很长一段时间，江梦南的确是个安静的孩子。她很少闹人，从没张口说过话。父母频繁地在她身旁摇钥匙，或者拍手，希望得到她的回应，大人们想尽办法逗她笑，但大部分时候看到的都是她木讷的表情。

当地有种“打哇哇”的儿童游戏，孩子们张开嘴持续发出“啊”的声音，然后用手不停拍嘴巴。梦南也会模仿，她跟着其他孩子张嘴、做手势，却没有声音。

莽山因“林海莽莽，有蟒蛇出没”得名，直到现在，这里还分布着大片的原始森林。莽山乡被群山包围，到县城还要80公里，是全县最偏僻的乡镇。上世纪90年代初，这里没有互联网，被群山包围出的狭小物理空间，几乎构建出了小镇居民的全部世界。

在这个封闭的环境里，青年教师赵长军有着读书人的清高和骄傲。结婚后，他承包了山上的一处茶园，计划着周末带妻儿品茶赏花的田园生活。

他以知识分子自居，女儿还未出生，就自信“不能比别人的孩子差”，“最起码也要上个重点大学，最好是清华北大。”

接受女儿听不到的事实，是个漫长又痛苦的过程。梦南 9 个月大时，赵长军夫妇带着她去湖南湘雅医院检查，得出“极重度神经性耳聋”的结论。两人不愿相信，跑去另一家大型医院做了同一套检查，没有意外，希望再次破灭。

孩子 3 岁前，夫妻俩利用周末和假期，频繁带着梦南去长沙、北京等地看病。医生们善意劝告，再看下去也是徒劳，“孩子大点就送到特教学校，学手语吧”。

夫妻曾把仅剩的希望寄托在助听器上，但很快就被医生告知，那没有任何意义，“助听器只适合听损低于 95 分贝的患者”。对当时的农村工薪家庭来说，几千元一副的助听器不是小数目，医生担心梦南戴上后，只会把这个毫无作用的东西扯下摔掉。

那个时候，“十聋九哑”还是民间流行的说法。赵长军夫妇也做了最坏的打算，有次在长沙从医院出来后，他们去考察了当地的一所特殊教育学校。

“那些孩子已经放弃了开口说话的可能，跟着老师学手语，整个教室都是无声的。”赵长军回忆当时的场景。

梦南妈妈江文革有另外的顾虑，她不忍心孩子很小就要离开父母，在这里学习另一套规则和处事方式。

夫妻二人都无法接受的，是让自己的女儿彻底成为一个“聋哑人”，逐渐远离主流社会，进入另一个生活圈子。

这几乎让赵长军失去了理智，他坦承自己的说法可能会冒犯一些人，但当时确实被强烈的自尊冲昏了头。这个乡村教师主教数学，有时也会兼教生物，他一直是科学的忠实信徒。关于女儿的听觉系统，那些他竭力接触到的耳科专家，已经给出了他能得到的、最权威的答案。

现在，他不顾这些，整个脑袋被一种强烈的信念支配：让女儿成为正常人。

“死马当作活马医了。”他决定。

梦南的记忆中，小时候她喝过中药，扎过针灸。父母给她尝试过不少

“偏方”，但都没什么用。

按照当时的政策，赵长军夫妇可以再生育一个孩子。身边很多亲友也劝他们，把梦南送特教学校，再要一个，开始新生活。

赵长军拒绝了所有人的好意，在这件事上，他再次展示了自己的偏执，发誓“要把所有的爱都给女儿”。

四处奔波求医需要不小的开销，夫妻俩的工资很快就支撑不住。工作和照顾女儿之外，赵长军把大把时间花在了茶园、果园上。那几年，他被晒得黝黑，成了一个地道的茶农、果农。

小镇上，这个知识分子的锐气和底气都消磨掉了不少。他不得不盘算如何增产，哪里的收购价格更高。功利替代了浪漫，这与他理想的田园生活相去甚远。

梦南小时候，每到暑假爸爸妈妈就会带她去茶园玩，那是她记忆中一家人最快乐的时光。长大后她才知道，那是爸爸给她创造的没有烦恼的世界。

烦恼和压力藏在她看不到的地方。江文革记得，有时半夜正在睡觉，丈夫会突然坐起来，大声尖叫，满头大汗，“又梦到了他最害怕的事情”。

茶园的收入暂时弥补了家庭开支，赵长军没有放弃助听器，耳背式的太贵，他买了一台盒式的给女儿试。

那是台有些过时的机器，300多元，主机和当时的BP机大小相当。他和妻子先戴上，把功率调到最小，结果还是被巨大的声响“吓了一跳”。

他们害怕女儿受不了，把功率逐渐上调，但一直调到最大，女儿对外界声音还是没有反应。

“几乎相当于一个高音喇叭放在耳朵里。”江文革说。

有时女儿睡觉，他们也不会取下她的助听器。赵长军清楚，女儿耳朵里一直响着的，是一种“火车呼啸般”的声音。他心疼女儿，又盼望在某一个瞬间，女儿突然被巨响吵醒。

这种事从未发生过，以至于很长一段时间，夫妻俩都不知道自己在坚持什么。每天早上，他们都会给女儿戴上助听器，对着她“没话找话”。

有时，赵长军就像一个普通的父亲那样，自顾给女儿讲故事。他沉浸在那样的时刻，甚至忘了，女儿听不到自己声音的事实。

2

夫妻二人对女儿发出声音的期待，逐渐变成一种渴望。

别的家长为孩子的吵闹心烦，但对他们来说，哪怕只体验一秒那种烦恼，都成了奢望。再往后，赵长军降低了对女儿的期望，他不再妄想女儿能出人头地。

“能从我这里要钱，去小卖部买瓶酱油，我就心满意足了。”他不得不面对现实，希望女儿未来能有基本的生活能力。

即使这样的期望，对当时的梦南来说，也有些过高了。做父母后，他们还没听到孩子喊出过“爸爸”“妈妈”。赵长军夫妇教过梦南无数次，这两个几乎靠人类本能就能说出的音节。然后盯着女儿，渴望她喊出来，但每次得到的都是无声的回答。

梦南1岁4个月时，夫妻二人不知第几次带着她去北京看病。结果和过去一样，又是场无功而返的旅行。回到住处，夫妻两人彼此沉默着打包行李，梦南在一旁摆弄玩具球，不小心把球滚落到了她够不着的地方。

“妈妈。”

夫妻俩瞬间怔住。安静的房间里，他们都听到了女儿的声音。那是含糊不清的“啊啊”声，但不重要了，女儿有了主动发声的意识，这足够把他们从不断重复的失望中拯救出来。

他们看着对方，激动得说不出话，甚至哭了起来。情绪平复后，一整晚，他们几乎没合眼，回味着女儿的那声“啊啊”。两人都从这一声中得到了巨大满足：江文革认为女儿喊的是“妈妈”，赵长军则坚信那声是在叫“爸爸”。

长大以后，梦南分析自己当年突然“说话”的原因——通过助听器，她能听到微弱的声音，尽管无法辨别音源的方向，也听不出声音的内容。

“就像是乱码。”她解释那种声场。通常情况下，助听器唯一的作用只是帮她感受周围环境音的大小，以便调整自己说话的音量。

这种微弱的，看似毫无意义的声音，成了她得以融入有声世界的稻草。

从北京回到家后，赵长军夫妇坚定了女儿可以发声、可以正常说话的念头。他们每天都抱着梦南，从最简单的音节开始，对着镜子练习口型，教她如何摆放舌头。

一开始，梦南只张口，没有声音。夫妻俩让女儿摸着他们的喉咙，感受声带振动，把她的手放在他们的嘴巴前，感受说话时的气流。

江文革曾利用暑假，去长沙一家聋儿言语康复机构学习。她和几岁的孩子一起上课，整个教室就她一个大人。但这没有妨碍她认真听讲，“毕业”时，她甚至拿到了宜章县第一张“言语康复师”证书。

赵长军买回有关耳科和言语康复的书籍，终日研读。没人知道那些书有什么用，直到他“折腾”出一份《关于县城内开设聋儿言语康复指导机构的可行性报告》，然后一个人带上那几页纸去了郴州，交给了市残联。

“言语康复才是真正意义上的康复。集中康复与家庭康复各有利弊，聋儿言语康复指导机构能充当两者间的桥梁，培训家长、跟踪指导……”他在报告中分析道。

梦南逐渐学会了发声，但她听不到自己的声音。与普通人不同，她不是靠听觉记忆对比、纠正自己的发音，而是需要记住每个音节、每个字的口型，以及舌头的形状和摆放位置。

即便一切都做到完美，协调声带振动与口型变化，调动声带准确发音也是件难事。这是个不断尝试的过程，“每个字练习上千遍都是少的”，直到父母点头。

看着还不懂事的孩子，赵长军不知道这样的训练方式到底会有多大效果。他说这种方法很“蠢”，但他坚定，“蠢”也要“蠢”到最后。

梦南再大一点时，父母意识到他们的口音太重，开始让女儿对着中央电视台的新闻节目练习。别人家的孩子都热衷动画片，梦南却是一个名副其实的“新闻爱好者”——几乎每天她都要拎着小板凳，坐在家里那台21

寸的电视前，紧盯着播音员叔叔阿姨的嘴巴。

她一天至少要看三档新闻节目，都是重播，因为有字幕。

这种集中的“听”说能力训练，一直持续到梦南6岁前。除了吐字不太清晰外，她赶上了同龄小朋友的言语水平，甚至在某些方面超越了自己的年龄——上小学前，她已经熟练掌握了拼音，也比同龄孩子识更多字。

现在，6岁前的记忆已经模糊，那段艰难的人生起步过程，也只存在于父母的述说中，像是别人的故事。但她习得的技能永远刻进了大脑，往后的日子里，她既会面对命运的不公，也会得到命运的独特馈赠。

3

从上小学开始，梦南就一直坐在教室的前排中间位置。她需要读老师口型“听课”，但全程跟上老师的语速，几乎是件不可能完成的任务——课堂上，有时需要边听边看，有时老师会背对着同学讲话。

大部分时候，她都是靠看板书，然后自学赶进度。这占用了她大量的课余时间，但又必须这么做。或许是超出大多数同龄人的刻苦，也或许是缺失的听力换来了惊人记忆力，她在自己的节奏里按部就班，却不经意就走在了前头。

“她可以完全按照顺序把成语词典背到100多页。”江文革说。

四年级暑假时，她就已经把五年级的课程学完。通过学校测试后，她直接跳到了六年级。

在学校里，除了学习，梦南也在适应集体生活。她逐渐意识到了自己的特殊，别人在背后叫她时，不会得到任何回应。音乐课上，同学们一起唱歌，她只能跟着念歌词。

同学间谈论周杰伦，她看到他们说出“这首歌好好听”时，眼睛里放着光。

一个周末下午，她坐在电脑前，戴上耳机。找到同学口中那些好听的歌曲，把音量开到最大，努力感受。

"我也想知道'好听'是什么感觉。"

整个下午，她听到的都是虚无，连一句歌词都对应不上。对她来说，音乐、旋律只是些抽象的名词、几个普通的汉字，没有多余的意义。

赵长军很早就预料到了女儿的烦恼，他总是对女儿说，"不要和别人比。"

"有些人近视，就需要戴眼镜。有些人腿脚不好，就要拄拐杖。"他告诉女儿，"你和别人没什么不同，每个人都有难题，都需要自己克服。"

爸爸的话几乎成了她的生存法则。未来的生活中，她会碰到更多困难：听不到闹铃，不能独自接打电话，在机场火车站时听不到广播……

每进入新阶段，新的难题也会随之出现。到清华读博士后，研究组七嘴八舌"头脑风暴"，大家讨论得越激烈，她就越跟不上节奏。

但她总能找到自己的解决方式。医生曾告诉她，因为听力损失严重，平衡感会很差，很难学会骑自行车。现在，在清华校园里，她每天骑自行车上下课，和其他人一样轻松自如。

她不需要闹铃，而是学会了全程握住手机睡觉，每天唤醒她的是闹钟的振动。有时，听不到也成了一种优势："我不用担心睡觉时被人吵醒"。

赵长军常常陷入一种矛盾中，他想把女儿保护得严严实实，又不得不把她推出去，学会在这个世界上生存。他承认，女儿要比别的孩子懂事更早，但也从未把它当做一种欣慰。

他无法体会生活在一个无声的世界是什么感觉，"肯定很孤独吧"。他决定成为女儿永远的好朋友，一个随时都可以出现在她身旁的"老赵"。

谈起爸爸，梦南首先想到的不是他的严格，而是他的幽默。小时候，她经常和爸爸一块上山，挖一些野花野草，带回家移栽到花盆里，然后每天趴在一起，共同观察记录它们的变化。

直到现在，父女俩还保持着这种平等的关系。

小升初时，梦南考了全市第二名。她主动提出要去300多里外的郴州六中上学，"不能一直在父母的保护下生活"。

妈妈不同意，爸爸沉默，两人最终统一意见，尊重女儿的选择。这是女儿第一次独自一人到城市生活，江文革担心那里“车多、人多”，女儿听力不好会有危险，会受同学欺负。开学后，每逢周末，她都会跑去郴州看望女儿。

在市区和妈妈一起时，梦南会挽住妈妈的胳膊，反客为主。

“过马路要走斑马线，一定要先看红绿灯，再左右观察，确定没车时再走。”她叮嘱妈妈，一脸严肃。

宿舍里的女孩都是第一次离家，晚上都自顾自地哭了起来。梦南心软，看不得这些，上前安慰她们。

很多人眼里，梦南都是个对自己要求严格、又坚强的姑娘。她说自己从小就生活在一个“hard（困难）模式”的环境里，时间长了，一切都变得寻常。

但更多时候，她也是个普通的姑娘，只是没让人看到。刚到郴州六中时，面对新老师，她要重新适应他们的口型，这让上课变得更难。她和舍友一样想家，那天熄灯后，她躲在被窝里哭了，没有声响。

2010 年，她第一次参加高考，成绩超过了一本线。她不满意自己的发挥，选择了复读。

当年湖南省的高考作文题目是《早》。考场上她想到了小时候，父母每次天不亮就带着她，提着大包小包，到镇上路边等车。他们带女儿去看耳朵，长途汽车发车早。

她说自己是哭着写下了这段经历，出了考场就知道跑了题。成绩出来后，她的强势科语文刚过及格线，99 分。

4

第二年，她考上了吉林大学。3000 公里远的长春，她没让父母陪同，独自乘火车去报到。

因为自己的经历，她本想选择医学专业，但马上又意识到医生要和病人交流，有时病人也会戴口罩。她最终选了药学，“一样能治病救人的”。

江梦南和父母在清华大学二校门前合影。受访者 / 供图

大学里不只有学习，有时看着同学们上台表演才艺，唱歌、跳舞，她也会好奇自己的声音。

“我的声音好听吗？同学们会喜欢吗？”

朋友会告诉她，她的声音很温柔。她习惯了控制着声调说话，轻柔到不会让人感到任何攻击性。她听不出别人的阴阳怪气，也不会这种高阶的说话技巧。

她喜欢和朋友交流，包括一起看电影，一起去 KTV 聚会。她更愿意别人把她当成一个普通人，而不是处处迁就自己。

“唱歌不是目的对吗？大家在一起开心就好啊。”她说。

有时候，大家真的会忘记她缺失的听力。她和很多女孩一样，爱健身，对时尚有品位，甚至在她身上能看到更多自信。最重要的是，她身上有种稀缺的感染力——对他人的真诚和善意。

在朋友眼里，她是个很好的倾听者，“她会真正关心你，有很强的共情能力。”

梦南说自己很少因为听不到感到自卑，她很早就开始直面这个问题，而不是躲避。小时候，父母常带她出门，让她多跟人沟通。

“这是我女儿，她听不到。”赵长军总会这样向别人介绍自己的女儿，毫不避讳。

在她面前，父母从来没表现出过自卑。

某种程度上，梦南很大一部分世界，都是由父母帮助构建。他们已经尽可能放手，让她自由成长，但有些时候，又不得不充当女儿的耳朵，来弥补她缺失的听力。

语言是她理解世界的方式，相当长一段时间里，梦南只能通过父母学习语言。直到现在，她也不会骂人，因为父母从没教过她。生气时，她只是用加重音调的“哼”“嗯”来表达情绪。

更早前，她甚至不知道世界上存在“脏话”。小时候，看到别人说粗字，她会问爸妈对方说了什么。

“哎呀，我没听清。”赵长军总是这样回答。

他承认，自己的女儿可能比正常孩子更好教育，毕竟她接受的大部分信息都来自父母。工作中，他接触过不少问题少年，“就像听力正常的聋人”。

有时候，他也会担忧自己的教育方式——把太多灰色和不堪帮女儿过滤掉，让她成长得太过单纯善良，进入社会后会不会适应不了？

到最后，他都会说服自己，真诚待人至少不会得到坏结果，纯洁善良的人也许会在小事上吃亏，但在大事上不会犯错。

现在，梦南实现了赵长军对她最初的期待，考上重点大学，然后走上象牙塔的塔尖。他笑着说，“莽山考进清华园的，恐怕是头一个。”

事实上，梦南第一次叫他“爸爸”时，他就已经心满意足。女儿后来的每一次突破、进步，也曾激活过他蛰伏的野心，只不过他已经可以淡然面对，“都是锦上添花”。

5

第一次高考那年，梦南就有获得真正听力的机会。当时的一项公益项目，可以免费为她植入人工耳蜗。

这是一家人的大事，他们咨询过长沙的医生，对方不建议手术。一家人考虑手术风险，还有梦南已经完全掌握了与人沟通交流的能力，共同决定“保持现状”。

2018 年，梦南即将在吉林大学硕士毕业。一位长春当地的医生看到她的故事后，托人“连哄带骗”把她带到了诊室，劝她植入人工耳蜗。

“你已经走这么远了，为什么不试试看，自己的人生还有多大的可能性？”她被医生的这句话打动。

这年夏天，右耳成功植入人工耳蜗后，她重获了失去 26 年的听力。

一开始，在寂静里待得太久，她很不习惯这个有声的世界。即使把耳蜗灵敏度调到很低的水平，她也无法承受外界的“吵闹”。普通的环境音，都会让她感到“视线都在震颤”。有时一个塑料瓶轻轻倒地，她都会被吓一大跳。

逐渐适应后，她开始重新打量自己所处的世界，“它原本就很吵，这就是它一直的样子”。每一种声音都是新鲜的，汽车鸣笛声、下课的铃声、雷雨声……还有她一直想感受的歌声。

现在，她喜欢听舒缓的钢琴曲，甚至温习了周杰伦的歌，即使她还是很难听懂。在清华校园里，她骑着自行车，把手机直接连接上耳蜗，不需要通过振动，电信号直达大脑。那是独属于她一个人的时刻，“普通人很难感受到这种奇妙的体验”。

她虽然能说话，也掌握了每个字的发音方式，但从来没真正听到过它们的发音。对她来说，如果闭上眼听一个人说话，就像在听一门完全没学过的外语。

刚植入耳蜗的那段时间，梦南需要新的言语康复训练。父母每天都跟女儿通视频电话。他们先在笔记本把当天要练习的内容写好，再挡住嘴，按顺序念出来，让梦南分辨。

“宜章县”“莽山乡”“打车”“请问车站怎么走？”开始是字，接着是词，然后是日常用语，密密麻麻记满了两个笔记本。

梦南无法记起小时候父母教她说话的过程，如今在某些瞬间，她说自己似乎体会到了20多年前，坐在妈妈怀里，对着镜子不断练习口型的感觉。

恢复听力后，梦南仍和父母保持着文字沟通的习惯，几乎每天她都要跟爸爸妈妈发短信、微信。有一次，赵长军没注意女儿连续发来的信息，紧接着，手机铃声响起。

电话接通，女儿显得有些着急，确认没有及时回复信息的父母，是不是遇到了什么问题。赵长军告诉女儿只是手机没在身边，父女二人寒暄一番，然后挂断电话，没人感到哪里异常。

很快，赵长军激动地跑向妻子。20多年来，他第一次在电话里听到了女儿的声音。

（原载于2021年11月10日）

人总要落在一个具体的空间里，

于是彼此便有了难以言说的关系。

6 星宇传奇，空间与人

一户人家的村庄 _2007

世界归你，我归西二旗 _2018

你不知道的北京地铁 _2018

深海救援 _2019

这个县只有 3 万人 _2021

「“每种草都有它自己的名字。”

寂寞让这名木讷的农民变得像个诗人一样敏感。

一只布谷鸟鸣叫着从远处飞起，

他立即停下手里的活儿问记者，

你知道这是什么鸟吗？」

魏光财在放水浇地。

2007

一户人家的村庄

文 / 摄 _ 张伟

那些关于声音的记忆，又在魏光财的耳边苏醒了：邻居一边吆喝牲口，一边大声开着玩笑。小孩子们追打着，吵闹声搅破闷热的黄昏。远处的狗吠声，穿过村庄传得很远。

讲到这里，老魏轻声笑了。如果可以选择，他愿意回到那样一个温馨而寻常的傍晚。而眼下，这个 55 岁的老农，只能在脑袋里一遍一遍温习这一幕。

自从两年前送走最后一户邻居，东容村六社，这个位于甘肃省民勤县沙漠边缘的小村庄，就只剩下了他这一户人家。

每天，这户人家的烟囱里会定时冒出炊烟，表明这个村庄还“活”着。面对日益紧逼的沙漠，魏光财以他 1.6 米的瘦小身躯，固执地坚守着自己那处土墙围起的土屋，以及有关这个村庄飘渺的记忆。

正慢慢地被外人遗忘

凌晨 5 时，魏光财家的那头白毛驴准时嘶叫起来，开始了这个村庄一天的生活。除了他和妻子张菊花，这里平时基本看不到第三个人影。

一只猫，一头驴，两只母鸡，20 多只山羊，它们是除魏家夫妇之外，这个村庄仅剩的成员。

从民勤县最边缘的西渠镇西行 13 公里，就是魏光财所在的东容村六社，一路上黄沙漫漫，不时扬起沙尘。许多地方连路都被沙子埋没了，即使是最熟悉路况的司机，也很难一下找到这里。

事实上，这里压根儿就不像一座村庄：在荒漠和稀疏的红柳林包围中，横着一排破败的土坯房，大约有四五座，墙是用黄泥和着草夯成的，每一座房子都是独立的。走近时才发现，除了最西端的这一座房子外，其余的早已废弃。有的房屋、院落已经坍塌，有的外表虽然完整，但窗户门框上积满灰尘，表明很久没有人来过了。

魏光财夫妇住着的这处土坯房，是村里目前最新的房子：一米多宽的门楼进去后，院子里被风抽打过，裸露出凹凸不平的白色硬泥地。

在过去的几十年中，这里的所有村民陆陆续续迁往外乡，一去不回。魏家儿子在镇里安家后，带着媳妇去了内蒙古打工，儿媳妇曾发誓再也不会回这里住。女儿则嫁到了外乡人家，偶尔遇到节日才会回来看望他们。

这里距最近的村庄大约只有两三里地，而这段距离恰好阻断了他们与外界的日常交往。但为了最基本的生存需求，他们夫妇不时需要去外界补充给养。

至少每十天，老魏两口子要套上毛驴车，拉上白铁皮制成的巨大水桶，到 5 里之外的村里拉淡水——这样的生活他们已经维持了十几年——干旱导致这里的井水枯竭、河水断流，而浅层地下水又饱含各种有害矿物质，这个村里早已没有饮用水可用了。只有人丁兴旺的村子里，人们才会打一口深井供人畜饮用。

拉回来的水被倒进所有可利用的容器中储存起来：4 口水缸，几个铁皮桶，还有一些大大小小的塑料瓶。只有置身这里，才能切实体会水贵如油的道理。

在魏家黄色的塑料脸盆里，上午洗过脸的水到晚上还不能倒掉，不到两厘米深的水底，沉淀着一层杂质。晚上做饭前，妻子张菊花用这水洗手，水立刻变得浑浊起来，待洗完脸，这些水还要用来洗一遍毛巾。

每当魏光财拧开他用来装水的塑料瓶子，便会用双手紧紧抓着瓶颈，用嘴把瓶嘴整个儿含住，双手上举，头仰起来，喉咙快速地一鼓一鼓。然后他低下头，这才把瓶嘴取出，重重发出一声满足的叹息。

此外，每半个月一次的采购，也是魏光财喜欢做的事。他骑车几十分钟，赶往方圆十几里地唯一的一家村办商店。尽管里面的各种生活用品还算琳琅满目，但那些跟老魏都没关系。他通常只买两元钱一包的香烟，额外捎带一些醋和蒜。

这些醋和蒜，加上自己地里种的白菜，便成为他们餐桌上最家常的副食。而主食一年四季也很少变化——清水煮面。白菜在热水里一滚，蒜打成泥，拌在面里，吃得瓷碗叮当作响。

还有一件事是，每个月魏光财会抽出一天时间，骑自行车到 15 里之外的乡镇卫生所，为自己和妻子取药。病痛对他俩已变成一种习惯，简单的消炎药只是为了起到心理安抚作用，只有当他的结石痛和妻子胃病发作时，他们才会觉得有些难熬。

每月这些固定不变的事情，把魏光财一家的生活切割得十分整齐。除此之外，他们的日子乏善可陈。冬天用来生炉子的烟囱，夏天也从来不收。老两口的生活，正像他家墙上贴着的 2002 年的月历画，浑然感觉不到时间的流动。

只有门前种植的十几亩茴香地，还在年复一年地生长和成熟。这是老魏感知季节变化的主要依据。因为水质变差和土地严重盐碱化，小麦、地瓜这些他的父辈种植过的作物，如今在这里已经绝迹。十几年来，茴香成为这里村民唯一的经济来源。

村子里的人走光后，土地便闲置起来。虽然县里一再号召“退耕”，不过多数离开的人还是将地卖给了附近村子里的人。只是，平时很少有人打理。

老魏也偷偷接手了几亩这样的土地。年份好的时候，一亩茴香可以卖到 1000 多元。“这样算下来，一年几千块，庄稼人够用了。”他说起自己的收入没有更多的抱怨。

魏光财背后是红柳林和沙漠。

魏光财家的大门。

魏家门外的土灶。

魏氏夫妇在房间里相对无言。

村子里废弃的房屋。

老魏夫妇也确实没有更多需要花钱的地方，以至于连那些沿村兜售蔬菜和水果的小贩，也从不经过他家的门前。民勤县东容村六社，这个只有一户人家的村庄，正在慢慢地被外人遗忘。

听觉变得格外敏感起来

2007 年 7 月 3 日傍晚，太阳很毒。魏光财蹲在田埂上，眼前一大片茴香地发出浓重的草腥味。他不时揉几下沾满油渍的白衬衣领子，然后用巴掌大的铁铲摆弄脚下的香烟蒂，一下一下地将它戳进泥里。在他脚下，是刚刚挖出的一个长方形的坑，然后填上，如是反复几次，自己也觉得闲得发慌。

他家养的纯白色毛驴在两米之外吃草，发出撕裂草根的细碎声音。几只叫不上名字的鸟，飞来飞去，不厌其烦地鸣叫。在这个出奇安静的傍晚，连苍蝇的嗡嗡声也显得分外嚣张。

魏光财眯着眼睛，仿佛十分享受这些“声音”。本来他早已习惯了寂静。自从几年前妻子张菊花因患疾病，近乎完全失聪后，他们之间的交流就基本只剩下眼神和动作。

说话对他已变得可有可无，但听觉却变得格外敏感起来。魏光财不肯放过任何与声音打交道的机会。他特意对手机做了设定，拨号时每按一个键，就会有一个标准的女声用普通话念出所拨的号码，突兀地打破四周的寂静。

那只黄白相间的猫突然从门外探进头来，试探性地叫着。几年前，魏光财花 50 元钱买回这个小家伙，自始至终没给它起名字。最近他迷上了研究猫的叫声。母猫前不久刚生了小猫，被邻村的人领养走了，于是，这个庄稼人从它的叫声里，经常听出一丝悲凉的呼唤。

然而他所生活的世界还是太寂静了。只有吃过晚饭，打开电视，“声音”才会回到他的世界。他丝毫不挑剔节目，电视里正播放着云南的天气预报，他非常认真地听着“玉溪和大理有雨”的介绍，尽管他离那里遥不可及，并且与他这里毫不相干，但他还是煞有介事地嘟囔道：“他们热带真是喜欢下雨。”

55年来，魏光财只有几次短暂的离乡经历。他去过一次兰州，不过那已经是30年前的事了。每隔几年，他还会去一次几十公里以外的民勤县城。在老魏看来，那里变得“越来越繁华了”。

除此之外，老魏对外面的一切也都充满好奇。“飞机真能飞到云上面吗？”“北京到底有多大？”每当有外地人来到这里，他总是忍不住问东问西。这时候，他上身前倾，皱纹丛中的眼睛发出异常的光，听到答案之后，抿抿嘴，露出开心而有些忸怩的笑容。

这台17寸长虹牌彩色电视机，已经陪伴了老魏十几年，折射出他过去十几年生活的部分细节。上世纪80年代，老魏是村里第二个拥有电视的人。那时，每到农闲时节，村里的人都会挤到他的堂屋里。一盏15瓦灯泡发出昏黄的光线。烟雾缭绕，男人们吆喝着打牌，女人们则一边看电视，一边纳鞋底。

年岁久了，这台电视机早已落下一身毛病：画面颜色越变越淡，所收的频道越来越少。而村子里的生活，也正像这台慢慢失去色彩的电视一样，变成了黑白一样的回忆。

一部村庄衰亡的历史

7月4日，魏光财戴上牛仔帽，一边踩着松软的沙地，一边领着记者寻找过去的踪迹。

这些踪迹多半藏在黄沙底下：左手边的黄沙曾经是他家的农田，右手边的黄沙曾经是一条河流。“哦，那里就是我以前的家，”他指着孤零零立在远处的半截土墙说，“我父亲就死在那里。”

魏光财55年的全部记忆，都依托于这个行将消失的村庄。从上世纪60年代开始，村子里的人陆陆续续开始向外迁移，有的人家已经走了几十年，房子早已倒塌，老魏却仍能一五一十说出他们当时的模样和脾性。

所有生活的情景和细节如在眼前，甚至包括魏家和邻居的每一次争吵。

当然，那些堪称“大事”的村史，更让老魏永生难忘。他记得1985年村东魏家起过一场大火，小孩子不小心点着了草堆，差点把房子烧掉。他和村里的人一起，用干土扑灭了那场大火。大概在同一时期，有一年秋天收获季节，突然下了一场冰雹，所有的庄稼都被砸在地里，颗粒无收。

在这个没有出过一个大学生或大官的村子里，这已经算是魏光财所能记起来的最为轰动的事件了。

小时候随他一起放羊的伙伴，以及他当教师时教过的学生，一走便杳无音信，不知生死。去年冬天，他特意跑到百里之外的一个农场，给以前的一个老邻居送葬。民勤县东容村六社最后这名村民担心，一旦自己死掉，关于这个村子的所有记忆，恐怕也就彻底湮灭了。

这是一部通过口耳相传和耳闻目睹形成的村史：从几百年前第一户姓李的人家搬到这里开始，这个村子已经繁衍生息了8代。

老魏刚记事的时候，村子里还很热闹。他最怀念的日子是上世纪60年代。村子里有100多口人，孩子也多，从早到晚听得见笑声。“该村原有32户，164人。”老魏的记忆，从乡政府相关资料的记载中得到印证。

老魏记得，每隔一段时间，就有人到村中间的空地上扯开大幕，放电影。黑暗中，男女老少挤在一起，为《地道战》《白毛女》，如痴如醉。

后来，小学毕业的魏光财变成了魏老师——当时村子里有30多个孩子，从一年级到四年级，魏老师包揽了他们的全部课程。夏天放学后，他一招呼，大大小小的孩子们一起到麦地里拣麦穗，一路上热闹非凡。

这是东容村六社最后的辉煌岁月。就在这样的辉煌里，21岁的魏光财，从生产队里借来一辆驴车，娶回了自己的媳妇张菊花，并很快生下女儿和儿子。

这也是一部村庄衰亡的历史：最初，因为上世纪60年代初的饥荒，饥饿的人们纷纷外出逃荒，许多人饿死在了路上。不过到后来，饥饿不再是人们搬迁的主要理由了。

从上游水库流下来的水越来越少。地下水里的矿物质让原本肥沃的土地日益盐碱化。村旁早已经干涸的湖底一天天被黄沙掩埋。

老魏记不得哪一年走了第一户人家。反正到上世纪 80 年代中期，村子里只剩下十几户人家。而喜欢不停地向魏光财回忆往事的父亲，也在魏家的老房子里断了气。

人们因为各种各样的原因陆续搬走，有的去青海投靠当干部的兄弟，有的则跟着儿女迁到了县城。还有的在政府号召下，集体到了邻县的农场。老魏去那里看过，水多得很，土地也好，适合耕种。

到 1999 年，老王家搬走时，村里仅剩下了 4 户人家。大多数房子废弃了，并在几年以后的雨水季节倒塌。有的院子里长满野草，开着淡红色的小花。有的院子里则几乎被黄沙掩埋。

渐渐地，最初坍塌的房屋和院子也不见了：泥土建起的墙被逐渐风化，又散落成泥土。以前，村子方圆有一里地，如今逐渐萎缩成了一排破败的土屋。

村里第一户人家李姓的子孙，在这里苦苦撑到前年，最终举家搬走。魏光财还记得自己的这个老对头“脾气不好，不合群”，即使在村子里只剩下 4 户人家时，他也不肯多和别人交往。

随后，其他两户人家也跟着李家搬走了。魏光财帮最后一户姓魏的年轻人把家具搬上卡车，看着他插上门，上了车，绝尘而去。

没有人住的地方，沙子覆盖了人的脚印。老魏也舍弃了自己在村西北靠近沙地的住宅，搬进了另一户人家舍弃的土屋。那座记录着他大半人生、迎来妻儿和送别父亲的房子，在几年前也终于坍塌了。

荒芜和生机的分界线

夜晚，这户人家发出远近唯一的灯光。尽管孱弱，却让人觉得无边的暗夜不再那么空旷和绝望。站在远处的沙丘上望过去，心里会生出些许温暖。

此时，魏光财正蜷缩着躺在炕上。电视机已经关了。不久，他便沉沉睡去。一只拇指大的飞蛾不知疲倦地围着灯泡转圈儿，撞出噼啪噼啪的声响。

只要在静夜里仔细谛听，你可以听到这片土地上的许多信息。这是一片多风的土地，你能听见风在远处吼叫，你能听见树叶或沙土掠过地面的细微声响，你也能听见木门被风吹得噔噔作响。

同样的声音，魏光财的父亲听过，他的爷爷听过。往前追溯，匈奴人听过，月氏人听过，大汉王朝在这里建立县治的官兵也听过。不过，同样的风，吹过的已经不再是同样的土地。

魏光财没有学过历史，关于这个地区最早的记忆，他只能说到 8 代左右。但是作为东容村六社，这个沙漠边缘的小村落最后一户村民，他个人残破的记忆，许多处与官方史书上的记载叠合起来。

在他的记忆里还有青土湖的位置。尽管从他懂事起，那个“湖泊”已经只剩下干涸的湖底。不过，从村里爱讲古事的老人口里，他多少领略过那片湖泊的魅力。那时候，湖水丰裕，鱼虾成群，野鸭在湖岸周围的芦草里栖息、生蛋。他父亲年轻时，喜欢乘上木头捆成的筏子，到湖心去摸鸭蛋。这个贫穷的村子里，许多人竟因吃鸭蛋太多伤了胃，一辈子都不再碰蛋类食品。

魏光财听老人们说，遇到荒年，村子里的人因为可以捕鱼吃，从而避免饿死。同样的记载出现在《民勤县志》里，康熙六年，“大饥，但白亭海鱼丰产，百姓以捕鱼糊口。”

被当地人叫做石羊河、古籍中称作“谷水”的河流，从祁连山蜿蜒流出，在民勤盆地汇集成的这个湖泊，史书中早有记载。它曾经有过许多名字：“休屠泽”、“白亭海”、“潴野泽”。而由河水冲击而成的民勤绿洲，整个受惠于这片湖泊。

这片曾经风光一时的湖泊，后来成为“人类历史上消失最快的湖泊”被记录在历史档案里。年轻的时候，魏光财赶着骆驼，曾在湖底空地上放牧。而如今他只能站在村子的西北口，遥指着一片沙丘，找出他当年放牧的位置。

作为国内沙漠化最严重的地区之一，眼下的民勤县备受世人关注，“绝不能让民勤变成第二个罗布泊”的口号遍布民勤县城。面积居全国第三、第四的腾格里沙漠和巴丹吉林沙漠一南一北，将这座绿洲夹在中间。并以每年 5 ~ 10 米的速度向前逼进。东容村是民勤县位于沙漠边缘的 24 个行政村之一，而六社又是东容村最靠近沙漠的自然村。从魏光财的家往北步行一小时，穿过一片栽满红柳树的戈壁，就是两大沙漠的交汇处。

魏光财见证了几十年间沙漠化的可怕过程。他眼看着沙漠离他家越来越近。

过去，村西 2 里地之内，都是他们的农田，站在田边，远望都看不见沙带。二十几年前，沙土漫过了青土湖底，开始向村子步步逼近。沙带边上的房屋被迫舍弃，农田也逐渐变成荒滩。“沙进人退”的形容，具体到魏光财的生活，就是他每天目睹的那一座座残垣断壁的土屋。

而魏家的十几亩土地，放进整个民勤县，则显得微不足道。相关数据统计表明，民勤县湖区的 5 个乡镇，已经有 30 万亩耕地被弃耕，而沙漠化的土地，已占整个民勤县土地面积的 94%。

如今，魏光财夫妇俩和他们的房屋，已成为荒芜和生机的分界线。房屋前面，树木和农田仍生机盎然；房屋后面，穿过红柳林钻进来的沙土，将所有土屋和残余的树木变成一种淡淡的白色。每到晚上，沙随风跑，张牙舞爪，仿佛随时准备将这最后住人的这座土屋一口吞下。

有人的地方，才能挡住沙

老魏一个人在这个地方住久了，自然而然建立起他的“博物志”。

“每种草都有它自己的名字。”他略微挺了下背，有些骄傲地开始对一个城市来的年轻人进行植物学普及。比如苦蒿草，开淡紫色的花，是牲畜最爱吃的。而样子接近开红色花的臭蒿，则有怪味，牲畜们闻都不闻一下。车拉蔓草小时候看着不起眼，一旦长起来，就会主动缠在周围的庄稼上，把庄稼缠死，所以必须除掉。

他甚至关心起自己的影子来。在中国西北的这块土地上，他发现，冬天的傍晚，影子要比夏天长得多。他边说边伸出微微颤抖的手，比划出两个手掌的长度。

寂寞让这名木讷的农民变得像个诗人一样敏感。一只布谷鸟鸣叫着从远处飞起，他立即停下手里的活儿问记者，你知道这是什么鸟吗？

“你见过麻雀吗？”看到记者盯着几只麻雀看，他又问。

白天的农活暂时填补了他的空闲。但一到晚上，时间总显得难熬。前几年，仅剩的几户人家还能在晚饭后凑到一起，玩一种叫“打花花”的扑克游戏。如今，和妻子端坐在家中看电视，成了他们唯一的消遣。妻子努力地凑近电视，希望听见哪怕一丝声音，老魏则时常把整个瘦小的身体全部缩到椅子上，双脚不停地拍打着椅子边儿，身子轻轻摇晃着。在这个离电视不到1米远的方寸之地，他的眼睛盯着电视，消耗着过分漫长的夜晚。

但更难熬的是冬季。没有任何农活可干，没有任何邻居可以走访。两个不用语言交流的人，就这样呆坐在屋子里，透过一米高的窗户，看着天色由明到暗。

“你们为什么还不搬走？”每一个慕名前来采访他的记者都会问这样的问题。

“我们年纪大了，没什么好搬的了。”老魏总用这句话来敷衍。

然后，他略有些羡慕地回忆起一家家远走他乡的旧邻。在他看来，这种迁移并不代表背叛或忘本。

一些人响应县里的号召，搬到了交通便利、吃水方便、土地相对肥沃、生态相对友善的地方。这些地方，老魏也曾去看过，可到头来还是舍不下这间土屋。

“你看我们这里居住条件怎样？”见面不久，老魏就急着问记者。然而不等记者回答，他就给出答案：“我们这里太干了吧？就是缺水。”

“民勤是严重缺水地区”。这句标语在县城比比皆是，而当地一名干部的感受是，只要下一场小雨，人们就高兴得忘乎所以，“连领导都不骂人了”。

老魏私下里认为，这里其实不错，“安静、地也多”。“如果能有口井，村里就留得住人。”他始终不愿意相信，迁移是唯一的出路。

老魏说这话时并不知道，在这片沙漠与人争夺的前线，当地政府早已制定好了迁移计划。他所在的村子，就包括在这个计划之中。一年前，与东容村临近的黄惠村的几百名村民，已被有组织地全部迁走。

东容村过去隶属中渠乡。从 1985 年开始，该乡累计外流人数达 4600 名之多。有资料显示，仅在 2003 年的前 4 个月，就有 120 人迁走。

不过，民勤县有关官员证实，更多的搬迁是村民“因为水源减少、自然条件和环境的变化”自发进行的，县里的集中搬迁只占其中的一小部分。

老魏不肯离开这里，还装载一些个人的复杂感情。

邻居们走了，房子虽已废弃掉，但他坚决不肯打开邻居用绳子随便一系的大门，让记者进去参观。隔壁人家已经搬走快 10 个年头了，房顶都不见了，他们留在门口的一个巨大的车轱辘，他却从来没有碰过。

这座村子里记录着他个人的所有荣辱。在这里，他当过“计划生育宣传员”，也因为一念之差，错失了成为公办教师的机会。

他尤其舍不得的是，村子后面那片绵延的红柳林。据他说，那是村子里的人祖祖辈辈种下的。

如今，那片红柳林成为抵挡风沙的最前线。几年前，政府把外侧的部分用围栏隔开，作为专用的防沙带，并雇专人看护。围栏就在老村子的村口。

老魏对这个举动略微有些不满。他希望政府将这份看护的差事交给他，这样他每月便可以获得 500 元的工资。

他认为，既然这树是全村人种下的，那么现在仅剩的村民就应该获得自己和前辈们劳动的报偿。不过，这只是他的一厢情愿。

“也许是因为咱没关系吧。”他私下揣摩。其实详情他也弄不明白，对他来说，政府、干部、关系、政策等等，都远在天边，不可捉摸。

就好像他不能理解，为什么镇里一再想让他们一家也迁离这个村子。

他从经常去买日用品的小商店里听到这个传言后，一直忐忑不安：那样一来，这个村子不就真的彻底没人了吗？

对治沙，他有自己的一套见识。县里宣传的“人退沙退”的口号，在他看来未必正确。“有人的地方，才能挡住沙，人一散，没人打理，沙就来了。”他振振有词地说。

“让人从生态脆弱的地方迁出去，可以让植被进行自然修复。”这是县里一位官员的解释。事实上，近 10 年来，该县共向外移民 2.2 万人，占全县总人口的十四分之一。

但这些都不能说服老魏放弃自己的家园。他决定坚持下去。“即使不让种地，总该允许住在这里吧。”他说。

关于过去的村庄，关于父亲，他后悔没有留下一张照片做纪念。当然，他压根也没有条件留下这些纪念。

“不管怎么说，这里还有许多人家的坟地。”因此老魏相信，不管人们搬到哪里，他们还是会把牵挂留在这个地方。

（原载于 2007 年 7 月 18 日）

「在北京市更东、更南和更北的地方，
崭新大楼竖立起来。
每个早晨，人群从北苑、回龙观
和通州等蜂巢般密集的居民区苏醒，
汇入万千道路，
最终抵达那些玻璃幕墙筑成的忙碌世界。
入夜后，无数窗口
在航拍里呈现出一片灿烂星点，
看不清个体的面孔。」

晚高峰，西二旗人排队走下班车，雨天的车窗上布满了水滴。

2018

世界归你，我归西二旗

文 _ 王梦影　摄 _ 杨子怡

中国互联网潮汐涨落在西二旗。

这片位于北京西北五环的近矩形区域被看作“中国硅谷”的数个有力备选之一。中关村科技园于 2000 年建成，园区内外玻璃之墙破土拔高，总有更明亮的招牌被挂上去。曾一度风头无两的微软、华为和联想筑起高楼，百度、网易和腾讯相继划分了势力范围，当今势头正劲的创业公司如滴滴规划了一片仿照硅谷景色的园区，绿化讲究。

它一直在生长。这里是过去两年北京市租房交易量增幅最大的区域之一。房价则维持在每平方米 8 万元上下。明代这里是牧马场，改革开放前属于郊区。

无数程序员在这里日复一日。他们活在“月入五万却过得像月入五千”的“码农”段子里，也隐身于互联网经济的工程师神话中。他们手指下的 0 和 1 正编织起一个崭新世界。

过去年代的痕迹存留在路牌上：“后厂村”“唐家岭”……交通状况如道路名称一般灰头土脸。高峰期时，西二旗桥下大小车辆经年拥堵，此起彼伏的汽笛声里，路边等待搭乘公司班车的队伍可蜿蜒十几米，手中塑料袋里的蒸玉米和包子腾起热气。西二旗地铁站是北京城人流量最大的地铁站之一，每天有 22 万人次从这里经过。乘客水泥一样被灌进车厢，动弹不得。

在西二旗，迭代是技术世界的主旋律。这也是互联网的一大生存逻辑，新的取代旧的，越快越好，版本更替，产品换代，公司死死生生。

日夜

西二旗自有节奏。

工程师林一任职于西二旗一家创业公司，刚满一年。早上10点以后，格子间逐渐热闹。和这个区域的诸多互联网企业一样，公司对程序员推行“弹性工作制”，这保证了赶在午饭点前的到达不算迟到，也意味着直至深夜的工作并不属于能获补偿的加班。

中午是难得的休息时间。各处软件园的小花园里坐满了人，五六人一组，举着手机打游戏。日光很强，手机亮度调到最大也常见绿色光斑，屁股下石凳隐隐发烫。有的人头发会透出丝缕光线来。因压力而脱发是困扰不少程序员的顽疾，选择烫卷发根能营造蓬松丰厚的效果，在大太阳下会露馅。

下午繁忙而易逝。阳光照耀在大楼外空无一人的大街上，大小会议在日光灯下展开，键盘按键落下弹起，内部通信的消息滴滴提示，其他部门来协调交接的人员轻声谈话，五颜六色的耳机被掏出来罩住耳廓——几乎全是头戴式的，将一切声音隔绝在外。

入夜后，大楼灯火通明，一些人迎来了灵感不断的高效时段，还有一些人疲惫地只能生产 bug（系统错误），于是选择处理事务性工作。公司一些单身的年轻男同事即使没有太急的工作，也更喜欢赖在这里——回家不过是面对出租屋的单人床。

林一习惯早上8点钟就到达办公室，灯已经全被打开了，没有人。他关注的问题是“ETA”，即“预计到达时间”。他的工作影响着打开叫车软件下单后，系统显示预约车辆大概还有多少分钟到达。

最简单粗暴的计算方式是以路程长度除以历史车辆平均行驶速度，但实际路况会复杂很多，道路拥挤程度、红绿灯的多少都会影响到达的快慢。手机屏幕上最终显示的数字背后，是巨大数据库支撑下的模型训练和计算，涉及机器学习技术的应用前沿。

他搞不明白“程序员鼓励师”有什么意义。这个概念走红互联网，配图常常是妆容精致的年轻女孩倚在敲击键盘的男程序员背后，巧笑着为他捏肩。

“你们离远一点让我工作行吗？”如果真有人试图如此“鼓励”自己，他大概会求饶。写代码时全神贯注，逻辑一打岔就断了，容忍不得一丝风吹草动。

林一既参与工程实现，也负责技术调研。调研部分的工作和他在学校时的步调没有区别，都是读论文、做实验、写报告。

像他这样的工程师不占多数。写字楼的无数扇窗户后，不知有多少程序员在与新版本上线的截止期交战。迭代是工作的重要部分，先到达，然后再不断修正，追求更好。

“花几个月获得的100分，不如花几周得到的80分。”“程序媛”陈嘉嘉曾在西二旗一家互联网巨头工作过很长一段时间，已经很熟悉这个道理。

刚进公司的新人大多承担基础性工作，还包括不少重复劳动；经历渐长，他们能站在更高的地方看见迭代进程的轮廓。工作4年，陈嘉嘉从担心时间不够用的小兵成长为能向更上一级争取时间的中层计划者。

上线当天往往平静，一切停当，少有变数。最让人紧张的是头几次测试，预备上线的版本被仔细衡量，找出漏洞。陈嘉嘉记忆深刻的一次测试发生在入职后不久，她坐在自己的格子间里试图集中精力工作，内部消息却不断提示测试的反馈结果，“一会儿发现一个问题”。测试结果默认抄送所有相关人员，无异于“公开打脸”，她几乎要怀疑自己什么都不会。

上线的平静也有例外。一次新版本推出前夜，9点，陈嘉嘉突然在内部消息里接到上游环节产品经理的群发消息：大家不要慌！

自然，所有人都慌了。新版本定于次日一早8点与用户见面，一个未

2018 年 4 月 8 日晚上 7 点，西二旗后厂村路路口，一名男子骑电动平衡车过马路。据说这里以名字土和堵车闻名。

被检查出的大漏洞突然出现，波及了下游所有环节。半层楼挑灯夜战，一个接一个环节修改。因为环节众多，一部分靠后环节的同事先回家睡觉，到后半夜上游环节的人完成工作后才被叫醒回来接力。

她那时已一人独力负责一整个环节，带着一种奇异的平静心情，梳理着其他工作等待出场。时针旋转，格子间的键盘敲击声这一处那一处的骤急起来，每一分钟都是为下游环节的战友节省。

她在凌晨 5 点离开公司大楼，那是夏日，天已经亮起来，带着青色。所有补救工作在新版本上线前完成，地铁迎来了第一批人流，似乎什么都没有在夜里发生过。

去留

28 岁的工程师张行不太欣赏迭代。他追求代码之美，定义清晰、便于复制和延展，在数学上简洁漂亮。像一棵树，叶片交错不遮挡彼此的阳光，枝干延伸出无数可能。

迭代的快速进程不允许他有太多精力投注于美的建造。他目前在一家互联网公司参与无人驾驶技术的研发工作，团队最近的任务相当于在 1 个月内将算法的“房子”扩建一倍：地基重打，构架再建，砖瓦另铺一遍。

他工作过的上家公司是通信领域的一家外企。那家企业的代码倒算“标准漂亮”，工作节奏平缓，办公室着装严肃，不允许穿短裤。他是部门里最年轻的，周围同事大多 30 岁出头，下班不多待，掐点去接小孩。

2018 年新年前夕，他所在的整个部门被裁撤了。在那之前的数月，这个消息是公司只对他们保守的秘密。部门同事被频繁派往海外公差，不再深入工作，只被要求进行交接。宣布的那天，一个西装革履的外国人带着一个膀大腰圆的中国保镖走进了格子间，所有人才醒悟过来。

公司提供了十几万元的补偿金，同事们互相调侃“多裁几次就发财了”。裁员第二天早晨，他睁开眼，在习惯性要起身的一瞬间意识到，自己无班可上了。

整个通信行业内，外企的劣势日益明显。那些“生猛迭代、拼命进化”的中国企业正在占领主导位置。

这个行业也终不敌互联网的风头。风光竟在往日，张行一位同事10年前从东北一家工科院校毕业时，同学们争相去中兴、华为的招聘摊位前递简历，只有那些成绩一般的，才不得不选择深圳市一家名为腾讯的“小民企”。

在西二旗，击退张行前公司的一家中国通信企业里，张行的同学王召常常思索：自己是不是“看得太开了”。

王召很喜欢自己的工作，可运气不好，入职时间卡在公司两次集体涨薪之间，前辈后辈都比他收入高。他能感觉到这家公司与互联网企业在气氛上的差别，更像是家严肃的国企，层级明确，团队气氛容不得玩笑。他换了几次组，试图和最前沿的领域更近一点——“做技术的都有这样的执着”。但行业受限，公司能提供的前沿是有限度的。

他开始考虑跳槽。经验证明，跳槽是程序员解决一切问题的捷径。

对于局外人来说，跳槽总是毫无预警地发生。林一周围，隔一段日子有人会突然提出请客——要离开了。那些事先张扬的跳槽往往难以贯彻，更多时候是一种暗示上司涨薪的要挟。

根据朋友们的经历，下家公司负责面试的人力资源部门负责人对技术专业水平缺乏深入认识。他们往往秉持一个简单粗暴的标准：一个人的价值由他在上家公司的收入决定，在此基础上给予一个涨幅即可。

同公司内，涨薪和升职的比例被严格控制。因此，越频繁的跳槽往往能带来越多的福利。只是，跳得太过火了也会被雇主嫌弃忠诚度太低。一个较合理的节奏被摸索出来：18个月跳一次。

同一领域的圈子里，有时同一拨儿面孔换来换去，在不同的招牌下交迭出现。林一觉得这样不太合理，“外来的和尚不总是会念经”。

陈嘉嘉则认可跳槽的调节作用，“其他公司的经验和视角是值钱的”。她刚跳出了西二旗，薪水也跃到了之前的两倍。她觉得自己还算幸运，每一次在小组和公司间的跳跃，都落在了当时最具增长空间的领域，成长更快，收获也更多。

在她的世界里，等级C是个可怕的字眼。同类词还有等级D或3.25（满分是4），公司不同修辞不同。

这个字眼代表着淘汰。程序员在KPI（关键绩效指标）上不合格时，可能会收获这样的评价。这意味着在未来的一年里，他们没有涨薪资格，也无法获得年终奖。收到这样的判决，他们只有一条路：自己选择离开。

为了激发员工的最大工作效率，互联网公司往往会设置一定的淘汰比例。在陈嘉嘉待过的公司，每10个人中有1个人会被打上等级C的标签。

去留之战也在同公司的团队之间打响。一些互联网公司会在发展成熟的领域设置两支研发目标一致的团队，称为A队和B队。两支队伍在竞争压力下争分夺秒，也毫不留情地指出彼此的失误。只有一队最终能被选择。

林一所在的团队年轻，又前行在未被踏足的道路上，同伴彼此信任，有种归属感。一位业界前辈曾和他们短暂合作过，对自己的代码护得很严，要求明确标出属于自己的成果。年轻人觉得他奇怪。“他可能也觉得我们怪吧，没吃过亏。”林一说。

在林一入职前，这家创业公司正陷于一场大战，对抗一位力求进入中国的国际对手。紧张的空气笼罩在公司上下，钱和人是弹药，被第一时间搬往可能遭到攻击的防线。林一暗自担心了一阵，怕还没毕业东家就没了。

这家公司挺住了，收购了对方的中国分支，对方退出中国市场。今年初再战国内另一家创业公司，公司气氛明显淡定了很多——之前那么大的敌手都斗赢了。

“战争对于我们来说是好事。”林一说，“有战争才需要我们啊。”

钱

陈嘉嘉感谢互联网，她觉得只有在这个急剧扩张的行业里，年轻人可以不靠拼爹，凭一己之力一行一行写出一个未来，获得跨越阶层的报偿。

晚高峰时的地铁西二旗站公交站，等车队伍一直排到西侧天桥下。

相比刚入行时，她工资多了 4 倍还多，年薪接近百万元。她不化妆，忙碌起来头发都可以到公司后才梳，入夏后穿一双塑胶拖鞋，见朋友时才换成凉鞋。她对包包失去了兴趣，日常拎一个小塑料袋，里头兜着门钥匙、手机和工卡。塑料袋是公司发水果时送的，丢了也不可惜。

她能无缝融入西二旗浩荡的“码农”中，夏天是格子衬衫和 T 恤裤衩的海洋，秋冬则覆盖着连帽衫和羽绒服。他们中不少背着公司统一配发的双肩包，保护着笔记本电脑，随时可以拿出来写上一行代码。

“你根本看不出来他们中有谁手里握着价值几百万元的股权。”陈嘉嘉说。在她看来，收入变了，追求“高效简洁”的生活习惯没必要跟着变。

新公司的格子间里没怎么摆植物和玩偶，她斥巨资购进机械键盘，替换公司配的“不好用的”家什，甚至买了自己的鼠标——“600 块呢！”下一步换个显示屏再添置一个睡袋，一个标准程序员式的消费升级就完成了。

一些程序员会小心维持一个只属于自己的世界。有人收集钢笔，也有人购买用于网络游戏的玩具枪支——“给儿子买的”，儿子刚满 4 个月。

陈嘉嘉不太喜欢新公司的氛围。上班头一周开大会，领导话音落下，全场啪啪鼓掌，齐声叫好，“跟个传销组织似的”。她已经听说新人“破冰”活动上擦边玩笑开得相当过火，打算临近时申请出差躲过一劫。

诸多不适，她还是无法抗拒“给的钱多”。

钱对于她来说是一种肯定。价开得越高，代表对她的工作评价越高，她这个人“不算没有用”。

她单身，有时仿佛穿梭于两个平行世界，一边是处处尴尬的相亲，不断遭到否定；一边是一路凯歌的求职面试，不断获得肯定。

“工作救了我。”陈嘉嘉说。她紧紧攀住那个逻辑和数字构建的世界，写代码、看论文、每天背几个机器学习相关的英文单词。没有空闲给眼泪，在这里，她被需要着。

“其实高工资也是榨取价值的手段，大家都是螺丝钉。”她看得很明白，“但这至少也承认了我有价值不是吗？”

她很少抱怨或抗议，总觉得市场自由，“如果实在看不惯可以选择离开”。

林一很欣赏在另一家互联网公司任职的一位前辈。他的算法将广告投放精准度提高了1%，为公司带来了十几亿元的增收。这些价值自然不能等比例折算为工资，前辈成为业界的一个传奇，“已经值得了。”

西二旗的金钱价值换算法则不一定符合技术思维。林一在做的工作和他实验室里的同伴朝着完全相反的走向。高校科研追求更快更准更强，他则尝试降低计算的精度，同时将所需的服务器由三位数变为一位数，大大降低成本。

对张行来说，钱是家庭平稳运行的燃料。他去年结婚，每月背负着近2万元的房贷和3000元的车贷。

在生活的激流中，他奋力游向金钱闪耀的水域，从国企，到外企，再到现在的公司。缓慢岁月他未曾荒废，花了5000元买了国外的无人驾驶技术在线课程，学了一半，赢得了后来的工作机会。他很快忙碌起来，那一半也没有再学完。

他目前所在的部门每天燃烧着公司巨额的投入，没有人明确知道未来会如何。张行此前坐车看手机都头晕，现在也能在没有司机的飞驰车辆里，平静地对着电脑改代码，风擦着车玻璃呼啸而过。

没有人知道，挣多少钱才够。

陈嘉嘉工作过的西二旗互联网巨头团队里有个男孩，优秀勤奋，进公司第一年就拿了新人奖励，在2016年倾全家之力在北京买了房子，刚交定金，和女朋友谈婚论嫁。变数骤至，他的父亲被查出癌症，进京看病。他放弃了房子为父亲治疗，不得不支付了违约金。治疗漫长痛苦，病情恶化迅猛，他无心工作，接连数月被评价为绩效等级C。女朋友离开了他，他最终离开了公司。

陈嘉嘉最后一次见到他是今年初，他在一家发展不算好的小型互联网企业工作。他的父亲于一年前去世，人生翻转而空。

“这一行没有兜底。”陈嘉嘉说，“往上没有极限，往下也没有。”

爱

一次聚餐，男同事们聊起单身女性，说“一定很强势”。陈嘉嘉端着杯子心里嘀咕：大家都是做算法的，说不清样本，理不清逻辑关系，怎么能得出这样的结论。她终究什么也没说，咽下一口饮料，陪着笑笑。

跳槽之前她还有所憧憬，能遇见新的男人。进小组一看，全体已婚，除了两个 94 年的小朋友。

陈嘉嘉已经放弃在相貌上取悦异性了，打扮了周围人也发现不了。她曾换过眼镜，百般暗示，项目里和她日日相处的男程序员终于领悟：你是改发型了吗？

同组有个90后小姑娘，淡妆，裙子不重样。女孩周围不缺男前辈环绕，自告奋勇做各种指导。女孩则有些抗拒，一起吃饭总拉着陈嘉嘉，缓冲过于高涨的热情。

陈嘉嘉看着她，仿佛看见刚入职时的自己。有时会有点羡慕，但也明白有分量的项目是轮不到那个女孩来扛的。她觉得，摆在“程序媛”面前的似乎一直有两条路：做一个乖乖接受帮忙的“吉祥物”，或者泯灭自己的性别，去争事业上的成功。她和她的女同事最终几乎都选择了后一条路。

她偶尔会怀念被保护的感觉。在网络游戏的世界里，这个毕业于清华大学的资深工程师自称是一所二本院校的大二女学生，在异性 ID 护送下，一路打怪升级。后来工作忙起来，她很快把这个游戏抛在脑后。

她如今更喜欢玩一款被戏称为“吃鸡”的枪战游戏。她时间紧，手机进入 8 分钟的快速版本，端起枪一顿扫射。周末，她能和合租室友一起在电脑上玩时间更久的完整版。室友是位冷静干练的互联网运维，手下管着数十人，在游戏里胆小如鼠，经常藏在坑里默默迎来死亡，不敢动弹。两人合作至今从未赢过，却深深上瘾。

她觉得没有男友的自己在父母眼中大概像一个游离于主线外的数据。她的跳槽曾遭到母亲的强烈反对。母亲在小地方过了一辈子，想不通女儿为什么搞不清生活的重点——不用再赚更多钱，要赶紧找个人嫁了。多次打击之下，陈嘉嘉现在要求非常“务实”，本科，长相收入全不在意，比她个儿高点就行。

“我想要我的父母肯定我。”这个从小优秀的女孩说。

在西二旗，张行的同事、90 后程序员周青也正在费力寻找爱情。

他判断自己陷入了死循环。那些想找男朋友的女生，在遇见他时已经有伴了；而另一些应该“根本不想找男朋友，过去一年半了看她什么动静都没有”。在他眼中，偌大公司里数量庞大的单身男女，见面不相识。

他希望能寻觅一个同为程序员的伴侣。周青觉得，喜欢是可以量化的，专业水准是量化标准之一。“当今社会，找对象要强强联合。”

不是没有遇到过量化成绩令他心动的女孩，但几条微信过去，对方就不再有消息了。他写过数千行代码，不知如何另起一个新话题。他最近有点气馁，打算寄望于父母介绍相亲。

未来

没有人是不能被替代的，这是周青入职时学习的第一堂课。

当时带他的直系领导给他上的课。后来他被调去其他部门，领导没挽留，他有点失落。此后两年，他和那个部门以技术见长的其他前辈都保持着良好关系，却再没联系过那位领导。

他觉得两人在大系统内的功能相似，自然要互斥的。这两年里他努力成长为那位领导的样子，一个有点特别的程序员：写代码之外承担催促各方提供资源、控制进度的工作。

“每个人都得找到自己的角色。”周青说。

行业永远年轻，90 后程序员已是西二旗的中坚力量之一。与此同时，西二旗一家著名技术企业在 2017 年被曝裁了一批 45 岁以上的员工，“清理”了 34 岁以上的交付工程维护人员，将他们转岗、分流。同年年底，一位 42 岁的技术人员在被劝退后自杀。

在西二旗，几乎每层楼里都有一个传奇程序员，有着夺目的副业。有

"股神""期货神"，最近的风潮则是炒比特币。有位程序员擅长修理国外高级品牌手表，有一套精巧的小工具，将破烂一点点打磨成宝贝。公司能提供给他努力抵达的最高能职位是总监，但上升通道狭窄，几不可能。

28 岁的张行对未来已经有些焦虑。他难以忘记被裁员时的复杂感受。旧同事群里一些年纪更长的，迟迟难以敲定新的工作。程序世界费心费力，他觉得随着年龄增长精力衰退，自己很可能会越来越难以招架。一路凭借技术能力上升的前辈有，却不算多。他盘算着，"技术总要转向管理的"。

林一不觉得写代码是"青春饭"，"经验自有价值"。在他接触过的国外技术公司中，四五十岁的程序员比比皆是。他们的积累造就了不起的直觉，为年轻后辈的工作避开很多弯路。

陈嘉嘉看不清未来，"也许 10 年后的互联网状况会类似如今的通信行业"，"也许又有新的领域被开辟了。"她并不为自己担心，只需努力工作，不要过早被抛下潮头。

"40 岁前实现经济独立不就行了吗？"这个 29 岁的女生小手一挥。

西二旗正处在新的变化中。不少闪耀的招牌下如今留存的只是公司的一些行政主干。大企业纷纷向更远离城市的方向延伸，开辟价格更低的土地，建立属于自己的大型园区。

在北京市更东、更南和更北的地方，崭新大楼竖立起来。每个早晨，人群从北苑、回龙观和通州等蜂巢般密集的居民区苏醒，汇入万千道路，最终抵达那些玻璃幕墙筑成的忙碌世界。入夜后，无数窗口在航拍里呈现出一片灿烂星点，看不清个体的面孔。

（应采访对象要求，文中人物均为化名）

（原载于 2018 年 6 月 16 日）

「地铁站就是这样的一个集合，
都市里的现代人在这里集中亮相。
它就像城市的一个平行世界，
映射出人世百态，
展示出人们真实的样子。」

早高峰时的西二旗地铁站。

2018

你不知道的北京地铁

文 / 摄 _ 杨海

北京地铁每天都在发生让人意想不到的故事。有的地铁司机一天要喝 11 包咖啡，地铁司机每天要重复 960 多次手势动作。一名巡道工每个月都会磨破 5 双棉袜，每年要检查 12 万个铁轨零件。早晚高峰时，车站广播员要把一句话重复 1800 多次。

平均每月都会有 20 多只鞋，70 多个背包玩偶挂件掉落在西二旗站台下面的道床上。站务员曾在那里捡到一个装有 5 本房产证的公文包。

已经沿着 10 号线，把金台夕照到分钟寺这截北京最繁华地段走了 630 多次的巡道工，却从来没有走进过头顶上的任何一栋建筑。

一家地铁站旁的便利店，每天接待的第一位顾客，永远都是地铁员工。

北京运营着全世界最繁忙的地铁系统，仅地铁司机就超过 6000 名，相当于两所大型中学的人数规模。2017 年共有 38.7 亿人次乘坐北京地铁，比同年全国铁路客运总运量都要多。

这座城市几乎一年开通一条新线，只用了不到 15 年时间，地铁线路图就从“一圈一线”变成了现在的“电路板”，新开通的 16 号线每公里造价达到了 12 亿元。

很多人每天都乘坐地铁，却对这个庞大的系统知之甚少，白天乘客不懂地铁夜里的黑，24 小时它一刻都没停止过紧张的运行。

司机

2018年11月一个周二的下午5点，地铁司机王凯华冲了当天的第七包咖啡。列车从休息室外驶过，桌子上的杯子和钢勺因振动发出轻微的碰撞声。起身前，他停顿几秒感受心跳的频率，希望咖啡能让它略微加速。

再过15分钟，列车会准时停靠在北京地铁1号线四惠东站的站台，王凯华要接替交班的司机，开始紧张且单调的晚高峰运营。他要对抗的，是困意——这个职业最大的难题之一。

为了提神，地铁公司曾安排专人在东单站给司机发“秀逗”糖（一种口味较酸的糖果），也曾给司机配发“重力感应提示器”，挂在耳朵上，只要头低到一定角度，提示器就会振动。

如今，在四惠东站司机休息室里，十几箱速溶咖啡堆放在墙角，足足有两米多高。这是向司机“无限供应”的“福利”，最多的时候，王凯华一天喝了11包咖啡。

在四惠东站，即便是十几年的老乘客也容易忽视，由东向西站台一侧的白墙上，那扇并不显眼的铁门。

1号线的“轮乘中心”就隐藏在这扇铁门后面。司机把地铁从苹果园站开过来后，下车在这里休息，等待下一列需要自己驾驶的班次。从家里赶来上班的司机也会先到这里，换上制服，做开车前的最后准备。

大部分时候，这间屋子都保持着沉默的氛围，司机们偶尔有几句交谈，也多与工作有关。

王凯华的话同样不多，这个29岁的地铁司机已经有7年的“驾龄”，这样的时间足以改变他的性格。

王凯华每天的工作场所是不到3平方米的驾驶室。为了防止眩光，列车行驶时驾驶室里不允许开灯。一天中的大部分时间，他都穿行在幽暗里，前方是看不到尽头的隧道，周围是一成不变的灰色水泥。

驾驶室和乘客车厢间是一道不到10厘米厚的铁门，把列车隔离出两个完全不同的世界。一边是明亮如白天的车厢，每天载着不同的人，发生

王凯华在做列车出库前的最后准备。

着不同的事情。他们聊着不同的话题，充斥着各式各样的情绪。

另一边的王凯华只能感受到“孤独和枯燥”，他已经在同一条线路上往返了 2500 多个来回，每天要重复 960 次标准化动作：指示灯或者信号灯亮起时，他都要用手势指出来，同时还要说出相应的口令。

“我闭上眼就能判断出车的位置。”他熟悉每一段区间的特点，能感受出列车撞击钢轨时，发出的不同声响。那些有细微差别的颠簸，他感觉也“相当明显”。

他还记得司机考试时，有一项科目是“猜速度”。考官把速度表遮住，考生要凭感觉估算出列车行驶速度，“一般误差都不会超过 1 公里 / 小时”。

1 号线一共 70 辆列车，在乘客眼里这些地铁都是同一副模样，但王凯华清楚每一辆车的“小脾气”：有的车劲儿大，满载时牵引依然不吃力，有的车制动好，进站停车稳。

在1号线隧道里，他更喜欢从西往东开，因为“车站越来越宽敞，站台上的人越来越多，心情也跟着舒畅些。”相反的路线，只会越来越压抑。

他羡慕那些开地上线路的轻轨司机，“至少能看到一年四季的变化，晴天阴天、下雨下雪时都不一样。”

每次跑完一趟车，王凯华都会到轮乘中心的门外抽一支烟，那里永远都不会只有他一个人。门口的两个垃圾桶里，烟头已经堆出了尖。

在隧道里待久了，王凯华每天都要重新适应光明。他最怕列车从四惠站驶出隧道的那一瞬间，刺眼的白光直射到他的眼睛，甚至能让他短暂“失明”。

还有些光明是来不及准备的。几乎每天，车厢里都会有乘客隔着玻璃对着驾驶室拍照，每次闪光灯突然亮起，王凯华的眼前就会一片煞白，然后陷入几秒的黑暗。

乘客对地铁司机的好奇不仅付诸相机。王凯华在工作期间没工夫回头看，但是驾驶室的挡风玻璃上能隐约反射出背后正在发生的事。有时隔离门上那个竖条形的玻璃，从上到下挤满了人头，“每个人都对我的后脑勺笑，很诡异”。

还有人干脆边看边敲门，想要一个不可能得到的回应。

地铁司机除了忍耐枯燥，精神也要时刻紧绷。

北京地铁站的站台前端，都设置了一个计时器。早高峰期间，王凯华从苹果园站启动列车时，计时器开始从“100”倒计时，这说明列车在这一站早点100秒。列车开到国贸站时，头顶上的计时牌已经开始正计时，这意味着列车已经晚点。

在1号线，正计时的数字每跳动1秒，就会有300多人上不了车。

即使在平峰运营时，王凯华也没法放松下来。

“虽然列车现在的安全性已经很高了，但是一想到我后面还拉了1000多人，我就紧张。”王凯华皱了皱眉头说。

时间久了，王凯华甚至会出现精神恍惚。有时从一个站出发后，他会怀疑自己刚刚是不是忘记打开车门。

“干这个之后，我都有了强迫症，家里人再也不说我丢三落四了。”王凯华说。

最尴尬的是行车时忽然想上厕所，遇到这种情况，司机还要向行车调度中心请示。得到同意后，司机要从停站上节省出时间。或者是起身、下车、开门的动作快一些，或者看站台上乘客少时，早点关门。

“有时厕所要分几次才能上完。”王凯华露出尴尬的笑容，“节省出的时间有限，不能耽误发车。”

如果轮到晚班，一天运营结束后王凯华要回到车辆段宿舍睡觉，第二天一早再跑一圈后晚班才算结束。早上发车前一个小时，会有专人喊他起床。上车前，王凯华会拿着手电围着120米长的列车转上两圈，做例行检查。随后上车，接触轨供电，列车缓慢出库，进入正线。

有时早晨下班时，王凯华会刚好遇上早高峰。他到轮乘中心换下制服，然后扎进站台上的人群，和他们一起挤进车厢。这个时候，没人知道他的身份，他只是一个需要回家的普通人。

王凯华记得自己第一次驾驶正式运营的列车，快要到达国贸站时，为了对准站台停车位置，他提前减速制动。列车缓缓前进，隧道前方开始出现光明，接着他看到了站台上大批候车的人群。在此之前，他一直把自己看作一个不起眼的小人物，那是他第一次有种被迎接、被期待的感觉。

西二旗

下午5点15分，在城市另一端的西二旗地铁站，站务员党卓振正在进站口外布置限流的栅栏。晚高峰即将到来，天色逐渐变暗，空旷的高架车站就像个风洞，几个乘客走上站台，裹紧棉衣，把头缩进衣领里。

晚上6点半，西二旗站的客流量达到峰值，站外的长队沿着限流通道缓慢移动，站内已经被黑压压的人群塞满。人们呼出的热气向上蒸腾，有人敞开了棉衣，相比下午，站厅里的温度上升了6℃。

党卓振说，西二旗地铁站是“每天都在发生奇迹”的地方。

在这里，平均每月有 20 只鞋、70 多个背包玩偶挂件掉落在站台下的道床上。车站特意准备了拖鞋，方便那些挤掉鞋子的人回家。站务员在清理轨道时，捡到的最贵重物品，是一个装有 5 本房产证的公文包，失主“感谢到不行”。

西二旗站是北京最拥挤的地铁站之一，每天有 30 万人次在这里乘车，比春运时北京西站每天的客流量都要大。

一个新来的站务员没经历过西二旗的“盛况”，在早高峰维持秩序时，被汹涌的人流挤上车，直到知春路站才挤下车返程。

这里是 13 号线和昌平线的换乘站。在昌平线上的沙河站，站务员每天早上 5 点刚打开车站门，外面等候的人群就已经排起了长队。早高峰时，沙河站的队伍能排 2 公里长，很多人“推开家门就开始排队”。

西二旗站每天的人流就像潮汐。早上涨潮时，满载率超过 140% 的列车从昌平线开来，乘客在这里换乘、下车，晚上退潮时，人们再从这里出城，回到住处。

早晚高峰时，车站广播员要在 4 个小时内重复 1800 多次“列车到站，先下后上，请在车门两侧候车”，每次广播到最后，他们都会“眼花、几乎要晕倒”。

如果一个人想要在早高峰的西二旗成功挤上地铁，那么就算他已经通过安检，平均也需要再花费 16 分钟。司机要保证在昌平线上的每个站都早点，到西二旗时才能留出足够冗余，“因为西二旗站必定晚点”。

人最多的时候，在这里等候上车的队伍能排到 20 多米长。车门一开，原本静止的队伍马上开始小碎步移动，人们甚至能感到站台振动。有的人上了车，包落在了外面，有的包被挤上了车，人却卡在了车外。

西二旗站区副站区长李思野见过千奇百怪的上车方式，有人双手抓住地铁扶杆，双脚悬空，身体与车顶呈接近 20 度的夹角搭在人群之上。

一个退休后在西二旗服务了 8 年的文明引导员，总结出在西二旗成功上车的“秘笈”：“小伙子打头阵”“侧身突围”。

高峰时车厢里的乘客经常挤到顶住车门，造成车门无法机械锁闭，站务员要手动把两扇车门强行拉上。这要求站务员必须有足够强的臂力，以至于现在，西二旗站只有男性站务员才有“资格”站在早晚高峰的站台上。

因为处在互联网产业圈的圆心，每天从西二旗站下车的人和上车的人一样多。一位老太太曾经这样形容乘客在西二旗下车的场面：“高峰时车门一打开，地铁就像‘哗’地吐了一样。”

即便如此，哪怕只是晚了一秒钟，下车的乘客也会被拼命往里挤的人潮硬生生带回车厢。西二旗站的一位值班站长曹宇经常会在车门关闭前，看到一只忽然从人群中伸出的胳膊。几乎不能犹豫，站务员就要迅速抓住，把这只胳膊的主人拽出车厢。

大部分时候，西二旗站的乘客都能保持平静的情绪，但仍无法避免偶尔发生的冲突。曹宇发现，乘客“干架”的概率，夏天比冬天要高，早高峰要高过晚高峰。

曹宇正在晚高峰前点名。

“夏天比冬天火气大，早高峰急着上班，晚高峰没那么着急回家。”曹宇分析。

每天面对如此复杂的早晚高峰，维持整个车站秩序的只有27名员工。综控员要时刻盯着电脑屏幕，上面不停移动的红条，代表列车的运行状态。站务员则在售检票、接送列车间轮流换岗。

曹宇刚调到西二旗当值班站长时，压力太大整晚睡不着觉，最后被医生诊断为精神衰弱，“喝了半年中药”。

因为是高架线路，车站里是典型的“夏热冬凉”。夏天时，“站务员的衣服没有干过”。到了冬天，穿堂风从“两头透气”的车站毫无障碍地通过。去年最冷的一天，车站二层站台上的温度达到 -26℃。

“最冷的时候，我们车站的站务员分不出男女。”李思野笑笑说，“都把自己裹得只剩眼睛，衣服里面挂的全是暖宝宝。”

和地铁司机一样，地铁站务员的晚班也要负责当天的晚高峰，和第二天的早高峰。一天的运营结束后，清理完站台轨道的员工回到地铁站负一层的宿舍。时间往往是深夜1点，休息时间才会到来。

3个半小时后，新一天的工作开始。第一列开往西直门的列车45分钟后就要到站，站务员要在这段时间内完成所有的准备工作。

5点整，党卓振打开站门，外面已经有背着编织袋的老乡正在等候。他们要赶火车，是每天西二旗首班车上最常见到的乘客。

党卓振来到车站旁的便利店，叫醒趴在桌子上睡觉的店员，买了一瓶牛奶、两个三明治。店员告诉记者，自己每天迎接的第一个顾客，永远都是过来买早餐的地铁员工。

终点站

李思野喜欢站在车站的二层连廊上向下观察，这里总会发生很多意想不到的故事。

西二旗站是个属于年轻人的车站，这里被各种软件园、科技园和创意园包围，有大量自嘲为“码农”的程序员，也有手里握着几个项目的创业者。

李思野发现，每到节日就会有很多捧着鲜花或者礼物在站台上等候的小伙子。每年情人节，晚上结束运营后，车站里到处都是散落的花瓣，也有成束的鲜花塞在垃圾桶里。万圣节时，李思野曾见过一群“兵马俑”排着队走上地铁。

每逢毕业季，车站里就会多出很多西装革履、背着双肩包的年轻人，出站口也会聚集一群散发租房广告的中介。

西二旗地铁站是一个喜悦和悲伤汇集的地方。有人刚刚挂上一通电话，就在车站里忍不住笑出声。也有人垂头丧气，领带松开，木然地站在站台上。

这里也是个汗水和泪水混杂的地方。夏季早高峰时，车门一开，总会有三四个小姑娘“刷刷”晕倒。苏醒后，她们几乎都会告诉工作人员，自己因为急着上班没有顾上吃早餐。因此，除了拖鞋，车站也常备了糖果应对突发情况。

这里有人失恋，有人失意。党卓振曾在晚上结束运营后，碰到蹲在站台上“哭到崩溃”的女孩。也见过瘫坐在地上，不顾形象的中年男人。

与西二旗站不同，在7号线终点站焦化厂站，每天最后几班地铁在这里停靠后，就要继续向前开进车辆段。站务员要到车厢“清车”，他们经常遇到抱着背包在车上睡着，不知坐过多少站的乘客。每逢周末、节假日，车站里都会有醉酒的乘客，讲不清自己的家在哪里。

“这是终点站，该回家了。”每次试图叫醒这些人时，站务员都会这么说。

还有一些刚来北京的外地老乡，明明要去西客站，结果两个小时后，坐了一圈又重新回到了焦化厂的站台上。

地铁站就是这样的一个集合，都市里的现代人在这里集中亮相。它就像城市的一个平行世界，映射出人世百态，展示出人们真实的样子。

不断延伸的地铁线路也见证了这座城市的生长。7号线焦化厂站刚开通时，只有一条土路通向车站，晚上来上班的站务员有时甚至会迷路。

8 年前，西二旗站刚运营时，每天只有 6 万人次的客流量。李思野几乎看着周围的楼房高度和车站的客流数字一起上升。

这么多年来，有人每天都会出现在地铁站里，有人会在某一天突然消失。西二旗的地铁每天还是会准时停靠在站台，就像这座城市，从没有中断过它原本的节奏。

巡道工

司机和站务员都休息后，地铁线路工人就要开始工作了。每天零点后，北京的地铁隧道里都会有 200 多个工种、超过 1000 名工人在同时忙碌。

这里不是摩天大楼、熙熙攘攘的北京，这里是地下 30 米，没有半点声响的北京。隧道里的空气混合着灰尘和机油的味道，列车闸瓦和钢轨磨损的金属碎屑覆盖在水泥地面上，手电照上去，会发出星星点点的光泽。

26 岁的姜胜负责 10 号线金台夕照站到分钟寺站的巡道工作，他头顶上方是北京最繁华的区域，央视新大楼、国贸商城、银泰中心就处在必经之路上。每晚地面上的酒吧把音量开到最大，KTV 里的派对欢唱正酣时，姜胜也在地下开始了他的工作。

他工作的地方，和最偏僻的隧道没有太多差别。这里只有钢轨、电缆和水泥，因为修建年代较早，就连灯光都要黯淡几分。

4 年来，姜胜已经在这条线路上走了 630 多次，连方向都没变过，但他从来没有走进过头顶上的任何一栋建筑，也没见过那些商场和购物中心里面的样子。

“没什么事去那干啥？”姜胜的生活几乎只有工作和睡觉，隧道外的世界似乎与他没有太多联系。

每天上班，他下午 6 点半就要从密云区的家中出发，3 个小时后到达金台夕照站。他的休息室在站台尽头的一间小房子里，没有窗户。

房间里除了一些轨道抢修设备，一个柜子，两张高低床，再没有别的物件。最近房间的灯坏了，他打开手电当做光源，和工友一起坐在床上翻手机，等待最后一班地铁从门外驶过。

他负责的这段线路长 7.8 公里，一年下来要在隧道里走 1400 公里，检查超过 12 万个轨道零件。他的工具包里装着各种型号的锤子、扳手、改刀，有 12 公斤重。动身时，书包发出轻微的金属碰撞声。

损耗最快的是袜子，姜胜每月最少要穿坏 5 双棉袜。他自称“脚王”，“干这份工作前，全家我走路最慢，现在走路，家人要小跑才能追上。”

姜胜说之前最怕陪女朋友逛街，现在可以逛到女朋友走不动。他的微信运动排名里，几名巡道工工友长期霸榜。

“脚王”最难忍受的，是孤独和压抑。每天在空无一人的隧道里走上接近 3 个小时，周围空气和光线一样死寂。大部分时候，他都低着头把眼光集中在手电照射的铁轨上。但总是在某个瞬间，他会被深深的孤独感笼

姜胜正在巡道。

罩，“超想找个人说说话”。

已经当了17年的巡道工李师傅也有同样的感受。隧道因挖掘方式不同分为方形和圆形，相比之下，他更喜欢方形的隧道。

“圆形隧道就像一根管子，看不到出口。”李师傅感叹。只不过，大部分时候他都要行走在圆形的隧道里，就像一条困在水管里的鱼，只有一个方向。

他说巡道工过的是“美国时间”，每天都黑白颠倒。时间久了，不管自己在不在家，妻子都会在每天凌晨3点半左右醒来，这是他工作日每天到家的时间。

李师傅每天回家第一件事就是洗脸，在隧道里两个多小时，“洗脸水都是黑的”。他发现不知什么时候，自己的“起床气”变得很大，每天睡醒后，就会无缘无故生气。

他负责的线路上，有一段1.6公里的弯道，路基在这里设置了一定的倾斜坡度。背着10多公斤的工具包，身体重心转移到右侧，日复一日朝着同一个方向在这段路上走过1500多次后，李师傅感觉“右腿比左腿短了一截”，平时走路也会觉得右腿抬腿困难。

巡道时，李师傅会用锤子敲击铁轨。通过撞击发出的不同声音，反馈出不同的力度，他就能判断铁轨内部是否结实，或者断裂。

隧道里没有太多“新鲜”的东西。冬天时，李师傅在洞子里见过一些猫狗的尸体。到了夏天，隧道里会有蝙蝠，他经常一锤子下去，一群蝙蝠呼啦啦地从头上飞了过去。

大部分时候，巡道工作都很难有收获。但每次微小的发现，都是关系到列车运行安全的大事。

李师傅曾发现过两根钢轨连接处，一处超过两厘米的缝隙。如果不及时处理，列车车轮不断碾轧造成钢轨错位，严重时甚至可能发生脱轨事故。

每天凌晨3点左右，姜胜和李师傅会分别从各自的隧道出来，走上站台。在综控室做完登记，确保没有工具落在隧道里后，他们一天的工作才正式结束。

他们是一天中最早打开地铁站门的人，外面的街道上空荡荡的，路边总有黑车亮着双闪。这时的温度降到一天中最低，但却是他们一天中最开心的时刻——冰凉的空气灌进鼻孔，终于重返地面了。

李师傅要坐夜班车 27 路公交车回家，每次车里都会坐满了代驾司机，有人聊着晚上发生的故事，有人发出沉重的鼾声。车窗外，路边的早餐店已经开门，穿着棉袄的夫妻正在忙碌，水蒸气在灯光下不断升腾。

这些场面让他感到安宁。两个小时后，第一拨儿乘客即将到达站台，沿着他刚刚检查过的轨道，开始一天的工作。

（原载于 2018 年 12 月 19 日）

「这支队伍几乎见证了

整部共和国的船难史和水下救援史。」

潜水员正在海底作业。

深海救援

文 _ 杨海

总有人对人类能够抵达的边界充满浪漫的想象，比如太空、洞穴，或者是深海的水下世界，那里似乎有极少数人才能够领略到的奇幻景象。

交通运输部上海打捞局工程船队的66名潜水员就属于这“极少数人”的一部分。但对这些潜水员来说，大部分时候，他们在“边界”里感受到的并不是浪漫，而是黑暗和随时都可能到来的危险。

他们经常要下潜到100米、200米，甚至300米的水下，在那里打捞沉船、搜寻遗体，或者从事一些水下工程的安装、维护和拆除工作。

这支不足百人的队伍有着惊人的能力，从韩国“世越号”客轮、长江监利“东方之星”沉船，到最近在重庆万州坠江的公交车，都是由他们打捞上岸。如果再往前追溯，人们会发现，这支队伍几乎见证了整部共和国的船难史和水下救援史。

这份荣耀很少被他们提起。在岸上，他们看起来与[illegible]甚至有些过于“随意”：很多队员胡子拉碴、头发油腻，皮肤黝[illegible]，咧开嘴就会露出被香烟熏黑的牙齿。

只有穿上全身黑色的潜水服，戴上连接着管子、只露出眼睛的头盔，就像一个未来战士时，他们才被外界认识。

对很多队员来说，这份工作的迷人之处就在于此——他们可以远离岸上的游戏规则，在水下寻找成就感。虽然大部分时候，他们只能一个人在水下作业，危险且孤独，但只要戴上头盔，潜入水中，世界瞬间变得清净，只剩下专注和自由。

正如队里一位已经工作30多年、即将退休的潜水员那样，除了沉船，他的“战利品”还包括：一把匕首物证、一个上了年头的保险箱、一个装有放射性物质的密闭盒子，以及两架直升机。每次上岸后，他都会抱怨这份工作“又苦又危险”，然后又在日历上画下红圈，满心期待着下一次远航。

1

在不少人的印象里，潜水往往和“唯美”“梦幻”联系在一起。每逢假期，各大著名潜点的照片就会成为“朋友圈摄影大赛冠军”的有力竞争者之一：色彩斑斓的珊瑚和热带鱼类，壮观的“杰克鱼风暴（鱼群大量聚集，形成类似风暴的现象）”。人们在一片蓝色里自由舒展身体，阳光穿过水层，光线清晰可辨。

即使是打捞局里已经“出过几百班水”的潜水员，也很少目睹过这样的美景。人们旅游时的休闲潜水，都是在经过充分开发的海域，最大下潜深度也严格限制在40米。打捞局的潜水员们从事的是“工程潜水”，他们没有选择下水地点的机会。不管在哪片水域，只要条件允许，沉船位置就是他们的“潜点”。

事实上，潜水队接到的大部分任务都在内河或者近海，这些水域的水下能见度接近于零。

“在下面我们就像盲人一样，都是靠双手去探摸。”潜水队的副队长张伟平已经有超过20年的潜水经验，他曾经钻进黄河小浪底水底超过2米厚的稀泥浆中，寻找沉船遇难者遗体。

他记得头上的探照灯照在浑浊的水体里，反射出一片昏黄。“就像闭上眼，对着一只大灯泡”。

因为经常要在淤泥里探摸，潜水员在水底的移动大多都是“爬”着完成。在韩国搜寻“世越号”沉船遇难者遗骨时，潜水员就是爬着，把沉船方圆 5 海里的海底，每一寸都摸了一遍。

2005 年后，潜水队从过去的内河、近海，开始走向远海。那年，中海油（中国海洋石油集团有限公司）提出“海上大庆”计划，要求公司在 5 年内打破大庆油田年产 5000 万吨的纪录。中国领海上的钻井平台逐渐多了起来，潜水队的下潜深度也随着钻井的深度不断增加。因为水下机器人不具备人类特有的触觉、机动性和判断能力，潜水员成为这些平台水下维护工作的唯一解决方案。

王佩育 1987 年进入潜水队，在浑水里摸爬快 20 年后，才第一次来到南海。在南海钻井平台的周围海域，他第一次看到水下世界的样子。他说自己在90多米深的海底愣住半天，几乎要哭出来，感觉身边的鱼群都在“友好地”看着自己，海底的白沙无比松软，就连少量生长在平台立架上的珊瑚都要比电视里的更鲜艳。

对潜水队的队员来说，王佩育下潜的几乎是一个完美的深度。如果潜入 200 米以下的水域，能见度虽然很高，阳光却难以抵达，水下也只剩下无边的昏暗。

除此之外，潜水员很多时候都要在夜间下水。他们的作息追逐的不是日出日落，而是潮水——潜水员要在涨潮和落潮间的短暂平潮期下水，这时水下的水流最为平缓，也最适合作业。

“有时在大中午，有时是凌晨两三点，潮水慢了，我们就开始干活了。”潜水队的队长胡建告诉记者。

每一次下潜，队员们都有可能到达一个人类从未踏足的地方。很多沉船都是偏离航道后，触礁失事的。也有船只受损后，在大海上漫无方向地漂流，最终沉没在一片无人知晓的海域。

即使比常人更熟悉水下环境，每次面对未知和神秘时，潜水员也会产生一种混合着刺激和恐惧的体验。

一位参与过“桑吉”轮救援的潜水员对当时的经历印象深刻。“桑吉”轮沉没后，为防止漏油污染海洋环境，他接到任务要下水把沉船的燃油抽

“世越号”打捞出水 。

潜水队员前往燃烧中的“桑吉”轮救援 。

光。他记得那片海域水很清，下潜时，能从上面看到整条邮轮的全貌。阳光照射下来，这条载重 16 万吨、270 多米长的巨轮躺在深渊里，就像隔着一帘水幕，缓慢地晃动。

“太大了，跟个幽灵船似的，真有点瘆人。”

更多时候，潜水员在水底看到的，是锈迹斑斑的沉船，上面长满了海洋生物，提示着时间曾在这里流逝。变形的船舱里，脱落的木板、电线，桌子椅子都漂浮在半空中，保持着灾难发生时的样子，时间又仿佛静止一般。

“它到底是场灾难，那个氛围是很悲凉的，能感受得到。”王佩育说，他记得每次触碰到沉船时，冰冷的金属都能给他带来一阵寒意。

更冷的是遗忘。潜水员从海底浮起，海面上像往常一样风平浪静。没人记得，深海之下，有一艘船躺在那里。

2

潜水队的技术已经可以规避绝大部分的水下风险，但对潜水员来说，他们从事的仍然是地球上离死亡最近的职业之一。

因为工程潜水需要在水下长时间作业，打捞局的潜水员们不能像人们常见的潜水员那样，利用背后的气瓶供气。他们靠一根甘蔗粗细的长管来维持水下的呼吸，在工程潜水领域，这根管子被称作“脐带”。

“脐带”连接着工作船，由 3 根管子缠绕组成：最粗的是主供气管，接在头盔上，为潜水员提供水下呼吸的空气；其次是热水管，负责在水下低温时，通过潜水服里的小孔流出热水，从而起到保暖作用；最细的是电缆，为潜水员的通信设备、头盔上的水下摄像机，以及照明灯供电。

“我们在水下就像婴儿，全靠这根脐带供养。”张伟平告诉记者。

从另一方面讲，工程潜水员虽然拥有极高的身体素质，但有时在水下他们也像婴儿一样脆弱。

大型船只的船舱很大，沉船的姿态又千奇百怪。潜水员在水下时，视野和方向感都受到影响，船舱内部就成了一个“迷宫”。

有时潜水员进入舱体，如果没有规划好路线，就容易绊住脐带，困在船舱。沉船的桅杆、护栏，或者任何一个不显眼的障碍物，也有可能使脐带纠缠，让潜水员陷入险境。

船上锋利的物品，甚至是生长在沉船上的海蛎子的坚硬外壳，也会成为潜水员的潜在威胁——如果脐带被划破，甚至切断，潜水员就有窒息的危险。

下水时，工程潜水员也会背上一个应急气瓶。这是在所有供气都失灵的情况下，最后的逃生希望。这个气瓶因此被潜水员们称为“回家气瓶”，只不过，很多紧急情况发生时，回家并没有那么简单。

最危险的时候是上浮阶段。在水下，潜水员会吸入与所处海水压强一致的空气，来保持体内外的压力平衡。海洋里每深 10 米，海水就会增加 1 个大气压——假如潜水员在 100 米的深度，体内的大气压就是陆地上的 11 倍，相当于一辆重型卡车轮胎内部的压力。

空气中的氮气在高压状态下溶解在人体组织内，上浮时这些气体需要缓慢地扩散出来。通常情况下，从 100 米的深度浮出水面，需要在水中减压 4 个小时。

如果上浮速度过快，海水压力迅速减小，体内的上百万个小气泡就会因为压差瞬间膨胀，整个人就会像一瓶剧烈摇晃过的碳酸饮料。这时潜水员就会出现“减压病”症状，轻则皮肤发痒、关节痛，重则肺部破裂、神经坏死，直至死亡。

2011 年，香港的一名潜水爱好者在南海游玩时，用鱼枪击中一条大鱼，然后被拖至 60 米的深水。后来他因为气瓶空气不足选择快速上浮，出水时，这名潜水爱好者已经晕厥，最终迅速死亡。

打捞局的潜水员曾在 130 米深的海底作业时，抓到过一只上百斤重的石斑鱼。船上工作人员把鱼快速拉上水面后，发现大鱼“眼珠都爆炸了”。

大多数时候，潜水队都会选择在风平浪静时下水作业。但即使是毫无波澜的海面下方，也可能随时到来涌动的暗流。

“在水下遇到暗流，就像大风吹在身上。”张伟平说。

他记得，在打捞“世越号”时，沉船的位置恰好处在以水流湍急闻名的海域。有一次，一位潜水员在水下忽然遇到3节（大约相当于0.5米/秒）流速的暗流，潜水员无法在水中保持平衡，只能抓住身边的缆绳，整个人都横在水中。

“完了，我的头盔要被吹掉了。”张伟平在船上的监测设备里听到潜水员颤抖的声音，呼吸频率也明显上升。

这是张伟平最害怕发生的情形，如果这个潜水员坚持不住，松开手，马上就会“放漂”（被水流带着快速上浮）。他清楚这样的后果，潜水员可能出现严重的“减压病”。

第一个下水救援的潜水员刚刚尝试，就因为水流太快放弃了。第二个，第三个潜水员同样无法接近身处险境的队友。

监测仪里，海底传回的呼吸声越来越急促。船上的队友们也都盯着仪器，没有一个人发出声响。他们清楚，在水下，与慌乱同行的，往往是厄运。

所有人都在等待着这个潜水员最终的命运。好在水下的暗流忽然减弱，队友最终得救。很快，这件事就成为队员间打发时间，互相“吹牛皮”的谈资。在潜水队，拥有这样的经历，更像是种荣耀。

当然也有队员们不愿提起的往事。很早之前，潜水队曾经出现过潜水员的“脐带”被水下锋利物体切断过的事故。这个潜水员被水流冲走，而且携带的“回家气瓶”不够正常减压时间使用，再也没能“回家”。

还有一些“不足挂齿”的危险。潜水队经常要在水下进行一些切割、焊接的操作，有一次一名潜水员在水下切割金属时，氧气聚集在一个“鸡蛋大小”的洞里，遇火后瞬间爆炸。

“我在船上都听到了一声闷响。”当时王佩育也在现场，他负责在船上监测水下情况。

这个潜水员被当场炸晕，“声一响，他直接就脸朝下趴在钢板上了”。被救上岸后，经检查发现，这个潜水员被震断了两根肋骨。

有些危险来自攻击性较强的海洋生物，它们总是忽然出现，让人猝不及防。曾有潜水员在南海作业时，忽然发现一条大白鲨在自己身边游弋。

重庆万州坠江公交车被吊起 。

潜水员正在下水 。

也有藏在海底洞穴里的海鳗，时刻准备攻击闯进它“领地”的入侵者。

工程潜水讲求团队协作，早些年间，打捞行当都是父子搭班，儿子在水下探摸，父亲在船上拉着脐带。

在潜水队，队员们下水时是潜水员，上船后可能就是负责监测，或者是拉脐带的“辅助人员”。这种机制让队员们成为“过命的兄弟”，队友间都保持着充分的信任和熟悉。

就像队长胡建说的那样，这支队伍最宝贵的地方，不是先进的设备，而是队员间天衣无缝的默契。

3

在打捞局潜水队，潜水员的水下作业会有一个明确的优先级。

首先要确定沉没物的位置、形态，然后清理比较明显的障碍物——保证潜水员的自身安全一直是第一条铁律。

第二步是寻找幸存者或遇害者遗体，哪怕船舱里载满了黄金，也要先放到一边。因为任何打捞、起吊的动作都有可能伤害到幸存者，或者对遗体造成二次损伤。

对潜水员来说，这一步是他们最不愿面对的过程。不仅因为难以克服自己对水中尸体的恐惧，更难以承受的是灾难和死亡带来的情感冲击。

打捞长江监利“东方之星”沉船时，一名打捞局的潜水员负责捆绑起吊钢缆，他游过船舱的窗户，隐约看到内部的惨状。

“全是老人和孩子，我……”这个身材魁梧的中年男人手指夹着香烟，低下头陷入沉默。

在打捞重庆万州坠江公交车时，一位潜水员从水中抱出了一个 3 岁小孩的遗体，身上还穿着鲜艳的红色衣服。捞上船后，工作人员都沉默了。张伟平看到了这个潜水员在闭着眼流泪，他没有过去安慰什么，也没有人去打破那个沉默。

在水下，很多遗体都会粘上泥污。潜水队有个不知道从什么时候开始的传统，找到遗体后，潜水员会在水下为死者做一些简单的清理，然后对他们说一句："我带你回家。"

"让死者体面地出水，是对他们的尊重，也是给在岸边等待的家属们一个交代吧。"张伟平低声说，"我们知道水下有多黑多冷，咱中国人就信这个，不能人死了还留在那种地方。"

在韩国打捞"世越号"沉船时，每逢清明节、中秋节，就会有遇难者家属开着船过来。他们不能进入作业海域，张伟平能远远看到，这些船上扎满了鲜花，拉着一条黄色的横幅，上面用汉字写着："感谢上海打捞局，请你们不要忘记，还有 9 具遗骨等待回家。"

在打捞"世越号"的两年间，潜水队的队员们每天都能看到，正对着失事海域的一处山顶上，遇难者家属在那里支起一顶帐篷。直到沉船出水那天，帐篷才收起，结束漫长的守望。

张伟平说他有时会想象，假如把地球上的海洋抽干，可能每个角落里都会出现沉船。但它们中的绝大部分，都不会被打捞，甚至不会被发现，成为一座座冰冷的遗迹。

有时候，潜水队队员们的工作不仅是为了一个"交代"。更重要的是，他们打捞的，还有记忆。

在打捞重庆万州坠江公交的过程中，一名潜水员在搜寻车辆"黑匣子"时，在江底找到一部手机。后来他把手机握在手里，最后只能用非常规的动作，单手抓着导向绳上浮出水。

没人说得清，这部手机对遇难者和家属有着什么样的意义。但这名潜水员相信，"手机里应该有照片"，记录着遇难者的生活轨迹。

4

重庆万州的失事公交车，沉没在 73 米深的江底。在这样的深度，潜水员只能吸入氦氧混合气才能下水作业。

一般水深超过 30 米后，溶解在人体内的氮气会让潜水员产生一种"氮麻醉”的现象。这时潜水员会有种类似醉酒的感觉：兴奋、注意力难以集中，身体协调能力降低。如果继续下潜，“醉酒”的感觉会愈加明显。

张伟平在船上作监督时，曾听到有新潜水员因为“氮麻醉”引起兴奋，不自觉地会在水下哼歌。事实上，就连他本人也遭遇过这样的尴尬。虽然已经有20多年潜水经验，但他有次下潜到50多米深的水下时，发现自己头晕眼花，他试着咬自己嘴唇，结果没有感受到疼痛，“就像喝到了七八成”。

为了避免氮麻醉带来的水下风险，潜水组织常把60米深度作为“空气潜水（以空气作为呼吸介质的潜水）”的最高界限。在60米以下的深度，就要用氦气代替空气中的氮气，形成“氦氧混合气”，供潜水员在水下呼吸，从而避免“氮麻醉”。

而在超过120米的深度后，潜水员往往在水下只工作20分钟，就需要数个小时的减压上浮时间，上岸后仍需要在减压舱待上两三个小时。这样既严重拉低了潜水作业的效率，又加大了潜水员在水下的风险。

“饱和潜水”成为解决这个难题的完美方案：潜水员进入一个主要由生活舱和潜水钟组成的设施中，舱内的压力逐渐升高到要潜入深度的海水压力。工作时，潜水员通过潜水钟下潜到作业区域。结束作业后，再回到母船上的生活舱休息。

由于经过一段时间的加压后，潜水员的身体会被氦气完全“浸透”，达到饱和溶解状态，他们就可以在高压环境里长时间工作、生活。

对潜水队的队员来说，这个“长时间”一般是28天。这意味着，在近一个月里，他们几乎要过着与世隔绝的生活——不能携带电子设备，不能走出那个形似“油罐”的舱室。

唯一的“放风”机会，就是每次大概4个小时的水下作业。虽然同样会很无聊，但还是有人打趣，把这个过程称作“海底漫步”。

荆长宁做过3次饱和潜水，每次进舱前，他都会带上象棋、扑克，还有“最能打发时间”的人物传记类书籍。因为舱内的9个人，分成3组倒班，大部分时候，时间只能靠自己消磨。

“饱和潜水”中的潜水钟正在下水。

潜水员出水。

在高压环境下，舱内的空气湿度会升高，“被子盖在身上，都觉得湿漉漉的。”因为压力大，食物变得“粘牙”。队员的味觉也会退化，“吃什么都没味道”。

如果下潜到200米以下，舱内的压力超过21个大气压，空气就变得像一种“流质”。

“你能感觉到空气的质量，用手轻轻一拨，感觉空气都在流淌。”张伟平回忆自己“饱和潜水”的经历，“我们走路都要放慢脚步，要不带出的风都能把睡觉的队友吹醒。”

有队员感觉到自己呼吸的阻力变大，身体被压缩，“就像被真空包装的食物”。

潜水队的队长胡建参加过300米“饱和潜水”，他记得每次跨过从卧室到洗漱间的那道门，都是个艰难的过程。“抬腿、伸腿、迈腿，就像慢动作。”一个月下来，“胯部疼得厉害”。

吸入大量的氦气后，人声会变得像动画片里的“唐老鸭”。与外界团队交流时，需要通过特制的“翻译机”。

有次一个替补潜水员进入舱室，队员们七嘴八舌地跟他说话。过了一会儿，这名新进来的潜水员告诉他们，自己几乎没有听懂一句话，“感觉就像一群鸭子对着自己叫”。

事实上，对饱和潜水员来说，每次从潜水钟进入生活舱时，都像上战场一样，每个环节都要做到没有纰漏。两个舱门对接时要严丝合缝，如果出现任何缝隙，就可能会让整个舱室瞬间爆炸，“和科幻电影里飞船对接失败后的结局没什么两样”。

就连上厕所都要小心翼翼，抽水马桶需要两个人配合操作才能使用，否则就容易出现可怕的后果。

饱和作业结束后，潜水员还要经历一个漫长的减压过程，300米饱和潜水需要10天的减压。当他们走出减压舱时，伴随着浑身无力、脸色苍白，就像刚从孤独、疲惫和烦躁的状态中释放一样。

5

上海打捞局潜水员基地坐落在黄浦江边，由一处小码头、一个小院和一栋上世纪 80 年代风格的二层小楼组成。几十年来，很多人来到这里，也有很多人从这里出走。

每个进入潜水队的人都有各自的原因，但留下来的人几乎都有相同的理由。

一个队里的“老潜水”在小时候就“整个夏天都泡在水里”，他还记得一个猛子扎到河底摸河蚌时的感觉。下学后他就跟着村里人干起了打捞，一路从家门口的那条大河，捞到长江。现在，他说自己这辈子都离不开水，“隔段时间不下水就浑身难受”。

打捞局今年新招聘的学员里，有一个跟着潜水队在甲板上干了 10 年的水手。他在 32 岁的年龄，放弃水手长的职位和收入，顶着家人压力报名参加潜水队，决定一切从头开始。他说在海上 10 年，想看看水下什么样子。“觉得潜水员很帅、很牛”，自己也想拥有那份荣耀。

一个曾经“玩”旅游潜水的新学员，加入潜水队，是想要“去更深的地方，探索更多未知”。

而离开的人，大多都是因为无法适应这份工作的状态和节奏。队里的潜水员，每年至少有 200 天在“海上”或“水下”。繁忙时，这个数字经常会超过 300 天。

王佩育曾在儿子 10 岁生日时，订好了酒店，通知了亲戚，结果在前一天晚上接到需要马上出发的任务。自己的 50 岁大寿，则是在东海的惊涛骇浪中度过。

一个年轻的潜水员，出海前新婚不久的妻子还在怀孕待产，两个月上岸后，孩子已经出生。

近些年，潜水队的工作量忽然与油价关联了起来。油价上升时，海上油气田开工多，需要潜水员下海维护设备，队里接到的工程就会比往常密集。

王佩育曾去过渤海湾油田溢油事故的海底作业，他看到当年海底开裂的地方被水泥填充，就像一块块疤痕。

从 2014 年开始，国际油价从 100 美元 / 桶直线下跌到每桶不到 30 美元。很多海上油田关闭部分钻井，潜水队接到的工程也少了很多。

长期远离陆地的生活，让荆长宁觉得自己越来越跟不上同龄人的节奏。每次休假在家，身边人谈论的都是加薪升职，以及“错综复杂的人际关系”。

这让他感到厌烦。只要戴上潜水头盔，水面逐渐没过头顶，世界瞬间就变得清净，只剩下自己的呼吸，和耳机里传出的“嗞嗞”电流声，“再也不用想外界那些鸡毛蒜皮的杂事”。

在潜水队仓库里，整齐码放着几个“应急设备箱”，里面有全套的救援设备，可以随时运达灾难现场。每次看到水上发生灾难的新闻，荆长宁和队友们就会做好准备，他们清楚，自己又要出发了。

管理仓库的师傅在基地工作了几十年，迎来送走一批又一批潜水员，他说这支不足百人的队伍就是“国宝”，只是太少人听说过他们。

上海打捞局 / 供图

（原载于 2019 年 3 月 20 日）

「过去几百年，

佛坪人一直在这块土地上平静生存。

入夜，圆月照着青山轮廓，

像古诗画面。」

俯瞰佛坪县城。

2021

这个县只有 3 万人

文 / 摄 _ 杨杰

在中国 2800 多个县级行政区中，有的以蔬菜集散中心闻名，有的将小吃开遍全国，有的县是快递业巨头，有的县盛产网络主播，有的县每年生产 7 亿双运动鞋，而佛坪县以人少著称。

佛坪县是陕西人口最少的县，常住人口 3.02 万人，不到郑州大学人数的一半，一栋互联网总部大楼就能装下全县人。安徽临泉县人口超过 200 万，是佛坪县的 67 倍。从 GDP 来看，全国百强县之首昆山是佛坪的 352 倍。

这里生活着大熊猫和金丝猴，有时候，动物的新闻比人的多。这里熟人多，很多人是同学的同学，亲戚的亲戚，不少情侣走在街上，不可避免地遇到前任。

县城无论大小贫富，都有一套行政建制支持运转。一家几口都是公务员的现象并不少见。

没有红绿灯和网约车，也没有肯德基和外卖

从西安坐高铁向南，穿过层层叠叠的秦岭隧道，抵达一块被大山包围着像鞋底的狭长平地，就是佛坪县城了。

这里没有红绿灯，没有网约车，出租车有 9 辆。

出租车司机翟小涛子承父业，从父亲手中接过方向盘，“佛坪很多人都有我的电话”。县城十几分钟就跑完了，他主要往农村跑，谁家小孩拉肚子、发烧、孕妇不方便了，都给他打电话，山里的沟沟堑堑几乎快跑遍了。虽然车辆不多，但交通局和运管所的配置齐全。

桥头的十字路口几乎是县城人口密度最高的地方，一到傍晚，就进入广场舞时间。退了休的男人“上班式”地在路边打牌下棋，与上下班的人保持着一致的节奏。

一年两次，县城可以用“人头攒动”来形容，一是临近年关，购买年货的人填满了县委县政府前的街道。当地农民的菜摊摆在路边，讨价还价的嘈杂声、刀剁在肉案上的砰砰声，声色交融。在县城几乎走几分钟就能遇到熟人亲切招呼。

另一次是夏天的“秦岭大熊猫文化旅游节”，拍照的游客挤在街上，网红也来直播“带你游佛坪”。

余下的大部分时间，人都是不多的。一个名叫“烤鸭店”的烤鸭店挂着自转的烤鸭，瞧不见店主人。一处名叫“鲜花阁”的花店在上午11点仍然关着门。

佛坪没有肯德基和麦当劳，唯一一家类似的店铺叫“乐麦客”，招牌下写着“中西式复合餐厅”。县城没有咖啡馆，奶茶店也很难觅得踪影。县城的文旅大厦里有一家电影院，一共两个影厅。

曾经有个90后试图在家乡搞外卖生意，但很快倒闭了。同样倒闭的，还有一家健身房，占地一层楼，墙上的运动标语已经褪色。

虽然商贸称不上发达，县里还是完备地配置了食品药品检验检测中心、食品药品稽查大队、质量技术监督检测检验中心、中药产业发展领导小组办公室、节能监察中心、以工代赈办公室、价格认定中心、生产力促进中心、电子商务产业发展办公室、手工业管理办公室以及居民家庭经济状况核对中心。

一家有7个包间的餐厅的老板说，在佛坪“干中餐的不如卖面的，卖面的不如卖馍的”。生意越小，生意越好。卖炕炕馍（当地特色小吃）的一天能卖出两三百个，老板的脸被做成表情包，在县城人的微信群里流传，几乎人人认识。

经济发展靠什么

在县城常能看见拎着尼龙公文包的年轻人疾步行走。一公里的街上有交通局、妇幼保健站、消防大队、公安局、交警大队、文化中心、电信局、教育体育局、环保局、地税局、林业局、农业局和水利局。

在另一条更短的街，会依次路过扶贫办、民政局、财政局、检察院、工商局、住建局、陕西佛坪国家级自然保护区管理局，折返时经过气象局、法院、电力局和劳动服务局。一位老县城人到了 60 岁才知道深山里的家乡还有一个海事局。

佛坪县委机构编制委员会办公室介绍，截至 2020 年年底，全县有各类编制 2194 名，其中行政编制 640 名，事业编制 1554 名。根据《佛坪县 2019 年国民经济和社会发展统计公报》，机关事业单位养老保险人数 2991 人。一份 2005 年的佛坪县财政支出统计表显示，当年行政管理费支出 1802 万元，排在支出的首位，占全年总支出的 37%。那一年的经济建设支出是 405 万元。

在佛坪，工商业发展相对缓慢。

山茱萸是佛坪的特产，一到春天，漫山遍野的细小黄花吸引着外地游客，等到秋天，结成红红的果实，是六味地黄丸的主要成分。山茱萸虽是难得的资源，但这些年来从技术、融资，到产业链的延伸上都发展困难。当地人在冬天看到个儿大肉厚的山茱萸烂在树上，内心惋惜，“卖的钱连摘它的工钱都覆盖不了”。

除了做药材，当地想把山茱萸做成食品，却很难在技术上突破，产品要么酸涩，要么失去营养价值。

1999 年和 2000 年，工商银行佛坪县支行和建设银行佛坪县支行相继撤销。

今年两会上，全国政协委员、陕西省政协副主席李冬玉建议优化县级行政区划，她说，越是人口规模小、经济欠发达的县人口流失越严重。西部某省52%的县人口流失。某县2019年常住人口3.02万，地方财政收入3661万元，一般公共预算支出8.65亿元，行政事业和社会组织120余个，财政供养人员6000余人。她因此建议，对人口规模低于10万人的小县进行合并试点，减少行政资源浪费。

关于合并的说法，一直刺激着关注佛坪命运的人的神经。当被问到合并的传言时，一些公务员摇着头不想讨论。

1958年，佛坪县制撤销，境内辖地岭北划归周至县，岭南分别划入洋县和石泉县。“鉴于大县大社不利于管理，1961年又恢复佛坪县建制。”

一些不愿合并的人认为，佛坪处在两县之间，距离两边都较远，合并后将不利于管理。而且此地有大熊猫，又是引汉济渭工程的涵养地，功能特殊。县的设置除考虑人口和版图因素外，还有政治、经济、文化、民族、管理、军事等多个维度。

西安交通大学公共政策与管理学院人口与发展研究所副教授、博士生导师杜金锋认为，撤县要考虑县城原先辐射范围的人口获取公共服务的便利程度，撤县后相应的设施等级会降低，如农村人口看病会更不方便。

他曾跟澳大利亚的学者交流，那里地广人稀的地区，没有配置医院，但会派直升机定点为居民检查。这提供了一种思路，“公共服务设施可以在区域间流动，而不是静止的。”

杜金锋说，经济发展的根本驱动力是产业，“公务员经济县”中，公务员对当地的经济只能是保障，而不是促进。撤县后，当地的消费将继续萎缩。

“未来撤不撤县，核心是对老百姓的公共服务，合并后，还能否保证剩下人的生活便利。”西安交通大学社会学系副系主任悦中山表示。

佛坪有两处公园建在山上，山里人把登山当做一件苦事，而不是娱乐，因此有人一年也没去过一次公园。“这里的需求不是公园，本身就在自然景观里，也许健身设施才更有吸引力。”杜金锋提到，无论从机构设置还是公共服务设施来说，县城参照了大城市的标准，实际上应该因地制宜，满足当地人的需求。

离开的

人少是先天不足加人口流动的结果。新中国成立前，佛坪县城仅有南北走向一条 300 米的街道，城内居民不足 1000 人，现在县城内的常住人口有 8000 人左右。

1990 年，全县人口 35710 人；2010 年，变成 32999 人；2019 年，全县常住人口 30181 人，30 年间，总人口减少 5529 人。

记者遇见陈丽颖时，她是县城图书馆里唯一的读者。图书馆相对迷你，一楼只有两面墙的书架，种植技术书籍与世界名著并列。陈丽颖出生于 1993 年，坐在角落里安静地看一本厚书。

“我不属于这里，总有一天会走的。”她在江苏的一所学校学习艺术，后来考上了研究生。毕业后，她得到一个在西安的大专当教师的机会。

“当时我父母不让我去西安，一定让我留在这里工作，那个机会就错过了。”陈丽颖花了半年时间消化这件事，现在提起来仍心有不甘，“讲的科目也是我喜欢的，艺术史。”她回家后，在少年宫做美术教师，教幼儿园和小学的孩子画画。

她想给县城带来不一样的东西，给学生看设计感很强的建筑，比如线条流畅的美术馆和博物馆，孩子们却显得躁动，不能接受这些“怪建筑”。

有一个学期，陈丽颖尝试大城市的教学方法，给孩子们一个主题，让他们自由发挥作画。结果发现，很多学生什么都画不出。后来，她恢复了传统的教学，自己画一个，底下的学生跟着她画。

“你怪小孩没有想象力吗，想象的前提是基于生活，很多东西他们没有接触过，怎么去创造？”

县城在重山阻隔中，多年保持着弱小的格局。她已决定在今年夏天离开。那本厚厚的书是关于高等教育的，她还是想找回当初那个机会，去高校工作。

一位从佛坪到北京打工的90后始终记得离家的场景。那是2008年，外出还没有高铁，父母送他到汽车站，走了30分钟。他们提着他的包，给他买了新衣服，担忧着儿子的第一次远行。儿子望着父母的背影，像很多远离家乡的人一样暗暗下决心，一定要出人头地，改变这个家庭。

黄文庆1978年坐林场拉运木料的解放牌汽车来到佛坪，3年后进入佛坪中学任教，直到上完高三最后一课退休，大半生几乎都在佛坪，是这里唯一的特级教师。

“高中难办，大量学生到平川上学。”县城里条件还行的家庭，选择把孩子送到汉中或是西安的寄宿学校读书，一到周五，有“大部队”的家长奔赴城市给孩子送吃的、洗衣服。同一时间，汉中一所私立学校会派两辆大巴车把学生送到佛坪汽车站。

县里只有一所初中和一所高中，一共1089个学生。

从佛坪中学考出去的师范生基本都没回来。一个高三学生在店里打工，她正准备读一所高职，她说这些年学校一年没有几个人考上一本，考上名牌大学的几乎没有。她的同学八成来自农村，在绿水青山里长大的她觉得西安“是很美的地方”。她有些害羞，没出过远门，只在短视频里搜索听过的地名，一个一个划着看。

佛坪中学的教师最费心力的是招生。每年中考的前30名，能留下10个在本地读书已算不错，即便学费住宿费全免，外加奖学金，还是难以让学生留下，教师的孩子也会出去读书。

“人少的地方往往偏僻，基础设施建设受到限制，现代文明也不容易进来。”黄文庆说。

佛坪只有一家被代管的医院，两辆救护车长期安静地停在门口。

许多县城人生孩子都选择到山外的都市，虽然佛坪配置有疾病预防控制中心、流动人口计划生育管理办公室、卫生计生综合监督执法大队、新型农村合作医疗经办中心、妇幼保健计划生育服务中心和老龄健康服务中心。

不大的新华书店，里面多一半是儿童的书，店员说“现在大人看书太少了，基本不看”。书店前是固定牌摊，招牌下有一半店面售卖鸡爪。记者去时，博物馆里，展示民俗的假人比游客多。

黄文庆记得，许多年前，县文化馆订了一本杂志叫《兵器》。很多人议论，“订这本杂志有啥用，你制造兵器吗？”“人们的观念是实用的，殊不知这是人的求知欲。”黄文庆说。

他主编了当地的期刊《佛坪文艺》，出版了17期，“演员少，舞台上转来转去就是那些人亮相。”即便这群最活跃的文化人，也从未在佛坪搞过一次文化沙龙。

不久前，这里刚成立了一个体制内的单位：文联。

黄文庆说，小县城人长期以来有意识的惯性，对大城市无比向往。

杜金锋曾做过异地扶贫搬迁的调研，当一方水土养活不了一方人，流动是一种必然。他调研的一户人家，必须要挑水喝，单趟就30分钟，一个40岁的壮劳力没有外出打工的唯一理由是给父母挑水。

无论是从农村到县城，还是从县城到大城市，悦中山认为，中国未来的县城总体人口规模在缩小，人口外流是趋势。他在汉中调研，当地去年有340万人，今年只有320万，政府也在担忧人口的流失。西安户籍放开后，渭南市一年流失近14万人。杜金锋在陕南的调查显示，农村在过去几年减少了30%人口，商洛市减少了38%。

但悦中山相信经济学家的理论，只要放开限制，未来自然会有劳动力的合理配置。“人们用脚投票。”

留下的

县城桥头最明显的位置挂着一张巨幅广告，“××教育”——一家培训公务员和事业单位考试的机构。扫广告上的二维码，“××帮你盯公告，第一时间获取职位表，不必熬夜，不会错过！”还会送上事业单位考试冲刺密卷。

很多留下的年轻人没有过多选择，希望跳入有编制的池子中。

有人考到超龄仍没考上，有人为考编制已经花了十几万元，并仍在继续。有的考生提个箱子，随时出发，哪里有考试奔哪里，远至苏州。有的跟大学里的老师打好招呼，逃掉课程，一门心思备考。

县城工作的优先级是行政单位、事业单位、国有企业。相亲时，女孩只要有编，家底不错，再打扮一下，就是“白富美”了。

硕士毕业的陈丽颖在当地算是高材生，别人问她在哪个单位工作，她答自己没有编制、不在系统里，“对方的微表情很让人难受”。

县城的建筑中，有两栋商品房高楼建于10年前，剩下大多是家属楼和自建房，以林业局的高楼为最，林业局在这片山林里是抢手部门，热门的还有“管人的和管钱的”部门。

2019年，佛坪招了20多个行政编和50多个事业编，“有编制才能把人才留住。”编办工作人员说。为了腾位子，有的干部51岁退二线。

一位在基层的选调生说，工作是扶贫、各种填表、处理纠纷，一个几百人的村子，一年能用掉几十箱A4纸。

在政府部门工作，有些人中午溜达着回家吃饭睡个午觉。一位养猪户说这里是山区，养猪的人少，管理畜牧业的部门可能清闲。

也有公务员感受到的是繁忙，最近一年，某公务员没在零点前睡过觉，一次到了下午3点，她感到心慌，才意识到还没吃午饭。

退休教师黄文庆愿意女儿女婿在体制内工作，“平平稳稳，生存有保障”。他年轻时教学出了名，市里的私立学校来挖人，工资翻一番，提供一套房，他拒绝了，“我还是觉得体制内更保险。”

“受传统意识影响，吃官家饭，也是种荣耀。”黄文庆说，“在佛坪，创业的很少。”

姜东属于“异类”，他是佛坪电商第一人，1987年出生，长期在外打工，2014年回乡创业。

“结婚后，总要落叶归根”。他看到家乡山里的棕榈能做成床垫，便和妻子创立了公司，早期不懂电商，印了广告单到江苏、山东一带跑市场，收效甚微。一次在火车上遇到妻子的一位东北老乡，才开始有了第一张、第10张、第100张床垫的销路。因为处在山里，每天的运费都要贵50元。“我们在外面见识过别人的事业心，人总是不甘于平凡。”

创业最大的阻力来自家里，父母一看到货码在那，赚不到钱，矛盾就来了。严重的时候，他跟父亲几个月不说话。直到家人听到手机“叮咚”一响，订单来了，气氛才缓和。

另一重阻挠是村里人的冷嘲热讽，外地买家找不到厂子，在村里问路，有村民就说他家床垫如何不好。“嫉妒你说明自己本身胆小，他敢去银行贷款几十万元、上百万元创业吗？”

观念的束缚之外，创业也面临着缺人的问题。姜东想聘请一些优秀的电商人才，发现“少得很，要么就是半吊子”。

村民大多没有在工厂工作的经验，不了解规章制度。很多人在工地做习惯了，累了就在地上一坐。住在周边的人，家里有事总要请假，来回几个小时，如何计算工资。

一位50岁的工人分配到的任务是晾晒棕，姜东发现他的心思不在活儿上，而是偷瞄着老板，如果老板不在，他宁可在太阳下暴晒，也不三下两下把活儿弄完去阴凉下歇着。

“他们听我谈产品听不懂。我说这个东西敢不敢搞一下，他们说，‘什么东西，骗人的吧？’”

他所在的村子叫银厂沟，端一碗饭，没吃完就能走遍村子。村里只有375人，去年死亡3人，出生2人。姜东有浓重的乡土情结，喜欢走亲访友。他感到这些年，村庄少有孩子嬉笑打闹的声音，也少有猪叫和狗叫，有的人家大门一锁，几天看不到人。以前大家聊天的大碾盘，现在建成了停车场。他有时怀念小时候一群孩子拿着镰刀去打猪草，旁边跟着小花狗的日子。

姜东在银厂沟常感到一种不被理解的孤独，“好像你跟不打游戏的人解释这个道具如何好，别人听不懂”。在南方，他遇到问题，找个茶社，叫几个朋友出来聊，总是能找到问题的核心，“就像文艺复兴时候，那么多思想一起碰撞”。在这里，人们习惯反问他“有啥用”。

县城的学生在路上。

县城跳广场舞的人。

城市综合征

一位当地人曾外出打工，坐 42 个小时火车，落地广州。一出站，就混入人群中。她在东莞的车间里加工工艺品，“天使的翅膀”和会发光的摆件，一年后回家，孩子叫她阿姨，不叫妈妈。“孩子不认我了，还打什么工”。

2017 年佛坪开通了高铁，成为县里的大事。这是当地领导努力争取的结果，被浓墨重彩地写进县志里。自 1825 年设立佛坪厅，县城建制几经变迁，尽管人少，佛坪在努力维护自己作为一个县的地位。

为了能有人气，佛坪想了许多法子，比如紧紧攥住大熊猫这张名片。山上的广告牌、高铁站的拱门、桥头的装饰、姜东的棕榈床垫上，全是熊猫的身影。

佛坪的人类活动较少，秦岭又为熊猫提供了十多种竹类，使得这里成为国宝的栖息地。当地曾推算，佛坪境内每 100 平方公里有大熊猫 7.8 只，密度为全国最高。

在《佛坪县 2019 年国民经济和社会发展统计公报》中，人们能看到佛坪的发展。

初步核算，2019 年全县实现生产总值 114767 万元，比上年增长 8.1%。农林牧渔业完成总产值 33463 万元，比上年增长 4.2%。规模以上工业总产值 26618 万元，同比增长 13.2%。全年接待游客 197.6 万人次。群众安全感不断提升，公众安全感满意率为 96.03%。

公报还提到，佛坪主动出击招引项目，建立招商引资联席会议制度开辟重大招商项目、重点工程项目“绿色通道”，举办首届“古道明珠、静美佛坪”招商推介活动。

黄文庆说，过去讲究“人定胜天”“人海战术”，人少的地方都有种自卑。现在科技发展了，许多事情不靠人数决定。“佛坪人口虽少，但人均绿地、蓝天、氧气的比例很高”。

他热爱这个工作了半辈子的地方。2002 年，佛坪遭遇洪水，237 人死亡或失踪。救援队带着物资和药品乘直升机来灾区探望，螺旋桨卷起地上的灰尘，黄文庆看到，许多佛坪人哭了。

这里地广人稀，人们往往比都市更看重人与人之间的情感。小学同学很可能还是初中同学，也是高中同学。不管是学校医院还是机关单位，面熟的人多。下班后朋友打来电话，相约一起烧烤，人们骑着电瓶车就去了。烧烤店老板也是认识多年的，大家对每道菜都熟悉。

熟人太多有时带来一些麻烦，人们吃饭喜欢去包间，在大堂，熟人多，少不了要多敬几杯酒。还有人吃早点时背对着大门，不然一个馍还没吃完，就抬头跟人打了十几次招呼。

黄文庆喜欢这里的人情味儿。过去走在街上，谁家女子、谁家老汉都清清楚楚，哪一户来了客，几乎整个县城都知道。

即便不知道对方名字，也很可能了解他家在哪里，做什么工作，兄弟姐妹几个。两个人谈恋爱，如果一方有隐疾，另一方不知道，马上有人从好几代前说起。

相亲在这里很普遍，一位当地年轻人经人介绍认识了在西安商场打工的女士，两人匆匆见了一面。他最终娶到她的方式是讨好她在当地的家人，秋收的季节去地里摘玉米、过节了带着礼品探望、修房子跑去帮忙，这期间他没再见过女方，直到她回家，相处了几个月，他便提着四色礼（烟酒等）上门提议把婚事定下。

中等家庭结婚时起码有四五十桌酒席，有的有八九十桌。这里的人很大一部分支出是人情份子，有人估算，一个公务员一年的份子钱大概是两个半月的收入。

在这样的人情社会里，言论、道德、口碑就能约束一个人，悦中山说，一般不用动用法律。这里的犯罪率很低，一是犯了事在山里跑不出去，二是人和人之间总有千丝万缕的关系。

但讲究人情的地方也容易忽视制度，若在圈子里，很容易得到资源，如果不在就被排斥，“影响了整体的公平。”悦中山说。

留在这里的人则找到了一种适合自己的节奏，上了年纪的人安静地坐在老街两侧，与面前的一排盆栽一同晒太阳。过去几百年，佛坪人一直在这块土地上平静生存。入夜，圆月照着青山轮廓，像古诗画面。

一位老县城人说自己患有城市综合征，一到大城市，呼吸也急促了，听力也不行了，心慌得很。一进山，所有症状都消失了。他退休后，爱好养花、去河里捡奇石、集邮，还种了一小块地。

“也许未来佛坪会成为秦岭的后花园。”悦中山说。

（文中陈丽颖为化名）

（原载于 2021 年 4 月 14 日）

到底是人承载了生命，

还是生命点化了人？

7 万物有灵，生命与人

第 334 个名字 _2010
生命的礼物 _2011
最后的尊严 _2012
重生 _2018
协和医院最著名的艾滋病人 _2019
重度抑郁后，多活下来的这 9 年 _2020

「我为欢乐而生，为欢乐而死。

在我坟上安放悲哀的安琪儿，是不公平的！」

每个名字都是一个墓碑，家属会在上面粘上小花。受访者 / 供图

2010

创始校长的心脏等器官留在天津医科大学展出，教人“理解生命意义”。*受访者/供图*

第334个名字

文_从玉华 张国

一切都是按开诚老人生前的意愿进行的。

没有葬礼、没有挽联。最后的告别是在天津一家医院5平方米逼仄的太平间举行的。20多名亲友几乎背贴冰柜，前贴老人的遗体，一个紧挨一个，把白菊花轻轻放下，默默走上一圈。家属自带的录音机播放着一段轻柔的音乐。午后的阳光，照着老人清瘦的脸和红色的帽子。

整个过程不超过两分钟。

数米之外，是车水马龙的大街，人们热腾腾的生活如常。

正如老人设想的一样，最终他去的不是墓地，而是门口停着的一辆略显破旧的白色金杯车。车开往天津医科大学。不用太久，他会变成一块块、一片片，甚至他的头发都会变成小切片，被放在医学院学生的显微镜下。这些初学医的后生们将从老人身上，认识第一根神经、第一根动脉。

2010年12月2日，78岁的开诚没有离开这个世界，他只是换了一种存在方式。他是天津市全年的第8位、有记录的第334位遗体捐献者。

在最美最安静的地方展示生命的意义

49岁的袁武记不清这是第二百多少次坐在这样的车里了。他用那双常年被药水浸泡得发白的手，把装有开诚老人的不锈钢箱子抬上车，然后坐在老人前面——那是他多年的固定位置。

这位做解剖工作30年的天津医科大学高级实验员，把每次接遗体捐献者都说成“请”。

有时候大半夜、年三十、年初一，他也要去“请”人。多年来，他几乎没怎么穿过颜色鲜亮的衣服。

车子徐徐开到医科大学解剖楼。在这栋终年弥漫着福尔马林味道的灰色老建筑里，刚刚落下人生幕布的遗体捐献者，将有最后一段特别的“生命之旅”。

他们的身体在解剖楼，关于他们生前情况的3页纸的记录在一路之隔的行政楼教务处，而真正纪念他们的地方在距离解剖楼和行政楼近100米的教学楼内。

3处构成一个等腰三角形。顶端是一间“生命意义展室”。

学校把最美的教学楼一楼尽头最安静的那间屋子，布置成了国内第一间纪念遗体捐献者的展室，并以“生命意义”命名。这里陈列着所有捐献者的遗书。

在这个“三角形”内，死亡不再是忌讳，生命的价值得到开敞。

遗体一旦进入解剖楼，身份将彻底消失，只有一个个编号。开诚老人就是最新的一个编号。无论来时盖着党旗，还是身穿最简陋的衣裳，无论年龄、信仰、民族，“所有人都一样”。

这段“旅程”是从袁武的手开始的。他会轻手轻脚，像“给活人脱衣服”一样，脱掉袜子、裤子、上衣。哪怕身体已经僵硬，他也不会使用剪刀。脱下的衣物放在一个专门的柜子里，等待集中焚毁。

“旅程”还会继续，经过一双双实验员的手、老师的手，最后遗体进入一间60多平方米的解剖教室。

解剖课有简短的开课仪式，所有的学生都被要求默哀30秒，向尸体鞠躬致敬。老师告诉学生，本学期，这具遗体就为同学们服务了，想要成为好大夫，就要像对待真正的病人一样对待尸体。任何操作失误，在临床上都可能导致真正的死亡。

毕业后留校任教的陆于宏还记得自己当学生时第一次切下手术刀的感受：没有恐惧，只有神圣感。

动手之前，一些外国留学生会按照各自的宗教仪式，为死者祷告。有人会专门带来白布裹着尸体，用手绢盖住死者的脸，尽管死者的脸部已经被学校用塑料布蒙住了。

刀接触身体时，有人会亲切地打声招呼：大爷，我们开始了！做到中途，需要把尸体反过来，他们会说：大爷，咱们翻个身！一间解剖室同时摆放 3 具尸体，3 个小组同时做实验，有学生会略显骄傲地比较：看，我们的大爷身体又瘦又结实！

在初学解剖的学生眼里，他们最关心的是遗体的胖瘦——因为胖人脂肪多，找到大血管、神经、组织的难度要大些。

几乎没人觉得这些尸体是可怕的、冰冷的，有人会喝着牛奶吃着煎饼果子去上解剖课，有人则聚精会神，“恨不得整日趴到尸体上研究”，舍不得下课。

每次解剖课快结课时，即使再匆忙，学生们也会不厌其烦地一寸寸把皮肤覆盖好，让死者尽量看起来“完好如初”。而这并非课程的硬性要求。

考试前，有同学会在白天躺过尸体的解剖台边温书，累了就趴在尸体躺过的地方眯上一小会儿。陆于宏说，很多学生都有过这样的夜读。

最后一堂解剖课，所有人会向已残缺的遗体鞠躬感谢。

最近，解剖教研室主任李云生在《欧洲泌尿科学——铂金》杂志上发表了一篇分量很重的论文，这篇论文他运用了 20 具尸体的原始资料。

他说，这些死者也是论文的作者，“他们的价值就像杂志的名称一样，‘铂金’，比黄金还珍贵。”

人生是什么？在这里可以有个解答

如果不是开诚老人生前固执地坚持，此刻他可能安眠在加拿大一处山清水秀的墓地。

在加拿大生活了9年的独子开效军，起初并不同意父亲的这种选择。他跟“一辈子都好脾气，从没发过火”的父亲，吵了无数次，最后尊重了父亲的选择。

即使在父亲将被抬上金杯车的最后一刻，还有亲友问他：“就这样吗？”

“就这样吧！”这是开效军在父亲身边说的最后一句话。

遗体捐献者的亲人们从不理解到最后“松手”的心理煎熬，在医学院内得到了庄重的回应。对于躺在解剖台上的遗体，教师们称之为“无言的老师”，并会告诫学生，一定要给予他们神圣的仪式感。

多年前，天津医科大学发生过一起学生损坏尸体标本的情况。当时李云生和同事给涉及的100多名学生打了不及格的成绩。这是李云生从教多年来心里最大的一个“疙瘩”。

学校教务处原处长、现天津中医药大学党委书记张金钟心里也有个“疙瘩”。他讲授的医学伦理课越来越难上了，台上讲白求恩、南丁格尔，同学们在下面不以为然：“老一套”，“很难感动他们”。

这位学哲学出身的教授想改革。一个周末，张金钟在办公室接待了一位戴着黑纱的悲伤的中年男人。他说母亲去世了，想捐献遗体，还带来了一封遗书。

读完这份遗书，张金钟都快哭了。

再上课时，他念了这位留下4部作品的诗人兼翻译家的遗书：

我死后谢绝一切吊唁，我的作品是我留下的丰碑，丈夫儿子姊妹务必节哀豁达，生劳死息，生寄死归！有能耐的人无它奇，只是比平常人看得透远而已。中国文化博大精深，古典文学是它的宝冕，诗词又是冕正中的斗大夜明珠，我后半生能致力于它的研究，且有美满家庭辅助，我一生已心满意足。

临了，将年轻时熟背的伏契克《绞刑架上的报告》的一段话为结束：“我为欢乐而生，为欢乐而死。在我坟上安放悲哀的安琪儿，是不公平的！”

很快，这封遗书在学生中间传开了。

张金钟事后回忆，“我们的很多理论非常伟大，道理非常深刻，但是课程非常苍白。我们太注重以理服人了，忽略了以情感人。这件事让我豁然开朗。”

张金钟翻了教务处保存的几十年来的所有遗书，越看越激动——“这是最好的教育！”

他找到解剖教研室主任李云生，商量建一个“医学伦理学教育基地”，设在解剖楼，让学生都来看看。

李云生痛快地答应了。多年前的那个“疙瘩”还在，他觉得这个提议“太有必要了”。

两个人没有层层汇报，“私下把这事定了”。2001 年底，在解剖楼二楼的一间教室里，“医学伦理学教育基地”算是落成了。

房子破旧不堪，四周掉着墙皮，房子不大，围着走一圈刚刚 50 步，屋朝北，终年不见阳光。李云生还自费买了紫色的绒布窗帘挂上，在他眼里，“紫色最素雅、最庄重”。

所有的遗书都在那里展出。张金钟亲自选了一些典型的遗嘱做成展牌，有的病句他也尽量保留原样，因为“特别淳朴生动”。部分遗嘱译成了英文，他希望留学生、外国人也来看，“生命伦理没有国界”。

他又突然想到，上课时总讲学校创始人朱宪彝教授的“四献”：献出全部存款建立朱宪彝奖学金，献出全部藏书，献出自己居住的住宅楼，献出遗体供教学解剖。

为什么不把老校长“请”来？他托人去找，在一间实验室里，发现了朱宪彝的内脏标本。这件“镇校之宝”，被移来放在屋子的中央。

原本这个基地只向医学伦理课的学生开放，结果，全校的学生、医护人员都来看，甚至隔着几个街道的 18 名环卫工人、隔着黄河长江的南方兄弟院校的同行也来看。参观感言累计 100 多万字，其中不乏日文、阿拉伯文、韩文、法文等。

华中科技大学原校长杨叔子院士曾趴在玻璃罩前，扶着老花镜，细读这些遗嘱。离开时，他写下：人生是什么？在这里可以有个解答。

受展室影响，这所学校自愿捐献造血干细胞的学生比率在天津是最高的。

后来，新生入校的第一课、毕业生离校的最后一课，以及本校的新员工和附属医院的新医生、新护士的岗前一课，都在这里上。

这个老楼有些不堪重负了。

2006 年春天，基地移到了教学楼一楼的新址，并更名为“生命意义展室”。

搬家那天，因为担心年轻人毛手毛脚，张金钟亲自抱着老校长的脏器标本。学生们在一旁低语：“朱校长，咱们要搬家了，搬到一个更漂亮的楼！”

这里值得全世界所有医学院效仿

新展室其实也不大，只有 100 多平方米，并没有容下全部 334 位遗体捐献者的信息，包括“开诚”这两个字。相反，这里很少提及捐献者具体的名字，除了遗书原件，展板上的遗书落款均是“匿名”。

展室很明亮，这里能迎来一天里的第一缕阳光。走上一圈，能认识很多有趣的人。

“我参军时才 17 岁，还是孩子，不懂得多少革命道理，是党教育我长大成人的，我本应做更多的工作以报答国家，但因为历史的原因，使我平庸地度过了后半生。现在唯一的补偿办法只有将遗体献给祖国。我当兵走时家里只留下一位年过花甲的妈妈。参军一去十多年不能在妈妈身边行孝，欠妈妈的太多了……我想只有将从妈妈身上掉下来的肉奉还给祖国母亲，也算是给妈妈一点儿补偿。”

还有不会写字的天津市西青区张家窝镇的农民张凤龙。他的遗书是别人打印的，最后落款，他像画画一样照样子画出自己的名字，可他还是画错了，歪歪扭扭地写着：张风龙。这也是这间屋里最短的绝笔。

如果这个农民还活着，今年该是 34 岁。

还有人为了证明自身的“科研价值”，不厌其烦地说病史：五六岁，害眼疾，七八岁时，感染秃疮，八九岁时，得疟疾……

看这里的文字，常常忍俊不禁。一名书法家说，“死后仍要助人为乐”，如果自己的脏腑能够用于挽救别人，来个生死之交，“觉得也颇有诗意”。他希望自己不吸烟、不喝酒的好“五脏六腑”，正好能教育抽烟酗酒的“同志们和青年们”。

自称 20 多岁就开始有“头摇手颤”症状的一位老人，建议有兴趣的大夫取出自己的大脑研究一番，“以改变老年人的形象”。

当然，鸡毛蒜皮的小事在这里也是俯拾皆是，比如金戒指给谁，侄女结婚给多少钱……这些絮絮叨叨、形形色色的打算，在这死亡气息无法回避的房间里，留下了一点家长里短的私密与温度。

但有一点，这些人的选择都很“决绝”。有人在遗嘱上按下 5 处手印，以证明其强大效力。还有人交待：假如身体变得僵硬，那就苫上一条白布单子，不要勉强穿寿衣，以免损伤肌肤和骨骼，影响使用。

来到这里参观的人都会经历 30 秒的默哀仪式。有时，仪式在参观前举行，瞬间让吃着零食、喧闹的人群安静下来。有时，默哀会在结束参观后进行，“让人沉思 30 秒”。有中小学生来参观，讲解员会先讲，让叽叽喳喳的孩子们“渐入佳境”，然后中途在朱校长的内脏标本前默哀。

面对这位 60 年前创办了这所“新中国第一所医科大学”、担任校长达 32 年之久的老教授的心脏，有人会摸着罩子，有人会刻意离它很远，怕碰到了显得不敬，有人则会站立好久，最后鞠一躬。

朱宪彝生命最后一刻的故事在展室内常常被提及。当时，他感到不适，亲友同事都劝他住院治疗。他婉拒：“新楼病房的会议室、过道和各科门诊室都住满了病人，我是医学院院长，愧对患者，又怎能和他们争床位呢？”

1984 年 12 月 25 日上午 9 时，朱宪彝心脏病猝发，倒在正在批阅的论文上，与世长辞，身后“四献”。

世界医学法学协会主席阿芒·卡米，原本只打算抽出几分钟去看看这个展室，结果，大半个小时也没出来。他说，这里“将医学教育和人文教育融为一体的想法是伟大的，值得全世界所有医学院效仿”。

卡米在门口的留言簿上写了一首诗。当别人以为他要离开的时候，他突然问：“我能念一遍吗？”接着，这位白发老人旁若无人地大声朗诵道：“我来自远方，来到这个独特的地方。我来自远方，怀着对朱宪彝教授的崇敬——他像一盏灯，让他的民族看到伦理之光、人性之光。当我回到远方，我会把这灯的信号带给全世界的人。”

台湾学者师哲雄在留言簿上写下了8个字：“无语良师，感恩至深。”

一个尼泊尔的留学生写道：“我感受到精神的力量，看到了在这种力量引领下的中国强大的未来。”

一些社会参观者显然为了从众，随大流参观完就往外走，可他们会等到所有人都走完后，再悄悄折回来，独自趴在留言簿上书写。有的写满一页纸，有的只写下两个字：震撼！

中小学生参观者常常出来就嚷嚷“我也要把自己捐出去”。解说员会笑着说：“死是为了坚定地生。这个展室想告诉大家，请更加珍惜生命！”

平时，这里大门紧锁，参观需要提前预约。但就算只有一个人，学校也会安排开放。

一个阴沉的秋日下午，一位“脸色凄凉”的中年女人，一个人静静地在展室走了一圈。没有解说，没有任何仪式，只有白色的灯光洒满这间屋子。离开时，她低声说，这天是母亲的祭日，没有地方祭奠，只好来这里，尽管这里“没看到母亲的名字”。

两个柜子就隔着一场生与死

开诚老人被“请”进解剖楼后，一路之隔的教务处的工作人员趴在桌边，在密密麻麻的名单上寻找他的名字，然后在名字上画条线，旁边写下：已死亡。

当第 334 位捐献者从户籍上、档案里消失时，还有一份特殊的记录，永远保存在这间略显清冷的老旧的办公室里。

在这里，两个柜子就隔着一场生与死。一个柜子放着填好的遗体捐献申请表公证书，另一个柜子则专属死亡后已执行捐献者的申请表公证书。

12 月 2 日下午，开诚老人从一个柜子去了另一个柜子。

翻看这些申请表，照片里人们的衣着从对襟袄、中山装换成了西装、衬衣、T 恤衫，从黑白照变成了彩照。

早年的申请表已经发黄，裂痕斑驳。一些人自称“无神论者”“唯物主义者”，为了“破除封建迷信”，决定通过献出遗体“报答共产党的恩情”，为祖国医学事业“添砖加瓦”，遗体的处理，“一切听从国家的安排”。

在这些人的笔下，很容易找到当年教科书上常见的词语，比如“计划经济”、“‘四化’建设”等。“国家”和“人民”出现的频率更高。

到了 90 年代的申请表，人们的表达就随意和个性化多了。不再用“大词儿”表达对生死的理解：“身体不过是人在地球上居住的帐篷，随着生命而去”“生死就是新陈代谢的自然规律”、“人就像一支蜡烛，当它燃烧到芯灰脂竭的时候，自然就熄灭了。”

还有人在申请表里夹了一个封好的信封，写着“请勿提前开启”字样。不知它会在何时被打开，里面又是些什么。

旧的申请表格上曾有“单位意见”一栏，新申请表的这一栏取消了。最初，人们想捐掉自己为国家“添砖加瓦”，是需要单位介绍信的。

“家属意见”栏是申请表上 30 年一直没有变过的部分，也是饱含泪水分量最重的部分。

有的家属只会填上“同意”，也有人在狭小的意见栏里愿意多写几句，比如“我们一开始反对，经过了激烈的斗争……”

人们并不知道“同意”二字落笔时，那些“斗争”有多“激烈”。

多年来，一次次把人“请”回医学院的袁武目睹了太多刻骨铭心的分离场面。

2003 年，退休法官赵建中病逝后，他的长女赵昭做了“一生中惟一不愿意做而又必须做的事”。

当女儿第一次知道父亲捐献遗体的打算，哭着拒绝执行这个残酷的决定。她问父亲：“你为什么偏要这样做，最后我们连你的骨灰都没有，我们到哪儿去给你扫墓，到哪儿去看你呢？”

但当父亲在这年的7月1日中午停止呼吸，赵昭立即通知了医科大学。校方提出，天气较热，为了保持遗体新鲜，两个小时之后就将接走遗体。而天津的风俗是举丧3天。

一个仓促的告别仪式在医院举行。父亲的遗体被抬上车的刹那，赵昭大喊：“等一下，请等一下！”她向正在扎鲜花的工作人员借了一把新剪刀，跪在父亲身前，剪下了一缕花白的头发。

“这缕头发有着父亲的血型，有着父亲的气息，代表着父亲的全部，我要给父亲买一块墓地，埋下这缕头发，让他钟爱的法官制服永远陪伴着他。”

天津市宝坻区的一位农民捐出遗体不久，他的家属被赶出了村子。他们被同村人怀疑“拿死人卖钱”，伤风败俗。

当然，并不是所有的故事都这么悲伤。陆于宏曾碰到一位正在申请捐赠的肝癌患者，由家属陪着。他说自己只有5个月的时间了，当看到旁人脸色沉重，他又用轻松的语气安慰大家：“我就快要来了。”

这334名捐献者，生前也许只在填表时到过这所学校，而当他们下一次进入校门，或许已是生命之门关闭的时候了。

您就说一声“呵，老赵走了”，利利索索的

12月2日这个阳光灿烂的下午，当运送开诚老人的金杯车驶过立交桥，开往天津医科大学所在的气象台路时，65岁的下岗工人赵永华正蹬着他的自行车，在赶往养老院的路上。

8年来，他几乎风雨无阻地每天骑车近40公里，四处寻找可能会捐遗体的老人，连自行车都被偷了几十辆。

334 位捐献者中，他“经手”了 110 人。有年轻时蹲过监狱最后希望以献尸“洗刷污点”的老人，还有身披红旗的老坦克手。他跟袁武常常相遇在那辆金杯车里。

在 2002 年 3 月 31 日，他和妻子同时办理遗体捐赠登记的那一天，他在自家 30 平方米的房门外钉上了一个大牌子，“天津市遗体捐献宣传帮办志愿小组”。他把家里电话印在纸上，到处散发“热线号码”。

他说自己不是“劝捐”，他从不主动跟人说捐遗体的事儿。他的工作方式是：每天带着面条，骑车去养老院看老人，一起聊天，煮面条吃，别人问他在忙啥，他才说捐角膜、捐遗体的事儿。

他常用地道的天津话说：“人最后眼一闭什么都不知道了。装棺材里，让虫子啃了吃了，不如送到医学院，让孩子们别练假的，练真的，多好！”

他比划取角膜的过程。医生会把一支白花放在死者身边，鞠躬默哀。然后，像“对活人做手术”一样，消毒（尽管这个动作实际上没必要），最后像“摘隐形眼镜一样”摘角膜，“瞧，人走了，光明留在了人间”。

老赵见人就爱笑，整日乐呵呵的。他跟养老院的老人们说，活着就图高兴，要发现好几天没见到我了，您就说一声“呵，老赵走了”，利利索索的。

以前拿着遗体捐献申请表去公证处办公证需要花 200 元钱，老赵觉得很不合理，死缠硬磨找民政、找司法，最后把这政策改了，200 元免掉。

“我不是党员，谁也不代表谁，就代表我自己。”这是他的口头禅。

他的钱包里总装有一朵白花，随时准备别在胸前，为死者送行。2009 年春节，他在一间有 11 具遗体的停尸房里，为一位捐献者守灵。

抬遗体上下车时，不足 1.65 米的老赵通常抬头部，“那是大儿子抬的位置，很重要”——这是他表达尊重的方式。

他的遗嘱写了 3 大张纸，最后一行写满了谢谢，放在“生命意义展室”，那是展室唯一一份主人还活着的遗嘱。

小学文化的老赵还被天津医科大学聘为“德育辅导员”，站在教授讲课的讲台上，讲“生命的意义”。

虽然经手 110 位捐献者，但他实际也不太清楚自己最后的路。就他的经验，他能预计到自己死后躺在医学院的解剖台上，时间越久，“颜色从最初的浅黄，变成深褐色”，他先指指自家的门框，再指指墙上前几年和老伴补照的婚纱照的相框，“就这色儿！”

他想好了，等那一天真的快来临时，他还会写一封遗书给孩子，那是一份不同于陈列在“生命意义展室”的遗嘱。

话是这样的，他一字一顿地说：“宝贝儿，你是大人了，懂事了，你爱吃鱼，我再不能给你买了，所以你得学会自己钓鱼去。”

最小的墓碑

开效军把父亲开诚送上医科大学的车后，呆呆地站在风里，手里还捏着没有烧完的纸钱。

风很大，开效军躲在避风的墙角烧纸，好几次才能点燃。告别太短太快了，他终于没能烧完一把纸。他说父亲搞经济工作，特别喜欢简单，复杂的事情“会让他不舒服”，所以尊重父亲的意愿，让他无牵无挂地捐出自己。

开效军留下了一张贴着加拿大枫叶的卡片，卡片上签着亲友怀念老人的话，中英文都有。他将把这张卡片和父亲生前的一顶帽子带回加拿大，那是这个家庭所能留下的全部的纪念了。

老校长朱宪彝一生有 6 个儿女，只有孙女朱宁代表全家参观过“生命意义展室”。学生化专业的孙女回家说，在爷爷的脏器标本前，并不觉得有什么特别，她也解剖过别人，“人都是一样的”。

朱宪彝的四儿子朱遂如今 75 岁了，每逢父亲的祭日和清明节，他就步行 20 多分钟，到天津医科大学南门口，和父亲的雕像，默默说上一会儿话，再围着种满月季花的花坛走一圈。

给家属一个“交代”，给他们一个祭奠的地方，这个念想始终压在张金钟胸口。直到 2004 年，由天津医科大学、天津市红十字会、元宝山庄陵园共同设立的遗体捐献者纪念园落成，他心里的石头才落地。

纪念建筑主体长25米、高5米，中心呈心形，刻着两个金色楷体大字：奉献。旁边延伸出两面大墙，墙上镌刻着每一位捐献者的名字。

至今上面有333个名字，开诚老人的名字还没来得及刻上。名字都是随机排的，夫妇二人的姓名，也不会专门刻在一起。

每一个名字就是一个墓碑。

可墓碑实在太小了，前去祭奠的家属，只能扎个小到不能再小的花圈，或者掐一朵花，用胶带粘在上面。

前方是一片桃园，春季桃花灿烂。后面是满坡的爬山虎，秋季一片红。墓地的山脚下养着成群的鹿和孔雀。每天，1000多只鸽子在墓园上空飞翔。

这里的每一个名字、每一块墓碑，隔3天就会被擦拭一遍。墓园并不寂静，每天都有音乐，陪伴亡灵的曲子，有《天长地久》《回家》《与昨日告别》，甚至有今年刚走红的《传奇》。

333个名字只占了两扇墙的很小一块，还有大片大片的留白。

袁武和李云生早商量好了，他们死后会把自己留在学生的解剖台上，成为编号，成为分不清彼此的那些小切片。解剖楼就是他们眼里最好的归宿——如果那栋老楼还在的话。

朱遂和女儿朱宁也早早表示，死后将捐献自己的遗体。在他们眼里，这样的行为实在很平常，“人死了不就是蛋白质分解嘛！”

他们相信，自己最后的归宿就在这个墓园里，一个名字而已。

不用多久，工人就会在黑色的花岗岩上刻上“开诚”二字。名字是金色的，刻下它只需要5分钟。那是第334个名字。

（原载于2010年12月22日）

「“将来能告诉我们受捐的人在哪儿吗？
我们想知道孩子在哪里活着。”张天锐问。
医生不得不让这对父母失望了，
原则上，捐献者与受捐者之间应该“互盲”。
张天锐失望地点点头，“那算了，只要他们健康。”」

张磊生前留影。张祖国 / 翻拍

张天锐、胡久红夫妇在武汉遗体捐献纪念碑前。杨涛 / 摄

2011

生命的礼物

文_赵涵漠

我是被这样一条消息击中的："两位重度角膜炎患者重见光明；两位尿毒症患者有了新的肾脏；一位肝硬化患者有了生的希望，这些幸运，都来自一位因车祸去世的年仅 22 岁的湖北武汉大学生。他的父母忍痛捐出他的器官，他们相信，通过这样的方式，儿子就还活着，一直活着……"

这个故事催促着我启程。2011 年 6 月 11 日，我从北京到达武汉，试图找到逝者父母。但武汉红十字会的工作人员在听说我的采访要求后却表现得很为难，这对夫妇并不想面对媒体，已经拒绝了所有采访，甚至当获取器官手术进行时有人带着相机混入现场，闪光灯一闪，都被他们赶了出去。最后，我辗转从这家人的亲戚那里要到了一个固定电话号码。

他们生活在距离武汉 150 多公里的荆门市京山县。我在两场暴雨间短暂的空档中到达京山，晚上 8 点，拨通了那部电话。

"没什么可说的，我们只是做了一点很平凡的事，请你们不要来打扰我们的生活！"父亲张天锐接听了电话，他嗓门很大，声音听上去有些愤怒。

我反复地向他说明来意，但他都毫不犹豫地拒绝了。可当我告诉他，我只比他的儿子大 3 岁时，他沉默了一阵。

我说："别把我当成记者，就当成您儿子的同学吧。"

他捂住话筒，似乎是和身边的妻子商量了几句，然后，像是下了很大的决心，"那你过来吧。"

"毕业了我就找个事做，你和爸都不用这么辛苦了。"

我没想到，眼前会出现这样一对父母。

张天锐今年 49 岁，他穿着一件深蓝色的旧背心，又黑又瘦，满脸胡渣，总是皱着眉，额头上的皱纹就像是用刀刻上去的。当我主动向他伸出手时，感觉像握着一块粗糙的石头。母亲胡久红 48 岁，是个矮小的女人，她撩起裤腿时，会看到右腿只有左腿一半粗细，小儿麻痹症影响了她的一生。她走起路来很慢，一脚高一脚低。

在一间门市房前，张天锐拉起卷帘门，神情木然地说："这就是我们的家，所有的家当。"

事实上，这是一个 30 多平方米的铺面，屋子被一个小木柜象征性地隔成两半。外面半间几乎被几十桶脏乎乎的煤气罐塞满了，仅仅留出一条通道。屋里到处是煤气味。

里面 10 平方米左右的半间才是这个家庭真正生活的地方。张天锐坐在一张可以半躺着的竹椅上，胡久红拉过砖头大小的木凳坐下来，我是客人，被让到了仅剩的一张靠背椅上。

胡久红垂着头说："家里只有 3 张凳子，碗也不够，所以儿子不大把朋友往屋里带，没地方坐。"

这是一间小到毫无遮蔽的房间，除去一个淡绿色的冰箱和一台 100 元钱买回来的二手彩电，再没什么像样的家电。一张双人床和一张单人床沿着墙依次摆放。胡久红扶住那张木制的小床，"原来儿子就睡在这，这么大的孩子，从来没自己住过一间房。"停顿了一下，她接着叹气道，"没办法，太困难了。"

就连这间简陋的屋子也不是他们的财产，而是每月 500 元租来的。在他们的月工资只有四五十元的时候，这对夫妇就下岗了。除了力气，他们再没有什么求生的本领。张天锐做起了搬运工，每爬上高楼换一个重达 30 公斤的煤气罐，他能获得 5 元报酬。而妻子因为残疾，只能在家洗衣做饭，几乎没有收入。

他们唯一的孩子名叫张磊，今年 22 岁。就在上个月，他刚刚结束在湖北中医药大学继续教育学院护理专业的学校生涯，也完成了在京山中医院的实习任务。这个家庭还欠着学校一年的学费——4800 元。这笔钱，他们很快就要攒够了。未来的生活看上去挺有盼头，等交了钱拿到毕业证，张磊也许就将成为医护行业中稀缺的男护士。

坐在他们弥漫着煤气味的家里，张磊空荡荡的硬板床就在我背后。过去，张天锐每个月给儿子 400 元生活费，后来物价涨了，张磊的生活费也涨到了 600 元。对张家来说，这笔钱得攒上好一阵子，张天锐必须为此扛上 120 个煤气罐。胡久红从来没有将这笔钱一次性汇出过，只能每 10 天给武汉的儿子寄出 200 元。

我问他们："张磊抱怨过吗？"

母亲沉默地摇摇头。父亲却盯着墙边一辆锈迹斑斑的手推车。每逢放假，张磊就推着小车去附近帮父亲送气。"他不像别个的儿子那么聪明、读书好，但就是蛮听话也蛮老实。"张天锐慢慢地说。

胡久红突然想起，就在几个星期前，儿子在家里一边帮她洗衣，一边憧憬："毕业了我就找个事做，不管是好工作还是差工作，你和爸都不用这么辛苦了，爸不用再去搬'坛子'了。"一家人也曾在吃晚饭时打算，如果有机会，就让年轻人去南方闯闯，存够了钱，可以回到这座县城里贷款买自己的房子。

"你醒过来吧，你这么孝敬爸爸妈妈，就醒过来看看我们吧。"

5 月 31 日早上 6 点半，张天锐像每天一样早早开始准备一天的活计。张磊也起床了，他刚刚结束在京山中医院的实习，那天正准备去医院取实习鉴定。

听他医院的同事说，张磊是个听话的孩子，很受医生老师们的喜欢。如无意外，那份鉴定应该写得挺漂亮。张天锐也记得，儿子心情不错，像往常一样穿着 T 恤和短裤，7 点钟就出门了。

可已经开始送"气坛子"的张天锐并不知道，张磊并没有走出太远。仅仅在离家不到 1000 米的十字路口，这个只有 22 岁的年轻人被一辆农用汽车撞倒。据说，当时下着小雨，好心的路人拨打了 120，又用雨伞遮住了已经失去意识的张磊。

20分钟后，他被送往京山县人民医院的重症监护室。

事实上，那时除了头上一点擦伤外，他的身体表面并没有明显的外伤。当张天锐和妻子接到医院打来的电话时，他们带着家里仅有的2000元现金赶往医院。看过儿子，这对父母乐观地相信，张磊几天后就能转去普通病房。

胡久红决定在监护室外陪着儿子，让丈夫回家看店。他们一天也不敢丢掉自己的小生意，无论是半夜12点，还是凌晨3点，餐馆或早点铺的老板只要打一个电话，张天锐就必须马上将煤气罐送到。

可管床医生袁以刚却知道，他面对的这个“蛮年轻帅气的小伙子”情况并不乐观。在对大脑进行CT扫描后，他发现张磊的脑干已经受到严重损伤。6月2日，病人呈弥漫性脑肿胀，瞳孔变大。医院决定迅速为他进行开颅手术，三四个小时后，手术结束，瞳孔缩小。但第二天，同样的症状再次出现。当晚，张磊已经无法进行自主呼吸，不得不插上呼吸机。25个小时后，医生向家属宣告：“从临床上看，病人已经脑死亡。”

这对贫穷的夫妇从未有一刻想要放弃自己的孩子。守在病房里的胡久红拉着袁以刚的手，只机械地重复着同一句话：“医生，救救我儿子吧，就算只是个植物人也好。”

那个年轻人躺在病床上，看起来就像是随时要醒来的样子。父母拉着他的手，哭着呼唤：“张磊，你醒过来吧，你这么孝敬爸爸妈妈，就醒过来看看我们吧。”年轻的女友程丽（化名）用手机在他耳边播放了他们曾经一起唱过的《我想大声告诉你》。

可是奇迹并没有出现，没有一种声音能将张磊唤醒。按照亲戚们的指点，夫妇俩去菜市场买了一条野生河鱼，然后在河水里将鱼放生。随后，他们又将儿子的衣服裤子收好，请人带去“收魂”。胡久红感到，自己就像疯了一样，“只要能救儿子，我们什么方法都不拒绝”。

他们不懂，躺在病床上的张磊还有心跳，怎么就被宣告了“死亡”。医生不得不一次又一次地向围住他的病人家属解释脑死亡的含义：病人无自主呼吸，一切反射消失，脑电静止。

几个小时后，这对夫妇终于接受了这绝望的现实，整个人瘫倒在地上。

我没敢再细问当时的情形。但屋里的悲伤比煤气味还要浓，张天锐用双手捂住了脸，“孩子就是我们的希望啊，现在，希望变成了肥皂泡，什么都没了。”

“孩子身上要到处动刀子，疼啊。”

6 月 5 日早上 8 点，张天锐瘫在病房前“动都不能动”，胡久红被自己的姐姐搀扶着走进医生办公室。她小声地向在场的医生说出自己的决定：“儿子没希望治好了，我们想把他的器官捐出来。”

这是个不大的县城。一个当地人悄悄告诉我：“这里很忌讳这个，要留个全尸，如果传出去了，恐怕在当地连生活都生活不下去。”

可是最初，胡久红还来不及考虑这些。医生向她解释“脑死亡”时，曾经提到国外的人对脑死亡的接受度比较高，很多脑死亡患者都进行了器官捐献。那时，这个母亲已经接近崩溃，但这句话却好像突然给了她启示。

在家里，夫妻俩每天辛苦工作之余，唯一的娱乐生活就是打开那台100 元的破电视。他们舍不得买机顶盒，便偷偷地将一条天线接出屋外。尽管只能收看到中央一台和京山县电视台，可电视剧里“捐眼角膜”的情节却曾深深地打动过他们。

张磊被宣布“脑死亡”的那一晚，夫妻俩仍旧守在病房外。矮小的母亲靠着医院的白瓷砖墙壁，她站不稳，眼睛也哭坏了，连报纸上的字都看不清。

“当时什么感觉都没有，就是痛苦。”胡久红呆坐在小板凳上，说到那个晚上，眼里几乎没有了光。

她幻想着有人来救救儿子，大脑坏了，能再移植一个健康的大脑吗？不能，当然不能。“我那时就想，医院里别人的孩子，也许肝坏了，肾坏了，他们也像张磊一样，等人救啊。”

当胡久红把捐献器官的念头提出来时，周围的亲戚们都沉默了，没有人表示赞同。这个小个子女人一辈子都脾气温顺，只有这一次，倔强得令人吃惊。“孩子是我生的，我有这个权利！”她不容分说。

如今，这对夫妻已经记不清，他们在这个念头上究竟来来回回地挣扎了多久。两人整夜抱头痛哭，张天锐决定顺从妻子的主意。“孩子烧了，也是一把灰，捐了，没白来这世上一次。”他一边说着，一边起身从柜子里拿出张磊已被磨卷边儿的学生证，让我看上面的证件照。那是个相貌清秀的小伙子，正对着镜头微笑。

在整个县城里，这是第一宗遗体器官捐献的案例。最初，医护人员们甚至不知道捐献该从何入手。一位泌尿科医生主动提出，自己曾经在武汉参加过器官移植方面的培训，可以帮忙联系武汉市红十字会。

6月5日上午11点10分，武汉市红十字会器官捐献管理中心负责人骆钢强带着3名医生赶到京山县城。

这是他第一次在重症监护室外见到张磊的父母。那时，胡久红垂头丧气地坐在病房外发呆，“很可怜的样子”，张天锐则躺在医院的地上，“看起来已经筋疲力尽了”。这对匆匆做出决定的夫妇还不清楚自己即将面对什么。他们甚至不知道儿子究竟有哪些器官可以捐献。

胡久红心里想着，就捐对眼角膜吧。

可骆钢强却发现，年轻的张磊身体健康。他尝试着提出，眼角膜、肝脏、肾脏和一部分皮肤都可以进行捐献。

对于这名已经在红十字会工作了20多年的工作人员来说，“劝捐”绝不是轻松的工作。最常见的情况是，他会被愤怒的家属连推带搡撵出医院，“你怎么找到这里的？滚！”

可眼前的夫妻俩，除了悲伤，反应很平静。张天锐想了一会儿，问道：“是不是捐得太多了？孩子身上要到处动刀子，疼啊。”

“捐一个器官和捐几个器官的程序是一样的，都要开刀。不过，捐的器官越多，做出的贡献越大。好多人等着救命啊。”骆钢强劝说道。

“总是捐，不如多捐些。”张天锐用劲地抹了一下眼泪，和妻子在早已准备好的器官捐献协议书上颤颤抖抖地写下了名字，同意进行无偿捐献。

“还有没有什么要求？”骆钢强问。

“将来能告诉我们受捐的人在哪儿吗？我们想知道孩子在哪里活着。”

张天锐问。骆钢强不得不让这对父母失望了，原则上，捐献者与受捐者之间应该“互盲”。张天锐失望地点点头，“那算了，只要他们健康。”

当他们走出门外时，连日来也一直守候在医院的亲戚和张磊的同学都围了上来。“捐什么了？”有人问。

“眼角膜。”这对老实的夫妇只能含含糊糊地回答。

“不敢和他们说啊。谁不希望自己的孩子最后走时能是一个整身子。”张天锐叹了口气。

后来发生的事情证明，他们的担心并非多余。张磊去世后，有人提着香蕉和苹果来看望他们，却问道：“捐献器官是不是收钱了？”

张天锐感到，有人在背后戳他们的脊梁骨。也正因如此，他们拒绝了此前所有的采访，生怕被更多人知道。在我去采访的第一个晚上，他们把我引进屋，然后把大门紧紧地关上，同时反复地叮嘱我：“白天人太多，千万别来找我们。”

决定放弃对张磊的治疗时，讲话一向粗声大气的父亲站在病床边哭了，“儿子，原来你要帮我去扛气，我都不愿意。走到今天这一步，我也不想。但把器官捐了，就好像你还活着。我把你养育一场，也值了。”

母亲已经根本说不出话来，她紧紧抱住了儿子，用自己满是泪水的脸颊贴紧了儿子的脸颊。这是他们之间的最后一次拥抱。

16 点 40 分，管床医生袁以刚拔除呼吸机，将“就像睡着了一样”的张磊推进手术室。心电图显示，这个只有 22 岁的年轻人的心跳由 100 多次，慢慢降为 30 多次。17 点整，心电图成为一条直线。

张磊走了。

“我报答不了他什么，只能尽力去帮助其他人。”

来自武汉市同济医院和湖北省人民医院的 3 位医生，从这个年轻的死者身上获取了一对眼角膜、一对肾脏、一颗肝脏以及 2000 平方厘米的皮肤。这些器官被分别包好，放在天蓝色的冰桶里。然后，他们就像对待一个刚刚结束手术的病人那样，小心翼翼地为遗体进行缝合。

同在手术室里配合这台特殊手术的袁以刚还记得，医护人员最后为这个年轻人穿上了他姑妈买来的白衬衫和西装，笔挺笔挺的。这是张磊一生中第一次穿这么正式的衣服。根据当地的习俗，家人还请医护人员用一些小拇指般粗细的带子系住了张磊的袖口、裤腰和裤腿。

当一切结束后，为了表达对死者的尊重，3 位医生以及一名护士对遗体进行三鞠躬。

这个“必须比 120 还要快”的小团队没有在县城多逗留一分钟，他们带着张磊生命的一部分，于 6 月 5 日夜里 11 点到达武汉。

仅仅就在 10 多分钟后，51 岁的王荣（化名）成为第一个被推进手术室的病人。这个女人被可怕的肝硬化已经整整折磨了一年，基本只能在医院卧床。她的消化道早已不能工作，1 年来，除了稀饭和面条她几乎没有吃过其他东西，体重掉下整整 25 公斤。

她的手臂瘦得像根竹竿，腹部却被积水充满，鼓了起来。她一度以为，“没得希望了”。肝源太少，王荣的一些病友整整等了两年，还有更多人，在漫长的等待中死去了。

因此，当 6 月 5 日下午，这个女人在被通知前往同济医院参加配型时，她简直不能相信自己的人生会出现这样的转机。配型结果显示，她可以接受器官移植手术。

如今，当我在重症监护室里见到她时，尽管她身体极其虚弱，但腹部的积水已经消失。曾经由于肝病而发黄的眼白，也正慢慢褪回原本的颜色。等到出院，这个整整一年都在挨饿的女人，最想喝一碗莲藕排骨汤。

她是从医生那里听说捐赠者是个 22 岁的小伙子的。我本来必须趴在她嘴边才能勉强听见她说话，但一提起这件事，她努力用双肘将自己从病床上撑起来一点，用尽最大的力气说：“我儿子今年也 24 岁了，我真感觉他的爸爸妈妈太伟大了，太伟大了！”

我晃了晃手里的相机，问她：“能给你拍张照片吗？”

她点头表示同意。当镜头对准她时，她笑得很灿烂，伸出左手，比了一个V字手势。“一切都会慢慢好起来的。”她说。

第二天凌晨，天还黑着，蓉蓉已经躺在湖北省人民医院的手术室里。这个去年刚毕业的大学生，只比张磊大3岁，可11年前，她就得了慢性肾炎。

这个贫困的家庭不得不举家搬迁到武汉治病，父母以卖菜为生。蓉蓉一直成绩优秀，考入了这座城市一所“211高校”的财会专业。可就在进入大学的那一年，她由肾炎转为尿毒症，再也没有排尿。此后，她每个星期要去医院透析两次，手臂上密密麻麻地全是扎针时留下的疤痕。

在发给我的短信里，这个女孩说她喜欢穿时装。可是她的妈妈告诉我，开始透析后，她就再也没有穿过短袖上衣。

有时，她觉得熬不下去了，就问妈妈：“你为什么要救我。我活着，我的亲人都跟着一起受折磨。”她妈妈流着眼泪重复着这些话给我听，“好多人都让我放弃她，可那是我的女儿啊！”

几乎就在撤走张磊呼吸机的同时，蓉蓉接到了前往医院进行配型的通知。结果是可以移植。

凌晨3点半，蓉蓉握了握妈妈的手，然后被推进手术室。3个多小时后，医生出来告诉焦急的母亲：“手术很成功。”

几天后，从网络新闻上看到对张磊的报道时，全家人才猜出这颗肾脏的来历。蓉蓉妈妈的眼圈红了：“做父母哪个不晓得失去孩子的心情。他的爸妈好伟大，救了好多人呐！”

紧接着，又有一名30多岁的尿毒症患者进入手术室。4个小时后，他成功换肾。现在，他已经可以摆脱透析机了。

等到时钟指针转动到6月6日早上8点，右眼几乎完全失明的李可（化名）在同济医院接受了角膜移植手术。6年前，她因一次小感冒而感染角膜炎，如今，角膜已经溃烂、穿孔。因为只有一只眼睛有视力，她常常撞在墙上摔倒。为了今天的这只角膜，她已经足足等待了5年。两个小时的手术结束后，就在当天，她发现自己的视力恢复到0.5，“能看见桌子和树了”。

与其他受捐者一样，她也不知道捐赠者的信息。“只听说他很年轻，真的谢谢他，谢谢他的家人。”她曾经向媒体表示，自己和妹妹也愿意捐献器官。“如果不是这位好心人，我可能一辈子都看不见。我报答不了他什么，只能尽力去帮助其他人。”

张磊的另外一片眼角膜，被小心地存放在同济医院眼库内一台绿色的冰箱里。医生说，过不了多长时间，这片年轻的角膜就将带给另一个病人以光明。

“我会好好赚钱，照顾你，照顾爸爸妈妈。”

6月5日傍晚，获取器官的手术刚刚结束，为了避免熟人看到，几个亲戚快跑着把被白布单裹好的张磊运进医院楼下的殡仪馆车里。第二天，张磊被火化，骨灰送回老家祖坟，他的背后是一片松树林，面前种着高粱和西瓜。

回到县城，胡久红必须不停地干活。她希望自己一刻都闲不下来，这样就不会想到已经离开的儿子。“心情就像现在的下雨天一样，冰冰凉凉。”她拉着我的手哭了起来。

有时，她在擦地，恍惚觉得儿子就坐在床上，“我和他说说话，就像他还没走，只是我摸不着他。”甚至现在走在街上，她看到别人一家三口说说笑笑地经过，心里也疼。

这些年，这对夫妇一直在为生计发愁。京山县已经有一些住宅区安了天然气，眼看着，送煤气罐这个生意就要搞不成了。他们也想过带张磊出去旅游，可是没有时间，更没有钱。他们窘迫地回忆起，平常挺少和孩子聊天。

我问：“张磊有什么爱好吗？”

父亲说：“有时愿意看看小说。”

母亲却反驳：“没有，啥时候看过小说。”然后，两个人各自别过头去。

张磊的书本和衣服，已经全部“烧”给他了。根据当地风俗，后辈没结婚仍然算小孩子，未能尽孝于父母，家里不设灵堂。

胡久红费力地跪在已经裂缝的瓷砖上，从床底拉出了一个小木箱，取出一个被黑色塑料袋层层包住的小包裹，里面放着张磊生前仅有的5张照片。

这是一个白净秀气的小伙子，喜欢穿白色的衬衫，在镜头前，总是笑呵呵的。

我问他们："后悔捐献吗？"

"捐了，起码还能让孩子的一部分继续活着。"张天锐回答我。

他沉默了一阵，又低声说："但孩子死得惨，死了之后还要开膛破肚，叫谁也是难受的。"

他决定出去透透气。胡久红离我坐得更近了一点，压低了声音说："我整夜整夜睡不着，闭上眼睛就看见儿子的脸。"她向丈夫的方向张望了一下，"怕他爸爸担心，不敢和他说。"

6 月 15 日，夫妻俩来到位于武汉市石门峰陵园的武汉遗体捐献者纪念碑前，"张磊"是这块灰色石碑上的第 385 个名字。他们蹲下身去，轻轻地摸了摸那两个字。

半年前，张磊在京山结识了小他两岁的女友程丽。比起为生存忙碌的张磊父母，程丽似乎更了解这个年轻人：他心地好，说起话来总是细声细气的。他喜欢听陈奕迅的歌，喜欢玩"魔兽"，有时也去打打桌球。他的笑容总是"很有感染力"，在 KTV 里，这两个年轻人常常合唱"五月天"的《知足》，因为里面的歌词写道，"如果我爱上你的笑容，要怎么收藏，怎么拥有……"

像很多恋爱中的年轻人一样，程丽喜欢幻想自己未来的家，比如，"结婚照要挂在哪面墙上"，"书柜要什么样式的"。张磊总是笑着听，并向年轻的恋人保证："我会好好赚钱，照顾你，照顾爸爸妈妈。"

一切都已经计划好了。等到张磊的工作稳定下来，他们就去两家见双方父母，定下婚期。

"总之，跟他在一起，怎么样都好。"这个刚刚 20 岁的女孩羞涩地笑了笑，眼角却依旧挂着忧伤。

2011 年 5 月 31 日早上 7 点，22 岁的张磊在小雨中走出家门，他拿起手机，打电话给程丽，督促她起床上班，不要迟到。他们正在电话里开心地聊着，程丽突然听到一声闷响，手机里再也没声音了。

（原载于 2011 年 6 月 22 日）

「哈姆雷特的老命题，
“活着还是死去，这是一个问题”，
如今却成了全球性的新命题。」

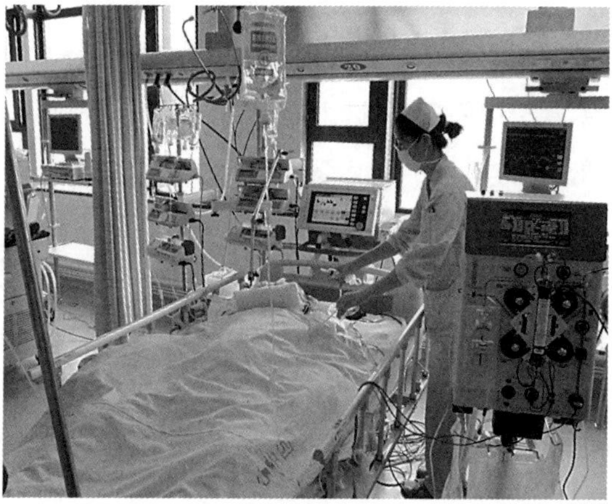

ICU 病房

2012

最后的尊严

文 _ 从玉华

这绝不只是一根看起来仅有小拇指粗、一米长的管子。它在一个人生命的最后时刻，有与“老天”讨价还价的能力。

它穿过老许的鼻子，插进肺，每隔一会儿，就能吸出满满一管痰。当痰被吸出时，老许就能从昏迷中苏醒过来。起初，他能醒两三个小时，后来只能醒几分钟。

几个月过去，这根管子眼看就要输了。因为，“吸的速度不如产生得快”。疼痛难忍的老许用尽全力，写下几个歪歪斜斜的字：“痰在肚子里！”

这是他留下的最后的笔迹。

就在老许靠管子“活着”的时候，在遥远的美国，另一根管子插在佛罗里达州一家养护院里一个名叫特丽的女人身上。这一年是 2003 年。植物人特丽依靠喂食管，已经存活了 13 年。

关于要不要拔掉特丽的管子的争论，几乎震动了整个美国。

起初，当地法院批准了特丽的丈夫提出的申请，她的喂食管首次被拔去。仅仅两天后，另一法院作出相反判决，喂食管再次插上。后来佛州最高法院判定，要求拔掉管子。可法案通过仅一小时后，州长立即命令给特丽重新插入喂食管。

整个美国为特丽心碎。无数人抗议示威，举着标语牌：“给特丽食物”、

“别让特丽饿死”。甚至布什总统也介入“抢特丽”事件中来。

不过最后，医生们按照法律的判决，镇定地拔掉了特丽赖以维生的喂食管。警察甚至逮捕了不下 50 个想强行对特丽进行喂食的人。喂食管被拔掉 13 天后，2005 年 3 月 31 日，特丽真的被“饿死”了。

这场关于生命伦理的争议至今都被称作经典案例。

如今，越来越多的老许、特丽躺在中国和其他国家各个城市的重症监护室（ICU）。医生发现：死亡已经绑定医疗技术，从某种意义上讲，今天的死亡就是关机时间，或是停电时间——死亡被医疗技术“藏”起来了。

哈姆雷特的老命题，“活着还是死去，这是一个问题”，如今却成了全球性的新命题。

把死亡的权利还给本人

当罗点点和她的好朋友几年前成立“临终不插管”俱乐部时，完全没想到它会变成一个重大的、严肃的、要一辈子干到底的“事业”。“俱乐部”听来就不算个正经事。

罗点点是开国大将罗瑞卿的女儿，曾经从医多年。起初，她与几个医生朋友聚在一起吃吃喝喝，谈起人生最后的路，一致认为，“死得要漂亮点儿，不那么难堪”，不希望在 ICU 病房，身边没有一个亲人、“赤条条的，插满管子”，像台吞币机器一样，每天吞下几千元，“工业化”地死去。

最后，十几个爱说笑的人在一间简陋的老人公寓，嘻嘻哈哈地宣告俱乐部成立了。

直到有一天，罗点点无意在网上看到一份名为“五个愿望”的英文文件。这是一份美国有 400 万人正在使用的叫做“生前预嘱”的法律文件。它允许人们在健康清醒的时刻，通过简单易懂的问答方式，自主决定自己临终时的所有事务，诸如要不要心脏复苏、插气管等等。

也就是说，如果特丽在清醒时，就签署了这样一份文件，就不会有事后那场搅动整个美国的轩然大波了。

罗点点开始意识到：把死亡的权利还给本人，是一件非常重大的事！

而她自己就遭遇过“替别人决定生死的事”。

当时，罗点点的婆婆因为糖尿病住院，翻身的时候突然被一口痰堵住，心跳呼吸骤停，医生第一时间用上了呼吸机，虽然心脏还在跳动，可是没有自主呼吸，而且完全丧失了神志。还要不要使用生命支持系统维持老人的生命，让老人在这种生命毫无质量的状态下“活下去”，成了困扰整个大家庭的难题。

最后罗点点和家人一起作出了停用呼吸机的决定。后来，在整理老人遗物的时候，家人发现了老人夹在日记本里的一张字条，上面写着她对在自己生命尽头时不进行过度抢救的要求。

但当时身为医生的罗点点仍然感到后怕。如果没有这张纸条，或者纸条写着另外的意思，那怎么办？有什么办法能让这件事不像猜谜语，不再让逝者生者两不安？这时候又传来巴金去世的消息。

巴金最后的 6 年时光，都是在医院度过的，先是切开气管，后来只能靠喂食管和呼吸机维持生命。周围的人对他说，每一个爱他的人都希望他活，巴金不得不强打精神表示再痛苦也要配合治疗。但巨大的痛苦使巴金多次提到安乐死，还不止一次地说：“我是为你们而活。”“长寿是对我的折磨。”

2006 年，罗点点和她的朋友成立了“选择与尊严网站”，提倡“尊严死”，希望人们在意识清醒时在网上签署“生前预嘱”。如今，网站累计有 87 万人次的流量。

她们设计的 LOGO 是一棵美丽的七彩树，树下一片红叶正在随风飘落。画面温馨得让人丝毫感觉不到与“死亡”相关。

罗点点说，她要用余生在全国种这棵“七彩树”，传播“生前预嘱”理念。她希望在咖啡厅、书店、银行、医院等公共场合，都能摆放关于“生前预嘱”的宣传册。

死亡就像一面镜子

中国抗癌协会副秘书长、北京军区总医院原肿瘤科主任、从医 40 年的刘端祺经手了至少 2000 例死亡。

他认为罗点点她们做的事儿，太重要了。这个每天把人从深井里往外拉、跟肿瘤作了几十年斗争的年过六旬的大夫说，从大三学内科起，他就知道了医学有很多"黑箱"没有打开，此前学外科时，他还一直信心满满。

正如他的同行、武警总医院肿瘤生物治疗科主任纪小龙说：医生永远是无奈的，三成多的病治不治都好不了，三成多的病治不治都能好，只剩下三成多是给医学和医生发挥作用的。

可数据显示，人一生 75% 的医疗费用花在最后的治疗上。

在那些癌症病人最后的时刻，刘端祺听到了各种抱怨。有病人对他说："我只有初中文化水平，现在我才琢磨过味，原来这说明书上的有效率不是治愈率。为治病卖了房，现在我还是住原来的房子，可房主不是我了，每月都给人家交房租，我死的心都有。"

还有病人说："就像电视连续剧，医生导演完每一集，都告诉我们，不要走开，下一集更精彩，但直到最后一集我们才知道，尽管主角很想活，但还是死了。"

有时候，刘端祺会直接对一些癌症晚期的病人说："买张船票去全球旅行吧。"结果病人家属投诉他。没多久，病人卖了房来住院了。又没多久，这张病床就换上了新床单，人离世了。

在这 2000 多例死亡中，"花掉 370 万的人"是很独特的一个。这位房地产老板对刘端祺说，我最大的优势是有钱，我花 100 万让我老婆活 10 年没问题吧？刘端祺说，一年都有问题，一个亿都活不成。

最后 370 万流水样花完了，患乳腺癌的妻子也走了。

这让刘端祺想起哈尔滨"550 万天价医药费"。家属认为，我不惜一切代价，用最好的药、最先进的设备，人就不会走。而医院也很乐意被市场这只无形的大手拽着。可事实上，钱能买到高档病房，却买不到"不痛苦”，买不到命。

事后大家反思，在哈尔滨这间病房，只能看到各种医学技术的“表演”，而作为对人类同胞基本的关怀，“空气太稀薄了”。

刘端祺感慨：唯科学主义的医学把人看成了某种疾病或某个发生故障的脏器的载体，或者是某种能找到“显著差异”的统计学数字，这使得传统医学对鲜活生命的呵护异化成了“医生对疾病”、“医生对脏器”、“医生对数字”的“无人医学”。

在他看来，如今的医学现状，正如爱因斯坦早就担心的“手段日臻完善，目标日趋紊乱”的所谓“科学的进步”。越来越多的医生发现，现实生活中，无论多么高龄死亡都是“因病抢救无效”，这不是一句讣闻中的套话，而是一种社会意识。再也没有寿终正寝，唯有高技术抗争。

协和医院的大夫给罗点点团队的志愿者讲：我们抢救过一个老太太，她的孙子对我们说，你们一定要像打一场战役一样救我奶奶，而且这场战役只能胜利，不能失败。你知道他奶奶多大岁数了？105岁！

对那种“生命不息，化疗不止”的观点，刘端祺一直持反对态度，可这种态度常常得不到许多同行的理解。

刘端祺说，整个医院，他最不愿意去的就是ICU病房，尽管那里展示着最先进的设备。在那里，他分不清“那是人，还是实验动物”。

事实上，汶川大地震后，一些在ICU病房接受过治疗的灾区孩子，几年后，仍然会画出对这里的恐惧：一个没有一丝笑容的男孩，耷拉着头，牵着狗，穿行在长长的没有尽头的黑漆漆的隧道里；自己被很多铁链捆着，扔在冰冷的水里；一个穿着晚礼服的女孩，露出她残缺的双腿，整个画面的调子是灰色的……

在2000多例的死亡中，刘端祺最难忘的是一个老太太的死。这个肺癌晚期的老太太，做了3个周期的化疗，被药物的副作用折磨得不成样子。她彻底弄明白自己的病情后，和医生商量，放弃化疗。

她住院时唯一的“特殊要求”是，希望有一个单间，这个空间由她自己安排。

她将这间单人病房布置得非常温馨，墙上挂满了家人的照片，还请人把自己最喜欢的一张沙发和几件小家具从家中移到病房。圣诞节、春节，她还亲手制作充满童趣的小礼物，送给来看望她的同事。

最后老人一直在镇静状态中度过，偶尔会醒来。醒来的时候，她总会费力地向每一个查房的医生、护士微笑，有力气的时候，还努力摆摆手、点点头——所有这一切，都保持了她那独有的优雅。直到最后，她再也没有醒来。

总在与死神拔河比赛的刘端祺说：每一次死亡都是很个体的，死亡就像一面镜子。

可在无数次会议中，刘端祺都发现在“技术至上”的同行中间，自己是少数派。有时候坐在他身旁的“技术狂人”，明知他是谁，也不搭理他。

不久前，浙江大学医学院附属第一医院的毒理专家、医学博士陈作兵，没有选择放疗化疗，而是让父亲安享最后的人生。刘端祺曾和圈内人为此事在饭桌上发生了激烈的争吵，甚至到了快翻脸的地步。

死亡有一万扇门，你在哪扇门前谢幕？

罗点点也是。在一家电视台的演播厅，她成了举双手赞成陈作兵大夫的人，而另一派，进行了激烈的反驳。双方争得面红耳赤，主持人不得不数次出来“灭火”。

很多人发现，原来每个人都可能是“陈作兵或者陈作兵的父亲”，这可能是“每个家庭都会遇到的问题”。正如白岩松在节目开场白的发问：“死亡有一万扇门，你在哪扇门前谢幕？”

父亲走后，陈作兵的手机快被打爆了，其中不乏谩骂、质疑，但他坚持，如果还有一次机会，他还会这么做。

因为父亲在最后的日子，完成了在医院做不了的很多事——和亲友告别，回到自己出生、长大的地方，和做豆腐的、种地的乡亲聊天。他度过了最后一个春节，吃了最后一次团圆饭，7 菜 1 汤。他给孩子们包的红包从 50 元变成了 200 元，还拍了一张又一张笑得像老菊花的全家福。

他还种了梅干菜和南瓜。他说："我怕是等不到收获的时候了，但是拉拉（他的孙女）还可以吃到。"

这个有公费医疗却放弃治疗、最终也没吃到梅干菜和南瓜的老人平静地走了。正如老人生前说的："你看这水，一点一滴流到小溪里面，流到金沙河里面，再到富春江、钱塘江，最后汇进东海，无声无息的，人的一生，也是这样啊！"

这种诗一样的语言，也常常出现在北京大学医学人文研究院教授王一方的课堂上。他念因癌症离世的美国人崔雅的诗歌，讲海德格尔的哲学"人是向死的存在"，他还把死亡说成是"生命的秋千荡完了"。他把自己的课叫"死亡课""优逝课"。只是，这样的课常有学生逃掉，但几乎没有人逃医学技术的"主课"。

王一方也讲温暖的绘本。他甚至很希望，有一天，和一个癌症患者依偎在一起，读《獾的礼物》。

那实在是个小孩子都能读懂的故事：冬日的晚上，一只獾很老很老了，他吃完晚饭，靠近壁炉，坐在安乐椅上摇啊摇，一个美丽的梦境把他引入一条长长的隧道，他跑呀跑呀，丢掉了拐杖，到了另一个金灿灿的世界。第二天，狐狸宣布"獾死了"。冬去春来，村子里的动物们谈论得最多的是老獾。土拨鼠说，是獾教会我剪纸；青蛙说，是獾教会我滑冰；狐狸说，是獾教会我打领带；兔妈妈说，是獾把烤姜饼的秘密告诉了我……原来，獾留了这么多礼物给大家。

可王一方一直没有等到与临终病人"分享獾的礼物"的温馨时刻。他的演讲顶多是在一群病人家属中进行而已，尽管很多家属听得热泪满面，但这样的"死亡课"一直没有进病房。

给别人让出空间，正如别人让给你一样

这样的挫败感，他的朋友罗点点有太多了。

她去医院大厅种“七彩树”，希望传播“生前预嘱”。医院的负责人婉拒了：“我们这儿是救死扶伤的地儿，谁接受得了你们说死呀！”

她让朋友在公园的合唱团里发问卷调查，唱歌的阿姨们不乐意了：“活得好好的，这么早让我们想到死？”结果没多久，真的死了一个人。大家都开始思考罗点点说的事儿了。

罗点点出了一本书《我的死亡谁做主》，她把新书发布会放在北京非常时髦的世贸天阶时尚廊举行。发布会是崔永元主持的，他笑称“这本书很难成为畅销书，还不如一个80后小孩写的书好卖”，但没办法，“这是一种责任”。他还念了史铁生的话：“死是一件无论怎样耽搁也不会错过了的事，一个必然会降临的节日。”

春节时，罗点点把这本书作为礼物送给所有的亲友。大家都说“真有你的，大过年的，说什么死不死的”。可看过书的朋友，又打电话对她说：这是一份文明的礼物。

她告诉别人自己在忙什么，有家境差一些的人直接反驳：“你说的问题太高端了，我们面临的不是放弃，而是没有。”

也有医生说，你们的理念挺好的，可在中国很难推下去。

很多时候，不是医生，而是中国人“孝道的传统观念”这把最有力的手，把各种管子插入了病人的身体。

有的医生一边看着胸透片子，一边对病人家属说：癌症晚期了，治疗的意义不大，但你们还是表表孝心，住院化疗吧！

还有的临终病人本人都不愿做最后抢救，但他的子女担心面对亲戚朋友甚至邻居，说因为自己不让医生治，把老父亲给“弄死了”，硬把老人塞进了ICU的一堆机器中，眼巴巴地隔着玻璃流眼泪。

除了孝，有的还有利。比如，有的家属就是不拔管子，病人一直躺了4年多，为什么不放弃，因为费用不需他支出，他活着一天就从单位领一天工资。还有个病人的儿子跟大夫说，你再给我父亲延长一天，我给你1000块钱。这天是31号。明白什么意思了吧？！因为“下月的工资就有了”。

实际操作中，“要不要抢救”到底听谁的？老人不想抢救，子女要抢救，医生接受哪个？老大签字不抢救，老二来了要告医生，你凭什么不抢救我爸啊！因此，现在医生出于自我保护，尊重家属的意愿远远胜过尊重病人的意愿。

最后决定拔管子了，在过去，谈清楚了家属同意撤，是由医护人员拔。现在决定撤时，就告诉家属怎么操作，他们自己动手解决。

有大夫说：我想起我第一次抢救病人时忍不住湿润的红红的眼圈；想起我见过的最孝顺的儿子签署放弃有创抢救他爹后，在地上磕的响头；想起患者走后家属的干嚎，随后在门口冷静摊派丧葬费用；想起无耻“医闹”，不及时为逝者入殓，就开始盘点医护失误准备官司——面对生死真是众生百态，人性毕现。

罗点点团队里的席修明是北京复兴医院的院长，他担任ICU主任几十年。他把自己的岗位称作“生死桥头”，称ICU技术是一种“协助偷生术”。

这个从34岁就开始担任医院ICU主任的专家，23年后，却当着记者的面，泼了ICU一盆子冷水。他说，他害怕ICU没有人情味，害怕那种只有机器响的环境。ICU的发展，在胜利中却迷失了方向。

他常提醒工作人员，一个微笑胜过一片安定。他要求他的同事多给机器旁的老人梳头、擦身体，抚摸他们，哪怕病人已经没有了意识。在台湾，老师会让医学生们到一间黑屋子里，每个人躺进一个棺材，用手电筒的光，照亮遗书，慢慢地读完，体会“死亡的滋味”。

“所以，医学是个贵族的学科，是自然科学中最具人性的，又是人文科学中最具科学性的。”席修明拍拍他面前的字典般厚厚的《剑桥医学史》，望着窗外的大树，轻声说。

这个一直与ICU打交道的大夫说，应该走出技术万能的魔咒，因为机器意志永远无法取代人性的甘泉。他早想好，如果自己快死了，坚决不住ICU。事实上，这也是国外一些医生的选择。有些同道专门在脖子上挂着“不要抢救”的铜牌，来避免这样的结局。甚至还有医生把这句话文在了身上。

死亡在这些医生眼里，就是油尽灯灭，再自然不过。正如《阿甘正传》中阿甘的妈妈对阿甘悄悄说的：“别害怕，死是我们注定要去做的一件事。”

也如哲学家蒙田所言："给别人让出空间，正如别人让给你一样。"

无论怎样选择都无解

文章开头老许的儿子小许，不赞成"生命的尊严"这样的提法。他还在电话里坚定地说：我一秒钟都不愿跟放弃父亲生命的医学博士陈作兵交往。

"那种人至少不站在道德的高地上。"小许说。

父亲老许被检查出来是肺癌时，已经被医生宣判是"晚期的晚期"了，已经发生了骨转移和脑转移，能扫描到的可见肿瘤 26 个。

当即，儿子小许就决定：要把自己的每一分钱和每一秒钟都留给父亲。而老许也想"活着"。看到一只梨，老许说：一千万买一只梨，我也吃不下了，以前不重视身体，太节省，要能多吃点儿梨就好了。

小许说，用尽全力挽救父亲，是唯一能做的事儿。一个人连生命都快没有了，"尊严、自由、快乐"这些矫情的字眼儿有什么意义，"他不需要旅游，只需要生命"。

他很清楚，父亲会最后离开这个世界，无论做怎样的选择都是无解。他拿出了自己所有的积蓄，还租房到医院附近陪伴。

化疗药是用进口的，还是国产的？这是一个选择。采用怎样的化疗方案？又是一个选择。要不要用最新的药？还是要选择。后来，癌细胞入侵了老许正常的血管壁，胸腔开始积水，肺就快要被液体淹没了。老许接受了第一根管子，从锁骨插进管，抽胸水。每天，那根管子都会抽出一斤粉红色的液体。"100 天，抽了 100 斤"。

也正是这根管子让老许多活了 100 天。

可这根管子解决了憋气问题，又带进了空气，又造成了气胸。而且管子也带进去新的细菌感染，老许正在朝一条不可逆的路上走。

父子俩觉得每一步都无可选择，只有一起奋斗。后来，老许疼得左躺不是，右躺不是，坐起来也难受，疯狂地扭动身体。

到后来老许的脾气也大了。有一次，儿子实在忍不住，说："爸爸，你就不能坚强一些吗？"可父亲的回答让他终身难忘，那句话让他深刻理解了临终病人的感受。父亲说："爸爸到这个程度了，坚强和不坚强有什么区别？"

再后来，痰堵在了胸口，第二根管子从鼻子插进了肺。每天抽出黄黄的浓痰，直到"抽的速度赶不上癌细胞产生痰的速度了"。他的肺一点点变成灰白色，像被棉絮裹着。

进入ICU前的时刻，老许拉着儿子的手说：你们要照顾好自己。我觉得身体紧绷绷的，像被很多铁丝把身体捆着，爸爸没什么文化，不知道什么是遗言，也许这就是遗言吧。

先进的医学设备和药物让这句话没有变成老许的遗言。这位生命以"秒"计算的病人，最终挨过了那年的春节。除夕之夜，下着大雪，昏迷的老许醒来后，对家人说：过年了！我祝你们幸福！

父亲走后，这句话陪伴了小许很多年。如果没有抢救，他是得不到父亲这句"祝福"的。

小许告诉记者，对癌症病人而言，没有尊严，只有活着。连生命都快没有了，何谈尊严？如果空谈尊严比生命更重要，哲学的意义在哪里？哲学本该是回答生命的。

"父亲留给我的东西太多了！"尽管"人财两空"（花了几十万，还借了债），小许说，他丝毫不后悔当时的选择。

如今，小许每次吃到梨，都会想起父亲。他说，这场经历，让他知道"梨的味道不是甜的，也不是酸的，而是平静的"。

陈作兵的生活却很久不能平静下来。很多癌症患者给陈作兵打电话，希望他能解答，究竟该怎样做出选择。但陈作兵坚持，那只是很个人的选择。

在接受记者采访时，罗点点竖起她的大拇指，说自己同样很敬佩那些插着七八根管子，选择与死神顽强抗争的人，"好样的！"

她说，生前预嘱就是强调死亡的权利由本人做主，怎样选择没有对错，只要是自己的。

有一次罗点点去美国纽约，专门参观了特鲁多的塑像。这里被称作医学的圣地。

特鲁多的一生中，当医生的日子还没当病人的日子多。1837 年，24 岁的医学院学生特鲁多来到人烟稀少的撒拉纳克湖畔等待死亡，他得了那个年代的不治之症——肺结核。

远离城市喧嚣，他的身体慢慢好起来。奇怪的是，每当他在城里住上一段时间，结核病就会复发，而一旦回到撒拉纳克湖地区，又会恢复体力和心情。后来，他在湖畔创建了美国第一家专门的结核病疗养院。他成了美国首位分离出结核杆菌的人，还创办了一所结核病大学。当然，最终，他也死于肺结核。

如今一个多世纪过去了。看着雕像，最让罗点点感动的是，盖在特鲁多下半身的那条毛毯。这条毯子让特鲁多的病人模样显露无疑，让“医生和病人没有界限”。特鲁多的墓碑上刻着他行医生涯的座右铭：“偶尔治愈、常常帮助、总是安慰。”

“而这句话正是当下中国医学界最缺少的。”罗点点感慨。

因为职业的关系，罗点点和她的朋友对“死亡是一种伟大的平等”这句高悬在北京八宝山骨灰堂门楣上的歌德的名言，有自己的理解。

王一方总讲“死亡课”，他也想好了自己怎样“下课”。他说，最后的时刻，他拒绝用机器延长生命，他会让人给自己刮胡子，用热毛巾洗把脸，再擦点儿雪花膏，干干净净地离开，要“像老獾一样，把礼物留给别人”。

ICU 专家席修明说，他不会在 ICU 走，他要躺在一个干净的床上，一个人也没有，安静地对这个世界说会儿话，然后走，正如一只蚂蚁离开，一片树叶落地。

见惯了死亡的刘端祺，没打算把自己的死亡看做“特别的仪式”。他说，他不会浪费别人的时间，不会过度抢救，赶着谁来看我，就是谁；走了骨灰放在树下，当肥料。“我一生很充实，我给自己打 80 分！”

罗点点也想好了最后的“生命的句号”。死后通过捐赠变成一副白骨，挂在一位高大漂亮的随便什么科医生的衣帽架上，每天和他一起面对病人，穿他的衣服，还听他用特别软绵的口气打招呼：“嗨！罗美丽！”

相比罗点点他们可以预见的自我做主的死亡，老许最后的生命却身不由己地紧紧系在一根管子上了。

那年正月初三零点，老许的生命进入了最后的时刻。小许穿过空荡荡的走道找医生，医生决定再插吸痰管。医生说他们的职责就是挽救生命，哪怕最后一秒钟。

而这一次，一直很配合医生的老许，再也不想做了。他用尽全力抓着大夫握着管子的手，使劲往外推。可医生有力的手，准确迅速地把管子从他的鼻子穿进，直抵肺。

老许的预感是准确的，最后一管不是痰，而是鲜血。他最后一句话是：“拔掉管子！”一个多小时后，老许走了。

（原载于 2012 年 11 月 21 日）

「难，

新增的压力也平摊到每位术者身上。

但他们最终达成了共识：

让这个即将沉睡于手术台的年轻姑娘，

在最好的年代，

展示出最好的自己。」

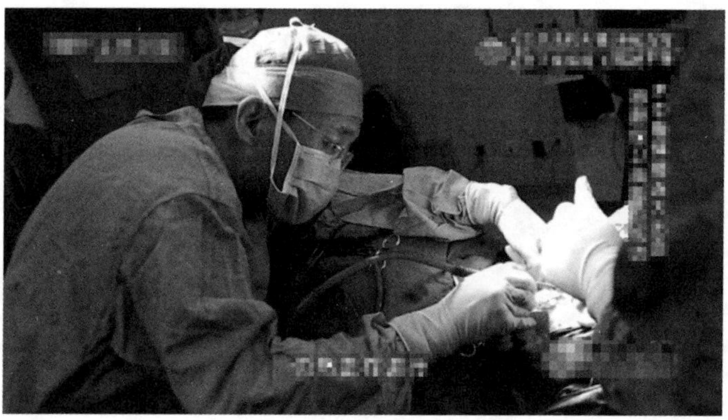

张家亮正在为鹰哥做手术。

2018

重 生

文_杨海

“鹰哥”是个女孩，有一头及腰的长发。

进入手术室前，她剃了光头躺在转运床上，与正在给自己打镇静剂的护士开着玩笑。15 分钟后，她将接受一台超过 8 个小时的头部手术。一个巨大的肿瘤占据了她颅腔四分之一的空间，肿瘤已经毁掉了她的容貌、睡眠和一半听力，未来可能还会夺走她的生命。

手术的主诊医生张家亮没有过来看这个病人，这是他做了 20 多年外科医生养成的习惯。他不想让本就紧张的病人术前再有情绪波动，何况眼下这台手术比以往都要复杂、凶险。

住院前，鹰哥和其他 24 岁的姑娘一样爱美。她习惯在出门前涂口红、描眼线，穿裙子一定要配上高跟鞋。她皮肤光洁，眉眼清秀，梦想着未来开一间咖啡厅。

这个广东姑娘从小就离开父母，跟着爷爷奶奶留守在乡下老家，“一直活得血气方刚”。她曾是学校女排队的主攻手，比同龄的孩子高一头。因为经常为同学打抱不平，名字里还有个“瑛”字，她被身边朋友“尊称”为鹰哥。

2017 年 5 月的一个周三下午，张家亮在办公室里见到了鹰哥和她的父母。那时她已经跑遍了广东几家著名的大医院，但没人敢收治她。一个多月内，她听到最多的话就是“太晚了”。她把北京当作最后的希望，比任何时候都更期待在医院拥有一张自己的病床。

张家亮从医以来，见过的第二大颅底肿瘤就在他面前女孩的脑袋里。肿瘤累及几乎所有的颅底神经，包裹住麻绳一样的脑血管。手术难度不仅在于精细度要求高，更需要多个科室协作。在北京同仁医院，张家亮自信“身边站着全国最牛的五官科大夫”。

这位医生把鹰哥母女支走，留下父亲一人沟通病情。鹰哥回忆，她在门外就像等待审判，攥紧拳头，手心不停冒汗。

一个月后，当她再一次走出同仁医院神经外科病房时，手里已经握着“重生”的“判决书”。

1

2017 年 5 月 16 日 8 时 30 分，鹰哥被推进手术室。她躺在空荡的房间中央，裹着厚棉被，暴露在外面的头皮能感觉到冰凉的空气。护士开始检查手术器械，那些金属制品碰撞在一起，声音很轻，但在安静的手术里显得很清晰。

她说自己当时有些紧张，闭上眼，心里却忽然涌起一阵喜悦。她甚至期待手术刀碰到皮肤的瞬间，那是她在过去几十个失眠的夜里最盼望的一刻。她很清楚，只有这些冰冷的器械才能救自己的命。

8 时 45 分，医生一个接一个走进手术室。

口腔颌面外科主任刘静明是其中之一。鹰哥来同仁医院的那个下午，刘静明接到了“老朋友”张家亮的电话，要他有时间过去看一个病人。

同仁医院口腔颌面外科和神经外科的医生办公室都在病房楼一层，步行只需要 3 分钟。十几年来，除了平时工作上的合作外，两位医生经常在楼道里碰面，空闲时会停下聊几句，或者出去喝一杯。虽然各自专注的领域不同，但他们在日常中积累出信任，“凡事随叫随到”。

在张家亮的办公室，刘静明第一次见到了鹰哥。用他多年的经验判断，小姑娘左脸面神经损伤明显，导致面瘫。

他戴上眼镜，把脸凑近观片灯，患者脑部的核磁共振影像显示，一个7厘米 ×10厘米 ×12厘米的肿瘤占据颅腔，形状就像一个大芒果，包裹住颅内60%的血管和神经。

“嗬！”刘静明对着片子惊叹，他动过刀的肿瘤有成百上千个，但眼前这个肿瘤却让他有些头疼，“涉及的区域太多”。

张家亮猜到了刘静明的反应，他清楚这台手术的风险。对这些早已名声在外的外科医生来说，“谁也不愿在别人的手术上坑自己一刀”。

“肿瘤从上到下分别涉及神经外科、眼肿瘤科、耳鼻喉头颈外科和口腔颌面外科。”张家亮摸着自己的脸向中国青年报·中青在线记者 解释，“每个科室的医生切除一部分肿瘤，但不管哪个人出了问题，后果都要大家共同承担。”

这个不断生长的肿瘤一直藏在鹰哥的脑袋深处。高中时，她就经常失眠，有时早上醒来左脸会突然麻木。因为父母不在身边，她不想给爷爷奶奶添麻烦，就把这些“不痛不痒”的小事压在心里。在身边人眼中，她就是个爱打排球、“一年不会感冒一次”的健康姑娘。

再往后，她开始经常偏头痛，痛到“想拿块石头砸自己脑袋”。和以往一样，她没有把这些感受告诉任何人，每次忍过疼痛之后，她又“满血复活”，出现在大家面前。

大学做毕业实习时，她曾在公交车上晕倒两次，其中一次甚至被司机赶下车。她记得那天广州下着雨，她在路边打着伞蹲了很久，缓过神后又去上班。那时她以为自己只是低血糖，完全没意识到，脚下是一根随时都会绷断的细线，掉下去就是“万丈深渊”。

直到一个多年未见的亲戚发现她有严重的“大小脸”后，她才被拉去医院检查。在医学检测仪器下，那个不知隐藏了多少年的“怪物”第一次显出了身影。

张家亮见过很多像鹰哥一样的危重病人，在“一刀生，一刀死”的神经外科，他无数次与他们四目相接。

“活着。”张家亮顿了顿说，这是他从病人眼神里读出的同一种信息，鹰哥的眼睛也在“说”这两个字。

张家亮记得，自己还是实习医生时，为一例送来抢救的病人做心肺复苏。病人是一个跟他一样年轻的小伙子，张家亮用尽全力想救活他，但还是眼睁睁看着他呼吸逐渐减弱，眼睛失去光亮，直到眼珠上生出细微的褶皱——生命逝去了。

那是他作为医生经历的第一起病人死亡。他记得自己走出医院，春天的阳光洒在路上，街道熙熙攘攘，一旁的公交车进站后又出站，一切平常到毫无新意。但那些细节张家亮直到今天也无法忘记，“活着真好啊，可惜他再也看不到了”。

对于鹰哥，他知道再拖下去对这个被多次拒诊的小姑娘意味着什么，也许失明失聪，合不上嘴，也许剧烈的头痛再也挥之不去。或者，在某一天她突然晕倒，坠入长眠。

鹰哥必须尽快接受手术，他等待着刘静明的回答。

刘静明把目光从观片灯上收回来，他摘下眼镜，平静地对张家亮说：“只要你神经外科没问题，我这里就没问题。”

2

9 时，刘静明划下了手术的第一刀。手术刀从耳根开始，一直到下巴下方，沿着下颌骨切开一个约 15 厘米长的弧形创口。

42 平方米的手术室里站了 11 位医生和两位护士，除了刘静明和张家亮，还有眼科、耳鼻喉头颈外科和麻醉科的“大牛”。他们静静地围在鹰哥身边，紧盯着刀口，等待肿瘤暴露出来的那一刻。

在以往的合作手术中，医生可以在手术进行到自己负责的部分时再进场，做完后就可以离开。但这一次不同，每个医生都全程站在患者身边。

“手术太复杂，必须所有人都在场保驾护航。”刘静明告诉中国青年报・中青在线记者　，“我是第一刀，但一直到最后神经外科负责的部分时，我还是在旁边关注着手术过程。”

医生用记号笔在鹰哥的头皮上画出一个贯穿半边头颅的“十”字，术中遇到复杂情况时，可以马上换上应急方案。

鹰哥本应按照“应急方案”进行手术，但这个方案在手术前一天被医生推翻。旧方案采用的是“经典手术入路”：从眼睛下方横向切到鼻翼侧方，再向下沿鼻侧切到上颌骨，然后横向切到人中，再向下切到下颌骨，整个切口呈阶梯状。

“通俗讲，就是把半拉脸整个翻开，直接暴露瘤体。”刘静明按照这种经典方案做过不少手术，“在医学领域这叫‘韦伯式切口’，是教科书式的做法。”

手术前，同仁医院的医务处曾召集参与手术的科室举行一次会诊，刘静明记得当时对于到底采取哪种手术入路，医生间争议不小。

“多科室合作，大家自然会想着尽量降低风险。”刘静明回忆，在那次会诊中，医生最终决定采取最常规的做法。

鹰哥也参与过自己手术方案的制订。住院后，每次医生找到她的父母沟通病情，她都要赖在旁边。

“我自己的事情我能决定。”她告诉父母和医生，最重要的就是要把肿瘤完全切除，第二是尽量保留功能，最后才考虑容貌的事。

那段时间，她把刘海留长，梳成中分，遮住变形的左脸。这个过去经常在朋友圈发自拍照的姑娘再也没有自拍过，她也不敢照镜子，怕看到自己的样子。“我只想先活下来，哪怕毁容。”

她为自己设想过很多结局，最坏的是“这辈子不嫁人”，最好的是未来高超的整容技术“能把我的脸整回来”。

张家亮记得，手术方案确定了，他每天下班回到家躺下后，总会忍不住想象鹰哥毁容后的样子。

“用取田螺肉打比方，‘韦伯式切口’是把田螺壳锯开直接取，颌下入路是用牙签一点点掏。”张家亮分析，新的方案会增大手术难度。“但作为医生，如果她的肿瘤是恶性的，手术完一年或者两年人走了，我的内疚可能会少些。现在面对一个大概率是良性的肿瘤，她脸上带着那样的伤疤，以后还有那么长的路，该有多难受。”

他决定在手术前尝试一次“游说”，说服其他医生为患者冒一次险。

刘静明负责打开和关闭手术创口，他相信自己能用最精细的手法缝合出最不明显的刀口，但他支持颌下入路方案。

“她要是已婚，或者年龄大一点，我们会毫不犹豫选择从脸上开刀。”刘静明用手在自己脸上比划出刀口的形状，然后摇了摇头。“想来想去还是觉得，以后即使长好了，（患者）脸上也会留下一条很长的线，对她未来的生活影响太大了。”

颌下入路方案最终被所有参与手术的医生接受，手术中的每一次探寻、划拨和切割都要比之前更加困难，新增的压力也平摊到每位术者身上。

但他们最终达成了共识：让这个即将沉睡于手术台的年轻姑娘，在最好的年代，展示出最好的自己。

3

9 时 30 分，刘静明戴上手术放大镜。在 2.5 倍的视野下，他用手术镊和吸引器一点点拨开骨骼、血管和神经。

他把整台手术比喻成盖楼，自己负责的是地基部分。其他医生必须通过由他打开的创口，摘除自己负责的那部分瘤体。他当时要做的，是找到肿瘤最下方的部分。

一个小时后，一块嵌在肌肉里的淡红色组织逐渐被剥离出来。这是隐藏了至少 10 年的肿瘤，第一次在灯光下，露出一部分面目。

从外观看，肿瘤有一层包膜，“比较有韧性”。对在场的医生来说，这是个好消息——完整的包膜意味着，切除时不用担心肿瘤破裂。

坏消息却接踵而至，因为术前影像不能完全确认肿瘤是良性还是恶性，医生决定在术中切除一部分瘤体送去冰冻，做快速病理检验。但眼前的肿瘤让刘静明心里没底，平时他看一眼就能判断出瘤体的供血是否丰富，这次他看不出来。

况且，为了不影响病理检验，切除瘤体不能用可以马上止血的电凝刀，只能用手术刀或者手术剪，这意味着，出血量难以估计。

几秒钟的停顿后，手术刀的刀尖悬在了肿瘤上方。紧接着，瘤体被划开了，血液瞬间滋到了刘静明的头顶，随后下落，溅红了他消过毒的纸鞋套。

刘静明几乎不需要任何反应时间，马上用大拇指压住了出血处，另一只手伸了出去，护士连忙把夹着纱条的布巾钳递到他手中。

“是不是囊液？”身边的医生重复问道。

“是血，是血，不是囊液。”刘静明一边回答，一边把纱条按在瘤体切口处。

他一点点揭开纱布，想找出出血区的位置，但是血液不断流出。

“吸引器跟上。”刘静明没有抬头。助理医生把一个长管放在积血区，“嘶嘶”作响中，出血被快速吸干。

瘤体内部结构显现出来，出血的是蜂房状的存血血供。刘静明松了口气，幸好不是瘤内血管出血，否则出血量还会更大。

缝针快速在瘤体上方绕了几圈，缝线“咔”地一声被剪断，出血终于止住。整个过程不到两分钟，但出血量超过 500 毫升。

10 时 30 分，手术继续。病理样本取完之后，接下来就是充分暴露瘤体，进行肿瘤切除。

创口内，乳白色的神经和红色的血管交织在一起，手术刀稍有不慎就会伤及患者头部的某项功能。

“舌神经断了，就失去了味觉，半侧舌头就是木的。舌下神经碰断了，半侧舌头就歪了。如果损伤了面神经，左脸就直接塌了。”刘静明清楚这些，他把耳机线粗细的神经小心拨开，瘤体逐渐清晰。

一个小时后，颌面的血管和神经被完全“游离”干净。刘静明摘下除病理样本外第一块真正的肿瘤，200 克。

睡在手术台上的鹰哥并不知道，自己曾无比期待的这一刻已经到来。

从两个月前第一次查出肿瘤后，她几乎每天都在经历恐惧。

那段时间，她和父母一起，每天辗转在广东不同的医院、不同的科室，期望从医生口中听到自己还有救的回答，但就连被护士搀扶着走进诊室的老教授都向她摇头。

鹰哥越害怕，肿瘤长得越大。它就像一个把恐惧当养分的怪物，在一个月内快速膨胀，鹰哥左脸逐渐变形，颧骨外凸，左眼球不能向外转动，左耳失去了听力。

每天从医院回来，她晚上几乎都睡不着。她在网上拼命搜索，希望找到一个跟自己病情相似的人，“希望找到一个好消息说他已经被治愈”。结果还是让她一次次失望，她找到的最大一例脑部肿瘤只有 8 厘米长度。鹰哥成了一座孤岛。

她说自己熟悉那种“孤独”的感觉。4 岁被送回老家，第二年弟弟出生，她一年最多见一次父母。小时候老家到父母家还没通高速公路，她要一个人坐 7 个小时的大巴车赶过去。爷爷奶奶嫌电话费贵，平时想爸妈时她就写信，然后等他们打电话回来。

在爸妈家，她住爷爷奶奶的老房间，睡“爷爷那个年代的木床”。后来床被虫蛀了，爸爸给她换了套 HelloKitty（卡通形象名）的家具。这让她高兴了两个星期，“尽管我喜欢的其实是皮卡丘（卡通形象名）”。

跟父母在一起，一家人有时也会去海边散散步，但很少说话，“很闷的那种”。她无数次想亲近父母，但总觉得跟他们“有距离”。

在朋友眼里，她独立、倔强、喜欢保护别人。确诊后，她第一次强烈地期待，有人能保护自己。

4

12 时，耳鼻喉头颈外科和眼科医生分别顺利切除了一部分肿瘤。这时候，手术已经越过颧弓，往额头下方区域深入，真正进入了侧颅底。

在这场手术刀的接力中，张家亮的最后一棒开跑了，这也是整台手术最复杂凶险的部分。

刚接过手术刀，他就不得不面对的一个难题：术中病理检验还没有结果，但手术进行到这里，必须决定要不要换上“应急方案”，从脸部开颅。

术前医生最担心恶性肿瘤，那意味着肿瘤必须被彻底切除干净，这同时要求手术视野得到充分保证，手术入路没有别的选择，必须从脸部开颅。

从肿瘤对骨组织的破坏程度判断，医生倾向认为肿瘤是良性。但术中肿瘤大量出血，又符合恶性肿瘤的特征。在等到病理检验这个“金标准”前，医生不敢作出任何判断。

“进行开颅核算。”有医生提议。

所有人都等着张家亮的决定。他蹲在地上，眼睛与鹰哥的头部平行，正在解剖。

他选择再一次冒险。

“先别开颅。”他告诉身边的同事，自己会在保证鹰哥面容和神经功能不受损的前提下，尽最大可能切除肿瘤。

张家亮把一根筷子长的镊子深入鹰哥的额角下方。这里是颞下窝深区到颅底的部分，视神经、面神经、三叉神经，包括动脉和静脉，在这一区域集中。

“颅底的各种大血管特别丰富，每一个孔每一个洞都有不同的神经、血管。一刀下去，切的可能是肿瘤，也可能是动脉。”张家亮告诉中国青年报·中青在线记者 。

颅底供血占人体三分之二的供血量，一旦血管破裂，轻则把血止住，但血管供应的功能区功能丧失。重则血止不住，“下不了手术台”。

在显微镜下，鹰哥的肿瘤紧紧包裹住颈内动脉，钢制的镊头被放大，占据着大半个显示器屏幕。

镊头在一毫米一毫米地移动。张家亮保持蹲姿，侧着身歪着头紧盯创口内部的变化。口罩遮住了他的大半张脸，他眉头没松开过，向上抬眼的动作在额头挤出一层层皱褶。

“平时手术为了降低感染概率，术者应该尽快进行手术。但这个部位

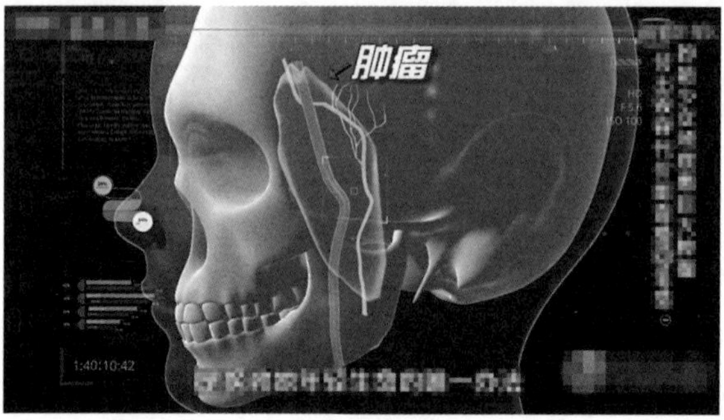

肿瘤示意图。

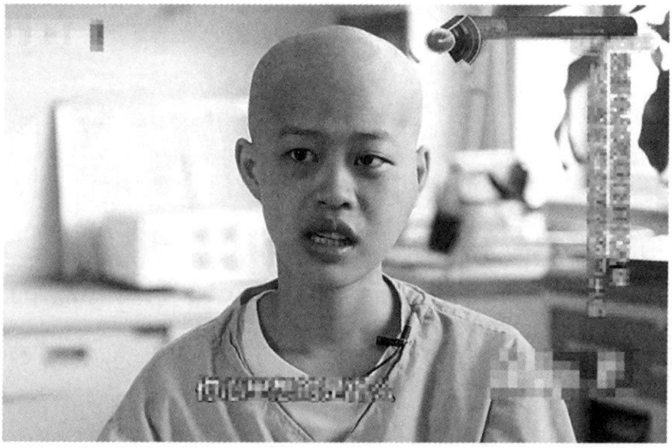
手术前的鹰哥。

鹰哥生活照。

就得战战兢兢、谨小慎微，多慢都不嫌慢。”刘静明拉长语调说。

13时，好消息送进手术室。术中病理检验结果显示，鹰哥的肿瘤是良性的，医生们都松了一口气。

在此之前，鹰哥曾被多次诊断为“鼻咽癌”。在广州的最后一天，鹰哥和父母来到他们求医的第六家医院。见到医生时，已经是傍晚。医生说，她脑袋里长的可能是恶性肿瘤，“应该早点来看”。父母不甘心，为女儿哀求着一个床位做手术。

已经在不同医院奔波了一个多月的鹰哥再也忍不住了，她拉着爸妈冲出医院：“我要马上去北京，一分钟都不想再耽误。”

她想再做一次尝试，把最后的赌注压在北京的医院。可在广州的经历已经消磨了父母最开始的侥幸，他们准备接受女儿就要离开的事实。

鹰哥记得，在深圳一家医院，医生从她喉咙里取病理样本，她痛得晕倒。爸爸抱着她跑到病房，看着她往垃圾桶里“吐了大半桶血水”。那时她虽然半昏半醒，仍能感觉到，抱着她的父亲哭得颤抖。

那是她第一次见父亲哭。也就是从那时起，这个男人再也不怀揣“女儿的病可能是检查出了问题”的幻想。

身边的亲人也要放弃了，有人向鹰哥父母提议，不如把看病的钱交给孩子，让她开开心心出去旅游，走好最后一程。

听到女儿赴京的决定，父母犹豫了。父亲告诉她，自己要先回单位请假，随后赶去北京。从来没有出过广东的妈妈一直在哭，说不出一句话。

“我自己去，就在今晚。”鹰哥告诉父母，不带一丝犹疑。

5

14时，张家亮仍然蹲在地上，在手术最危险的区域做最后的探索。

他再次遇到了难题。这个部位的瘤体与已经切除的部分不太一样，他看到藏在侧颅底的肿瘤没有光滑的包膜，而是像一串长得很密的葡萄。

这要求张家亮解剖时需要更加小心，要在显微镜下极其精准地把瘤体和组织分离开。

“这个难度非常大，在医学上叫‘钝性剥离’。”刘静明向中国青年报·中青在线记者解释，“相当于钻到骨窝里了。”

张家亮要对肿瘤发出最后一击了，他先给瘤体血管做了结扎，防止切除时大量出血，然后把一个镊子状的电凝刀以最慢的速度挪向了肿瘤底部。

“嘀、嘀、嘀……”手术室忽然响起急促的报警声。

“收缩压 60！舒张压 30！”护士急忙向医生报告。

张家亮心头一惊，血压太低了。手术刀停止了前进，鹰哥还躺在手术台上，整个人依然安静，看不出任何变化。

他清楚，临床上这样的血压完全可以被诊断为“低血容量休克”，他怕最担心的事情发生。

他抬头望向麻醉师，可还没开口说话，对方就告诉他：“这边我撑着，你接着做。”

电凝刀重新向深处移动，麻醉师把提前准备好的血袋挂上，鹰哥的血压逐渐恢复正常。

“当时手术已经进行了 6 个小时，患者伤口暴露时间长，体液蒸发造成慢性失血，可能会引起血压降低。”医生术后分析，“也可能是手术时牵拉了颈内动脉，刺激了调节血压的‘压力感受器’，同样会造成患者血压变化。”

15 时，手术到了最后一刻。最后一块瘤体被划开，高频电凝刀触碰到瘤体内血管时，血管脱水凝固，发出“吱吱”的声响。出血止住了，手术室弥漫着血肉焦糊的味道。

张家亮取出了最后一块瘤体，和先前取出的 3 块摆放在一起，总重量超过 500 克。

被肢解的肿瘤离开了鹰哥的脑袋，已经永远失去作恶的可能。

刘静明再次上台，和他之前说过的一样，“用最精细的手法”缝合了由他打开的创口。

最后一根缝线被剪断时，手术室的时钟停在了 16 时。

鹰哥记得自己被推出手术室后，曾有短短几分钟的清醒时刻。她看到一向严肃的张家亮对着她笑，告诉她：“脸上没有疤，头上也没有。”还开玩笑说自己“第一次趴着做手术，从一楼掏到三楼。”

20 年前，张家亮刚调到神经外科。当时的科室主任接诊了一个 15 岁的小女孩，她的头部长了一个 980 克重的肿瘤。那台手术轰动了医院，老主任切掉的，是至今为止张家亮见过的最大的脑部肿瘤。

在当时的医疗条件下，肿瘤最终也被成功取出，小姑娘奇迹般地活了下来。

两年前，当时的小女孩已经 30 多岁了。她忽然找到老主任，说自己的弟弟今年高考，在志愿表里填上了医学院，他立志成为一名医生。

“这是我听到的最好的故事。”张家亮说。

鹰哥醒来，再次看到爸爸，她发现这个男人的眼神变得很温柔。他与女儿之前很少交流，现在每天守在床边，不厌其烦地问“吃什么，喜欢什么”。

术后几天，鹰哥虽然一直发着高烧，仍然会头疼欲裂，但她却说那是自己最幸福的日子。因为那是她能记得的，父母在身边最长的一次陪伴。

“他们眼里只有我，没我弟弟，我不是赚大了吗。”鹰哥笑着说。

从发现肿瘤到顺利出院，不到 3 个月。一年快要过去了，之前的一切都化成鹰哥脖子下方一道细细的疤痕，“就像一场梦一样”。

距今 3 周前，她到北京复诊，见到刘静明，开玩笑问对方“还认不认识自己”。刘静明笑了，他说小姑娘虽然看起来完全变了一个人，但自己会永远记住这个特殊的病号。

现在，鹰哥恢复了生病前的样子，一直困扰她的“大小脸”也不再明显。她的耳机里经常循环播放着《心火》。她最喜欢里面一句歌词：重生在缝补过的躯壳。

从广州去往北京的夜班飞机上，她坐在爸妈中间。当时已经接近午夜，机舱里的人大多睡着了。鹰哥左手握住爸爸的手，右手握住妈妈的手，然后手指用力紧扣。三个人沉默着，但鹰哥说，她从来没有那么幸福过。

（本文图片均由北京电视台“生命缘”节目组提供）（原载于2018年4月11日）

「人生就是本大书，

这辈子这个答案没交好。

如果让我重活一遍，

应该会比现在精彩很多。」

李太生在中华医学会第八次全国艾滋病、丙型肝炎学术会议上发言。受访者 / 供图

2019

协和医院最著名的艾滋病人

文 _ 王嘉兴

那是一种直径小到 120 纳米、像仙人球似的病毒，但它能“感染”直径 12756 公里的地球。

自 1981 年被发现以来，艾滋病病毒已经夺走了 4000 万人的生命，并继续寄生在 3700 万人体内。最早的“鸡尾酒疗法”一直到 15 年后才被发明出来，之后又过了 8 年，中国人才用上国产仿制药。在 2004 年以前，国内患者使用进口药物治疗，每个月至少要花费 1 万元。

孙明娟与艾滋病病毒共处了 15 年，是最早用上国产仿制药的一批患者。最初与她一起看病的患者，很多没能等到黎明的到来。

15 年过去了，治疗药物由最初白色的粉末，发展为后来红色、黄色的大粒药片。

她在北京协和医院感染内科留下厚厚两摞病历，吃过国家免费治疗政策覆盖的所有治疗艾滋病的药物，其中一些已经因为副作用停产。这些药物也在她的身上留下痕迹：多处肌肉萎缩、股骨头坏死。

“她就是一本书，是整个中国艾滋病免费治疗史。”北京协和医院感染内科主任、艾滋病学组组长李太生会给每一个学生讲孙明娟的案例，“看再多教材，都不如把她的病历本从头到尾读一遍。”

她可能是协和最有名的艾滋病人，但走出李太生的这间诊室，与病毒一起携带的还有“秘密”。她和中国 80 万艾滋病毒感染者中的绝大多数人一样，隐匿在茫茫人群中。

1

在北京协和医院内科门诊的走廊里，通过熙熙攘攘的人群走到最里面，就到了艾滋病随诊门诊。它在医院里的名称是免疫低下门诊，常有不明就里的患者挂号到这里，再被转到其他科室。

宋晓璟是门诊成立以来第三任专科护士，她和李太生每周三都会守在这里，迎接新确诊的病人，为 1500 名长期随诊的患者提供治疗和心理疏导。他们能叫出每个患者的名字。

和很多患者一样，孙明娟得知自己患病后，陷入了长久的沉默。“艾滋病”只是新闻里她认得的三个字，完全没有概念，她“做梦都想不到会得这个病”，只觉得“马上就要死了”。

她不肯相信，要求重做检查。直到第二天，护士拿着化验单进来，什么都没说，只是摸了摸孙明娟的后背，她才相信自己真的得病了。

那是 2004 年，国内对艾滋病的认识还很粗浅，它一度被翻译为“爱死病”。即使是专门的传染病医院，面对艾滋病人都如临大敌，洗衣房拒绝清洗艾滋病人用过的床单和被褥。

李太生见过艾滋病肆虐的景象。1999 年学成归国后的几年时间，他到中国所有的艾滋病流行区调研。2002 年，在河南驻马店上蔡县文楼村，村头到处都是新修的坟。村小学的课也停了，即使是白天，村里都没有人，走在路上他感到“瘆得慌”。

那几年，李太生做了超过 150 场宣教，还是没能消除很多人的错误观念：艾滋病是坏人才会得的病，“你得肺癌了，也没得治，会告诉亲戚朋友，大家来告别一下。你得了艾滋病，你能告诉你的亲人朋友吗？”有些家庭来医院，一听是艾滋病，就说不治了，把患者带回去。

确诊后的一个月里，孙明娟每天坐在病床上发呆。当时 27 岁的她是全家的希望，这个年轻人从北方一座小城市考进北京某知名大学，毕业后留在北京工作，还供着妹妹上学。她爱美，上班午休时间也要到公司旁的商场逛一逛。

艾滋病的残酷故事每天都在她眼前发生。有人以肉眼可见的速度消瘦，眼窝深深下陷；有十几岁的小孩被送进医院，父母都已因艾滋病亡故。孙明娟的邻床是一个来自农村的男人，妻子过来照顾，李太生见了，让这位妻子去检查，结果也是，第二天就住进了医院。

那是治疗艾滋病的国产仿制药纳入我国免费治疗范畴的前夕，“吃得起每月 1 万多元（进口药）的病人用手就能数得过来。”李太生说。面对绝大多数病人，他只能想办法维持他们的生命，甚至试过用中医的办法恢复病人的免疫力。

2

住进感染内科的病房后，孙明娟每天听到最多的话，就是艾滋病不可怕，能治疗。护士似乎也不害怕艾滋病，每天和孙明娟一起吃饭，有空还和她拉家常、拍照。

在法国留学时，李太生经历了艾滋病最恐怖的年代。那时候，做医生很没有成就感，每天都是被动应对出血感染，“开始转一圈，过几天再转一圈，发现你管的病人全都死了。”他们对艾滋病束手无策，能做的只有安慰和预防感染。

回国后，因为没有便宜的抗艾滋病药物，李太生觉得就像敌人都冲上山头了，手上却没有子弹。后来，国内一家医药公司向他赞助了 20 人份 1 年的抗艾滋病药物，在他的软磨硬泡下，药量增加到 30 人份 2 年。孙明娟是那幸运的 30 人之一。

那半年，孙明娟每个月都要来医院复查一次，观察身体状况，衡量治疗方案是否适合。因为药的副作用，每次往返北京的火车上，孙明娟一路都在吐。李太生说，他知道药物副作用大，也没有别的办法，无药可换，

“要么接受，要么死”。

孙明娟和很多那个年代的病人一样，都经受了肌肉萎缩的副作用，面部塌陷，腿跟火柴棍一样。在国外，这甚至催生了一批整容医生，专门为这些患者做皮肤整容。这种药物现在已经退出市场。

2003 年，时任国务院总理温家宝向全世界承诺，中国政府要对所有艾滋病患者给予免费的抗艾滋病治疗。国外药物一过专利保护期，国内药厂很快就生产出仿制药。

包括孙明娟在内的患者虽然等来了免费药，但究竟该怎么用，包括李太生在内的专家心里都没底。首批接受免费治疗的患者，超过四成出现了呕吐、肝功能损伤等副作用或耐药情况，很多人要求退出治疗，甚至有人说，中国政府给患者用的是“毒药”、国外不用的“垃圾药”。

在 2005 年，国内只有 5 种仿制药。用这 5 种药，只能设计出 3 种治疗方案。李太生带领的团队用了一年时间，淘汰了一种方案。他们又花了 4 年时间，降低了药物副作用。

李太生还改良了两项病人关键指标的检测手段，使价格从 200 元、1200 元降低到 20 元、150 元。过去，这两种检测只能在省级及以上医院进行，但现在，县医院甚至乡镇卫生院都能办到。

到 2012 年，研究人员想在全国找出 300 个治疗失败的病人，结果只找到 217 个。

“中国用了最小的代价，得到了最大的治疗效果。”李太生告诉记者。

患病后，孙明娟开始关注和艾滋病有关的新闻。每次到医院，孙明娟都会找护士要有关艾滋病的内部杂志。

看过很多资料，她才意识到，自己是被男朋友传染了艾滋病。孙明娟确诊的时候，她的男朋友已经离世 2 年。去世前，他体形消瘦，常常生病，这都是艾滋病的典型症状。

孙明娟的男朋友学医，却误以为自己得了糖尿病或是肝病，至死都不知道自己得了艾滋病，最后在出差的途中去世。

每次想到这些，孙明娟都懊悔得流泪，“如果早点知道这些知识，也许他还有救。”他们本打算在那年结婚。

协和医院的护士摸索出一套向病人和亲属讲解艾滋病的方式。对所有第一次来的病人，宋晓璟都会和病人单独进行 1 小时的首诊谈话。

“这也是建立信任的过程。他们越信任你，治疗效果越好，感染者体内的病毒量越低，传播几率也越低。”宋晓璟说，“我们努力做到共情，而不是同情。”据估计，在不受控制的情况下，一个艾滋病患者平均能传染 3~4 人。很多病人会带着情绪来医院，因为他们在其他场合已经被人歧视、议论过了。

孙明娟没有把自己患艾滋病的消息告诉任何同事或朋友，只有她的母亲和妹妹知道。休息半年后，她回到原来的公司工作，努力把生活拉回正常的轨道。

虽然孙明娟很清楚，与身边人日常的接触不会传染艾滋病，但她还是尽量和所有人保持距离，不和人握手、拥抱。吃饭时，她永远用公筷夹菜，不会给人倒水或是拿食物，也不会把自己的东西给别人吃。

3

因为服药方式错误，在最初几年，一套治疗方案用上 1~2 年，孙明娟体内的艾滋病毒就有了耐药性，不得不换新的方案。每次产生耐药性，她的肾病就会反复，还伴随着高血糖、高血脂等一系列并发症。

2009 年，她因为艾滋病的并发症，开始用激素辅助治疗。2011 年，她又产生耐药性，用上了医保范围内的最后一种药物，但那给她的身体带来极大的负担。直到最近几年，孙明娟的病情才平稳一些。

她的日子过得格外谨慎，出门时戴口罩，尽可能不坐公交、地铁，不出现在人多的场合。身边一有人打喷嚏，她就紧张得不得了，赶紧回家吃感冒药。每到流感季节，她都疯狂喝水。

恢复上班后几个月，孙明娟的脸就瘦尖了，双脚却肿得穿不进去普通的鞋，每天只能穿拖鞋出门。

2001 年，作为前卫生部专家组成员的
李太生（前左二）在河南某村考察。受访者 / 供图

孙明娟复诊见到李太生时，他生气地说，“你离我这么近，出这么大问题不来。”一名护士看到她惊呼，“你不要命了！”

她的身体已经不能支撑她做一份平常的工作。她本以为自己瘦是因为辛苦，却从李太生那里得知，这是抗艾滋病药物的副作用，她的脸永远都不可能恢复了。下巴和颧骨处的肉都萎缩了，能看出骨头的形状。

一起萎缩的，还有她的理想。“以前我还想出人头地，挣多少钱，（现在）都没了。”她辞掉了工作，回家休养身体，“还是身体重要……接受不了这样的自己，太丑了。”

药物还让她健忘。到北京随诊，她好几次等车或坐车时忘拿行李。去超市买东西回来，她总是忘记东西放在了哪里。

2011年，药物让她掉光了头发，肾病再次变得严重，还伴随着高血糖、高血脂、糖尿病、青光眼。护士给她测血糖，高到机器都“爆”了，测不出来。

一次，因为吃了两个包子，血糖飙升，她被医生批评，“你怎么能这么吃？”之前一直强作镇定的她在病房里号啕大哭，“我怎么活成了这样，连两个包子都不能吃”。

她不得不用上当时医保覆盖的最后一种药物，但那会给她的肾增加负担。而且如果再一次产生耐药性，她将不得不自费购买进口药物，每个月花费数千元。后来，赶上“十二五”规划，孙明娟用上了国内尚在试验阶段的疗法。

症状稍稍好转，她又被夺走了独自行走的能力。药物让她的双腿肌肉萎缩，股骨头坏死，走路“从脚后跟连到大脑都疼”。做活检需要从大腿上挖一块肌肉，她疼得几乎晕倒，当场就觉得这病没治了。

地上几厘米的小坑就能让她摔倒。她家在五楼，每次上楼都要花费半小时，一路跌倒，完全靠抓着扶手才能回去。

有一次她想自己去菜场转转，都走到跟前了，地砖的不平整让她跌倒在地。她向路人求助，却没人敢扶她，让她给家人打电话。她不想麻烦家人，最后一点点爬到路边，扶着树才站起来。

到协和看病的时候，她的脸色非常差，不断咳嗽，一度意识都不清醒了。李太生还是和往常一样，告诉她“你很好”“没问题的，别担心”“你这种情况我们都治过”。事后才知道，那一次李太生真的担心她“过不来”。

医院检查结果说孙明娟双下肢神经受损。“既然没说坏死，就还有恢复的可能。”于是她每天到小区里蹬健身器材，光路上往返就要一个半小时。冬天天黑得早，老头老太太都回去了，她一个人顶着寒风锻炼。一开始她只能蹬 3 个，后来，她一次能蹬 300 个，每天都坚持。

后来在李太生的协调下，她又在协和医院做了股骨头置换手术。2014 年医保多覆盖了一种抗艾滋病药物，副作用更小，李太生便给她换了药物。

每一次治疗走进死胡同，她都幸运地赶上新的项目和疗法。她总是因为病痛紧张得睡不着觉，“很奇怪，每次见到李大夫，他都轻描淡写地说能治，我也都相信了”。还有护士向她打趣，“李大夫就是你的新药。”

她依赖了这个大夫 15 年。在家嗓子疼，她一个电话打到医院，护士接都不行，一定要李太生接电话。李太生出国开会了，她就住进医院等他回来。

每年夏天过完，她就开始忧心，自己能不能挺过这个冬天，甚至几次想过写遗书，“要好好把自己对父母的歉疚说出来”。天冷起来，她又想到春暖花开的样子，便给自己打气，一定要撑到那个时候，出门看看新生，“多活一天就赚了一天”。

李太生不止一次感慨，在孙明娟身上看到“生命真的很强大”。他掂着孙明娟大腿的肉，“你看这就是生命力。”孙明娟自己也感到不可思议，现在长胖了，头发比年轻时候还要浓密，糖尿病、青光眼……种种不可逆转的疾病，“到我身上居然都好了”。

孙明娟有个堂姐，30 多岁因车祸去世。每次亲戚见面，姑母还是会哭得不成人样。当时姑母和孙明娟说，你虽病着，但你父母还是能见到你。即使难过，也不是天人永隔的痛苦。

她说，是这句话一直支撑自己活到现在，“我得让父母看到我，我要在他们的视线之内。”

4

艾滋病的秘密，孙明娟守了 15 年。

曾有亲近的朋友怀疑过她得了艾滋病，她赶紧把话题岔开。有人也得了严重的肾病，向她打听在北京怎么治的，她只说帮忙问问出不出诊。这些都让她心里发慌。她办不到坦然地和别人谈论艾滋病，“可能大家都说社会观念进步了，但我个人没有感受到”。

就在孙明娟确诊艾滋病那年的“世界艾滋病日”前夕，时任国家主席胡锦涛曾到北京市一家传染病医院视察，并与两名艾滋病患者握手。结果当日《新闻联播》播出时，病患的脸没有打马赛克。

他们直面镜头，本希望消除歧视，“老百姓会觉得，看，国家领导人都不害怕艾滋病病人，咱更不用怕了”，却让全家人陷入了被歧视的境地。

孙明娟在医院听别人说起过这件事。那阵子，走在街上，在医院拿药、做检查时，她总觉得身边的人在议论自己。

在门诊，患者总是把自己裹得严严实实。医护人员发现，三四十岁的人最谨慎，“外界带来的压力，甚至比疾病本身还要重。”李太生和护士有时在医院附近的商场遇到病人，都当作不认识，从来不会主动打招呼。

对艾滋病患者来说，身份暴露最直接的影响就是丢掉工作，有的连生活都过不下去，后一步才是亲朋好友歧视带来的伤害。《中华人民共和国传染病防治法》等多部法律都规定不得歧视 HIV 感染者，但患者维权成本极高，耗时长。

2010 年，中国首例艾滋病感染者就业歧视案中，安徽当地法院驳回原告（患者）全部诉讼请求；次年发生在贵州的一起艾滋病就业歧视事件中，法院不予受理。一直到 2016 年，中国才迎来首例获得法院判决胜诉的艾滋病就业歧视案。

2008 年，李太生提出，应该把艾滋病当作一种像高血压、糖尿病一样的慢性病进行治疗。在他们长期随诊的 1500 个病人里，过去七八年，死亡的病人只有 9 个，7 个死因跟艾滋病无关。

他还记得，刚回国时，有同行知道他在国外学的治疗艾滋病，都不和他坐在一张餐桌吃饭。

目前，仍有很多医院拒绝给艾滋病患者做手术，“他们不会明说，但就给你拖着，或者采取保守疗法，只吃药，不开刀。”李太生说。

“现在医疗资源紧张，绝大多数科室不缺病人，多一个少一个都无所谓，更何况是艾滋病人。”

他能理解大家对艾滋病的恐惧。上世纪 90 年代在法国学习时，他也很害怕。第一次碰到患者的皮肤时特别紧张，感觉“凉凉的”“像蛇一样”。但是在他学习的医院里，很多医生上手摸艾滋病人从不戴手套，看完病人后，走进咖啡屋，手都不洗拿起面包就啃。

在他眼里，艾滋病人反而是最容易沟通的病人群体，他们大多很听话，态度也很好。

从查出艾滋病算起，花了 5 年，医院才肯给孙明娟做肾穿刺。她是协和最早做肾穿刺、股骨头手术的患者之一。当时，李太生完全靠私人关系，说服了主治医生、麻醉医生、相关护士，才让手术成行。次数多了，一些科室就不再排斥艾滋病患者，从感染内科转过去做手术成了家常便饭。

李太生觉得，宣传还是很管用的。在 10 年前，很多人都认为艾滋病是绝症，不会去看医生。他还经手过一对夫妇，把孩子送给了亲戚，把老家的房子和地都卖了来北京看病，打算看看天安门就等死了。

结果病情控制得很好，他们冬天卖煤球，夏天养猪挣钱，把卖掉的房子和地又挣了回来，孩子也接了回来。现在，来看病的人已经很少会认为自己没得治。

艾滋病在孙明娟的身上留下很多痕迹。因为经历特殊，她简直是一部艾滋病“药典”，住院时，常有外国专家来围观这个“稀有动物”。她被置换下的股骨头都成了重要标本，供国内专家和日本东京大学的专家研究抗艾滋病药物对人体的影响。

在医学以外的世界，作为“活化石”的孙明娟依旧保持着“低调”，她打算将自己的秘密永远保守下去。

5

迄今为止，孙明娟把自己保护得很好。她从来没有感受过来自别人的歧视，但她自己瞧不上自己。

长期的病痛，让她觉得自己是个没用的废人，“谁愿意和这样的人打交道？”即使是亲人，她都很少倾诉或抱怨，“谁都不愿意听这些。”

她本能地疏远了所有的同学、朋友，不愿意和任何人亲近。想要来探病的，她直接拒绝。她从不参加朋友聚会，“脸都这样了，腿脚也不利索，怎么见人？能见到每天的太阳就不错了。”

她生活的圈子越来越小，最后只剩下家附近的一小片区域，只和少数几个亲戚保持着来往。

她只告诉了母亲和妹妹自己患病的消息，生活在同一个屋檐下的父亲和妹夫对此一无所知。她担心喜欢喝酒的父亲酒后不小心说出去，也不忍心父亲再经历母亲那样的担忧，“他话少，怕他在心里憋坏了”，她也不想给妹妹和妹夫的关系引入潜在的矛盾。

她甚至不知道怎么开口。妹妹来医院时，她只是递给她一本书，折着的一页讲的是艾滋病的预防和治疗。当时妹妹看完以后沉默了很久。

后来，妹妹和母亲比孙明娟还要关心和艾滋病有关的新闻。反而是孙明娟在得病几年后不再看这些新闻，“失望过太多次了。今天一个新发现，明天在动物身上试验成功，都是虚无的希望。”她只对艾滋病能被彻底治愈的消息感兴趣。

最初辞职回家时，她很不甘心，本想休息一阵再出来闯荡。在家帮母亲做生意不久，病痛就接踵而至。她试过在当地找一点零活儿干，才上了3天班，就开始莫名发烧，挂了一周的点滴。家人再也不允许她出门工作。

因为休息在家，孙明娟包揽了几乎一切家务。她抢着洗碗、布置餐桌，只因想在亲人不察觉的情况下，让自己只用一套餐具、杯子；她抢着洗衣服，便能偷偷把自己的衣服单独洗。尽管她知道，艾滋病不通过这些途径传播。

她把药的盒子都扔了，存放在钙片和维生素片盒子里，再包上黑色的袋子，分别放在床头柜和五斗橱里。每天早上和晚上 9 点，闹钟准时响起，提醒吃药，除夕也不例外——那时，她便从合家团聚的客厅回到自己的房间。

孙明娟总是买一大堆消毒液放在家里，每隔 10 天就把家里彻底消个毒，“消毒水的味道让我感到安心”。她很爱做饭，每次都特别小心，避免弄出伤口。她害怕家人介意自己做饭，妹妹却说那有什么关系。

因为妹妹一家工作繁忙，孩子出生后，这家人把孩子交给她照看。孙明娟一直记得，孩子出生后，她把孩子抱在怀里，很想亲一口。妹妹看出了她的想法，告诉她：“亲吧，没事。”小孩调皮，她一直避免被小外甥挠破皮。

但对孙明娟来说，亲人对她越好，她越感到压力大。她觉得自己是家庭的累赘、社会的负担。做股骨头置换手术花费了家里 10 万元，前期治疗的费用已经算不过来了。

如果又产生耐药性了怎么办？股骨头置换手术只能做两次，到时候怎么办？她不敢想这些问题。她完全靠家人养活，“不知道自己活着还有什么意义”。直到后来开始照看小外甥和年迈的父母，孙明娟才觉得自己“有点用”，“算是最后发点光发点热吧。”

小外甥常常让她想到自己死去的爱人。她很多次幻想两人结婚后的生活，如果没有后来那些病痛，她觉得他们会有自己的孩子，母婴阻断艾滋病早就是很成熟的技术。

男朋友离世后，孙明娟再也没有恋爱过。孙明娟的母亲经常说，“这世上那么多人，你怎么偏偏就碰上这么个人。”

“（刚确诊时）会怨恨他，很强烈的恨。但人都死了，再恨也没有用了。”说起男朋友，孙明娟说话的声音变得很小，“那种感情不是一个恨或者爱能够形容的，很复杂。他对我很好，我相信他很爱我。”

“人生也不能重来，只能接受。真是失败的人生啊。”她说。

回想过去的 15 年，孙明娟最后悔的是，太多时间都用在了担心上。

担心过完了今天没有明天，担心别人的眼光，检查结果有一点点不正常，都惶惶不可终日。她觉得，这些时间本应该用来学习、充实地生活，但都白白浪费了。

“人生就是本大书，这辈子这个答案没交好。如果让我重活一遍，应该会比现在精彩很多。”在门诊遇到看病的年轻人，她会忍不住和人说这些。

15年里，她看着医院挂号费从7元涨到9元，14元，再到“医改”后的100元。以前在医院候诊的时候，诊室外的人她都认识，大家还会一起聊天。到最近两三年，多了很多年轻的生面孔，有些人没有再见到了。

对医生护士来说，病人能健康地活着，就是最好的奖励，但他们常常收到意外的礼物。有一年，诊室收到一箱来历不明的橙子，后来宋晓璟收到一条短信：“今年的橙子甜吗？我跟种树的人说好了，万一哪天我不在了，橙子也会在成熟后第一时间到协和。”

每一年，橙子都如期而至。

（为保护受访者隐私，孙明娟为化名）

（原载于2019年1月9日）

「关心和爱一直都在，只是错开了。
如果抑郁症有合理的外显，
大概是电影《画皮》里女主中了妖毒的样子。
有的时候朋友问我应该怎么对待患者，
我觉得其实很简单，就是倾听、尊重，
放下自己固化的认知去理解。
这是用眼睛看不见的病，需要用心才行。」

陈轶男生活照。陈轶男 / 供图

2020

重度抑郁后，多活下来的这 9 年

文 _ 陈轶男

今天是美好的一天。

早上睁开眼，时钟才指向 7 点，我拥有大好的早晨。我起床吃了药，骑车去派出所报案。我花一个月工资买的手机被偷了。我在天桥底下买到了香气四溢的蛋卷，跟摆摊大妈热情寒暄。来到单位，我注意到我的工位跟我关系最好的几个同事挨着，就像中学时跟闺蜜坐同桌一样。我觉得整个世界都围着我转，满满都是爱。

“我好快乐呀！”我把胳膊举起来像水草一样摇动，在会议桌边欢呼起来。我为这场工作例会作了充足的准备，决定一会儿多发言。

最近一段时间我出了两年来的第一趟差。我珍惜这样的状态，毕竟不知道什么时候，我就会变回一只被扎瘪的皮球，所有的生命活力都被抽干。我是一个资深的躁郁症患者，人生不时在抑郁发作和躁狂发作之间切换。

不久前，我作为主持人录制了一个科普抑郁症的视频访谈节目。我有点兴奋，在脸上敷了二两粉，一咧嘴就像一块裂开的面团。录完之后，我惊讶地发现了一个巧合——9 年前的同一天，我正因为重度抑郁而试图自杀。

一不小心，我已经多活了 9 年。

1

人为什么想自杀？曾经我也想不通这个问题。大一的时候，学校有人从宿舍楼上一跃而下，我在人人网上发表评论："如果连死的勇气都有，为什么没有勇气活下来？"

自杀这件事似乎离我相当遥远。我出生在衣食无忧的家庭，父母关系和睦，跟我像朋友一样相处。在学校，我是一个段子手，哪里有我哪里就有欢声笑语。从小爱好跳舞的我是大学舞蹈团的成员，每晚在排练室挥汗如雨。我也是周围人难过时投奔的肩膀和怀抱，好朋友对我的总结是，"拥有很多爱，所以能够分享"。

只是不知道从什么时候开始，我的生活时常被低气压笼罩。我变得敏感，别人一句无关紧要的话都可以给我的世界投掷手榴弹。有一次我在走廊和好朋友聊天，听对方说起下学期要转去另一个校区，突然好像有一个开关"咯噔"一下，全世界的灯都熄灭了。我感到有一块大石头砸下来，正压在我的心脏上方，我一下就说不出话了。

那天之后，脑子几乎是蒙的，在图书馆坐一天也魂不守舍。我为一门出国考试准备了半年，已经订好了考位，最后因为哭得看不清机考屏幕而不得不退考。

我会被从前毫不在意的小事打倒，感觉满世界都是碎玻璃，扎得我浑身是血。有一次，我在冰凉的地板上躺了两个小时，心里想着，躺在地上我就不会再往下坠了。

与此同时，我的身体也出现了反应，消瘦、心悸、头痛和失眠。有整整一个月，我每晚在床上辗转到凌晨三四点，而早上6点半就会醒来。

我开始频繁在社团活动中迟到。有老师批评我行为乖张、冷漠孤僻。我很震惊。我一向是他口中最踏实懂事的学生。

我也不想这样，但我控制不了。眼睁睁地看着身边的人一个个离我而去，而我什么都做不了。我像是被封印在一块石头里，只能不断地自责，想说对不起都发不出声音。

晚上，面对浓稠的黑暗，我被无尽的悲观思绪围剿。为了度过漫长黑夜，我有时会溜出宿舍，在校园里一圈一圈地游荡。后来，我坐遍了学校周边每一家24小时营业的肯德基和麦当劳。

再到后来，我发现自己在电脑上搜索“不打扰别人的十种死法”。我像是菜市场案板上等死的鱼，血红的腮徒劳地一扇一扇。我已经精疲力竭，一心想要解脱。

到那时我才明白，生不如死时，自杀是一种本能，是人类求生的本能。

决定去死的那一天凌晨，我在微博上问自己：“我想起来以前我妈妈也有一个好好的女儿，后来怎么就变成一个怪物了呢？”

2

3个月后，我终于知道了问题的答案。但在那之前，自杀未遂给我带来了许多负担。

学校通知了我的父母，我爸在赶来的路上给我打电话。“你知不知道如果你出了什么事情，我们……”他说不下去了。那是我第一次听到我爸哭。

之后每次回想起那一刻，我的心就像被绞碎了一样痛，但是在当时我毫无感觉，甚至想把手机扔掉。我烦躁地想，为了你们我不能死，那我呢？

我妈总结，我这个人变了，自私、没有责任心、连做人最基本的道理都不懂。回家之后，她给我寄来一本《弟子规》。

我听到学校里有人议论我，太脆弱，一点小事就走极端。我更加确信自己应该被社会淘汰，自杀是我能做的最有意义的事情，可是死了也要被责怪，我被卡在无解的境地。

班里同学送了我一本心灵鸡汤，我对着书皮看了一个下午。后来情况好转一些，我立刻开始申请校外实习，我想按照大家的建议“换换环境”。

万圣节那天，我得到了最理想的实习机会。我穿上高跟鞋，来到城市最耀眼的新CBD，成为混在光鲜人群里的“僵尸”。一个月后，实习工作一切顺利，看着窗外明媚的阳光，我感到无比痛苦。我突然意识到，从前的生活一定不是这样的。

就在那天，我做课程作业时偶然搜到了一本书，叫《我与躁郁症共处的 30 年》，一些书摘精准地击中了我，我决定去医院看看。

2011 年 12 月 5 日，我起了一个大早，挂上了中山大学附属第三医院精神心理科的专家号。各种检查后，我被确诊得了抑郁症。

“你现在很年轻，又有主动就医的意识。”医生对我说，“不用害怕，吃药调整几个月就会好起来的。”

走出诊室，我躲进洗手间的隔间放声痛哭。我反复对自己说，“是我病了，不是我变坏了。”

我觉得自己有救了。既然是病，那就可以治。如果能把原本的我还给我，那么我愿意留下来。

3

出了医院，我迫不及待地给父母和好朋友打电话。“你哪有什么抑郁症！”“你就是想得太多了。”他们这样对我说。

我已经下决心好好治疗。我按照医嘱吃药，副作用很快来袭。干呕、浑身震颤、手抖，有一阵子不住地打呵欠，感觉下巴快要脱臼。考试的时候，我的字迹每隔几行就变得像触电了一样。和舍友一起在食堂吃饭，筷子会从我手中掉下来，舍友陪着我一起掉眼泪。

熬过两周之后，副作用逐渐减轻，药物开始起效。我明显察觉生活变得轻快了，一觉醒来，等着我的不是痛苦而是吃饱喝足一样的满足感。我不再总抓着负面的思绪不放，久违的色彩和温度都回来了。

有时好不容易平稳几天，爸妈一通电话就能把我拉回深渊。悬崖就在面前，我很努力很努力才能往后挪，可是最爱我的人在拼命地推我。

寒假回家的时候，我妈一度想要阻止我吃药。她看不到药物救下了我的命，只觉得打呵欠的副作用让我“像一个吸毒的人”。她认为生病是我的过错，“都是你自己作出来的。”她突然开始信佛，每天对着我念经，要消除我的业障。

我爸会不断地给我灌输，不要心胸狭隘，不要钻牛角尖，凡事想开一点。那些话在我听来，就好像在对一个全身瘫痪的人说，你多活动活动，不要这么懒。

在学校我也常听到类似的开导。很多人对我说，要积极，要乐观，要坚强。

后来我写了一则回复通稿，“刘翔跟腱断了的时候不需要听你教他跨栏。”我把它发布在 QQ 空间、人人网和微博，“我现在不能走路是因为腿骨折了，我正常的时候可能比你跑得还快。”

不止一个人这样鼓励我：“我以前也有重度抑郁症，后来通过意志力自己走出来了。”我心想，跟脑子里弹簧坏了的人谈什么意志力呢？再一细问，果然，他们把抑郁情绪当成了抑郁症。

大三下学期，我康复停药。治好抑郁症就像送走一场飓风，生活一片狼藉，我耽误了学业，失去了同学和老师的信任，觉得回不到当初“无瑕”的状态。

我花了一段时间来接纳自己的伤疤，学着不回头，往前看。到本科毕业的时候，我已经处在满血复活、扬帆启航的状态。我被英国顶尖的学校录取，在最后一个学期和同学做了很多有意思的事情，完成了在舞蹈团的毕业演出，毕业论文被指导老师给了最高分。

那时的我自信爆棚，连重度抑郁症都能战胜，还打了漂亮的翻身仗，我对未来无所畏惧。

在英国求学，我度过了人生中最有挑战的日子。我的学校以“苦逼”著称，注重艰深晦涩的理论，每周的阅读材料都超过我本科一学期的量。高昂的学费和生活费让我顶着不能挂科的压力，考试季有时会在图书馆刷夜，累了就趴一会，等待清晨 4 点 35 分清洁工拖着轰隆隆的吸尘器把我吵醒。与此同时，我还继续跳舞，参加学校的音乐剧演出，考试季之后就出去找实习、做义工。

我充实地生活着，经历正常的喜怒哀乐。哪怕是考前复习的焦头烂额、学术会议发言的紧张、自己搬三次家的疲惫、工作受挫的沮丧，都是透着张力与生机的，与抑郁症的万念俱灰并不在同一个坐标系。

抑郁症的阴影被我彻底抛到脑后，它是另外一个世界的故事。

4

想不到，几年后，它又来了。

回国之后，我如愿成为一名记者，拥有一帮关系很好的同事，同时也是朋友圈里的撒狗粮大户。到了 2016 年秋天，我突然发现自己写不动稿子了。

我的睡眠也开始出现问题，起床、洗澡、出门这些日常小事都变得很难。

确诊抑郁症复发的那一天，我在医院电梯口哭得天昏地暗。

这是一个巨大的打击。我本以为我打败了它，结果又被轻而易举地抓回来。它就像一个无法被清除的病毒，阴魂不散，随时准备毁掉我的人生。复发让我明白，所有的努力都是徒劳的，康复只是短暂又脆弱的间歇。

医生见多了我这样的绝望，笑着说，“你才第一次复发就这样想了。”她让我学着接受，复发可能会是我人生的常态。

我对外界的一切都失去兴趣，不想刷淘宝，卸载了新闻软件，屏蔽所有人的朋友圈。在旷野无人的状态里，唯一让我有代入感的是我之前从不敢看的鬼片，没有血色的鬼脸让我仿佛看到自己。

有时候我需要爬到 17 楼的窗外，像个蝙蝠侠一样坐在空调机箱上面，因为正常人的空间里没有我的容身之地，我不能呼吸。至于自残，在我看来那是一种“放血理疗”。

治疗一段时间后，我的抑郁症状逐渐好转。我开始积极参加各种活动，只是随时处在战斗状态，和各种人吵架，不眠不休地在群里发表长篇大论。

医生给我修改诊断为双相情感障碍。有句话描述这种病，“一时在天堂，常常在地狱，就是不在人间。”

调药一段时间后，躁狂症状被压了下来，我迎来了人间偏下、地狱未满的灰蒙蒙状态，如同置身北京的雾霾。

我前前后后服用过七八种药物，有的让我吃下去 5 分钟后感觉后脑勺被人打了一闷棍，有的让我一个月内长胖 20 斤，还有的让我一天能睡十几个小时，有的需要每月抽血监测血药浓度，防止我中毒。

我的状态起起伏伏，不知道什么时候是个头。

生病让我的社会功能丧失了，社会对我的耐心是有限度的。

病休期间，我每个月的工资连付医药费都不够，不得不依赖父母的经济援助。有时候我妈已经接纳了我的人生暂停，接受了相对优秀的女儿一下子变成废人，有时候她又好像忘记了我在生病，拿我跟健康的同龄人对比，责怪我都快 26 岁了还不能独立。

在工作上，同事们忙得连轴转，而我“赋闲在家”。状态稍好一些的时候，我就急切地想要复工证明自己。为了不耽误工作，我不敢吃引发嗜睡的药物。

这样做的后果是透支之后又倒下，病情回到解放前。折腾了两三次之后，我终于放弃了挣扎，在人生的谷底躺平。

5

明明有很多关心和爱，我却始终是孤立的，甚至感觉被全世界抛弃。

当我躯体化症状严重，瘫在床上，为起身给自己倒杯水挣扎到晚上，收到多跑步、晒太阳、读读书、做瑜伽这些“何不食肉糜”的建议时，我只会感到大家离我好远。

有时我会愤怒地想，他们为什么不去开导哮喘病人：“氧气那么充足，你有什么喘不上气的？”这类“教育”对我来说是一种轻视和侮辱。

有力气的时候我会努力去解释，一旦发作严重，运动对我来说是不存在的选项，吃甜点等于吃水泥，而负面思维无法控制，任何一点细小的痛感都会放大无数倍。有时说了半天，对方似乎明白了，可是一张口又是“你可以换个思路去想”。

沟通最成功的一次，是我说起自己有时仿佛飘在世界边缘，眼前蒙了发黄的滤镜，看到的画面都是无声的慢动作。“我知道你这不是夸张的说法。”朋友立刻对我说。

说来好笑，生了不能受刺激的病之后，我受到的语言暴力比没病时候多多了。我无法让他们明白，我不是因为倒下而生病，我是因为生病才倒下的。

为了逼我运动，我父母会说出很多过头话。我时常有一种感觉，自己腿部骨折躺在病床上，内有钢钉外有夹板，手术还有几期没做完，然后我爸妈冲进来，拼命摇晃我的伤腿，说你怎么还不起来还不起来。这种精神上的“杀戮”，可能一日三餐吃人参也弥补不了。

有时候为了让他们安心，我也尽力强撑着配合。有一年过春节，我随父母去南方海边“补充阳光”。在连续几天不得不一大早就出门之后，我爸妈觉得晒太阳果然有效，但实际上我已经非常虚弱。在一个海岛的礁石上，我坐在岩石上，忍了很长时间才没有跳下去。我当时在想，在父母面前结束生命是不是太残忍了，然后又想，也许这样比在北京结束生命要好，至少他们能见到我最后的时刻，不用痛苦地猜测和想象。

好多朋友就觉得我是因为在生活里遇到挫折而“垮了”。可是这个病真的不靠比惨来获得生病资格。我的两次生病，都不是发生在我人生中压力最大、困难最重的时刻。

不管诱发抑郁症的最后一根稻草是季节还是什么，在触发了生病的开关之后，我的反应跟那些诱因都没有太大关系了。我曾经因为玩具熊的鼻子坏了而一周万念俱灰卧床不起。而在状态好的时候，它丢了我可能都不会在意。

“我们在临床上所接触的抑郁症患者很多是无故出现的，或有一定‘挫折’但不足以引起这么强烈的情绪反应。”一篇中山三院医生写的科普文章让我特别有同感，“‘挫折’更多是作为疾病的‘扳机点’，诱发‘多

2016年3月，作者在云南滇池。陈轶男/供图

米诺骨牌效应’。”

但是在别人眼中看来，我的表现就是说明心理承受能力太差。

我妈可谓是各类归因的集大成者。她一度因为我经常在失眠和痛苦时半夜发微博，而认为是网络成瘾害了我。后来她开始反思自己的教育，说就是因为我在家族中备受关爱没吃过苦，所以长大之后面对社会不堪一击。而在我生病之前，她用同样的理由跟别人分享为何能把女儿培养得阳光强韧又自信。

医生说可以考虑住院治疗，隔开环境干扰。我爸情急之下对我说：“你知不知道，一旦住院你就完了，你就变得跟那些人一样了！”

我反问他：“哪些人？精神病人吗？请问你到现在还不能接受我是一个精神病人吗？”

6

有段时间，我会去知乎搜索抑郁症或躁郁症患者应不应该谈恋爱。“不要害人害己。”有人这样回答，“人家谈恋爱是要钱要时间，我们这种人搞不好是要命的。”

复发的时候，我跟当时的男朋友在一起快一年。他一直用最大的耐心照顾我。在我木僵躺尸的时候给我喂饭喂药。他查阅了很多资料，看相关的电影，还专门建了一个微博小号，每天记录我的病情。

我的“发疯”不分昼夜，他会在睡觉前开玩笑问我要不要定闹钟：“今晚还是4点钟起来发脾气吗？”有次我们出去吃饭，我又在无理取闹跟他怄气，熬了通宵写毕业论文的他垂头丧气默默吃菜。两个人僵了一阵子没说话，直到他把桌上空心菜的盘子转了一下，我才发现他刚才一直在处理因为我戴着矫正牙套咬不动的菜梗。

那一刻我好像被敲醒了，眼泪止不住地往下掉。我都变成这副样子了，这个人竟然还爱我。

更多的时候，我还是独自在黑暗中漂流。男朋友对我说，不要忘了我们说好以后要一起养狗狗。那些我在病中看不见的爱与梦想，被他拎到我眼前，提醒我要坚持，他在等我。我只能不断流眼泪，因为感动，也因为无能为力。

我相信他尽力了，但是陪护一个病人真的太难了。我无端地和他吵架，钻牛角尖，又为此自责。我想让他知道，我不是他的敌人，疾病才是我们共同的敌人。他对我说："又拿出来你的病，什么都是你的病。我怎么分得清什么时候是你、什么时候是你的病？"

有很多时刻，当男友的话语像刀子一样扎到我心里，我觉得病人谈恋爱就是在作死。把心交给别人，就等于让对方拥有了波动我病情的能力。

他曾经对我寸步不离，后来吵架后把我一个人扔在路边。他在我自残时对我说难受的话就打他，后来在我不小心抓到他的时候狠狠把我推开。他的微博以前记下我病后每一次笑容，到后来他在里面写"又在哭，烦死了"。

我提过几次分手，不想再互相折磨。我也害怕自己变成"阁楼上的疯女人"，想在感情消磨殆尽之前提前离开。他没有同意，可是感情的损耗也是显而易见的。我好转之后很久没有对他发脾气，但他疲惫的时候想起的，永远是我半夜 4 点对他咆哮的样子。

后来我们因为其他原因和平分手。少了一个牵动心绪的素材库，我的病情更加平稳了。回头看那一段，我还是很感谢他。被一个人不畏艰险地爱过，我觉得自己很幸运。

7

大概在 2018 年上半年，医生把我的情绪走势从股票模式拉到低风险基金，我的大起大落变成了小幅波动，状态平稳的时期越来越长。

我能清晰地察觉能量在恢复，从两个星期勉强洗一次头，到可以起来给自己做饭，再到有力气捡起了唱歌跳舞的爱好。之前我因为行动缓慢错过好几次高铁和飞机，后来可以麻利地说走就走。

我父母也在逐渐了解我的病。有一次我抑郁发作，我妈刚好在北京。我们正准备一起出去玩，9 年前的回忆不知怎么就翻涌出来。

我们取消了原本的计划，我躺在床上哭了一个下午。我妈听我哭诉八百年前的委屈和痛苦。她跟我道歉，“我们以前不了解这个病，对待你的方式错了，给你造成太多伤害，妈妈跟你说对不起。”她说，“但是，你千万不能觉得爸爸妈妈不爱你。”

以前我被困住的时候什么都听不进去，而那一次，我心里的褶皱好像被她一点一点抚平。

去年开始我回到单位做一些简单的工作，今年 9 月重新开始写稿，我又成为了部门表情包制作商和 KTV 唱跳担当。不止一个同事对我说“我觉得你已经好了”，我不知道该怎么回答。

我现在还没有停药，不过只吃一种基本款，早晚各一粒。如果不慎没能一口吞下去，就会有一种吃屎的感觉。我不再时刻发作，但依然是个病人，下一次崩塌也许在明天，也许就在下一秒。

每个月我都要去北京大学第六医院精神科复诊，和很多看起来好好的人一起挤在候诊大厅。偶尔见过十几岁的孩子跟家长吵起来，也有老人在轮椅上破口大骂说家人害她。有时候等在诊室门外，也会跟其他患者寒暄。一个棉袄上抹着油渍的卖包子的大姐问我：像你条件这么好的也会生病啊？我还跟看同一个医生的北大女生去附近咖啡厅坐了坐，听她说电休克治疗的趣事，每次被电之后不记得自己怎么来的医院。她有双相情感障碍和进食障碍，随身带一根导吐用的软管。

走出医院大门，我们立刻就汇入了人群。如果不说自己生病，或许还能伪装得很健康。我从来不隐藏自己的疾病，因为它不是我的耻辱。我会把确诊、复发和复诊的故事跟其他鸡零狗碎的生活记录一起，大剌剌地写在社交网络上。也许是因为从一开始就被逼到了绝境，我很清楚自己在每一步都尽了最大的努力，绝对没有软弱，没有任何可耻的地方。

但是，每当抑郁症和躁郁症在网络上引发讨论，我都会有一种被惊扰的忐忑。这些年里不时有明星或普通人患病自杀的新闻，对我来说他们是阵亡的，应该得到尊重。可是看评论的时候我就会想，网友们所说的那个病症，是我得的那一个吗？大家对自己正常情绪反应的顾影自怜，和这个置人于死地的严肃疾病还有关系吗？

这个病可以称得上火热，许多人前来认领。也许是抑郁症这个词听起来有林黛玉一样的文艺气质，也许是战胜抑郁症能彰显自己的英勇强大，自封的“患者”们酿出了一坛坛励志鸡汤，他们把抑郁情绪混淆成抑郁症，分享诸如“通过谈话好起来”的治病经验。那些基于误解的发言，只会让真正的病人的处境更难，我只能小心翼翼地让自己与之隔开。

我们生病的人之间总能互相识别，我觉得我能从别人的文字里嗅出来。重度抑郁的人写的话，能让我看见幽深的地狱敞开口子，那是从坟墓里爬出来的语言。有时候看一个躁郁症的朋友沉寂半年后突然在朋友圈里持续亢奋，我就知道他大概是躁狂又犯了。

我身边生病的朋友就有五六个，有时候大家会在一起吐槽。虽然各自病情和疗法不同，好像每一个生病的人都必须要吃同样的苦头。一个和我一样爱运动、能跑全程马拉松的朋友，生病之后黏在床上“抠都抠不起来”，被交往 3 年的男友指责“把一切都毁了”，后来她妈在她家设了个佛堂。一个妹妹确诊抑郁症之后，她妈妈说的第一句话是：“不要出去跟同学乱说。”跟前男友谈恋爱的时候，她一度觉得他是拯救自己的人，但后来发现，他可以更快地把她“杀死”。

面对生病，每个人的课题都不一样，病耻感算一个。一个朋友在确诊后花了一个月的时间纠结：“我觉得我不是那种会得抑郁症的人。”我把白眼翻到天上：“请问谁是‘那种会得抑郁症的人’？我吗？”

能跑马拉松的那位同志，工作太忙，情况好一段时间就开始飘，不按时复诊不好好吃药，结果就是又落到谷底，哭得稀里哗啦地回去找医生。

相比之下我是一个听话的病人。每个月我把情况事无巨细地汇报给医生，他会考虑是否调整用药方案。除了治病之外，对我来说，医生还是最相信我的人。他可以倾听和接纳我那些隐形的不讲逻辑的痛苦，不会否定说“不可能”“这有什么好痛的”。

至于康复，我已经看开了。面对这个对手，我不会再用“战胜”这个词，我也接受了自己被拎起来甩来甩去的命运，我在学习跟我的病共处。工作能力被夸奖的时候，我会谦虚地说，“轻躁狂而已”。面对朋友们关于抑郁症躁郁症的问题，我努力像一个幼儿园老师一样耐心。我发明了无数的比喻方式，除了我最喜欢说的骨折，还有刹车系统失灵、秤坏了。

最近一问来自一朋友：“你说重度抑郁的状态下，最需要的是不是另一个重度抑郁的人和他互相理解？”

我问她：“你现在被车撞了血糊拉茬地躺在马路中间，你需要我送你去医院抢救还是找另一个血糊拉茬的人和你躺在一起？”

好多人觉察到自己不对，一上来就问我有没有推荐的心理咨询师。我只能不厌其烦地解释，抑郁症分不同的程度，中重度像是骨折，轻度大概是崴伤了脚。吃药是做手术把骨头接上，心理咨询就像康复理疗。所以轻度可以自我调节，而中重度必须吃药。

药物、心理咨询、电休克等等都是治疗方法，每个人的病情不同，适合的疗法也不一样，这些需要专业的精神科医生的诊断。比如我从来都没有做过心理咨询，但是同一个医生给我另一个朋友开的就是药物加心理治疗。

我能给出的最好的建议就是去医院。不要自己在网上瞎测试，去医院进行正规和专业的诊断，该怎么治疗就怎么治。有抑郁情绪也要及时疏解，因为感冒可以拖成肺炎。

如果是自己身边的人病了，那就陪他去看医生。在他不能活动的时候帮他倒水吃药，架着他去复诊，帮忙挂号、排队、取药。这些琐事对病人来说都是极大的障碍。发作的时候可以陪伴和倾听但不要“教育”，然后在状态平稳的时候就不要把他当病人，像往常一样相处就好。

我还愿意冒险，依然相信爱情。遇到有好感的男生，有可能进一步发展的时候，我就会告诉他自己的情况。眼前光鲜体面的女生可能变成一摊烂泥，我的潜台词是，你现在跑还来得及。最近一次，和我约会的男生听完，对我说，“也许就是你的勇敢和坦率，让你这么有魅力。”

对于外界的不理解，我也早就与之和解。我知道抑郁症和躁郁症那么

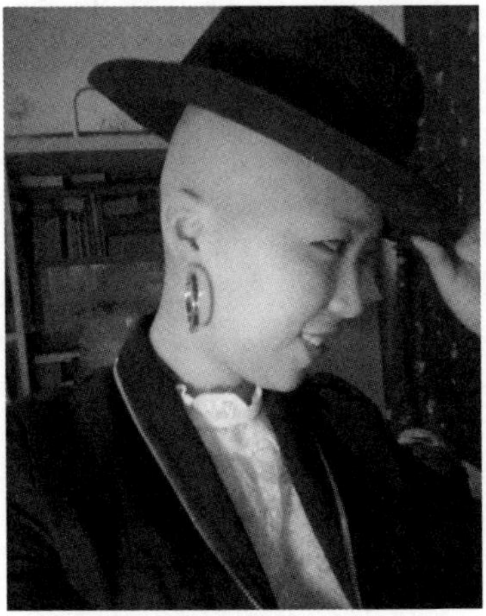

2012 年 11 月，
康复之后的作者给自己剃了个光头。
陈轶男 / 供图

容易被误解，很大程度上是因为它是一个别人看不见的病。

大三下学期康复停药之后，为了“从头开始”，我给自己剃了个光头。我开心地拍照片发到微博，结果收到了许多朋友长长的短信，字里行间满是担心。学校里完全不熟的同学也发来私信，问我出什么事了，千万不要放弃。

关心和爱一直都在，只是错开了。如果抑郁症有合理的外显，大概是电影《画皮》里赵薇中了妖毒的样子。经过彻夜无眠跟黑暗的念头缠斗，任谁都会双眼泣血、一夜白头。

有的时候朋友问我应该怎么对待患者，我觉得其实很简单，就是倾听、尊重，放下自己固化的认知去理解。这是用眼睛看不见的病，需要用心才行。

（原载于 2020 年 11 月 25 日）